21/36.

COLLECTION FOLIO

Michel Tournier

de l'Académie Goncourt

Le Coq
de bruyère

Gallimard

Au fond de chaque chose, un poisson nage.
Poisson de peur que tu n'en sortes nu,
Je te jetterai mon manteau d'images.

Lanza del Vasto.

La famille Adam

Au commencement il n'y avait sur la terre ni herbe ni arbre. Partout s'étendait un vaste désert de poussière et de cailloux.

Jéhovah sculpta dans la poussière la statue du premier homme. Puis il lui souffla la vie dans les narines. Et la statue de poussière s'anima et se leva.

A quoi ressemblait le premier homme? Il ressemblait à Jéhovah qui l'avait créé à son image. Or Jéhovah n'est ni homme ni femme. Il est les deux à la fois. Le premier homme était donc aussi une femme.

Il avait des seins de femme.

Et au bout de son ventre, un sexe de garçon.

Et entre les jambes, un petit trou de fille.

C'était même assez commode : quand il marchait, il mettait sa queue de garçon dans son petit trou de fille, comme on met un couteau dans un fourreau.

Donc Adam n'avait besoin de personne pour faire des enfants. Il pouvait se faire des enfants à lui-même.

Jéhovah aurait été très content de son fils Adam, si Adam avait eu lui-même un fils, et ainsi de suite.

Malheureusement Adam n'était pas d'accord.

Il n'était pas d'accord avec Jéhovah qui voulait des petits-enfants.

Il n'était pas d'accord avec lui-même. Car en même temps, il avait envie de se coucher, de se féconder lui-même et d'avoir des enfants. Mais la terre autour de lui n'était qu'un désert. Et un désert, ce n'est pas fait pour s'y asseoir et encore moins pour s'y coucher. Un désert, c'est une arène pour se battre, un stade pour jouer, une piste de mâchefer pour courir. Mais comment se battre, jouer et courir avec un enfant dans le ventre, un enfant sur les bras, auquel il faut aussi donner le sein et faire des bouillies ?

Adam dit à Jéhovah : « La terre où tu m'as mis n'est pas faite pour la vie de famille. C'est une terre de coureur de fond. »

Alors Jéhovah décida de créer une terre où Adam aurait envie de rester tranquille.

Et ce fut le Paradis terrestre ou Éden.

Des grands arbres chargés de fleurs et de fruits se penchaient sur des lacs aux eaux tièdes et limpides.

— Maintenant, dit Jéhovah à Adam, tu peux avoir des enfants. Couche-toi et rêve sous les arbres. Ça viendra tout seul.

Adam se coucha. Mais il ne pouvait dormir, encore moins procréer.

Quand Jéhovah revint, il le trouva en train d'arpenter nerveusement l'ombre d'un palétuvier.

— Voilà, lui dit Adam. Il y a deux êtres en moi. L'un voudrait se reposer sous les fleurs. Tout le travail se ferait alors dans son ventre où se forment les enfants. L'autre ne tient pas en place. Il a des fourmis dans les jambes. Il a besoin de marcher, marcher, marcher. Dans le désert de pierre, le premier était malheureux. Le second était heureux. Ici, au Paradis, c'est tout le contraire.

— C'est, lui dit Jéhovah, qu'il y a en toi un sédentaire et un nomade. Deux mots qu'il faut que tu ajoutes à ton vocabulaire.

— Sédentaire et nomade, prononça Adam docilement. Et maintenant?

— Maintenant, dit Jéhovah, je vais te couper en deux. Dors!

— Me couper en deux! s'exclama Adam.

Mais son rire s'éteignit bientôt et il tomba endormi.

Alors Jéhovah retira de son corps tout ce qui était femme : les seins, le petit trou, la matrice.

Et ces morceaux, il les mit dans un autre homme qu'il modela à côté dans la terre humide et grasse du Paradis.

Et il appela cet autre homme : femme.

Lorsque Adam se réveilla, il sauta sur ses pieds et faillit s'envoler tant il se sentit léger. Il avait perdu tout ce qui l'alourdissait. Il n'avait plus de seins. Sa poitrine était dure et sèche comme un bouclier. Son ventre était devenu plat comme une dalle. Entre ses cuisses il n'avait plus qu'un sexe de garçon qui ne le gênait pas beaucoup bien qu'il n'eût plus de petit trou pour ranger sa queue.

Il ne put s'empêcher de courir comme un lièvre le long du mur du Paradis.

Mais quand il se retrouva à côté de Jéhovah, celui-ci écarta un rideau de feuillage et lui dit : « Regarde! »

Et Adam vit Ève endormie.

— Qu'est-ce que c'est? demanda-t-il.

— C'est ta moitié, répondit Jéhovah.

— Comme je suis beau! s'écria Adam.

— Comme elle est belle, rectifia Jéhovah. Désormais, quand tu voudras faire l'amour, tu iras trouver Ève. Quand tu voudras courir, tu la laisseras se reposer.

Et discrètement, il se retira.

Il faut savoir que les choses ont commencé de la sorte pour comprendre la suite.

Adam et Ève, on le sait, furent chassés du Paradis par Jéhovah. Alors commença pour eux une longue marche dans le désert de poussière et de pierre du début de l'Histoire.

Naturellement, cette chute hors du Paradis ne représentait pas du tout la même chose pour Adam et pour Ève. Adam se retrouvait en pays de connaissance. Ce désert, c'était là qu'il était né. Cette poussière, c'est avec cela qu'il avait été sculpté. En plus Jéhovah l'avait débarrassé de tout son attirail féminin, et il se déplaçait, léger comme une antilope et infatigable comme un chameau sur ses pieds durs comme des sabots de corne.

Mais Ève! Pauvre maman Ève! Elle qui avait été modelée dans la terre humide et grasse du Paradis, et qui n'aimait rien d'autre que les sommeils heureux sous l'ombre mouvante des palmes, comme elle était triste! Sa peau blonde brûlée de coups de soleil, ses pieds tendres écorchés par les pierres, elle traînait en gémissant derrière le trop rapide Adam.

Le Paradis, son pays natal, elle ne faisait que d'y penser, mais elle ne pouvait même pas en parler à Adam qui paraissait l'avoir complètement oublié.

Ils eurent deux fils.

Le premier, Caïn, était tout le portrait de sa mère : blond, dodu, calme et très porté à dormir.

Mais qu'il dorme ou qu'il veille, Ève ne cessait de murmurer une belle histoire à son oreille. Et dans cette histoire, il n'était question que de mousses étoilées d'anémones formant des coussins de fraîcheur au pied des magnolias, de colibris se mêlant aux grappes dorées des cytises, de vols de grues cendrées s'abattant sur les hautes branches des cèdres noirs.

Caïn, on peut dire qu'il suça la nostalgie du Paradis terrestre avec le lait de sa mère. Car ces évocations chuchotées édifiaient des îles magiques dans sa tête d'enfant pauvre qui ne connaissait que la steppe aride et le moutonnement stérile et infini des dunes de sable. Aussi manifesta-t-il très tôt une vocation d'agriculteur, d'horticulteur, et même d'architecte.

Son premier jouet fut une petite binette, le second une mignonne truelle, le troisième une boîte de compas avec laquelle il ne cessait de tracer des plans où éclataient les dons du futur paysagiste et urbaniste.

Tout autre était son jeune frère, Abel. Celui-là, c'était tout le portrait de son coureur de père. Il ne tenait pas en place. Il ne rêvait que départs, marches, voyages.

Tout travail demandant persévérance et immobilité le rebutait et lui paraissait méprisable. En revanche rien ne l'amusait comme de bouleverser par quelques coups de pied les plates-bandes et les châteaux de sable du patient et laborieux Caïn.

Mais les aînés doivent faire preuve d'indulgence envers les petits, et Caïn, dûment chapitré, ravalait ses larmes de colère et reconstruisait inlassablement après le passage de son frère.

Ils grandirent.

Devenu pasteur, Abel courait derrière ses troupeaux les steppes, les déserts et les montagnes. Il était maigre, noir, cynique et odorant comme ses propres boucs.

Il était fier que ses enfants n'eussent jamais mangé de légumes et ne sussent ni lire ni écrire, car il n'y a pas d'école pour les nomades.

Au contraire Caïn vivait avec les siens au milieu de terres cultivées, de jardins et de belles maisons qu'il aimait passionnément et entretenait avec un soin jaloux.

Or Jéhovah n'était pas content de Caïn. Il avait chassé du Paradis Adam et Ève, et placé des Chérubins à l'épée flamboyante aux portes du jardin. Et voilà que son petit-fils, possédé par l'esprit et les souvenirs de sa mère, reconstituait à force de travail et d'intelligence ce qu'Adam avait perdu par sa bêtise ! Jéhovah trouvait de l'insolence et de la rébellion dans cet Éden II que Caïn avait fait sortir du sol ingrat du désert.

Au contraire Jéhovah se plaisait avec Abel qui courait infatigablement à travers les rochers et les sables derrière ses troupeaux.

Aussi, lorsque Caïn présentait en offrande à Jéhovah les fleurs et les fruits de ses jardins, Jéhovah repoussait ces dons.

Il acceptait au contraire avec attendrissement les chevreaux et les agneaux qu'Abel lui offrait en sacrifice.

Un jour le drame qui couvait éclata.

Les troupeaux d'Abel envahirent et saccagèrent les blés mûrs et les vergers de Caïn.

Il y eut une entrevue entre les deux frères. Caïn s'y montra doux et conciliant, Abel lui ricanant méchamment au nez.

Alors le souvenir de tout ce qu'il avait enduré de son jeune frère submergea Caïn, et d'un coup de bêche, il cassa la tête d'Abel.

La colère de Jéhovah fut terrible. Il chassa Caïn de devant sa face, et le condamna à errer sur la terre avec sa famille.

Mais Caïn, ce sédentaire invétéré, n'alla pas loin. Il se dirigea tout naturellement vers le Paradis dont sa mère lui avait tant parlé. Et il se fixa là, en pays de Nod, à l'est des murailles du fameux jardin.

Là cet architecte de génie bâtit une ville. La première ville de l'Histoire, et il l'appela Hénoch, du nom de son premier fils.

Hénoch était une cité de rêve, ombragée d'eucalyptus. Ce n'était qu'un massif de fleurs où roucoulaient d'une même voix les fontaines et les tourterelles.

En son centre se dressait le chef-d'œuvre de Caïn : un temple somptueux tout de porphyre rose et de marbre jaspé.

Ce temple était vide et sans affectation encore. Mais quand on interrogeait Caïn à ce sujet, il souriait mystérieusement dans sa barbe.

Enfin, certain soir, un veillard se présenta à la porte de la ville. Caïn paraissait l'attendre, car il l'accueillit aussitôt.

C'était Jéhovah, fatigué, éreinté, fourbu par la vie nomade qu'il menait depuis tant d'années avec les fils d'Abel, cahoté à dos d'homme dans une Arche d'Alliance vermoulue, qui puait le suint de bélier.

Le petit-fils serra le grand-père sur son cœur. Puis il

s'agenouilla pour se faire pardonner et bénir. Ensuite Jéhovah — toujours un peu grognant pour la forme — fut solennellement intronisé dans le temple d'Hénoch qu'il ne quitta plus désormais.

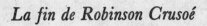

La fin de Robinson Crusoé

— Elle était là ! Là, vous voyez, au large de la Trinité, à 9° 22′ de latitude nord. Y a pas d'erreur possible !

L'ivrogne frappait de son doigt noir un lambeau de carte géographique souillé de taches de graisse, et chacune de ses affirmations passionnées soulevait le rire des pêcheurs et des dockers qui entouraient notre table.

On le connaissait. Il jouissait d'un statut à part. Il faisait partie du folklore local. Nous l'avions invité à boire avec nous pour entendre de sa voix éraillée quelques-unes de ses histoires. Quant à son aventure, elle était exemplaire et navrante à la fois, comme c'est souvent le cas.

Quarante ans plus tôt, il avait disparu en mer à la suite de tant d'autres. On avait inscrit son nom à l'intérieur de l'église avec ceux de l'équipage dont il faisait partie. Puis on l'avait oublié.

Pas au point cependant de ne pas le reconnaître, lorsqu'il avait reparu au bout de vingt-deux ans, hirsute et véhément, en compagnie d'un nègre. L'histoire qu'il dégorgeait à toute occasion était stupéfiante.

Unique survivant du naufrage de son bateau, il serait resté seul sur une île peuplée de chèvres et de perroquets, sans ce nègre qu'il avait, disait-il, sauvé d'une horde de cannibales. Enfin une goélette anglaise les avait recueillis, et il était revenu, non sans avoir eu le temps de gagner une petite fortune grâce à des trafics divers assez faciles dans les Caraïbes de cette époque.

Tout le monde l'avait fêté. Il avait épousé une jeunesse qui aurait pu être sa fille, et la vie ordinaire avait apparemment recouvert cette parenthèse béante, incompréhensible, pleine de verdure luxuriante et de cris d'oiseaux, ouverte dans son passé par un caprice du destin.

Apparemment oui, car en vérité, d'année en année, un sourd ferment semblait ronger de l'intérieur la vie familiale de Robinson. Vendredi, le serviteur noir, avait succombé le premier. Après des mois de conduite irréprochable, il s'était mis à boire — discrètement d'abord, puis de façon de plus en plus tapageuse. Ensuite il y avait eu l'affaire des deux filles mères, recueillies par l'hospice du Saint-Esprit, et qui avaient donné naissance presque simultanément à des bébés métis d'une évidente ressemblance. Le double crime n'était-il pas signé ?

Mais Robinson avait défendu Vendredi avec un étrange acharnement. Pourquoi ne le renvoyait-il pas ? Quel secret — inavouable peut-être — le liait-il au nègre ?

Enfin des sommes importantes avaient été volées chez leur voisin, et avant même qu'on eût soupçonné qui que ce soit, Vendredi avait disparu.

— L'imbécile ! avait commenté Robinson. S'il voulait de l'argent pour partir, il n'avait qu'à m'en demander !

Et il avait ajouté imprudemment :

— D'ailleurs, je sais bien où il est parti !

La victime du vol s'était emparée du propos et avait exigé de Robinson ou qu'il remboursât l'argent, ou alors qu'il livrât le voleur. Robinson, après une faible résistance, avait payé.

Mais depuis ce jour, on l'avait vu, de plus en plus sombre, traîner sur les quais ou dans les bouchons du port en répétant parfois :

— Il y est retourné, oui, j'en suis sûr, il y est ce voyou à cette heure !

Car il était vrai qu'un ineffable secret l'unissait à Vendredi, et ce secret, c'était une certaine petite tache verte qu'il avait fait ajouter dès son retour par un cartographe du port sur le bleu océan des Caraïbes. Cette île, après tout, c'était sa jeunesse, sa belle aventure, son splendide et solitaire jardin ! Qu'attendait-il sous ce ciel pluvieux, dans cette ville gluante, parmi ces négociants et ces retraités ?

Sa jeune femme, qui possédait l'intelligence du cœur, fut la première à deviner son étrange et mortel chagrin.

— Tu t'ennuies, je le vois bien. Allons, avoue que tu la regrettes !

— Moi ? Tu es folle ! Je regrette qui, quoi ?

— Ton île déserte, bien sûr ! Et je sais ce qui te retient de partir dès demain, je le sais, va ! C'est moi !

Il protestait à grands cris, mais plus il criait fort, plus elle était sûre d'avoir raison.

Elle l'aimait tendrement et n'avait jamais rien su lui

refuser. Elle mourut. Aussitôt il vendit sa maison et son champ, et fréta un voilier pour les Caraïbes.

Des années passèrent encore. On recommença à l'oublier. Mais quand il revint de nouveau, il parut plus changé encore qu'après son premier voyage.

C'était comme aide-cuisinier à bord d'un vieux cargo qu'il avait fait la traversée. Un homme vieilli, brisé, à demi noyé dans l'alcool.

Ce qu'il dit souleva l'hilarité générale. In-trouvable! Malgré des mois de recherche acharnée, son île était demeurée introuvable. Il s'était épuisé dans cette exploration vaine avec une rage désespérée, dépensant ses forces et son argent pour retrouver cette terre de bonheur et de liberté qui semblait engloutie à jamais.

— Et pourtant, elle était là! répétait-il une fois de plus ce soir en frappant du doigt sur sa carte.

Alors un vieux timonier se détacha des autres et vint lui toucher l'épaule.

— Veux-tu que je te dise, Robinson? Ton île déserte, bien sûr qu'elle est toujours là. Et même, je peux t'assurer que tu l'as bel et bien retrouvée!

— Retrouvée? Robinson suffoquait. Mais puisque je te dis...

— Tu l'as retrouvée! Tu es passé peut-être dix fois devant. Mais tu ne l'as pas reconnue.

— Pas reconnue?

— Non, parce qu'elle a fait comme toi, ton île : elle a vieilli! Eh oui, vois-tu, les fleurs deviennent fruits et les fruits deviennent bois, et le bois vert devient bois mort. Tout va très vite sous les tropiques. Et toi? Regarde-toi dans une glace, idiot! Et dis-moi si elle t'a reconnu, ton île, quand tu es passé devant?

Robinson ne s'est pas regardé dans une glace, le

conseil était superflu. Il a promené sur tous ces hommes un visage si triste et si hagard que la vague des rires qui repartait de plus belle s'est arrêtée net, et qu'un grand silence s'est fait dans le tripot.

La Mère Noël

CONTE DE NOËL

Le village de Pouldreuzic allait-il connaître une période de paix ? Depuis des lustres, il était déchiré par l'opposition des cléricaux et des radicaux, de l'école libre des Frères et de la communale laïque, du curé et de l'instituteur. Les hostilités qui empruntaient les couleurs des saisons viraient à l'enluminure légendaire avec les fêtes de fin d'année. La messe de minuit avait lieu pour des raisons pratiques le 24 décembre à six heures du soir. A la même heure, l'instituteur, déguisé en Père Noël, distribuait des jouets aux élèves de l'école laïque. Ainsi le Père Noël devenait-il par ses soins un héros païen, radical et anticlérical, et le curé lui opposait le Petit Jésus de sa crèche vivante — célèbre dans tout le canton — comme on jette une ondée d'eau bénite à la face du Diable.

Oui, Pouldreuzic allait-il connaître une trêve ? C'est que l'instituteur, ayant pris sa retraite, avait été remplacé par une institutrice étrangère au pays, et tout le monde l'observait pour savoir de quel bois elle était faite. Mme Oiselin, mère de deux enfants — dont un bébé de trois mois — était divorcée, ce qui paraissait un gage de fidélité laïque. Mais le parti clérical

triompha dès le premier dimanche, lorsqu'on vit la
nouvelle maîtresse faire une entrée remarquée à
l'église.

Les dés paraissaient jetés. Il n'y aurait plus d'arbre
de Noël sacrilège à l'heure de la messe de « minuit »,
et le curé resterait seul maître du terrain. Aussi la
surprise fut-elle grande quand Mme Oiselin annonça à
ses écoliers que rien ne serait changé à la tradition, et
que le Père Noël distribuerait ses cadeaux à l'heure
habituelle. Quel jeu jouait-elle ? Et qui allait tenir le
rôle du Père Noël ? Le facteur et le garde champêtre,
auxquels tout le monde songeait en raison de leurs
opinions socialistes, affirmaient n'être au courant de
rien. L'étonnement fut à son comble quand on apprit
que Mme Oiselin prêtait son bébé au curé pour faire le
Petit Jésus de sa crèche vivante.

Au début tout alla bien. Le petit Oiselin dormait à
poings fermés quand les fidèles défilèrent devant la
crèche, les yeux affûtés par la curiosité. Le bœuf et
l'âne — un vrai bœuf, un vrai âne — paraissaient
attendris devant le bébé laïque si miraculeusement
métamorphosé en Sauveur.

Malheureusement il commença à s'agiter dès
l'Évangile, et ses hurlements éclatèrent au moment où
le curé montait en chaire. Jamais on n'avait entendu
une voix de bébé aussi éclatante. En vain la fillette qui
jouait la Vierge Marie le berça-t-elle contre sa maigre
poitrine. Le marmot, rouge de colère, trépignant des
bras et des jambes, faisait retentir les voûtes de l'église
de ses cris furieux, et le curé ne pouvait placer un mot.

Finalement il appela l'un des enfants de chœur et lui
glissa un ordre à l'oreille. Sans quitter son surplis, le

jeune garçon sortit, et on entendit le bruit de ses galoches décroître au-dehors.

Quelques minutes plus tard, la moitié cléricale du village, tout entière réunie dans la nef, eut une vision inouïe qui s'inscrivit à tout jamais dans la légende dorée du Pays bigouden. On vit le Père Noël en personne faire irruption dans l'église. Il se dirigea à grands pas vers la crèche. Puis il écarta sa grande barbe de coton blanc, il déboutonna sa houppelande rouge et tendit un sein généreux au Petit Jésus soudain apaisé.

Amandine ou les deux jardins

CONTE INITIATIQUE

Pour Olivia Clergue

Dimanche J'ai des yeux bleus, des lèvres vermeilles, des grosses joues roses, des cheveux blonds ondulés. Je m'appelle Amandine. Quand je me regarde dans une glace, je trouve que j'ai l'air d'une petite fille de dix ans. Ce n'est pas étonnant. Je suis une petite fille et j'ai dix ans.

J'ai un papa, une maman, une poupée qui s'appelle Amanda, et aussi un chat. Je crois que c'est une chatte. Elle s'appelle Claude, c'est pourquoi on n'est pas très sûr. Pendant quinze jours, elle a eu un ventre énorme, et un matin j'ai trouvé avec elle dans sa corbeille quatre chatons gros comme des souris qui ramaient autour d'eux avec leurs petites pattes et qui lui suçaient le ventre.

A propos de ventre, il était devenu tout plat à croire que les quatre petits y étaient enfermés et venaient d'en sortir ! Décidément Claude doit être une chatte.

Les petits s'appellent Bernard, Philippe, Ernest et Kamicha C'est ainsi que je sais que les trois premiers sont des garçons. Pour Kamicha, évidemment, il y a un doute.

Maman m'a dit qu'on ne pouvait pas garder cinq

chats à la maison. Je me demande bien pourquoi.
Alors j'ai demandé à mes petites amies de l'école si
elles voulaient un chaton.

Mercreai   Annie, Sylvie et Lydie sont venues à la
maison. Claude s'est frottée à leurs jambes en ronronnant. Elles ont pris dans leurs mains les chatons qui
ont maintenant les yeux ouverts et qui commencent à
marcher en tremblant. Comme elles ne voulaient pas
de chatte, elles ont laissé Kamicha. Annie a pris
Bernard, Sylvie Philippe et Lydie Ernest. Je ne garde
que Kamicha, et naturellement je l'aime d'autant plus
fort que les autres sont partis.

Dimanche   Kamicha est roux comme un renard avec
une tache blanche sur l'œil gauche, comme s'il avait
reçu... quoi au juste ? Le contraire d'un coup. Une
bise. Une bise de boulanger. Kamicha a un œil au
beurre blanc.

Mercredi   J'aime bien la maison de maman et le
jardin de papa. Dans la maison, la température est
toujours la même, été comme hiver. En toute saison les
gazons du jardin sont aussi verts et bien rasés. On
dirait que maman dans sa maison et papa dans son
jardin font un vrai concours de propreté. Dans la
maison on doit marcher sur des patins de feutre pour
ne pas salir les parquets. Dans le jardin papa a disposé
des cendriers pour les promeneurs-fumeurs. Je trouve
qu'ils ont raison. C'est plus rassurant comme ça. Mais
c'est quelquefois aussi un peu ennuyeux.

Dimanche   Je me réjouis de voir mon petit chat
grandir et tout apprendre en jouant avec sa maman.
  Ce matin je vais voir leur corbeille dans la bergerie.
Vide! Plus personne! Quand Claude allait se prome-
ner, elle laissait Kamicha et ses frères tout seuls.
Aujourd'hui elle l'a emmené. Elle a dû l'emporter
plutôt, parce que je suis sûre que le petit n'a pas pu la
suivre. Il marche à peine. Où est-elle allée?

Mercredi   Claude disparue depuis dimanche est
brusquement revenue. J'étais en train de manger des
fraises dans le jardin, tout à coup je sens de la fourrure
contre mes jambes. Je n'ai pas besoin de regarder, je
sais que c'est Claude. Je cours à la bergerie pour voir si
le petit est revenu lui aussi. La corbeille est toujours
vide. Claude s'est approchée. Elle a regardé dans la
corbeille et a levé la tête vers moi en fermant ses yeux
d'or. Je lui ai demandé : « Qu'as-tu fait de Kamicha? » Elle a détourné la tête sans répondre.

Dimanche   Claude ne vit plus comme avant. Autrefois elle était tout le temps avec nous. Maintenant elle
est très souvent partie. Où? C'est ce que je voudrais
bien savoir. J'ai essayé de la suivre. Impossible
Quand je la surveille, elle ne bouge pas. Elle a toujours
l'air de me dire : « Pourquoi me regardes-tu? Tu vois
bien que je reste à la maison. »
  Mais il suffit d'un moment d'inattention, et pfoutt!
plus de Claude. Alors là, je peux toujours chercher!
Elle n'est nulle part. Et le lendemain je la retrouve près
du feu, et elle me regarde d'un air innocent, comme si
j'avais des visions.

Mercredi Je viens de voir quelque chose de drôle. Je n'avais pas faim du tout, et, comme personne ne me regardait, j'ai glissé à Claude mon morceau de viande. Les chiens — quand on leur lance un morceau de viande ou de sucre —, ils l'attrapent au vol et le croquent de confiance. Pas les chats. Ils sont méfiants. Ils laissent tomber. Puis ils examinent. Claude a examiné. Mais, au lieu de manger, elle a pris le morceau de viande dans sa gueule, et elle l'a emporté dans le jardin, au risque de me faire gronder si mes parents l'avaient vue.

Ensuite elle s'est cachée dans un buisson — sans doute pour se faire oublier. Mais je la surveillais. Tout à coup elle a bondi vers le mur, elle a couru contre le mur comme s'il était couché par terre, mais il était bel et bien debout, et la chatte s'est trouvée en haut en trois bonds, toujours avec mon morceau de viande dans la gueule. Elle a regardé vers nous comme pour s'assurer qu'on ne la suivait pas, et elle a disparu de l'autre côté.

Moi, j'ai mon idée depuis longtemps. Je soupçonne que Claude a été écœurée qu'on lui ait enlevé trois chatons sur quatre, et elle a voulu mettre Kamicha en sûreté. Elle l'a caché de l'autre côté du mur, et elle reste avec lui chaque fois qu'elle n'est pas ici.

Dimanche J'avais raison. Je viens de revoir Kamicha disparu depuis trois mois. Mais comme il a changé ! Ce matin, je m'étais levée plus tôt que d'habitude. Par la fenêtre, j'ai vu Claude qui marchait lentement dans une allée du jardin. Elle tenait un mulot mort dans sa gueule. Mais ce qui était extraordinaire, c'était une sorte de grognement très doux qu'elle faisait, comme les grosses mères poules quand elles se promènent entourées de leurs poussins. Là, le poussin, il n'a pas tardé à se montrer, mais c'était un gros poussin à quatre pattes, couvert de poils roux. Je l'ai vite reconnu avec sa tache blanche sur l'œil, son œil au beurre blanc. Mais comme il est devenu fort ! Il a commencé à danser autour de Claude en essayant de donner des coups de patte au mulot, et Claude levait la tête bien haut pour que Kamicha ne puisse pas l'attraper. Finalement elle l'a laissé tomber, mais alors Kamicha, au lieu de croquer le mulot sur place, l'a pris très vite et a disparu avec sous les buissons. J'ai bien peur que ce petit chat ne soit tout à fait sauvage. Forcément, il a grandi de l'autre côté du mur sans jamais voir personne, sauf sa mère.

Mercredi   Maintenant je me lève tous les jours avant les autres. Ce n'est pas difficile, il fait si beau ! Et, comme cela, je fais ce que je veux dans la maison pendant au moins une heure. Comme papa et maman dorment, j'ai l'impression d'être seule au monde.

Ça me fait un peu peur, mais je ressens en même temps une grande joie. C'est drôle. Quand j'entends remuer dans la chambre des parents, je suis triste, la fête est finie. Et puis je vois dans le jardin un tas de choses nouvelles pour moi. Le jardin de papa est si soigné et peigné qu'on croirait qu'il ne peut rien s'y passer.

Pourtant on en voit des choses quand papa dort ! Juste avant que le soleil se lève, il y a un grand remue-ménage dans le jardin. C'est l'heure où les animaux de nuit se couchent, où les animaux de jour se lèvent. Mais justement, il y a un moment où ils sont tous là.

Ils se croisent, parfois ils se cognent parce que c'est à la fois la nuit et le jour.

La chouette se dépêche de rentrer avant que le soleil ne l'éblouisse, et elle frôle le merle qui sort des lilas. Le hérisson se roule en boule au creux des bruyères au moment où l'écureuil passe la tête par le trou du vieux chêne pour voir le temps qu'il fait.

Dimanche Il n'y a plus de doute maintenant : Kamicha est tout à fait sauvage. Quand je les ai vus, Claude et lui, ce matin sur la pelouse, je suis sortie et je me suis dirigée vers eux. Claude m'a fait fête. Elle est venue se frotter à mes jambes en ronronnant. Mais Kamicha avait disparu d'un bond dans les groseilliers. C'est curieux tout de même ! Il voit bien que sa maman n'a pas peur de moi. Alors pourquoi se sauve-t-il ? Et sa maman, pourquoi ne fait-elle rien pour le retenir ? Elle pourrait lui expliquer que je suis une amie. Non. On dirait qu'elle a complètement oublié Kamicha dès que je suis là. Elle a vraiment deux vies qui ne se touchent pas, sa vie de l'autre côté du mur et sa vie avec nous dans le jardin de papa et la maison de maman.

Mercredi J'ai voulu apprivoiser Kamicha. J'ai placé une assiette de lait au milieu de l'allée, et je suis rentrée dans la maison où j'ai observé par une fenêtre ce qui allait se passer.

Claude est arrivée la première bien entendu. Elle s'est posée devant l'assiette, les pattes de devant bien sagement serrées l'une contre l'autre, et elle a commencé à laper. Au bout d'une minute, j'ai vu l'œil au beurre blanc de Kamicha apparaître entre deux touffes d'herbe. Il observait sa mère en ayant l'air de se demander ce qu'elle pouvait bien faire. Puis il s'est avancé, mais tout aplati par terre, et il a rampé lentement, lentement, vers Claude. Dépêche-toi, petit Kamicha, sinon quand tu arriveras l'assiette sera vide ! Enfin, il y est. Mais non, pas encore ! Le voilà qui tourne autour de l'assiette toujours en rampant. Comme il est farouche ! Un vrai chat sauvage. Il tend le cou vers l'assiette, un cou long, long, un vrai cou de girafe, tout ça pour rester le plus loin possible de l'assiette. Il tend le cou, il baisse le nez, et brusquement il éternue. Il vient de toucher le lait avec son nez. Il ne s'y attendait pas. C'est qu'il n'a jamais mangé dans une assiette, ce petit sauvage. Il a fait gicler des gouttes de lait partout. Il recule et se pourlèche les babines d'un air dégoûté. Claude aussi a été éclaboussée, mais elle s'en moque. Elle continue à laper, vite, régulièrement, comme une machine.

Kamicha a fini de s'essuyer. En vérité, ces quelques gouttes de lait qu'il a léchées lui rappellent quelque chose. C'est un souvenir pas très ancien. Il s'aplatit. Il recommence à ramper. Mais cette fois, c'est vers sa mère qu'il rampe. Il glisse sa tête sous son ventre. Il tète.

Alors voilà : la grosse chatte lape et le petit chat tète. Ça doit être le même lait, celui de l'assiette qui entre dans la bouche de la chatte, ressort par sa doudoune, et entre dans la bouche du petit chat. La différence, c'est qu'il s'est réchauffé au passage. Le petit chat n'aime pas le lait froid. Il se sert de sa mère pour le faire tiédir.

L'assiette est vide. Claude l'a si bien léchée qu'elle brille au soleil. Claude tourne la tête. Elle découvre

Kamicha toujours en train de téter. « Tiens, qu'est-ce
qu'il fait là, celui-là ? » La patte de Claude s'est
détendue comme un ressort. Oh, pas méchamment !
Toutes griffes rentrées. Mais le coup a sonné sur le
crâne de Kamicha qui roule comme une boule. Ça lui
rappellera qu'il est un grand chaton. Est-ce qu'on tète
encore à son âge ?

Dimanche J'ai résolu d'entreprendre une expédition
de l'autre côté du mur pour essayer d'amadouer
Kamicha. Et aussi un peu par curiosité. Je crois qu'il y
a là derrière quelque chose d'autre, un autre jardin,
une autre maison peut-être, le jardin et la maison de
Kamicha. Je crois que si je connaissais son petit
paradis, je saurais mieux gagner son amitié.

Mercredi Cet après-midi, j'ai fait le tour de la
propriété d'à côté. Ce n'est pas très grand. Il ne faut
que dix minutes pour revenir sans se presser à son
point de départ. C'est simple : c'est un jardin qui a
exactement la taille du jardin de papa. Mais alors, ce
qui est extraordinaire : pas de porte, pas de grille,
rien ! Un mur sans aucune ouverture. Ou bien les
ouvertures ont été bouchées. La seule façon d'entrer,
c'est de faire comme Kamicha, sauter le mur. Mais
moi, je ne suis pas un chat. Alors comment faire ?

Dimanche J'avais d'abord pensé me servir de
l'échelle de jardinier de papa, mais je ne sais si j'aurais
eu la force de la porter jusqu'au mur. Et puis tout le
monde la verrait. Je serais vite repérée. Je ne sais pas
trop pourquoi, mais je crois que si papa et maman se
doutaient de mes projets, ils feraient tout pour m'em-

pêcher de les réaliser. Ce que je vais écrire est très
vilain, et j'ai honte, mais comment faire ? Aller dans le
jardin de Kamicha, je crois que c'est nécessaire et
délicieux, mais je ne dois en parler à personne, surtout
pas à mes parents. Je suis très malheureuse. Et très
heureuse en même temps.

Mercredi Il y a à l'autre bout du jardin un vieux
poirier tout tordu dont une grosse branche se tend vers
le mur. Si j'arrive à marcher jusqu'au bout de cette
branche, je pourrai sans doute mettre le pied sur le
haut du mur.

Dimanche Ça y est ! Le coup du vieux poirier a
réussi, mais comme j'ai eu peur ! Un moment je me
suis trouvée les jambes écartelées, un pied sur la
branche du poirier, l'autre sur le haut du mur. Je
n'osais pas lâcher le rameau de l'arbre que je tenais
encore dans ma main. J'ai failli appeler au secours.
Finalement, je me suis lancée. Un peu plus et je
tombais de l'autre côté du mur, mais j'ai retrouvé mon
équilibre, et aussitôt j'ai pu observer le jardin de
Kamicha que je dominais.
D'abord je n'ai vu qu'un fouillis de verdure, un vrai
taillis, une mêlée d'épines et d'arbres couchés, de
ronces et de hautes fougères, et aussi un tas de plantes
que je ne connais pas. Tout le contraire exactement du
jardin de papa, si propre et si bien peigné. J'ai pensé
que jamais je n'oserais descendre dans cette forêt
vierge qui devait grouiller de crapauds et de serpents.
Alors j'ai marché sur le mur. Ce n'était pas facile,
parce que souvent un arbre avait appuyé dessus sa
branche avec toutes ses feuilles, et je ne savais pas où je

mettais le pied. Et puis il y avait des pierres descellées qui basculaient, d'autres rendues glissantes par la mousse. Mais j'ai découvert ensuite quelque chose de tout à fait surprenant : posé contre le mur, comme pour moi depuis toujours, une sorte d'escalier en bois très raide avec une rampe, un peu comme les grosses échelles qui servent à monter dans les greniers. Le bois était verdi et vermoulu, la rampe gluante de limaces. Mais c'était quand même bien commode pour descendre, et je ne sais comment j'aurais fait sans cela.

Bon. Me voilà dans le jardin de Kamicha. Il y a de hautes herbes qui m'arrivent jusqu'au nez. Je dois marcher dans une ancienne allée taillée à travers la forêt, mais qui est en train de disparaître. De grosses fleurs bizarres me caressent la figure. Elles sentent le poivre et la farine, une odeur très douce, mais aussi qui fait un peu mal à respirer. Impossible de dire si c'est une odeur bonne ou mauvaise. Les deux à la fois, on dirait.

J'ai un peu peur, mais la curiosité me pousse. Tout ici a l'air abandonné depuis très, très longtemps. C'est triste et c'est beau comme un coucher de soleil... Un tournant, un couloir de verdure encore, et j'arrive à une sorte de clairière ronde avec au milieu une dalle. Et, assis sur la dalle, devinez qui ? Kamicha en personne qui me regarde tranquillement venir à lui. C'est drôle, je le trouve plus grand et plus fort que dans le jardin de papa. Mais c'est lui, je n'en doute pas, aucun autre chat n'a un œil au beurre blanc. En tout cas, il est bien calme, presque majestueux. Il ne s'enfuit pas comme un fou, il ne vient pas non plus à moi pour que je le caresse, non, il se lève et marche tranquillement, la queue droite comme un cierge, vers

l'autre bout de la clairière. Avant de pénétrer sous les
arbres, il s'arrête et se retourne comme pour voir si je
le suis. Oui, Kamicha, je viens, je viens ! Il ferme les
yeux longuement d'un air satisfait et repart aussi
calme. Je ne le reconnais vraiment plus. Ce que c'est
que d'être dans l'autre jardin ! Un vrai prince dans son
royaume.

Nous faisons ainsi des tours et des détours en
suivant un sentier qui se perd parfois complètement
dans les herbes. Et puis je comprends que nous
sommes arrivés. Kamicha s'arrête encore, tourne la
tête vers moi et ferme lentement ses yeux d'or.

Nous sommes à l'orée du petit bois, devant un
pavillon à colonnes qui se dresse au centre d'une vaste
pelouse ronde. Une allée avec des bancs de marbre
cassés et moussus en fait le tour. Sous le dôme du
pavillon, il y a une statue assise sur un socle. C'est un
jeune garçon tout nu avec des ailes dans le dos. Il
incline sa tête frisée avec un sourire triste qui creuse
des fossettes dans ses joues, et il lève un doigt vers ses
lèvres. Il a laissé tomber un petit arc, un carquois et
des flèches qui pendent le long du socle.

Kamicha est assis sous le dôme. Il lève la tête vers
moi. Il est aussi silencieux que le garçon de pierre. Il a
comme lui un sourire mystérieux. On dirait qu'ils
partagent le même secret, un secret un peu triste et très
doux, et qu'ils voudraient me l'apprendre. C'est drôle.
Tout est mélancolique ici, ce pavillon en ruine, ces
bancs cassés, ce gazon fou, plein de fleurs sauvages, et
pourtant je sens une grande joie. J'ai envie de pleurer
et je suis heureuse. Comme je suis loin du jardin bien
peigné de papa et de la maison bien cirée de maman !
Est-ce que je pourrai jamais y revenir ?

Je tourne brusquement le dos au garçon secret, à Kamicha, au pavillon, et je m'enfuis vers le mur. Je cours comme une folle, les branches et les fleurs me fouettent le visage. Quand j'arrive au mur, ce n'est bien sûr pas là où il y a l'échelle vermoulue du meunier. Enfin la voilà ! Je marche aussi vite que possible sur le sommet du mur. Le vieux poirier. Je saute. Je suis dans le jardin de mon enfance. Comme tout y est clair et bien ordonné !

Je monte dans ma petite chambre. Je pleure long-temps, très fort, pour rien, comme ça. Et ensuite, je dors un peu. Quand je me réveille, je me regarde dans la glace. Mes vêtements ne sont pas salis. Je n'ai rien. Tiens, si, un peu de sang. Une traînée de sang sur ma jambe. C'est curieux, je n'ai d'écorchure nulle part. Alors pourquoi ? Tant pis. Je m'approche du miroir et je regarde ma figure de tout près.

J'ai des yeux bleus, des lèvres vermeilles, des grosses joues roses, des cheveux blonds ondulés.

Pourtant je n'ai plus l'air d'une petite fille de dix ans. De quoi ai-je l'air ? Je lève mon doigt vers mes lèvres vermeilles. J'incline ma tête frisée. Je souris d'un air mystérieux. Je trouve que je ressemble au garçon de pierre...

Alors je vois des larmes au bord de mes paupières.

Mercredi   Kamicha est devenu très familier depuis ma visite dans son jardin. Il passe des heures étendu sur le flanc au soleil.

A propos de flanc, je le trouve bien rond. De jour en jour plus rond.

Ça doit être une chatte.

Kamichatte [1]...

La fugue du petit Poucet

CONTE DE NOËL

Ce soir-là, le commandant Poucet paraissait décidé à en finir avec les airs mystérieux qu'il prenait depuis plusieurs semaines, et à dévoiler ses batteries.

— Eh bien voilà, dit-il au dessert après un silence de recueillement. On déménage. Bièvres, le pavillon de traviole, le bout de jardin avec nos dix salades et nos trois lapins, c'est terminé !

Et il se tut pour mieux observer l'effet de cette révélation formidable sur sa femme et son fils. Puis il écarta les assiettes et les couverts, et balaya du tranchant de la main les miettes de pain qui parsemaient la toile cirée.

— Mettons que vous ayez ici la chambre à coucher. Là, c'est la salle de bains, là, le living, là, la cuisine, et deux autres chambres s'il vous plaît. Soixante mètres carrés avec les placards, la moquette, les installations sanitaires et l'éclairage au néon. Un truc inespéré. Vingt-troisième étage de la tour Mercure. Vous vous rendez compte ?

Se rendaient-ils compte vraiment ? Mme Poucet regardait d'un air apeuré son terrible mari, puis dans un mouvement de plus en plus fréquent depuis quel-

que temps, elle se tourna vers petit Pierre, comme si
elle s'en remettait à lui pour affronter l'autorité du chef
des bûcherons de Paris.

— Vingt-troisième étage ! Eh ben ! Vaudra mieux
pas oublier les allumettes ! observa-t-il courageuse-
ment.

— Idiot ! répliqua Poucet, il y a quatre ascenseurs
ultra-rapides. Dans ces immeubles modernes, les esca-
liers sont pratiquement supprimés.

— Et quand il y aura du vent, gare aux courants
d'air !

— Pas question de courants d'air ! Les fenêtres sont
vissées. Elles ne s'ouvrent pas.

— Alors, pour secouer mes tapis ? hasarda
Mme Poucet.

— Tes tapis, tes tapis ! Il faudra perdre tes habitudes de campagnarde, tu sais. Tu auras ton aspirateur.
C'est comme ton linge. Tu ne voudrais pas continuer à
l'étendre dehors pour le faire sécher !

— Mais alors, objecta Pierre, si les fenêtres sont
vissées, comment on respire ?

— Pas besoin d'aérer. Il y a l'air conditionné. Une
soufflerie expulse jour et nuit l'air usé et le remplace
par de l'air puisé sur le toit, chauffé à la température
voulue. D'ailleurs, il faut bien que les fenêtres soient
vissées puisque la tour est insonorisée.

— Insonorisée à cette hauteur ? Mais pourquoi ?

— Tiens donc, à cause des avions ! Vous vous
rendez compte qu'on sera à mille mètres de la nouvelle
piste de Toussus-le-Noble. Toutes les quarante-cinq
secondes, un jet frôle le toit. Heureusement qu'on est
bouclé ! Comme dans un sous-marin... Alors voilà,

tout est prêt. On va pouvoir emménager avant le 25. Ce sera votre cadeau de Noël. Une veine, non ?

Mais tandis qu'il se verse un rabiot de vin rouge pour finir son fromage, petit Pierre étale tristement dans son assiette la crème caramel dont il n'a plus bien envie tout à coup.

— Ça, mes enfants, c'est la vie moderne, insiste Poucet. Faut s'adapter ! Vous ne voulez tout de même pas qu'on moisisse éternellement dans cette campagne pourrie ! D'ailleurs le président de la République l'a dit lui-même : *Il faut que Paris s'adapte à l'automobile, un certain esthétisme dût-il en souffrir.*

— Un certain esthétisme, c'est quoi ? demande Pierre.

Poucet passe ses doigts courts dans la brosse noire de ses cheveux. Ces gosses, toujours la question stupide !

— L'esthétisme, l'esthétisme... euh... eh bien, c'est les arbres ! finit-il par trouver avec soulagement. *Dût-il en souffrir,* ça veut dire qu'il faut les abattre. Tu vois, fiston, le Président, il faisait allusion comme ça à mes hommes et à moi. Un bel hommage aux bûcherons de Paris. Et un hommage mérité ! Parce que sans nous, hein, les grandes avenues et les parkings, pas question avec tous ces arbres. C'est que Paris, sans en avoir l'air, c'est plein d'arbres. Une vraie forêt, Paris ! Enfin, c'était... Parce qu'on est là pour un coup, nous les bûcherons. Une élite, oui. Parce que, pour la finition, on est orfèvres, nous. Tu crois que c'est facile d'abattre un platane de vingt-cinq mètres en pleine ville sans rien abîmer autour ?

Il est lancé. Plus rien ne l'arrêtera. Mme Poucet se lève pour faire la vaisselle, tandis que Pierre fixe sur son père un regard figé qui simule une attention passionnée.

— Les grands peupliers de l'île Saint-Louis et ceux de la place Dauphine, en rondelles de saucisson qu'il a fallu les couper, et descendre les billots un par un avec des cordes. Et tout ça sans casser une vitre, sans défoncer une voiture. On a même eu droit aux félicitations du Conseil de Paris. Et c'est justice. Parce que le jour où Paris sera devenu un écheveau d'auto-routes et de toboggans que des milliers de voitures pourront traverser à cent à l'heure dans toutes les directions, hein, c'est à qui qu'on devra ça d'abord ? Aux bûcherons qu'auront fait place nette !

— Et mes bottes ?

— Quelles bottes ?

— Celles que tu m'avais promises pour Noël ?

— Des bottes, moi ? Oui, bien sûr. Des bottes, c'est très bien ici pour patauger dans le jardin. Mais dans un appartement, c'est pas possible. Et les voisins du dessous, qu'est-ce qu'ils diraient ? Tiens, je vais te faire une proposition. Au lieu de bottes, j'achète une télévision en couleurs. C'est autre chose, ça, non ? Tu veux, hein, tope là !

Et il lui prend la main avec son bon sourire franc et viril de commandant des bûcherons de Paris.

Je ne veux pas d'éclairage au néant, ni d'air contingenté. Je préfère les arbres et les bottes. Adieu pour toujours. Votre fils unique. Pierre.

« Ils vont encore dire que j'ai une écriture de bébé », pense Pierre avec dépit, en relisant son billet d'adieu. Et l'orthographe ? Rien de tel qu'une grosse faute bien ridicule pour enlever toute dignité à un message, fût-il pathétique. Bottes. Cela prend-il bien deux *t*? Oui sans doute puisqu'il y a deux bottes.

Le billet est plié à cheval en évidence sur la table de la cuisine. Ses parents le trouveront en rentrant de chez les amis où ils passent la soirée. Lui, il sera loin. Tout seul? Pas exactement. Il traverse le petit jardin, et, un cageot sous le bras, il se dirige vers le clapier où il élève trois lapins. Les lapins non plus n'aiment pas les tours de vingt-trois étages.

Le voici au bord de la grand-route, la nationale 306 qui mène dans la forêt de Rambouillet. Car c'est là qu'il veut aller. Une idée vague, évidemment. Il a vu lors des dernières vacances un rassemblement de caravanes autour de l'étang du village de Vieille-Église. Peut-être certaines caravanes sont-elles encore là, peut-être qu'on voudra bien de lui...

La nuit précoce de décembre est tombée. Il marche sur le côté droit de la route, contrairement aux recommandations qu'on lui a toujours faites, mais l'auto-stop a ses exigences. Malheureusement les voitures ont l'air bien pressées en cette avant-veille de Noël. Elles passent en trombe sans même mettre leurs phares en code. Pierre marche longtemps, longtemps. Il n'est pas fatigué encore, mais le cageot passe de plus en plus souvent de son bras droit à son bras gauche, et retour. Enfin voilà un îlot de lumière vive, des couleurs, du bruit. C'est une station-service avec un magasin plein de gadgets. Un gros semi-remorque est arrêté près d'une pompe à fuel. Pierre s'approche du chauffeur.

— Je vais vers Rambouillet. Je peux monter?

Le chauffeur le regarde avec méfiance.

— T'es pas en cavale au moins?

Là, les lapins ont une idée géniale. L'un après l'autre, ils sortent leur tête du cageot. Est-ce qu'on emporte des lapins vivants dans un cageot quand on fait une fugue? Le chauffeur est rassuré.

— Allez oust! Je t'emmène!

C'est la première fois que Pierre voyage dans un poids lourd. Comme on est haut perché! On se croirait sur le dos d'un éléphant. Les phares font surgir de la nuit des pans de maisons, des fantômes d'arbres, des silhouettes fugitives de piétons et de cyclistes. Après Christ-de-Saclay, la route devient plus étroite, plus sinueuse. On est vraiment à la campagne. Saint-Rémy, Chevreuse, Cernay. Ça y est, on entre dans la forêt.

— Je descends à un kilomètre, prévient Pierre au hasard.

En vérité il n'en mène pas large, et il a l'impression qu'en quittant le camion, il va abandonner un bateau pour se jeter à la mer. Quelques minutes plus tard, le camion se range au bord de la route.

— Je ne peux pas stationner longtemps ici, explique le chauffeur. Allez hop! Tout le monde descend!

Mais il plonge encore la main sous son siège et en tire une bouteille thermos.

— Un coup de vin chaud si tu veux avant qu'on se quitte. C'est ma vieille qui me met toujours ça. Moi je préfère le petit blanc sec.

Le liquide sirupeux brûle et sent la cannelle, mais c'est tout de même du vin, et Pierre est un peu saoul quand le camion s'ébranle en soufflant, crachant et mugissant. « Vraiment, oui, un éléphant, pense Pierre en le regardant s'enfoncer dans la nuit. Mais à cause des girandoles et des feux rouges, un éléphant qui serait en même temps un arbre de Noël. »

L'arbre de Noël disparaît dans un tournant, et la nuit se referme sur Pierre. Mais ce n'est pas une nuit tout à fait noire. Le ciel nuageux diffuse une vague phosphorescence. Pierre marche. Il pense qu'il faut tourner à droite dans un chemin pour gagner l'étang. Justement voilà un chemin, mais à gauche. Ah tant pis ! Il n'est sûr de rien. Va pour la gauche. Ça doit être ce vin chaud. Il n'aurait pas dû. Il tombe de sommeil. Et ce maudit cageot qui lui scie la hanche. S'il se reposait une minute sous un arbre ? Par exemple sous ce grand sapin qui a semé autour de lui un tapis d'aiguilles à peu près sec ? Tiens on va sortir les lapins. Ça tient chaud des lapins vivants. Ça remplace une couverture. C'est une couverture vivante. Ils se mussent contre Pierre en enfonçant leur petit museau dans ses vêtements. « Je suis leur terrier, pense-t-il en souriant. Un terrier vivant. »

Des étoiles dansent autour de lui avec des exclamations et des rires argentins. Des étoiles ? Non, des lanternes. Ce sont des gnomes qui les tiennent. Des gnomes ? Non, des petites filles. Elles se pressent autour de Pierre.

— Un petit garçon ! Perdu ! Abandonné ! Endormi ! Il se réveille. Bonjour ! Bonsoir ! Hi, hi, hi ! Comment tu t'appelles ? Moi c'est Nadine, et moi Christine, Carine, Aline, Sabine, Ermeline, Delphine...

Elles pouffent en se bousculant, et les lanternes dansent de plus belle. Pierre tâte autour de lui. Le cageot est toujours là, mais les lapins ont disparu. Il se lève. Les sept petites filles l'entourent, l'entraînent, impossible de leur résister.

— Notre nom de famille, c'est Logre. On est des
sœurs.

Nouveau fou rire qui secoue les sept lanternes.

— On habite à côté. Tiens, tu vois cette lumière
dans les arbres ? Et toi ? Tu viens d'où ? Comment tu
t'appelles ?

C'est la seconde fois qu'elles lui demandent son
nom. Il articule : « Pierre. » Elles s'écrient toutes
ensemble : « Il sait parler ! Il parle ! Il s'appelle
Pierre ! Viens, on va te présenter à Logre. »

La maison est toute en bois, sauf un soubassement
de meulière. C'est une construction vétuste et compliquée qui résulte, semble-t-il, de l'assemblage maladroit de plusieurs bâtiments. Mais Pierre est poussé
déjà dans la grande pièce commune. Il n'y voit tout
d'abord qu'une cheminée monumentale où flambent
des troncs d'arbre. La gauche du brasier est masquée
par un grand fauteuil d'osier, un véritable trône, mais
un trône léger, aérien, adorné de boucles, de ganses, de
croisillons, de rosaces, de corolles à travers lesquels
brillent les flammes.

— Ici on mange, on chante, on danse, on se raconte
des histoires, commentent sept voix en même temps.
Là, à côté, c'est notre chambre. Ce lit, c'est pour tous
les enfants. Vois comme il est grand.

En effet, Pierre n'a jamais vu un lit aussi large, carré
exactement, avec un édredon gonflé comme un gros
ballon rouge. Au-dessus du lit, comme pour inspirer le
sommeil, une inscription brodée dans un cadre : *Faites
l'amour, ne faites pas la guerre.* Mais les sept diablesses
entraînent Pierre dans une autre pièce, un vaste atelier
qui sent la laine et la cire, et qui est tout encombré par
un métier à tisser de bois clair.

— C'est là que maman fait ses tissus. Maintenant, elle est partie les vendre en province. Nous, on l'attend avec papa.

Drôle de famille, pense Pierre. C'est la mère qui travaille pendant que le père garde la maison !

Les voici tous à nouveau devant le feu de la salle commune. Le fauteuil remue. Le trône aérien était donc habité. Il y avait quelqu'un entre ses bras recourbés comme des cols de cygne.

— Papa, c'est Pierre !

Logre s'est levé, et il regarde Pierre. Comme il est grand ! Un vrai géant des bois ! Mais un géant mince, flexible, où tout n'est que douceur, ses longs cheveux blonds serrés par un lacet qui lui barre le front, sa barbe dorée, annelée, soyeuse, ses yeux bleus et tendres, ses vêtements de peau couleur de miel aux-quels se mêlent des bijoux d'argent ciselés, des chaî-nes, des colliers, trois ceinturons dont les boucles se superposent, et surtout, ah ! surtout, ses bottes, de hautes bottes molles de daim fauve qui lui montent jusqu'aux genoux, elles aussi couvertes de gourmettes, d'anneaux, de médailles.

Pierre est saisi d'admiration. Il ne sait quoi dire, il ne sait plus ce qu'il dit. Il dit : « Vous êtes beau comme... » Logre sourit. Il sourit de toutes ses dents blanches, mais aussi de tous ses colliers, de son gilet brodé, de sa culotte de chasseur, de sa chemise de soie, et surtout, ah ! surtout de ses hautes bottes.

— Beau comme quoi ? insiste-t-il.

Affolé, Pierre cherche un mot, le mot qui exprimera le mieux sa surprise, son émerveillement.

— Vous êtes beau comme une femme ! finit-il par articuler dans un souffle.

Le rire des petites filles éclate, et aussi le rire de
Logre, et finalement le rire de Pierre, heureux de se
fondre ainsi dans la famille.

— Allons manger, dit Logre.

Quelle bousculade autour de la table, car toutes les
filles veulent être à côté de Pierre !

— Aujourd'hui, c'est Sabine et Carine qui servent,
rappelle Logre avec douceur.

A part les carottes râpées, Pierre ne reconnaît aucun
des plats que les deux sœurs posent sur la table et dans
lesquels tout le monde se met aussitôt à puiser
librement. On lui nomme la purée d'ail, le riz complet,
les radis noirs, le sucre de raisin, le confit de plancton,
le soja grillé, le rutabaga bouilli, et d'autres merveilles
qu'il absorbe les yeux fermés en les arrosant de lait cru
et de sirop d'érable. De confiance, il trouve tout
délicieux.

Ensuite les huit enfants s'assoient en demi-cercle
autour du feu, et Logre décroche de la hotte de la
cheminée une guitare dont il tire d'abord quelques
accords tristes et mélodieux. Mais lorsque le chant
s'élève, Pierre tressaille de surprise et observe attenti-
vement le visage des sept sœurs. Non, les filles
écoutent, muettes et attentives. Cette voix fluette, ce
soprano léger qui monte sans effort jusqu'aux trilles les
plus aigus, c'est bien de la silhouette noire de Logre
qu'il provient.

Sera-t-il jamais au bout de ses surprises ? Il faut
croire que non, car les filles font circuler les cigarettes,
et sa voisine — est-ce Nadine ou Ermeline ? — en
allume une qu'elle lui glisse sans façon entre les lèvres.
Des cigarettes qui ont une drôle d'odeur, un peu âpre,
un peu sucrée à la fois, et dont la fumée vous rend

léger, léger, aussi léger qu'elle-même, flottant en nappes bleues dans l'espace noir.

Logre pose sa guitare contre son fauteuil, et il observe un long silence méditatif. Enfin il commence à parler d'une voix éteinte et profonde

— Écoutez-moi, dit-il. Ce soir, c'est la nuit la plus longue de l'année. Je vais donc vous parler de ce qu'il y a de plus important au monde. Je vais vous parler des arbres.

Il se tait encore longuement, puis il reprend.

— Écoutez-moi Le Paradis. qu'est-ce que c'était ? C'était une forêt. Ou plutôt un bois. Un bois, parce que les arbres y étaient plantés proprement, assez loin les uns des autres. sans taillis ni buissons d'épines. Mais surtout parce qu'ils étaient chacun d'une essence différente Ce n'était pas comme maintenant. Ici par exemple, on voit des centaines de bouleaux succéder à des hectares de sapins. De quelles essences s'agissait-il ? D'essences oubliées, inconnues, extraordinaires, miraculeuses qui ne se rencontrent plus sur la terre, et vous allez savoir pourquoi. En effet chacun de ces arbres avait ses fruits. et chaque sorte de fruit possédait une vertu magique particulière L'un donnait la connaissance du bien et du mal C'était le numéro un du Paradis. Le numéro deux conférait la vie éternelle. Ce n'était pas mal non plus. Mais il y avait tous les autres, celui qui apportait la force. celui qui douait du pouvoir créateur, ceux grâce auxquels on acquérait la sagesse, l'ubiquité, la beauté. le courage, l'amour, toutes les qualités et les vertus qui sont le privilège de Yahvé Et ce privilège. Yahvé entendait bien le garder pour lui seul C'est pourquoi il dit à Adam : " Si tu manges du fruit de l'arbre numéro un, tu mourras. "

« Yahvé disait-il la vérité ou mentait-il ? Le serpent prétendait qu'il mentait. Adam n'avait qu'à essayer. Il verrait bien s'il mourrait ou si au contraire il connaîtrait le bien et le mal. Comme Yahvé lui-même.

« Poussé par Ève, Adam se décide. Il mord dans le fruit. Et il ne meurt pas. Ses yeux s'ouvrent au contraire, et il connaît le bien et le mal. Yahvé avait donc menti. C'est le serpent qui disait vrai.

« Yahvé s'affole. Maintenant qu'il n'a plus peur, l'homme va manger de tous les fruits interdits, et d'étape en étape, il va devenir un second Yahvé. Il pare au plus pressé en plaçant un Chérubin à l'épée de feu tournoyante devant l'arbre numéro deux, celui qui donne la vie éternelle. Ensuite il fait sortir Adam et Ève du Bois magique, et il les exile dans un pays sans arbres.

« Voici donc la malédiction des hommes : ils sont sortis du règne végétal. Ils sont tombés dans le règne animal. Or, qu'est-ce que le règne animal ? C'est la chasse, la violence, le meurtre, la peur. Le règne végétal, au contraire, c'est la calme croissance dans une union de la terre et du soleil. C'est pourquoi toute sagesse ne peut se fonder que sur une méditation de l'arbre, poursuivie dans une forêt par des hommes végétariens... »

Il se lève pour jeter des bûches dans le feu. Puis il reprend sa place, et après un long silence :

— Écoutez-moi, dit-il. Qu'est-ce qu'un arbre ? Un arbre, c'est d'abord un certain équilibre entre une ramure aérienne et un enracinement souterrain. Cet équilibre purement mécanique contient à lui seul toute une philosophie. Car il est clair que la ramure ne peut s'étendre, s'élargir, embrasser un morceau de ciel de plus en plus vaste qu'autant que les racines plongent plus profond, se divisent en radicules et radicelles de plus en plus nombreuses pour ancrer plus solidement l'édifice. Ceux qui connaissent les arbres savent que certaines variétés — les cèdres notamment — développent témérairement leur ramure au-delà de ce que peuvent assurer leurs racines. Tout dépend alors du site où se dresse l'arbre. S'il est exposé, si le terrain est meuble et léger, il suffit d'une tempête pour faire basculer le géant. Ainsi voyez-vous, plus vous voulez vous élever, plus il faut avoir les pieds sur terre. Chaque arbre vous le dit.

« Ce n'est pas tout. L'arbre est un être vivant, mais d'une vie toute différente de celle de l'animal. Quand nous respirons, nos muscles gonflent notre poitrine qui s'emplit d'air. Puis nous expirons. Aspirer, expirer, c'est une décision que nous prenons tout seuls, solitairement, arbitrairement ; sans nous occuper du temps qu'il fait, du vent qui souffle, ni du soleil ni de rien. Nous vivons coupés du reste du monde, ennemis du reste du monde. Au contraire regardez l'arbre. Ses poumons, ce sont ses feuilles. Elles ne changent d'air que si l'air veut bien se déplacer. La respiration de l'arbre, c'est le vent. Le coup de vent est le mouvement de l'arbre, mouvement de ses feuilles, tigelles, tiges, rameaux, branchettes, branches et enfin mouvement du tronc. Mais il est aussi aspiration, expiration, transpiration. Et il y faut aussi le soleil, sinon l'arbre ne vit pas. L'arbre ne fait qu'un avec le vent et le soleil. Il tète directement sa vie à ces deux mamelles du cosmos, vent et soleil. Il n'est que cette attente. Il n'est qu'un immense réseau de feuilles tendu dans l'attente du vent et du soleil. L'arbre est un piège à vent, un piège à soleil. Quand il remue en bruissant et en laissant fuir des flèches de lumière de toutes parts, c'est que ces deux gros poissons, le vent et le soleil, sont venus se prendre au passage dans son filet de chlorophylle... »

Logre parle-t-il vraiment ou bien ses pensées se transmettent-elles silencieusement sur les ailes bleues des drôles de cigarettes que tout le monde continue à fumer ? Pierre ne pourrait le dire. En vérité, il flotte dans l'air comme un grand arbre — un marronnier, oui, pourquoi justement un marronnier, il n'en sait rien, mais c'est sûrement cet arbre-là — et les paroles de Logre viennent habiter ses branches avec un bruissement lumineux.

Que se passe-t-il ensuite ? Il revoit comme dans un rêve le grand lit carré et une quantité de vêtements volant à travers la chambre — des vêtements de petites filles et ceux aussi d'un petit garçon — et une bruyante bousculade accompagnée de cris joyeux. Et puis la nuit douillette sous l'énorme édredon, et ce grouillis de corps mignons autour de lui, ces quatorze menottes qui lui font des caresses si coquines qu'il en étouffe de rire...

Une lueur sale filtre par les fenêtres. Soudain on entend des stridences de sifflets à roulette. On frappe des coups sourds à la porte. Les petites filles se dispersent comme une volée de moineaux, laissant Pierre tout seul dans le grand lit éventré. Les coups redoublent, on croirait entendre ceux d'une cognée sur le tronc d'un arbre condamné.

— Police ! Ouvrez immédiatement !

Pierre se lève et s'habille à la hâte.

— Bonjour, Pierre.

Il se retourne, reconnaissant la voix douce et chantante qui l'a bercé toute la nuit. Logre est devant lui. Il n'a plus ses vêtements de peau, ni ses bijoux, ni son lacet autour du front. Il est pieds nus dans une longue tunique de toile écrue, et ses cheveux séparés au milieu par une raie tombent librement sur ses épaules.

— Les soldats de Yahvé viennent m'arrêter, dit-il gravement. Mais demain, c'est Noël. Avant que la maison ne soit mise à sac, viens choisir, en souvenir de moi, un objet qui t'accompagnera dans le désert.

Pierre le suit dans la grande pièce où le manteau de la cheminée n'abrite plus qu'un tas de cendre froide. D'un geste vague, Logre lui désigne épars sur la table, sur les chaises, pendus au mur, jonchant le sol, des objets étranges et poétiques, tout un trésor pur et sauvage. Mais Pierre n'a pas un regard pour la dague ciselée, ni pour les boucles de ceinturon, ni pour le gilet de renard, ni pour les diadèmes, les colliers et les bagues. Non, il ne voit que la paire de bottes, posée presque sous la table et dont la haute tige retombe gauchement sur le côté comme des oreilles d'éléphant.

— Elles sont beaucoup trop grandes pour toi, lui dit Logre, mais ça ne fait rien. Cache-les sous ton manteau. Et lorsque tu t'ennuieras trop chez toi, ferme ta chambre à clé, chausse-les, et laisse-toi emporter par elles au pays des arbres.

C'est alors que la porte s'ouvre avec fracas et que trois hommes se ruent à l'intérieur. Ils sont en uniforme de gendarme, et Pierre n'est pas surpris de

voir accourir derrière eux le commandant des bûcherons de Paris.

— Alors le trafic et l'usage de drogue, ça ne te suffit
plus maintenant? aboie l'un des gendarmes à la face
de Logre. Il faut que tu te rendes coupable de
détournement de mineur en plus?

Logre se contente de lui tendre ses poignets. Les
menottes claquent. Cependant Poucet aperçoit son fils.

— Ah te voilà, toi! J'en étais sûr! Va m'attendre
dans la voiture, et que ça saute!

Puis il se lance dans une inspection furibonde et
écœurée des lieux.

— Les arbres, ça fait pulluler les champignons et les
vices. Rien que le bois de Boulogne, vous savez ce que
c'est? Un lupanar à ciel ouvert! Tenez, regardez ce
que je viens de trouver!

Le capitaine de gendarmerie se penche sur le cadre
brodé : *Faites l'amour, ne faites pas la guerre!*

— Ça, admet-il, c'est une pièce à conviction :
incitation de mineur à la débauche et entreprise de
démoralisation de l'armée! Quelle saleté!

Au vingt-troisième étage de la tour Mercure, Poucet
et sa femme regardent sur leur récepteur de télévision
en couleurs des hommes et des femmes coiffés de
chapeaux de clowns qui s'envoient à la figure des
confetti et des serpentins. C'est le réveillon de Noël.

Pierre est seul dans sa chambre. Il tourne la clé dans
la serrure, puis il tire de sous son lit deux grandes
bottes molles de peau dorée. Ce n'est pas difficile de les
chausser, elles sont tellement trop grandes pour lui! Il

serait bien empêché de marcher, mais il ne s'agit pas de cela. Ce sont des bottes de rêve.

Il s'étend sur son lit, et ferme les yeux. Le voilà parti, très loin. Il devient un immense marronnier aux fleurs dressées comme des petits candélabres crémeux. Il est suspendu dans l'immobilité du ciel bleu. Mais soudain, un souffle passe. Pierre mugit doucement. Ses milliers d'ailes vertes battent dans l'air. Ses branches oscillent en gestes bénisseurs. Un éventail de soleil s'ouvre et se ferme dans l'ombre glauque de sa frondaison. Il est immensément heureux. Un grand arbre...

Tupik

— Tu piques !

Le petit garçon se tortillait dans les bras de son père qui voulait l'embrasser. Ce n'était pas seulement ses joues râpeuses, c'était sa peau grise, son odeur de tabac et de savon à barbe, son complet couleur de poussière, son faux col raide que n'égayait pas une cravate trop sage... Non, vraiment, il n'y avait rien qui flatte et caresse dans cet homme, et ses manifestations de tendresse ressemblaient à des punitions. Il n'avait de surcroît réussi qu'à envenimer les choses en ripostant par l'ironie aux rebuffades de son fils, en l'appelant Tupik, mon petit hérisson, par exemple.

— Viens ici, Tupik ! commandait-il. Viens embrasser papa !

En entendant ce surnom pour la première fois, l'enfant s'était hérissé, oui il s'était très exactement senti devenir un hérisson, un cochon miniature couvert d'une brosse de pointes grouillante de vermine. Pouah ! Il avait hurlé de colère et de dégoût. Maman était là heureusement. Il s'était réfugié dans ses bras.

— Je ne veux pas, je ne veux pas être Tupik.

Elle l'avait enveloppé de son parfum. Elle avait appliqué sa joue crémeuse et fardée sur celle en feu de

l'enfant. Puis sa voix grave et apaisante avait comme
par miracle désamorcé le piège. l'image lénifiante
s'était posée comme une main fraîche sur son imagination irritée.

— Mais tu sais. les bébés hérissons n'ont pas de
piquants. seulement des soies très douces et bien
propres. Ce n'est que plus tard. Plus tard, quand ils
deviennent grands. Quand ils deviennent des
hommes..

Devenir un homme. Comme papa. Aucune perspective ne séduisait moins Tupik. Plus d'une fois, il avait
assisté à la toilette de son père. Le rasoir pliant. un de
ces anciens rasoirs à manche de nacre que l'on appelle
parfois des coupe-chou. tenu bizarrement entre le
pouce et l'index, raclait la peau en emportant la
mousse du savon souillée de poils coupés. Et cette
neige crasseuse s'en allait en flocons gris sous l'eau du
robinet. tandis que papa continuait à se raboter le cou
et les bajoues en faisant des grimaces ridicules. Il
terminait par la lèvre supérieure. et pour cela il se
retroussait le bout du nez en le pinçant dans ses doigts.
Ensuite Tupik s'enfuyait pour que papa ayant terminé
ne le serre pas dans ses bras. Terminé vraiment ? Et
tous ces poils noirs sur sa poitrine. alors ?

Tupik n'avait en revanche jamais vu sa mère à sa
table de toilette. Après son thé au citron qu'elle prenait
seule dans sa chambre. elle s'enfermait une heure et
demie dans la salle de bains. Et quand elle en sortait,
vêtue encore d'un déshabillé de mousseline. c'était
déjà une déesse, la déesse du matin, fraîche comme
une rose, ointe de lanoline. bien différente il est vrai de
la grande déesse noire du soir. celle qui se penchait sur
le lit de Tupik, le visage dissimulé à demi sous une

voilette, et qui lui disait : « Ne m'embrasse pas, tu me
décoifferais. — Laissez-moi au moins vos gants »,
avait-il supplié un jour. Et elle avait consenti, elle avait
laissé tomber dans le petit lit ces dépouilles de
chevreau noir, souples et tièdes comme des peaux
vivantes fraîchement arrachées, et l'enfant avait enveloppé son corps de ces mains vides, les mains de
maman, et il s'était endormi sous leur caresse.

Le bel appartement qu'habitaient Tupik et sa
famille rue des Sablons n'aurait offert que peu de
ressources aux rêveries de l'enfant sans un vaste et
vieux tableau de style préraphaélite qu'on avait suspendu pour s'en débarrasser dans l'étroit couloir
menant du salon aux chambres du fond. Personne ne
le remarquait plus, à l'exception de Tupik qui sentait
peser sur sa tête les images terribles qu'il rassemblait,
chaque fois qu'il empruntait ce sombre passage. Ce
tableau représentait le *Jugement dernier* Au centre d'un
paysage apocalyptique fait de montagnes culbutées les
unes sur les autres, un être de lumière trônait et
présidait au partage inexorable établi entre les damnés
et les élus Les damnés s'enfonçaient dans un souterrain de granit, tandis que les élus, chantant et portant
des palmes, s'élevaient vers le ciel sur un grand
escalier de nuages roses. Or, ce qui frappait le plus
l'enfant, c'était l'anatomie des uns et des autres. Car
tandis que les damnés, bruns de peau et noirs de poil,
exhibaient dans leur nudité des muscles formidables,
les élus, pâles et minces, cachaient sous des tuniques
blanches des membres frêles et délicats.

Quand il faisait beau, Tupik allait l'après-midi avec
sa bonne au square Desbordes-Valmore. La vieille

Marie s'asseyait toujours sur le même banc où elle tenait salon en compagnie de gouvernantes du quartier venues elles aussi aérer quelque progéniture bourgeoise. On parlait du temps, des affaires familiales, des provinces dont on était native, et surtout des patrons. Le square formant un milieu clos et sans danger, on y laissait divaguer les enfants sous une surveillance assez distraite.

Tupik aimait ces heures à demi désœuvrées d'exploration et de découverte. Elles contrastaient avec les mornes matinées d'étude qu'il passait en compagnie d'une poignée d'autres enfants fortunés dans un cours privé de la rue de la Faisanderie. Tout ce qu'il apprenait à l'école restait pour lui abstrait et sans rapport avec les choses. Le savoir y flottait au-dessus de la vie sans jamais s'y mêler. Au contraire il s'avançait les yeux arrondis et les doigts écarquillés dans le square, lieu initiatique, plein de surprises et de menaces.

Il y avait d'abord tout un petit peuple de statues aussi étranges par leur nudité que par leurs occupations respectives. Par exemple l'une d'elles était un cheval qui à la place du cou avait un torse d'homme, un homme barbu au regard mauvais. Il passait son temps à emporter sous son bras une grosse femme toute nue et complètement décoiffée qui se débattait sans conviction. Tupik avait demandé à Marie de lui expliquer cette scène. Marie, visiblement dépassée, s'en était remise à la demoiselle anglaise d'une petite fille qui venait parfois et qui se trouvait justement là. Miss Campbell avait tenu à Tupik un assez long discours dont il avait retenu en gros que l'homme-cheval — un sent-fort — était obligé pour se marier d'enlever une femme de vive force, précisément à cause de la mauvaise odeur qu'il dégageait et à laquelle il devait son nom. Tupik, se souvenant de l'odeur de papa, avait été satisfait par cette explication.

Plus loin un jeune homme au visage glabre et joufflu, vêtu d'une courte jupette, levait son glaive sur un monstre, tombé à la renverse. Le monstre avait le corps d'un homme d'une force terrible et la tête d'un taureau. Là aussi Miss Campbell avait apporté ses lumières. Le jeune garçon qui s'appelait Thésée aurait dû être mangé par le monstre. Mais il avait été le plus fort, et c'est lui qui avait tué l'homme-taureau. Mais pourquoi avait-il une jupe et un nom de fille ? A cette question Miss Campbell n'avait pu répondre.

Tupik savait faire la différence entre les visiteurs du square plus ou moins assidus, et ses habitants permanents. Parmi ces derniers, le premier rôle revenait à coup sûr au gardien. Le père Cromorne se signalait par son uniforme et son képi, mais surtout par la manche gauche de sa veste qui était vide et qu'une épingle tenait repliée sur elle-même. On disait de lui qu'il était veuf et manchot. Tupik s'était fait expliquer ces mots, et il se demandait si ces deux qualités étaient liées de quelque façon. Était-ce parce qu'il avait perdu sa femme que Cromorne n'avait qu'un bras ? Avait-il coupé son bras gauche le jour de l'enterrement pour le placer dans le cercueil à côté de la chère disparue ?

Beaucoup moins importantes que Cromorne, Mme Béline et Mlle Aglaé étaient des figures secondaires, mais rassurantes. Mlle Aglaé avait la garde des chaises — quatre-vingt-quatorze chaises, avait-elle précisé en soupirant devant Marie et Miss Campbell

un jour d'abandon. Elle se devait pour bien remplir sa
mission d'être discrète et effacée. Cromorne en avait
fait récemment la remarque Aurait-elle eu sa pres-
tance et son uniforme — sans parler de son prestige de
mutilé — qu'elle n'aurait pas fait la moitié des recettes
auxquelles elle arrivait. Car les gens ne sont pas bien
délicats, et ils ne demanderaient qu'à filer sans payer
leur chaise si la personne chargée d'encaisser était par
trop voyante. Tandis que Mlle Aglaé, personne ne s'en
méfiait quand elle glissait dans les allées du square en
dissimulant son carnet de tickets dans le creux de sa
main

Rose et dodue, Mme Béline trônait derrière ses
bocaux à sucettes et à sucres d'orge dans un kiosque
hérissé de cerceaux, diabolos, yoyos, cerfs-volants,
ballons multicolores, cordes à sauter et toupies musicales. Mais si elle respirait la bonté et la joie de vivre,
ce n'était pas sans mérite, car une lourde déception
pesait sur elle. Le rêve de sa vie aurait été de disposer
des chaises et des guéridons devant son kiosque pour
servir au public sodas et jus de fruits. Elle aurait
approché ainsi le souvenir prestigieux d'un oncle qui
avait été bistrot à Saint-Ouen. Malheureusement
Cromorne s'était toujours opposé à ce projet. D'abord
Mme Béline n'avait pas la licence nécessaire. Quant à
le faire complice d'une entorse administrative, il ne
fallait plus y songer depuis que Mme Béline avait fait
une allusion maladroite à l'oncle bistrot. Cromorne
avait été indigné Un bistrot de Saint-Ouen ! Qu'allait-
on faire du square Desbordes-Valmore !

Si la pauvre Mme Béline n'avait guère de force à
contrarier Cromorne, il en allait autrement de la mère
Mamouse qui régnait sur le chalet de nécessité. Une

curieuse construction ce chalet qui, sous ses airs suisses, rappelait la pagode chinoise et le temple hindou avec sa toiture retroussée, ses boiseries sculptées et sa décoration de céramiques.

Ce qui intéressait particulièrement Tupik, c'était la division de l'espace intérieur du chalet en deux parties rigoureusement opposées. Il y avait à gauche le domaine des hommes avec ses urinoirs malodorants, parcimonieusement irrigués. et, derrière des portes qui fermaient mal, des latrines turques formées d'un trou cynique, encadré par deux semelles de ciment striées pour poser les pieds. Rien de plus avenant au contraire que le domaine des dames. Les lieux, qui fleuraient le désinfectant au lilas, étaient décorés de porcelaines figurant des paons aux queues largement déployées. Des serviettes fraîches et neigeuses s'empilaient sur une console entre deux lavabos immaculés. Mais ce qui enchantait surtout Tupik, c'était les petits cabinets bien clos par des portes d'acajou, les sièges haut perchés, le papier hygiénique soyeux, insonore et imprégné d'essence de violette.

Tel le chien Cerbère, gardien des enfers, Mamouse, énorme dans ses épaisseurs de tricots et de châles, le masque mou, large et impassible encadré par les bords d'une mantille de dentelle noire qui coiffait ses cheveux blancs, siégeait devant une table entre les deux portes, celle des messieurs et celle des dames. Sur cette table étaient posés la soucoupe destinée aux oboles et un réchaud à alcool surmonté d'une casserole où mijotait un invariable bouillon aux abattis de volaille.

La soucoupe, Mamouse en avait fait la théorie à une cliente en présence de Tupik qui écoutait de toutes ses oreilles. Il ne fallait surtout pas qu'elle fût vide. Les usagers du chalet ne demandent qu'à oublier l'obole. Quelques pièces dans la soucoupe sont indispensables pour leur rafraîchir la mémoire. Elles servent d'amorce en quelque sorte et agissent comme des appelants, ces oiseaux captifs qui doivent attirer leurs congénères libres vers les chasseurs. Fallait-il leur ajouter un ou deux billets ? A cette grave question, Mamouse répondait par un non catégorique. Le billet n'attire pas le billet, il le découragerait plutôt en galvaudant ce qui ne peut être que le produit d'une munificence exceptionnelle. Sans parler du jour cent fois maudit où un billet déposé par un client avait disparu cinq minutes plus tard sous le nez même de Mamouse. Donc des pièces, les plus grosses possible naturellement, et pas de ces piécettes sans valeur qualifiées de « mitraille » par le populaire et qui sont dans une soucoupe d'un exemple déplorable.

A propos de l'obole, Mamouse avait une histoire qu'elle ne manquait pas de raconter à toute personne nouvelle, dès lors qu'elle avait atteint un certain degré de familiarité avec elle. L'anecdote remontait à une époque fort éloignée si l'on en juge par la somme en cause. Un monsieur très chic comme on en voyait jadis — guêtres gris clair, gants, canne, chapeau, monocle — ayant déposé une pièce trouée dans la soucoupe, avait désigné l'une des portes fermées des cabinets du bout de sa canne.

— Vous avez là un client qui nous fait une bien vilaine musique ! s'était-il permis de plaisanter.

— Alors, racontait Mamouse, à nouveau enflammée d'une indignation rétrospective, je l'ai fusillé du regard et je lui ai dit : « Vous voudriez peut-être que pour vingt-cinq centimes on vous donne du Massenet ? » Car à l'époque, ajoutait-elle avec nostalgie, mes moyens me permettaient d'être abonnée à l'Opéra-Comique.

Suivait régulièrement un de ses réquisitoires habituels contre les hommes avec leurs dégoûtations, tous des vicieux, des verrats, des débauchés, elle en savait quelque chose, allez, depuis trente ans qu'elle tenait un chalet !

Le réchaud et la casserole étaient une pomme de discorde entre elle et Cromorne. Car le gardien jugeait indigne de son square ce grossier fricot qui étalait si indiscrètement aux yeux de tous l'intimité culinaire de la tenancière du chalet de nécessité.

— Il prétend que je n'ai pas le droit ! grondait Mamouse. Mais qu'il le sorte donc l'article du règlement qui condamne mon bouillon ! Et comment voulez-vous que je reste assise dans ces courants d'air et cette humidité, si je ne mange pas chaud ?

Tupik avait certes eu l'occasion de jeter un coup d'œil dans la casserole cabossée qui mijotait sur le réchaud. Mais ces cous de volaille, ces foies, ces gésiers n'avaient rien évoqué dans son esprit. Ce n'était pas des choses que l'on voyait dans la cuisine familiale. Quant aux propos de Mamouse, il n'y prêtait guère attention ayant d'autres soucis en tête, précisément lorsque la grosse femme s'entretenait avec une de ses pratiques. Car pour lui, tout le problème consistait à tromper sa surveillance et à se glisser, par la porte de droite, dans le domaine parfumé des dames. Au début, la manœuvre lui avait réussi plus d'une fois, mais Mamouse l'avait repéré, et elle le tenait désormais à l'œil. La porte de droite devenait de plus en plus infranchissable.

L'affaire avait pris de l'importance pour lui depuis
qu'un drame enfantin entourait ce que Marie appelait
sa « petite commission ». De cette petite commission,
Tupik s'était toujours acquitté accroupi, comme s'il
eût été une fille. Pisser debout lui était si inhabituel
qu'il en éprouvait quand il s'y essayait une gêne
proche de l'inhibition. Son entourage n'avait pas pris
garde à ce qui ne semblait au début qu'un caprice de
bébé. Puis on avait commencé à le tarabuster sur ce
sujet, tellement qu'il s'était résolu à n'uriner que sans
témoins, dans des cabinets fermés. Ayant ainsi
retrouvé la paix, il avait commencé à observer avec
une curiosité dégoûtée les hommes debout dans les
vespasiennes et les urinoirs.

Un jour qu'il marchait dans la rue avec sa mère, il
avait tenté une expérience qui s'était avérée malheureuse. Un chien les précédait qui faisait station au pied
de chaque bec de gaz pour le marquer de son urine.
Tupik observant ce manège avait eu l'idée soudaine de
l'imiter. S'arrêtant à son tour devant un arbre, il avait
levé sa jambe gauche vers le tronc. Brusquement
ralentie, sa mère l'avait surpris dans cette étrange
posture. Ses réflexes avaient joué, et une claque avait
retenti sur la joue de Tupik.

— Mais tu deviens complètement fou je crois ? lui
avait-elle dit avec une voix particulière qu'il détestait.

Il avait été profondément mortifié par cette petite
mésaventure. Lui qu'on ne frappait jamais, il avait
fallu qu'il reçût une gifle à l'occasion de ses habitudes
urinaires. Il en conclut que le pipi et tout ce qui
l'entourait constituaient une source de désagréments
multiples.

Les choses s'étaient encore gâtées lorsqu'il s'était

remis à mouiller son lit. Il n'y pouvait rien. Chaque matin il se réveillait dans une flaque. C'était tout juste si dans un demi-sommeil il sentait parfois contre sa cuisse le sillon chaud de l'urine qui giclait. La vieille Marie le gronda, plaça une toile cirée sous son drap pour protéger son matelas. Elle le menaça, s'il continuait, de faire revenir le chirurgien qui l'avait opéré des amygdales. Cette fois ce serait son petit robinet qu'on lui couperait !

Les choses auraient pu en rester là. Au contraire, elles s'enchaînèrent de la façon la plus diabolique. Un jour qu'il était à l'affût d'un instant d'inattention de Mamouse, il eut la stupéfaction de voir son ami Dominique sortir du chalet. Or il venait du côté des dames, et bien loin de se dissimuler, il échangea quelques mots en souriant avec la grosse femme, et s'éloigna sans avoir donné d'obole. Cela Tupik en était absolument sûr. Qui était Dominique ? C'était le fils d'Ange Bosio, le propriétaire du manège de chevaux de bois. La plupart du temps, le manège dormait immobile sous ses bâches. Le dimanche tout s'animait. Bosio père et fils s'affairaient à l'intérieur de cette grosse toupie crème et or, où se mêlaient dans un joyeux tohu-bohu, arrosé par une musique aigrelette, naïades, fusées interplanétaires, chevaux cabrés, vaches laitières, voitures de course formule 1 et une mignonne locomotive du Far West munie de sa grille anti-bison. C'était dans cette locomotive que Tupik aimait à prendre place quand Marie lui payait un tour de manège. Non qu'il rêvât d'aventures dans la Grande Prairie, mais simplement parce qu'il appréciait de pouvoir s'enfermer dans le petit véhicule, s'asseoir à l'intérieur d'un espace clos bien à lui. A portée de main, une chaînette lui aurait permis de secouer la cloche de cuivre brillant placée sur la machine. Il se gardait d'y toucher.

Le mercredi, Dominique était seul responsable du manège. Comme il était grand — il avait au moins onze ans — gros et fort, il parvenait sans peine à dominer son petit public, et c'était avec douceur et patience qu'il juchait les uns sur les chevaux, asseyait les autres dans la conque tirée par les naïades, bouclait Tupik dans sa locomotive. Puis il mettait en marche moteur et musique, et poussait un peu le manège pour aider au démarrage. Lorsqu'il était de bonne humeur, il décrochait la corde du trophée, et le faisait danser au-dessus de la tête des enfants. Le trophée consistait en une perruque de laine rouge suspendue à une corde qui passait dans une poulie. L'enfant qui l'attrapait avait droit à un tour de manège gratuit. Enfermé dans son habitacle, Tupik ne pouvait participer à la chasse au trophée. Pour le dédommager, Dominique lui offrait de temps en temps un tour à l'œil.

Cette faveur avait été à l'origine d'une amitié. Tupik avait trouvé une sorte de grand frère dans ce gros garçon paisible et maternel. Aussi ne manqua-t-il pas de l'interroger après l'avoir vu sortir côté dames du chalet de nécessité avec la bénédiction évidente de Mamouse. Comment s'était-il acquis cet énorme privilège ?

Ce jour-là Dominique semblait d'humeur radieuse. Il commença par se moquer avec beaucoup de verve de Tupik et de sa curiosité : « Si on te le demande, lui dit-il, tu diras que tu ne sais pas ! » Tupik détestait l'ironie et ne supportait pas la contradiction. Il trépigna. Il allait fondre en larmes, quand Dominique

parut se raviser. Il jeta un regard inquiet autour d'eux
et devint très sérieux.

— Si tu veux savoir, si tu veux absolument savoir,
eh bien, ça sera terrible !

Tupik suffoquait d'émotion.

— Quoi terrible ?

— Si tu as le courage de savoir, proféra Dominique,
trouve-toi seul dans une demi-heure au centre du
labyrinthe !

Puis il partit en lui faisant un pied de nez.

Tupik était atterré. Le labyrinthe de buis qui se
trouvait au fond du square lui avait toujours inspiré de
l'horreur. C'était un massif obscur et humide dans
lequel on pouvait se glisser par une fente étroite.
Ensuite on se perdait. Il y avait des tournants, des
décrochements, des culs-de-sac, des circuits fermés
dans lesquels on tournait indéfiniment. A force de
patience, on parvenait au centre. Là, sur un petit socle
verdi par la moisissure, avait dû se tenir une statue.
Elle avait disparu, et le socle attendait, souillé par les
limaces.

Tupik surveillait l'heure à l'horloge électrique du
square. Trente minutes. Irait-il au terrible rendez-
vous ? Quel était le grand secret de Dominique ?
Pourquoi fallait-il aller au centre du labyrinthe de buis
pour l'apprendre ? Plus d'une fois, il soulagea sa peur
en renonçant. Il n'irait pas, non ! Mais il savait bien
que ce n'était qu'une feinte. Il savait qu'il serait fidèle
au rendez-vous.

A l'heure dite, il s'assura que Marie bavardait
sagement avec ses amies, et il prit la direction du
labyrinthe. Il était plus mort que vif en se laissant
absorber par le massif glauque. Mais, curieusement

guidé par un instinct infaillible, il arriva presque
aussitôt et sans erreur au centre du labyrinthe. Il se
doutait que quelqu'un s'y trouvait déjà et l'attendait.
Dominique. Le gros garçon était assis sur le socle. Il
avait l'air grave.

— Tu es venu, lui dit-il. Parce que tu es mon ami, je
vais te révéler mon secret. Mais avant, jure que tu ne le
diras à personne.

— Oui, balbutia Tupik dans un souffle.

— Crache par terre et dis : *Je le jure.*

Tupik cracha et dit : *Je le jure.*

Alors Dominique monta debout sur le socle, et
commença à déboutonner la braguette de sa culotte
courte, sans quitter Tupik des yeux. Puis l'ayant
largement échancrée, il abaissa le slip rouge qu'il avait
découvert. Son ventre blanc et lisse se terminait par
une fente laiteuse, un sourire vertical où jouait la trace
d'un pâle duvet.

— Mais.. Dominique... prononça Tupik.

— Dominique, c'est aussi un nom de fille, expliqua
Dominique qui s'était reculottée en un clin d'œil. C'est
papa. Il veut qu'on me prenne pour un garçon quand
je m'occupe seule du manège. Il dit que c'est plus sûr.
Tu comprendras ça plus tard. Et maintenant, file!

Tupik prit sa course, et se retrouva bientôt au milieu
des autres enfants. Rien ne l'en distinguait apparemment, mais il ne ressemblait à aucun d'eux, car un
souci brûlant l'habitait. *Tu comprendras ça plus tard.* La
phrase mystérieuse ne lui laissait aucun répit, et c'est
sans délai qu'il s'acharnait à comprendre.

Peu de temps après en effet, il avait compris.
D'abord il était entré chez Mamouse sans éviter cette
fois le domaine des hommes. Il sortait de la cabine où

il avait pissé accroupi selon son habitude quand il avait vu de dos un homme qui achevait de se soulager dans l'un des urinoirs. L'homme fit demi-tour, et Tupik n'en crut pas ses yeux. La quantité de chair bistre et molle qu'il renfonçait péniblement dans sa braguette était formidable. Qu'allait-il faire de toute cette viande hideuse et inutile ? La réponse s'imposa à lui au moment où il déposait une pièce dans la soucoupe de Mamouse. La casserole mijotait comme à l'accoutumée sur le réchaud. Mamouse en remuait le contenu avec une cuiller de bois. Et dans un éclair Tupik reconnut dans ces morceaux anatomiques les choses flasques et brunes que le bonhomme de tout à l'heure enfouissait dans son pantalon. C'était clair, c'était évident.

Ensuite une autre évidence lui avait sauté au visage. Cela faisait des mois qu'il tournait autour de la statue de Thésée et du Minotaure. D'abord il reconnut Thésée, avec son nom et sa jupette de fille, une image de Dominique. La ressemblance s'imposait. Et surtout il distingua nettement entre les grosses cuisses musculeuses du Minotaure tombé sur le dos cet amas de chairs molles et informes qui l'avait étonné chez l'homme du chalet. Enfin le geste de Thésée avait un sens précis. C'était le sexe du Minotaure qu'il visait de son glaive. Entre la viande brune de l'homme de l'urinoir et la casserole de Mamouse, le glaive de Thésée faisait la liaison.

Les jours qui suivirent, Marie constata avec satisfaction que Tupik ne mouillait plus son lit.

— La menace du chirurgien t'a fait peur, lui dit-elle. Il était temps. J'allais l'appeler. Maintenant, ce n'est plus la peine.

Tupik ne répondit rien. Ce n'était plus la peine en effet.

Le jour même, ils retournèrent au square. Mamouse le vit venir à elle et se placer debout devant sa table. Elle allait lui demander ce qu'il voulait, quand il tira de sa poche un rasoir, un de ces anciens rasoirs à manche de nacre que l'on appelle parfois des coupe-chou. Il l'ouvrit et de sa main libre déboutonna sa braguette. Mamouse poussa un hurlement de bête en le voyant sortir son petit robinet d'enfant et en approcher le rasoir. Le sang jaillit. Tupik tendait maintenant à Mamouse par-dessus la table un peu de chair recroquevillée. Puis il vit le chalet de nécessité, les arbres qui l'entouraient et tout le square Desbor-des-Valmore basculer et se mettre à tourner comme le manège de Dominique, et il s'écroula évanoui, en entraînant dans sa chute la soucoupe avec toutes ses pièces, le réchaud à alcool, la casserole et les abattis de volaille.

Que ma joie demeure

CONTE DE NOËL

*Pour Darry Cowl, cette histoire inventée
qui lui en rappellera une vraie.*

Peut-on faire une carrière de grand pianiste international quand on s'appelle Bidoche ? En prénommant leur fils Raphaël, en le plaçant sous la protection tutélaire de l'archange le plus aérien et le plus mélodieux, les époux Bidoche commençaient peut-être à relever inconsciemment le défi. Bientôt d'ailleurs, l'enfant manifesta des dons d'intelligence et de sensibilité qui autorisèrent tous les espoirs. On le mit au piano dès qu'il fut en âge de tenir assis sur un tabouret. Ses progrès furent remarquables. Blond, bleu, pâle, aristocratique, il était tout à fait Raphaël, et pas du tout Bidoche. A dix ans, il jouissait d'une notoriété d'enfant prodige, et les organisateurs de soirées mondaines se le disputaient. Les dames se pâmaient d'attendrissement quand il inclinait sur le clavier son visage fin et transparent, et, enveloppe, semblait-il, dans l'ombre bleue des ailes de l'archange invisible, faisait monter vers le ciel comme un chant d'amour mystique les notes du choral de Jean-Sébastien Bach *Que ma joie demeure*.

Mais l'enfant payait chèrement ces instants privilégiés. D'année en année augmentait le nombre d'heures d'exercices quotidiens, auxquelles on l'astreignait. A douze ans, il travaillait six heures par jour, et il lui arrivait d'envier le sort des garçons que ne bénissaient ni le talent, ni le génie, ni la promesse d'une carrière éclatante. Il avait parfois les larmes aux yeux quand il faisait beau, et quand, impitoyablement enchaîné à son instrument, il entendait les cris de ses camarades qui s'amusaient en plein air.

Vint sa seizième année. Son talent s'épanouissait avec une plénitude incomparable. Il était le phénix du Conservatoire de Paris. En revanche l'adolescence succédant à l'enfance ne paraissait pas vouloir retenir le moindre trait de son ancien visage angélique. On aurait dit que la mauvaise fée Puberté, l'ayant frappé de sa baguette, s'acharnait à saccager l'ange romantique qu'il avait été. Son visage osseux et irrégulier, ses orbites saillantes, sa mâchoire prognathe, les grosses lunettes qu'une myopie galopante lui imposait, tout cela n'aurait rien été encore s'il n'avait pas eu constamment une expression d'ahurissement buté plus propre à exciter le rire qu'à inspirer le rêve. Dans son apparence au moins, Bidoche paraissait triompher totalement sur Raphaël.

Plus jeune que lui de deux ans, la petite Bénédicte Prieur semblait insensible à cette disgrâce. Élève du Conservatoire, elle ne voyait sans doute en lui que l'immense virtuose qu'il était en train de devenir. D'ailleurs elle ne vivait que dans et pour la musique, et les parents des deux enfants se demandaient avec émerveillement si leurs relations dépasseraient jamais l'intimité extatique qu'ils trouvaient dans le jeu à quatre mains.

Sorti premier du concours du Conservatoire à un

âge record, Raphaël commença à glaner des leçons
pour assurer ses modestes fins de mois. Bénédicte et lui
s'étaient fiancés, mais on attendrait des jours meilleurs
pour le mariage. Rien ne pressait. Ils vivaient
d'amour, de musique et d'eau claire, et connurent des
années de bonheur divin. Quand ils s'étaient abîmés
dans le concert qu'ils se dédiaient l'un à l'autre,
Raphaël, ivre d'exaltation et de gratitude, concluait la
soirée en jouant une fois encore le choral de Jean-
Sébastien Bach *Que ma joie demeure*. C'était pour lui non
seulement un hommage au plus grand compositeur de
tous les temps, mais une ardente prière à Dieu pour
qu'il sauvegardât une union si pure et si brûlante.
Ainsi les notes qui montaient du piano sous ses doigts
égrenaient un rire céleste, l'hilarité divine qui n'était
autre que la bénédiction de sa créature par le Créateur.

Mais le destin devait éprouver un équilibre aussi
précieux. Raphaël avait un ami, sorti comme lui du
Conservatoire, qui gagnait sa vie en accompagnant
dans une boîte de nuit le numéro d'un chansonnier.
Comme il était violoniste, il se sentait peu compromis
par les accords qu'on lui demandait de plaquer sur un
vieux piano droit pour ponctuer les couplets ineptes
que le chansonnier débitait sur l'avant-scène. Or cet
Henri Durieu, devant faire sa première tournée en
province, proposait à Raphaël de le remplacer durant
quatre semaines afin que le précieux gagne-pain ne fût
pas compromis.

Raphaël hésita. Il lui aurait déjà été pénible de
s'asseoir deux heures dans ce local sombre et mal aéré
pour entendre réciter des sottises. Mais y aller tous les
soirs, et de surcroît avoir à toucher un piano dans ces

conditions ignobles... Le cachet, qui représentait pour une seule soirée l'équivalent d'une bonne douzaine de leçons particulières, ne compensait pas cette épreuve sacrilège.

Il allait refuser quand, à sa grande surprise, Bénédicte lui demanda de réfléchir. Ils étaient fiancés depuis bien longtemps. La carrière d'enfant prodige de Raphaël était oubliée depuis des années, et nul ne savait combien de temps il faudrait attendre avant que la renommée vînt le couronner. Or ces quelques soirées pouvaient leur apporter l'appoint financier qui leur manquait pour fonder un foyer. Était-ce donc un sacrifice trop lourd ? Raphaël pouvait-il retarder encore leur mariage au nom d'une idée respectable certes, mais bien abstraite de son art ? Il accepta.

Le chansonnier qu'il s'agissait d'accompagner s'appelait Bodruche, et il était affligé d'un physique à l'image de son nom. Énorme, mou et flasque, il roulait d'une extrémité à l'autre de la scène en récitant d'une voix pleurnicharde la somme des malheurs et disgrâces dont la vie ne cessait de l'accabler. Son comique reposait tout entier sur cette observation très simple : si vous êtes victime d'une malchance, vous intéressez ; de deux malchances, vous faites pitié ; de cent malchances, vous faites rire. Dès lors il n'est que de forcer la note piteuse et calamiteuse d'un personnage pour faire crouler sur lui les hurlements joyeux de la foule.

Dès le premier soir, Raphaël évalua la qualité de ce rire. Le sadisme, la méchanceté et le goût de l'abjection s'y étalaient cyniquement. Bodruche en exhibant sa misère attaquait son public au-dessous de la ceinture et le ravalait au niveau le plus vil. De ces braves bourgeois ni pires, ni meilleurs que d'autres, il

faisait par son comique particulier la pègre la plus
crapuleuse. Tout son numéro reposait sur la force
communicative de la bassesse, sur la contagion du
mal. Raphaël reconnut, dans les rafales qui battaient
les murs de la petite salle, le rire même du Diable,
c'est-à-dire le rugissement triomphal dans lequel
s'épanouissent la haine, la lâcheté, la bêtise.

Et c'était ce déballage ignoble qu'il devait accompagner au piano, et non seulement accompagner, mais
souligner, amplifier, exaspérer. Au piano c'est-à-dire à
l'aide de l'instrument sacré sur lequel il jouait les
chorals de Jean-Sébastien Bach ! Pendant toute son
enfance et son adolescence, il n'avait connu le mal que
sous sa forme négative — le découragement, la
paresse, l'ennui, l'indifférence. Pour la première fois, il
le rencontrait positivement incarné, grimaçant et grondant, et c'était dans cet infâme Bodruche dont il se
faisait le complice actif.

Aussi quelle ne fut pas sa surprise, un soir qu'il se
rendait à son enfer quotidien, de voir sur l'affiche
placardée à la porte du café-théâtre un papillon
ajoutant sous le nom de Bodruche :

Accompagné au piano par Bidoche

Il ne fit qu'un saut dans le bureau du directeur.
Celui-ci le reçut à bras ouverts. Oui, il avait cru devoir
porter son nom sur l'affiche. Ce n'était que justice. Sa
« prestation » au piano n'échappait à aucun specta-
teur, et enrichissait énormément le numéro — un peu
usé, il fallait bien l'avouer — de ce pauvre Bodruche.
D'ailleurs les deux noms collaient à merveille : Bidoche et Bodruche. On ne pouvait rêver assemblage plus

sonore, plus typique, d'une plus réjouissante loufoque-
rie. Et naturellement son cachet allait être augmenté.
Substantiellement.

Raphaël était entré dans le bureau pour protester. Il
en ressortit en remerciant le directeur, et en maudis-
sant intérieurement sa timidité, sa faiblesse.

Le soir, il raconta la scène à Bénédicte. Bien loin de
partager son indignation, elle le félicita de son succès
et se réjouit de l'augmentation de leurs ressources.
Après tout, l'opération n'avait d'autre raison d'être
que lucrative, ne valait-il pas mieux qu'elle rapportât
le maximum ? Raphaël se sentit victime d'une conspi-
ration générale.

L'attitude de Bodruche à son égard accusa en
revanche un sérieux refroidissement. Il l'avait traité
jusque-là avec une condescendance protectrice.
Raphaël était son accompagnateur, rôle effacé, utile,
mais sans gloire qui ne demandait que de l'abnégation
et du tact. Le voilà maintenant qui attirait à lui une
partie de l'attention et donc des bravos du public, au
point que le directeur n'avait pas pu ne pas s'en
apercevoir.

— Pas tant de zèle, mon petit vieux, pas tant de
zèle, disait-il à Raphaël qui n'en pouvait mais.

La situation se serait à coup sûr envenimée si le
retour de Durieu n'y avait mis fin. Raphaël, soulagé,
reprit ses leçons de piano avec le sentiment du devoir
accompli et le souvenir d'une expérience d'autant plus
instructive qu'elle avait été plus rude. Peu après, il
épousait Bénédicte.

Le mariage changea peu la vie de Raphaël, mais lui
donna un sens des responsabilités qu'il avait pu
ignorer jusque-là. Il dut partager les soucis de sa jeune

femme qui avait bien du mal à « joindre les deux bouts » d'autant plus qu'il fallait payer chaque mois les traites de l'appartement, de la voiture, du récepteur de télévision et de la laveuse électrique achetés à crédit. Les soirées se passaient désormais plus souvent à aligner des chiffres qu'à communier dans la pure beauté d'un choral de Bach.

Un jour qu'il rentrait un peu tard, il trouva Bénédicte tout excitée par une visite qu'elle avait eue quelques minutes plus tôt. C'était lui, bien sûr, que le directeur du café-théâtre venait voir, mais en son absence, il avait mis Bénédicte au courant de sa démarche. Non, il ne s'agissait plus d'accompagner le tour de chant du lamentable Bodruche, lequel ne verrait d'ailleurs pas son engagement renouvelé au prochain programme. Mais Raphaël ne voudrait-il pas jouer seul au piano quelques pièces musicales entre deux numéros comiques ? Cela ferait une heureuse diversion au milieu de la soirée. Le public ne pourrait que se trouver bien de cette parenthèse de calme et de beauté ouverte dans un programme au demeurant plein d'entrain et de joyeux éclats.

Raphaël refusa tout net. Jamais il ne redescendrait dans cet antre de pestilence où il avait souffert un mois durant. Il avait fait l'expérience du mal dans le domaine qui était le sien, celui de la musique et du spectacle. C'était fort bien ainsi, mais il n'avait plus rien à y apprendre.

Bénédicte laissa passer l'orage. Puis, les jours suivants, elle revint doucement à la charge. Ce qu'on lui proposait n'avait rien de commun avec l'accompagnement du triste Bodruche. Il jouerait seul et ce qu'il voudrait. En somme, c'était son vrai métier de soliste

qu'on lui proposait de faire. Certes ce début était
modeste, mais il fallait bien commencer. Avait-il le
choix ?

Elle y revint chaque jour patiemment, inlassablement. En même temps, elle engageait des démarches
pour changer de quartier. Elle rêvait d'un appartement ancien et plus spacieux dans un quartier résidentiel. Mais cette amélioration de leur cadre de vie
exigeait des sacrifices.

Il se sacrifia et signa un engagement de six mois,
résiliable moyennant une forte indemnité à la charge
de celui des deux contractants qui prendrait l'initiative
de la rupture.

Dès le premier soir, il comprit quel terrible piège
venait de se refermer sur lui. Le public était tout
vibrant et houleux encore du numéro précédent, un
tango grotesque exécuté par une femme géante et un
nain. L'arrivée sur la scène de Raphaël, serré dans son
complet noir trop court, son air compassé et traqué,
son visage de séminariste figé par la peur derrière ses
grosses lunettes, tout paraissait calculé à dessein pour
former une composition hautement comique. Il fut
salué par des hurlements de rire. Le malheur voulut
que son tabouret fût trop bas. Il fit tourner le siège
pour le rehausser, mais dans son trouble il le dévissa
complètement et se retrouva devant un public
déchaîné avec un tabouret en deux morceaux, sembla-
ble à un champignon dont le chapeau aurait été séparé
du pied. Remettre le siège en place ne lui aurait sans
doute pas demandé plus de quelques secondes dans
une situation normale. Mais cinglé par les flashes des
photographes, les gestes désajustés par la panique, il
eut le malheur supplémentaire de faire tomber ses

lunettes sans lesquelles il ne voyait rien. Lorsqu'il entreprit de les retrouver, tâtonnant à quatre pattes sur le plancher, la joie du public fut à son comble. Ensuite, il dut lutter de longues minutes avec les deux morceaux du tabouret avant de pouvoir enfin s'asseoir devant son piano, les mains tremblantes et la mémoire en déroute. Que joua-t-il ce soir-là? Il n'aurait pu le dire. Chaque fois qu'il touchait son instrument, la houle des rires qui s'était apaisée reprenait de plus belle. Lorsqu'il regagna les coulisses, il était inondé de sueur et éperdu de honte.

Le directeur le serra dans ses bras.

— Cher Bidoche! s'exclama-t-il, vous avez été admirable, vous m'entendez, ad-mi-rable. Vous êtes la grande révélation de la saison. Vos dons d'improvisation comique sont incomparables. Et quelle présence! Il suffit que vous paraissiez pour que les gens commencent à rire. Dès que vous plaquez un accord sur votre piano, c'est du délire. D'ailleurs j'avais invité la presse. Je suis sûr du résultat.

Derrière lui, modeste et souriante, Bénédicte s'effaçait sous l'avalanche des compliments. Raphaël s'accrocha à son image comme un naufragé à un rocher. Il la regardait au visage avec une insistance suppliante. Elle demeurait lisse, radieuse et inébranlable, la petite Bénédicte Prieur, devenue ce soir Mme Bidoche, la femme du célèbre comique musicien. Peut-être pensait-elle aussi à son bel appartement résidentiel désormais à sa portée.

La presse fut en effet triomphale. On parla d'un nouveau Buster Keaton. On célébra son faciès triste d'anthropoïde hagard, sa gaucherie catastrophique, la façon grotesque dont il jouait du piano. Et partout reparaissait la même photo, celle qui le surprenait à quatre pattes, tâtonnant vers ses lunettes entre les deux morceaux de son tabouret.

Ils déménagèrent. Ensuite un imprésario prit en charge les intérêts de Bidoche. On lui fit tourner un film. Puis un second film. Au troisième, ils purent déménager encore pour s'installer cette fois dans un hôtel particulier de l'avenue de Madrid à Neuilly.

Ils eurent un jour une visite. Henri Durieu venait rendre hommage à la superbe réussite de son ancien camarade. Intimidé, il évoluait sous les lambris dorés, les lustres de cristal, les tableaux de maître. Deuxième violon dans l'orchestre municipal d'Alençon, il n'en revenait pas de tant de magnificence. Pourtant il n'avait pas à se plaindre. En tout cas on ne le voyait plus taper sur un piano dans les boîtes de nuit, et cela, n'est-ce pas, c'était l'essentiel. Il ne pourrait plus supporter de prostituer ainsi son art, déclara-t-il avec fermeté.

Ils évoquèrent ensemble leurs années communes au Conservatoire, leurs espoirs, leurs déceptions, la patience qu'il leur avait fallu pour trouver leur voie. Durieu n'avait pas apporté son violon. Mais Raphaël se mit au piano et joua du Mozart, du Beethoven, du Chopin.

— Quelle carrière de soliste tu aurais pu faire ! s'exclama Durieu. Il est vrai que tu étais promis à d'autres lauriers. Chacun doit obéir à sa vocation.

Plus d'une fois les critiques avaient prononcé le nom de Grock à propos de Bidoche, et déclaré qu'avec lui le légendaire Auguste suisse pourrait avoir enfin trouvé son successeur.

Bidoche fit en effet ses débuts sur la piste du cirque d'Urbino, la veille de Noël. On avait longtemps cherché qui pourrait, sous le masque du clown blanc, lui donner la réplique. Après quelques essais peu concluants, Bénédicte surprit tout le monde en se proposant. Pourquoi pas ? En étroit gilet brodé et culottes à la française, le visage fardé de plâtre, un sourcil peint en noir sur le front où il dessinait une courbe relevée, interrogative et moqueuse, le verbe haut et impérieux, les pieds chaussés d'escarpins d'argent, elle faisait merveille, la petite Bénédicte Prieur, devenue maintenant la partenaire et l'indispensable faire-valoir du célèbre clown musicien Bidoche.

Coiffé d'un crâne en carton rose, affublé d'un faux nez en forme de patate rouge, nageant dans un frac avec un plastron de celluloïd qui se balançait a son cou et un pantalon qui tombait en tire-bouchon sur d'énormes croquenots, Bidoche jouait un artiste raté, ignare et naïvement prétentieux, venu donner un récital de piano. Mais les pires arias surgissaient de ses propres vêtements, du tabouret à vis et surtout du piano lui-même. Chaque touche effleurée déclenchait un piège ou une catastrophe, jet d'eau, crachement de fumée, bruit grotesque, pet, rot, pinette. Et le rire du public déferlait en cascade, croulait de tous les gradins pour l'écraser sous sa propre bouffonnerie.

Bidoche, assourdi par ces huées joyeuses, pensait parfois au pauvre Bodruche, lequel sans doute n'était jamais descendu aussi bas. Ce qui le protégeait pourtant, c'était sa myopie, car son maquillage l'empêchait de mettre ses lunettes, et ainsi il n'y voyait

presque rien, sinon de grandes taches de lumières
colorées. Si des milliers de bourreaux l'abrutissaient de
leurs rires bestiaux, du moins avait-il l'avantage de ne
pas les voir.

Le numéro du piano diabolique était-il tout à fait au
point ? Y eut-il ce soir-là une sorte de miracle sous le
chapiteau d'Urbino ? Le final prévoyait qu'après avoir
fini par exécuter cahin-caha un morceau de musique,
le malheureux Bidoche assistait à l'explosion de son
piano qui vomissait sur la piste un vaste déballage de
jambons, tartes à la crème, chapelets de saucisses,
enroulements de boudins blancs et noirs. Or ce fut tout
autre chose qui se produisit.

Les rires sauvages s'étaient apaisés devant l'immobilité soudaine du clown. Puis quand le silence le plus
complet avait régné, il s'était mis à jouer. Avec une
douceur recueillie, méditative, fervente, il jouait *Que
ma joie demeure*, le choral de Jean-Sébastien Bach qui
avait bercé ses années studieuses. Et le pauvre vieux
piano du cirque, truqué et rafistolé, obéissait merveilleusement à ses mains, et faisait monter la divine
mélodie jusque dans les hauteurs obscures du chapiteau où se devinaient des trapèzes et des échelles de
corde. Après l'enfer des ricanements, c'était l'hilarité
du ciel, tendre et spirituelle, qui planait sur une foule
en communion.

Ensuite un long silence prolongea la dernière note,
comme si le choral se poursuivait dans l'au-delà. Alors
dans les nuées moirées de sa myopie, le clown musicien
vit le couvercle du piano se soulever. Il n'explosa pas.
Il ne cracha pas des vomissures de charcuterie. Il
s'épanouit lentement comme une grande et sombre

fleur, et il laissa fuir un bel archange aux ailes de lumière, l'archange Raphaël, celui qui depuis toujours veillait sur lui et le gardait de devenir tout à fait Bidoche.

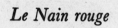

Le Nain rouge

Lorsque Lucien Gagneron eut vingt-cinq ans, il dut renoncer le cœur crevé à l'espoir de jamais dépasser les cent vingt-cinq centimètres qu'il avait atteints depuis huit ans déjà. Il ne lui resta plus dès lors que la ressource des chaussures spéciales dont les semelles compensées lui faisaient gagner les dix centimètres qui le haussaient de la condition de nain à celle d'homme petit. Son adolescence et sa jeunesse s'effaçant d'année en année laissaient à nu un adulte rabougri qui inspirait la moquerie et le mépris dans les pires moments, la pitié dans les moins mauvais, jamais le respect ni la crainte en dépit de la situation enviable qu'il occupait dans les bureaux d'un important avocat parisien.

Il s'était spécialisé dans les affaires de divorce, et, ne pouvant songer lui-même au mariage, il mettait une ardeur vengeresse à rompre celui des autres. C'est ainsi qu'il eut un jour la visite de Mme Edith Watson. Rendue fort riche par un premier mariage avec un Américain, cette ancienne chanteuse d'opéra avait épousé ensuite un maître baigneur niçois beaucoup plus jeune qu'elle. C'était cette seconde union qu'elle

souhaitait défaire maintenant, et, à travers les griefs
multiples et confus qu'elle faisait valoir contre Bob,
Lucien subodorait des secrets et des hontes qui
faisaient plus que l'intéresser. Il se sentait concerné
par le naufrage de ce couple, plus encore peut-être
depuis qu'il avait pu voir Bob. C'était un garçon
colossal au visage doux et naïf, une fille athlétique,
pensa Lucien, qui devait être sur les plages un beau
fruit pulpeux et doré, propre à exciter toutes sortes
d'appétits.

Lucien se piquait de littérature et mettait tous ses
soins à polir les lettres d'injures que les couples doivent
échanger aux termes de la loi française pour pouvoir se
séparer à l'amiable. Cette fois il se surpassa, et Bob fut
épouvanté par la bassesse et la violence des lettres
échelonnées sur plusieurs mois qu'il lui dicta et lui fit
signer. Il n'y manquait même pas des menaces de mort
caractérisées.

A quelque temps de là, Lucien se rendit chez sa
cliente qui habitait un luxueux duplex en bordure du
bois de Boulogne pour lui faire signer des pièces. Un
escalier à vis réunissait l'appartement du haut —
qu'habitait encore Bob — à celui d'en bas qu'agrémentait une vaste terrasse. C'est là qu'il trouva Edith
Watson à peu près nue sur une chaise longue, entourée
de rafraîchissements. Le rayonnement de ce grand
corps ambré qui dégageait une violente odeur de
femme et d'huile solaire enivra Lucien — et il paraissait enivrer Edith elle-même qui se souciait de son
visiteur comme d'une guigne, répondant à ses questions d'une voix distraite et lointaine. La chaleur était
étouffante, et Lucien souffrait dans ses vêtements
sombres et épais de clerc de notaire, d'autant plus que

la bière frappée qu'Edith l'avait invité à boire dès son arrivée l'avait aussitôt inondé de sueur. Le comble, c'est qu'elle lui donnait de surcroît envie d'uriner, et il se tordait comme un cloporte au creux du grand transat mauve à baldaquin où il s'était lové. Finalement, il demanda d'une voix laborieuse où étaient les toilettes, et Edith répondit d'un geste vague vers l'intérieur en grommelant des mots où il ne distingua que « salle de bains ».

La pièce parut immense à Lucien. Elle était toute de marbre noir avec une baignoire qui s'enfonçait dans le sol. Il y avait des appareils nickelés, des projecteurs, une balance de précision et surtout une profusion de miroirs qui lui renvoyaient son image selon les angles les plus insolites. Il pissa, puis s'épanouit dans cette ombre fraîche avec un certain bonheur. La baignoire, qui avait des airs de piège, de tombeau et de fosse à serpents, ne l'attirait guère, mais il tournait autour du bac de la douche cerné de plaques de verre dépoli et sur lequel convergeait une batterie de jets d'eau. Car il apparaissait qu'on pouvait recevoir l'ondée non seulement du plafond, mais aussi de face, postérieurement, par les côtés et même verticalement, du fond du bac. Tout un jeu de manettes permettait de régler les jets.

Lucien se déshabilla et commença à déclencher des projections d'eau dont la provenance, la violence et la température le surprenaient comme des agressions facétieuses. Puis il s'enduisit d'une mousse légère et parfumée qu'il fit jaillir d'une bombe, et s'exposa longtemps encore à la douche multiple. Il s'amusait. Pour la première fois son corps était pour lui autre chose qu'un objet de honte et de répulsion. Lorsqu'il sauta du bac sur le tapis de caoutchouc de la salle de bains, il se trouva aussitôt entouré par une foule de Luciens qui imitaient ses gestes dans un dédale de miroirs. Puis ils s'immobilisèrent et ils se regardèrent. Le visage avait indiscutablement un air de gravité assez majestueuse — souveraine, fut l'épithète qui se présenta à l'esprit de Lucien — avec un front large et rectangulaire, un regard fixe et dominateur, une bouche épaisse et sensuelle, et il ne manquait même pas ce rien de mollesse dans le bas du visage qui laissait prévoir la naissance de bajoues d'une imposante noblesse Ensuite tout se gâtait, car le cou était démesurément long, le torse rond comme une boule, les jambes courtes et arquées comme celles d'un gorille, et le sexe, énorme, cascadait en flots noirs et violets jusqu'au niveau des genoux.

Il fallait pourtant songer à se rhabiller. Lucien jeta un regard de dégoût au tas sombre et gluant de sueur de ses vêtements, puis il avisa un vaste peignoir de tissu-éponge pourpre suspendu à une patère chromée. Il le décrocha, s'y drapa au point de disparaître sous ses plis, et étudia dans les miroirs une attitude digne et dégagée. Il se demandait s'il se rechausserait La question était cruciale car en renonçant aux dix centimètres de ses semelles compensées, il avouait, il proclamait à la face d'Edith Watson qu'il était un nain et non un homme petit. D'élégantes babouches de lézard vert qu'il découvrit sous un tabouret emportèrent sa décision. Lorsqu'il fit son entrée sur la terrasse, la longue traîne que formait derrière lui le peignoir trop grand lui donnait un air impérial.

Les grosses lunettes de soleil qui masquaient le visage d'Edith ne permettaient guère de lire ses sentiments, et seule son immobilité soudaine, lorsque le majestueux petit personnage se présenta à elle et d'un bond de belette alla se loger au fond du transat à baldaquin, trahit sa stupéfaction. Le clerc de notaire avait disparu et avait fait place à une créature drolatique et inquiétante, d'une laideur puissante et envoûtante, à un monstre sacré auquel le comique ajoutait une composante négative, acide, destructrice.

— C'est le peignoir de Bob, murmura-t-elle pour dire quelque chose sur un ton où se mêlaient la protestation et la simple constatation.

— Je peux aussi m'en passer, répondit Lucien avec insolence.

Et écartant les pans du peignoir, il se laissa glisser à terre comme un insecte sort d'une fleur, et escalada du même mouvement la chaise longue d'Edith.

Lucien était vierge. La conscience de son infirmité avait étouffé les cris de sa puberté naissante Il découvrit l'amour ce jour-là, et l'abandon de son costume de clerc et surtout de ses chaussures hautes, l'acceptation de sa condition de nain étaient inséparables dans son esprit de cette éblouissante révélation. De son côté Edith — qui ne divorçait qu'en raison de l'insuffisance de son trop beau mari — s'émerveillait qu'un corps si petit et si contrefait fût aussi formidablement armé et d'une si délicieuse efficacité.

Ce fut le début d'une liaison dont l'ardeur était de nature toute physique et à laquelle l'infirmité de Lucien ajoutait un piment de raffinement un peu honteux pour elle, une tension pathétique mêlée d'angoisse pour lui D'un commun accord, ils jetèrent un voile de secret absolu sur leurs relations Outre qu'Edith n'aurait pas eu l'estomac d'afficher en public un aussi étrange amant, il lui avait expliqué qu'il était

d'une importance décisive pour son procès en divorce
que sa conduite parût irréprochable jusqu'au jugement.

Lucien mena dès lors une vie double. En apparence
il demeurait l'homme petit, vêtu de sombre et hautement chaussé que ses collègues voyaient chaque jour
gratter à son grand bureau, mais à de certaines heures
— irrégulières, capricieuses, que déterminaient des
messages téléphonés codés — il disparaissait dans
l'immeuble du bois de Boulogne, montait au duplex
dont il possédait la clé, et là, métamorphosé en nain
impérial, volontaire, piaffant, désireux et désiré, il
soumettait à la loi du plaisir la grande femme blonde à
l'accent sophistiqué dont il était la drogue. Elle délirait
sous son étreinte, et son chant d'amour qui commençait habituellement par des trilles gutturaux, des
roulades pâmées, des vocalises répercutées sur trois
octaves, culminait toujours dans des bordées d'injures
affectueuses et ordurières. Elle appelait alors son
amant ma bricole, mon greluchon, mon gratte-cul,
mon godemiché... Après l'orage, elle lui tenait des
discours d'où il ressortait qu'il n'était qu'un sexe avec
des organes autour, un sexe à pattes, et, l'appelant
maintenant mon pendentif, ma ceinture de lubricité,
elle prétendait vaquer à ses occupations intérieures en
le portant agrippé à son flanc, comme font les guenons
leur petit.

Il laissait dire, se laissait faire, ballotté par sa
« porteuse de nain » comme il l'appelait en retour,
s'amusant à voir rouler deux seins au-dessus de sa tête
comme deux ballons captifs. Pourtant il tremblait de la
perdre, et il se demandait avec angoisse si le plaisir
qu'il lui donnait était assez fort pour compenser les

satisfactions mondaines qu'il ne pouvait lui offrir. Il le savait par sa longue expérience des divorces : la femme est un être plus social que l'homme, et elle ne s'épanouit que dans une atmosphère riche en relations humaines. Ne l'abandonnerait-elle pas un jour pour un amant prestigieux ou tout simplement présentable ?

Vint une période d'inexplicable silence. Il était dressé à ne se rendre au bois de Boulogne que sur un appel d'Edith. Une longue semaine durant, elle ne donna pas signe de vie. Il se rongeait en silence, puis éclatait en décharge de hargne sur le petit personnel du bureau. Jamais les lettres de rupture qu'il dicta à ses clients n'avaient été aussi venimeuses. Enfin il voulut savoir, et il se rendit de son propre chef chez sa maîtresse. Il sut, et sans retard. Ayant ouvert silencieusement la porte de l'appartement avec sa clé, il se glissa dans le vestibule. Des bruits de voix lui parvinrent. Il reconnut sans peine Edith et Bob qui paraissaient dans les termes les meilleurs, les plus tendres même.

Le coup était d'autant plus rude qu'il était plus inattendu. Le couple s'était-il réconcilié ? Le divorce était-il remis en question ? Par ce retour en arrière, Lucien se sentait non seulement rejeté de la vie de sa maîtresse, mais ramené à sa vie d'autrefois, frustré de la merveilleuse métamorphose qui avait changé son destin. Il fut submergé par une haine meurtrière et dut se faire violence pour s'enfoncer sous une étagère quand Edith et Bob sortirent en riant de la chambre et se dirigèrent vers la porte. Quand le bruit de l'ascenseur se fut évanoui, Lucien sortit de sa cachette et se dirigea comme mû par l'habitude vers la salle de bains. Il se déshabilla, prit une douche, puis, drapé dans le grand peignoir pourpre de Bob, il s'assit sur un tabouret, et, aussi immobile qu'une souche, il attendit.

Trois heures plus tard, la porte de l'appartement claqua, et Edith rentra seule en chantonnant. Elle cria quelque chose dans l'escalier intérieur, ce qui indiquait la présence de Bob dans la partie supérieure du duplex. Soudain elle entra dans la salle de bains sans allumer la lumière. Lucien avait laissé glisser le peignoir de ses épaules. D'un bond il fut sur elle, cramponné à son flanc comme à l'accoutumée, mais ses deux mains puissantes comme des mâchoires de bouledogue s'étaient refermées sur son cou. Edith tituba, puis elle se ressaisit et, alourdie par son mortel fardeau, elle fit quelques pas dans l'appartement. Enfin elle s'arrêta, parut hésiter, puis s'écroula. Pendant qu'elle agonisait, Lucien la posséda une dernière fois.

Il n'avait rien prémédité, et pourtant ses actes s'enchaînèrent alors comme s'ils répondaient à un plan longuement mûri. Il se rhabilla et courut d'un trait au bureau. Puis il revint au duplex avec les lettres d'insultes et de menaces qu'il avait dictées à Bob, et il les glissa dans un tiroir de la commode d'Edith. Enfin il rentra chez lui et aussitôt forma le numéro de téléphone de Bob. La sonnerie retentit longtemps. Enfin une voix maussade et ensommeillée répondit.

— Assassin ! Vous avez étranglé votre femme ! prononça simplement Lucien d'une voix changée. Puis il répéta trois fois cette accusation, car l'autre manifestait la plus obtuse incompréhension.

Le surlendemain, les journaux rendaient compte du fait divers et précisaient que le suspect numéro un — le mari de la victime dont des lettres trouvées sur les

lieux du crime ne laissaient aucun doute sur ses
intentions — était en fuite, mais que son arrestation ne
saurait tarder.

Lucien se dissimulait dans son personnage de clerc
disgracié, petit homme souffrant et moqué, mais le
souvenir du surhomme qu'il avait été en renonçant
aux dix centimètres que ses chaussures spéciales
ajoutaient à sa taille ne cessait de le hanter. Parce qu'il
avait eu enfin le courage de sa monstruosité, il avait
séduit une femme. Elle l'avait trahi. Il l'avait tuée, et
son rival, le mari, doublé d'un homme ridiculement
grand, était traqué par toutes les polices ! Sa vie était
un chef-d'œuvre, et il était pris par moments d'une joie
vertigineuse en pensant qu'il lui suffirait de se
déchausser pour devenir aussitôt ce qu'il était en
vérité, un homme à part, supérieur à la racaille géante,
irrésistible séducteur et tueur infaillible ! Tout son
malheur des années passées, c'était d'avoir refusé
l'élection redoutable qui était son destin. Il avait
lâchement reculé au seuil du nanisme, comme sur le
parvis d'un temple. Enfin il avait osé franchir le pas.
La faible différence quantitative qu'il avait acceptée en
renonçant à ses chaussures à semelles compensées
dans la salle de bains d'Edith avait entraîné une
métamorphose qualitative radicale : l'horrible qualité
de nain l'avait investi et avait fait de lui un monstre
sacré. Dans la grisaille du bureau d'avocat où il passait
ses journées, des rêves de despotisme le visitaient. Il
avait lu par hasard un document sur Ravensbrück,
Birkenau, les camps de concentration nazis réservés
aux femmes. Il s'en voyait le commandant, le gouver-
neur, menant d'un fouet immense de vastes troupeaux
de femmes nues et blessées — et il n'était pas rare que

les dactylos eussent la surprise de l'entendre pousser des rugissements.

Mais le secret de sa nouvelle dignité lui pesait. Il aurait voulu s'en vêtir à la face du monde. Il rêvait d'une consécration évidente, publique, éclatante, proclamée devant une foule en extase. Il commanda au tailleur qui lui faisait ses vêtements une sorte de collant rouge sombre que bosselaient ses muscles et son sexe. Retour du bureau, il dépouillait sa livrée de petit clerc, prenait une douche et revêtait ce qu'il appelait par-devers lui sa tenue de soirée qu'il agrémentait d'un foulard de soie mauve étroitement noué autour de son long cou, à la manière des mauvais garçons d'autrefois. Puis, chaussé de mocassins à semelles minces et souples, il se glissait dehors. Il avait découvert le confort supérieur que lui assurait sa taille. Il passait la tête haute sous les portes les plus basses. Il pouvait se tenir debout dans les plus petites voitures. Tous les sièges étaient pour lui des nids spacieux. Les verres et les assiettes des bistrots et des restaurants lui offraient des portions d'ogre. En toute circonstance, il nageait dans l'abondance. Bientôt il mesura la force colossale accumulée dans ses muscles. Il fut vite connu dans certaines boîtes où les habitués l'invitaient à boire avec eux. Il se juchait d'un saut sur les hauts tabourets des bars et pouvait se dresser sur les mains, ses courtes jambes croisées en l'air comme des bras. Une nuit, un client qui avait trop bu l'insulta. Lucien le jeta par terre en lui tordant une cheville, puis debout sur lui, il entreprit de lui trépigner la figure avec une rage qui effraya les témoins. Le jour même une prostituée s'offrit à lui pour rien, par curiosité, parce que le spectacle de sa force l'avait excitée. Dès lors les hommes eurent peur du nain rouge, les femmes obéirent à l'obscure fascination qui émanait de lui. Sa vision de la société évolua. Il était le centre inébranlable d'une foule d'échassiers faibles et lâches qui titubaient sur leurs cannes et n'avaient à offrir à leurs compagnes que des sexes de ouistitis.

Mais cette renommée limitée ne devait être qu'un prélude. Un soir, dans un bar de Pigalle, alors qu'il venait de gagner un pari en déchirant en deux un jeu de cinquante-deux cartes à jouer, il fut abordé par un homme au visage basané, aux cheveux noirs et frisés, et dont les mains s'adornaient de diamants. Il se présenta : Signor Silvio d'Urbino, directeur du Cirque d'Urbino dont le chapiteau se dressait pour la semaine à la porte Dorée. Le nain rouge accepterait-il d'entrer dans sa troupe ? Lucien attira à lui une carafe de cristal avec l'intention de la faire voler en éclats sur la tête de l'insolent. Puis il se ravisa. Son imagination venait de lui représenter un vaste cratère où les têtes des spectateurs se serraient comme des grains de caviar, s'étageant autour d'une piste violemment éclairée. Du cratère une ovation puissante, continue, interminable déferlait sur un personnage minuscule, vêtu de rouge, dressé seul au milieu de la piste. Il accepta.

Les premiers mois, Lucien se contenta d'égayer les temps morts du spectacle. Il courait sur la banquette circulaire qui cerne la piste, s'empêtrait dans les agrès, s'enfuyait avec des cris aigus quand l'un des hommes de piste exaspéré le menaçait. Finalement il se laissait prendre dans les plis du grand tapis des cascadeurs, et les hommes l'emportaient — grosse bosse au milieu de la bâche roulée — sans plus de cérémonie.

Les rires qu'il faisait déferler des gradins l'exaltaient

au lieu de le blesser. Ce n'était plus le rire concret, sauvage, individuel qui avait été sa terreur avant sa métamorphose. C'était un rire stylisé, esthétique, cérémonieux, collectif, véritable déclaration d'amour pleine de déférence de la foule femelle à l'artiste qui la subjugue. D'ailleurs ce rire se changeait en applaudissements quand Lucien reparaissait sur la piste, comme le plomb de l'alchimiste tourne à l'or au fond du creuset.

Mais Lucien se lassa de ces menues pitreries qui n'étaient qu'exercices et tâtonnements. Un soir, ses camarades le virent se glisser dans une sorte de salopette en matière plastique rosâtre qui figurait une main géante. A la tête, à chaque bras, à chaque jambe correspondait un doigt terminé par un ongle. Le torse était la paume, et derrière saillait l'amorce d'un poignet coupé. L'énorme et effrayant organe tournoyait en s'appuyant successivement sur chacun de ses doigts, se posait sur son poignet, se crispait vers les projecteurs, courait avec une vélocité de cauchemar, et même grimpait aux échelles, tournoyait accroché par une phalange autour d'une barre fixe ou a un trapèze. Les enfants hurlaient de rire, les femmes avaient la gorge serrée à l'approche de cette immense araignée de chair rose. La presse du monde entier parla de l'entrée de la main géante.

Cette gloire ne comblait pas Lucien. Il éprouvait le sentiment d'un manque, d'un inachèvement. Il attendait — sans impatience, avec confiance — quelque chose peut-être, quelqu'un plus probablement.

Le cirque d'Urbino tournait depuis cinq mois déjà quand il déploya ses toiles à Nice. Il devait y rester une semaine et franchir ensuite la frontière pour regagner sa patrie italienne. La soirée du troisième jour avait été brillante et l'entrée de la main géante avait fait un malheur. Lucien s'était démaquillé et se reposait dans la luxueuse caravane à laquelle il avait droit depuis son grand succès, quand il entendit frapper doucement à une fenêtre. Il éteignit et s'approcha des rideaux bonne-femme qui bordaient un rectangle de pâle lumière. Une haute et massive silhouette faisait une ombre sur le ciel phosphorescent. Lucien entrouvrit la fenêtre.

— Qui êtes-vous ?

— Je voudrais parler à M. Gagneron.

— Mais qui êtes-vous ?

— C'est moi, Bob.

Lucien dut s'asseoir, fauché par l'émotion. Il savait maintenant ce qu'il attendait, qui il était venu chercher à Nice. C'était à une manière de rendez-vous qu'il avait obéi, un rendez-vous avec Edith Watson. Il fit entrer Bob, et la masse gauche du skieur d'eau encombra aussitôt l'étroit habitacle où Lucien avait pourtant toutes ses aises. Il méprisa une fois de plus les échassiers qui ne sont à leur juste place nulle part.

Bob s'expliqua à mi-voix. Depuis la mort d'Edith, il menait une existence traquée dans des greniers brûlés par le soleil, dans des caves suintantes d'humidité, nourri comme une bête par sa mère et un ami. Il était obsédé par la tentation de se livrer à la police, mais la seule perspective de la détention préventive l'épouvantait, et surtout il y avait ces maudites lettres de rupture, pleines de menaces de mort qui aggravaient son dossier. Or ces lettres, Lucien pouvait témoigner que c'était lui qui les avait dictées à Bob en vue du divorce, et que les menaces qu'elles contenaient étaient fictives, purement conventionnelles.

Lucien jouissait pleinement de sa toute-puissance sur le géant à visage de fille. Lové au creux d'un nid de coussins, il regrettait seulement de ne pas fumer — la pipe singulièrement — car alors il aurait pris avant de répondre un temps infini à la nettoyer, puis à la bourrer, enfin à l'allumer dans toutes les règles de l'art. A défaut de pipe, il ferma les yeux et s'accorda une bonne minute de réflexion voluptueuse, souriante, bouddhiste.

— Vous êtes recherché par la police, dit-il enfin. Mon devoir serait de vous dénoncer. Je vais réfléchir à ce que je ferai pour vous. Mais j'ai besoin d'une preuve de confiance totale, aveugle. Alors, c'est très simple. Vous allez regagner votre cachette. Demain à la même heure, revenez. Il n'y aura pas de souricière. Ce sera la preuve que vous pouvez me faire confiance. Un pacte nous unira alors. Vous êtes toujours libre de ne pas revenir.

Le lendemain Bob était là.

— Ne comptez pas sur mon témoignage pour les lettres, lui dit Lucien. Mais j'ai mieux à vous offrir. Après-demain nous passerons en Italie. Je vous emmène.

Bob s'agenouilla dans la caravane et lui baisa les mains.

Ce fut un jeu pour Lucien de le cacher dans son lit pour lui faire franchir la frontière. Il lui imposa de rester enfermé lors des étapes du cirque à San Remo, Imperia et Savone. Il attendit Gênes pour le présenter au Signor d'Urbino comme un ami rencontré par hasard dans la foule et avec lequel il se proposait de monter une entrée nouvelle. Aussitôt ils se mirent au travail.

Leur énorme différence de taille suggérait à elle seule des numéros classiques. Ils mimèrent ainsi le combat de David et de Goliath auquel Lucien avait ajouté un final de son invention. Le géant s'étant écroulé, son vainqueur le gonflait avec une pompe à bicyclette. Dès lors c'était un pachyderme obèse, docile et mou, roulant d'un bord sur l'autre que le nain menait et malmenait. Il s'en servait à divers usages, matelas pneumatique pour faire un somme, tremplin élastique pour bondir vers les agrès, punching-ball. Et toujours le colosse était bafoué, rossé par son minuscule adversaire. Enfin Lucien se juchait à cheval sur son cou et enfilait un immense manteau qui couvrait Bob jusqu'aux chevilles. Et ils déambulaient ainsi, devenus un seul homme de deux mètres cinquante de haut, Bob aveuglé, anéanti par le manteau, Lucien haut perché, impérieux et rageur.

Ce fut en retrouvant la grande tradition du clown blanc et de l'auguste que leur entrée prit un tour définitif et couronna le triomphe de Lucien. Le clown blanc maquillé, pomponné, chaussé d'escarpins, les mollets cambrés dans des bas de soie avait jadis tenu seul la piste, éblouissant d'esprit et d'élégance. Mais il avait eu l'imprudence de chercher un repoussoir pour mettre en valeur sa beauté et son éclat, et l'auguste hilare et grossier, à trogne de poivrot — inventé à cette fin — l'avait peu à peu supplanté. Lucien prolongea cette évolution en faisant de son trop raffiné partenaire sa chose et son souffre-douleur. Pourtant rien n'était trop beau pour Bob. Le nain le coiffa d'une perruque platinée, il ajouta à son costume des flots de rubans, des broderies, des dentelles, du duvet de cygne. Finalement, emporté par la logique de son numéro, il imagina le mariage grotesque, sur la marche nuptiale de Mendelssohn jouée au trombone, de cette immense jeune fille neigeusement parée avec le minuscule crapaud rouge qui sautait en coassant aux pans de sa robe. A la fin du numéro, il faisait un bond de chien et ceinturait de ses courtes jambes son partenaire qui l'emportait ainsi dans les coulisses sous un tonnerre d'applaudissements.

Ce saut final troublait profondément Lucien parce qu'il lui rappelait dans un vertige douloureux et voluptueux l'étreinte qui avait tué Edith Watson. Bob et lui n'étaient-ils pas unis par leur amour de l'ancienne cantatrice ? Lucien parlait d'elle le soir avec Bob, puis, obsédé par son souvenir, il finit par la confondre avec son compagnon, et comme il lui importait plus encore de soumettre et d'humilier les échassiers que de leur prendre leurs femmes, il en vint une nuit, chaque nuit, à rejoindre son ancien rival, dans le bas-côté de la caravane où il couchait, pour le posséder comme une femelle.

Plus tard, le thème impérial, esquissé par le peignoir pourpre de Bob, reprit possession de lui. Rien n'était plus conforme à la tradition clownesque que de faire évoluer l'auguste — le nom même le suggérait — vers une parodie d'empereur romain. Lucien se drapa dans une tunique rouge qui lui laissait nues ses cuisses torses et musculeuses. Il portait glaive, collier barbare et couronne de roses. Ce n'était plus l'auguste, c'était le Néron, le gag-Néron, comme le dit un jour d'Urbino toujours en quête de slogans et de textes d'affiche. Quant à Bob, il devint tout naturellement Agrippine.

Que Néron ait fait assassiner sa mère après l'avoir eue comme première maîtresse, cela paraissait de bon augure à Lucien (Lucius Nero) qui, ne trouvant pas sa place parmi les modèles honnêtes et courants, s'inspirait volontiers des grandioses turpitudes de l'Antiquité Il lui plaisait que sa vie prît la forme d'une caricature des mœurs échassières, haute en couleur et tout éclaboussée de sang et de sperme

— Ce qui me chagrine, dit-il une nuit en quittant Bob pour regagner son petit lit, c'est que, quoi que nous fassions, nous n'aurons jamais d'enfant

Cette réflexion pesait certes son poids de cynisme brutal, mais elle n'en était pas moins secrètement inspirée par une découverte récente qui allait marquer un nouveau tournant dans sa destinée Il avait remarqué que si les adulations du public ordinaire étaient sans influence notable sur la boule de haine qui pesait lourd et dur dans sa poitrine, parfois cependant un souffle tiède et printanier semblait lui parvenir des gradins et singulièrement du sommet des gradins, des derniers bancs qui se perdent dans l'ombre du chapiteau Ce souffle qui le touchait, l'émouvait, le bénissait, il en guetta dès lors passionnément l'apparition, et chercha à repérer celles des représentations où il se manifestait Or c'était toujours en matinée, le jeudi de préférence au dimanche, jour où à cette époque les enfants n'allaient pas à l'école

— Je voudrais, dit-il un soir à d'Urbino, qu'une fois par semaine au moins on interdise l'entrée du cirque à toute personne âgée de plus de douze ans

Le directeur se montra très surpris de cette exigence, mais il respectait les caprices des vedettes dont le génie inventif s'était manifesté par des innovations fructueuses et spectaculaires.

— Nous pourrions commencer le 24 décembre, veille de Noël, précisa le nain rouge.

L'échéance était si proche et la menace du manque à gagner si précise que d'Urbino commença à s'émouvoir.

— Mais pourquoi, mon cher maître, mais quelle idée, moins de douze ans, mais qu'est-ce que ça veut dire ?

Lucien sentit une fois de plus sa vieille colère haineuse le saisir, et il s'avança menaçant vers son directeur.

— Ça veut dire que pour une fois j'aurai un public à ma taille ! Vous comprenez, non ? Je ne veux pas un échassier, pas un seul !

— Mais, mais, mais, balbutia d'Urbino, si on interdit l'entrée aux adultes et aux adolescents, ça va nous coûter très cher !

La réponse de Lucien, d'habitude furieusement âpre au gain, le cloua d'étonnement.

— Je paierai ! trancha-t-il. Nous ferons calculer le manque à gagner par le caissier, et vous déduirez cette somme de mes cachets. D'ailleurs pour la matinée du 24 décembre, c'est bien simple, j'achète toutes les places. L'entrée sera gratuite... pour les enfants.

Cette représentation de Noël demeura mémorable dans l'histoire de la piste. Les enfants affluèrent de plusieurs lieues à la ronde, parfois par cars entiers, car on avait alerté les écoles, les maisons de redressement et les orphelinats. Certaines mamans refoulées aux entrées eurent l'idée d'attacher les leurs ensemble pour que les petits ne se perdent pas, et on vit des cordées de cinq, six et même sept frères et sœurs escalader les gradins.

Ce que fut le numéro du nain rouge ce jour-là, nul ne le sait car il n'eut pas d'autres témoins que les enfants, et il leur fit jurer le secret. A la fin du spectacle, ils lui firent une ovation formidable, et lui, planté dans la sciure sur ses jambes inébranlables, les yeux fermés de bonheur, il se laissa submerger par cet orage de tendresse, par cette tempête de douceur qui le lavait de son amertume, l'innocentait, l'illuminait. Puis les enfants par milliers croulèrent sur la piste, l'entourèrent d'un flot tumultueux et caressant, le portèrent en triomphe avec des chants.

Derrière les rideaux rouge et or de l'entrée d'écurie, les écuyères, le dompteur, les prestidigitateurs chinois, la trapéziste volante, les jongleurs népalais, et derrière eux la haute et grotesque silhouette d'Agrippine, tous reculaient, s'effaçaient, étonnés par cet hymne sauvage.

— Laissons-le, leur dit d'Urbino. Il est avec les siens, il est fêté par son peuple. Pour la première fois de sa vie peut-être, il n'est plus seul. Quant à moi, je tiens mon slogan : Lucius Gag-Néron, l'empereur des enfants. Je vois déjà mon affiche, le Nain rouge en toge avec son glaive et sa couronne, et la foule, la foule immense des petits dont pas un seul ne le dépasse d'un centimètre ! Mais quelle matinée, mes amis, quelle matinée[2] !

Tristan Vox

Cette histoire se passe il y a bien peu d'années, à une époque qui paraîtra pourtant préhistorique aux jeunes d'aujourd'hui. En ce temps-là en effet la télévision n'existait pas encore. C'était la radio qui étendait son empire sur les esprits et enfiévrait les imaginations. Il ne faudrait pas croire cependant que son pouvoir était moindre que celui de notre télévision, bien au contraire. Pour rester sans visage ni regard, les voix n'en avaient que plus de mystère, et leur magie agissait avec une efficacité parfois redoutable sur les hommes et les femmes à l'écoute. On remarquera que dans nombre de religions, les décrets de Dieu se manifestent par une voix tombant du haut d'un ciel vide. Ainsi les « spiqueurs » — c'est ainsi qu'on les appelait — paraissaient-ils au grand public comme des créatures incorporelles et douées d'ubiquité, à la fois toutes-puissantes et inaccessibles. Certains prenant la parole tous les jours à la même heure — avec une régularité quasiment astronomique — jouissaient d'une notoriété extraordinaire et retenaient l'attention passionnée de foules immenses. Cette popularité, ils la mesuraient par le fabuleux courrier qu'ils recevaient, un courrier où il y avait tout, absolument tout, des cris, des plaintes, des menaces, des confidences, des promesses, des offres, des supplications. Les plus bornés, les plus entêtés de matérialisme ne pouvaient se dissimuler ce qu'ils représentaient dans l'esprit de leurs correspondants, et, se regardant parfois dans une glace, ils prononçaient en tremblant le mot terrible de quatre lettres qu'on leur faisait incarner malgré eux.

Le plus célèbre de tous était sans conteste le pathétique Tristan Vox dont la voix, partant d'un petit studio obscur et perdu au fond d'un énorme building des Champs-Élysées, berçait et exaltait à la fois des millions de cœurs solitaires, chaque soir de vingt-deux heures à minuit. Comment expliquer la magie de cette voix ? Certes, il y avait en elle une gravité caressante et veloutée que relevait une fêlure, une cassure, quelque chose de blessé, et qui blessait aussi avec une implacable douceur ceux — et surtout celles — qui l'entendaient. Cette *raucité tristanienne*, c'était bien autre chose que la *raucité aznavourienne* qui vint plus tard, comme son écho assourdi, et qui fit cependant d'un petit chanteur arménien, faune chétif et frileux, l'une des idoles du music-hall.

Mais la qualité physique de la voix de Tristan Vox n'aurait pas suffi à justifier l'extraordinaire ascendant dont elle jouissait. Encore une fois la radio avait sur la télévision l'immense privilège de s'adresser aux yeux de l'âme et non à ceux du corps. L'homme de télévision n'a que le visage qu'il a. L'homme de radio avait le visage que lui prêtaient ses auditeurs et ses auditrices sur la seule foi de ses intonations.

Or, chose étrange, un certain consensus apparaissait à travers les innombrables lettres et même dans les

dessins que recevait Tristan Vox. L'image qu'on se
faisait généralement de lui, d'après sa voix, était celle
d'un homme dans sa seconde jeunesse, grand, mince,
souple, avec une masse de cheveux châtains indomptés
qui atténuaient par leur flou romantique ce que son
masque noblement tourmenté, aux pommettes un peu
hautes, aurait pu avoir d'excessivement sombre, malgré la douceur de ses grands yeux mélancoliques.

Tristan Vox s'appelait en réalité Félix Robinet. Il
approchait la soixantaine. Il était petit, chauve et
bedonnant. Sa voix prenante s'expliquait par une
laryngite chronique et un étrange double menton
vibratile qui agrémentait le bas de son visage. Au
terme d'une médiocre carrière de comédien comique
— il rappelait un peu Alerme — qui l'avait promené
au gré des tournées théâtrales dans toutes les sous-
préfectures de France, il avait été soulagé de trouver
une situation stable et sédentaire comme « spiqueur »
à la radio.

On lui avait d'abord fait lire des bulletins météoro-
logiques, le résumé des nouvelles, les programmes du
lendemain. Sa célébrité avait véritablement commencé
le jour où il avait prêté sa voix à l'Horloge parlante que
chacun pouvait entendre en composant le numéro
Observatoire 84.00 sur son téléphone. On avait commencé alors à s'interroger à son sujet, et un grand
quotidien avait lancé, comme une sorte d'énigme
policière, la question : qui se cache derrière l'Horloge
parlante ? Robinet, qui avait choisi ce métier pour
avoir une retraite paisible, s'était alors entouré de
mystères. Il avait mis ainsi le comble aux curiosités.

Un jour, le directeur de la station avait eu une
conversation avec lui.

— Franchement, lui avait-il dit en substance, vous
valez de l'or. Le public que nous attirent vos vacations
est immense. Vous pouvez me demander ce que vous
voulez sur le plan matériel.

Robinet, qui avait réprimé une grimace en entendant parler de *vacation* — un de ces faux termes de
métier qu'il détestait —, avait trop de méfiance à
l'égard de son propre destin pour se réjouir sans
réserve de ce préambule. Pour lui toute bonne fortune
annonçait un piège. Il remercia néanmoins son directeur et l'assura qu'il réfléchirait. La vérité, c'est que
ses besoins étaient modestes, et que les avances de son
directeur l'embarrassaient quelque peu. Pour lui, la
réussite venait trop tard. Sa carrière de comédien était
terminée. Vingt ans, trente ans plus tôt peut-être? Ce
n'était même pas sûr. A vrai dire, il avait fait ce métier
comme un autre, en père tranquille que le démon de
l'ambition n'a jamais troublé.

— Seulement voilà, reprit le directeur, de mon côté,
j'ai deux choses à vous demander. Nous ne sommes
pas là pour nous faire des courbettes, n'est-ce pas, et je
n'irai pas par quatre chemins. Les gens qui vous
écoutent ne vous imaginent pas tel que vous êtes. Ils
brodent sur votre voix, ils vous idéalisent, ils se font
tout un cinéma. Ce n'est l'intérêt de personne de les
décevoir. Il faudrait donc : un, que vous choisissiez un
pseudonyme. Deux, que vous restiez absolument invisible. Pas de photo, pas d'apparition en public, gala,
coquetel ou autre. Êtes-vous d'accord?

Ces exigences convenaient on ne peut mieux à
Robinet. Rien n'était plus contraire à ses goûts qu'une
notoriété de mauvais aloi qui viendrait troubler son
calme confort. Sa voix — qui en quarante ans de

théâtre n'avait jamais ému personne — soulevait les foules dès lors qu'elle passait par le canal d'un micro. C'était là une de ces loufoqueries du destin dont il convenait de limiter autant que possible les effets. Qu'elle édifie donc, cette voix d'or, tous les mythes romanesques possibles et imaginables. Lui, Félix Robinet, demeurerait à l'écart de ces folies.

C'était ainsi qu'était né Tristan Vox, superbe assemblage de roman courtois et de modernisme vulgaire. Il fut convenu que tous les ponts seraient coupés entre Vox et Robinet. Aucune personne étrangère à la station ne serait admise dans le studio pendant les vacations de Robinet. Aucune photographie de lui ne serait divulguée. Ses relations avec l'extérieur — courrier, téléphone, rendez-vous — seraient filtrées avec le plus grand soin. Robinet s'imaginait qu'en coupant ainsi tous les fils qui le rattachaient à Vox, l'inexistence de ce dernier suffirait à le rendre inoffensif. En réalité, il lui laissait une liberté redoutable, celle par exemple, après s'être fait une place dans des millions de vie, d'envahir et de saccager celle de son propre auteur.

Car la métamorphose qui faisait chaque soir sortir Tristan Vox de Félix Robinet par le simple truchement d'un micro n'était pas moins mystérieuse que celle d'une citrouille en carrosse par un coup de baguette magique. Robinet ne faisait aucun effort dramatique pour ressembler au héros ténébreux que son auditoire imaginait. Parce que c'était conforme à son caractère, il évitait tout effet, tout mouvement un peu vif, tout accent passionné, et il entretenait son monde entre deux disques qu'il annonçait et « désannonçait » — selon le jargon de la radio — sur le ton de la

confidence, un ton affectueux, un peu triste, mais
rassurant, où on sentait passer une indulgence amusée
et désabusée, nourrie par une immense expérience. De
quoi parlait-il ? De tout et de rien. Des saisons, de son
jardin, de sa maison — bien qu'il habitât un appartement rue Lincoln — des animaux, de tous les animaux, indistinctement, inépuisablement, lui qui
n'avait jamais eu fût-ce un poisson rouge. En revanche
il évitait toute allusion aux enfants, parce qu'il savait
d'instinct que son public était formé en majeure partie
de solitaires — vieux garçons et filles bréhaignes — et
que l'image de l'enfant aurait jeté un froid dans les
mille tête-à-tête qu'il entretenait simultanément.

On aurait pu lui représenter qu'il mentait, qu'il
trompait son monde, qu'il commettait soir après soir
un abus de confiance réitéré. Il aurait protesté en toute
bonne foi qu'il poursuivait derrière un micro le métier
de comédien qu'il avait exercé toute sa vie sur des
planches, et qui consistait à incarner aux yeux du
public un personnage qu'on n'est pas. Si on lui avait
rétorqué que ce n'était pas la même chose, il en serait
sans doute convenu, mais sans pouvoir préciser en
quoi justement consistait la différence. Car ce personnage de Tristan Vox, il l'incarnait autrement qu'un
acteur incarne Rodrigue ou Hamlet. Il l'incarnait en
affirmant sans équivoque qu'il l'était réellement, et il
le créait en même temps, à chaque instant, au lieu de
l'emprunter tout fait à un répertoire. Se rendait-il
compte du risque qu'il courait ? Car une illusion aussi
vivement entretenue doit bien finir par déborder
l'imaginaire et mordre sur le réel en y provoquant
d'imprévisibles turbulences.

Contre une incursion du ravageur Tristan Vox dans

la vie paisible de Félix Robinet, deux femmes faisaient rempart. Il y avait d'abord en première ligne sa secrétaire, la maigre et chevaline Mlle Flavie. C'était sur elle que venait se briser le flot du courrier matinal, l'artillerie lourde des cadeaux et paquets, et l'assaut intempestif des visiteurs et visiteuses. Elle répondait aux lettres — après avoir soumis à Robinet celles qui lui paraissaient présenter un intérêt —, acheminait les cadeaux vers un asile de vieillards, et décourageait avec une courtoisie inflexible les campeurs d'anti-chambre. Parce qu'elle faisait face intrépidement à la foule avide et idolâtre qui acclamait et réclamait Tristan Vox, Félix Robinet ne la voyait pour ainsi dire que de dos, et la connaissait mal. Elle-même, obsédée sans cesse par le prestigieux Tristan, avait peine à percevoir le gris et paisible Félix qui n'était à ses yeux que l'ombre et comme la doublure de l'Autre.

Aussi bien Robinet n'avait-il qu'une hâte, en sortant peu après minuit du studio : regagner le gîte conjugal où l'attendait son épouse, la douce et plantureuse Amélie — née Lamiche — avec un petit medianoche de sa façon, c'est-à-dire à la mode auvergnate. Car Amélie était un fin cordon-bleu, et ils étaient tous les deux originaires de Billom — un petit bourg du Puy-de-Dôme — où ils comptaient se retirer dans quelques années. Ce souper quotidien où les Robinet commu-niaient dans la béatitude gastronomique, on pouvait regretter que personne n'en fût témoin, car leurs mines gourmandes et attendries, lorsque le plat longuement concocté déroulait ses effluves enivrants sous leur nez, fournissaient l'image même du bonheur et de la fidélité conjugale. Mais d'un autre côté, on aurait difficilement pu trouver un tableau plus contraire au personnage mélancolique et désincarné de Tristan Vox.

C'était pourtant sur ce point intime entre tous — leurs origines billomoises — que Vox allait faire porter sa première attaque contre Robinet.

Tout commença par une série de lettres brûlantes qu'une certaine Yseut — il s'agissait évidemment d'une signature d'emprunt accordée au prénom de Tristan — envoyait à intervalles réguliers, et qui contenaient des précisions assez troublantes sur la vie des Robinet. Bien entendu, c'était Mlle Flavie qui avait été alertée la première.

— C'est curieux, dit-elle un jour à Robinet en lui apportant, pour qu'il les signe, les réponses qu'elle avait préparées. Qu'est-ce au juste que le Gros et le Petit Turluron ? Je ne vous ai jamais entendu prononcer ces noms au micro.

Rien n'est au contraire plus familier aux habitants de Billom puisqu'il s'agit de deux grosses collines situées à l'ouest de la ville, et qui constituent un but de promenade dominicale. C'est ce que Robinet expliqua à sa secrétaire.

— Pourtant, s'obstina-t-elle, je ne me souviens pas que vous ayez jamais fait allusion à Billom.

Elle avait une mémoire d'éléphant, et Robinet pouvait se fier à elle. Il lut la lettre. A travers un bavardage fort libre, le Petit et le Gros Turluron apparaissaient avec une signification d'une transparente obscénité. C'était signé : Yseut.

— C'est possible tout de même que j'aie parlé de Billom où je suis né, et des deux Turluron que tout le monde connaît dans la région, risqua-t-il sans y croire

vraiment en voyant Mlle Flavie secouer la tête énergi
quement.

— Ça ne m'aurait pas échappé, affirmait-elle. De
toute façon, nous ne pouvons toujours pas répondre à
cette Yseut, car cette lettre ne comporte pas plus
d'adresse que les autres.

Il y eut une brève accalmie, puis Yseut se manifesta
à nouveau par une salve d'épistoles qui franchissaient
cette fois toutes les bornes de la bienséance. Robinet
lut et relut avec perplexité la phrase suivante : *Ah mon
chéri ! Si tu me voyais quand je t'écoute, tu ne t'embêterais pas !*

— Que croyez-vous qu'elle veuille dire ?

Mlle Flavie prit un air outré.

— Comment voulez-vous que je le sache ?

— C'est une femme qui a écrit cela, et vous êtes une
femme, raisonna Robinet.

— Vous devriez savoir qu'il y a plusieurs sortes de
femmes ! s'indigna la vieille fille.

Robinet haussa les épaules et alla s'enfermer dans
son studio, après avoir brièvement téléphoné à son
épouse. Il laissa retomber sur lui la lourde porte qu'on
verrouillait en abaissant un long bras de levier, et
s'assit devant le micro Autrefois les micros ressemblaient à de grosses boîtes rectangulaires criblées de
petits trous. Il y avait quelque chose de familier et de
bon enfant dans ces grosses cages à mouches. Les
nouveaux micros avaient l'air d'une tête de vipère
dardée sur le visage, sur la bouche de celui qui parlait.
Robinet s'avisa que c'était ce serpent électronique
hostile et méchant qui opérait sa métamorphose en
Tristan Vox. Il fut particulièrement sensible à
l'étrange solitude qui était la sienne chaque jour à la
même heure. La petite pièce surchauffée et insonori-

sée. close comme un coffre-fort, n'ouvrait sur l'extérieur que par le rectangle à double vitre par lequel il
voyait vaguement la silhouette paresseuse du preneur
de son. inclinée devant ses consoles Ils travaillaient
ensemble depuis si longtemps qu'ils n'utilisaient plus
jamais l'interphone grâce auquel ils auraient pu
échanger quelques phrases L'opérateur se contentait
d'avertir Robinet d'un coup de lumière verte qu'il
allait lui donner l'antenne Puis le signal rouge s'allu-
mait, et la solitude de Robinet. tout à fait fermée du
côté de ses compagnons de travail et de ses relations
privées. s'ouvrait de façon béante sur la foule immense
et muette de son auditoire Félix Robinet était désormais enfoui dans une sorte de tombeau. Tristan Vox
retentissait comme un dieu omniprésent aux oreilles de
tous Il s'introduisait dans les cœurs, se déployait en
Phénix resplendissant dans les imaginations.

Or Félix Robinet. un peu triste et angoissé ce soir-là,
réagissait comme à l'accoutumée par un surcroît de
tendresse pour les douceurs gastronomiques. Il n'avait
téléphoné à sa femme avant le début de l'émission que
pour lui demander des nouvelles des tripoux de
Chaudes-Aigues qui étaient sur le feu et qui devaient
constituer l'essentiel de leur souper Il était certes tout
à fait exclu que Tristan Vox fît la moindre allusion sur
l'antenne à l'un des plats les plus canailles de toute la
cuisine bougnate. laquelle n'a jamais passé pour légère
et raffinée Mais on peut dire que les tripoux ne
cessèrent de hanter Robinet pendant toute la durée de
son émission.

Le surlendemain. Mlle Flavie lui apportait une
nouvelle lettre d'Yseut. et attirait son attention sur une
phrase qu'elle jugeait quant à elle parfaitement sibyl-

line : *Mon Tristan n'en pouvait plus de saliver hier devant son micro, et il attendait avec une impatience frénétique le moment de mettre les talons dans l'estomac !*

Pauvre Mlle Flavie ! Comment aurait-elle pu soupçonner que son patron devait manger ce soir-là des tripoux, lesquels ne sont rien d'autres que des pieds de mouton farcis, enveloppes dans des estomacs, de mouton également ? L'allusion sautait aux yeux, à ceux du moins de Robinet. Mais n'était-ce pas une illusion due au souvenir du délicieux souper de ce soir-là ? Car, si allusion il y avait, comment expliquer qu'Yseut se fût trouvée au fait du plat auvergnat qui attendait Robinet après minuit ? A cela une seule explication possible : il en avait involontairement laissé percer quelque chose sur l'antenne. Pourtant il n'avait aucun souvenir d'une aussi grossière bévue, et s'il en arrivait maintenant à dire au micro des choses qui auraient dû être tues, et de surcroît à n'en garder aucun souvenir, n'y avait-il pas lieu d'être très inquiet ?

Profondément troublé, l'honnête Robinet se demandait s'il était encore en état d'exercer un métier somme toute semé de risques et lourd de responsabilités.

Yseut se tint coite dix jours. Ce n'était apparemment que pour préparer un poulet où la perfidie et le mystère formaient un mélange détonant. Il s'agissait d'ailleurs moins d'une lettre que d'un vaste dessin en couleurs représentant un énorme gâteau hérissé de bougies. Des lettres multicolores formaient guirlande autour du gâteau. En faisant tourner la feuille, on pouvait lire :

HAPPY BIRTHDAY FOR THE BIG TRISTAN !
Et un gros picoussel avec soixante bougies...

— Qu'est-ce que c'est qu'un picoussel? interrogea Mlle Flavie, raide et sombre comme la Justice.

— Vous ne connaissez pas le picoussel? s'étonna Robinet. Il est vrai que ça ne se mange qu'en Auvergne, et plus particulièrement, voyez-vous, à Mur, Mur-de-Barrez, un village du Cantal.

Et son visage s'épanouit de satisfaction.

— C'est une sorte de flan, oui, un flan de farine de blé noir, garni de prunes. Et assaisonné de fines herbes. Ça s'arrose de préférence avec un chanturge ou un châteaugay.

Cette évocation idyllique ne dérida pas Mlle Flavie qui demeurait obsédée par une triple énigme. Comment la dénommée Yseut connaissait-elle la date de naissance de Robinet, son âge, ses origines auvergnates? Elle lui posa la question sans douceur.

— C'est quelqu'un qui vous connaît, monsieur Robinet. Et donc une femme que vous connaissez!

Elle lui tourna le dos et sortit sur cette accusation pleine de sous-entendus. C'était clair. Aux yeux de sa fidèle secrétaire, Robinet avait une créature, et il se laissait aller à des confidences sur l'oreiller!

Robinet, brutalement arraché à ses rêves de picoussel, fut atterré par l'injustice et la malignité du sort. Il attaqua sans appétit le truffado d'Aurillac qu'Amélie lui avait préparé ce soir-là.

— Samedi, c'est ton anniversaire, dit-elle entre deux bouchées. Je vais te faire un...

— Rien du tout! coupa Robinet. Ni fleurs ni couronnes pour mes soixante ans, tu m'entends! Ça suffit comme ça!

Et il alla se coucher en laissant devant son truffado à peine entamé une Amélie consternée par cette sortie.

Le samedi, un gros paquet en forme de carton à chapeaux attendait Tristan au studio. Le papier bariolé de dessins et de lettres rappelait le dernier message d'Yseut. Évidemment, il contenait le fameux picoussel d'anniversaire.

Robinet l'envoya à l'asile sans l'ouvrir.

Sans doute ce direct à l'estomac avait-il excité Yseut. Dès le lendemain, elle se déchaîna, mais cette fois en visant nettement au-dessous de la ceinture. On aurait dit qu'une frénésie de luxure s'était emparée d'elle. Et s'il n'y avait eu que des promesses, des caresses, des chatteries formulées en termes d'une abominable précision! Mais c'étaient surtout les dessins en couleurs accompagnant les textes qui étaient de nature à faire rougir même un confesseur breton.

Robinet maniait ce courrier d'un genre particulier avec une répugnance très ostensible.

— Mais après tout, mademoiselle Flavie, finit-il par dire un jour à sa secrétaire, vous ne m'apportez pas toutes les lettres qui arrivent au nom de Tristan Vox? Alors pourquoi choisissez-vous ces saletés?

Mlle Flavie manifesta un grand trouble.

— Mais, monsieur, parce que... enfin... eh bien il m'avait semblé que cette correspondance pourrait présenter pour vous un certain intérêt, balbutia-t-elle.

— C'est ma foi possible, admit Robinet. Oui, on ne sait jamais les idées que cette exaltée pourrait avoir. Il vaut mieux la surveiller.

La vie double de Robinet-Vox poursuivit son cours
tant bien que mal sous une grêle de lettres où
alternaient les allusions gastronomiques et les déchaî-
nements érotiques. Assez curieusement, les deux thè-
mes ne se mêlaient pas et constituaient comme deux
sources épistolaires distinctes. Peut-être la situation
aurait-elle pu durer cependant si un événement nouveau n'était venu la bouleverser, un coup du sort d'une
violence et d'une perfidie à peine imaginables.

Chaque mercredi paraissait un hebdomadaire
radiophonique très en vue, *Radio-Hebdo*, qui publiait.
outre les programmes de la semaine à venir, tout un
supplément photographique concernant les vedettes
du micro. Le rédacteur en chef se demanda pourquoi
l'édition ordinaire de son hebdomadaire s'épuisa cette
semaine-là en quelques heures. Il fit procéder à un
nouveau tirage et mena une petite enquête.

La clé du mystère se trouvait dans un coin d'une
page magazine. En marge des programmes, on avait
publié un portrait, celui d'un homme encore jeune.
aux pommettes un peu hautes, aux grands yeux
veloutés et mélancoliques, et à la chevelure châtaine
abondante et indomptée. Or par suite d'une inconce-
vable bévue, on avait imprimé sous cette photo le nom
de Tristan Vox, alors que c'était celle d'un certain
Frédéric Durâteau, finaliste de la Coupe Borotra du
tennis-club de Nanterre.

Robinet n'ouvrait jamais un journal, et ce fut le
directeur de la station qui le mit au courant de
l'incident. Déjà affecté par les assauts quotidiens de la
mystérieuse Yseut, il se montra fort abattu par cette
nouvelle calamité. Son directeur s'efforça pourtant de
le rassurer. La publication d'une photo qui ne ressem-

blait en rien à la sienne ne pouvait qu'achever d'égarer le public et renforcer son incognito. Sans l'avoir cherché, il avait désormais un visage à fournir à ses admirateurs, et ce visage n'était qu'un masque derrière lequel il resterait parfaitement invisible.

Les arguments étaient raisonnables et convaincants. Robinet les écouta avec la meilleure volonté du monde. Mais au fond de lui, il restait persuadé que l'horizon était noir de menaces. Mieux même, il avait le sentiment intime de voir toute sa vie en train de s'effondrer, comme un château de cartes. Il fit dès lors le dos rond dans l'attente d'une nouvelle catastrophe.

Elle se produisit le lundi suivant. C'est que la grande presse avait eu tout loisir le samedi et le dimanche de prendre le relais de *Radio-Hebdo*, et de reproduire, fortement agrandi, un repiquage de la prétendue photo de Tristan Vox. Donc ce lundi, comme Robinet se présentait au studio quelques minutes avant le début de son émission, il vit venir à lui Mlle Flavie dans un état d'agitation dont il ne l'aurait jamais crue capable.

— Monsieur, monsieur, s'écria-t-elle. Il est là !

— Qui est là ? demanda Robinet.

Il posa cette question parce qu'elle s'imposait, mais il savait bien, hélas, de qui il s'agissait !

— Mais Tristan Vox ! s'exclama Mlle Flavie.

Robinet se laissa tomber sur une chaise, les genoux cassés par l'émotion. Ainsi donc l'instant attendu avec terreur depuis des mois était arrivé. Celui de sa confrontation avec un personnage imaginaire, tiré de lui-même — et notamment de sa voix —, invoqué deux heures par jour devant une foule immense, fécondé et chargé de réalité par les rêves de cette foule, cité à paraître, à comparaître par lui, Robinet. et par cette foule, et donc voué forcément à s'incarner un jour ou l'autre.

Il laissa passer quelques minutes sous l'œil interrogateur et fiévreux de Mlle Flavie.

— Où est-il ? finit-il par articuler.

— Il attend.. dans le bureau.

Robinet nota fugitivement qu'elle avait dit, non pas « votre bureau », mais « le bureau ». Bientôt sans doute dirait-elle « son bureau »...

— Bien, dit-il avec détermination, je vais aller voir.

Il évita il est vrai de préciser « aller *le* voir », car il ne voulait que jeter un coup d'œil par la fente d'une porte, et non engager un entretien qui aurait débordé le temps qu'il lui restait avant le début de son émission, et qui aurait été peut-être aussi au-dessus de ses forces.

Il s'éloigna sur la pointe des pieds et revint de même deux minutes plus tard.

— C'est bien lui en effet. C'est l'homme de la photo.

— C'est Tristan Vox ! précisa Mlle Flavie sans ménagement.

— C'est l'homme de la photo, répéta obstinément Félix Robinet.

Il avait plus qu'à moitié tort, et il le savait. Car celui qu'il avait vu, assis patiemment dans le bureau, présentait tous les traits physiques — et probablement aussi moraux — que l'énorme courrier des auditeurs attribuait à Tristan Vox, et si on avait demandé à un dessinateur de faire à l'aide de ces lettres le portrait robot du célèbre spiqueur, c'est exactement l'image du visiteur indésirable qu'il aurait tracée.

— Que faut-il en faire ? demanda Mlle Flavie.

— Mon émission commence dans deux minutes, et j'en ai pour deux heures, dit Robinet. Dites-lui... Ah et puis, ça m'est égal ! Faites-en ce que vous voulez ! cria-t-il avant de s'enfermer dans le studio.

Les auditeurs de l'émission de ce soir-là se doutèrent-ils des circonstances extraordinaires qui l'entouraient ? Peut-être, car l'émotion qui étreignait Robinet rendit sa voix encore plus prenante dans sa douce et blessante raucité. Il parlait, et son âme s'envolait à tire-d'aile vers des milliers d'autres âmes. Mais pour la première fois, son âme avait un corps. Et ce corps n'était pas celui — lourd et ridicule — de Félix Robinet. Ce corps était assis dans un bureau voisin du studio, et, par l'effet de la « réinjection » de ce qui passait sur l'antenne, il ne perdait rien des propos que Robinet dépêchait dans l'éther. Cela, Robinet le savait, et il en était profondément troublé. Pour la première fois, il avait le sentiment affreux de commettre une imposture, un peu comme si, jouant le *César* de Shakespeare, il avait su que le vrai César de l'histoire l'observait et l'écoutait dans les coulisses.

A minuit deux minutes, il sortit du studio dans un état proche de la prostration. Il se dirigea vers son bureau en priant Dieu que l'intrus fût parti. Il était toujours là. Robinet ne pouvait plus échapper à l'entretien que « l'autre » visiblement attendait. Il pria Mlle Flavie de prévenir sa femme qu'il serait en retard, et qu'elle voulût bien retirer immédiatement du four les cailles bardées qui devaient à coup sûr s'y trouver pour être servies dans les trente-cinq minutes qu'il lui fallait pour rentrer chez lui et se mettre à table. Puis il entra dans le bureau, comme on se jette à l'eau, serra la main du visiteur — une main franche,

fraîche et musclée, remarqua-t-il — et s'assit en face de
lui.

— Alors ? dit-il pour toute entrée en matière.

— Alors ? répéta Durâteau, un peu surpris. Alors,
oui, quoi... Alors bravo ! Oui, Tristan Vox, bravo ! Je
vous écoute depuis deux heures. Vous n'avez jamais
été aussi convaincant, chaleureux, familier sans déma-
gogie, intime sans indiscrétion, humain sans exhibi-
tionnisme. Voulez-vous que je vous dise ? Eh bien, en
vous écoutant, j'étais fier !

— Fier ? s'étonna Robinet. Fier de quoi ?

— Fier ? Mais tout simplement, fier d'être Tristan
Vox !

— Car vous êtes Tristan Vox ?

— Ah ! cher monsieur, croyez bien que je ne l'ai pas
cherché ! Non ! Je n'ai rien demandé à personne, moi.
Il y a seulement huit jours, j'ignorais jusqu'à son
existence, à ce monsieur Tristan Vox. Et puis voilà,
brusquement ma photo est dans tous les journaux, et je
ne peux plus mettre le nez dehors sans qu'on me
montre du doigt, sans qu'on me demande des autogra-
phes, de l'argent, des conseils, de l'amour, que sais-je !
Vous trouvez que c'est une vie, ça ? Parce que moi,
monsieur, ça va peut-être vous surprendre, mais j'ai
une femme, des enfants, des parents, des amis, une
situation. Et que reste-t-il de tout cela, je vous le
demande, depuis que je suis Tristan Vox ?

— Alors là, je ne comprends plus, avoua Robinet.
Vous êtes ici pour me féliciter ou pour vous plaindre ?

— J'étais venu, je l'avoue, pour vous demander des
comptes. Pour vous dire que vous n'aviez pas le droit
de bouleverser comme ça la vie d'un homme qui ne
vous a rien fait. Oui, je venais vous entretenir d'arran-

gements possibles, je ne sais pas moi, de compensations, de dommages et intérêts, que voulez-vous ! Et
puis voilà, je suis chambré ici depuis dix heures, et je
vous écoute. Enfin, j'écoute Tristan Vox, et en somme
je m'écoute moi-même dans la très grande mesure où,
comme tout le monde me l'affirme, je suis Tristan Vox.
Et je me trouve fichtrement bien ! Car voyez-vous, tout
ce que vous avez dit ce soir, eh bien j'avais l'impression que c'était de ma bouche que ça sortait. Drôle
d'impression, je vous le jure !

— Pas seulement pour vous ! remarqua Robinet
ironiquement.

Il y eut un silence. On entendit, venant de très loin
et se rapprochant, les deux sons plaintifs d'une ambulance.

— Un ange passe, observa encore Robinet toujours
sarcastique.

— Un ange ? reprit Durâteau. Entre nous, un ange
ne passe pas. Un ange se dresse, radieux, incorrupti-
ble, génial, généreux, terrible de pureté et de puis-
sance. L'ange Tristan Vox !

— Ah non ! J'en ai assez moi, cria Robinet. Vous
êtes complètement fou, et je vous soupçonne d'être
contagieux. Vous voulez tous nous faire dérailler !

C'est alors que la porte du bureau s'ouvrit brutalement. On vit apparaître la tête hirsute d'un opérateur.

— Dites donc, Robinet, prononça-t-il d'une voix
éraillée, y a votre secrétaire, elle vient d'avoir un
accident ! On est en train de la charger dans une
ambulance.

— Mlle Flavie ? Quel accident ? Qu'est-ce qui lui
arrive à Mlle Flavie ?

— Elle est tombée.

— Tombée? Dans son bureau? Dans l'escalier?

— Non, par la fenêtre. Du troisième étage. Dans la rue.

— Ça alors! Mais comment a-t-elle pu tomber par la fenêtre?

— Ça j'en sais rien. Peut-être, elle y a mis un peu du sien?

— Bon Dieu! Voulez-vous téléphoner à ma femme? Il faut que j'y aille!

Robinet se précipita dehors, descendit quatre à quatre les trois étages, et arriva sur le trottoir pour voir l'ambulance, coiffée d'un feu tournoyant, s'éloigner en répétant son appel sanglotant. Il fallut se renseigner sur sa destination, puis chercher un taxi et le lancer vers la clinique de Neuilly.

Robinet retrouva Mlle Flavie sur un lit de camp, la tête enveloppée dans un énorme turban de pansements, attendant une radiographie.

L'infirmière s'effaça devant Robinet en voyant les gestes insistants de la blessée pour qu'il approche. Elle disparut après lui avoir recommandé d'être aussi bref que possible.

Robinet avait du mal à reconnaître sa secrétaire dans ce mamamouchi au visage tuméfié.

— Venez plus près, Félix, murmura-t-elle.

Il obéit, profondément impressionné en l'entendant l'appeler pour la première fois par son prénom.

— Je ne sais pas ce que je vais devenir, et je vous dois une explication. Et d'abord un aveu. Oui. Yseut, c'était moi!

Elle se tut comme pour lui laisser le temps de percevoir et d'assimiler cette révélation fantastique.

— Je n'en pouvais plus, vous comprenez? Toute

cette vie, tout ce travail, toute cette correspondance
consacrés à un être qui n'existait pas. Ce n'était plus
possible. Je me sentais devenir folle. Il fallait absolument trouver un moyen pour le faire exister, pour le
forcer à exister. C'est alors qu'Yseut a fait son
apparition. Dès ses premières lettres, j'ai voulu prendre sa place. J'ai imité son écriture, et je vous ai
bombardé de lettres violentes, inconvenantes, qui me
coûtaient des larmes de honte et de colère quand je les
écrivais. Tout cela pour obliger Tristan Vox à se
manifester, à sortir de son trou, vous comprenez ?

Elle se tut un moment comme pour laisser passer le
souvenir de ses travaux épistolaires. Robinet, qui
n'aurait jamais pu associer ces lettres criardes et
obscènes à l'idée de sa secrétaire, la stricte et prude
Mlle Flavie, n'éprouvait au contraire aucune difficulté
à voir leur auteur dans ce personnage nouveau,
enturbanné de crêpe blanc et barbouillé d'ecchymoses
violacées.

— J'étais sûre qu'il finirait par apparaître, reprit-
elle, et en même temps je sentais venir une catastrophe. Oui, car je ne pouvais pas l'affronter, vous
comprenez ?

C'était la seconde fois qu'elle lui demandait s'il
comprenait. Il se taisait. Non, il ne comprenait pas.
D'ailleurs il y avait longtemps qu'il avait cessé de
comprendre. Depuis que la photo de Tristan avait
paru dans *Radio-Hebdo,* ou même avant cela, dès la
première lettre signée Yseut. Quelle Yseut ? Pas
Mlle Flavie qui, selon ses aveux, n'avait fait que mêler
ensuite ses lettres à celles de l'autre, la première
Yseut...

La blessée fit un effort désespéré pour se justifier.

— J'étais folle d'inquiétude quand il s'est présenté au studio. Je l'ai immédiatement reconnu, et j'avais la certitude que c'était moi qui l'avais fait venir. Je sais bien que c'est absurde, mais je ne peux toujours pas me défaire de cette idée. Ensuite, vous m'avez dit de me débrouiller avec lui, que vous ne vouliez pas le voir. C'était sous-entendre que j'étais responsable de sa présence dans le bureau. Et pour m'achever, vous m'avez fait téléphoner à votre femme. Quand je lui ai tout raconté...

Allons bon! Voilà que sa femme était mêlée à toute cette histoire maintenant! Comme si la situation n'était pas encore assez embrouillée!

— Oui, alors? Qu'avez-vous dit à ma femme? Que vous a-t-elle répondu?

Mais Mlle Flavie était retombée, les yeux fermés, sur son oreiller. Robinet considéra un moment cette face de clown blafarde et bariolée dont la tristesse et la laideur grotesques étaient à l'image de son propre destin. Il n'avait plus rien à apprendre ici. D'ailleurs l'infirmière lui faisait signe par la porte entrebâillée.

Il se leva, sortit et dut marcher un bon moment avant de trouver un taxi. Il était près de deux heures du matin quand il essaya de rentrer chez lui. Le verrou de sûreté l'empêcha d'ouvrir la porte avec sa clé. Il sonna.

— Allons, Amélie! Ouvre! C'est moi, Félix!

Des pas feutrés glissèrent de l'autre côté de la porte.

— C'est toi, Félix?

— Oui, ouvre.

Le verrou tourna bruyamment, la porte s'ouvrit, et Félix chancela sous l'assaut d'Amélie qui se jeta dans ses bras.

— Félix, Félix, sanglotait-elle. Pardonne-moi ! Tout est de ma faute.

— Te pardonner quoi ? Quelle faute ?

— Dis-moi d'abord que tu me pardonnes !

— Je te pardonne.

— Yseut, c'était moi !

Et les sanglots reprirent de plus belle. Robinet eut alors la certitude que le monde entier s'acharnait sur lui.

— Si nous allions nous coucher ? On reparlera de tout ça demain ? proposa-t-il.

Amélie suffoqua.

— Tu pourrais dormir là-dessus ? Et sans avoir mangé ?

Manger ? Tiens, pourquoi pas ? Il avait oublié les cailles bardées prévues ce soir-là. Il se libéra de l'étreinte d'Amélie, et se dirigea vers la cuisine. Une odeur de viande carbonisée flottait encore dans l'air. Sur la cuisinière, le plateau de tôle du four étalait la catastrophe : quatre petits paquets noircis et craquelés.

— J'avais dit à Flavie qu'elle te téléphone de les retirer du four.

— Ta secrétaire ? Ah oui, elle m'a appelée ! Mais pas pour me parler des cailles, tiens ! Mais enfin, Félix, à quoi penses-tu ?

— A quoi je pense ? A quoi veux-tu que je pense à deux heures du matin et l'estomac vide ?

— Mlle Flavie m'a dit que Tristan Vox était enfermé avec toi dans le bureau. Elle avait l'air folle d'inquiétude. Elle a ajouté : « Il va y avoir un drame, forcément avec les lettres d'Yseut ! » Et Yseut, c'était moi ! s'exclama à nouveau Amélie dans une nouvelle crise de larmes.

Finalement les deux époux grignotèrent dans la cuisine une omelette au fromage qu'Amélie confectionna entre deux sanglots. Cependant elle retraçait son calvaire.

— Chaque jour que Dieu fait, j'ai écouté comme des milliers d'autres la voix de Tristan entre dix heures et minuit. Mais pas comme des milliers d'autres, justement. Parce que moi, j'étais la femme de Félix Robinet. Et en principe Tristan et Félix, c'était le même homme. En principe, oui, mais allez donc savoir ! Parce que je n'ai jamais reconnu ta voix à la radio, tu m'entends, jamais ! Alors forcément, je me faisais des idées. Qu'est-ce que c'était que ce Tristan Vox qui était à la fois mon mari de tous les jours et l'amour imaginaire d'une foule de femmes inconnues ? J'ai voulu me rendre compte. Être l'amoureuse de Tristan. J'ai écrit des lettres signées Yseut. Pour voir ce qui se passerait. Et aussi pour essayer de te retrouver, de te reprendre quand tu devenais Tristan Vox.

Le regard fixé droit devant lui, Félix Robinet réfléchissait en mangeant. A la vérité il avait fait preuve d'imprévoyance. Pendant des années, il avait travaillé chaque soir à faire naître un personnage idéal, doué de tous les charmes, de toutes les vertus, personnage imaginaire, certes, mais non pas — comme il l'avait cru — inexistant, puisque des centaines de milliers d'auditeurs et d'auditrices croyaient en son existence. Il y avait dans cette masse de crédulité comme une énergie potentielle accumulée, une colossale nébuleuse dont le rayonnement devait fatalement

perturber ceux qui le subissaient de plein fouet — sa
secrétaire et sa femme au premier chef — et éventuelle-
ment provoquer une précipitation, une concrétion
humaine, laquelle en l'occurrence s'était appelée Frédéric Durâteau. Dans toute cette affaire, Robinet avait
joué les apprentis sorciers, provoquant le malheur des
siens et sa propre perte pour avoir manipulé en toute
inconscience des forces qui le dépassaient.

Que faire maintenant ? Arrêter les frais. Vox n'existait en somme que par l'injection quotidienne de
pseudo-vie que constituaient ses deux heures d'émission radiophonique.

— Il faut fermer le robinet, pensa Robinet, sans
même songer au jeu de mots sur son propre nom dont
on lui avait rebattu les oreilles pendant toutes ses
années scolaires et militaires.

Rompre unilatéralement son contrat avec la station
radiophonique ? Il n'y fallait pas songer. Le cas était
prévu, et si la direction pouvait à tout moment le
congédier sans avertissement ni indemnité, il aurait été
en revanche obligé de verser un dédit considérable
pour prix de sa liberté. Cependant le suicide de Flavie
suffisait à justifier une dépression nerveuse et trois
semaines de repos.

Il ne retourna pas au studio et fit écrire par Amélie
au directeur de la station pour expliquer dans quel état
il se trouvait. Puis il attendit la réponse qui arriva le
surlendemain et qui était aussi positive qu'il l'avait
souhaitée. Compte tenu des incidents, on lui accordait
bien volontiers le repos qu'il souhaitait.

Dès la fin de la semaine, le couple Robinet prit le
train pour Billom. Ils s'installèrent dans la maison des
parents d'Amélie qu'ils avaient quittée après les

vacances d'été, quatre mois auparavant. Découvrir au seuil de l'hiver ces murs, ces pièces, et, au-delà, ces rues, ces places, qu'on a l'habitude de ne voir qu'en été, ce fut pour eux une expérience étrange, un peu triste mais apaisante, qui leur donna l'impression d'avoir subitement beaucoup vieilli. Était-ce un effet de ce vieillissement ? Amélie avait perdu toute ardeur culinaire, et aucune allusion de son mari ne pouvait la ramener à ses fourneaux.

Robinet prit l'habitude d'aller chaque soir faire sa partie de billard dans le grand café de la rue du Colonel-Mioche. Amélie restait à la maison où elle passait souvent la soirée avec une voisine. Accoutumé à se coucher tard, il s'oubliait souvent jusqu'à l'heure de la fermeture du café. Un jour pourtant, parce qu'il était grippé, il regagna prématurément le domicile conjugal. Les deux femmes, penchées sur le récepteur de la T.S.F., n'entendirent pas la porte s'ouvrir et se refermer. Robinet prêta l'oreille. Il ne comprit qu'un nom, celui de l'homme dont la voix chaude, juvénile et sympathique allait retentir à nouveau : Tristan Vox !

Ce soir-là, Félix Robinet eut le pressentiment qu'il ne parlerait sans doute plus jamais devant un micro. Il en eut la confirmation en apercevant le surlendemain, à l'étalage du kiosque à journaux, le dernier numéro de *Radio-Hebdo.* Sur la couverture s'étalait la photographie de Frédéric Durâteau avec en grosses lettres encadrées un seul nom : Tristan Vox.

Il éprouva quelques jours plus tard un sentiment de solitude vertigineux en surprenant ce même nom sur une enveloppe qu'Amélie se préparait à poster en cachette.

Les suaires de Véronique

Chaque année, au mois de juillet, les *Rencontres internationales de Photographie* attirent à Arles une grande foule de photographes amateurs et professionnels. Pendant quelques jours, les expositions fleurissent à chaque coin de rue, de grands palabres se tiennent aux terrasses des cafés, le soir les invités de marque projettent leurs œuvres sur un vaste écran blanc tendu dans la cour de l'Archevêché et récoltent louanges et huées d'un public jeune, passionné et sans indulgence. Les connaisseurs du Gotha de la photographie se régalent en reconnaissant dans les ruelles et placettes de la ville Ansel Adams et Ernst Haas, Jacques Lartigue et Fulvio Roitier, Robert Doisneau et Arthur Tress, Eva Rubinstein et Gisèle Freund. On se montre Cartier-Bresson, rasant les murs parce qu'il ne croit pas pouvoir voir en étant lui-même vu, Jean-Loup Sieff, si beau qu'on voudrait qu'il ne fasse que des autoportraits, Brassaï, nocturne, mystérieux, ne lâchant pas en plein soleil provençal un vieux parapluie noir.

— Brassaï, pourquoi ce parapluie?

— C'est une manie. Ça m'a pris le jour où j'ai cessé de fumer.

Sans doute ai-je vu ensemble pour la première fois Hector et Véronique, mais je suis excusable de n'avoir remarqué d'abord que le seul Hector. Cela se passait sur l'une de ces minces langues de terre qui bordent la Camargue et qui séparent la mer des derniers étangs saumâtres où les flamants viennent s'abattre comme d'immenses filets blancs et rouges. Pilotés par l'un des organisateurs des *Rencontres*, un groupe de photographes s'était rassemblé sur ces terres inondées pour faire des photos de nu. Le modèle évoluait dans sa nudité superbe et généreuse, tantôt courant dans l'écume des vagues, tantôt écrasé à plat ventre sur le sable, ou encore ramassé sur lui-même en posture fœtale, ou marchant dans les eaux mortes de l'étang en repoussant de ses fortes cuisses des algues et des moirures salées.

Hector était un type de Méditerranéen de taille moyenne, lourdement musclé, au visage rond, un peu enfantin, assombri par un frond de taurillon que festonnait une chevelure noire et frisée. Il jouait pleinement de son animalité naturelle qui s'accordait avec bonheur aux choses simples et frustes de ces confins, eaux vives ou stagnantes, herbes rousses, sables gris bleuté, souches de bois blanchies par l'usure. Nu, il l'était certes, mais pas absolument, car il portait une sorte de collier, un lacet de cuir qui passait dans une grosse dent percée. Ce sauvage ornement ajoutait d'ailleurs à sa nudité, et il accueillait le mitraillage incessant des photographes avec une complaisance naïve, comme l'hommage qui revenait de plein droit à sa chair splendide.

Le retour à Arles se fit dans une demi-douzaine de voitures. Le hasard m'avait placé à côté d'une petite

femme mince et vive, à laquelle l'intelligence et un
certain charme fiévreux tenaient lieu de beauté, et qui
me faisait cruellement partager le poids et l'encombre-
ment du matériel de prise de vue qu'elle traînait avec
elle. Elle paraissait au demeurant d'assez mauvaise
humeur et, grommelant sans cesse, elle jugeait sévè-
rement la séance de travail de ce matin, sans que je
fusse tout à fait sûr que son discours s'adressât à
moi.

— Les photos faites ce matin... pas une à retenir.
Cette plage ! Cet Hector ! Une banalité à pleurer !
Cartes postales et compagnie ! Encore, moi, j'avais
mon distagon quarante millimètres. Avec ce super-
grand angle, on obtient des distorsions de perspectives
intéressantes. Pour peu qu'Hector tende la main vers
l'objectif, il aura une main géante avec derrière un
petit corps et une tête de moineau. Amusant. Mais
enfin, c'est de l'originalité à bon compte. Ça ne fait
rien. Remisés la mer, le sable et les souches vermou-
lues au magasin d'accessoires, ce petit Hector, on
aimerait en faire quelque chose. Seulement, ça deman-
derait du travail. Du travail et des sacrifices...

Comme je faisais à la fin de ce même jour une petite
promenade dans l'Arles nocturne, je les aperçus tous
les deux — Hector et Véronique — à la terrasse du
Vauxhall. Elle parlait. Il l'écoutait d'un air étonné. Lui
parlait-elle de travail et de sacrifices ? Je marchai assez
lentement pour l'entendre répondre tout de même à
une question de Véronique. Il avait tiré du col de sa
chemise le collier que j'avais remarqué ce matin.

— Oui, c'est une dent, expliquait-il. Une dent de
tigre. Elle m'a été rapportée du Bengale. Les indigènes
sont persuadés qu'ils n'ont pas à craindre d'être

dévorés par un tigre aussi longtemps qu'ils ont ce fétiche sur eux.

Pendant qu'il parlait, Véronique l'observait d'un air sombre et insistant.

Les *Rencontres* s'achevèrent. Je perdis de vue Hector et Véronique, et même je les oubliai un peu dans l'hiver qui suivit.

Un an plus tard, j'étais à nouveau arlésien. Eux aussi. Je retrouvai Véronique inchangée. Quant à Hector, il était, lui, méconnaissable. De sa pataudrie un peu enfantine, de sa jactance de bel animal, de son épanouissement optimiste et solaire, il ne restait rien. Sous l'effet de je ne sais quel changement de vie, il avait maigri d'une façon presque alarmante. Véronique paraissait lui avoir communiqué son rythme fiévreux, et elle le couvait d'un regard possessif. Elle ne se refusait d'ailleurs pas — bien au contraire — à commenter sa métamorphose.

— L'année dernière, Hector était beau, mais pas vraiment photogénique, me dit-elle. Il était beau, et les photographes pouvaient, s'ils le voulaient, tirer des copies assez fidèles, et donc belles aussi, de son corps et de son visage. Mais comme toutes les copies, les photos ainsi faites demeuraient évidemment inférieures à l'original réel.

« Maintenant, il est devenu *photogénique*. En quoi consiste la photogénie ? C'est la faculté de produire des photos qui vont *plus loin* que l'objet réel. En termes grossiers, l'homme photogénique surprend ceux qui, le connaissant, voient ses photos pour la première fois : elles sont plus belles que lui, elles ont l'air de dévoiler une beauté qui était jusque-là demeurée cachée. Or cette beauté, les photos ne la dévoilent pas, elles la créent. »

J'appris par la suite qu'ils demeuraient ensemble dans un modeste mas que Véronique avait loué en Camargue, non loin de Méjannes. Elle m'y invita.

C'était une de ces chaumières si basses qu'avec leur toit de roseaux, il est impossible de les deviner dans le paysage camarguais avant de buter sur la barrière de leur enclos. J'imaginai mal leur vie commune dans ces quelques pièces chichement meublées. Seule la photographie y était pleinement chez elle. Ce n'était que spots électriques, flashes électroniques, gamelles de réflexion, appareils de prise de vue, puis laboratoire de tirage et de développement avec un grand luxe de produits chimiques en bouteilles, en bidons, en boîtes scellées, en doses de matière plastique. L'une des pièces cependant semblait destinée à Hector. Mais là, à côté d'une table monastique et d'un bac à douche entouré d'un rideau de caoutchouc, c'était tout l'arsenal de la culture intensive du muscle qui ne parlait qu'effort, travail, répétition inlassable du même geste douloureusement alourdi par la fonte ou l'acier. Contre l'un des murs se dressait l'espalier suédois. En face, des râteliers portaient toute la gamme des poids et haltères et un jeu complet de massues de chêne poncé. Le reste de la pièce n'était qu'extenseurs, crispateurs, musclets, planche abdominale, machine à ramer et barres à disques. Il y avait dans tout cela de la salle d'opération et de la chambre de torture.

— L'année dernière, si vous vous souvenez, expliqua Véronique, Hector était encore enveloppé comme un beau fruit juvénile, dur et mûr. Très appétissant, mais sans intérêt pour la photo. Sur ces masses rondes et lisses, la lumière glissait sans accrocher ni jouer. Trois heures d'exercices quotidiens intenses ont changé cela. Il faut vous dire que depuis que je l'ai pris en main, tout ce matériel de culture physique nous accompagne dans tous nos déplacements. C'est le complément normal du matériel de prise de vue que j'emporte partout avec moi. Quand nous voyageons, le break est plein à craquer.

Nous changeâmes de pièce. Sur une table formée d'une planche soutenue par deux tréteaux, des agrandissements accumulés répétaient une suite de variations sur le même thème.

— Voilà, me dit Véronique avec une nuance d'exaltation dans la voix, le vrai, le seul Hector ! Regardez !

Était-ce vraiment Hector, ce masque creusé, tout en pommettes, en menton et en orbites, casqué de cheveux dont les boucles disciplinées semblaient vernissées ?

— L'une des grandes lois du nu photographique, reprit Véronique, c'est l'importance primordiale du visage. Combien de photos qu'on espérait magnifiques — et qui auraient pu, qui auraient dû l'être — sont gâchées par un visage mauvais, ou simplement sans harmonie avec le corps ! Lucien Clergue, dont nous sommes à Arles tous plus ou moins les invités, a résolu le problème en coupant la tête de ses nus. La décollation est évidemment un procédé radical ! Elle aurait dû logiquement tuer la photo. Au contraire, elle lui donne une vie plus intense, plus secrète. On dirait que toute l'âme contenue dans la tête a reflué de cette tête coupée dans le corps montré, et qu'elle s'y manifeste en suscitant une foule de petits détails pleins de vie, absents des nus ordinaires, pores de la peau, duvets, grains contrastés, hérissements de chair de poule, et aussi cette douce épaisseur des parties molles caressées et modelées par l'eau et le soleil.

« C'est du grand art. Mais je le crois réservé au corps de la femme. Le nu masculin ne se prêterait pas à ce jeu de la tête avalée en quelque sorte par le corps. Regardez cette image-là. Le visage est le chiffre du corps. Je veux dire : le corps même traduit dans un autre système de signes. Et en même temps, la clé du corps. Voyez dans les dépôts des musées, certaines statues mutilées. L'homme sans tête devient indéchiffrable. Il ne voit rien puisqu'il n'a plus d'yeux. Or, il donne au visiteur le sentiment pénible que c'est lui, le visiteur, qui est devenu aveugle. Tandis que la statue de la femme s'épanouit d'autant plus dans sa plénitude charnelle qu'elle a perdu la tête.

— Néanmoins, lui fis-je observer, on ne saurait dire que le visage que vous prêtez à Hector rayonne d'intelligence et d'attention au monde extérieur.

— Évidemment non ! Un visage éveillé, curieux, extraverti serait une catastrophe pour le corps nu. Il le viderait de sa substance. Le corps deviendrait le support négligeable de cette lumière braquée sur les choses, comme la tour d'un phare qui n'existe — plongée dans la nuit — que pour brandir au ciel la lanterne tournoyante. Le bon visage du nu est un visage fermé, rassemblé, concentré sur lui-même. Regardez, *Le Penseur* de Rodin. C'est une brute qui, la figure dans les poings, fait un effort violent afin de tirer une vague lueur de sa pauvre cervelle. Tout son corps puissant est parcouru et comme transfiguré par cet effort depuis les pieds tournés en dedans jusqu'à sa

nuque de taureau en passant par son échine de
déménageur.

— Je pense en effet aux yeux des statues, à leur
étrange regard qui semble toujours nous traverser sans
nous voir, comme si, pierre, ils ne pouvaient percevoir
que la pierre.

— Les yeux des statues sont des fontaines scellées,
affirma Véronique.

Un silence pendant lequel nous examinons trois
épreuves tirées sur papier extra-dur. Le corps d'Hector, placé sur un fond noir uniforme — je connais ces
vastes rouleaux de papier de toutes teintes dont usent
les photographes pour isoler leur modèle, tout autant
qu'un insecte piqué dans une boîte d'entomologiste —,
découpé par les ombres et les plages de lumière d'une
source lumineuse unique et violente, paraît figé, fouillé
jusqu'à l'os, disséqué comme par un simulacre d'autopsie ou de démonstration anatomique.

— Ce n'est pas précisément ce qu'on appelle du
« pris-sur-le-vif », plaisantai-je pour tenter de rompre
le charme assez maléfique de ces images.

— Le vif n'est pas mon fort, admit Véronique. Et
rappelez-vous Paul Valéry : « La vérité est nue, mais
sous le nu, il y a l'écorché. » Or, il existe deux écoles de
photographies. Ceux qui chassent l'image surprenante, touchante, effrayante. Ils parcourent les villes et
les campagnes, les grèves et les champs de bataille
pour saisir au vol des scènes évanescentes, des gestes
furtifs, des moments étincelants qui tous illustrent la
déchirante insignifiance de la condition humaine,
surgie du néant et condamnée à y retourner. Ils
s'appellent aujourd'hui Brassaï, Cartier-Bresson,
Doisneau, William Klein. Et il y a l'autre courant qui

dérive tout entier celui-là d'Edward Weston. C'est l'école de l'image délibérée, calculée, immobile, celle qui vise non l'instant, mais l'éternité. Parmi ceux-là, Denis Brihat que vous avez pu voir ici avec sa barbe et ses lunettes à la Hemingway. Retiré dans le Luberon, il ne photographie depuis vingt ans que des plantes. Et savez-vous quel est son pire ennemi ?

— Dites.

— Le vent ! Le vent qui fait bouger les fleurs.

— Et il a choisi de vivre en pays de mistral !

— Cette école de l'immobile a quatre domaines réservés : le portrait, le nu, la nature morte et le paysage.

— D'un côté le pris-sur-le-vif, de l'autre la nature morte. J'ai presque envie de jouer sur ces mots et de dire : d'un côté la nature vive, de l'autre le pris-sur-le-mort.

— Ça ne me gênerait pas, concéda Véronique. La mort m'intéresse, et elle fait plus que m'intéresser. J'irai fatalement un jour ou l'autre faire des photos à la morgue. Il y a dans le cadavre — le vrai, le brut, pas celui qu'on a arrangé sur son lit, les mains jointes, prêt à recevoir sans sourciller des aspersions d'eau bénite — il y a, oui, dans le cadavre une vérité... comment dirais-je... marmoréenne. Avez-vous remarqué, le petit enfant qui ne veut pas qu'on l'emporte, comme il a la faculté de s'alourdir, de se donner un *poids mort* extraordinaire ? Je n'ai jamais porté de mort. Je suis sûre que, si j'essayais, je serais écrasée.

— Vous me faites peur !

— Ne jouez pas les mijaurées ! Il n'y a rien de plus ridicule, je trouve, que cette nouvelle forme de pudibonderie qui s'effarouche de la mort et des morts. Les

morts sont partout. à commencer par l'art. Et tenez !
Savez-vous exactement ce que c'est que l'art de la
Renaissance ? On peut en donner plusieurs définitions.
Voici selon moi la meilleure : c'est la découverte du
cadavre. Ni l'Antiquité ni le Moyen Age n'avaient
disséqué des cadavres. La statuaire grecque, absolument irréprochable du point de vue anatomique,
repose tout entière sur l'observation du corps vivant.

— Le pris-sur-le-vif.

— Exactement. Praxitèle avait regardé des athlètes
en action. Pour des raisons de religion, de mœurs ou
toute autre, il n'avait jamais ouvert un cadavre. Il faut
attendre le XVIe siècle, et singulièrement le Flamand
André Vésale pour que naisse véritablement l'anatomie. Le premier, il ose disséquer. A partir de là, les
artistes vont se ruer dans les cimetières. Et presque
tous les nus de cette époque se mettent à sentir le
cadavre. Non seulement les manuscrits de Léonard de
Vinci et de Benvenuto Cellini débordent de planches
anatomiques. mais dans nombre de figurations de nus
bien vivants, on devine l'obsession de l'écorché. Le
saint Sébastien de Benozzo Gozzoli, les fresques de
Luca Signorelli dans la cathédrale d'Orvieto parais-
sent échappés de quelque danse macabre.

— C'est évidemment un aspect de la Renaissance
un peu inattendu.

— Par opposition à la belle santé du Moyen Age, la
Renaissance apparaît comme l'ère du morbide et de
l'angoissé. C'est l'âge d'or de l'Inquisition et de ses
procès de sorcellerie avec ses chambres de torture et
ses bûchers.

J'avais reposé les nus d'Hector qui paraissaient tout

à coup comme autant de pièces à conviction d'un procès en sorcellerie.

— Chère Véronique, si nous étions transportés en ces temps anciens, ne croyez-vous pas que vous risqueriez fort de finir sur un bûcher ?

— Pas forcément, répliqua-t-elle avec tant d'à propos qu'on aurait dit qu'elle s'était déjà posé la question. Il y avait alors un moyen bien simple de baigner dans la sorcellerie sans courir aucun risque

— Quel moyen ?

— En faisant partie du tribunal de la Sainte Inquisition ! S'agissant de bûcher, je trouve pour toutes sortes de raisons que la bonne place n'est pas *dessus*, mais à côté, aux premières loges.

— Pour voir et photographier.

Je m'apprêtais à partir, mais une dernière question me brûlait les lèvres.

— A propos de voir, je serais déçu de vous quitter sans avoir dit bonjour à Hector

Je crus remarquer que son visage un moment éclairé par mon ironie se fermait. comme si je venais de commettre une indiscrétion.

— Hector ?

Elle consulta sa montre.

— A cette heure-là, il dort. A l'opposé du régime absurde qu'il suivait autrefois, je l'oblige à manger peu et à dormir beaucoup.

Elle sourit tout de même pour ajouter :

— C'est la règle d'or de la santé : qui dort, dîne.

Je me dirigeais vers la porte quand elle parut se raviser.

— Mais vous pouvez tout de même le voir. Je le connais. Il lui en faut plus pour se réveiller.

Je la suivis jusqu'à une petite chambre située en
impasse au fond d'un couloir. Je crus d'abord que cette
sorte de cellule n'avait pas de fenêtre, mais je remar-
quai des rideaux tirés qui se confondaient avec la
pâleur des murs et du plafond. Tout était si blanc, si
nu qu'on se serait cru à l'intérieur d'une coquille
d'œuf. Hector dormait écrasé à plat ventre sur une
couche basse et large dans une posture qui me rappela
l'une des attitudes qu'il avait prises un an auparavant
en Camargue. La température justifiait qu'il n'eût ni
couverture ni drap. Dans la pénombre uniformément
laiteuse, cette chair acajou, figée dans une position
asymétrique — un genou replié, le bras opposé tendu
hors du lit — où il y avait à la fois un abandon total et
une volonté passionnée de dormir, d'oublier, de nier
choses et gens du monde extérieur, c'était tout de
même un beau spectacle.

Véronique posa sur lui un regard possessif, puis elle
me regarda avec un air de triomphe. C'était son
œuvre, une magnifique réussite, indiscutablement,
cette masse sculpturale et dorée, jetée au fond de cette
cellule ovoïde.

Trois jours plus tard, je la découvris dans l'arrière-
salle d'un petit bar de la place du Forum que ne
fréquentent que des gitans et des habitants de la
Roquette, le bas quartier de la ville. J'eus un certain
mal à l'admettre, mais c'était un fait : Véronique avait
bu. Elle paraissait en outre avoir le vin mauvais. Nous
échangeâmes quelques propos désabusés sur la corrida
de la veille, une représentation d' « Élisabeth d'Angle-
terre » de Rossini qui devait avoir lieu le lendemain au
Théâtre antique, une exposition Bill Brandt inaugurée
dans l'après-midi. Elle répondait par phrases courtes,

contraintes, l'esprit visiblement ailleurs. Un ange passa. Elle se décida brusquement.

— Hector est parti, dit-elle.

— Parti ? Où ?

— Si je le savais !

— Il ne vous a rien dit ?

— Non, si, enfin il a laissé une lettre. Tenez !

Et elle jeta sur la table une enveloppe décachetée. Puis elle se renfrogna comme pour me laisser tout le temps de lire. L'écriture était soignée, proprette, un peu scolaire. Je fus frappé du ton de tendresse atténué et comme affiné, spiritualisé par le vouvoiement.

Véronique chérie,

Savez-vous combien de photos vous avez tirées de mon corps pendant les treize mois onze jours que nous avons passés ensemble ? Bien sûr, vous n'avez pas compté. Vous m'avez photographié sans compter. Moi, je me suis laissé photographier en comptant. C'est bien normal, non ? Vous m'avez arraché vingt-deux mille deux cent trente-neuf fois mon image. Évidemment ça m'a donné le temps de réfléchir et j'ai compris bien des choses. J'étais assez naïf l'été dernier quand je faisais modèle en Camargue pour tout le monde. Ce n'était pas sérieux. Avec vous Véronique, c'est devenu sérieux. La photographie pas sérieuse ne touche pas au modèle. Elle glisse sur lui sans l'effleurer. La photographie sérieuse instaure un échange perpétuel entre le modèle et le photographe. Il y a un système de vases communicants. Je vous dois beaucoup, Véronique chérie. Vous avez fait de moi un autre homme. Mais vous m'avez aussi beaucoup pris. Vingt-deux mille deux cent trente-neuf fois quelque chose de moi m'a été arraché pour entrer dans le piège à images, votre « petite boîte de nuit » (camera obscura), comme

*vous dites. Vous m'avez plumé comme une poule, épilé comme
un lapin angora. J'ai maigri, durci, séché, non sous l'effet d'un
quelconque régime alimentaire ou gymnastique, mais sous celui
de ces prises, de ces prélèvements effectués chaque jour sur ma
substance. Est-il besoin de dire que tout cela n'aurait pas été
possible si j'avais gardé ma dent ? Mais, pas folle, vous me
l'aviez fait enlever, ma dent magique.   Maintenant je suis
vidé, épuisé, ravagé. Ces vingt-deux mille deux cent trente-neuf
dépouilles de moi-même que vous avez classées, étiquetées, datées
avec un soin jaloux, je vous les laisse. Je n'ai plus que la peau et
les os, et je veux les garder. Vous n'aurez pas ma peau, chère
Véronique ! Trouvez maintenant quelqu'un d'autre, homme ou
femme, intact, vierge, possédant un capital-image inentamé.
Moi, je vais essayer de me reposer, je veux dire de me refaire un
visage et un corps après la terrible mise à sac que vous m'avez
fait subir. Ne croyez pas que je vous en veuille, au contraire, je
vous aime bien, en échange de l'amour de votre façon que vous
m'avez porté, un amour dévorant. Mais il est inutile de me
chercher. Vous ne me trouverez nulle part. Même pas devant
votre nez, si d'aventure nous venions à nous croiser, diaphane,
translucide, transparent, invisible que je suis devenu.*

    Je vous embrasse.

                                 Hector.

P.-S. — *J'ai repris ma dent.*

    — Sa dent ? Qu'est-ce que c'est que cette dent ?
    — Mais si, vous savez bien, s'impatienta Véroni-
que, ce gri-gri qu'il portait autour du cou au bout d'un
lacet. J'avais eu toutes les peines du monde à le lui
faire enlever pour le photographier.
    — Ah oui, cette dent fétiche dont les Bengalis

croient qu'elle les protège de l'appétit des tigresses ?

— Des tigresses ? Pourquoi dites-vous des tigresses et non des tigres ? demanda-t-elle avec irritation.

Je n'aurais pu évidemment justifier l'emploi de ce féminin Il y eut un silence lourd d'hostilité. Mais ayant commencé à me compromettre entre Hector et elle. je décidai de vider mon cœur

— La dernière fois que nous nous sommes vus, commençai-je. vous m'avez longuement parlé des anatomistes de la Renaissance, et notamment du Flamand André Vésale. Mis en appétit par vos propos, j'ai eu la curiosité d'aller à la bibliothèque municipale pour en savoir davantage sur ce personnage qui fut le véritable créateur de l'anatomie. J'ai découvert une vie mystérieuse, aventureuse, dangereuse, pleine de péripéties et de retournements. guidée de bout en bout par la seule passion de la découverte scientifique.

« Né à Bruxelles, Vésale devient vite le familier des cimetières, des gibets, des hospices, des lieux de torture. bref de tous les endroits où l'on meurt. Il passe une partie de sa vie à l'ombre de Montfaucon. On songe à une vocation de nécrophile, de vampire, de charognard. Ce serait horrible en effet si la lumière de l'intelligence ne purifiait tout cela. Charles Quint, cet autre Flamand. en fait son médecin particulier et l'emmène à Madrid. C'est là qu'éclate le scandale. Le bruit se répand que Vésale ne se contente pas de disséquer des cadavres. C'est que le corps privé de vie dévoile certes son anatomie. Sur sa physiologie. il ne dit rien, et pour cause. Là, c'est le corps vivant qui doit parler Chercheur intrépide, Vésale se fait livrer des prisonniers. On les abrutit à force d'opium. Puis il les découpe. Bref après avoir inventé l'anatomie, il crée la vivisection. C'est un peu rude, même pour une époque qui n'était pas douillette. Vésale passe en jugement. Il est condamné à mort. Philippe II lui sauve la vie de justesse. Sa peine est commuée en l'obligation d'accomplir un pèlerinage en Terre sainte. Mais il faut croire que le sort était définitivement contre lui. Retour de Jérusalem, il fait naufrage et est jeté sur l'île déserte de Zante. Il y meurt de faim et d'épuisement. »

Véronique, tirée de sa rumination morose, avait écouté avec un intérêt croissant.

— Quelle belle vie et comme elle finit bien ! dit-elle.

— Oui, mais vous voyez que pour Vésale, les cadavres n'étaient qu'un pis-aller. Il préférait tout de même les vivants.

— Sans doute, admit-elle, mais à condition de pouvoir les découper.

J'ai rarement l'occasion de rencontrer mes amis photographes au cours de l'hiver parisien. Je manquai Véronique de peu cependant lors d'une exposition qu'inaugurait la Photogalerie de la rue Christine.

— Elle est partie il n'y a pas cinq minutes, me dit Chériau qui la connaissait. Elle a beaucoup regretté de ne pas te voir, mais elle ne pouvait s'attarder. Elle m'a d'ailleurs raconté des choses passionnantes, tu m'entends, passionnantes !

Je n'avais rien pour ma part à regretter. Chériau est la gazette vivante du Landerneau de la photographie et je n'avais qu'à ouvrir toutes grandes mes oreilles pour apprendre ce que Véronique lui avait révélé et bien davantage encore.

— D'abord, commença-t-il, elle a retrouvé et repris

son modèle souffre-douleur, tu sais ce petit Hector
qu'elle a ramassé à Arles ?

Je savais.

— Grâce à lui, elle s'est lancée ensuite dans une
série d'expériences de « photographies directes ».
C'est ainsi qu'elle appelle des prises de vue effectuées
sans appareil, sans pellicule et sans agrandisseur. En
somme le rêve de la plupart des grands photographes
qui ressentent comme une tare ignominieuse les sujé-
tions techniques de leur métier. Cette photographie
directe est aussi facile à formuler dans son principe que
délicate à réaliser. Véronique utilise des grandes
feuilles de papier photographique qu'elle commence
par exposer en toute quiétude à la lumière du jour. La
surface sensible impressionnée ne réagit en l'absence
de révélateur que par un infime virage jaune. Ensuite
elle plonge le malheureux Hector dans un bain de
révélateur (métol, sulfite de soude, hydroquinone et
borax). Puis elle le couche, tout mouillé encore, sur le
papier photographique, dans telle ou telle position. Il
ne reste plus enfin qu'à laver le papier avec une
solution de fixage acide... et à envoyer le modèle à la
douche. Il résulte de tout cela d'étranges silhouettes
écrasées, une projection plane du corps d'Hector, assez
semblables, dit Véronique textuellement, à ce qui
restait sur certains murs d'Hiroshima des Japonais
foudroyés et désintégrés par la bombe atomique.

— Et Hector ? Que dit-il de tout cela ? demandai-je
en pensant à sa lettre d'adieu qui prenait soudain dans
mon souvenir l'allure d'un appel au secours tragique et
dérisoire.

— Eh bien justement ! Cette chère Véronique ne se
doutait pas lorsqu'elle me contait les merveilles de la

« photographie directe » que je connaissais l'autre
versant de l'opération. Car j'ai appris par ailleurs — tu
sais que j'ai des informateurs — que le pauvre Hector
avait dû être hospitalisé avec une dermatose générali-
sée. C'était cela surtout qui avait intrigué les médecins. Ses lésions provoquées visiblement par des produits chimiques ressemblaient aux dermites profes-
sionnelles qu'on observe chez les tanneurs, les droguis-
tes ou les graveurs. Mais tandis que chez ces artisans,
elles se localisent sur les mains et les avant-bras,
Hector présentait de vastes érythèmes toxiques sur des
parties du corps — le dos par exemple — rarement
exposées et d'autant plus vulnérables.

A mon avis, avait conclu Chériau, il ferait bien de
s'arracher aux griffes de cette sorcière, sinon, elle finira
par avoir sa peau.

Avoir sa peau... L'expression même employée dans
sa lettre ! Pourtant j'étais encore loin de me douter de
l'illustration qu'elle allait trouver quelques mois plus
tard.

Quelques mois plus tard, en effet, les *Rencontres
internationales* me ramenaient rituellement à Arles.
J'avais un certain retard sur le début des manifestations, et c'est par la presse que j'appris l'inauguration
dans la chapelle des Chevaliers de Malte du musée
Réattu d'une exposition qui s'intitulait *Les Suaires de
Véronique*. L'annonce s'accompagnait d'un entretien
avec l'artiste. Véronique expliquait qu'après une série
d'expériences de « photographie directe » sur papier,
elle était passée à un support plus souple et plus riche,
la toile de lin. Le tissu, rendu photosensible par une

imprégnation de bromure d'argent, était exposé à la lumière. On y enveloppait ensuite le modèle, sortant tout trempé encore d'un bain de révélateur, des pieds à la tête, « comme un cadavre dans un linceul » précisait Véronique. La toile était enfin traitée au fixateur et lavée. Des effets intéressants de mordançage pouvaient s'obtenir à condition de badigeonner le modèle au bioxyde de titane ou au nitrate d'urane. L'empreinte prenait alors des dégradés bleutés ou dorés. En somme, avait conclu Véronique, la photographie traditionnelle se trouve dépassée par ces créations nouvelles. *Dermographie* serait un mot plus approprié.

On imagine bien que ma première visite fut consacrée à la chapelle des Chevaliers. La hauteur du plafond fait paraître exiguë la nef qui semble comme enfoncée dans une fosse. L'impression facilement étouffante qui en résulte pour le visiteur était aggravée par les « suaires » qui tapissaient entièrement les murs et le sol. Partout, en haut, en bas, à droite, à gauche, le regard s'écrasait sur le spectre noir et doré d'un corps aplati, élargi, roulé, déroulé, reproduit en frise funèbre et obsédante dans toutes les positions. On songeait à une série de peaux humaines arrachées, puis étalées là comme autant de trophées barbares.

J'étais seul dans cette petite chapelle qui prenait des airs de morgue, et mon angoisse augmentait chaque fois que je découvrais un détail qui me rappelait le visage ou le corps d'Hector. Je songeais, non sans écœurement, à ces empreintes sanglantes et symétriques que nous obtenions à l'école en broyant d'un coup de poing une mouche prise entre deux feuilles de papier.

J'allais sortir quand je me trouvai soudain nez à nez

avec Véronique. Je n'avais qu'une question à lui poser, et je ne pus la retenir une seconde de plus.

— Véronique, où est Hector ? Qu'avez-vous fait d'Hector ?

Elle eut un sourire mystérieux et d'un geste vague, elle montra les suaires qui nous enveloppaient de toutes parts.

— Hector ? Mais, il est... là. J'en ai fait... ça. Que voulez-vous de plus ?

J'allais insister quand je vis quelque chose qui me réduisit définitivement au silence.

Elle portait au cou un lacet de cuir qui passait dans la dent trouée du tigre du Bengale.

La jeune fille et la mort

L'institutrice s'était subitement interrompue en entendant un rire étouffé au fond de la classe.

— Qu'est-ce que c'est encore ?

La tête d'une fillette se dressa cramoisie et hilare.

— C'est Mélanie, mademoiselle. Elle est à cette heure à manger des citrons.

Toute la classe pouffa. L'institutrice s'avança jusqu'au dernier rang. Mélanie levait vers elle un visage innocent dont la minceur et la pâleur étaient accentuées par la lourde masse de ses cheveux noirs. Elle tenait dans sa main un citron soigneusement épluché dont le zeste s'enroulait en serpent d'or sur le pupitre. L'institutrice s'arrêta perplexe.

Cette Mélanie Blanchard n'avait cessé de l'intriguer depuis le début de l'année scolaire. Docile, intelligente, travailleuse, il était impossible de ne pas la considérer et la traiter comme l'une des meilleures élèves de la classe. Pourtant elle se faisait remarquer — sans provocation il est vrai et avec une spontanéité désarmante — par des inventions saugrenues et des comportements bizarres. C'est ainsi qu'en histoire, elle manifestait une curiosité passionnée, presque morbide,

pour tous les personnages célèbres condamnés à mort
et suppliciés. Elle récitait avec un regard d'une
inquiétante vivacité tous les détails des dernières
minutes de Jeanne d'Arc, Gilles de Rais, Marie Stuart,
Ravaillac, Charles Ier, Damiens, n'omettant aucune
précision de leurs tourments, aussi atroce fût-elle.

Était-ce simplement la fascination, fréquente chez
les enfants, face à l'horreur, aggravée par un certain
sadisme ? D'autres traits prouvaient qu'il s'agissait
chez Mélanie de quelque chose de plus complexe, de
plus profond. Dès la rentrée scolaire, elle s'était
distinguée par l'étonnante narration qu'elle avait
remise à la maîtresse. Traditionnellement celle-ci avait
demandé aux enfants de raconter une journée des
vacances qui venaient de s'achever. Or si le récit de
Mélanie commençait assez banalement par les prépa-
ratifs d'un déjeuner champêtre, il tournait court sur la
mort subite de la grand-mère qui obligeait toute la
famille à renoncer à cette partie de campagne. Puis il
reprenait, mais sur le mode négatif, irréel, et Mélanie
décrivait imperturbablement et dans une sorte de
vision hallucinatoire les étapes de la promenade qui
n'avait pas été faite, le chant des oiseaux que personne
n'avait entendu, l'installation sous un arbre du déjeuner qui n'avait pas eu lieu, les incidents comiques d'un
retour sous l'orage qui n'avait aucune raison d'être,
puisqu'on n'était pas parti. Et elle concluait :

La famille étant tristement rassemblée autour du lit où gisait
le corps de la grand-mère, personne ne courut en riant s'abriter
dans la grange, on ne se recoiffa pas en se bousculant devant
l'unique petite glace de la pièce commune, on n'alluma pas un
grand feu pour faire sécher les vêtements trempés qui ainsi ne
fumèrent pas devant la cheminée comme le poil d'un cheval en

sueur. La grand-mère était partie toute seule, en laissant tout le monde à la maison.

Et maintenant les citrons ! Y avait-il un rapport entre toutes les inventions saugrenues de la fillette ? Quel rapport ? L'institutrice se posait la question, soupçonnait l'existence d'une réponse — car indiscutablement ces inventions avaient toutes un certain « air de famille », elles étaient signées par la même personnalité — mais elle ne trouvait rien.

— Tu aimes ça, les citrons ?

Mélanie secoua la tête négativement.

— Alors pourquoi tu en manges ? Tu crains le scorbut ?

A ces deux questions, Mélanie ne pouvait répondre. L'institutrice haussa les épaules et reprit pied sur un terrain plus familier.

— En tout cas, c'est défendu de manger pendant la classe. Tu me copieras cinquante fois *Je mange des citrons en classe.*

Mélanie acquiesça docilement, soulagée de n'avoir pas à s'expliquer davantage. En effet, comment aurait-elle pu faire comprendre aux autres — alors qu'elle comprenait si peu elle-même — que ce n'était pas le scorbut qu'elle redoutait et qu'elle soignait au citron, mais un mal plus profond, à la fois physique et moral, une marée de fadeur et de grisaille qui tout à coup déferlait sur le monde et menaçait de l'engloutir ? Mélanie s'ennuyait. Elle subissait l'ennui dans une sorte de vertige métaphysique.

Au demeurant était-ce bien elle qui s'ennuyait ? N'était-ce pas plutôt les choses, le paysage autour d'elle ? Soudain une lumière livide tombait du ciel. La chambre, la classe, la rue paraissaient pétries dans une

boue blafarde où les formes se dissolvaient lentement.
Seule vivante au milieu de cette désolation nauséeuse,
Mélanie luttait avec acharnement pour ne pas s'enliser
à son tour dans cette vase.

Ce brusque changement d'éclairage qui modifiait
l'esprit des choses, elle en avait trouvé dès sa petite
enfance un équivalent inoffensif, et pourtant bien
impressionnant, dans l'escalier à vis qui menait aux
chambres mansardées de la maison de ses parents. La
fenêtre qui éclairait cet escalier n'était qu'une étroite
meurtrière garnie de petits carreaux multicolores.
Assise sur les marches de l'escalier, Mélanie s'était
souvent amusée à regarder le jardin à travers tel
carreau, puis tel autre de couleur différente. Et c'était
chaque fois le même étonnement, le même petit
miracle. Ce jardin, qui lui était si familier et qu'elle
reconnaissait sans la moindre hésitation, voilà qu'à
travers le carreau rouge, il baignait dans une lueur
d'incendie. Ce n'était plus le lieu de ses jeux et de ses
rêveries. A la fois reconnaissable et méconnaissable,
c'était un antre infernal léché par des flammes cruelles.
Puis elle passait au carreau vert, et alors le jardin
devenait le fond d'une fosse marine abyssale. Des
monstres aquatiques devaient être tapis dans ces
profondeurs glauques. Le verre jaune au contraire
répandait à profusion de chauds reflets solaires, un
poudroiement doré et réconfortant. Le bleu enveloppait les arbres et les pelouses dans un clair de lune
romantique. L'indigo donnait aux moindres objets une
allure solennelle et grandiose. Et toujours, c'était le
même jardin, mais chaque fois avec un visage d'une
surprenante nouveauté, et Mélanie s'émerveillait du
pouvoir magique qu'elle possédait ainsi de plonger à

volonté son jardin dans un enfer dramatique, une joie chantante ou une pompe magnifique.

Car il n'y avait pas de carreau gris dans la petite fenêtre de l'escalier, et la pluie de cendres de l'ennui avait une autre origine, moins innocente, plus réelle.

Assez tôt, elle avait repéré ce qui, dans l'ordre alimentaire, favorisait la crise d'ennui ou au contraire pouvait la conjurer. La crème, le beurre et la confiture — nourritures enfantines dont on s'acharnait à l'accabler — annonçaient et appelaient, comme autant de provocations, le déferlement de la grisaille, l'empâtement de la vie dans un limon épais et gluant. Au contraire le poivre, le vinaigre et les pommes, pourvu qu'elles fussent vertes — tout ce qui était acide, relevé, piquant —, projetaient un souffle d'oxygène pétillant et revigorant dans une atmosphère croupissante. La limonade et le lait. Ces deux boissons symbolisaient pour Mélanie le bien et le mal. Elle avait adopté le matin, malgré les protestations de sa famille, le thé fait avec de l'eau minérale et parfumé d'une rondelle de citron. Avec cela un biscuit bien dur, ou un toast bien grillé. En revanche, elle avait dû renoncer pour quatre heures à la tartine de moutarde dont elle avait envie, mais qui avait soulevé une tempête de rires et de cris dans la cour de récréation de l'école. Elle avait compris qu'avec sa tartine de moutarde, elle dépassait la limite de la tolérance à la différence d'une école communale de province.

S'agissant des climats et des saisons, elle ne détestait rien tant qu'un bel après-midi d'été, sa paresse, sa langueur, l'épanouissement assouvi et obscène de la végétation qui semble se communiquer aux bêtes et aux gens. Le geste épouvantable qu'appelaient ces

heures moites et voluptueuses consistait à se laisser
aller dans une chaise longue en écartant les jambes, en
levant les bras, en bâillant à grand bruit, comme s'il
fallait ouvrir à on ne sait quel viol son sexe, ses aisselles
et sa bouche. A l'opposé de ce triple bâillement,
Mélanie cultivait le rire et le sanglot, deux réactions
impliquant le refus, la distance, la clôture d'un être sur
lui-même. Le temps qui convenait le mieux à cette
conduite de rejet, c'était un froid sec et lumineux,
suscitant une nature dépouillée, gelée, durcie et brillante. Mélanie faisait alors des marches rapides et
exaltées dans la campagne, les yeux larmoyants sous
l'effet de l'air glacé, mais la bouche pleine de rires
ironiques.

Comme tous les enfants, elle avait rencontré le
mystère de la mort. Mais il avait revêtu d'emblée à ses
yeux deux aspects bien opposés. Les cadavres d'animaux qu'elle avait pu voir étaient généralement bour-
souflés, décomposés, et exsudaient des humeurs
sanieuses. L'être réduit à ses dernières extrémités
avouait crûment sa nature foncièrement putride. Au
contraire les insectes morts s'allégeaient, se spirituali-
saient, accédaient spontanément à l'éternité légère et
pure des momies. Et pas seulement les insectes, car en
furetant au grenier, Mélanie avait trouvé une souris et
un petit oiseau également desséchés, purifiés, réduits à
leur propre essence : la bonne mort.

Mélanie était la fille unique d'un notaire de
Mamers. Elle demeurait assez étrangère à son père,
qui l'avait eue tard et qu'elle paraissait intimider. Sa
mère, de santé fragile, disparut prématurément, la
laissant seule avec le notaire à l'âge de douze ans. Ce
deuil la blessa cruellement. Elle ressentit d'abord une

douleur dans la poitrine, un point lancinant, comme si elle avait été atteinte d'un ulcère ou d'une lésion interne. Elle se crut sérieusement malade. Puis elle comprit qu'elle se portait bien : c'était le chagrin.

En même temps, elle éprouvait de loin en loin des bouffées d'attendrissement assez agréables. Il suffisait qu'elle pensât intensément à sa mère, à la mort de sa mère, au cadavre mince et raide couché dans une boîte au fond d'un trou glacé... Ses yeux se mouillaient de larmes et elle ne pouvait retenir un sanglot hoquetant qui ressemblait à un petit rire amer. Alors elle se sentait soulevée, arrachée à l'encerclement des choses, délivrée du poids de l'existence. Pour un bref instant, la réalité quotidienne était frappée de dérision, dénuée de l'importance bouffie dont elle se pare, allégée de la pesanteur obsédante qui oppressait la fillette. Rien n'avait aucune importance, puisque sa maman chérie était morte. L'évidence de cette irréfutable déduction brillait comme un soleil spirituel. Mélanie flottait, portée par une ébriété funèbre dans des airs retentissant d'hilarité.

Puis son chagrin se dissipa. Il ne lui resta plus qu'une cicatrice qui se crispait quand quelqu'un parlait de la disparue, ou, certaines nuits, quand elle ne trouvait pas le sommeil et ouvrait de grands yeux dans l'obscurité.

Ensuite les jours se suivirent et se ressemblèrent entre une vieille bonne de plus en plus dure d'oreille et un père qui n'émergeait de ses dossiers que pour évoquer le passé. Mélanie grandissait sans traverser de difficultés apparentes. Elle n'était pour son entourage ni difficile, ni secrète, ni mélancolique, et on aurait surpris tout le monde en révélant qu'elle nageait avec l'énergie du désespoir dans un vide morne et gris, contre l'angoisse fade que lui donnaient cette maison cossue pleine de souvenirs, cette rue où rien de nouveau ne se passait jamais, ces voisins assoupis. Elle attendait ardemment qu'il arrivât quelque chose, que quelqu'un survînt, et c'était affreux car il n'arrivait rien, personne ne survenait.

Quand une guerre atomique menaça d'éclater entre les États-Unis et l'U.R.S.S. à cause de Cuba, Mélanie était en âge de lire les journaux, de suivre les nouvelles à la radio et à la télévision. Il lui sembla qu'un souffle d'air frais balayait le monde, et un espoir gonfla ses poumons. C'est que pour la tirer de sa prostration, il n'aurait pas fallu moins que les immenses destructions et les épouvantables hécatombes d'un conflit moderne. Puis la menace se dissipa, le couvercle de l'existence, un instant entrebâillé, retomba sur elle, et elle comprit qu'il n'y avait rien à attendre de l'histoire.

Au printemps, le notaire avait l'habitude d'arrêter le chauffage central et de faire une flambée dans sa cheminée, les soirs où la température était vraiment trop fraîche. C'est ainsi qu'un beau matin d'avril, Étienne Jonchet vint livrer un camion de bûches. Employé dans une scierie voisine de la forêt d'Écouves — son cinquième métier en moins d'un an — c'était un de ces beaux gars francs et joviaux qui ressentent la nécessité de travailler comme un fardeau injuste et sordide. Il fleurait la résine et le tanin, et ses manches de chemise retroussées découvraient des avant-bras pulpeux et dorés, ornés de tatouages canailles. Mélanie était descendue à la cave pour le payer. Pendant qu'elle fouillait dans le portefeuille, il la regardait d'un air bizarre qui commença à l'effrayer. Ce fut bien autre chose quand il leva lentement ses mains vers ses épaules, vers sa tête et les referma sur son cou. Les genoux tremblants, la bouche sèche, elle ne voyait plus que les bras tatoués et un peu plus loin le visage souriant du jeune homme.

— Il m'étrangle. se disait-elle. Il veut le portefeuille et me tue pour s'en emparer !

Et elle se sentait défaillir dans une approche de la mort où se mêlaient indistinctement la terreur et une brûlante volupté.

Finalement elle tomba de faiblesse, mais il la cueillit dans ses bras, la bascula sur un tas d'anthracite, et posséda son corps de vierge tendre et blanc dans cette alcôve de noirceur.

Quand elle croisa son père plus tard dans l'escalier, il eut la surprise de la voir, toute barbouillée de charbon, lui sauter au cou en riant. Elle était dépucelée et mâchurée, mais heureuse.

Ils se revirent. Un mois plus tard, elle prétextait des vacances chez une camarade, et filait rejoindre son beau bûcheron en n'emportant que la chemise qu'elle avait sur le dos.

Étienne n'était pas un fin psychologue, mais le comportement insolite de sa nouvelle compagne ne manqua pourtant pas de le surprendre. Elle faisait à la scierie plus d'apparitions qu'il n'aurait été nécessaire. Au lieu de mettre chaque matin le casse-croûte de midi dans sa musette, elle préférait l'apporter elle-même et le partager avec lui au milieu des autres compagnons. Il était certes assez faraud de la jeunesse, de la beauté et surtout des origines bourgeoises évidentes de la jeune fille. Mais elle aurait dû s'éclipser dès la reprise du travail. Au lieu de cela, elle musait autour des machines, appréciait du doigt la denture des lames, leur piquant, leur tranchant, la largeur du chemin, la tension des rubans d'acier, leurs flancs rendus infiniment lisses et brillants par le terrible frottement auquel ils étaient soumis. Puis elle prenait dans sa main une poignée de sciure, éprouvait sa fraîcheur pelucheuse et élastique, l'approchait de son nez pour en sentir l'odeur forestière, et la laissait fuir entre ses doigts. Que l'on puisse fabriquer cette neige feutrée à partir de troncs ligneux et compacts, c'était un miracle qui la ravissait !

Mais rien ne la fascinait comme le bref hurlement des scies circulaires s'enfonçant dans le cœur d'une bûche et le halètement vertigineux du grand châssis faisant danser ses douze lames parallèles dans l'aubier de la grume avancée sur le chariot.

C'était le père Sureau qui entretenait le matériel. Ancien ébéniste, il avait connu des jours meilleurs, mais après la mort de sa femme, il avait sombré dans l'alcool, et il vivotait en affûtant les lames de la scierie. Mélanie entreprit de le conquérir. Elle alla le voir dans sa masure, lui rendit de menus services, s'insinua dans ses bonnes grâces. En vérité, elle savait ce qu'elle voulait, mais personne n'aurait compris le projet grandiose auquel elle s'acharnait à l'employer. Elle finit par obtenir qu'il reprît ses « clarinettes » — comme il appelait ses outils —, qu'il les affûtât et qu'il se mît au travail. Il est vrai qu'il lui faudrait peut-être des années pour mener à bonne fin ce qui serait à coup sûr le chef-d'œuvre de sa vie.

L'été passa dans une gloire de soleil et d'amour, sous-tendue par le mystère du projet Sureau. Les étreintes de Mélanie et d'Étienne semblaient ne pas

devoir finir. Elles se poursuivirent dans les brouillards
de l'automne, dans le crépitement nocturne de la pluie
sur le toit de bardeau de leur hutte, sous le blanc
manteau de la neige qui fut abondante cet hiver-là.

Au début de mars, Étienne fut mis à pied à la suite
d'une altercation avec son patron. Il partit chercher du
travail. Il avait entendu parler d'embauche au Haras
du Pin. Il promit de revenir chercher Mélanie dès qu'il
serait fixé. Elle ne devait plus entendre parler de lui. Et
comme un malheur n'arrive jamais seul, le père
Sureau fut hospitalisé avec un point de pleurésie. Tant
il est vrai que le printemps est souvent fatal aux
vieillards.

Mélanie ne songea pourtant pas à retourner chez
son père avec lequel elle entretenait une correspondance parcimonieuse. Pour l'heure, la merveilleuse
surprise de ses amours, la superbe folie de la scierie, le
projet Sureau qui découlait rigoureusement de l'une et
de l'autre dressaient un mur entre sa vie présente et les
eaux grises où la maison paternelle paraissait échouée,
comme une arche vermoulue, aux yeux de son souvenir.

Pourtant le vide se reformait inexorablement autour
d'elle dans les souffles aigres et humides d'un printemps qui n'en finissait pas de se déclarer. La cabane
était gagnée par la désolation de la forêt qui sortait
noire et hagarde du dégel. Un jour, Mélanie se surprit
à accomplir le geste fatidique : elle bâilla, et elle
reconnut avec effroi le signe saluant et appelant à la
fois la marée clapotante de l'ennui. Le temps des petits
trucs enfantins — citrons, moutarde — était bien
révolu. Puisque désormais elle était libre, il aurait fallu
fuir. Mais pour aller où ? Car telle est la force

pernicieuse de l'ennui : il s'entoure d'une sorte de contagion universelle, et projette ses ondes maléfiques sur le monde entier, sur tout l'univers. Rien, aucun lieu, aucune chose ne paraît lui échapper.

En fouillant dans la resserre à outils, où haches, cognées, coins et scies attendaient l'improbable retour d'Étienne, Mélanie trouva la solution. C'était une corde, une belle corde, neuve, toute luisante encore de l'atelier de corderie, qui se terminait tout exprès, semblait-il, par une boucle. En passant l'extrémité de la corde dans cette boucle, on obtenait un nœud coulant fort propre à une pendaison.

Tremblante d'excitation, elle accrocha la corde à la poutre maîtresse de la toiture. Le nœud coulant se balançait à deux mètres cinquante du sol, hauteur idéale, car il suffisait de se mettre debout sur une chaise pour pouvoir y passer la tête. Mélanie plaça en effet la meilleure chaise qu'elle possédât à l'aplomb du nœud. Puis elle s'assit sur l'autre chaise de la maison — bancale, celle-ci — et admira son œuvre.

Ce n'était pas que ces deux objets — la corde, la chaise — fussent en eux-mêmes bien admirables. Il s'agissait plutôt de la perfection de la réunion de ce siège et de cette sorte de fil à plomb de chanvre, et de la signification fatale qui s'en dégageait. Elle s'abîma dans une contemplation béate et métaphysique. En préparant sa propre mort, en imposant à la perspective désertique de sa vie une barrière visible et palpable, en arrêtant par une digue les eaux stagnantes du temps, elle mettait fin d'un coup à l'ennui. L'imminence de sa mort, concrétisée par la corde et la chaise, conférait à sa vie présente une densité et une chaleur incomparables.

Elle connut plusieurs semaines de bonheur patibulaire. Le charme commençait pourtant à se dissiper, quand le facteur, qu'elle voyait rarement, se présenta. Il lui apportait une lettre de sa meilleure amie. Jacqueline Autrain, nommée pour ce troisième trimestre institutrice dans un village voisin, habiterait seule le premier étage de l'école. Elle se réjouirait si Mélanie acceptait de venir passer quelques jours auprès d'elle pour l'aider à s'installer.

Mélanie serra son baluchon, cacha la clé de la hutte dans un trou connu d'Étienne, et partit rejoindre son amie.

L'accueil de Jacqueline et l'éclat printanier du village lui firent oublier ses obsessions et leur funèbre remède. Il est vrai qu'elle avait laissé sa belle corde pendue à l'aplomb de la chaise dans l'obscurité de la hutte fermée, comme en attente, comme le gage d'un retour obligé. Pendant que son amie faisait la classe, Mélanie tenait leur intérieur. Puis elle s'intéressa aux enfants. Elle entreprit de donner des leçons particulières à ceux qui suivaient mal. Après les amours de l'été et de l'hiver, elle découvrait ainsi l'amitié avec le renouveau de la nature. Entre ces deux fêtes de la vie s'étendait un morne désert peuplé d'ombres exorbitantes et nauséeuses que seule une corde terminée par la lunette d'un nœud coulant rendait habitable.

Jacqueline était fiancée à un jeune homme actuellement en stage dans les Compagnies républicaines de Sécurité. Deux fois, au cours du printemps, elle avait profité d'un congé pour aller le voir à la caserne d'Argentan. Un jour, il débarqua avec son casque, son calot, sa matraque et son gros étui à pistolet tout

boursouflé. Les deux jeunes femmes s'amusèrent de cet
attirail.

Sa permission dura trois jours. Le premier ne fut
qu'une suite de rires et de caresses entre les deux
fiancés. Mélanie cherchait à s'éclipser quand la scène
devenait par trop tendre. Le deuxième jour, le jeune
homme insista pour faire une excursion avec les deux
femmes, bien que Jacqueline eût visiblement préféré
rester à la maison pour mieux profiter d'heures si
rares. Le troisième jour, elle fit une scène violente à
Mélanie, l'accusant de tenter de détourner sur elle
l'attention du trop naïf C.R.S. Le jeune homme
survenant se jeta dans la dispute, et, prenant maladroitement la défense de Mélanie, il acheva de déses-
pérer sa fiancée. Quand il reprit le chemin d'Argentan,
il laissait derrière lui un monceau de décombres
sentimentaux.

Mélanie ne pouvait plus songer à demeurer avec
Jacqueline. Elle s'installa à Alençon, et pendant les
deux derniers trimestres de l'année scolaire, elle fit la
classe dans un cours privé.

Puis les vacances vidèrent les écoles, les rues, toute
la ville, et Mélanie se retrouva seule sous un soleil
blanc, impitoyable, lancinant. Dans les branches pous-
siéreuses des platanes, entre les pavés inégaux des
places, sur les murs lépreux questionnés par la
lumière, émergeait la face blême et bouffie de l'ennui.

Mélanie, se sentant couler, s'accrochait à ses plus
récents souvenirs. Lorsqu'elle évoquait l'image du
fiancé de Jacqueline, c'était bizarrement toujours l'étui
boursouflé de son pistolet qui se présentait d'abord à
son esprit. Elle lui écrivit à la caserne d'Argentan,

pour lui demander un rendez-vous. Il répondit en lui proposant un jour, une heure et un café.

S'il avait cru au début d'une aventurette, il fut déçu. Mélanie lui expliqua qu'elle voulait au contraire dissiper tout malentendu et tenter de restaurer entre Jacqueline et lui les bonnes relations qu'elle avait pu contribuer involontairement à altérer. Elle le suppliait de reprendre contact au plus tôt avec sa fiancée et de la tenir au courant de la réussite de ces retrouvailles. Ce serait un grand soulagement pour elle.

Puis il lui vint une inspiration. Pourquoi ne téléphonerait-il pas tout de suite, du café à Jacqueline? Elle saurait ainsi que tout avait été tenté.

Après s'être mollement défendu, il haussa les épaules et se leva pour se diriger vers la cabine téléphonique. Il laissa sur la table son calot, son casque, sa matraque et l'étui boursouflé de son pistolet.

Mélanie attendit un moment. La communication devait être difficile à obtenir, car le jeune homme tardait à revenir. En vérité elle ne pouvait quitter des yeux l'étui boursouflé du pistolet qui se gonflait innocemment sur la table. Soudain elle céda à la tentation. Elle fit glisser l'objet dans son sac et gagna rapidement la sortie.

Rentrée dans sa petite chambre d'Alençon, la satisfaction du devoir accompli lui donna quelques jours de calme. Mais elle ne pouvait oublier qu'en réconciliant les deux fiancés, elle s'était définitivement exclue de leur amitié. Le pistolet était en revanche la source d'un puissant réconfort. Chaque jour, à une heure donnée qu'elle attendait en frémissant d'impatience et de joie anticipée, elle sortait le magnifique et dangereux objet. Elle n'avait aucune idée de la façon de s'en servir, mais ce n'était ni le temps ni la patience qui lui faisaient défaut. Posé nu sur la table, le pistolet paraissait irradier une énergie qui enveloppait Mélanie de chaleur voluptueuse. La brièveté compacte et rigoureuse de son profil, sa noirceur mate et comme sacerdotale, la facilité avec laquelle la main épousait sa forme et s'en saisissait, tout dans cette arme contribuait à lui donner une *force de conviction* irrésistible. Comme ce serait bon de mourir par ce pistolet ! Il appartenait en outre au fiancé de Jacqueline, et le suicide de Mélanie unirait ses amis, tout comme sa vie avait failli les séparer.

Le pistolet n'était pas chargé, mais l'étui contenait un chargeur de six balles, et Mélanie eut tôt fait de trouver l'orifice de la crosse dans lequel il devait être glissé. Un déclic lui apprit que le chargeur était en place. Puis le jour vint où elle sentit qu'elle ne pouvait plus différer un essai.

Elle partit de bonne heure dans la forêt. Parvenue à l'orée d'une clairière, loin de tout chemin, elle sortit le pistolet de son sac, et, le tenant à deux mains, le plus loin possible d'elle, fermant les yeux, elle pressa la détente de toutes ses forces. Rien ne se produisit. Sans doute y avait-il un cran de sûreté. Elle palpa un moment la crosse, le canon, la détente. Enfin un relief glissa vers le canon en découvrant une plage rouge. C'était cela sans doute. Elle essaya encore. La détente céda sous ses doigts, et l'arme, comme prise d'une brusque folie, rua entre ses mains.

La détonation avait paru formidable à Mélanie, mais la balle n'avait laissé aucune trace dans les arbres et les fourrés où elle avait dû se perdre.

Toute tremblante, Mélanie replaça le pistolet dans

son sac et reprit sa marche. Elle avait les jambes molles, mais elle ne savait pas si c'était l'effet de la peur ou celui du plaisir. Elle disposait d'un nouvel instrument de libération, combien plus moderne et pratique que la corde et la chaise ! Elle n'avait jamais été aussi libre. La clé de sa cage était là, dans son sac, à côté du démaquillant, du porte-monnaie et des lunettes de soleil.

Elle avait parcouru une centaine de mètres quand elle vit venir à elle, marchant à grands pas, un vieil homme vêtu à la fois comme un pêcheur et comme un alpiniste, et portant une boîte de botaniste cylindrique en bandoulière. Il l'aborda aussitôt.

— Qu'est-ce que c'est ? Vous n'avez pas entendu une détonation ?

— Non, mentit Mélanie. Je n'ai rien entendu.

— Curieux, curieux. D'autant plus que cela semblait provenir de la direction dont vous venez. Et moi qui craignais de devenir dur d'oreille ! Enfin soit. Admettons que j'ai eu une illusion, oui, comment dire, une hallucination auditive.

Il avait prononcé ces deux derniers mots avec une sorte d'emphase ironique, et il acheva sa phrase dans un petit rire grinçant. Puis avisant le sac de Mélanie :

— Vous cherchez aussi des champignons ?

— Oui, c'est cela, des champignons, mentit encore Mélanie avec empressement.

Puis emportée par une soudaine inspiration, elle précisa :

— Je voudrais surtout savoir reconnaître les vénéneux.

— Bof, vénéneux ! Pour un vrai mycologue, ils sont si rares, presque inexistants ! Savez-vous que mes amis

de notre Société savante et moi-même nous nous
offrons des dîners agrémentés de plats entiers de
champignons réputés mortels ? Il n'est que de savoir
les préparer, et aussi peut-être de les manger sans
crainte. L'appréhension rend l'organisme plus vulné-
rable, c'est bien connu. Un divertissement de spécialistes, en somme.

— Les champignons vénéneux sont si peu dangereux que cela ? demanda Mélanie avec une nuance de
déception dans la voix.

— Pour nous, pour nous, les mycologues ! Mais
pour les profanes, halte-là ! C'est un peu comme les
grands fauves d'une ménagerie, n'est-ce pas ! Le
dompteur peut entrer dans la cage et leur tirer les
moustaches. Mais malheur au visiteur qui se permet-
trait cela !

— Comme vous êtes passionnant !

Aristide Coquebin, qui tenait une boutique d'antiquaire rue des Filles-de-Notre-Dame, non loin de la
maison natale de sainte Thérèse de l'Enfant Jésus,
appartenait à l'espèce des esprits érudits et curieux de
tout qui fleurissent discrètement dans l'ombre des
petites villes de province. Le meilleur de lui-même, il le
réservait à la Société savante qu'il régalait de commu-
nications éclectiques, allant des merveilles de la bota-
nique aux grimoires de mystiques obscurs.

Il était trop heureux d'avoir trouvé une oreille vierge
pour lâcher Mélanie de sitôt, et ils cheminèrent
longuement côte à côte en devisant. Lorsqu'elle regagna son modeste logis, le pistolet disparaissait dans
son sac sous une provende parfumée de cèpes, de
chanterelles et de lépiotes qu'ils avaient ramassés
ensemble. Mais elle avait insisté pour rapporter aussi

-– isolés il est vrai dans une poche de plastique — trois
entolomes livides et deux amanites phalloïdes, les plus
redoutables tueurs des sous-bois.

Le soir elle disposa sur sa table le pistolet, déshabillé
de son étui, et, dans une assiette, les cinq champignons
vénéneux. Un crépuscule de silence enveloppait sa
solitude, mais de ces objets meurtriers émanait un
rayonnement dont elle connaissait bien la chaleur
tonique. Elle retrouvait avec élan le frémissement
voluptueux des heures passées dans la hutte, en
présence de la corde et de la chaise. Mais elle allait
maintenant beaucoup plus loin dans son intimité avec
la mort.

Elle était d'abord troublée par une mystérieuse
affinité qui paraissait rapprocher ces deux sortes
d'objets. Ils avaient en commun une force concise, une
énergie assoupie, endormie et comme tapie dans des
formes qui avaient peine à la contenir, et qui en étaient
inspirées. La carrure massive du pistolet — arme de
poing — et les rondeurs musculeuses des champignons
évoquaient aussi pour elle un troisième objet qui se
cacha longtemps dans les replis de sa mémoire, mais
qu'elle finit par débusquer non sans rougir de pudeur :
le sexe d'Étienne Jonchet qui lui avait donné tant de
bonheur pendant de longues semaines. Elle découvrit
ainsi la complicité profonde de l'amour et de la mort,
et que les signes menaçants et crapuleux tatoués sur les
beaux bras d'Étienne donnaient leur véritable sens à
leurs étreintes. Étienne trouvait ainsi sa juste place
dans le paysage forestier dont le centre demeurait la
corde et la chaise.

Les champignons, le pistolet, la corde, c'était trois
clés ouvrant chacune une porte sur l'au-delà, trois

portes monumentales, d'allures et de styles assurément bien différents.

Les champignons étaient les clés molles et contournées d'une porte qui présentait la douceur et la rondeur d'un ventre géant. Elle ressemblait à un vaste reposoir anatomique dressé à la gloire de la digestion, de la défécation et du sexe. Cette porte ne s'entrebâillerait que lentement, paresseusement. Il faudrait qu'en mangeant et en assimilant les champignons Mélanie se glisse dans une fente étroite avec la ruse opiniâtre d'un enfant s'acharnant à naître à l'envers.

La seconde porte était coulée dans le bronze. Noire et tabulaire, elle se dressait inébranlable devant un flamboyant secret qui perçait par des lueurs inquiètes par le trou de la serrure. Seule une explosion terrible, une détonation claquant tout contre l'oreille de Mélanie, l'ouvrirait d'un seul coup découvrant un paysage de flammes, la trouée incandescente d'une fournaise, des nuées de soufre et de salpêtre.

La troisième clé — celle de la corde et de la chaise — dissimulait sous sa rusticité la richesse foisonnante d'une affinité directe avec la nature. En passant la tête dans le collier de chanvre, Mélanie découvrirait la profondeur secrète de l'humus forestier, fécondé par les pluies d'orage et durcie par les gelées de Noël. C'était un au-delà qui sentait la résine et le feu de bois, qui retentissait du ronflement d'orgue que faisait le vent en brassant les hautes futaies. En devenant le poids de chair et d'os qui lesterait la corde elle-même accrochée à la poutre maîtresse de la hutte bûcheronne — Mélanie prendrait sa place dans cette vaste architecture de cimes équilibrées et de branches balancées,

de troncs verticaux et de ramures enchevêtrées qui
s'appelait : forêt.

Coquebin avait invité Mélanie à venir le voir. Elle
déclencha un soir la musique argentine d'une grappe
de tubes que la porte bousculait en s'ouvrant. Tout un
paradis de saints de plâtre polychromé l'accueillit, les
bras ouverts ou la dextre bénissante. La petite sœur
Thérèse, en cent exemplaires de dimensions différen-
tes, serrait un crucifix sur son uniforme de carmélite,
en levant les yeux vers les moulures du plafond.

— C'est qu'elle est née à deux pas d'ici, expliqua
Coquebin avec ferveur. Au 42 de la rue Saint-Blaise. Si
vous voulez, nous irons visiter sa maison natale
ensemble.

L'air consterné avec lequel Mélanie le remercia ne
put lui échapper. Il comprit qu'il faisait fausse route,
et que le pieux antiquaire devait en l'occurrence
s'effacer devant le philosophe. Il convenait d'ouvrir
l'œil et de faire preuve d'humilité, s'il voulait cerner la
personnalité de cette étrange jeune fille qui cheminait
solitairement dans les bois en tirant des coups de
pistolet et en collectionnant avec prédilection des
champignons vénéneux. Ce n'était certes pas une
personne banale. Malheureusement la conversation
s'avéra difficile, car elle se souciait plus d'apprendre de
lui des choses modestes et précises que de se raconter.

Elle le quitta au bout d'un quart d'heure, mais elle
revint le surlendemain, et peu à peu leur intimité
grandit. Avec un étonnement croissant, Coquebin
cousait ensemble les bribes que Mélanie lui révélait de

son bref destin. Car la différence d'âge et l'atmosphère benoîte du magasin rassuraient Mélanie et l'encourageaient à se livrer. Il ne put retenir un haut-le-corps le jour où elle lui apprit qu'elle faisait la classe aux enfants. C'est qu'elle lui avait laissé entendre l'essentiel de son aventure avec le beau tatoué et de sa fascination pour la corde et le nœud coulant. « Pauvres enfants ! pensa-t-il. Mais après tout, les gens tout à fait normaux sont rarement dans l'enseignement, et peut-être est-il naturel et préférable que les enfants, ces demi-fous que nous tolérons parmi nous*, soient élevés par des originaux. »

Plus tard, elle lui raconta l'escalier à vis, l'étroite fenêtre, les carreaux multicolores qui lui permettaient de voir son jardin sous des aspects profondément différents. « Kant ! pensa-t-il. Les formes *a priori* de la sensibilité ! Elle a découvert à dix ans, sans le vouloir ni le savoir, l'essentiel de la philosophie transcendantale ! » Mais quand il tenta de l'initier au kantisme, il vit bien qu'elle ne le suivait pas, qu'elle ne l'écoutait même pas.

Remontant plus loin dans ses souvenirs, elle fit allusion à ses goûts et à ses dégoûts de fillette — goût du citron, dégoût des pâtisseries —, à l'ennui qui la submergeait parfois comme une marée grise et grasse, au soulagement pétillant et revigorant qu'elle a trouvé d'abord petitement dans des nourritures et des boissons corrosives, puis de façon grandiose dans la mort de sa mère.

---

* Cette définition des enfants se trouve dans la *Préface à l'Histoire d'O* de Jean Paulhan. Il s'agit évidemment d'une réminiscence, et il n'est pas tellement surprenant à la réflexion que Coquebin ait lu le roman de Pauline Réage.

Il ne douta plus alors qu'elle avait une vocation métaphysique innée, laquelle s'accompagnait d'un rejet spontané de toute ontologie. Il essaya de lui faire comprendre qu'elle incarnait à l'état brut l'antagonisme millénaire de deux formes de pensée. Depuis l'aube la plus lointaine de l'humanité occidentale, deux courants se croisent et s'opposent, dominés l'un par Parménide d'Élée, l'autre par Héraclite d'Éphèse. Pour Parménide la réalité et la vérité se fondent dans l'Être immobile, massif et identitaire. Cette vision figée fait horreur à l'autre penseur, Héraclite, qui voit dans le feu tremblant et grondant le modèle de toutes les choses, et dans le courant limpide d'une eau chantante le symbole de la vie perpétuellement créatrice. L'ontologie et la métaphysique — le repos en l'Être et le dépassement de l'Être — dressent l'une contre l'autre depuis toujours deux sagesses et deux spéculations...

Pendant qu'il parlait ainsi, possédé par son sujet sublime, Mélanie fixait sur lui ses grands yeux sombres et passionnés. Il aurait pu croire qu'elle l'écoutait, subjuguée par le portrait vertigineux qu'il lui faisait d'elle-même. Mais il était fin et lucide, il savait qu'il avait un long poil roux qui se tordait sur sa joue au sommet d'une petite verrue, et rien qu'à regarder Mélanie, il se rendait compte qu'elle n'avait d'yeux que pour cette infime disgrâce, et que pas un mot de son discours ne parvenait jusqu'à l'esprit de la jeune fille.

Non décidément, il fallait se rendre à l'évidence, Mélanie n'avait pas l'esprit philosophique, malgré le don prodigieux qu'elle possédait de vivre spontanément, à l'état brut et en toute inconscience, les grands problèmes de la spéculation éternelle. Les évidences

philosophiques. dont elle était possédée et qui orien-
taient son destin souverainement, n'étaient pas tradui-
sibles pour elle en concepts et en mots. Métaphysi-
cienne de génie, elle demeurait à l'état sauvage et ne
s'élèverait jamais jusqu'au verbe.

Ses visites cessèrent. Coquebin n'en fut pas autrement surpris. Ses discours n'ayant pas trouvé prise sur
l'esprit de la jeune fille, il savait que ses relations avec
elle étaient à la merci d'influences fortuites, obscures et
imprévisibles. Il finit toutefois par aller frapper à la
porte de la chambrette qu'elle habitait. Un voisin lui
apprit qu'elle avait déménagé.

Par suite de quel instinctif avertissement avait-elle
décidé de revenir dans la cabane de la forêt d'Écouves ? Sans doute une réflexion qui s'était imposée à elle
y fut-elle pour beaucoup.

La perspective de la mort — d'une certaine mort,
concrétisée par un instrument particulier — était seule
capable de l'arracher à l'engloutissement dans la
nausée de l'existence. Mais cette libération n'était que
temporaire et perdait peu à peu toute sa vertu ; comme
un médicament qui s'évente, jusqu'à ce qu'une autre
« clé » se présente à elle avec la promesse d'une mort
nouvelle, une promesse plus jeune, plus fraîche, plus
convaincante, possédant un capital de crédibilité
intact. Or il était clair que ce jeu ne pourrait se
poursuivre longtemps encore. Il faudrait bien qu'à
toutes ces promesses non tenues. à tous ces rendez-
vous manqués, succède un jour une échéance inéluctable. Menacée une nouvelle fois d'un naufrage dans les
fondrières de l'être, Mélanie avait donc fixé au diman-

che 1ᵉʳ octobre* à midi, la date et l'heure de son suicide.

L'idée de cet engagement l'avait d'abord effrayée. Mais à mesure qu'elle l'envisageait plus sérieusement, à mesure que la décision mûrissait dans son esprit, elle sentait des courants d'énergie et de joie la réchauffer et la regonfler en ondes successives de plus en plus intenses. C'était cela surtout qui avait dicté sa conduite. La mort, même lointaine encore, par sa seule certitude, par la précision de la date de sa survenue, commençait déjà son œuvre de transfiguration. Et cette date une fois fixée, chaque jour, chaque heure augmentait ce rayonnement bienfaisant, comme chaque pas qui nous rapproche d'un grand feu de joie nous fait participer un peu plus à sa lumière et à sa chaleur.

C'est ainsi qu'elle avait regagné la forêt d'Écouves où elle avait connu dans les bras tatoués d'Étienne, puis dans la contemplation de la corde et de la chaise, des bonheurs qui annonçaient la grande extase finale.

A la date du 29 septembre une divine surprise devait achever de la combler. Une camionnette s'arrêta devant la hutte. Un vieil homme qui était assis à côté du chauffeur en descendit et frappa à la porte. C'était le père Sureau dont la maladie n'avait été qu'une assez sévère alerte. Les deux hommes sortirent du véhicule et transportèrent dans la salle commune un haut objet fragile et lourd, tout enveloppé de voiles noirs, comme une grande veuve, raide et solennelle...

---

* C'est le jour de la fête de sainte Thérèse de l'Enfant Jésus. Il y avait là sans doute dans l'esprit de Mélanie une attention touchante à l'égard de son vieil ami Coquebin. Mais on est en droit de se demander s'il l'a appréciée à sa juste valeur.

— Si je ne craignais pas d'exprimer un paradoxe, dit le jeune médecin en reposant son stéthoscope, je dirais qu'elle est morte de rire.

Et il expliqua que le rire dans un premier degré se caractérise par une dilatation subite de l'orbiculaire des lèvres et de la contraction du risorius de Santorini, du canin et du buccinateur, en même temps que par une expiration entrecoupée, mais que, dans un deuxième degré, les contractions musculaires pouvaient gagner en propagation toutes les dépendances du nerf facial et s'étendre jusqu'aux muscles du cou, en particulier au peaucier. Et que, à un troisième degré, il ébranle tout l'organisme, faisant couler les larmes, s'échapper l'urine et contracter par saccades douloureuses le diaphragme aux dépens de la masse intestinale et du cœur.

Pour les témoins qui entouraient le corps de Mélanie Blanchard, ce cours de physiologie comique avait des sens bien différents. Connaissant Mélanie, ils savaient, mieux que le médecin lui-même, que cette théorie apparemment extravagante de la mort par le rire s'accordait assez bien au caractère excentrique de la défunte. Son père, le vieux notaire timide et distrait, la revoyait ce jour de printemps, ses vêtements en désordre, la figure et les bras couverts de charbon, lui sauter au cou en riant comme une folle. Étienne Jonchet se souvenait du sourire étrange et profond qui lui venait lorsqu'elle flattait de la main les lames les plus effrayantes de la scierie. L'institutrice évoquait la grimace voluptueuse que la petite fille ne pouvait réprimer en mordant à pleine bouche dans un citron.

Cependant Aristide Coquebin cherchait à appliquer à ce cas privilégié la théorie exposée par Henri Bergson dans *Le Rire*, selon laquelle le comique est du mécanique plaqué sur du vivant. Seule Jacqueline Autrain n'y comprenait rien. Sanglotant sur l'épaule de son fiancé, elle était persuadée que Mélanie, consumée d'amour pour le jeune homme, s'était sacrifiée à leur bonheur. Quant au père Sureau, il ne songeait qu'au chef-d'œuvre de sa carrière d'artisan, et il surveillait sous la visière de sa casquette sa silhouette endeuillée qui encombrait le fond de la pièce.

Avant de mourir, Mélanie leur avait adressé une sorte de faire-part anthume pour les avertir du jour et de l'heure de son suicide, tout en postant les enveloppes trop tard pour que quiconque pût intervenir. Ils s'étaient ainsi retrouvés les uns après les autres dans la salle commune de la hutte forestière après qu'Étienne Jonchet — le seul qui n'avait pas reçu de faire-part — eut découvert le cadavre en venant reprendre ses outils.

Au plafond pendait toujours la corde, la belle corde neuve et cirée que terminait un impeccable nœud coulant. Sur la table de chevet étaient placés le pistolet — dont le chargeur avait toutes ses balles moins une — et une soucoupe contenant cinq champignons qui commençaient à se dessécher. Mélanie reposait intacte sur son grand lit, emportée par une crise cardiaque foudroyante qui n'avait pas assombri l'expression épanouie, hilare même, de son visage. En vérité elle paraissait planer dans la joie de ne pas vivre, cette morte qui n'avait eu besoin d'aucun expédient brutal pour franchir le pas.

— Qu'est-ce que c'est que ça ? finit par demander le médecin en désignant la « veuve »

Le père Sureau se dérangea, et, avec les gestes soigneux et tendres d'un jeune marié déshabillant sa mariée de ses propres mains, il entreprit de faire tomber les voiles de lustrine noire qui enveloppaient l'objet. Avec stupeur chacun put reconnaître alors une guillotine. Mais pas une guillotine ordinaire, une guillotine de salon, fabriquée avec un soin amoureux dans un bois fruitier, finement ajointée par des tenons en queue-d'aronde, cirée, peaufinée, patinée, un vrai chef-d'œuvre d'ébénisterie, dans lequel la lame, brillante et d'un profil rigoureux, apportait une note cruelle et glacée.

Coquebin, en antiquaire averti, remarqua que les deux montants dans lesquels la lame coulissait étaient décorés à l'antique, par des rinceaux et des ramages eurythmiques, et que la pièce supérieure qui les coiffait affectait le profil d'une architrave hellénistique

— Et en plus, murmura-t-il saisi d'admiration, elle est de style Louis XVI !

Le Coq de bruyère

En cette matinée de fin mars, les giboulées crépi-
taient rageusement sur les verrières de la salle d'armes
d'Alençon où les meilleures lames du 1er chasseurs
s'affrontaient en assauts courtois mais impétueux.
L'uniformité des culottes serrées au-dessous du genou,
des plastrons capitonnés et surtout des masques grilla-
gés effaçait les titres, les grades et même les âges, et
les deux tireurs qui retenaient l'attention des autres
escrimeurs auraient pu passer pour des frères
jumeaux. Cependant à y regarder de plus près, l'un
d'eux paraissait plus sec, plus nerveux, plus agile, et
d'ailleurs il était en train de mettre son adversaire en
difficulté, lequel rompait, ripostait sans efficacité,
rompait encore, et finalement baissait les bras, touché
sur une fente longue de son adversaire.

Des applaudissements éclatèrent. Les tireurs enlevè-
rent leur masque. Le vaincu était un jeune garçon au
teint rose et aux cheveux bouclés. Il retira ses gants
pour applaudir lui-même son vainqueur, un homme
grisonnant et sec, d'une belle et juvénile soixantaine.
On l'entoura. Il y avait de la sympathie, une admiration amusée, une familiarité respectueuse dans les

exclamations et les félicitations qui convergeaient vers lui. Il rayonnait, modeste et heureux, au milieu de ces compagnons qui tous auraient pu être ses fils.

Pourtant il n'acceptait pas toujours sans se rebiffer ce rôle de vieillard prodige où ces jeunes gens le poussaient. Au fond tout ce bruit autour d'une fente longue aurait eu de quoi l'irriter. Il avait cloué le petit Chambreux. Et après ? Pourquoi lui rappelait-on avec tant d'insistance ces quelque quarante ans de différence ? Comme c'était difficile de vieillir ! On le vit bien lorsqu'il prit congé une heure plus tard. La porte ouverte révéla le rideau gris et mouvant d'une averse drue et probablement durable. Il allait s'avancer sans protection sous la douche. De Chambreux se précipita, un parapluie à la main.

— Mon colonel, prenez ça ! J'enverrai quelqu'un le reprendre chez vous demain matin.

Il hésita. Pas longtemps.

— Un parapluie ? Jamais ! protesta-t-il. Un parapluie, c'est bon à votre âge, jeune homme. Mais moi ! Moi, j'aurais l'air de quoi, là-dessous ?

Et héroïquement, sans même courber la tête, il s'élança sous l'averse.

Le colonel baron Guillaume, Geoffroy, Étienne, Hervé de Saint-Fursy était né avec le siècle dans le château familial du village normand éponyme. Dès 1914, il avait souffert comme d'une double disgrâce d'être trop jeune pour s'engager et de se prénommer Guillaume comme le Kaiser prussien. Il n'entra pas moins à Saint-Cyr, suivant la tradition consacrée par son père et son grand-père. Il en sortit lieutenant de cavalerie malgré une faiblesse en mathématiques qu'aucune leçon particulière n'avait pu corriger. Mais il brillait dans les salons, les salles d'armes et les concours hippiques. Ses principaux trophées équestres, il les devait à une jument, qui avait eu son heure de célébrité. Fleurette avait longtemps valu une coupe d'argent par épreuve où le colonel l'engageait. « Je l'aime mieux qu'une femme », disait-il parfois. Mais ce n'était qu'une boutade, car les femmes, il les aimait par-dessus tout. Monter Fleurette, se battre au fleuret, conter fleurette, c'était toute sa vie. Il convient cependant d'ajouter la chasse, car le baron était l'un des fusils les plus fameux de tout le canton. Il mêlait d'ailleurs un peu tout cela dans ses propos péremptoires, expliquant par exemple qu'une femme se conquiert comme un cheval se maîtrise — d'abord la bouche, la croupe se rend ensuite d'elle-même — ou se chasse comme un coq de bruyère. *(Le premier jour, je le lève, le deuxième jour je le fatigue, le troisième jour, je le tire.)* On l'appelait affectueusement le « Coq de bruyère » pour ces propos, et aussi à cause de ses mollets cambrés et de sa poitrine toujours bombée.

Il s'était marié jeune, très jeune, trop jeune pensaient certains de ses amis, car dès l'âge de vingt-deux ans il épousait une demoiselle Augustine de Fontanes, sensiblement plus âgée que lui, mais riche héritière, en espérance au moins. A leur grand chagrin ils n'avaient pas eu d'enfants. Commandant d'active en 1939, il avait fait une guerre magnifique, mais la débâcle de 1940 l'avait laissé gravement blessé au physique comme au moral. Pour lui, il n'y avait eu qu'un seul recours concevable : le maréchal Pétain. Aussi prit-il une retraite anticipée dès la fin de la guerre.

Il se consacrait depuis à l'exploitation du domaine dont sa femme avait hérité. L'ennui provincial, il le trompait grâce à ses chevaux, son fleuret et des aventurettes, de moins en moins faciles il est vrai à mesure que les années passaient. Car pour cet homme tout en dehors, le repli ne pouvait être qu'une démission et la vieillesse un naufrage.

Cette histoire est celle du dernier printemps du baron Guillaume.

Devant la fenêtre qui donnait sur le jardin, le dos de la baronne de Saint-Fursy et celui de l'abbé Doucet faisaient deux ombres inégales — l'une carrée, l'autre arrondie — qui exprimaient avec une éloquence surprenante leur caractère respectif.

— La fin de l'hiver a été exceptionnellement humide, dit l'abbé. C'est une vraie bénédiction pour les pâtures. On dit dans mon village : Pluie de février vaut un fumier. Mais vrai, tout est encore bien noir, bien hivernal !

La baronne semblait éprouver une joie tonique dans la contradiction, et l'abbé Doucet était un homme si agréable à contredire !

— Oui le printemps se fait attendre cette année, affirma-t-elle. Eh bien tant mieux ! Regardez comme ce jardin a l'air sage et comme il est propre. Tout repose encore en ordre, dans l'état où nous l'avons laissé en automne. Voyez-vous l'abbé, le nettoyage d'un jardin à la veille de l'hiver, c'est un peu la toilette d'un mort avant la mise en bière !

— Je ne vous suis pas, protesta l'abbé qui redoutait certains écarts d'imagination auxquels la baronne se livrait parfois.

— D'une semaine à l'autre, enchaîna-t-elle imperturbable, les mauvaises herbes vont l'envahir, le gazon va déborder sur les allées, les taupes vont tout

défoncer, et il va falloir donner la chasse aux hirondel-
les qui s'acharnent tous les ans à vouloir faire leur nid
aux coins des fenêtres et dans l'écurie.

— Mais oui, mais c'est si beau la vie qui éclate !
Regardez ces premiers crocus qui font une tache jaune
au pied du prunier. Le jardin du presbytère, lui, est
entièrement voué aux fleurs blanches. D'abord les
narcisses, puis les lilas, puis naturellement les roses,
rosa mystica, enfin et surtout, ah ! les lys, les lys de saint
Joseph, le très chaste époux de Marie, la fleur de la
pureté, de l'innocence, de la virginité...

Comme si ces propos la décourageaient, la baronne
se détourna de la fenêtre, laissant l'abbé en contemplation devant le jardin, et elle alla s'asseoir sur le canapé.

— La pureté, l'innocence, la virginité ! soupira-
t-elle. Il faut vraiment être un saint homme comme
vous pour voir tout cela dans le printemps. Célestine !
Célestine ! Eh bien, et ce thé ? Cette pauvre Célestine,
elle est devenue d'une lenteur ! Et sourde bien sûr. Il
faut s'égosiller pour se faire servir. Je me demande
parfois si vous ne confondez pas la sainteté et la naï-
veté, et si les petits voyous auxquels vous faites le
catéchisme ne sont pas plus éveillés que vous, l'abbé !
Il est vrai que la jeunesse d'aujourd'hui... Même vos
Enfants de Marie. Il y en a une... Comment s'appelle-
t-elle ? Julienne... Adrienne... Donatienne...

— Lucienne, murmura d'une voix imperceptible
l'abbé sans se retourner.

— Lucienne, ah oui. Donc vous voyez ce que je
veux dire. Eh bien, on dirait que vous êtes vraiment le
seul à ne pas vous apercevoir que son ventre ne tient
plus, même dans les robes de sa mère, et que dans peu
de semaines votre Enfant de Marie...

L'abbé quitta brusquement la fenêtre et s'avança vers elle.

— Je vous en prie! Vous parlez de scandale. Le scandale est bien souvent dans le regard sans amour que nous portons sur notre prochain. Oui, la petite Lucienne sera mère cet été, et je sais l'homme qui est responsable de cela. Eh bien, j'ai décidé de ne m'apercevoir de rien. Parce que si je m'en apercevais, il faudrait que je la chasse, et même que j'aille à la gendarmerie, et les conséquences seraient désastreuses pour plusieurs, à commencer par elle.

— Pardonnez-moi, concéda la baronne sans désarmer. Je crains de ne mettre jamais assez d'amour dans mes regards.

— Alors fermez les yeux! trancha l'abbé avec une autorité surprenante.

Célestine entrant avec le plateau à thé fit diversion. Elle disposa maladroitement la théière, les tasses, le sucrier, le lait et le pot à eau, et se retira, consciente de l'exaspération que sa gaucherie provoquait chez la baronne.

— Cette brave Célestine! dit-elle en haussant les épaules. Trente ans de bons et loyaux services dans la même famille. Mais maintenant l'âge de la retraite a sonné pour elle.

— Que va-t-elle devenir? demanda l'abbé. Voulez-vous que je la recommande à la mère supérieure de l'hospice Sainte-Catherine?

— Plus tard peut-être. Elle va se retirer chez sa fille. Nous continuerons à lui envoyer ses gages. On verra si elle peut rester là. Ce serait la meilleure solution. Si elle ne s'entend pas avec ses enfants, alors je vous en reparlerai. J'ai davantage d'inquiétudes en ce qui concerne celle qui va lui succéder.

— Vous avez quelqu'un en vue ?

— Absolument personne. J'ai fait un premier essai au bureau de placement des œuvres diocésaines. Ces filles qui ne savent rien faire ont toutes des exigences insensées. In-sen-sées. Et puis, ajouta-t-elle plus bas, il y a aussi mon mari.

L'abbé, surpris et inquiet, se pencha vers elle.

— Le baron ? demanda-t-il dans un chuchotement.

— Hélas oui. Il faut que je tienne compte de ses penchants.

Les yeux de l'abbé s'arrondirent.

— Pour choisir une bonne vous êtes obligée de tenir compte des penchants du baron ? Mais... quels penchants ?

Inclinée vers lui, la baronne précisa dans un souffle :

— Son penchant pour les bonnes...

Plus stupéfait encore que choqué, l'abbé se redressa de toute sa petite taille.

— J'espère ne pas comprendre ! s'exclama-t-il à voix haute.

— Mais pour les contrarier, ces penchants ! claironna la baronne avec indignation. Il est tout à fait impossible que je fasse entrer ici une fille jeune et jolie. Ça ne m'est arrivé qu'une fois, il y a... voyons... quatorze ans. C'était un enfer ! La maison était devenue un véritable lupanar.

— Diable ! s'exclama l'abbé avec soulagement.

— J'ai fait passer une annonce dans *Le Réveil de l'Orne*. Je pense que les candidates vont se présenter dès la semaine prochaine. Tiens, voilà mon mari.

Le baron venait en effet de faire irruption dans le

salon. Il était en culotte de cheval et badinait avec sa cravache.

— Bonjour l'abbé, bonjour ma chérie! s'écria-t-il gaiement. J'ai deux grandes nouvelles à vous annoncer. Premièrement ma petite pouliche vient de franchir le talus breton sans broncher. La bougresse! Ça faisait huit jours qu'elle me dérobait. Demain, je la mets sur le grand oxer.

— Vous finirez par vous rompre le cou, prédit la baronne. Vous serez bien avancé quand il faudra que je vous pousse dans une petite voiture.

— Et quelle est l'autre grande nouvelle? s'enquit l'abbé poli et curieux.

Le baron avait déjà oublié.

— L'autre grande nouvelle? Ah oui! Eh bien, c'est que le printemps est à notre porte. L'air a quelque chose de... Vous ne trouvez pas?

— D'un peu grisant, oui, compléta l'abbé. Je faisais justement observer tout à l'heure que les premiers crocus émaillaient la prairie.

Le baron s'était enfoncé dans un fauteuil avec sa tasse de thé. Il chantonna:

> *Si tous les crocus avaient des sonnettes*
> *Ça ferait tant de chahuss qu'on ne s'entendrait pluss*

Puis il leva un regard rusé vers sa femme.

— J'entrais. Je vous ai entendu prononcer un mot: candidate. Serait-il indiscret de vous demander candidate à quoi?

La baronne tenta vainement de nier.

— Moi, j'ai parlé de candidate?

— Oui, oui, oui, et ne s'agirait-il pas de la succession de Célestine ?

— Ah oui, concéda la baronne, je parlais des difficultés que j'avais à trouver une fille ayant toutes les qualités qui... que...

— Eh bien moi, trancha le baron, je vais vous dire les deux premières qualités qu'elle doit avoir. Il faut qu'elle soit jeune et jolie !

Pour certains petits travaux se rattachant à des occupations nobles, le baron avait installé dans un appentis, qui ouvrait directement sur son bureau, un atelier avec établi, outillage et bibliothèque technique. C'était là qu'il entretenait ses fusils de chasse, ses armes blanches, ses cuirs, selles et harnachements d'équitation. Ce matin-là, il tournait des cartouches quand il entendit sa femme entrer dans son bureau et s'installer à sa table. Ayant revêtu sa tenue n° 0, comme il l'appelait par-devers lui — calot militaire, vieille veste de treillis et pantalon de velours côtelé — il estimait s'être mis en marge de la vie familiale et domestique, et il ressentit péniblement cette incursion de la baronne dans un domaine presque aussi fermé à l'élément féminin que le cercle militaire. Il s'efforça néanmoins de conserver sa bonne humeur lorsqu'elle fit entendre sa voix par la porte demeurée ouverte.

— Guillaume, je fais la liste de nos invités pour notre dîner du mois d'avril. Voulez-vous voir cela avec moi ?

— Ma chérie, je fabrique des cartouches. Mais allez-y, je vous écoute.

La voix de la baronne commença à égrener.

— Deschamps, Conon d'Harcourt, Dorbec, Hermelin, Saint-Savin, de Cazère du Flox, Neuville... Ceux-là bien sûr, nous les invitons comme d'habitude.

— Pas de problème, non. Seulement voilà, je vais manquer de bourre. Saperlipopette, mais quel idiot aussi de ne pas en avoir pris hier chez Ernest !

La voix de la baronne s'impatienta.

— Guillaume, ne jurez pas et pensez à notre dîner.

— Non chérie, oui chérie !

— Les Bretonnier, c'est fini. Nous ne pouvons plus les recevoir.

— Tiens pourquoi ?

— Mais enfin, Guillaume, à quoi pensez-vous ? Vous savez bien qu'on parle de faillite de leur entreprise de construction.

— Bof, on en parle, oui.

— Je ne veux pas de gens douteux chez moi.

— De toute façon sa femme n'y est pour rien... et elle est charmante.

— Elle dépenserait moins pour sa toilette, son mari serait peut-être un peu moins ruiné !

— Un tout petit peu moins, peut-être. Mais pour moi le 6 est désormais incompatible avec la bécasse. Défendu le 6 pour la bécasse ! C'est efficace, oui, oh pour ça, c'est efficace ! Mais quelle boucherie ! La dernière fois, j'en ai ramassé une, une loque, une guenille, de la dentelle. Tiens, c'est joli ça, un oiseau en dentelle...

— Donc pas de Bretonnier, poursuivait la baronne inexorable. La question est plus délicate en ce qui concerne les Cernay du Loc. Faut-il ou ne faut-il pas les inviter ?

— Allons bon ' Qu'est-ce qui leur arrive maintenant aux Cernay du Loc ?

— Mon ami, on se demande parfois sur quelle planète vous vivez Vous ignorez que ce ménage a tout l'air de s'être rallié à une morale assez particulière

— Tiens, tiens, tiens, tiens, chantonna le baron en tournant activement la manivelle de son sertisseur Et peut-on savoir en quoi consiste la particularité de cette morale ?

— Vous avez certainement rencontré ce Flornoux ou Flournoy qui ne les a pas quittés de tout l'hiver.

— Non, et alors ?

— Alors ce monsieur qui paraît du dernier bien avec Anne du Loc aurait largement aidé Cernay du Loc à obtenir certaines commandes pour son bureau d'architecte.

— Diable ! Et moyennant ce coup de pouce, le mari aurait un peu fermé les yeux. C'est bien ça ?

— C'est ce qu'on dit en tout cas

Le baron s'arrêta soudain de travailler, comme saisi par une révélation

— Anne du Loc... Un amant Fichtre de nom de nom ! Mais c'est énorme ça ' Mais ma chère, vous l'avez regardée, Anne du Loc ? Vous savez l'âge qu'elle a ?

Il y eut un bruit de chaise remuée dans le bureau, et tout à coup la silhouette de la baronne s'encadra dans la porte, imposante, tragique

— Anne du Loc ? Elle a dix ans de moins que moi ! Vous pourriez mesurer vos propos !

Le baron, voyant sa femme devant lui, lâcha son travail et fit mine de se lever sans en rien faire cependant.

— Mais voyons, Augustine, ça n'a aucun rapport !
Vous n'allez tout de même pas vous comparer à cette...
à cette...

— A cette femme ? Et pourquoi pas ? On dirait
vraiment que j'appartiens à un autre sexe !

— En un sens, prononça le baron comme intéressé
soudain par le problème du sexe de son épouse, eh oui
tiens ! Vous n'êtes pas *une* femme, vous êtes *ma* femme.

— Je n'aime pas trop ce genre de nuance.

— Ah mais, c'est une nuance importante, capitale
même ! Dans cette nuance, il y a tout le respect que j'ai
pour vous, pour la baronne Augustine de Saint-Fursy,
née de Fontanes.

— Le respect, le respect... Il m'arrive de penser que
vous abusez en un sens de ce sentiment à mon égard.

— Alors là, ma chère, évitons les malentendus entre
nous ! Il y a belle lurette que vous m'avez laissé
entendre que... certains aspects de la vie conjugale
vous importunaient, et que vous souhaitiez voir mes...
visites nocturnes s'espacer.

— J'ai toujours pensé qu'il y avait un temps pour
tout et que — l'âge venant — eh bien, il y avait
certaines choses qui n'étaient plus de saison. J'étais
loin de me douter en vous priant, comme vous dites,
d'espacer vos visites nocturnes que vous m'obéiriez
aussi docilement, et que vous les feriez à d'autres, vos
visites nocturnes.

Le baron, gêné de rester assis devant la haute
silhouette de sa femme, se leva à son tour sans prévoir
qu'il aggravait encore ainsi le sérieux de leur entretien

— Augustine, voulez-vous que nous fassions l'un et
l'autre un effort de sincérité ?

— Dites tout de suite que je suis de mauvaise foi.

— Je dis ce que je dis. Je dis ceci : ces choses dont vous parlez, admettez donc que pour vous elles n'ont *jamais* été de saison. J'admets que pour moi, elles n'ont *jamais cessé* d'être de saison.

— Vous êtes un faune, Guillaume, voilà ce qu'il faut admettre !

— Je reconnais bien humblement que la chasteté n'est pas mon fort.

— Mais enfin, vous n'êtes plus un jeune homme !

— Ça, ma chère, c'est le destin qui en décide. Aussi longtemps que j'aurai bon pied, bon œil, aussi longtemps que j'aurai à la fois l'appétit et le moyen de le satisfaire...

Il disait cela avec une sorte de jactance naïve, redressé de toute sa petite taille, passant un doigt sur sa moustache, cherchant des yeux un miroir absent.

— Et moi alors ? protesta la baronne avec véhémence. Est-ce en me ridiculisant aux yeux de toute la ville avec vos... visites nocturnes que vous prétendez me respecter ?

— Ah mais il faudrait savoir quel genre de respect vous voulez ! Mais non, nous n'allons pas ranimer une fois de plus une dispute qui n'a ni rime ni raison.

Une soudaine fatigue semblait l'avoir pris, et il regardait autour de lui d'un air désemparé.

— Ce que je voudrais vous redire, Augustine, c'est que... Ah, comme c'est difficile. J'ai vingt ans tout à coup, et les mots me manquent, et je bafouille comme pour ma première déclaration d'amour. Eh bien, c'est que, quoi qu'il arrive, quoi que je fasse, vous êtes quelqu'un de très important pour moi, Augustine. Quand je parle de respect, ce n'est pas vraiment le mot qui convient. Mais je n'ai pas oublié ceux que ma mère

a prononcés quand nous sommes allés la trouver
ensemble pour lui demander d'approuver le projet que
nous avions formé de nous marier Nous nous tenions
par la main, si jeunes, si confiants devant cette vieille
dame affable et lucide A nos yeux, c'était elle — plus
que le curé et le maire — qui devait consacrer notre
union Elle a dit « Petite Augustine, je suis heureuse
que vous vouliez bien de notre Guillaume Parce que
vous êtes mille fois plus intelligente et sage que lui.
Nous vous le confions, Augustine Veillez sur lui, et
soyez très patiente, très indulgente avec lui...

— ... soyez pour notre petit coq de bruyère, poursuivit la baronne. le calme, la force, la lumière dont il a
besoin pour vivre, pour *bien* vivre. »

— C'est cela, elle avait appuyé sur le mot *bien*, se
rappela le baron

Il y eut un silence pendant lequel ils se regardèrent
émus et rêveurs Puis le baron se rassit brusquement à
son établi et se remit à ses cartouches avec fébrilité

— Au fait, demanda la baronne, qu'est-ce que c'est
que cette partie de chasse que vous préparez ? L'hiver
s'achève, la saison est terminée, il me semble ?

— Alors là, Augustine, c'est à moi de vous demander sur quelle planète vous vivez ' Eh bien, sachez-le,
c'est comme cela tous les ans depuis toujours. A la fin
de l'hiver, nous arrosons l'an nouveau et nous tirons
quelques coups de fusil pour ne pas perdre la main Oh
bien sûr, nous ne tuons rien. C'est plutôt pour le bruit.
C'est une tradition

— En somme, conclut la baronne, vous fêtez la
fermeture de la chasse

— C'est ça, la fermeture de la chasse.

— Eh bien va pour la fermeture de la chasse !

La baronne se retira dans le bureau laissant son mari absorbé dans ses cartouches. Mais au bout d'un instant, il releva la tête, l'œil perplexe et se passa la main sur le menton.

— Mais qu'est-ce qu'elle veut dire avec sa fermeture de la chasse ? murmura-t-il.

L'offre d'un emploi de bonne à tout faire chez un couple de retraités cossus qui parut dans *Le Réveil de l'Orne* fit son effet dès le surlendemain.

La baronne siégeait sans désemparer dans son salon, assise à une table où s'entassaient des fiches. « Vous ressemblez à une tireuse de cartes », avait fait observer aigrement le baron qui était de mauvaise humeur. Aux coups de sonnette dont l'insistance ou la timidité constituait un premier renseignement, elle chaussait ses lunettes-à-voir-de-loin, tandis que la pauvre Célestine allait ouvrir. Après quelques minutes d'attente psychologique, on faisait comparaître la candidate. Il y avait un premier examen visuel et silencieux qui portait sur la présentation et l'aspect physique.

La baronne était partagée entre des exigences contradictoires. Elle n'aurait pas eu la perversion de rechercher la laideur en elle-même. Comme tout un chacun, elle aurait préféré se faire servir par une fille accorte et point trop désagréable à regarder. Mais il ne fallait pas tenter le baron, impératif catégorique et prioritaire. Elle rêvait donc d'une créature point vraiment laide, mais inconsistante, incolore, insipide, transparente. Ou alors d'une femme *bifrons*, jolie, gracieuse aux yeux de sa maîtresse, mais présentant à ceux de son maître une face carrément repoussante. Rêve irréalisable, comme le prouvait bien le défilé des appelées, rendues par la circonstance tantôt stupides et percluses de timidité, tantôt arrogantes et pleines de prétentions

Le baron, lui, avait fini par filer pour ne pas assister davantage à une opération qu'il sentait dirigée contre lui. Ah, si c'était lui qui avait eu la charge d'engager la « nouvelle » ! Ça n'aurait pas traîné, en ce joli printemps de Normandie ! Et tout en remontant la rue du Pont-Neuf en direction du Champ du Roi, il voyait s'animer sur l'écran de son imagination la scène piquante et adorable de l'examen d'entrée : « Voyons, voyons, approchez sans crainte, mon enfant. Ce petit front, ce petit nez, ce petit menton, oui, oui, pas mal. Et la poitrine, mon Dieu, ça pourrait être plus pigeonnant, plus accueillant. Et la taille, la taille, la taille, mes deux mains pourraient presque en faire le tour, que dis-je, elles en font le tour ! Et maintenant, petit oiseau, reculez, reculez encore, montrez-moi vos jambes, mieux que ça, voyons, quand on a de si jolies jambes on ne craint pas de les montrer sacrebleu ! » Et soudain ramené sur terre, il se prenait à envier ceux qui avaient vécu au temps des marchés d'esclaves.

A propos d'écran, des affiches géantes annonçaient justement le film que projetait cette semaine le Rex : *Barbe-bleue*, avec Pierre Brasseur et Cécile Aubry. Pierre Brasseur ? Bof, pensa-t-il. Un homme sans consistance, faux dur, grande gueule, mais pas de caractère. A preuve : son menton. Un menton fuyant, un menton lâche qui le vouait aux rôles de tête à claques. Jusqu'au jour où il avait eu l'idée géniale de laisser pousser sa barbe. C'était toujours la même chose : l'ornement est là pour masquer la tare. C'était comme ces chevaux dont le col de cygne si prisé des peintres trahit en fait une bête poussive.

Mais Cécile Aubry... Hé, hé ! Un peu petite certes, la tête un peu grosse pour le corps, le visage boudeur du genre pékinois. Mais tout de même, tout de même, quel joli brin de petite fille en ce printemps follet ! Voilà ce qu'il aurait aimé retrouver chez lui engagée comme bonne à tout faire. Bonne à tout faire vraiment ? Cécile Aubry, délicieuse à tout faire, exquise à tout faire ! Et le baron imaginait Cécile — mais oui, on appelle toujours les bonnes par leur prénom — virevoltant dans son bureau un plumeau à la main, provoquant et évitant à la fois avec des rires de gorge les caresses lancées à sa poursuite !

Quand il rentra deux heures plus tard, tout était consommé. Il l'apprit en évitant de justesse une grosse malle d'osier qui encombrait le vestibule. La nouvelle venait de Pré-en-Pail, un bourg situé à vingt-quatre kilomètres, sur la route de Mayenne. Elle avait cinquante ans, une ombre de moustache, une carrure de déménageur, et elle s'appelait Eugénie.

Les débuts d'Eugénie comblèrent la baronne de satisfactions. Armoire à glace elle-même, elle déplaçait les meubles à bout de bras. La baronne profita d'ailleurs de son arrivée pour entreprendre un de ces vastes nettoyages de fin d'hiver qui mettaient la maison sens dessus dessous, et le baron au comble de l'exaspération. C'était vraiment le moment où les femmes domestiques prenaient possession de la totalité de l'espace, et ne lui laissaient de salut que dans la

fuite. Eugénie s'avéra au demeurant bien plus redoutable en l'occurrence que la pauvre Célestine. Le baron
l'éprouva a ses dépens le jour où elle l'envoya valser
par mégarde en se déplaçant à reculons, une commode
calée sur son ventre

Eugénie avait aux yeux de la baronne une autre
qualité Laconique comme il sied aux gens de sa
condition, elle savait pourtant écouter en marquant
son attention et son approbation par juste ce qu'il
fallait de mots. Leurs dialogues reposaient sur la
complicité des femmes en face des hommes, mais elle
savait rétablir l'écart social qui la séparait de sa
maîtresse en se donnant toujours comme moins expéri-
mentee qu'elle en ces domaines délicats.

Ce matin-là, elle était bardée comme un vrai soldat
domestique : turban sur la tête, tablier sanglé, manches retroussées, avec en main la panoplie réglemen-
taire des balais, plumeaux, têtes-de-loup et brosses à
reluire La baronne la suivait, la précédait, dirigeant
ses évolutions.

— L'hiver, dit la baronne, on ne voit pas la
poussière Mais dès le premier rayon de soleil, on
s'aperçoit du travail à faire.

— Oui, madame, approuva Eugénie.

— Je veux une maison impeccable. Pourtant je ne
suis pas une maniaque de la propreté. Certes je
n'admets pas de moutons sous les lits. Mais ma grand-
mère obligeait sa bonne à enlever la poussière des
rainures du plancher avec une épingle à cheveux. Je
n'en suis pas là.

— Non, madame.

— Les cadres, les bibelots, les porcelaines, vous n'y
touchez pas. J'en fais mon affaire.

— Oui, madame.

— Le bureau de mon mari, c'est toute une histoire.
Il ne faut pas y entrer quand il y est, ça le dérange. Et
quand il n'y est pas, si on l'écoutait, on n'y mettrait
pas non plus le nez. Il faut tout nettoyer sans qu'il s'en
aperçoive.

— Oui, madame.

— Quand j'étais petite fille, la mère supérieure de
mon institution disait   Une maison propre et bien
tenue est l'image d'une âme vouée aux saints anges.

C'est à ce moment-là qu'Eugénie déplaçant une pile
de dossiers fit déferler sur le tapis un flot d'images et de
publications érotiques.

— Encore ces saletés! s'exclama la baronne. Je
savais bien qu'il les cachait quelque part!

Elle les ramassa, les rassembla, et y jeta un coup
d'œil écœuré.

— Ces chairs nues étalées, c'est d'une laideur!

— Pour ça oui, approuva Eugénie penchée sur son
épaule

— Et d'un ennui! Il faut vraiment les hommes avec
leur sale désir de mâles pour y trouver quelque chose.

— Ah ça pour être sales, ils sont sales, les hommes!

— Je vous en prie, Eugénie, il s'agit du baron!

— Que Madame m'excuse!

— Les hommes sont comme ils sont, raisonna la
baronne. Soit. Mais ce que je ne comprends pas, ce
sont les créatures qui se prêtent à leurs caprices.

— C'est peut-être pour l'argent, hasarda Eugénie.

— Pour l'argent? Ce serait le moindre mal. Mais
j'en doute. C'est qu'il y en a qui sont assez vicieuses
pour aimer ça, vous savez.

— Ça, c'est bien vrai, hélas!

La baronne s'était relevée et faisait quelques pas vers la cheminée couverte de trophées équestres.

— Quand je suis entrée en pension chez les sœurs de l'Annonciation, prononça-t-elle rêveuse et vaguement souriante, j'avais neuf ans. Il y avait des salles de bains. Quatre salles de bains pour tout le pensionnat. Chaque pensionnaire pouvait se baigner une fois par semaine. Près de la baignoire pendait une sorte de cape en grosse toile écrue. C'était pour se déshabiller, se laver et se rhabiller sans voir son propre corps. La première fois, je n'ai pas compris à quoi ça servait. Je me suis lavée, comme ça, sans rien. Quand la surveillante s'est aperçue que je ne m'étais pas servie de cette sorte d'éteignoir, savez-vous ce qu'elle m'a dit ?

— Non, madame.

— Elle m'a dit : « Comment, mon enfant, vous vous êtes mise toute nue en pleine lumière ! Vous ne savez donc pas que votre ange gardien est un jeune homme ? »

— Ben ça alors ! Je n'y avais jamais pensé.

— Moi non plus, Eugénie, conclut la baronne. Mais depuis, je n'ai jamais cessé d'y penser. Oui, je n'ai jamais cessé de penser à ce jeune homme, très doux, très pur, très chaste, qui est à tout instant près de moi, comme un compagnon fidèle, un ami idéal...

La baronne l'avait bien dit à l'abbé Doucet : Le printemps avec ses germinations et ses éclosions était une saison de troubles et de turbulences. A peine Eugénie avait-elle terminé le grand ménage à fond de la maison, à peine ses balais, plumeaux, têtes-de-loup et autres brosses à reluire rangés comme les armes

d'une panoplie, à peine son turban déroulé et son
tablier déceint qu'elle recevait une dépêche en provenance de Pré-en-Pail. Sa sœur allait accoucher, et ses
sept enfants ne pouvaient rester seuls à la maison, bien
que Mariette l'aînée, eût dix-huit ans.

Eugénie expliqua la situation à la baronne. La sœur
en question était une pas-grand-chose. Elle avait de
surcroît épousé un ivrogne qui ne savait faire que des
enfants. Quant à la Mariette, fillette gâtée, écervelée
toujours à se pomponner ou à lire des illustrés
sentimentaux, il ne fallait pas compter sur elle. Bref
Eugénie demandait vingt-quatre heures pour aller se
rendre compte sur place de la situation.

Les vingt-quatre heures passèrent, et devinrent
trente-six heures, quarante-huit heures. Enfin le soir
du deuxième jour, alors que la baronne était sortie — il
fallait bien que quelqu'un fasse les courses — on
sonna. Le baron appela sa femme et constata avec
humeur qu'elle n'était pas là. Décidé à ne pas se
déranger, il s'enfonça dans son fauteuil et déploya un
journal entre le monde extérieur et lui. C'est alors que
retentit le second coup de sonnette, cette fois impérieux, intolérable, presque menaçant. Le baron se leva
et courut dans le vestibule tout prêt à agonir le malotru
comme il le méritait. Il ouvrit la porte brutalement, et
recula aussitôt comme frappé d'un éblouissement. Qui
est-ce qui se tenait devant lui ? Cécile Aubry, en chair
et en os. Il était abasourdi, il n'en croyait pas ses yeux.
Mais si, c'était bien la petite trogne butée et puérile
sous la masse énorme des cheveux, les lèvres boudeu-
ses, les yeux verts insolents, avec en plus une gaucherie
campagnarde et l'odeur violente d'un parfum bon
marché qui sentaient la terre normande toute proche.

— Je voudrais voir Mme la baronne de Saint-Fursy, prononce-t-elle d'une traite.

— C'est moi. Enfin quoi, je suis le baron de Saint-Fursy. Ma femme est absente pour un moment.

— Ah bien, soupira la jeune fille avec soulagement.

Puis elle fit un large sourire au baron et entra d'autorité pour jeter dans le vestibule un coup d'œil circulaire et possessif.

— Eh bien voilà, dit-elle. Je suis Mariette, la nièce de Mme Eugénie. Ma tante peut pas encore revenir. Non. Ma mère est toujours malade. A la clinique. La naissance du dernier vous comprenez. Celui-là, il aurait pu rester où il était. Surtout qu'au village y a personne pour aider. Alors j'ai pensé que pour vous dépanner, je pourrais venir la remplacer en attendant.

— Vous ? Remplacer Eugénie ? Tiens, mais.. pourquoi pas ?

Le baron avait repris toute son assurance, et en face de cette cascade de miracles, il était redevenu le Coq de bruyère.

— Au moins ça nous changera. Mais... C'est Eugénie qui vous envoie ?

— Ben... oui et non. Je lui ai proposé de venir. Elle a haussé les épaules. Elle a dit que je ne ferais sûrement pas l'affaire.

— Tiens, quelle idée !

— Mais oui, n'est-ce pas ? Et puis moi, vous comprenez, la vie à Pré ! Depuis dix-huit ans que ça dure !

— Depuis dix-huit ans ? s'étonna le baron. Mais où étiez-vous avant ?

— Avant ? J'étais pas née !

— Ah, c'est pour ça !

— Alors j'ai sauté sur l'occasion Je suis partie sans rien dire J'ai juste laissé un papier sur la table de la cuisine que je partais pour aider Mme la Baronne

— Très bien, très bien

— Mais vous croyez que Madame va vouloir de moi ?

— Sûrement Enfin sûrement pas Mais ici c'est moi qui décide, non ? Alors c'est fait, c'est d'accord, votre engagement est signé Prenez votre paquetage, je vais vous montrer vos quartiers Ou plutôt non, faisons le tour de la maison Voici mon bureau On y fait toujours trop le ménage On dérange mes papiers, je ne retrouve plus rien Ça, oui, c'est la photo de mon père, le général de Saint-Fursy Ça, c'est moi lieutenant J'avais vingt ans

Mariette s'était emparée de la photographie

— Oh, comme Monsieur a changé ! Ben ça alors ! Jamais je l'aurais reconnu Comme il était jeune et frais !

— Oui, bon, naturellement à cet âge-là

— Ça en fait des choses, les années !

— Bon, bon, ça suffit

— Eh bien voyez-vous, se hâta d'ajouter Mariette, je vous trouve plutôt mieux maintenant

— Ça c'est gentil

— Un homme trop jeune, je trouve, c'est pas un homme

— C'est bien ce que je pense aussi Bravo, bravo Venez, nous repassons par le vestibule pour aller dans la salle à manger

Il s'était galamment effacé devant elle, et il faillit la heurter parce qu'elle s'était arrêtée devant une haute

et sombre silhouette. Le baron dans son ivresse avait
presque oublié sa femme.

— Tiens, bonjour, ma chérie, dit-il précipitamment. C'est Mariette. Sa tante Eugénie est encore
retenue près de sa mère. Alors elle vient nous aider.
C'est gentil, non ?

— Très gentil, approuva la baronne d'un air glacé.

— Et puis, n'est-ce pas, quelqu'un de jeune dans la
maison, ça va nous changer.

— Je vous remercie, Guillaume.

— Mais, ma chérie, je ne dis pas ça pour vous ! Je
pensais... eh bien je pensais à Eugénie.

— Vous pensiez aussi un peu à vous-même peut-
être ?

— A moi-même ?

Le baron laissant les deux femmes le précéder s'était
arrêté devant un miroir.

— Penser à moi-même ? murmurait-il. Changer.
Un coup de jeune. Retrouver le lieutenant de vingt
ans ? Pourquoi pas ?

Les semaines qui suivirent, le baron exploita adroi-
tement ce premier et facile succès que le hasard lui
avait offert. La tâche lui était d'autant plus aisée que
Mariette, traitée avec une espèce d'horreur sacrée par
la baronne, constamment menacée d'un retour d'Eugénie, n'avait que lui comme refuge. Sans doute la
baronne eût-elle été mieux inspirée en ne rejetant pas
totalement la jeune fille du côté de son mari, et peut-
être s'en rendait-elle compte. Mais ses sentiments à
l'égard de « cette petite traînée » parlaient trop fort

pour qu'elle pût songer à faire preuve d'un peu de psychologie.

Le Coq de bruyère en revanche gardait assez de sang-froid pour ménager au moins les apparences. Évidemment Mariette mettait souvent beaucoup plus de temps qu'il n'en aurait fallu pour faire les courses, et comme par hasard le baron s'absentait toujours en même temps qu'elle. Mais ses avances demeuraient cependant discrètes, quand elles n'éclataient pas aux yeux de sa femme comme des bombes à retardement. C'est ainsi qu'il avait mené la jeune campagnarde chez Roger, le seul coiffeur esthéticien de la région, avec un modèle, la photo de Cécile Aubry dans *Barbe-bleue*. La baronne fut suffoquée quand elle vit débarquer chez elle cette créature de rêve, manucurée, maquillée, coiffée et laquée, et elle comprit immédiatement qui avait été le *deus ex machina* de cette métamorphose.

Elle résolut pourtant un jour de rassembler assez de sagesse et de patience pour avoir un entretien sérieux et affectueux avec son mari. Le meilleur moment, ce serait après le dîner, lorsque Mariette après un bref *Bonsoir M'sieur Dame* se serait éclipsée. Elle attendit donc que la porte se fût refermée au premier étage, et ouvrit la bouche pour attaquer le baron qui lisait son journal assis en face d'elle, ses maigres cuisses nerveusement croisées. C'est alors qu'une musique de jazz endiablée jaillit de la chambre de Mariette et envahit toute la maison.

— Qu'est-ce que c'est que ça ? s'exclama la baronne.

— Du jazz Nouvelle-Orléans, répondit le baron sans lever les yeux de son journal.

— Plaît-il ?

— New Orleans, si vous préférez, prononça-t-il avec le meilleur accent d'Oxford.

— C'est encore une de vos inventions ?

— Croyez-vous que cette petite ait besoin de moi pour se procurer un électrophone et des disques ? C'est plus de son âge que du mien.

— Oui, je le crois ! éclata-t-elle. De vous ou de votre argent. Ah non vraiment, je n'en peux plus, je n'en peux plus, répétait-elle en quittant la pièce, un mouchoir pressé sur ses lèvres.

Le baron laissa un moment s'écouler en mordillant sa moustache. Puis il se leva à son tour et fit un pas en direction de la chambre de sa femme. Il lui devait bien cela. C'était son épouse. Le prêtre qui les avait mariés la lui avait confiée pour la vie. Il s'arrêta cependant et fit deux pas du côté où venait la musique. Mariette. Cécile Aubry. Leurs petits corps frais et confondus dans ce printemps musqué. Il revint à son fauteuil. Se rassit. Ramassa son journal. La musique redoubla d'entrain. Ce magnétophone, ces disques qu'ils avaient choisis ensemble. Vraiment cette musique était-elle faite pour être écoutée seule dans une chambre de célibataire ? Il jeta son journal. Se leva. Puis d'un pas rageur, il décrocha son chapeau, lança sa cape de loden sur ses épaules et sortit en faisant lourdement retomber le portail pour que nul n'en ignore.

Pourquoi le Coq de bruyère avait-il finalement choisi la fuite ? Certes, il avait mieux que des principes, le sens aigu de l'élégant et de l'inélégant, et tromper la baronne sous son propre toit, presque en sa présence, cela cadrait mal avec l'honneur qui constituait la moitié de la devise du 1er chasseurs, *Honneur et Patrie.*

Et cependant il l'avait déjà fait, oui, il lui était arrivé de pousser les amours ancillaires jusque sous les combles de sa propre maison. Donc il y avait autre chose encore, et c'était le sentiment tout nouveau pour lui qu'il s'agissait avec Mariette d'une aventurette plus grave que les autres, le pressentiment assez pathétique d'une conclusion, d'un finale, d'une sorte de révérence qu'il ne fallait rater à aucun prix. Il convenait donc de ne rien précipiter, d'avoir le courage, l'application, le tact qu'exigeait la sortie en beauté d'un homme qui avait été toute sa vie un grand séduit beaucoup plus qu'un vulgaire séducteur.

La baronne au contraire était décidée à agir avec toute l'assurance que lui donnait la conscience de son droit coïncidant avec le bien de tous. Car elle s'était formé au sujet de Mariette une théorie selon laquelle cette innocente et un peu sotte campagnarde était en train de se laisser gravement et rapidement pervertir par les séductions empoisonnées de la ville. Elle n'en voulait pour preuve que les métamorphoses de la jeune fille qui avait évolué en peu de jours dans le sens du plus mauvais genre.

Pourtant Mariette restait toujours parfaitement soumise et respectueuse à l'égard de la baronne, et elle ne fit aucune objection quand celle-ci lui apprit sa décision de la renvoyer à Pré-en-Pail sans attendre le retour d'Eugénie.

— Mais vous savez, Mariette, ajouta-t-elle adoucie par une victoire aussi complète, je vous reste très reconnaissante d'être venue à mon secours pendant qu'Eugénie aidait votre maman. Seulement voyez-vous, je crois que le climat de la ville ne vous vaut rien

Chacun à sa place, n'est-ce pas ? Quand on est né à la campagne, il est préférable d'y rester.

— Pour sûr, balbutia Mariette en se dandinant.

— Qu'est-ce que vous comptez faire à Pré-en-Pail ? demanda encore la baronne avec indifférence.

— Ben dame ! Traire les vaches, butter les haricots, arracher les pommes de terre, puisque je suis une paysanne.

Le baron qui venait d'entrer jugea que les deux femmes allaient tout de même un peu loin, chacune dans sa partie.

— J'espère, Mariette, ajouta-t-il sur un ton de légèreté mondaine, que vous savez aussi mener la charrue et abattre les arbres ?

— Guillaume, vous n'êtes pas drôle, trancha la baronne.

Mais avant de la quitter, elle offrit à Mariette un hochet pour son petit frère et une croix de Marie avec une chaînette pour elle-même. Elle tint à la conduire en personne à la gare et à la voir monter dans son wagon, cependant que le baron avait sorti sa vieille Panhard pour aller voir un cheval aux haras de Carrouges.

Au premier arrêt du train, en gare de Saint-Denis-sur-Sarthon, Mariette descendit avec sa valise. La vieille Panhard du baron était stationnée devant la sortie. Il y eut des rires et des embrassades. Puis on reprit la route d'Alençon. Le baron installa sa petite amie dans une coquette garçonnière qu'il venait de louer boulevard du 1er-Chasseurs.

Suivirent trois jours d'euphorie, fragile et légère passerelle jetée sur des abîmes de malentendus. Car tandis que la baronne ne cessait de se féliciter d'avoir si bien réussi à expédier Mariette, le baron planait dans la joie de l'avoir fait revenir. A la longue, pourtant, l'air de bonheur dont il rayonnait finit par intriguer la baronne. Il avait beau fixer son esprit sur des idées noires pour assombrir son visage, inventer des succès hippiques pour justifier les jaillissements de bonne humeur qui lui échappaient malgré lui, la baronne se mit en quête du pot aux roses. Le retour d'Eugénie acheva de la convaincre que l'affaire Mariette n'était pas aussi terminée qu'elle l'avait cru, car Eugénie ouvrit des yeux ronds en entendant parler du retour de sa nièce à Pré-en-Pail. Non, la jeune fille n'avait pas reparu depuis dix jours au village. Où était-elle donc ? Les airs guillerets du baron répondaient à la question. Au demeurant, un personnage aussi connu que le baron de Saint-Fursy n'aurait pu dissimuler longtemps sa seconde vie à la petite société alençonnaise. Le bruit se répandit lentement mais sûrement qu'il entretenait une jeunesse dans un coquet nid d'amour. On l'aimait bien. Il était en tout cas plus populaire que la baronne, jugée fière et intéressée. Il eut droit à une indulgence sympathique et amusée. La baronne se sentit bientôt en revanche entourée d'un cercle de bien-pensants dont les mines scandalisées et les propos apitoyés la blessaient cruellement. Le baron n'en était pas à sa première incartade. Mais c'était la première fois qu'il s'installait ouvertement dans l'adultère.

Bien entendu, la baronne s'ouvrit de ses malheurs à son directeur de conscience. A nouveau l'abbé Doucet lui conseilla la résignation. Il fallait tenir compte de l'âge du baron. Il arrivait au stade où les passions sont d'autant plus impérieuses qu'il leur reste peu de temps pour s'épanouir Cette flambée était plus vive que les autres parce que ce serait sans doute la dernière Le fait même que le coupable perdît pour la première fois toute mesure prouvait bien qu'il subissait l'ultime assaut du Diable Très vite viendrait le temps de la calme et sereine lumière du grand âge.

— Fermez les yeux, répétait l'abbé comme une litanie. Fermez les yeux Quand vous les rouvrirez, l'orage sera passé !

Fermer les yeux ? Le conseil révoltait la conscience et l'orgueil de la baronne qui y voyait à la fois une complaisance et une humiliation Et comment supporter l'hypocrisie lénifiante qui se coagulait autour d'elle chaque fois qu'elle se mêlait à la bourgeoisie alençonnaise ? Elle songea un moment à partir Elle possédait une vieille villa marine à Donville Pourquoi n'irait-elle pas y passer la belle saison en laissant sa demeure alençonnaise à la garde d'Eugénie ? Mais dans cette solution aussi, elle trouvait de la démission, de la déroute, un abandon de poste. Non, elle resterait, et en dépit des exhortations de l'abbé, elle garderait les yeux grands ouverts sur la vérité, aussi cruelle fût-elle

Fermer les yeux. Si la conscience de la baronne de Saint-Fursy rejetait ce conseil trop facile, on aurait pu croire cependant que quelqu'un en elle l'avait entendu et le mettait en pratique sans tarder Quelqu'un de plus élémentaire, de plus profond que sa conscience Le fait est qu'un soir, en rentrant chez lui tout émoustillé, le baron trouva sa femme en train de se tamponner les yeux avec une gaze imbibée de collyre Il s'étonna, s'inquiéta poliment

— Ce n'est rien, lui dit-elle. Sans doute une allergie provoquée par le pollen qui flotte dans l'air en cette saison.

Elle venait de toucher sans le vouloir un thème qui avait le don de rendre le baron lyrique.

— Ah oui, s'exclama-t-il, le printemps ! Le pollen ! Il y en a à qui le pollen donne de l'asthme. Vous, il vous fait mal aux yeux. A d'autres, il fait un effet bien différent !

Mais il se tut soudain et devint sombre quand sa femme tourna vers lui un visage décomposé, ruisselant de larmes, habité par deux yeux morts.

Deux jours plus tard, elle s'affubla d'une paire de lunettes grises qui la faisaient paraître à la fois vieille, pauvre, pitoyable. Puis elle prit l'habitude de faire fermer tous les volets de la maison, obligeant tout le monde à vivre avec elle dans une pénombre lugubre.

— Toujours ces yeux, expliquait-elle. Je ne supporte plus que la lumière tamisée, et encore quelques minutes par jour.

Et elle échangea ses lunettes grises contre des lunettes noires. On aurait dit qu'elle était possédée par un calme et patient démon qui haïssait la lumière et qui la chassait lentement de cette vie.

Le baron profita d'abord de cette retraite apparente de sa femme. Mariette pouvait désormais se hasarder en ville sans craindre de rencontrer son ancienne patronne. Certes, le risque demeurait qu'elle se trouvât un jour nez à nez avec sa tante. Du moins y aurait-il alors la possibilité d'une explication en famille dont l'écho ne parviendrait pas forcément à la baronne. Quant au Coq de bruyère, il n'avait jamais été aussi heureux. Mariette n'était pas seulement la plus délicieuse petite maîtresse qu'il eût jamais eue. Elle assumait en outre le rôle de l'enfant qui lui avait été refusé. Il lui faisait apprendre à conduire. Il lui avait commandé une culotte de cheval qui moulerait adorablement sa petite croupe ferme et rebondie. Il rêvait de vacances à Nice ou à Venise, d'un costume de chasse et d'une mignonne carabine pour l'ouverture. Il l'initiait même à l'anglais. Mais ce qui le ravissait le plus, c'était le concert chuchoté d'allusions flatteuses qui l'entourait comme un encens sonore au cercle, au mess, au manège, à la salle d'armes. Son bonheur était décuplé par la rumeur qu'il éveillait.

Tout cela l'aidait à supporter l'atmosphère funèbre et empoisonnée que la baronne, vigoureusement secondée par Eugénie, entretenait dans la maison. La situation paraissait évoluer vers une inéluctable rupture. Ce fut le contraire qui se produisit.

Il faisait très beau ce jour-là, et le baron rentrait chez lui dans une humeur folâtre. Les fenêtres du rez-de-chaussée étaient ouvertes, mais les volets étaient tirés en cabane selon les instructions de la baronne. En approchant, le baron cessa de chantonner et risqua un œil farceur dans l'entrebâillement des volets du petit salon. Il découvrit la baronne installée devant sa table à ouvrage, un livre à la main. Ayant sans doute entendu quelque bruit, elle ferma le livre, le dissimula dans son panier à couture, se leva et quitta la pièce.

Le baron rit silencieusement d'avoir surpris sa femme en flagrant délit de lecture inavouable. « Tiens, tiens, pensa-t-il, elle s'y met. Il serait temps ! » A pas de loup, il entre dans le petit salon, s'approche de la table, extrait le livre du panier et — toujours hilare — s'approche de la fenêtre pour le lire.

Son sourire se fige. Il n'y comprend rien. Des petits points en relief disposés en carrés géométriques remplacent les mots. Il ne comprend toujours pas, mais un terrible soupçon le prend. Il se précipite dans le couloir en appelant sa femme. Il finit par la trouver dans leur chambre. Elle fait une haute et sombre silhouette sur un mur blanc orné d'un crucifix.

— Ah vous êtes là, enfin ! Qu'est-ce que c'est que ça ?

Il lui met le livre entre les mains. La baronne s'assoit, ouvre le livre et y cache son visage comme pour pleurer.

— J'aurais tant voulu que vous n'appreniez pas la vérité ! Enfin le plus tard possible.

— Quelle vérité ? Qu'est-ce que vous avez à faire de ce livre ?

— J'apprends à lire. L'alphabet Braille. Pour les aveugles.

— Pour les aveugles ? Mais vous n'êtes pas aveugle !

— Pas encore tout à fait. Il me reste deux dixièmes pour l'œil gauche et un dixième pour le droit. Dans moins d'un mois, ce sera fini. La nuit noire. Mon médecin est formel. Vous voyez bien qu'il faut que je me dépêche d'apprendre le Braille ! C'est tout de même plus facile quand on y voit encore un peu.

Le baron est bouleversé. Sa bonté, sa droiture, son sens de l'honneur, sa peur du jugement qui sera porté sur lui par le mess, le manège et la salle d'armes se coalisent pour bouleverser la situation.

— Mais c'est insensé, mais c'est incroyable, balbutie-t-il. Et moi qui n'y comprenais rien ! Vos lunettes, vos gouttes, cette obscurité où vous vous enfermiez. Bougre d'idiot ! Ignoble égoïste ! Et pendant ce temps-là... Ma parole, mais je le faisais exprès de ne pas comprendre ! Ah, il y a vraiment des jours où on se déteste !

— Mais non, mais non, Guillaume, c'était moi qui me cachais. Que voulez-vous, j'ai honte de cette horrible infirmité qui va faire de moi une charge pour tout le monde.

— Aveugle ! Je n'arrive pas à y croire. Mais qu'est-ce qu'a dit le médecin ?

— J'ai d'abord consulté notre vieil ami, le docteur Girard. J'ai vu ensuite deux spécialistes. Bien entendu, ils se sont efforcés de me ménager. Mais j'ai bien compris la vérité, allez ! Toutes les bonnes paroles se brisent sur cette vérité cruelle : ma vue décroît de jour en jour, et déjà je n'y vois presque plus.

Le baron ne reste jamais sans ressources devant les coups du sort. Il n'est pas l'homme de l'abandon, de la résignation. Il se redresse, il se rassemble. C'est une fois de plus le Coq de bruyère qui parle.

— Eh bien voilà, Augustine, décide-t-il. Nous allons lutter ensemble. C'est fini. Je ne vous quitte plus. Je vais vous prendre par la main, comme ça, et nous allons marcher doucement ensemble vers la guérison, vers la lumière.

Il la prend dans ses bras, il la berce.

— Ma Titine, nous allons nous retrouver, comme autrefois, tous les deux, être à nouveau heureux. Tu te souviens quand nous étions jeunes et que je chantais pour te faire enrager sur l'air de *Viens Poupoule* : « Viens, Titine, viens, Titine, viens ! »

La baronne s'abandonne dans les bras de son mari. Elle se blottit contre lui, elle sourit à travers ses larmes.

— Guillaume, vous ne serez jamais sérieux ! lui reproche-t-elle tendrement.

Non, on ne trompe pas un aveugle. On ne profite pas de la cécité d'une épouse. Dès le lendemain, le baron mit autant de zèle à détruire son bonheur qu'il avait mis d'ardeur à le construire. Il ne revit Mariette que pour lui faire ses adieux. Il continuerait à payer le loyer de son petit logement. Il l'aiderait à subsister aussi longtemps qu'elle n'aurait pas trouvé de travail — car il ne lui venait pas à l'idée qu'à défaut de travail elle pourrait trouver un autre protecteur. Mais ils ne se reverraient plus. Elle pleura beaucoup. Il sut garder l'œil sec. Mais c'est le cœur crevé qu'il quitta pour toujours le nid de son dernier printemps.

Les semaines qui suivirent, il donna le spectacle d'un dévouement touchant auprès de l'infirme. Il lui coupait sa viande dans son assiette. Il lui faisait la lecture à haute voix. Il la promenait lentement à son bras en lui signalant les obstacles, en lui nommant les personnes de connaissance qu'ils croisaient ou abordaient. Tout Alençon était édifié.

La baronne vivait un bonheur sans mélange. Elle avait cessé de s'enfermer des journées entières dans l'obscurité. Elle abandonnait ses lunettes noires de plus en plus souvent. Elle se surprenait même parfois à feuilleter un journal ou à ouvrir un livre. On aurait dit en vérité qu'elle remontait lentement la pente au bas de laquelle le malheur l'avait précipitée.

Un jour, elle convoqua de toute urgence l'abbé Doucet, et, dès qu'il arriva, elle s'enferma avec lui.

— Je vous ai fait venir pour vous dire quelque chose. Quelque chose de grave, commença-t-elle sans préambule.

— De grave, mon Dieu! j'espère que quelque nouveau malheur...

— Non, c'est même plutôt un bonheur. Un bonheur grave, très grave.

Elle lui fit face alors et brusquement elle retira ses lunettes noires. Puis elle le fixa, les yeux plissés.

L'abbé la fixa à son tour.

— Non, je... Comme c'est étrange! balbutia-t-il. Vous n'avez pas le regard d'un aveugle. Quelle vie il y a dans ces yeux!

— J'y vois, l'abbé! Je ne suis plus aveugle! s'écria-t-elle.

— Seigneur, quel miracle! Quelle récompense pour votre résignation, pour les soins du baron, pour mes prières aussi! Mais depuis quand...

— J'ai d'abord vécu dans un crépuscule incertain, traversé parfois de rayons lumineux qui ne duraient qu'un instant. Quel instant? Celui où j'avais senti mon Guillaume particulièrement proche de moi. Et puis peu à peu le jour s'est levé.

— Ainsi, ce qui a provoqué ou au moins accéléré votre guérison...

— Oui, ce que je dis ferait sourire tout autre que vous, tellement c'est... édifiant.

— Édifiant? C'est vrai, l'édifiant fait rire aujourd'hui, il fait même peur, plus peur que le scandale. Étrange époque!

— Eh bien l'abbé, vous pourrez raconter notre histoire à vos ouailles, car je n'en connais pas de plus belle. Ma guérison n'a qu'un nom, qu'un prénom même. Et ce prénom, c'est Guillaume!

— Le baron?

— Oui, mon mari. C'est une guérison par l'amour,

par l'amour conjugal. Et dire qu'il va falloir s'en cacher pour ne pas faire rire !

— Que c'est beau ! Comme je suis comblé d'avoir connu cela dans mon misérable ministère ! Qu'en a pensé le baron quand vous lui avez appris la merveilleuse nouvelle ?

— Guillaume ? Mais il n'en sait rien ! Vous êtes le premier à qui j'ose avouer ma guérison. J'en parle, n'est-ce pas, comme s'il s'agissait d'une mauvaise action !

— Mais il faut avertir le baron tout de suite, s'impatienta l'abbé. Voulez-vous...

— Non, surtout pas ! Ne précipitons rien. Ce n'est pas aussi simple.

— Je ne vous suis pas.

— Réfléchissez. Guillaume a une liaison avec cette créature. Je tombe malade... enfin je perds la vue. Il rompt pour se consacrer à moi. Quelques semaines plus tard, je recouvre la vue.

— Quelle merveille !

— Justement. Ce que je raconte est très beau et parfaitement vrai. Mais n'est-ce pas un peu trop beau pour être *vraisemblable* ?

— Le baron se rendra bien à l'évidence.

— Quelle évidence ? L'évidence pour lui, n'est-ce pas qu'il a été berné ? L'idée qu'il pourrait me considérer comme une simulatrice m'est insupportable. Tout le monde ne croit pas comme vous aux miracles.

— Il faudra pourtant bien...

— Et il y a un autre point de vue. Seule mon infirmité était parvenue à arracher Guillaume à cette créature. Est-ce qu'il ne faut pas craindre que ma

guérison ne le fasse retomber dans son vice ? J'ai
besoin de votre conseil, et peut-être même de votre
complicité, l'abbé

— Cela donne à réfléchir en effet. Pour le bien
même du baron, il faudrait donc lui dissimuler quelque temps votre guérison. Cette petite entorse à la
vérité est justifiée, je pense, par l'excellence de nos
intentions

— Il ne s'agit que de le ménager. Le préparer
lentement à la bonne nouvelle de ma guérison.

— Gagner du temps en somme, rien de plus.

— Le temps qu'il oublie sa créature

— De telle sorte qu'il s'agira moins d'un mensonge
que d'une vérité suspendue, différée, progressive

— Mais naturellement, il faut que personne ne
soupçonne la vérité D'ailleurs je n'ai parlé qu'à vous,
et je sais que je peux compter sur votre discrétion

— Vous pouvez, mon enfant. Nous autres prêtres,
le secret de la confession nous a habitués à tenir notre
langue Eh oui, car il serait désastreux que le baron
apprît par un tiers que vous n'êtes plus aveugle. Et il y
a des gens si bavards !

— Il y en a surtout de si malveillants ! renchérit la
baronne

La baronne et l'abbé avaient bien pu mettre au
point un dévoilement progressif de la vérité. Celle-ci ne
se laisse hélas pas toujours apprivoiser Elle éclata un
beau dimanche après-midi sur la promenade de la
Demi-Lune avec une brutale indiscrétion

Cette promenade constitue pendant la belle saison
un rite alençonnais consacré Toute la bonne société

est là, arpentant bras dessus, bras dessous un cours planté d'ormes, se saluant, s'ignorant, faisant des stations très précisément mesurées, selon le subtil reseau des relations et des préséances mondaines. Le couple Saint-Fursy occupait une place privilégiée sur cet échiquier depuis que le baron assumait pleinement ses devoirs d'époux d'une grande infirme. On l'entourait d'une aura de respect attendri. Pourquoi fallut-il que ce fût dans ces circonstances privilégiées que le drame se produisît ?

Le baron faillit s'arrêter brusquement en voyant quelque chose d'insolite, d'extraordinaire sous les arbres, quelqu'un en vérité, une jeune femme. Mariette, oui, plus printanière, plus jolie que jamais. Mais ce n'était pas tout. Elle était accompagnée, la petite campagnarde de Pré-en-Pail. On ne va jamais seul à la Demi-Lune. Elle était pendue au bras d'un homme, d'un homme jeune. Et comme ils allaient bien ensemble dans leur commune jeunesse, comme ils avaient l'air heureux !

La vision n'avait duré qu'un instant, mais le baron avait accusé le choc si vivement qu'il était impossible que sa femme, serrée contre lui, ne se fût aperçue de rien. Mais alors pourquoi ne l'interrogeait-elle pas, elle qui ne cessait de poser des questions sur les uns et sur les autres ? Il leva vers elle un regard inquiet. Et ce qu'il vit le stupéfia plus encore que l'apparition de Mariette au milieu des bourgeois d'Alençon : la baronne souriait. Elle ne souriait à personne en particulier, comme faisaient tous ces gens qui se croisaient, se saluaient. C'était un sourire intime. irrepressible sans doute, et ce sourire gagnait tout son visage lunetté de noir, il s'épanouissait, et — chose inouïe depuis bien longtemps — elle rit, elle ne put retenir un petit rire argentin et ironique.

Pourquoi ce sourire, pourquoi ce rire? Et d'abord pourquoi n'avait-elle pas posé de question en sentant son mari si profondément tressaillir à ses côtés? Pourquoi? Parce qu'elle avait vu la même chose que lui — Mariette au bras d'un homme jeune — parce qu'elle voyait en vérité aussi bien que lui!

Le baron avait été doublement choqué. Selon son tempérament, la réaction fut immédiate. Il fit face à sa femme, scruta son visage un instant, puis d'un geste brusque, il lui arracha ses lunettes qui tombèrent par terre.

— Madame, lui dit-il d'une voix blanche, je viens d'être deux fois blessé. Par vous et par une autre. En ce qui vous concerne, j'en aurai le cœur net. Et je soupçonne fort que vous n'avez pas besoin de mon aide pour rentrer à la maison.

Et il s'éloigna d'un pas rapide.

Rentré chez lui il téléphona au docteur Girard. Celui-ci lui donna le nom et l'adresse d'un ophtalmologiste, puis des renseignements concernant un psychosomaticien de Paris. Sur son conseil, c'est chez ce dernier que le baron s'annonça dès le lendemain matin.

Il détestait Paris où il ne s'était pas rendu au demeurant depuis des années. L'antichambre du docteur Stirling acheva de le mettre mal à l'aise avec ses meubles aux formes liquides et ses tableaux abstraits. Il se laissa glisser dans un fauteuil avec le sentiment de se laisser avaler par une méduse géante. Il pouvait tout juste encore atteindre une table basse couverte de revues. Il en fit descendre une sur ses genoux. Le titre lui sauta au visage comme un cobra : *Hystéries de conversion et névroses d'organes.* Il la repoussa avec dégoût Enfin une infirmière le pria d'entrer dans le cabinet du docteur. C'était un homme ridiculement fluet, un garçonnet, pensa le baron. Des cheveux longs, un nez, minuscule et retroussé retenant à grand-peine une paire de lunettes énormes, achevaient de le déconsidérer. « Je parie qu'il zézaie », pensa le baron.

— Que puis-je pour vous ?

Non, il ne zézaie pas, constata le baron avec dépit.

— Je me présente. Colonel Guillaume de Saint-Fursy. Je viens vous voir au sujet de ma femme qui est votre cliente, expliqua-t-il.

— Mme de Saint-Fursy ?

— Évidemment !

Le docteur actionna un fichier automatique et plaça devant lui la fiche éjectée.

— Mme Augustine de Saint-Fursy, marmonna-t-il. Puis après quelques phrases inintelligibles lues très vite. C'est cela. Votre médecin de famille l'avait adressée à un confrère ophtalmologiste qui me l'a lui-même recommandée. Que souhaitez-vous exactement ?

— Eh bien, c'est très simple, n'est-ce pas, s'anima le baron soulagé de revenir à ses préoccupations. Ma femme était aveugle. Du moins je le croyais. Enfin elle me l'avait fait croire. Et puis tout à coup, elle est guérie, elle y voit comme vous et moi. Alors la question que je me pose et que je vous pose est très simple : oui ou non ma femme est-elle une simulatrice ?

— Je voudrais d'abord vous prier de bien vouloir vous asseoir.

— M'asseoir ?

— Oui C'est que, voyez-vous, si votre question est simple en effet, la réponse, elle, ne l'est pas

Le baron consentit à s'asseoir de mauvaise grâce

— Résumons-nous, poursuivit le docteur Mme de Saint-Fursy souffre de troubles de la vision pouvant aller jusqu'à la cécité complète Elle commence tout naturellement par consulter votre médecin de famille qui, tout aussi naturellement, l'adresse à un spécialiste d'ophtalmologie

— Tout cela à mon insu, protesta le baron.

— Or voici ce qui se produit l'ophtalmologiste procède avec tout le soin nécessaire et à l'aide des instruments les plus perfectionnés à l'examen des yeux de Mme de Saint-Fursy Et qu'est-ce qu'il trouve ?

— Oui, qu'est-ce qu'il trouve ?

— Rien Il ne trouve rien Anatomiquement et physiologiquement Mme de Saint-Fursy a des yeux, un nerf optique, un cerveau oculaire parfaitement intacts

— Donc elle simule, conclut le baron

— Pas si vite ! Que fait l'ophtalmologiste ? Comprenant qu'il a affaire à un cas qui dépasse sa spécialité, il envoie sa cliente à un psychosomaticien, moi Je reprends les examens, et j'aboutis aux mêmes conclusions que mon confrère

— Ma femme a des yeux parfaitement sains, donc sa cécité est simulée Il n'y a pas à sortir de là

— Écoutez-moi, reprit le docteur patiemment Je vais prendre un exemple tout à fait extrême, heureusement sans rapport avec le cas de Mme de Saint-Fursy Chaque jour, dans les hôpitaux psychiatriques, on voit mourir des schizophrènes La mort survient après une longue et lente désagrégation de la personnalité du sujet Eh bien quand on fait l'autopsie de l'homme

mort de schizophrénie qu est-ce qu on trouve ? Rien
En bonne règle médicale. ce cadavre est celui d un
homme parfaitement sain

— C'est qu'on a mal regardé ! trancha le baron
D'ailleurs vous avez dit vous-même que cet exemple de
schizo   schizo.

— phrène...

— phrène n'avait heureusement aucun rapport
avec le cas de ma femme

— Oui et non Le rapport. c'est qu'il y a des
maladies dont l'effet est évidemment physiologique —
la mort du schizophrène. la cécité de Mme de Saint-
Fursy — mais dont la cause est psychique On les
appelle des affections psychogènes J'ajoute que pour
moi. la visite de Madame votre épouse a été une très.
très grande joie

— Très heureux de l'apprendre. ironisa le baron

— Oui. oui. mon colonel Pensez donc   une cécité
psychogène ! J'ai tout vu défiler dans mon cabinet   des
ulcères psychogènes   des gastrites psychogènes   des
anorexies psychogènes. des cardio-spasmes psychogènes. des constipations et des diarrhées psychogènes.
des colites muqueuses et ulcéreuses psychogènes. des
asthmes bronchiques psychogènes   des tachycardies
psychogènes. des hypertensions psychogènes   des eczé-
mas psychogènes. des thyrotoxicoses psychogènes. des
hyperglycémies. des métrites. des ostéoartrites

— Assez ! cria le baron furieux en se levant Pour la
dernière fois. je vous pose la question   oui ou non ma
femme est-elle une simulatrice ?

— Je pourrais vous répondre si l'être humain était
d'un seul bloc. dit le docteur très calmement Or il
n'en est rien Il y a le moi. le moi conscient. lucide.

réfléchi, celui que vous connaissez. Mais il y a aussi *sous* ce moi conscient un nœud de tendances inconscientes, instinctives et sentimentales, le *ça*. Et au-dessus du moi conscient, il y a le *surmoi*, une sorte de ciel habité par des idéaux, les principes moraux, la religion. Donc vous voyez : trois niveaux, expliqua-t-il avec des gestes au baron devenu attentif malgré lui, au sous-sol le ça, au rez-de-chaussée le moi, dans les étages le surmoi.

« Supposez maintenant qu'une sorte de relation s'établisse entre le sous-sol et les étages sans que le rez-de-chaussée en soit informé. Supposez que le surmoi adresse un ordre au-dessous de lui, mais cet ordre, au lieu de parvenir au moi, court-circuite le moi, et influence directement le ça. Le ça va obéir, mais comme une brute qu'il est. Il va obéir à la lettre, absurdement. Vous aurez alors des affections psychogènes, c'est-à-dire d'origine psychique, mais auxquelles le moi conscient et volontaire n'aura pas de part. Et pas seulement des maladies, des accidents qui sont des actes suicidaires accomplis par le ça en conformité à une décision mal comprise du surmoi. Par exemple sur les quelques milliers de personnes qui se font chaque année écraser par des voitures, un bon nombre — c'est prouvé — se sont précipitées inconsciemment sous une voiture pour répondre à une condamnation prononcée par le surmoi. Ce sont des suicides d'un genre particulier, des suicides voulus, mais inconscients.

Le baron paraissait conquis.

— En somme voilà, traduisit-il. Le Grand Quartier général donne un ordre stratégique qui devrait être normalement converti en termes tactiques par l'État-major, pour parvenir enfin à la troupe. Mais l'État-major n'en a pas connaissance, et cet ordre parvient directement aux sous-officiers qui l'interprètent mal.

— Exactement. Je suis heureux de voir que vous me suivez.

— Va pour le mécanisme. Mais alors, pourquoi?

— Pourquoi? Voilà en effet la grande question que se pose le psychosomaticien. Y répondre correctement, c'est guérir le malade. Dans notre cas, cette question se formule dans les termes suivants : pourquoi le surmoi de Mme de Saint-Fursy a-t-il commandé à son ça de devenir aveugle?

Le baron se sentant soudain mis en cause redevint agressif.

— Je serais curieux de l'apprendre.

— Malheureusement, vous seul pouvez répondre à la question, poursuivit le docteur. Moi je suis un tiers. Mme de Saint-Fursy est prisonnière du processus. Vous, mon colonel, vous êtes à la fois acteur du drame et premier témoin.

— Que voulez-vous que je vous dise? Ce n'est pas moi le médecin tout de même!

— Ce que je voudrais que vous me disiez, c'est ceci : y a-t-il dans la vie de Mme de Saint-Fursy quelque chose qu'elle ne veut pas voir?

Le baron se lève à nouveau et tourne le dos au docteur faisant face ainsi à la glace de la cheminée.

— Qu'est-ce que vous voulez insinuer?

— Quelque chose de laid, d'immoral, de bas, de dégradant, d'abject, une ignominie si proche d'elle-même en même temps qu'il n'y a qu'un moyen pour ne pas la voir : devenir aveugle. Oui, Mme de Saint-Fursy *somatise*, comprenez-vous, elle somatise par sa cécité un malheur, une humiliation insupportables. Somatisée, l'humiliation disparaît, mais elle ne disparaît qu'en se métamorphosant en une infirmité, la cécité justement

Le baron n'avait cessé de se fixer dans la glace pendant l'explication du docteur Il se retourna enfin vers lui

— Monsieur, lui dit-il, j'étais venu ici avec le soupçon qu'on me menait en bateau J'ai maintenant la certitude qu'on essaie de m'embarquer sur une galère '

Et il sortit rapidement

Revenu à Alençon, il fit à sa femme des adieux qui la laissèrent sans voix

— Je sors de chez votre jean-foutre, lui dit-il. J'en ai appris de belles ' Il paraît que votre surmoi complote avec votre ça a l'insu de votre moi Et à quelle fin s'il vous plaît ce beau complot ? Pour somatiser une infamie, une ignominie, mes amours, oui, madame ! Et le résultat de tout cela ? Une cécité psychogène. Psychogène, c'est-à-dire à éclipses Mon mari se conduit mal, crac, je deviens aveugle Mon mari revient à moi, hop je recouvre la vue ' C'est vraiment commode ' Décidément on n'arrête pas le progrès ! Eh bien moi, je dis non ' Non au ça, non au surmoi, non au complot ' Quant à somatiser, désormais vous somatiserez toute seule ' Adieu, madame '

Après cette sortie, le baron ne fit qu'un saut au petit logement du boulevard du 1er-Chasseurs Mariette qui était en déshabillé devant sa table de toilette ne fut pas peu suffoquée de son irruption, d'autant plus brutale qu'il avait conservé sa clef Il raconta tout d'un trait, la cécité de la baronne, sa guérison, son voyage éclair à Paris, ses adieux définitifs

— Encore ' remarqua-t-elle simplement

— Encore quoi ? demanda le baron déconcerté.

— Encore des adieux définitifs. Parce que vous en avez déjà fait. A moi. Il y a six semaines.

Depuis vingt-quatre heures, le baron vivait comme on monte à l'assaut, sans un regard derrière lui. Ce premier mot prononcé par Mariette — cet « encore » — le ramenait brutalement en arrière. C'était pourtant vrai qu'il avait rompu avec cette petite, afin de se consacrer tout entier à la cécité de sa femme ! Qu'a-vait-elle fait depuis ? Pourquoi l'aurait-elle attendu bien sagement ?

Il tournait dans la chambre à la fois par embarras et pour reprendre possession des lieux. Finalement, il décida de se laver les mains et s'engouffra dans la salle de bains. Il en ressortit aussitôt en brandissant un rasoir mécanique.

— Qu'est-ce que c'est que ça ?

— Mon rasoir. Pour mes dessous de bras, expliqua Mariette, et d'un geste ravissant elle leva sa main au-dessus de sa tête, découvrant une aisselle lisse, moite, provocante. Le baron en fut tout remué. Il s'agenouilla près d'elle et se pencha sur la cavité laiteuse et odorante dans laquelle il but ardemment.

Mariette se trémoussait en riant.

— Guillaume, Guillaume, vous me chatouillez !

Il la prit dans ses bras, voulut la porter sur le lit malgré ses protestations. Un cendrier tomba, répandant sur le tapis des mégots noirs de gauloises. Il décida de ne rien voir et redevint pour quelques minutes le fameux Coq de bruyère de toujours. Que c'était bon !

La vie reprit. Le baron ne changea rien à ses habitudes. On continua à le voir ferrailler à la salle

d'armes et boucler des parcours d'obstacles aux
concours hippiques sur sa petite alezane. Naturellement personne n'ignorait sa rupture avec sa femme et
sa liaison avec Mariette. Il évitait simplement les
milieux où on l'aurait blâmé — les salons de la
préfecture et de l'évêché par exemple — et ne se
montrait que là où il était assuré d'une indulgence
admirative. Aux rares intimes qui risquaient une
allusion à Mariette, il répétait : « Le bonheur parfait ! » avec une mimique gourmande et canaille, l'œil
cligné, la main précieusement crispée, ramenée contre
son gilet.

Ce n'était pas vrai. Certes il avait des joies, vives,
violentes, fulgurantes même, comme il n'aurait pas cru
pouvoir en connaître encore à son âge. « Elle va me
tuer », pensait-il parfois avec une sombre satisfaction.
Mais le bonheur, un bonheur parfait...

Le baron Guillaume ne voulait pas se l'avouer. Son
entente avec Mariette ne tenait qu'à un effort de tous
les instants, accompli par l'un et l'autre pour masquer
la présence d'un troisième larron. Ce n'était pas les
heures de liberté qui manquaient à Mariette pour se
consacrer à l'*autre*. Mais quels soins ne lui fallait-il pas
pour éviter les bavures d'une de ses vies sur l'autre,
quelle bonne volonté ne devait pas mettre le baron
pour ne pas voir les traces que le fantôme laissait
fatalement derrière lui ! Un soir il dépassa les bornes.
Des chaussures, d'énormes croquenots de roulier,
avachis et boueux montraient leur mufle rond sous
l'armoire. Le baron avait beau renifler, il ne sentait
rien. Il s'en irritait. Il était persuadé que ces saletés
puaient ! Et comment pouvait-on s'oublier à ce point ?
L'autre était-il parti en chaussettes, ou bien fallait-il

croire qu'il était là encore, à trois mètres, dans l'armoire ou dans les cabinets?

Ne rien voir, fermer les yeux, poser sur ses yeux comme des bandeaux les cheveux odorants de Mariette, les seins menus de Mariette, le petit sexe triangulaire de Mariette.. Fermer les yeux? Ces trois mots lui rappelaient malgré lui quelque chose, un épisode pénible de sa vie passée, la cécité de la baronne. Allait-il se rendre aveugle à son tour, *somatisant* l'obligation absolue à laquelle il obéissait de ne pas voir l'*autre*?

L'été s'installait et vidait peu à peu la ville. Des journées glorieuses de soleil invitaient au départ. Le baron faisait parfois en présence de Mariette des projets d'évasion. Vichy, Bayreuth, Venise peut-être? Ces noms prestigieux et traditionnels ne paraissaient pourtant rien évoquer dans l'esprit de la jeune fille. Elle faisait la moue, secouait la tête, puis, se blottissant contre lui : « On n'est pas bien, tous les deux ici? » disait-elle avec des airs de chatte.

Après une soirée au mess du 1er chasseurs, regagnant son nid d'amour, il ne la trouva pas. Il l'attendit. Puis comme elle continuait à tarder, il jeta un coup d'œil dans l'armoire. Tous ses effets avaient disparu. Sa grande valise campagnarde aussi. L'oiseau s'était envolé. Peut-être avait-elle laissé une lettre? Il inspecta les meubles, les poches de ses propres complets. Rien. Enfin il avisa une boulette de papier dans la corbeille. Il la déplia. Évidemment. La pauvre mignonne avait bien essayé d'écrire. Il imaginait la scène. Elle suçant son stylo et alignant laborieusement des mots. L'*autre* debout, fin prêt, s'impatientant, jurant, pestant. Finalement c'était trop difficile, elle y avait renoncé Quand on part, pourquoi écrire « Je pars » ? N'est-ce pas assez clair ? Il déchiffra quelques lignes d'une écriture enfantine, pleines de bizarreries

> *Mon Cherry,*
> (cela c'était un vestige de ses leçons d'anglais)
> *Ça n'était plus possible cette vie à cache-cache. Vrai, j'en pouvais plus de toujours mentir Et puis tu vois, j'ai compris qu'on avait un fossé quand vous m'avez proposé d'aller à Vichy et je ne sais ou encore Moi, c'est Saint-Trop, que veux-tu ! Mais vous à Saint-Trop, c'est guère pensable ! Alors on y part nous deux Guillaume. Oui parce qu'il s'appelle aussi Guillaume, c'est drôle, non ? Même que ça m'a évité bien des gaffes ! On reviendra. Pourquoi on serait pas heureux, tous trois ensemble ? Pourquoi vous seriez pas pour nous*

La lettre s'arrêtait là, et le baron chercha vainement à déchiffrer les trois mots gribouillés sur lesquels elle avait capoté

Pourquoi ne serait-il pas pour eux quoi au juste ? Le cocu, le pépé, le bailleur de fonds, le porte-chandelle ? Chaque mot lui infligeait une blessure cruelle, et il ne cessait d'entendre en arrière-fond comme un chœur antique goguenard et vengeur, le 1er chasseurs, ses rires, ses commentaires Pourtant il n'éprouvait pas la colère tonique et réparatrice qui l'aurait secoué quelques années plus tôt La différence d'âge sans doute, la jeunesse de Mariette, sa propre vieillesse le portaient plutôt à s'attendrir. Il trouvait touchantes les maladresses — traduites dans sa lettre notamment par l'hésitation entre le tu et le vous — de cette petite fille aux prises avec une situation qui dépassait ses forces et son intelligence. Était-ce sa faute à elle si tout était aussi compliqué ? N'était-ce pas lui — sage et fortuné — qui avait failli à son devoir de lui faire une vie gaie, simple et sans pièges ?

Il sut faire face encore une fois, une dernière fois. Il remporta sur les terrains hippiques tous les trophées de fin de saison. Il cloua à la salle d'armes les tireurs les plus agiles, les plus fougueux. Jamais il n'avait été aussi flambant, le Coq de bruyère ! On le vit bien lors de la revue du 14 Juillet caracolant sur sa petite jument alezane, celle qu'il disait si féminine dans son tempérament qu'il l'aimait comme une femme. Ce qu'il n'avouait pas, c'était que cette jument, c'était tout l'élément féminin qui restait dans sa vie, cruelle dérision.

Puis tout s'arrêta. Les derniers jours de juillet virent Alençon s'assoupir avant la grande torpeur du mois d'août. Le baron avait horreur du vide, de la solitude. Il errait dans la ville déserte, écrasée de soleil, « comme une âme en peine », précisa plus tard la mercière de la rue Desgenettes.

Un jour enfin ses pas le menèrent irrésistiblement chez lui, chez sa femme. Augustine était-elle là ? S'était-elle retirée dans sa maison de Donville pendant la canicule ? La maison paraissait complètement abandonnée, grille cadenassée, volets clos, jardin envahi par les herbes. Il ne manquait même pas, sortant à demi de la boîte aux lettres, la poignée de prospectus et de dépliants qui est comme l'écume du courrier absent.

Le soleil tombait d'aplomb sur la rue, découpant les immeubles en masses tranchées, noires et blanches. Toute cette lumière dans tout ce vide avait quelque

chose d'angoissant, d'écrasant, de funèbre. Le baron
éprouvait une vague nausée. Il lui semblait que son
sang heurtait ses tempes avec une violence mortelle.
C'est alors que dans le silence de ces architectures à la
fois familières — sa propre maison — et d'un autre
monde, il perçut distinctement une sorte de cliquetis,
un faible bruit de castagnettes, comme lorsqu'on
frappe le bord d'un tambour avec la baguette. Le bruit
se précisait et devenait plus sinistre encore. On
devinait maintenant des dents s'entrechoquant dans
une trémulation morbide. Et soudain les deux grandes
silhouettes noires se dressèrent devant lui.

C'était l'ombre enlacée de deux femmes endeuillées,
étroitement serrées, qui s'avançait lentement sur lui,
comme une muraille en train de basculer. La plus
grande était masquée de lunettes noires, et, du bout
d'une canne blanche, elle frappait sans cesse le bord
du trottoir faisant ce bruit de cliquetis. La muraille
progressait sur le baron, menaçante, inexorable. Il
recula, perdit pied, s'effondra dans le caniveau.

Les médecins ne purent dire s'il était tombé fou-
droyé par une apoplexie, ou si c'était au contraire le
choc de son front sur les pavés qui avait provoqué une
attaque cérébrale. Lorsque la baronne et Eugénie le
ramassèrent, il avait perdu connaissance. Il revint
lentement à lui, mais toute la moitié droite de son
corps était paralysée. Elles le soignèrent avec une
abnégation admirable. Dans l'esprit de la baronne,
l'hémiplégie de son mari et sa propre cécité se
rejoignaient dans une sorte de diptyque édifiant à la
gloire de la fidélité conjugale. Mariette qui était
pourtant à l'origine de l'une comme de l'autre avait
complètement disparu du tableau

C'était au demeurant l'image qui s'imposait également aux promeneurs de la Demi-Lune, lorsqu'ils voyaient passer la baronne, définitivement guérie de sa cécité, raide, grave et sereine comme la Justice, poussant devant elle le fauteuil roulant du baron. Le Coq de bruyère réduit à la moitié de lui-même s'y recroquevillait, triste et rabougri. Il était soudé à une demi-figure de chair paralysée, une caricature cruelle de ce qu'il avait été, une moitié de visage figé dans un rictus égrillard, l'œil cligné, la main précieusement crispée, ramenée contre son gilet, comme s'il répétait indéfiniment et silencieusement : « Le bonheur parfait ! Le bonheur parfait ! »

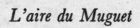

L'aire du Muguet

— Pierre, lève-toi, c'est l'heure !

Pierre dort avec le calme obstiné de ses vingt ans et sa confiance aveugle en la vigilance de sa mère. Elle ne risque pas de laisser passer l'heure, sa vieille, insomniaque et nerveuse comme elle est. Il se retourne d'un bloc contre le mur, retranchant son sommeil derrière son dos puissant et sa nuque rasée. Elle le regarde en pensant aux petits matins si proches où elle le réveillait déjà pour l'envoyer à l'école du village. Il a l'air de s'être rendormi profondément, mais elle n'insiste pas. Elle sait que pour lui la nuit est terminée, la journée a commencé et va désormais dérouler inexorablement son programme.

Un quart d'heure plus tard, il la rejoint à la cuisine et elle lui verse un épais chocolat dans un grand bol fleuri. Il regarde devant lui le rectangle sombre de la fenêtre.

— Il fait noir, dit-il, mais tout de même les jours augmentent. Dans moins d'une heure, je pourrai éteindre les phares.

Elle paraît rêver, elle qui n'a pas quitté Boullay-les-Troux depuis quinze ans.

— Oui, le printemps est à la porte. Là-bas dans le Midi, tu vas peut-être trouver les abricotiers en fleur.

— Oh tu sais, le Midi ! A cette heure, on ne descend pas plus loin que Lyon. Et puis des abricotiers sur l'autoroute... Quand même il y en aurait, on n'aurait guère le temps de les regarder.

Il se lève et par pur respect pour sa mère — car selon la tradition paysanne un homme ne fait pas la vaisselle — il rince son bol sous le robinet de l'évier.

— Je te revois quand ?

— Comme d'habitude, après-demain soir. Un aller-retour Lyon avec dodo dans le bahut en compagnie de l'ami Gaston.

— Comme d'habitude, murmure-t-elle pour elle seule. Moi je ne m'habitue pas. Enfin puisque tu as l'air d'aimer ça...

Il hausse les épaules.

— Faut bien !

L'ombre monumentale du semi-remorque se détachait sur l'horizon que l'aube blanchissait. Pierre en fit lentement le tour. Chaque matin, c'était pareil, ses retrouvailles après la nuit avec son énorme joujou lui faisaient chaud au cœur. Il ne l'aurait jamais avoué à sa vieille, mais au fond il aurait préféré y faire son lit et y dormir. On avait beau tout verrouiller, le bahut était si mal défendu dans sa démesure contre les agressions de toute sorte, chocs, démontages, vols à la roulotte ! Le vol du véhicule lui-même avec tout son fret n'était pas impossible, cela s'était vu malgré l'invraisemblance.

Cette fois encore pourtant tout paraissait en ordre, mais il faudrait procéder au plus tôt à un lavage. Pierre appuya une petite échelle à la calandre et entreprit de rincer le vaste pare-brise bombé. Le pare-brise, c'est la

conscience du véhicule. Tout le reste peut à la rigueur
rester boueux et poussiéreux, le pare-brise. lui, doit
être rigoureusement impeccable.

Ensuite il s'agenouilla presque religieusement
devant les phares pour les essuyer. Il souffle sur les
verres et y passe un chiffon blanc avec le soin et la
tendresse d'une mère débarbouillant le visage de son
enfant. Puis la petite échelle ayant repris sa place
contre les ridelles, il escalade la cabine, se jette sur le
siège et appuie sur le démarreur.

A Boulogne-Billancourt, quai du Point-du-Jour, à
l'angle de la rue de Seine, se dresse un vieil immeuble à
la silhouette déhanchée, dont la vétusté contraste avec
le café-tabac du rez-de-chaussée qui flambe de son
néon, de son nickel et de ses flippers multicolores.
Gaston habite seul une chambrette au sixième étage.
Mais il se tient fin prêt devant le bistrot, et le semi
s'arrête à peine pour le cueillir.

— Ça va, petit père?

— Ça va.

C'est réglé comme du papier à musique. Gaston
observe une pause rituelle de trois minutes. Puis il
entreprend le déballage du sac de voyage qu'il a hissé
sur la banquette entre Pierre et lui, et il répartit autour
d'eux thermos, frigos. musettes, gamelles et trousses
avec une célérité qui trahit une routine rodée depuis
longtemps. Gaston est un petit homme fluet plus très
jeune, au visage attentif et calme. On le sent dominé
par la sagesse pessimiste d'un faible habitué depuis
l'enfance à se parer des coups d'un monde qu'il sait de
vieille expérience foncièrement hostile. Ses rangements
terminés, il enchaîne avec une séance de déshabillage.
Il échange ses chaussures contre des charentaises de

feutre, son veston contre un gros pull à col roulé, son béret basque contre un passe-montagne, et il entre-prend même de se déculotter, opération délicate, car la place est exiguë et le sol mouvant.

Pierre n'a pas besoin de le regarder pour voir son manège. Les yeux fixés sur le dédale de rues encom-brées qui mènent au périphérique, il ne perd rien du remue-ménage familier qui a lieu à sa droite.

— En somme, t'es à peine habillé pour descendre que tu te redéshabilles quand t'es embarqué, com-mente-t-il.

Gaston ne daigne pas répondre.

— Je me demande pourquoi tu descends pas de chez toi en liquette de nuit. Comme ça tu ferais d'une pierre deux coups, non ?

Gaston s'est assis sur le dossier de son siège. Profitant d'un démarrage du véhicule à un feu vert, il se laisse doucement basculer dans la couchette ména-gée derrière les sièges. On entend une dernière fois sa voix.

— Quand t'auras des questions intelligentes à poser, tu me réveilleras.

Cinq minutes plus tard le semi dévalait la rocade du périphérique déjà passablement chargé à cette heure matinale. Pour Pierre, ce n'était encore qu'un médio-cre préliminaire. Tout ce flot de véhicules charriant des camionnettes, des voitures de bourgeois, des cars de travailleurs noyait indistinctement les vrais auto-routiers. Il fallait attendre le filtrage assuré par les sorties de Rungis, Orly, Longjumeau et Corbeil-Essonnes ainsi que la voie dérivée vers Fontainebleau pour aborder enfin avec le péage de Fleury-Mérogis le seuil du grand ruban de béton.

Lorsqu'il s'arrêta plus tard derrière quatre autres poids lourds qui franchissaient le guichet, il était doublement heureux. Non seulement c'était lui qui conduisait, mais Gaston endormi ne lui ferait pas manquer son entrée en A 6. Il tendit gravement sa carte au préposé, la reprit et embraya pour s'élancer sur la voie lisse et blanche qui glissait vers le cœur de la France.

Ayant fait le plein à la station-service de Joigny — cela aussi, c'était rituel — il reprit sa vitesse de croisière jusqu'à la sortie de Pouilly-en-Auxois, puis ralentit et s'engagea sur l'aire du Muguet pour le casse-croûte de huit heures. A peine le véhicule s'était-il arrêté sous les hêtres du petit bois que Gaston surgissait de derrière les sièges et commençait à rassembler les éléments de son petit déjeuner. Cela aussi, c'était immuablement réglé.

Pierre sauta à terre. Moulé dans un survêtement de nylon bleu, chaussé de mocassins, il avait l'air d'un sportif à l'entraînement. Aussi bien il esquissa quelques mouvements de gymnastique, boxa avec le vide en sautillant et s'éloigna dans une foulée impeccable. Quand il revint à son point de départ échauffé et soufflant, Gaston achevait de se mettre en « tenue de jour ». Puis, posément, il disposa sur l'une des tables de l'aire un vrai petit déjeuner de bourgeois avec café, lait chaud, croissants, beurre, confiture et miel.

— Ce que j'apprécie chez toi, observa Pierre, c'est ton sens du confort. On dirait toujours que tu traînes derrière toi tantôt l'appartement de ta mère, tantôt un bout d'hôtel trois étoiles.

— Y a un âge pour tout, répondit Gaston en faisant couler un filet de miel dans le flanc entrouvert d'un

croissant. Pendant trente ans, le matin avant le boulot,
j'ai été au régime du petit vin blanc sec. Vin blanc des
Charentes et rien d'autre. Jusqu'au jour où je me suis
rendu compte que j'avais un estomac et des reins.
Alors c'est terminé. Plus d'alcool, plus de tabac. Café
au lait complet pour Monsieur ! Avec toast grillé et
marmelade d'orange. Comme une mémé au *Claridge*.
Et même je vais te dire une bonne chose...

Il s'interrompit pour mordre dans son croissant.
Pierre s'installa à côté de lui.

— Alors cette bonne chose, ça vient ?

— Eh bien, je me demande si je ne vais pas
renoncer au café au lait qu'est pas si facile que ça à
digérer pour me mettre au thé au citron. Parce que ça
alors, le thé au citron, c'est le fin du fin !

— Mais alors, pendant que tu y es, pourquoi pas les
œufs au bacon, comme les English ?

— Ah non ! Surtout pas ! Pas de salé au petit
déjeuner ! Non, tu vois, le petit déjeuner, ça doit
rester... comment t'expliquer ? Ça doit rester gentil,
non, affectueux, non, maternel. C'est ça, maternel ! Le
petit déjeuner ça doit vous faire un peu retomber en
enfance. Parce que la journée qui commence, c'est pas
tellement drôle. Alors il faut quelque chose de doux et
de rassurant pour bien se réveiller. Donc du chaud et
du sucré, y a pas à sortir de là.

— Et ta ceinture de flanelle ?

— Eh ben voilà ! Ça aussi c'est maternel ! Tu vois le
rapport ou t'as dit ça par hasard ?

— Je vois pas, non.

— Les langes de bébé ! Ma ceinture de flanelle, c'est
un retour aux langes.

— Tu te fous de moi ? Et le biberon, alors, c'est pour quand ?

— Mon petit père, regarde-moi et prends-en de la graine. Parce que j'ai au moins un avantage sur toi. J'ai eu ton âge et personne, pas même le bon Dieu, peut m'enlever ça. Tandis que toi, tu peux absolument pas être sûr d'avoir un jour le mien.

— Moi je te dirai que ces histoires d'âge, ça me laisse plutôt froid. Je crois qu'on est con ou malin une fois pour toutes et pour la vie.

— Oui et non. Parce que tout de même y a des degrés dans la connerie, et je crois qu'il y a un âge privilégié pour la connerie. Ensuite, ça s'arrangerait plutôt.

— Et selon toi, l'âge privilégié, comme tu dis, c'est quel âge ?

— Ça dépend des gars.

— Pour moi par exemple, ça serait pas vingt et un ans ?

— Pourquoi justement vingt et un ans ?

— Parce que j'ai justement vingt et un ans.

Gaston le regarda ironiquement en sirotant son café.

— Depuis le temps qu'on roule ensemble, oui, je t'observe et je cherche la connerie.

— Et tu la trouves pas, parce que je fume pas et parce que j'aime pas les petits blancs secs.

— Oui, mais tu vois il faut distinguer les grosses et les petites conneries. Le tabac et le blanc sec, c'est des petites conneries. Ça peut vous enterrer, mais seulement à la longue.

— Tandis que les grosses conneries, ça vous enterre d'un seul coup ?

— C'est ça, oui. Moi quand j'avais ton âge, non,

j'étais plus jeune que ça, je devais avoir dix-huit ans, je
me suis lancé dans la Résistance.

— C'était une grosse connerie?

— Énorme! J'étais complètement inconscient du
danger. Évidemment j'ai eu du pot. Mais mon meilleur copain qu'était avec moi, il y est resté. Arrêté,
déporté, disparu. Pourquoi? Ça a servi à quoi? Ça fait
trente ans que je me le demande.

— De ce côté-là, moi je risque plus rien, observa
Pierre.

— Plus rien, non, pas de ce côté-là.

— Ça fait que la grosse connerie chez moi, tu
continues à la chercher et tu l'as pas encore trouvée?

— Je l'ai pas encore trouvée, non. Je l'ai pas encore
trouvée mais je la subodore...

Deux jours plus tard, le semi de Pierre et de Gaston
se présentait à nouveau et à la même heure matinale
au péage de Fleury-Mérogis. Cette fois, c'était Gaston
qui tenait le manche à balai, et Pierre, assis à sa droite,
se sentait comme toujours légèrement frustré de commencer la journée dans ce rôle de second. Pour rien au
monde il n'aurait extériorisé un sentiment aussi dérai-
sonnable qu'il s'avouait d'ailleurs à peine à lui-même,
mais son humeur s'en trouvait légèrement aigrie.

— Salut Bébert! T'es encore de service aujour-
d'hui?

Ce besoin qu'avait Gaston de fraterniser avec cette
race à part, un peu mystérieuse, un peu méprisable des
préposés au péage! Aux yeux de Pierre, l'entrée
officielle sur l'autoroute revêtait une valeur de cérémonie que d'inutiles bavardages ne devaient pas troubler.

— Ben oui, expliqua l'employé. J'ai permuté avec Tiénot qu'est au mariage à sa sœur.

— Ah bon, conclut Gaston, alors on te verra pas vendredi ?

— Ben non, ça sera Tiénot.

— Alors à la semaine prochaine.

— D'accord, bonne route !

Gaston passa la carte de péage à Pierre. Le véhicule s'engagea sur l'autoroute. Gaston passait successivement les vitesses en père tranquille, sans coups d'accélérateur intempestifs. On s'installa dans l'euphorie que donnaient le régime de croisière de l'énorme véhicule et l'aube d'une journée qui promettait d'être superbe. Pierre, carré dans son siège, manipulait la carte de péage.

— Tu vois, ces gars qui font les guichets, moi je les comprends pas. Y z'en sont et y z'en sont pas.

Gaston le voyait partir dans une de ces élucubrations où il refusait de le suivre.

— Y z'en sont, y z'en sont, y z'en sont quoi ?

— Ben de l'autoroute ! Y restent à la porte, quoi ! Et pis le soir, service terminé, y reprennent la motobécane pour retourner à la ferme. Ben et l'autoroute, alors ?

— Quoi, l'autoroute ? s'énerva Gaston.

— Ah zut, fais un effort, quoi ! Tu sens pas, quand tu franchis le guichet d'entrée, quand t'as la carte de péage en main, tu sens pas qu'il s'est passé quelque chose ? Ensuite tu fonces sur la ligne droite en béton, c'est raide, c'est propre, c'est rapide, ça fait pas de cadeau. T'as changé de monde. T'es dans du nouveau. C'est l'autoroute, quoi ! T'es de l'autoroute !

Gaston s'obstinait dans son incompréhension.

— Non, pour moi l'autoroute c'est le boulot, un

point c'est tout. Je te dirai même que je trouve ça un peu monotone. Surtout sur un bahut comme le nôtre. Ah quand j'étais jeune, ça m'aurait bien plu de filer là-dessus à deux cents bornes avec une Maserati. Mais pour faire teuf-teuf avec quarante tonnes au cul, je trouve les nationales plus rigolotes avec leurs passages à niveau et leurs petits bistrots.

— D'accord, concéda Pierre, la Maserati et les deux cents bornes. Et ça, eh ben moi qui te parle, je l'ai déjà fait.

— Toi, tu l'as fait ? T'as fait du deux cents sur l'autoroute avec une Maserati ?

— Ah bien sûr, c'était pas une Maserati. C'était une vieille Chrysler, tu sais celle de Bernard qu'il avait gonflée ? On est monté à cent quatre-vingts sur l'autoroute.

— C'est déjà plus tout à fait pareil.

— Ah tu vas pas chipoter pour vingt bornes !

— Je chipote pas, je dis : c'est pas pareil.

— Bon, et moi je te dis : je préfère encore notre bahut.

— Explique.

— Parce que dans la Maserati...

— Dans la Chrysler gonflée...

— C'est pareil, t'es enfoncé par terre. Tu domines pas. Tandis que notre engin, il est haut, tu domines.

— Et toi, t'as besoin de dominer ?

— Moi, j'aime l'autoroute. Alors je veux voir. Tiens, regarde un peu cette ligne qui fout le camp à l'horizon ! C'est chouette, non ? Tu vois pas ça quand t'es à plat ventre par terre.

Gaston secoua la tête avec indulgence.

— Au fond, tu sais, tu devrais piloter des avions. Alors là, pour dominer, tu dominerais !

Pierre était indigné.

— T'as rien compris, ou alors tu me cherches ! L'avion, c'est pas ça. C'est trop haut. L'autoroute, faut y être. Faut en être. Faut pas en sortir.

Ce matin-là l'aire du Muguet avait des couleurs si riantes sous le jeune soleil que l'autoroute pouvait paraître en comparaison un enfer de bruit et de béton. Gaston avait entrepris de faire le ménage dans la cabine et avait déployé toute une panoplie de chiffons, plumeaux, balayettes et produits d'entretien sous l'œil ironique de Pierre qui était sorti pour se dégourdir les jambes.

— J'ai calculé que cette cabine, c'est l'endroit où je passe le plus d'heures de ma vie. Alors autant que ça soit propre, expliqua-t-il comme se parlant à lui-même.

Pierre s'éloigna, attiré par l'atmosphère de fraîcheur vivante du petit bois. Plus il s'avançait sous les arbres bourgeonnants, plus le grondement de la circulation s'affaiblissait. Il se sentait envahi par une émotion étrange, inconnue, un attendrissement de tout son être qu'il n'avait jamais éprouvé, si ce n'était peut-être il y avait bien des années en s'approchant pour la première fois du berceau de sa petite sœur. Le feuillage tendre bruissait de chants d'oiseaux et de vols d'insectes. Il respira à pleins poumons, comme s'il se retrouvait enfin à l'air libre après un long tunnel asphyxiant.

Soudain, il s'arrête. A quelque distance, il aperçoit

un tableau charmant. Une jeune fille blonde en robe
rose assise dans l'herbe. Elle ne le voit pas. Elle n'a
d'yeux que pour trois ou quatre vaches qui divaguent
paisiblement dans le pré. Pierre éprouve le besoin de la
voir mieux, de lui parler. Il avance encore. Tout à
coup il est arrêté. Une clôture se dresse devant son nez.
Un grillage rébarbatif, carcéral, presque concentra-
tionnaire avec son sommet arrondi en encorbellement
hérissé de fils d'acier barbelés. Pierre appartient à
l'autoroute. Une aire de repos n'est pas un lieu
d'évasion. La rumeur lointaine de la circulation se
rappelle à lui. Il reste pourtant comme médusé, les
doigts accrochés dans le grillage, les yeux fixés sur la
tache blonde là-bas, au pied du vieux mûrier. Enfin un
signal bien connu lui parvient, l'avertisseur du véhicule. Gaston s'impatiente. Il faut revenir. Pierre
s'arrache à sa contemplation et revient à la réalité, au
semi-remorque, à l'autoroute.

C'est Gaston qui conduit. Il est encore tout à son
ménage à fond, Gaston.

— C'est quand même plus propre maintenant,
constate-t-il avec satisfaction.

Pierre ne dit rien. Pierre n'est pas là. Il est resté
accroché au grillage qui limite l'aire du Muguet. Il est
heureux. Il sourit aux anges qui planent invisibles et
présents dans le ciel pur.

— T'es bien silencieux d'un coup. Tu dis rien ? finit
par s'étonner Gaston.

— Moi ? Non. Qu'est-ce que tu veux que je dise ?

— Je sais pas moi.

Pierre se secoue, tente de reprendre pied dans le
réel.

— Eh bien voilà, finit-il par soupirer, c'est le printemps !

La remorque détachée reposait sur sa béquille. Le tracteur pouvait quitter les entrepôts lyonnais en attendant que le déchargement fût effectué par les manutentionnaires.

— Ce qu'il y a de chouette avec le semi, apprécia Gaston, qui conduisait, c'est qu'on peut ficher le camp avec le tracteur pendant qu'on charge ou qu'on décharge. Ça devient presque alors une bagnole de bourgeois.

— Oui, mais y a des cas où il faudrait avoir chacun son tracteur, objecta Pierre.

— Pourquoi tu dis ça ? Tu voudrais faire bande à part ?

— Non, je dis ça pour toi. Parce qu'on va au self-service à cette heure, et je sais que t'aimes pas trop ça. Avec ta bagnole personnelle tu pourrais aller jusqu'au petit bouchon de la mère Maraude qu'a pas son pareil pour les plats mijotés.

— C'est vrai qu'avec toi, faut toujours bouffer avec un lance-pierres dans un décor de dentiste.

— Le self, c'est rapide et c'est propre. Et puis y a le choix.

Ils prirent la queue en poussant leur plateau sur la glissière bordant l'étal des assiettes garnies. L'air renfrogné de Gaston exprimait pleinement sa réprobation. Pierre choisit une crudité et une grillade, Gaston un pâté de campagne et un gras-double. Il fallut ensuite trouver un bout de table disponible.

— T'as vu cette variété ? triompha Pierre. Et pas une seconde d'attente.

Puis avisant l'assiette de Gaston, il s'étonna.

— Qu'est-ce que c'est que ça ?

— En principe ça devrait être du gras-double, répondit Gaston prudent.

— Normal à Lyon.

— Oui, mais ce qui est pas normal, c'est qu'il va être froid.

— Fallait pas prendre ça, dit Pierre en montrant ses crudités. Risque pas de refroidir.

Gaston haussa les épaules.

— Alors ta fameuse rapidité, elle m'oblige à commencer mon déjeuner par le plat de résistance. Sinon, mon gras-double, il va figer en graisse. Et du gras-double froid, c'est impossible. Im-pos-sible. Retiens bien ça. T'aurais appris que ça avec moi, t'aurais pas perdu ton temps. C'est pour ça que j'aime mieux attendre un peu en buvant un coup avec les copains dans un petit bistrot. La patronne apporte elle-même le plat du jour mijoté, chaud et à point. Voilà pour la vitesse. Quant à la cuisine, vaut mieux pas en parler. Parce que dans les selfs, je sais pas pourquoi, on n'ose pas relever. Par exemple le gras-double, ça suppose oignons, ail, thym, laurier, clous de girofle et beaucoup de poivre. Très chaud et très relevé, le gras-double. Alors goûte-moi ça si on dirait pas des nouilles à l'eau pour régime sans sel !

— Fallait prendre autre chose. T'avais le choix.

— Le choix ? Parlons-en du choix ! Moi, je vais te dire une bonne chose : dans un restaurant, moins il y a le choix, mieux ça vaut. Si on t'offre soixante-quinze plats, tu peux partir, c'est tout mauvais. La bonne

cuisinière, elle connaît qu'une seule chose : le plat du
jour.

— Allons, bois un coup de coca, ça te remettra !

— Du coca avec le gras-double !

— Faudrait s'entendre. Tu m'expliques depuis dix
minutes que c'en est pas du gras-double.

Ils mangèrent en silence, chacun suivant le cours de
ses pensées. Ce fut finalement Pierre qui exprima sa
conclusion.

— Au fond, tu vois, on n'a pas tout à fait la même
conception du boulot. Moi je suis nettement A 6. Toi
tu serais plutôt resté N 7.

Le beau temps semblait indestructible. Plus que
jamais l'aire du Muguet méritait son nom. Gaston
s'était couché non loin du véhicule et suçait une herbe
tout en regardant le ciel à travers les rameaux délicats
d'un tremble. Pierre s'était dirigé rapidement vers le
fond de l'aire. Les doigts accrochés au grillage, il
scrutait la prairie. Déception. Il y avait bien des
vaches, mais point de bergère visible. Il attendit,
hésita, puis se décida à pisser à travers le grillage.

— Faut pas vous gêner !

La voix jeune et teintée d'accent bourguignon venait
d'un buisson à gauche. Pierre rengaina précipitamment.

— Si y a un grillage, c'est pas pour rien. C'est pour
arrêter la saleté de l'autoroute. La pollution, quoi !

Pierre s'efforçait de faire coïncider l'image un peu
lointaine et idéalisée qu'il promenait dans sa tête
depuis dix jours avec celle bien concrète de la jeune
fille qu'il avait devant lui. Il l'avait imaginée plus

grande, plus mince, et surtout moins jeune. C'était
vraiment une adolescente, un peu rustique de surcroît,
sans trace de maquillage sur son museau semé de
taches de rousseur. Aussitôt il décida qu'elle lui
plaisait encore plus ainsi.

— Vous venez souvent ici ?

C'était tout ce qu'il avait trouvé à lui dire dans son
embarras.

— Des fois. Vous aussi, je crois. Je reconnais votre
camion.

Il y eut un silence plein de murmures printaniers.

— C'est calme ici, si près de l'autoroute. L'aire du
Muguet. Pourquoi ça s'appelle comme ça ? Y a du
muguet dans le coin ?

— Y avait, corrigea la jeune fille. C'était un bois.
Oui plein de muguet au printemps. Quand on a
construit l'autoroute, le bois a disparu. Englouti, avalé
par l'autoroute, comme par un tremblement de terre.
Alors le muguet, terminé !

Il y eut un nouveau silence. Elle s'assit par terre en
s'appuyant de l'épaule contre le grillage.

— Nous on passe deux fois par semaine, expliqua
Pierre. Seulement, bien sûr, une fois sur deux, on
remonte sur Paris. Alors on se trouve de l'autre côté de
l'autoroute. Pour venir ici, faudrait traverser les deux
chaussées à pied. C'est dangereux et interdit. Et vous,
vous avez une ferme dans le coin ?

— Mes parents, oui. A Lusigny. Lusigny-sur-
Ouche. C'est à cinq cents mètres, même pas. Mais
mon frère est parti à la ville. Il fait électricien à
Beaune. Il veut pas gratter la terre, comme il dit. Alors
on sait pas ce que va devenir la ferme quand le père
pourra plus.

— Forcément, le progrès, approuva Pierre.

Le vent passa doucement dans les arbres. On entendit l'avertisseur du semi.

— Faut que j'y aille, dit Pierre. A bientôt peut-être.

La jeune fille se leva.

— Au revoir !

Pierre s'élança, mais il revint aussitôt.

— Votre nom, c'est comment ?

— Marinette. Et vous ?

— Pierre.

Peu après, Gaston pensa qu'il y avait quelque chose de changé dans l'esprit de son compagnon. Ne s'inquiétait-il pas des gens mariés tout à coup ?

— Y a des moments, dit-il, je me demande comment ils font les copains mariés. Toute la semaine sur la route. Ensuite, à la maison, forcément on a plutôt envie de dormir. Et bien sûr pas question d'aller faire une balade en voiture. Alors bobonne évidemment, elle doit se sentir négligée.

Puis après un silence :

— Mais toi, t'as été marié dans le temps ?

— Oui, dans le temps, admit Gaston sans enthousiasme.

— Alors ?

— Alors, elle a fait comme moi.

— Quoi comme toi ?

— Eh ben oui quoi, j'étais toujours parti. Elle est partie aussi.

— Seulement toi, tu revenais.

— Elle, elle est pas revenue. Elle s'est mise avec un gars qui fait épicier. Un gars qui bouge pas quoi !

Et après une pause méditative, il conclut par ces mots lourds de menace :

— Au fond l'autoroute et les femmes, tu vois, ça va pas ensemble.

L'usage aurait voulu que Gaston lave le véhicule une fois sur deux. C'est ainsi que les choses se passent dans toutes les équipes de routiers. Mais c'était presque toujours Pierre qui prenait l'initiative d'un lavage, et Gaston se laissait voler son tour avec philosophie. Visiblement ils n'avaient la même esthétique et la même hygiène ni pour eux-mêmes, ni pour leur outil de travail.

Ce jour-là Gaston musardait sur le siège du véhicule tandis que Pierre dirigeait sur la carrosserie un jet d'eau d'une raideur assourdissante qui hachait les rares répliques échangées par la fenêtre ouverte.

— Tu crois pas que t'en as assez mis ? demanda Gaston.

— Assez mis quoi ?

— De l'huile de bras. Tu te crois dans un institut de beauté ?

Pierre sans répondre arrêta le jet et sortit d'un seau une éponge ruisselante.

— Quand on s'est mis en équipe, j'ai bien compris que les poupées, porte-bonheur, décalques et tout ce que les gars accrochent à leur bahut, ça te plaisait pas, reprit Gaston.

— Non, t'as raison, approuva Pierre. Je trouve que ça va pas avec le genre de beauté du véhicule.

— C'est quoi, selon toi, ce genre de beauté ?

— C'est une beauté utile, adaptée, fonctionnelle, quoi. Une beauté qui ressemble à l'autoroute. Alors

rien qui traîne, qui pendouille, qui sert à rien. Rien
pour faire joli.

— Reconnais que j'ai tout de suite tout enlevé, y
compris la belle môme aux cuisses nues à Védole qui
faisait du patin sur la calandre.

— Celle-là, t'aurais pu la laisser, admit Pierre en
reprenant son tuyau.

— Tiens, tiens, s'étonna Gaston Monsieur devient
plus humain ? Ça doit être le printemps. Tu devrais
peindre des petites fleurs sur la carrosserie.

Pierre entendait mal dans le vacarme du jet fouet-
tant la tôle.

— Quoi sur la carrosserie ?

— Je dis : tu devrais peindre des petites fleurs sur la
carrosserie. Du muguet, par exemple.

Le jet se dirigea vers la figure de Gaston qui
remonta précipitamment la vitre de sa fenêtre.

Ce même jour eut lieu à l'arrêt traditionnel sur l'aire
du Muguet un incident qui inquiéta Gaston plus qu'il
ne l'amusa Pierre, qui le croyait endormi dans la
couchette, ouvrit l'arrière de la remorque et en tira la
petite échelle métallique servant à monter sur le toit.
Puis il se dirigea vers le fond de l'aire Un mauvais
génie semble parfois guider les événements La scène
qui suivit devait être visible d'un point quelconque de
la chaussée qui décrit en ces lieux une vaste courbe Le
fait est que deux motards de la police routière surgi-
rent au moment où Pierre ayant appliqué l'échelle
contre l'un des montants de la clôture commençait à
monter Rejoint, interpellé, il dut redescendre Gaston
intervint On s'expliqua à grands gestes L'un des
motards ayant installé tout un petit matériel bureau-
cratique sur l'aile du véhicule se plongea dans des

écritures, cependant que Gaston remettait l'échelle en place. Puis les motards s'éloignèrent sur leur monture comme deux cavaliers du destin, et le véhicule reprit la direction de Lyon.

Après un très long silence, Pierre qui conduisait parla le premier.

— Tu vois ce village, là-bas? Chaque fois que je passe devant, je pense au mien. Avec son église écrasée et ses maisons tassées autour, il ressemble à Parlines, près du Puy-de-la-Chaux. Alors ça, c'est vraiment le fin bond de l'Auvergne. Le pays des vaches et des bougnats. Y a seulement vingt ans, les hommes et les bêtes étaient logés dans la même pièce. Dans le fond les vaches, à gauche la soue à cochons, à droite le poulailler avec tout de même une chatière à guillotine pour laisser sortir la volaille. Près de la fenêtre, la table à manger et, de chaque côté, deux grands lits où se distribuait toute la famille. Comme ça en hiver, y avait pas un pet de chaleur qui se perdait. Mais alors l'atmosphère quand on plongeait là-dedans en venant du dehors! A couper au couteau!

— Mais t'as pas connu ça toi, t'es trop jeune, objecta Gaston.

— Non, mais j'y suis né. C'est comme qui dirait héréditaire, et je me demande si j'en suis bien sorti quelquefois. C'est comme le sol. En terre battue. Pas question de carrelage ou de plancher. Oh alors là, pas besoin de s'essuyer les pieds en entrant! La terre des champs qui collait après tes semelles et la terre du dedans de la maison, c'était kif-kif, ça pouvait se mélanger. C'est ça que j'apprécie surtout dans notre boulot : pouvoir travailler en mocassins à semelle souple. Pourtant y avait pas que des mauvais côtés dans notre bled. Par exemple on se chauffait et on faisait la cuisine au bois. On dira ce qu'on voudra, c'était autre chose que le gaz et l'électricité qu'on a eus plus tard quand ma vieille devenue veuve s'est installée à Boullay. C'était une chaleur vivante. Et le sapin décoré au moment de Noël...

Gaston s'impatienta.

— Mais pourquoi tu me racontes tout ça ?

— Pourquoi ? Je ne sais pas, moi. Parce que j'y pense.

— Tu veux que je te dise ? Le coup de l'échelle. Tu crois que c'était pour aller bécoter la Marinette ? Pas seulement ça. C'était surtout pour sortir de l'autoroute et retourner à ton Parlines près du Puy je ne sais quoi !

— Ah zut ! Tu peux pas comprendre !

— Parce que je suis né à Pantin, je peux pas comprendre que t'as des nostalgies de cul-terreux ?

— Est-ce que je sais moi ? Tu crois que j'y comprends quelque chose moi-même ? Non, vrai, y a des moments, la vie devient trop compliquée !

— Et le samedi soir, vous allez au bal quelquefois ?

Pierre aurait préféré s'asseoir près de Marinette et rester silencieusement près d'elle, mais cette clôture, ce grillage dans lequel il accroche ses doigts créent une distance entre eux qui les oblige à se parler.

— Des fois, oui, répond Marinette évasive. Mais c'est loin. A Lusigny y a jamais de bals. Alors on va à Beaune. Mes parents aiment pas trop me laisser partir seule. Il faut que la fille des voisins m'accompagne. La Jeannette, elle est sérieuse. Avec elle ils ont confiance.

Pierre rêvait.

— Un samedi je viendrai vous chercher à Lusigny.
On ira a Beaune On emmènera la Jeannette, puisque
c'est comme ça

— Vous viendrez me prendre avec le quarante
tonnes ? s'étonna Marinette réaliste

— Eh non ' J'ai une moto. une 350.

— A trois sur une moto, ça sera pas le confort.

Il y eut un silence accablé Pierre trouvait qu'elle y
mettait bien peu de bonne volonté Ou bien était-ce au
contraire de sa part un désir de réalisation immédiate
qui lui faisait voir aussitôt des obstacles matériels ?

— Mais on peut danser ici, dit-elle tout à coup,
comme si elle faisait une découverte soudaine.

Pierre ne comprenait pas.

— Ici ?

— Mais oui, j'ai mon petit transistor, dit-elle en se
baissant et en ramassant le récepteur dans l'herbe
haute

— Avec ce grillage qui nous sépare ?

— Il y a des danses où on ne se touche pas. Le jerk
par exemple

Elle déclencha le récepteur. Une musique tendre et
un rythme assez lent s'éleva.

— C'est un jerk, ça ? demanda Pierre.

— Non, ça serait plutôt une valse. On essaie quand
même ?

Et sans attendre sa réponse, tenant le transistor à
bout de bras, elle se mit à tourner sur place sous le
regard médusé de Pierre

— Alors, vous dansez aussi, non ?

D'abord gauchement, puis avec plus d'abandon, il
l'imita A une trentaine de mètres. Gaston, qui venait
chercher son compagnon devenu sourd à tous les

appels, s'arrêta ébahi en découvrant cette scène
étrange et triste, ce garçon et cette fille rayonnant de
jeunesse qui dansaient *ensemble* une valse viennoise
séparés par une clôture barbelée.

Lorsqu'ils repartirent, Gaston prit le volant. Pierre
tendit la main vers la radio du tableau de bord.
Aussitôt la valse de Marinette se fit entendre. Pierre se
laissa aller en arrière, comme emporté dans une
rêverie heureuse. Il lui semblait tout à coup que le
paysage qu'il voyait défiler autour de lui s'accordait
merveilleusement à cette musique, comme s'il y avait
eu quelque affinité profonde entre cette Bourgogne en
fleurs et la Vienne impériale des Strauss. Des vieilles
demeures avenantes et nobles, des vallonnements
harmonieux, des prairies vert tendre se succédaient
sous ses yeux.

— C'est drôle comme le paysage est beau par ici,
finit-il par dire. Ça fait des dizaines de fois que je le
traverse, je m'en étais jamais aperçu.

— C'est la musique qui fait cet effet-là, expliqua
Gaston. C'est comme au cinéma. Une musique bien
étudiée sur une scène, ça la rend tout de suite bien plus
forte.

— Y a aussi le pare-brise, ajouta Pierre.

— Le pare-brise ? Qu'est-ce que tu veux dire ?

— Le pare-brise quoi, la vitre qui protège le
paysage.

— Ah parce que tu crois que le pare-brise, il est fait
pour protéger le paysage ?

— En un sens oui. Et alors du coup, ça le rend plus
beau, le paysage. Mais je pourrais pas dire pourquoi.

Puis après un moment de réflexion, il corrigea.

— Si, je sais bien pourquoi...

— Alors vas-y. Pourquoi le pare-brise y rendrait le paysage plus beau ?

— Quand j'étais gosse, j'aimais aller à la ville pour regarder les vitrines. Surtout bien sûr la veille de Noël. Tout ce qu'il y avait dans les vitrines, c'était bien arrangé sur du velours avec des guirlandes et des branchettes de sapin. Et puis la vitre, ça interdit, ça empêche de toucher. Quand on entrait dans le magasin et quand on se faisait montrer quelque chose qu'on sortait de la vitrine, tout de suite, c'était moins bien. Ça avait perdu son charme, si tu vois ce que je veux dire. Alors ici avec le pare-brise, eh bien le paysage, il est comme en vitrine. Bien arrangé et impossible à toucher. C'est peut-être pour ça qu'il est plus beau.

— En somme, conclut Gaston, si je comprends bien, l'autoroute, c'est des belles choses, mais pour les yeux seulement. Pas la peine de s'arrêter et de tendre la main. Pas touche, défendu, bas les pattes !

Gaston se tut. Il avait envie d'ajouter quelque chose, d'aller jusqu'au bout de son idée, mais il hésitait. Il ne voulait pas trop le malmener, ce Pierrot si jeune et si maladroit. Enfin tout de même il se décida.

— Seulement voilà, dit-il à mi-voix. Y a pas que le paysage que l'autoroute y rend impossible à toucher. Y a aussi les filles. Le paysage derrière un pare-brise, les filles derrière une clôture, tout en vitrine. Pas touche, défendu, bas les pattes ! C'est ça l'autoroute !

Pierre n'avait pas bougé. Sa passivité agaça Gaston. Il éclata.

— Pas vrai Pierrot ? hurla-t-il.

Pierre sursauta et le regarda d'un air égaré.

L'ombre énorme et immobile du véhicule se dressait
sur le ciel pétillant d'étoiles. Une faible lueur éclairait
l'intérieur de la cabine. Gaston en tenue de nuit, mais
le nez chaussé d'une paire de lunettes en acier, était
plongé dans la lecture d'un roman. Pierre étendu sur la
couchette s'inquiétait de cette veillée prolongée.

— Qu'est-ce que tu fais? demanda-t-il d'une voix
ensommeillée.

— Tu vois bien : je lis.

— Qu'est-ce que tu lis?

— Quand tu me causes et quand je te cause, je lis
plus. J'arrête de lire. On peut pas tout faire à la fois.
Alors avant qu'on cause, je lisais un roman. *La Vénus
des sables,* ça s'appelle.

— *La Vénus des sables?*

— Oui, *La Vénus des sables.*

— De quoi ça parle?

— Ça se passe dans le désert. Dans le Tassili
exactement. Ça doit se trouver quelque part au sud du
Sahara. C'est des caravaniers. Des gars qui traversent
le désert avec des chameaux chargés de marchandises.

— C'est intéressant, ça?

— Contrairement à ce qu'on pourrait croire, ça a
un certain rapport avec nous.

— Explique.

— Mes caravaniers, ils marchent toute la sainte
journée dans le sable avec leurs chameaux. Ils trans-
portent des marchandises d'un point à un autre. En
somme, c'était les routiers de l'époque. Ou alors, c'est
nous qui sommes les caravaniers d'aujourd'hui. Tu
remplaces les chameaux par des poids lourds et le
désert par l'autoroute, et ça devient la même chose.

— Ouais, murmura Pierre assoupi.

Mais Gaston, pris par son sujet, poursuivait.

— Et puis il y a les oasis. Les caravaniers, ils font escale dans les oasis Là il y a des sources, des palmiers, des filles qui les attendent. C'est comme ça que le titre du roman se justifie : *La Vénus des sables.* C'est une môme épatante qui reste dans une oasis. Alors les caravaniers, ils en rêvent évidemment. Tiens, écoute un peu ça

« *Le jeune goumier était descendu de son méhari blanc —* c'est comme qui dirait un chameau — *de son méhari blanc et cherchait Aïcha —* c'est comme ça qu'elle s'appelle, la fille — *dans l'ombre de la palmeraie. Il ne la trouvait pas parce qu'elle se cachait près du puits, observant les efforts du jeune homme par la fente de son voile qu'elle avait rabattu sur son visage. Enfin il l'aperçut et reconnut sa silhouette indistincte à travers les branches d'un tamaris rose. Elle se leva en le voyant approcher, car il ne convient pas qu'une femme parle assise à un homme.* Tu vois, dans ces pays, on a gardé le sens de la hiérarchie.

« *Aïcha, lui dit-il, j'ai cheminé huit jours dans les pierres du Tassili, mais chaque fois que mes yeux se fermaient sous la brûlure du soleil, c'était ton tendre visage qui m'apparaissait. Aïcha, fleur de Sahel, as-tu pensé à moi une seule fois pendant tout ce temps ?*

« *La jeune fille découvrit le regard mauve de ses yeux sombres et l'éclat blanc de son sourire.*

« *Ahmed, fils de Dahmani, dit-elle, tu affirmes cela ce soir. Mais dès les premières lueurs du jour, tu feras lever ton méhari blanc et tu t'éloigneras vers le nord sans te retourner. En vérité, je crois que tu aimes mieux ton chameau et ton désert que moi !*

« Hein qu'est-ce que tu dis de ça ? »

Pierre se retourna dans la couchette. Gaston enten-

dit un gémissement où il crut distinguer un prénom :
« Marinette ! »

On approchait de l'aire du Muguet, Pierre était au
volant. Gaston sommeillait derrière lui dans la couchette.

Le véhicule s'engagea dans la dérivation et stoppa.

— Je descends un brin, expliqua Pierre.

— Je bouge pas, fut la réponse qui monta de la
couchette.

Pierre s'avança sous les arbres. Le temps gris avait
éteint les couleurs et les chants des oiseaux. Il y avait
dans l'air comme une attente désabusée, morose,
presque menaçante. Pierre atteignit la clôture. Il
n'aperçut ni vaches ni bergère. Il resta un moment
déçu, les doigts accrochés dans le grillage. Appeler ?
Ça n'en valait pas la peine. Visiblement il n'y avait
personne, et c'était pour cela que le charme était
rompu. Soudain, comme sous le coup d'une brusque
décision, Pierre fit demi-tour et revint à grands pas
vers le véhicule. Il reprit sa place et démarra.

— T'as pas traîné pour un coup, commenta la
couchette.

Le véhicule prit la déviation d'entrée à vive allure et
déboucha sans égards sur la voie autoroutière. Une
Porsche qui arrivait en météore dévia d'un coup de
volant à gauche avec des appels de phare indignés.
Écrasant le champignon, passant les vitesses en virtuose, Pierre fait donner le maximum au semi, malheureusement chargé à pleins bords. Survient la rocade de
sortie vers Beaune. Le véhicule s'y engage en tempête.

La tête ahurie de Gaston, coiffée de son passe-montagne, surgit derrière les sièges.

— Mais qu'est-ce que tu fous ? T'es devenu dingue ?

— Lusigny, Lusigny-sur-Ouche, prononce Pierre les dents serrées. Faut que j'y aille.

— Mais tu sais ce que ça va nous coûter ? Tu t'en fous, toi. A quelle heure on va être à Lyon ce soir ? Après le coup de l'échelle, tu crois que tu peux encore faire le mariole ?

— Juste un crochet, quoi ! Je te demande une demi-heure.

— Une demi-heure ! Tu parles !

Le véhicule stoppe devant le guichet du péagiste. Pierre lui tend sa carte.

— Lusigny, Lusigny-sur-Ouche ? Tu sais où ça perche ?

L'homme fait un geste vague et répond par quelques mots inintelligibles.

— Quoi ?

Nouveau geste encore plus vague accompagné de sons obscurs.

— Bon, ça va ! conclut Pierre en démarrant.

— En somme, lui dit Gaston, tu sais pas où tu vas ?

— Lusigny. Lusigny-sur-Ouche. C'est clair, non ? A cinq cents mètres, a dit Marinette.

Le véhicule roule un moment et s'arrête au niveau d'une petite vieille qui tient un parapluie d'une main, un panier de l'autre. Prise de peur, elle s'écarte précipitamment.

— Madame, s'il vous plaît, pour aller à Lusigny ?

Elle se rapproche et cale son parapluie sous son bras pour pouvoir mettre sa main en éventail derrière son oreille.

— Pour aller à l'usine ? Quelle usine vous voulez dire ?

— Non, Lusigny, Lusigny-sur-Ouche.

— Des provisions de bouche ? Mais faut aller chez l'épicier !

Gaston croit devoir intervenir et, se penchant par-dessus l'épaule de Pierre, il prononce posément :

— Non, madame. Nous cherchons Lusigny. Lu-signy-sur-Ouche.

La vieille ricane.

— Louche ? Ah oui, c'est louche tout ça, c'est bien louche !

— Merde ! grommelle Pierre en embrayant.

Le semi roule un petit kilomètre à faible vitesse, puis il ralentit encore lorsqu'un homme poussant une vache devant lui s'encadre dans la fenêtre de Gaston. Celui-ci l'interroge aussitôt. Sans s'arrêter, sans un mot, l'homme fait du bras un geste vers la droite.

— Faut tourner à droite, dit Gaston.

Le lourd semi s'engage péniblement dans une petite départementale. Survient un jeune garçon assis sur un gros cheval de labour avec un sac à pommes de terre en guise de selle.

— Dis donc mon gars, Lusigny, Lusigny-sur-Ouche ? Tu connais ?

Le garçon le regarde d'un air stupide.

— Ben quoi ? Tu connais, oui ou non ? Lusigny ?

Il y a encore un silence. Puis le cheval tend le cou, découvre un râtelier énorme et jaune, et fait éclater un hennissement rigolard. Aussitôt le jeune garçon, comme entraîné par la contagion, éclate d'un rire dément.

— Laisse tomber, conseille Gaston. Tu vois bien que c'est un demeuré !

— Mais qu'est-ce que c'est que ce bled pourri ! éclate Pierre. Ils le font exprès, non ?

On arrive à un croissement de la route avec un chemin vicinal. Il y a un poteau indicateur, mais la plaque a disparu. Pierre saute sur le talus et inspecte les herbes autour du poteau. Il finit par trouver une plaque de fonte verdie comportant plusieurs noms de villages dont celui de Lusigny.

— Tiens ! Tu vois ? Lusigny, trois kilomètres ! triomphe-t-il.

— Oui, mais on t'avait dit cinq cents mètres, rappelle Gaston.

— Ça prouve qu'on s'est fichu dedans !

Le véhicule s'ébranle et braque dans le chemin vicinal.

— Mais tu vas pas nous embarquer là-dedans ! s'exclame Gaston.

— Mais si, pourquoi ? Regarde, ça va tout seul.

Le véhicule progresse en oscillant comme un navire. Des branches raclent ses flancs, d'autres balaient le pare-brise.

— On n'est pas sortis de l'auberge, gémit Gaston.

— Ça porte malheur d'être défaitiste.

— Des fois, c'est simplement de la prévoyance. Tiens ! Regarde ce qui nous arrive devant !

Débouchant d'un tournant, on voit en effet surgir un tracteur tirant une charrette qui obstrue toute la largeur du chemin. Arrêt général. Pierre descend et échange quelques mots avec l'homme du tracteur. Puis il reprend place près de Gaston.

— Il dit qu'on peut se croiser un peu plus loin. Il va reculer

Une manœuvre délicate commence. Le semi progresse au pas, chassant devant lui le tracteur gêné par sa charrette On arrive en effet à un élargissement assez médiocre du chemin Le semi serre à droite autant qu'il est possible sans imprudence. Le tracteur entreprend de le croiser La charrette ne passe pas. Le semi recule de quelques mètres, puis avance à nouveau en braquant à droite La voie est dégagée pour la charrette, mais la masse du véhicule penche dangereusement à droite Pierre donne les gaz Le moteur rugit inutilement Les roues droites s'enfoncent dans l'herbe et la terre molle

— Ça y est ! On est coincés, constate Gaston avec une sombre satisfaction

— T'en fais pas, j'ai tout prévu.

— T'as tout prévu ?

— Ben oui, quoi, on a bien un tracteur ? Il va nous tirer de là !

Pierre descend, et Gaston le voit parlementer avec l'homme du tracteur Celui-ci fait un geste de refus. Pierre sort son portefeuille Nouveau refus. Finalement le tracteur s'ébranle, et la charrette achève de croiser le semi Gaston saute à terre et court rattraper le tracteur

— Dites donc, on va à Lusigny. Lusigny-sur-Ouche Vous savez où c'est ?

D'un geste, le conducteur indiqua la direction dans laquelle il se dirigeait lui-même Accablé, Gaston rejoignit Pierre qui fouillait le fond de la cabine à la recherche d'un câble

— Bonne nouvelle, lui dit-il. Va falloir faire demi-tour.

Mais on n'en était pas encore là. Pierre ayant déroulé le câble se glissa sous la calandre pour le fixer au treuil. Puis il partit un peu à l'aventure avec l'autre bout du câble à la recherche d'un point d'amarrage. Il hésita devant un arbre, puis un autre, et se décida finalement pour un crucifix ancien qui se dressait à la croisée d'un chemin de terre. Il entoura la base du socle avec le câble et regagna la cabine. Le moteur du treuil ronronna et on vit le câble lentement ramené se tordre sur les pierres de la chaussée, puis se tendre et vibrer. Pierre stoppa comme pour se recueillir avant l'effort. Puis il déclencha à nouveau le treuil en s'arc-boutant sur le volant, comme pour participer à l'effort qui allait sortir les quarante tonnes du véhicule de l'ornière. Gaston suivait l'opération légèrement en arrière de la cabine. Il savait qu'un câble d'acier qui casse peut faucher d'un coup de fouet meurtrier les deux jambes d'un homme malencontreusement placé. Le véhicule s'ébranla, puis s'arracha très lentement à la terre molle. Pierre, les yeux fixés au sol, mesurait les progrès du véhicule mètre par mètre. Ce fut Gaston qui vit le premier le crucifix accuser une gîte inquiétante, puis s'abattre brusquement dans l'herbe au moment où les quatre roues de la remorque mordaient enfin sur la chaussée.

— Le crucifix ! T'as vu ce que t'as fait ?

Pierre heureux d'être tiré d'affaire haussa les épaules.

— Tu vas voir qu'on va finir en prison, insista Gaston.

— Si l'autre minable avait bien voulu nous aider avec son tracteur, ça serait pas arrivé !

— T'expliqueras ça aux gendarmes !

Le véhicule a repris sa progression cahotante sur la voie irrégulière.

— C'est bien joli, la campagne, mais oublie tout de même pas qu'il faut faire demi-tour.

— On va bien arriver quelque part quand même.

Ils débouchent en effet un kilomètre plus loin sur la place d'un petit bourg. Il y a une épicerie-buvette, un droguiste, des rangées de tubes rouillés supportant les bâches roulées d'un marché absent, et, dans le fond, un monument aux morts figurant un poilu qui monte à l'assaut baïonnette au canon, le godillot posé sur un casque à pointe. Pour faire manœuvrer le véhicule, ce n'est pas idéal, mais il n'y a guère le choix. Gaston descend pour diriger les opérations. Il faut profiter d'une ruelle en pente pour y engager l'avant du tracteur, et ensuite reculer en braquant à gauche. L'ennui, c'est que la ruelle ne se présente plus ensuite pour donner de l'ampleur aux mouvements du véhicule. Il faut essayer de reculer le plus loin possible, jusqu'à la limite du monument aux morts.

Gaston court de l'arrière de la remorque à la fenêtre de la cabine pour guider les manœuvres de Pierre.

— En avant toutes !... Encore... Stop... Braque à droite maintenant... En arrière... Stop... Braque à gauche... En avant...

C'est vraiment évoluer dans un mouchoir de poche. L'absence de passants ou d'habitants accentue encore le malaise que les deux hommes éprouvent depuis le début de leur équipée. Dans quel pays se sont-ils donc aventurés ? Est-ce qu'on finira par en sortir ?

Le plus difficile reste à faire. car si le pare-chocs du tracteur frôle la vitrine du droguiste. l'arrière de la remorque menace directement maintenant le monument aux morts Mais Gaston a l'œil Il crie, court. se démène Brave Gaston, lui qui a horreur de l'imprévu et des efforts gaspillés, c'est vraiment sa fête aujourd'hui !

Le véhicule ne peut avancer d'un centimètre de plus qu'en crevant la devanture où s'étalent pâtes pectorales, tisanes et ceintures rhumatismales Pierre braque à fond et commence à reculer Il a le sentiment vague que Gaston, trop prudent. lui fait perdre à chaque manœuvre de précieux centimètres. Celui-là. il faut toujours un peu le violer ! Il recule La voix de Gaston lui parvient, lointaine mais distincte

— Vas-y ! Doucement. Encore. Encore. Doucement. Stop. c'est bon.

Mais Pierre est persuadé qu'il y a encore un bon mètre à prendre. Ce rabiot peut éviter une manœuvre supplémentaire Il continue donc à reculer. La voix de Gaston s'affole

— Stop ! Arrête ! Mais arrête-toi bon Dieu !

Il y a un raclement, puis un choc sourd. Pierre stoppe enfin et saute à terre

Le poilu qui tenait sa baïonnette à deux mains n'a plus ni baïonnette. ni mains, ni bras Il s'est vaillamment défendu pourtant. car la tôle de la remorque accuse une vaste éraflure. Gaston se baisse et ramasse quelques débris de bronze

— Le voilà manchot à cette heure. constate Pierre. Après tout, un grand invalide de guerre, c'est pas si mal non ?

Gaston hausse les épaules.

— Cette fois, faut aller à la gendarmerie. On peut pas y couper. Et ton foutu patelin sur Ouche, c'est bien terminé pour aujourd'hui !

Les formalités les retinrent près de deux heures, et la nuit était tombée quand ils sortirent de la gendarmerie. Gaston avait noté que Pierre — sombre, résolu, comme possédé par une colère rentrée — n'avait même pas demandé aux gendarmes la direction de Lusigny. Que faisaient-ils, perdus dans ce bourg avec leur quarante tonnes ? A cette question du procès-verbal, ils avaient invoqué une pièce urgente à remplacer, un garage qu'on leur avait signalé, des malentendus en cascade.

Il n'était plus maintenant que de regagner l'autoroute. Gaston prit le volant. Pierre s'enfermait toujours dans un silence orageux. Ils avaient parcouru deux kilomètres environ quand une pétarade couvrit le bruit du moteur.

— Qu'est-ce que c'est encore ? s'inquiéta Gaston.

— Rien, grogna Pierre. Ça vient du moteur.

Ils continuèrent jusqu'au moment où une lueur blafarde, aveuglante, barra la route. Gaston stoppa.

— Attends, dit Pierre, je vais voir.

Il sauta de la cabine. Ce n'était qu'un feu de Bengale qui achevait de se consumer sur la chaussée. Pierre allait remonter à sa place quand éclata une fanfare sauvage et grotesque, tandis qu'une bande de danseurs masqués l'entouraient en brandissant des torches. Certains avaient des mirlitons, d'autres des trompettes. Pierre se débat, veut sortir de cette ronde burlesque. On l'inonde de confetti, un Pierrot l'enroule dans des serpentins, un masque de cochon rose lui projette à la figure une langue de papier.

— Ah, mais finissez, sales cons !

Un pétard explose sous ses pieds Pierre a empoigné
le cochon rose par ses revers, il le secoue furieusement,
il lui écrase son poing sur le groin, lequel plie et se
cabosse sous le choc. Les autres viennent à la res-
cousse. Pierre tombe sur un croc-en-jambe. C'est alors
que Gaston dégringole de la cabine avec une torche
électrique. Il hurle.

— C'est fini, bande d'abrutis ! On n'est pas ici pour
rigoler, nous. On connaît vos gendarmes, vous savez
On va les appeler !

Le tumulte se calme. Les gars retirent leurs masques
et découvrent des faces hilares de jeunes ruraux
endimanchés. Ils ont tous à leur revers la cocarde
tricolore et le flot de rubans des jeunes conscrits.

— Ben quoi ? On est bon pour le service, alors on
rigole ! C'est comme ça !

— Et pis d'abord qu'est-ce que vous foutez à cette
heure avec ce bahut ? Vous déménagez ?

Ils se touchent la tempe avec des hurlements de rire.

— Oui, c'est ça, ils déménagent !

Pierre se frotte les reins. Gaston se hâte de le pousser
vers le véhicule et de le hisser dans la cabine avant que
les choses ne recommencent à se gâter.

Sur l'autoroute, tout en conduisant, il surveille du
coin de l'œil le visage durci, le profil buté de son
compagnon, haché par les lueurs rares et brutales de la
circulation.

— Tu sais, ton Lusigny, finit-il pas prononcer. Eh
bien, j'en arrive à me demander si ça existe. Ou si ta
Marinette, elle s'est pas foutue de toi.

— Que Lusigny existe pas, c'est bien possible,

répond Pierre après un silence. Mais Marinette s'est
pas foutue de moi, non.

— Alors, si elle s'est pas foutue de toi, explique-moi
pourquoi elle t'a donné le nom d'un village qu'existe
pas ?

Il y eut encore un silence, et Gaston dut entendre
cette réponse qui le médusa :

— C'est peut-être que la Marinette, elle existe pas,
elle non plus. Alors une fille qu'existe pas, c'est normal
que ça habite un village qu'existe pas, non ?

Il faisait grand jour le lendemain quand le véhicule
remontant sur Paris approcha du niveau de l'aire du
Muguet. C'était Pierre qui tenait le volant. Il avait
toujours son air sombre de la veille et ne sortait de son
silence que pour grommeler des injures. Gaston, tassé
dans son coin, l'observait avec inquiétude. Une voiture
de tourisme les doubla et se rabattit sur la droite un
peu trop vite. Pierre éclata.

— Ah tiens ! Ces touristes ! Quelle sale denrée sur
les routes ! Ensuite les accidents, c'est toujours la faute
aux routiers ! Ils n'ont qu'à prendre le train pour aller
s'amuser en vacances !

Gaston détourna la tête. Une 2 CV entreprit
laborieusement de les doubler à son tour.

— Même les deux pattes qui s'y mettent ! Et
conduite par une femme en plus. Mais si elle va moins
vite que nous, pourquoi elle veut absolument passer
devant ?

A la grande surprise de Gaston, Pierre ralentit
néanmoins, et la 2 CV doubla sans plus de difficulté.

Au passage, la conductrice leur fit un petit signe de remerciement.

— T'es bien gentil, observa Gaston, comme Pierre continuait à ralentir, mais après l'équipée d'hier, on n'a plus de temps à perdre.

C'est alors qu'il s'aperçut que Pierre continuant à ralentir déclenchait le clignotant droit et se dirigeait vers le bas-côté de l'autoroute. Il comprit en apercevant l'aire du Muguet de l'autre côté de la chaussée.

— Ah non, merde! Tu vas pas recommencer!

Sans un mot, Pierre saute de la cabine. Ce sera très difficile de traverser les deux voies où déferle une circulation intense et rapide dans l'un et l'autre sens. Visiblement, Pierre n'en a cure. On dirait qu'il est devenu aveugle.

— Pierre, mais t'es devenu fou! Attention, bon Dieu!

Pierre a été évité de justesse par une Mercedes qui proteste en faisant hurler son avertisseur. Il reprend son élan et atteint les rampes de séparation. Il les saute et s'élance sur la voie Paris-Province. Un poids lourd le frôle et l'oblige à s'arrêter Il repart d'un bond désespéré pour échapper à une DS. Encore un bond. Un choc le fait tournoyer, un autre choc l'envoie au sol, mais avant qu'il touche terre, il est projeté en l'air par un terrible coup de boutoir. « On aurait dit que les véhicules jouaient au ballon avec lui », expliquera Gaston plus tard. Il y a des miaulements de pneus, des coups d'avertisseur Un bouchon se forme.

Gaston est le premier auprès de Pierre. Aidé par trois automobilistes, il le ramène près de leur véhicule. La tête de Pierre ensanglantée roule inerte d'un côté et de l'autre. Gaston l'immobilise de ses deux mains. Il le regarde dans les yeux avec une tendresse navrée. Alors les lèvres de Pierre remuent. Il veut dire quelque chose. Il balbutie. Puis lentement, les mots s'ordonnent.

— L'autoroute... murmure-t-il. L'autoroute... Tu vois, Gaston, quand on en est de l'autoroute... faut pas chercher à en sortir.

Plus tard, le semi-remorque conduit pas Gaston reprend la route. Il est précédé par une ambulance que casque une lueur tournoyante. Bientôt l'ambulance serre à droite et s'engage dans la sortie de Beaune. Le véhicule la double et poursuit sur Paris. L'ambulance ralentit dans la rampe et passe devant un panneau sur lequel Pierre inconscient ne peut lire : *Lusigny-sur-Ouche 0,5 km.*

Le fétichiste

UN ACTE
POUR UN HOMME SEUL [3]

(Il apparaît dans le bout de l'allée centrale de la salle et se dirige vers la scène. Il jette des regards inquiets derrière lui, puis rassuré, souriant aux spectateurs :)

— Ça va. Ils ont confiance. Ils sont en train de boire un pot au café.. *(Nom d'un café à proximité du théâtre.)* Ils m'ont laissé une heure. J'en ai profité pour faire des emplettes. *(Coup d'œil circulaire.)* Y a du beau monde ici! Des belles toilettes! J'aime ça. Ça me rassure. C'est poli. C'est gentil. C'est doux.

(Il se hisse sur la scène. Accroche son chapeau à une patère.)

— Et puis c'est sain, la toilette! Les gens bien portants sont bien habillés. Le médecin . « Déshabillez-vous! » Ça y est! On n'est déjà plus le même On commence à être perdu. Lui, bien sûr le salaud, il reste habillé. Superhabillé même dans sa blouse blanche boutonnée jusqu'au menton. Le malade, il est là, ridicule, avec ses bretelles qui pendouillent, son pantalon en tire-bouchon sur ses chaussures, ses pans de chemise qui flottent en bannières. « C'est bien, rhabillez-vous! » Là ça va. Mais y a des cas, on ne se rhabille pas. Plus jamais! L'hôpital psychiatrique, il est plein d'hommes et de femmes qui ne se sont jamais rhabillés. Ils vadrouillent en treillis, en gogotte, en camisole, en liquette de nuit. Mais tout ça, c'est pas des vrais vêtements. Ça ne leur tient pas à la peau. Un vrai vêtement, ça tient, c'est solide, c'est une armure. Mes copains de l'asile, pour un oui ou pour un non, plouf, leurs prétendus vêtements, ils tombent, y en a plus, tout nus les malades, pour l'examen, pour la douche, pour le lit, pour l'électrochoc. Ah l'électro-choc ! J'ai un voisin, il a un dentier. On lui fait enlever pour l'électrochoc ! Comme si on avait peur qu'il morde ! On n'a qu'à lui mettre une muselière pendant qu'on y est !

(Il scrute le public, la main en visière sur les yeux, en direction d'une jeune femme.)

— Non, c'est pas vrai ! Ce serait toi, ma petite chérie, Antoinette ? Avec ces lumières on est aveuglé.

(Il descend dans la salle. S'arrête devant une spectatrice. La regarde longuement.)

— Ah non, bien sûr. Ça aurait été trop extraordi-naire aussi.

(Il remonte sur la scène.)

— Ça fait vingt ans, vous vous rendez compte ! Mais je suis patient, moi. Je l'attends toujours. Parce qu'il n'y a qu'elle qui peut me sortir de mon trou. Chaque fois que je sors, c'est comme si je partais la chercher. La dernière fois qu'elle est venue me voir... *(Long silence.)* La veille le directeur de l'hôpital me convoque. Je me demandais ce qu'il me voulait. Il me dit : « Martin, nous nous connaissons depuis long-temps, et il y a un point sur lequel nous sommes bien d'accord, n'est-ce pas ? Vous vous portez bien. » Moi : « Oh oui, je me sens bien sauf un début de petit rhume peut-être. — Non, je veux dire mentalement, vous

n'êtes pas malade? — Moi? Malade mentalement?
Alors là! Eh bien, docteur, il faut vraiment que ce soit
vous qui me le disiez! — Mais non, enfin quoi, nous
nous comprenons, vous êtes fragile, un grand nerveux,
et puis vous avez des goûts bizarres, d'accord, mais
vous n'êtes pas ce qu'on appelle vulgairement un
fou. »

Ça alors! Mais c'est que j'ai cru qu'il allait me
libérer! Ça m'a même fait un peu peur sur le coup.
Parce qu'à force naturellement, on perd l'habitude du
grand air, on ne se voit plus très bien dehors avec les
responsabilités, tout quoi! Et alors le directeur, il m'a
rassuré, il m'a même fait une joie énorme, si forte, si
grosse, j'ai failli pleurer. Non, j'ai vraiment pleuré. Il
m'a dit : « Si je vous parle comme ça, c'est parce que
vous allez avoir demain la visite de Mme Martin, oui,
de votre femme. » Alors moi je n'ai plus eu peur. Je me
suis dit, elle vient me chercher. On me libère, mais elle
va s'occuper de moi, elle va me protéger. Et alors il a
ajouté, le directeur : « Elle vient avec son avocat. » Là
évidemment, j'ai tiqué. Un avocat, pour quoi faire? Le
directeur a continué : « Donc vous êtes sain d'esprit.
Votre signature est valable. Alors voilà ce que souhaite
votre ancienne femme, enfin votre femme. Elle voudrait se remarier. Pour cela évidemment, il faut qu'elle
divorce. Si vous étiez malade, je veux dire malade
mental, fou quoi, eh bien, ce serait impossible. La loi
s'y oppose. Quand l'un des conjoints est dément,
l'autre ne peut obtenir le divorce. Mais vous n'êtes pas
fou, Martin, nous sommes bien d'accord? » Pas fou,
non pour perdre Antoinette. Assez fou pour rester
enfermé, je perdais sur tous les tableaux à la fois! Le
lendemain, j'ai refusé d'aller au bureau du directeur.

J'ai dit que je signerais tout ce qu'on voudrait, les yeux
fermés, n'importe quoi, ma condamnation à mort, si
c'est ça qu'on voulait. Mais je ne voulais voir personne. Finalement j'ai quand même vu l'avocat dans
la salle commune. J'ai signé, signé, signé tous les
papiers qu'il avait apportés dans sa serviette. C'était
fini. Plus d'Antoinette. Enfin la nouvelle Antoinette,
celle que je ne connaissais pas, celle qui ne voulait plus
jamais de moi, celle-là avait disparu, oui, pour toujours. L'autre, l'ancienne, celle de nos belles années,
celle-là elle existe toujours, là. *(Il se frappe le cœur.)*
    Antoinette.. Quand je l'ai connue elle avait seize
ans. J'en avais dix-neuf. Nos familles étaient voisines.
On se voyait presque chaque jour. Mais j'étais timide.
Elle me faisait peur. Pourtant j'ai fini par l'aborder.
Un dimanche matin alors que je sortais, je l'ai vue sur
le trottoir. Elle était tout en blanc. Elle allait sans
doute à la messe. Elle a laissé tomber un gant. Je me
suis précipité pour le ramasser. C'était un gant de
batiste très fine à jours, du linon blanc exactement. J'ai
hésité un moment un peu par timidité, un peu aussi
parce que j'avais la tentation de le garder en souvenir
ce gant, cette petite main d'étoffe que je pouvais
écraser dans ma main, enfoncer dans ma poche, la
main d'Antoinette.. Finalement j'ai couru après elle,
et je lui ai rendu son gant. Ça y était, nous avions fait
connaissance ! Tout de même ça aurait été trop bête de
manquer cette occasion ! Si j'avais su ! Déjà j'aurais pu
comprendre. Plus tard il y a eu une autre rencontre, et
là non plus je n'ai rien compris, et pourtant !
    Je faisais mon service militaire. Au 1er chasseurs à
cheval. J'avais une jument que j'aimais bien. Elle
s'appelait Aïcha. Le matin quand je la harnachais,

j'avais l'impression de l'habiller, d'habiller une femme, oui, avec une têtière, une selle, une sangle, tout quoi ! Un jour on allait à l'exercice. Tenue de campagne, le casque, le mousqueton, le sabre, la capote roulée derrière la selle, le bidon, tout l'attirail. Il faisait une chaleur terrible. Tout à coup au détour d'une rue qu'est-ce que je vois ? Antoinette ! Dans un rayon de soleil, elle était blanche et toute seule, comme une apparition. Elle m'a raconté plus tard qu'elle avait eu peur, une jeune fille isolée comme ça devant tout un régiment d'hommes à cheval en marche vers elle et qui allaient sûrement sourire, ricaner, faire des plaisanteries en la voyant ! Mais elle voulait être courageuse. Elle a rassemblé son énergie et elle a continué en détournant les yeux des soldats. Et puis, vlan ! La méchanceté du sort ! La troupe commençait à la croiser quand elle entend un craquement sourd dans ses vêtements. Ensuite elle éprouve une sensation de liberté anormale au niveau de la ceinture, et aussitôt quelque chose de léger lui tombe sur les pieds. Elle venait de perdre sa culotte ! Alors elle s'arrête, paralysée, la tête lui tourne, elle se répète, je vais m'évanouir, je vais m'évanouir, je vais m'évanouir, je vais tomber par terre, ma jupe retroussée, les soldats vont m'entourer, quelle horreur, quelle horreur ! Et alors elle remarque un désordre qui s'est produit parmi les cavaliers. L'un des hommes a culbuté par-dessus l'encolure de son cheval, et il a glissé à terre. Les autres chevaux s'arrêtent ou font des écarts pour ne pas le piétiner. C'était moi ! Moi seul j'ai vu la petite culotte d'Antoinette atterrir sur ses chaussures, et ça m'a coupé le souffle, ça m'a donné un coup au cœur, finalement je suis tombé dans les pommes ! C'est un

peu comme le jour du gant, mais en cent fois, mille fois
plus fort. Antoinette, elle en profite pour dégager sa
culotte et la fourrer dans son sac. Elle s'apprête à
ficher le camp sans demander son reste, et la voilà qui
me reconnaît. C'était son petit voisin qui était étalé sur
le pavé ! Des hommes ont mis pied à terre, ils ont glissé
une capote sous ma nuque, et ils essaient de me faire
boire au goulot d'un bidon. Le liquide coule le long de
mon menton. Alors Antoinette a pitié Au lieu de se
sauver, elle s'approche, elle s'agenouille près de moi et
elle m'essuie avec son mouchoir... Enfin, avec ce
qu'elle croit être son mouchoir ! Parce que transporté à
l'infirmerie de la caserne, qu'est-ce que je trouve
autour de mon cou ? La petite culotte ! Tout imbibée
d'alcool ! J'étais ivre, oui, mais ce n'était pas l'odeur de
l'alcool qui me saoulait ! Elle est devenue mon fétiche,
cette petite culotte. Trois semaines plus tard, c'était la
guerre, la drôle de guerre d'abord, puis une guerre
moins drôle. Pour des chasseurs à cheval surtout !
Anachronique le chasseur à cheval devant les divisions
blindées allemandes. Du panache, oh pour ça du
panache ! Un jour on se trouve au sommet d'une
colline. Dans la vallée qu'est-ce qu'on voit ? Une
colonne de chars ennemis. Le capitaine n'hésite pas.
Sabre au clair ! Flamberge au vent ! Cavaliers chargez !
Honneur au 1er chasseurs !

On a chargé. Les boches, ils nous ont cueillis à la
mitrailleuse. Aïcha a reçu une balle en plein poitrail.
Moi, j'ai gerbé dans la luzerne. A moitié assommé,
mais indemne. Tous les copains, massacrés. Moi seul
sain et sauf. Pourquoi ? Parce que je l'avais autour du
cou, mon petit fétiche. Il ne m'a pas quitté non plus
quand j'ai été envoyé dans un camp en Silésie avec des

milliers d'autres. Il faut dire qu'Antoinette et moi, nous nous étions retrouvés d'une certaine façon grâce à nos familles qui étaient voisines. Antoinette était devenue ma marraine de guerre. Elle m'envoyait des lettres, du chocolat, du sucre, des conserves, et aussi du linge. Mais c'était du linge pour moi, du linge d'homme. Dans aucune de mes lettres je n'ai osé lui dire le genre de linge qui m'aurait fait vraiment plaisir.

Du linge d'homme... C'est surtout ça qui était sinistre, au Stalag, tous ces hommes avec leurs vêtements déguenillés qu'ils passaient leur temps à rafistoler tant bien que mal. L'uniforme. Ça c'est quelque chose ! Tout nus sous la douche, un officier, un sous-officier, un troufion, ce sont trois hommes, ni plus ni moins, mal fichus ou bien balancés. Mieux que ça : les Allemands et nous, les vainqueurs et les prisonniers, sans uniformes, on devenait pareils. L'habit fait le moine, oui. Mais il fait plus que ça : l'habit fait l'homme ! Un homme nu est une larve sans dignité, sans fonction, il n'a pas sa place dans la société. Moi, j'ai toujours eu horreur de la nudité. La nudité, c'est pire qu'indécent, c'est bestial. Le vêtement, c'est l'âme humaine. Et plus que le vêtement encore, la chaussure.

La chaussure... J'ai beaucoup appris sur la chaussure en captivité. Chaque soir dans les baraques, on nous confisquait nos chaussures. C'était pour éviter les évasions. Sans chaussures, nous étions des sous-hommes, des loques humaines, des vrais déchets. D'ailleurs, c'était par la chaussure que nos vainqueurs se distinguaient principalement de nous. La botte... Oui, la botte, c'était toute l'Allemagne de cette époque, toute l'Allemagne nazie. Tenez, au lendemain de la guerre on a fusillé un tas de S.S. tortionnaires

Solution excessive et grossière. Il suffisait de leur confisquer leurs bottes. Mais alors là, définitivement ! Plus de bottes, plus de tortionnaires ! Le tortionnaire nazi le plus sadique, enlevez-lui ses bottes, donnez-lui à la place des pantoufles, des grosses charentaises en feutre avec des agrafes Vous en faites un agneau. C'est comme un tigre auquel on aurait arraché ses dents et ses griffes : avec ses pattes, il peut plus donner que des caresses, avec sa gueule plus que des baisers Et il n'y a pas que les S.S. et leurs bottes Tout l'homme est dans sa chaussure. Tenez, prenons l'exemple des contrebandiers. On dit quelquefois que les Basques, ils ont la contrebande dans le sang. Moi je dis que la contrebande, les Basques. ce n'est pas dans le sang qu'ils l'ont, c'est dans la chaussure, c'est dans l'espadrille Privez un Basque d'espadrilles. obligez-le à chausser des gros godillots de montagnard avec des clous : plus de contrebande !

Mais la captivité, c'était rude par manque de femmes. Oh bien sûr, il y avait des possibilités quelquefois quand on allait travailler chez l'habitant. Les copains, ils en profitaient. Moi, jamais Parce que pour moi les femmes, c'est pas… comment dire… C'est plutôt pour emporter que pour manger tout de suite, si vous voyez ce que je veux dire La femme, c'est l'atmosphère, c'est ce qu'elle répand autour d'elle Le camp était affreux à cause de ça il y avait que l'homme et encore de l'homme Plus tard j'ai compris que l'homme ça pouvait aussi servir à quelque chose. que ça pouvait aussi avoir un sens Mais au temps de ma captivité, j'en étais pas encore là Les hommes, je ne voyais vraiment pas pourquoi ils existaient. Aussi quand il a été question d'un projet d'évasion. J'ai été un des premiers à m'y intéresser.

Chaque mois un camion allait de baraque en baraque ramasser le linge sale pour le faire étuver dans une petite usine à cinq kilomètres. Nous avions pensé que deux hommes pourraient sortir du camp en se cachant dans ce camion. A trois kilomètres le camion traversait une forêt assez épaisse sur une route solitaire. C'était là qu'il fallait sauter du camion. Ensuite, ce n'était plus qu'une affaire de marche à pied, de ravitaillement et de chance. Le sort m'a désigné avec un camarade pour la première tentative. On s'est cachés dans le fond du camion quand il a chargé le linge de notre baraque. On quitte le camp en douceur. Ça baignait dans l'huile. Cinq minutes plus tard, on entre dans la forêt. Là, mon compagnon saute du camion, s'enfonce sous les premiers arbres et m'attend. Je ne saute pas. Je suis évanoui. Je n'ai pas pu supporter la puanteur fade qui se dégageait de ce linge sale. Une saleté d'homme, une puanteur virile. Et en plus une odeur froide, c'était peut-être ça le pire. C'est comme une pipe : la pipe chaude, même très culottée, c'est supportable comme odeur. La pipe froide est une pipe morte, elle sent mauvais. Si le corps a besoin de ses vêtements pour lui tenir chaud, les vêtements ont aussi besoin du corps pour les tenir chauds. Un vêtement trop longtemps éloigné du corps finit par mourir. C'était un monceau de vêtements morts, de vêtements-charognes que transportait le camion.

Je n'ai pas résisté. La petite culotte d'Antoinette m'avait fait m'évanouir de joie en tombant sur le pavé de la rue. Le camion de linge sale des prisonniers m'a fait m'évanouir d'horreur et de dégoût. Lorsqu'on a

déchargé le camion à l'usine, mon corps inerte a roulé
au milieu des ballots. Encore heureux que je n'aie pas
fini dans une étuve ! Aussitôt l'alerte a été donnée.
Mon compagnon a été repris. Le coup du camion de
linge sale est devenu inutilisable. Par ma faute. Mes
camarades m'en ont voulu. J'avais honte. Mais ce
n'était pas de ma faute après tout, c'est ma nature.
Rien n'est de ma faute ! C'est mon destin qui m'en-
traîne. Parce que moi qui vous parle, j'ai un destin,
oui, et c'est terrible d'avoir un destin ! On se croit
comme tout le monde. On n'a l'air de rien. Mais au
fond on n'est pas libre. On ne fait qu'obéir à son
destin. Moi. mon destin, c'est... c'est... *(d'une voix
imperceptible :)* le falbala... le falbala...

Et la preuve, c'est qu'Antoinette m'attendait à la
gare d'Alençon quand je suis rentré de captivité en 45.
Elle était là avec nos familles, ma petite marraine de
guerre. La première chose que j'ai vue, c'est sa robe. Je
la vois encore d'ailleurs, une robe d'organdi blanche
avec un petit tablier plein de fleurs et d'oiseaux
entrelacés. Elle avait aussi sur les épaules un grand
châle de laine noire, fine comme une dentelle. J'ai
regretté qu'elle n'ait pas de chapeau. Dans ma misère
de prisonnier, j'avais toujours rêvé de femmes coiffées
de chapeaux un peu fous, en feutre ou en paille, avec
des plumes, des fleurs, des rubans, et surtout, ah
surtout, des voilettes ! Comme c'est beau et troublant
un visage de femme à travers l'ombre légère et
tremblante d'une voilette ! Mais c'était fini, ça. La
guerre a supprimé les chapeaux, et avec les chapeaux
les voilettes. Les femmes vont dans la rue « en
cheveux » comme on dit bien, tête nue, visage nu.
C'est triste la nudité ! Mais mon destin, c'était tout de

même cette Antoinette sans voilette ni chapeau Je l'ai
épousée trois mois plus tard

Quelquefois je me dis : tu n'aurais pas dû. Un
homme à destin, ça ne se marie pas, ça reste célibataire, solitaire, ou alors curé, oui, tout seul dans un
presbytère avec une vieille bonne. D'ailleurs il faut
dire ce qui est : les curés, côté falbalas, ils ont des
satisfactions. Ils ne se refusent rien, les curés. Un jour
— peu après ma libération — je suis passé place Saint-
Sulpice devant un magasin. *Au Clergyman élégant* ça
s'appelle. Là alors, il y a quelque chose comme
soutanes en nylon, comme bas de soie blancs, grenat,
pourpres, violets... Et les surplis en dentelle, et les
chasubles brodées d'or, et les camails mauves, rouges,
noirs. Ça en jette ! J'ai pas pu m'empêcher d'entrer et
de manipuler toute cette garde-robe surnaturelle Mais
au fond, ça me donnait un malaise Parce qu'en
somme, tout ça, c'était quand même du linge
d'homme. Oh du beau linge, du linge princier, du
linge épiscopal, du linge archiépiscopal ! Rien à voir
avec les guenilles des prisonniers. Tout le contraire
exactement, mais tout de même du linge d'homme, du
linge qui sentait le père, le gros poil, la barbe. Parce
que je l'ai déjà dit, c'est plus tard que je devais saisir le
mode d'emploi des hommes En tout cas, très peu pour
moi le clergyman élégant. Une impasse, la vocation
religieuse. Donc va pour le mariage. Avec Antoinette...

La nuit de noces. Un vrai choc. Parce que moi, les
femmes, forcément, j'en avais pas connu Avant la
guerre, j'étais trop jeunot, trop timide. Quant à celles
qu'on pouvait quelquefois voir... et avoir en captivité...
Les copains, oui, ils en profitaient quand ils allaient
travailler en commandos. La campagne et la ville

allemandes étaient bien privées d'hommes en ce temps-là. Il y avait des occasions. Jamais pour moi. Elles étaient trop mal habillées, les occasions. Fagotées, fallait voir comme ! Moi, c'est simple, une femme mal habillée, ça me dégoûte. Les paysannes poméraniennes, les dessous qu'elles montraient quand elles arrachaient les pommes de terre en levant leur croupe vers le ciel !

Donc nous voilà mariés, nous deux Antoinette. Le jour même, nous partons en voyage de noces avec la voiture du beau-père. Direction le Midi. C'était moi qui conduisais. On devait coucher en route quand on en aurait assez de rouler pour aujourd'hui. On a atterri comme ça en Auvergne, dans la montagne, à Besse-en-Chandesse. Hôtel de l'Univers. Pauvre, mais propre, le genre rustique. Une grande chambre très haute de plafond avec un immense lit de cuivre. Le lit, dès qu'on y touchait, il faisait un bruit de sonnailles, comme une troïka avec ses grelots. Dans un coin de la pièce, il y avait un rideau qui coulissait sur une tringle rectangulaire, et là derrière, un lavabo avec un bidet en tôle. Pour une nuit de noces, on pouvait rêver mieux. Enfin on l'avait un peu cherché, non ? On s'est assis à grand bruit sur la troïka. On a ri, puis on s'est regardés. Alors Antoinette m'a dit : « Va faire un tour, je vais me préparer. » Je suis sorti. J'ai allumé une cigarette, et j'ai marché au hasard dans les rues du village. Je n'étais pas dans mon assiette. Je sentais qu'il allait se passer quelque chose de grave. Jusque-là, j'avais été en sursis. Maintenant, c'était fini, j'étais au pied du mur, au pied du lit plutôt, pas question de reculer. Au fond, ce qui m'inquiétait, c'était ce qui devait se passer dans la petite tête d'Antoinette.

Antoinette, c'était la jeune fille sage et pieuse, bien élevée, modeste. Oh avec elle, on pouvait être tranquille, pas un mot plus haut que l'autre, pas un geste, pas un coup d'œil. Seulement voilà, maintenant, elle était mariée. Et le mari, c'était moi. Alors quoi, elle devait se dire, la pudibonderie, c'est fini, on tourne la page, j'ai un mari maintenant...

Lorsque je suis entré dans la chambre après avoir timidement frappé à la porte, Antoinette était étendue sur la troïka. Toute nue ! Et elle me regardait en souriant, un peu rouge tout de même. Mais moi, je ne la reconnaissais pas. Ah il y avait cette figure, ce sourire que j'aimais, oui, mais ce grand corps blanc étalé là devant moi, comme... commme... Comme une pièce de boucherie ! C'est là alors que j'ai eu honte pour elle, pour moi, pour nous deux. J'ai rougi. Qu'est-ce que j'ai rougi ! Et elle toujours souriante qui me tendait les bras ! J'ai fini par détourner les yeux, tellement j'étais malheureux, et finalement j'ai vu la chaise. La chaise, oui, quel soulagement ! Quelle chaise, vous allez demander ? La chaise où elle avait posé ses vêtements, tiens ! C'était comme un îlot de terre ferme au milieu d'un marecage. Alors je suis allé vers la chaise, d'un pas assuré, lent, automatique, un pas de somnambule, un pas de robot, un pas qui sait où il va, un pas qui n'a aucune hésitation. Je me suis arrêté devant la chaise, et enfin, je me suis mis à genoux, et j'ai plongé ma figure dans le tas de vêtements. Un tas chaud et doux, et qui sentait bon, comme le foin coupé l'été au soleil. Je suis resté longtemps comme ça, à genoux, la figure enfouie. Antoinette, elle se demandait si je faisais ma prière ou si j'étais endormi. Ensuite j'ai rassemblé les vêtements en tas contre ma figure, et je me suis relevé, en les appuyant comme ça pour ne rien voir. J'ai marché vers le lit, et les vêtements, je les ai jetés en désordre sur le corps d'Antoinette. Et je lui ai dit : « Rhabille-toi ! » Puis je suis sorti comme un fou.

J'avais la fièvre, j'étais malheureux. J'ai dû faire au moins trois fois le tour du village au pas de course. Enfin j'ai échoué dans un bistrot. Et moi qui ne bois jamais, j'ai bu. Du gros rouge, ballon sur ballon. C'est là qu'Antoinette est venue me retrouver. J'étais saoul. Il paraît que je lui ai dit en regardant mon verre d'un air stupide : « Quand mon verre est plein, je le vide. Quand mon verre est vide, je le plains. » C'était moi qui étais à plaindre. Ah, j'étais dans un bel état ! Mais après tout, c'est peut-être ça, faire la noce ? Antoinette a mis un billet sur la table, et elle m'a emmené avec elle, emmené, entraîné, traîné, oui. Jusqu'à l'hôtel de l'Univers, jusqu'à notre chambre, notre chambre nuptiale, jusqu'à la troïka. Là, elle m'a embrassé. Alors je l'ai fait basculer sur la troïka, et dans un grand tintamarre de grelots, elle est devenue ma femme. Habillée, tout habillée, cette fois !

Ensuite, ensuite... Eh bien il a fallu qu'on s'habitue l'un à l'autre. Au début, il y a eu des tâtonnements, des flottements bien sûr. Il a fallu qu'on se découvre, qu'elle sache à quoi s'en tenir sur son mari. Oh, et puis moi aussi il a fallu que j'apprenne. Parce qu'au fond, je ne savais pas ce que j'avais, moi non plus. Eh bien ce que j'avais, c'était pas de la pudeur. Oh pour ça non ! Ça va bien plus loin que la pudeur. C'est très simple. Pour moi, un corps sans vêtements, c'est... un arbre sans feuilles, sans fleurs, sans fruits. Un arbre en hiver, quoi ! Du bois ! Alors vous me direz : et des vêtements

sans corps ? Ah, ça, c'est autre chose ! Ça ne vit pas
encore quand c'est neuf comme ça dans une vitrine,
dans un magasin. Mais ça promet ! Enfin quoi, si vous
aviez à choisir entre un corps sans vêtements et des
vêtements sans corps, qu'est-ce que vous préféreriez ?
Euh... En réalité, j'hésite par politesse, pour ne pas
avoir l'air comme ça trop braqué. Mais pour être
franc, alors là pas d'hésitation ! Pour moi un corps, ce
n'est qu'un... présentoir à vêtements, un porteman-
teau, voilà. Et vive le falbala !

Alors Antoinette, vous allez demander. Ah, mais elle
n'était pas malheureuse, ma femme ! C'est quelquefois
avantageux d'avoir un mari comme moi. Antoinette,
c'était la femme la mieux nippée d'Alençon. C'était
comme un pacte entre nous, un équilibre, un drôle
d'équilibre à vrai dire. D'abord on avait convenu
qu'elle ne se montrerait jamais nue devant moi.
Jamais ! La nudité, c'était pour la toilette. Pas pour
moi. Pas mon affaire. Intimité. Secret de femme.
Secret honteux. Là, chacun pour soi. Mais comme elle
était gentille, elle choisissait toujours des dessous
amusants, du linge rigolo, si vous voyez ce que je veux
dire. Seulement, voilà, elle avait été élevée chez les
sœurs, Antoinette. Alors forcément, ses audaces
étaient toujours un peu bridées. Et puis nous habitions
Alençon, et Alençon, c'est une ville charmante, on y
fait même de la belle dentelle, mais enfin pour le
falbala coquin, Alençon, hein ?

Un jour j'ai sorti de ma poche un petit paquet. Une
surprise pour Antoinette. Elle ouvre : un soutien-
gorge. En satin noir. Malheureusement, j'avais vu trop
grand. Forcément, l'imagination embellit tout. Alors
les nénés d'Antoinette, ils se baladaient là-dedans

comme des bengalis dans leur cage. Il a fallu aller
échanger. Seulement la leçon avait porté ses fruits. J'ai
noté toutes les mesures d'Antoinette, ses pointures de
tout, ses tours de ceci et de cela, j'ai d'abord tout
inscrit, puis j'ai tout appris par cœur. Je pourrais vous
reciter ça, vingt ans après. Une femme chiffrée,
Antoinette, mesurée, indexée, pointée... Et tous les
deux mois, c'était la mise à jour. Forcément, ça change
les femmes. Comme ça plus jamais d'erreur. Et il
fallait bien ça, parce que moi je rentrais rarement les
mains vides. Ça n'arrêtait plus, et c'était de plus en
plus chic, de plus en plus sophistiqué, de moins en
moins convenable... C'était devenu une vraie passion.
Je faisais des virées à Paris, des vraies parties fines,
tout seul avec mes idées. Mais je connaissais aussi tous
les magasins de confection des environs, à Mortagne, à
Mamers, à L'Aigle, à Chartres, à Dreux et jusqu'au
Mans ! Parce que vous comprenez, des vêtements dans
un tiroir, à un étalage, accrochés à des cintres, c'est des
choses promises à la vie et qui appellent la vie. Des
petites âmes qui veulent un corps pour exister vraiment. J'ai l'impression, moi, quand je circule au milieu
des étalages, que ces petites âmes, elles m'appellent.
Elles me crient : moi je veux vivre, moi aussi, moi
aussi, emmene-moi ! Alors je les regarde toutes avec
tendresse, je les caresse de la main avec amour, ça me
trouble, enfin ça me troublait surtout quand je pouvais
les imaginer sur le corps d'Antoinette, réchauffées et
vivifiées par le corps d'Antoinette, et j'étais heureux,
heureux... Je choisissais les plus gentilles, les plus
touchantes, les plus émouvantes, et je courais à la
maison pour les soumettre à Antoinette, au corps
d'Antoinette qui leur donnerait la vie. C'était merveil-

leux de voir ces petits objets délicats et légers, mais
encore secs et plats, se gonfler, s'épanouir comme des
fleurs, comme des fruits...

Évidemment, ça posait des problèmes. Sur le plan
finance, si vous voyez ce que je veux dire. A l'époque,
j'étais banquier : troisième caissier à la B.M.V.D.I.
J'étais pas heureux dans mon métier, parce que je ne
voyais pas le rapport entre mon petit guichet grillagé
et la seule chose au monde qui m'intéressait. Il y avait
bien ces sommes énormes qui me passaient entre les
mains chaque jour. Mais d'abord impossible de mettre
un fifrelin dans sa poche. Les caissiers des banques
sont tous d'une honnêteté scrupuleuse. Pas étonnant,
ils ne peuvent pas faire autrement. C'est un des rares
métiers qui exclut absolument le vol. Impossible. Tout
est trop compté, vérifié, surveillé. Donc pas besoin
d'être vertueux. Là, la pire fripouille devient recta. Pas
moyen de faire autrement. Et puis il y avait autre
chose. Moi, les billets de banque, zéro. Ça m'avait
toujours laissé froid. On me les apportait en briques
scellées. On fait sauter la bande plombée, et alors les
billets se détachent. Raides, glacés, vernis, vernissés.
Très peu pour moi. La chaleur humaine ! Sans chaleur
humaine, moi, je ne marche pas. Pourtant j'ai changé
de point de vue le jour où pour la première fois, j'ai
procédé à l'incinération. L'incinération des vieux
billets. Normalement, c'était le chef comptable qui
incinérait. En présence d'un huissier. Le chef comptable était en vacances. Le deuxième caissier aurait dû
incinérer à sa place. En présence d'un huissier. Il était
malade. Alors c'est moi qui ai incinéré. En présence de
l'huissier. Les vieux billets déchirés, maculés, estropiés, mais surtout adoucis. Oh doux, doux comme du

papier de soie, comme de la soie. Ces billets soyeux
dont personne ne veut plus, chaque mois on les brûle.
En présence d'un huissier qui note les numéros. On les
met dans une boîte de métal. On arrose avec de
l'essence. On jette une allumette. Ah, c'est vite fait !
J'en ai vu des fortunes s'évanouir en fumée ! La
première fois, une drôle d'impression, oui. Les larmes
aux yeux, ma parole. Si bien que j'ai demandé à
toujours incinérer. Pourquoi pas ? Ça n'amusait personne que moi. Et puis question sécurité, il y avait
toujours l'huissier qui établissait son rapport. Je suis
devenu l'incinérateur maison. Mais l'huissier parti, je
restais, moi. Je palpais les flancs de la boîte. Encore
chauds, presque brûlants. Je touillais les cendres avec
une truelle. Des étincelles sautaient. Bientôt je pouvais
y plonger la main. Quelle douceur ! La belle cendre
gris perle et chaude comme un sein, je la ramassais
avec la truelle, je la versais doucement, doucement
dans un sac. Et ça aboutissait chez moi. Il y en avait
plein ma cave, des petits sacs de cendre avec sur
chacun la date de l'incinération et la somme des billets
brûlés. J'ai vite été milliardaire. Je me baladais dans la
ville mine de rien avec un sac de cent millions à la
main. Je regardais les vitrines, les bijoux, les automo-
biles de luxe, les belles toilettes surtout. Les prix
affichés me faisaient rire de pitié. Mais j'osais pas
entrer dans les magasins. Avec mon sac de cendre, ils
m'auraient pris pour un fou. Fou, moi ? Sain comme
l'œil, je suis !
   Une fois je traînais comme ça devant un magasin
d'antiquités. Du beau meuble, oui, d'époque, des
tapisseries usées, délavées, pâlies, tout comme mes
billets soyeux. Je traînais, je traînais, et le patron du

magasin, il était assis là, devant, sur une bergère,
dehors à me regarder. C'était un vieux juif barbu avec
une drôle de toque sur la tête et des petits yeux malins.
Il m'a adressé la parole. Il m'a dit je ne sais quoi. J'ai
répondu. Bref on a bavardé, et finalement, je me suis
assis à côté de lui sur la bergère. Tout à trac il m'a
demandé ce que j'avais là dans mon petit sac. J'ai pas
pu résister. Je lui ai déballé tout mon paquet, et ce que
c'était que cette cendre, et ce que voulaient dire ces
chiffres inscrits sur le sac, tout quoi. Le vieux, il m'a
regardé avec ses petits yeux plissés, puis il a commencé
à rigoler. Il en finissait plus de rigoler. Moi, il
commençait à m'agacer. C'est vrai, ça, j'aime pas les
gens qui ricanent pour rien.

— Il y a décalage, il m'a dit à la fin.

— Décalage? Quel décalage? Qu'est-ce que ça veut
dire décalage?

— Décalage entre votre fortune et vous.

— Comprends pas.

— Eh oui! Vous possédez une fortune défunte et
vous êtes bien vivant. Il y a décalage.

— Alors qu'est-ce qu'il faut faire?

— Rien, attendre.

— Attendre quoi?

— Attendre que vous ayez rejoint votre fortune.

— Comment?

— En mourant. Des milliards en cendres, ça suppose un milliardaire en cendres.

C'était pas bête, ça! J'ai bien compris. Pour retrouver cette fortune fabuleuse, il suffisait que je me fasse
incinérer aussi. Alors j'ai transformé ma cave en
columbarium. Sur des étagères, il y avait les sacs de
cendres avec leur date et le chiffre de leur contenu. Et

au milieu une sorte de niche avec une urne. Et sur
l'urne mon nom et... pas de date. Pas encore. Et j'ai
commencé à attendre. J'ai attendu jusqu'au jour où
j'ai découvert un autre genre de billet de banque : le
billet couvé.

Le billet couvé ! Une découverte sensationnelle ! Le
billet couvé, je peux bien dire qu'il a bouleversé ma
vie. Je me souviens. C'était un beau matin d'avril. Un
client est venu à la banque sortir de l'argent. Beaucoup
d'argent. Tellement que ça ne tenait pas dans son
portefeuille. Il a essayé, puis il a renoncé. Et il a mis les
billets directement dans sa poche à la place du
portefeuille. Il est parti. C'est alors que j'ai aperçu le
portefeuille. Oublié sur la planchette du guichet. Je l'ai
ramassé avec l'idée de le rendre à son propriétaire.
Mais à peine j'avais touché, j'ai tressailli. J'ai senti le
maroquin usé et très doux, et il était gonflé, comme un
ventre mou. Je l'ai ouvert. Des choses humaines se
sont répandues : des photos, des lettres, une carte
d'identité, et même une mèche de cheveux. Et tout cela
était chaud. On sentait bien que c'était resté des
heures contre le cœur battant d'un être de chair et de
sang. La chaleur du sein, quoi ! Et bien sûr, il y avait
aussi de l'argent. Des billets de banque usés, feutrés et
tièdes. Des billets vivants. Pas encore promis à l'incinération, mais tout juste. Des billets couvés. En les
touchant, j'étais aussi troublé que quand je touchais
une guimpe ou une chemise de nuit, mais troublé de
façon différente. Je venais de découvrir la raison d'être
des hommes. J'ai longtemps détesté les hommes. C'est
vrai, à quoi ça sert ? Mais cette fois j'avais compris les
hommes. Les femmes, c'est du linge fin, douillet,
parfumé. Les hommes, c'est un portefeuille gonflé de

choses secrètes et de billets de banque soyeux et
odorants Car l'argent a une odeur, pourvu qu'il soit
vivant et chaud Il sent bon, mesdames et messieurs !
C'est pour ça que je n'avais rien compris à mes
compagnons de captivité ! Les prisonniers n'ont pas
d'argent Ils sont pauvres, démunis, malpropres et
injustifiables Et quand j'ai été enfoui dans le linge sale
des prisonniers, j'essayais en somme de prendre
l'homme comme une femme : par son linge Une vraie
histoire de pédé, quoi ! Erreur, aberration, folie de
jeunesse ! L'homme se prend par le portefeuille ! Ce
premier portefeuille trouvé, volé, trouvé-volé, c'était
comme un lien personnel entre un inconnu et moi Et
quand je dis inconnu ! Je savais son nom, sa date de
naissance, son adresse, sa profession Je possédais sa
photo, celle de sa femme, celle de ses deux enfants,
Raymonde, cinq ans, et Bernard, trois ans et demi Il y
avait aussi une lettre très tendre qui n'était pas signée
par sa femme. Alors voilà d'un côté les nippes des
femmes, de l'autre côté les billets couvés des hommes.
Quel rapport, vous allez me demander ? C'est pourtant
simple : avec les billets couvés on achète des nippes.
Parce que vous voyez, j'ai vite compris qu'entre les
billets couvés et les nippes, il y a une sorte de...
comment dire une sorte d'affinité, de complicité !
Oui une complicité La fonction naturelle de l'homme,
c'est de fournir des billets couvés qui se transforment
en falbalas

Alors naturellement je n'en suis pas resté à ce
premier portefeuille J'ai continué ma chasse au billet
couvé Une drôle de chasse, émotionnante, dangereuse, voluptueuse Ah le billet couvé, c'est autre chose
que la palombe ou la grouse ! Il ne suffit pas de se lever

tôt. Oui, je suis devenu un pickpocket. C'est comme ça qu'on dit. Je piquais dans les poquettes. Les poquettes des vestes et des pantalons. Mais pas les vestes abandonnées sur un dossier de chaise! Non, sur la bête, je piquais. Parce que la proie, elle doit être encore tiède. Je chassais le portefeuille chaud. C'est comme un chasseur de... lapins par exemple. Le lapin qu'il ramasse, il faut qu'il soit encore palpitant. Si c'est un cadavre refroidi et raide, ça le dégoûte, le chasseur. Donc vestes et pantalons sur la bête. Oui, les pantalons aussi, parce qu'il y a des hommes qui mettent leur portefeuille dans leur poche-revolver. Évidemment, c'est beaucoup plus facile à piquer que dans la poche intérieure d'un veston. Mais en revanche, c'est un argent qui n'a pas la même qualité, si vous voyez ce que je veux dire. L'argent de la poche intérieure du veston, c'est de l'argent de cœur, c'est tout ce qu'on fait de mieux comme argent. C'est des billets couvés dans la moiteur de l'aisselle, comme des œufs dans un nid au printemps. L'argent de la poche-revolver du pantalon, c'est plus facile, oui, mais, c'est des billets de fesse, ça manque de niveau. Mais enfin quand l'occasion se présente... un bon gros portefeuille émergeant d'une poche-revolver...

Antoinette, au début, elle était bien contente de toutes ces nippes épatantes qui pleuvaient dans ses tiroirs à plus savoir quoi en faire. Et puis peu à peu, elle s'est inquiétée. J'avais beau lui dire que j'avais eu de l'augmentation à la banque, elle était pas idiote et elle savait compter. Mais moi, c'était comme un vice, comme une drogue, je ne pouvais plus m'arrêter. Et ensuite il y eut l'affaire du soutien-gorge de Mademoiselle Francine qui a tout gâché.

Mademoiselle Francine, c'était une caissière, une consœur, en somme, sauf qu'elle, c'était au cinéma le Majestic qu'elle fonctionnait. Seulement les caissières en général elles sont haut perchées, elles dominent. Le Majestic, c'est un cinéma en sous-sol, dans une cave pour ainsi dire. La caisse est placée à mi-chemin dans l'escalier. Ça fait que quand on arrive, on descend quelques marches, puis on s'arrête devant la caisse qu'est enfoncée plus bas. On paie et on continue à descendre. Seulement, c'est plus la peine, parce que son vrai cinéma, on l'a eu entre-temps. Enfin, je parle pour moi. Parce que Mademoiselle Francine, elle a toujours des décolletés vertigineux. Alors quand on descend vers la caisse, forcément on plonge... dans le décolleté de la caissière. On plonge et qu'est-ce qu'on voit ? Je vous le donne en mille : un soutien-gorge, un amour de soutien-gorge en satin mauve avec une frange de dentelle. Moi après ça, on pouvait me projeter n'importe quoi sur l'écran, western, policier ou espionnage, pour moi y avait qu'une chose sur l'écran : un soutien-gorge en satin, mauve par-dessus le marché, parce que j'ai toujours eu l'imagination en technicolor. Le pire, c'est qu'Antoinette, elle aimait le cinéma. Elle me traînait deux fois par semaine au moins au Majestic, et moi c'était le supplice de Tantale. J'étais amoureux fou, quoi ! Il fallait en finir.

J'ai fait ma petite enquête. J'ai appris que Francine était l'amie du directeur du Majestic, et qu'il lui avait installé un studio au-dessus de la salle. Entre les deux — la salle et le studio —, un petit escalier en colimaçon. Tout ça favorisait plutôt mes plans. Un soir je suis sorti un peu avant minuit en disant à Antoinette que je dormirais mieux si je me dégourdis-

sais les jambes. Je n'ai fait qu'un saut au cinéma. Je
savais qu'un quart d'heure avant la fin, on pouvait
entrer librement. Plus de caisse, plus de contrôle.
Évidemment, ça n'intéresse personne d'entrer dans la
salle quelques minutes avant que ça finisse. Je me suis
planqué dans l'escalier en colimaçon et j'ai attendu.
La salle s'est éclairée, tout le monde est sorti. Le
projectionniste a fermé les portes. Je suis resté dans le
noir un bon moment. Puis j'ai monté les marches une à
une avec précaution. J'ai écouté longtemps à la porte.
Rien. Pas un bruit. Est-ce que Francine était là ? J'ai
essayé d'ouvrir. C'était fermé à clé. Je ne savais plus
quoi faire. Je me suis assis sur la dernière marche. J'ai
dû faire du bruit. Tout à coup un rai de lumière a filtré
sous la porte et j'ai entendu une voix qui disait :
« C'est toi, Biquet ? » Ça a remué à l'intérieur. Je me
suis écrasé dans un coin. La porte s'est ouverte.
Francine est apparue en robe de chambre. Elle ne m'a
pas vu. Elle a descendu l'escalier. Je me précipite dans
la chambre. Je ne vois qu'une chose, mais vraiment
qu'une dans le foutoir qu'il y avait là-dedans : le
soutien-gorge mauve qui m'attendait sur une petite
table. Je prends mon fétiche et je me replanque dans
mon trou d'ombre sur le palier. Il était temps. Un
bruit de chasse d'eau à l'étage au-dessous, et la
Francine qui remonte. Elle rentre et referme à clé. Je
suis descendu aussi doucement que j'ai pu. Je savais
que les portes de secours ne sont jamais verrouillées de
l'intérieur. Un dispositif empêche seulement qu'on
puisse ouvrir de l'extérieur. J'ai filé avec mon amour.
Je le serrais sur mon cœur. J'étais tellement heureux
que j'avais du mal à marcher. Antoinette s'est certainement doutée de quelque chose. Sur le coup, elle a

rien dit. Mais ce soutien-gorge, ça posait des problèmes. Il était pas question qu'elle le mette. D'abord
parce que visiblement, il était pas neuf. Rien que
l'odeur ! Moi elle m'affolait, mais Antoinette elle avait
aucune chance de la griser. Et puis surtout, moi,
j'aurais pas voulu. Les mélanges, j'ai toujours été
contre. La bigamie, les partouzes, horreur de ça.
C'était le soutien-gorge de Francine, son essence pour
ainsi dire, la clé de son être, si je me fais bien
comprendre. Aucune autre femme ne pouvait le porter. J'ai eu beau le planquer derrière mes livres dans la
bibliothèque, elle l'a trouvé. Un jour qu'on était
fâchés, elle me l'a envoyé à la figure. « Et par-dessus le
marché, tu me trompes ! » elle a crié. Évidemment,
vous penserez, c'était une façon de parler. Mais
d'après notre système, c'était logique en somme. Oui,
quoi, je la trompais avec Francine par soutien-gorge
interposé. Surtout que ça venait par-dessus son inquiétude. Elle était à cran, mon Antoinette. Elle se doutait
bien que je volais. Mais ces vols, c'était finalement
pour elle. Dangereux et malhonnêtes, mes vols, mais
pour elle. Tandis que là... Bref, ça tournait pas bien
rond, jusqu'au jour où s'est produite l'histoire du
métro. Là vraiment je me demande ce qui a bien pu
me prendre ! C'est ça qu'a tout cassé. Un vrai dingue,
j'ai été !

Ce jour-là elle m'a accompagné à Paris pour acheter
ses cadeaux de Noël. Nous avons commencé la tournée
des magasins. Mais moi, bien entendu, il n'y avait que
la lingerie fine qui m'intéressait. Ce que je n'avais pas
prévu, c'est l'effet que ça me ferait de voir Antoinette
au milieu. Des gentils falbalas exposés en quantité
avec Antoinette au milieu. Une grange pleine de paille

et de foin, bien secs, si vous voyez ce que je veux dire,
et au beau milieu un grand feu de bois lançant des
flammes et des flammèches dans toute la grange. Vous
imaginez le résultat ! Antoinette au milieu du magasin,
ça multipliait par dix, par cent l'effet des fanfreluches
Ça me brûlait, ça m'incendiait, de plaisir, de joie.
j'étais ivre. Antoinette a dû commencer à s'inquiéter
quand elle a vu fondre en achats de vêtements et de
dessous féminins l'argent qu'elle avait apporté pour
tout autre chose. Mais c'était surtout mon état d'excitation qui la paniquait. C'était un peu de sa faute
après tout. Sa présence en chair et en os illuminait les
étalages. Les combinaisons, les collants, les bas, les
slips, les chemisettes, tous ces petits objets orphelins
criaient vers elle. Je les entendais, je n'entendais que
cela. Il fallait obéir. J'obéissais. J'achetais, j'achetais,
en moins de deux heures, plus un sou, râpés on était,
nous deux Toinette. Mais couverts de paquets, des
pyramides de paquets. Elle était pas contente, mon
Antoinette. Moi, je flottais comme dans un rêve. C'est
comme ça, elle rouspétant, moi flottant, que nous nous
dirigeons vers le métro. Nous descendons l'escalier et
nous nous trouvons à moitié coincés avec nos paquets
dans les portes à ressort. Nous manœuvrons, en avant,
en arrière, en avant, comme des chemins de fer. C'est
là qu'une petite femme s'est glissée entre nous en
disant « Pardon ! Merci ! ». Et froutt, elle passe. Seulement, il y avait le courant d'air. Un courant d'air
violent qui s'engouffrait par les portes entrouvertes. La
jupe très courte de la petite est soulevée, retroussée un
instant malgré ses deux mains qu'elle plaquait sur ses
cuisses. Et pendant la durée d'un éclair, je vois un
porte-jarretelles, mais un porte-jarretelles, qui me

brûle, qui me perce, qui me tue presque, oui. En nylon noir, froncé, large, tranchant sec sur la peau blanche des cuisses par les jarretelles longues, très longues qui en partaient et qui allaient cueillir les bas au bout de petites pinces chromées. J'ai pensé à un mât de cocagne, ou plutôt à cette espèce de cerceau qui coiffe le mât de cocagne et auquel sont accrochés des saucissons et des jambons. Ce porte-jarretelles, il me le fallait pour couronner cette journée mémorable ! Antoinette, je lui ai mis tous mes paquets dans les bras. Je lui ai dit : « Attends-moi, je reviens tout de suite ! », et je l'ai plantée là dans les courants d'air, trop stupéfaite pour protester. Et j'ai foncé ! J'ai coursé la petite. Je l'ai rejointe, coincée dans un tournant. Heureusement nous étions seuls. J'ai balbutié : « Le porte-jarretelles, le porte-jarretelles, vite, vite ! » D'abord elle n'a rien compris. Alors d'autorité, j'ai retroussé sa jupe. Elle a hurlé. J'ai répété : « Vite, le porte-jarretelles, et je m'en vais ! » Finalement elle a obéi. En un tour de main, c'était fait. Je tenais mon trophée. J'ai dit merci, et j'ai couru rejoindre Antoinette qui continuait à jongler dans les courants d'air avec sa pyramide de paquets. J'étais radieux. Je brandissais mon porte-jarretelles comme un Peau-Rouge son scalp de visage pâle. Je lui ai dit : « Touche ! Il est encore chaud ! » Et comme elle avait les mains prises, je lui ai collé ça sur la joue. Mais il fallait filer, parce que la victime risquait de faire du foin. Nous sommes ressortis en vitesse, et nous nous sommes engouffrés dans un taxi. Le taxi, la gare, le train, Alençon. Antoinette n'a pas desserré les dents pendant tout le trajet. Le lendemain, elle me quittait. Définitivement. Retournée chez sa mère. Une catastrophe.

Méritée, oh ça oui, méritée! Mais une catastrophe quand même...

Tout était fini pour moi. Je ne suis pas retourné à la banque. Je lisais les journaux de Paris. On parlait du sadique du métropolitain. On faisait la chasse aux maniaques dans les couloirs des correspondances. Ma victime a porté plainte contre X, puis elle s'est retournée contre la R.A.T.P. Parce que la R.A.T.P., elle a le devoir d'assurer la sécurité de ses voyageurs. C'est sur le cahier des charges. On en apprend des choses par les journaux! Plus tard il y a eu un procès. La plaignante, ma victime, a perdu. Eh oui, déboutée, comme on dit! L'avocat du métro a fait valoir victorieusement qu'au moment de l'agression, elle n'avait pas encore fait poinçonner son ticket. Donc le contrat de transport n'était pas encore conclu et la R.A.T.P. n'avait aucune obligation!

Ça ne fait rien, j'avais la mort dans l'âme. Tout s'était effondré avec le départ d'Antoinette. C'est que j'avais une vie fragile, moi, vous comprenez. Mon bonheur, il avait fallu l'inventer, le construire. Je ne suis pas comme les autres, moi. Les autres, ils trouvent toute leur vie préparée au quart de poil en naissant, posée au pied de leur berceau. Moi, je n'avais rien trouvé. Il avait fallu tout fabriquer, tout seul, en tâtonnant, en me trompant, en recommençant. Les billets couvés ne m'intéressaient plus. Les nippes non plus d'ailleurs. La grande lumière de ma vie s'était éteinte. Par habitude je suis retourné dans un grand magasin, au rayon de la bonneterie. Je croyais que c'était pour reprendre mes vols à l'étalage. J'ai bien volé, oui, mais il s'agissait d'autre chose. Ce que je cherchais je l'ai trouvé le jour où un inspecteur m'a pris en flagrant délit comme je piquais une chemise de nuit. J'en avais assez. Je voulais en finir.

Je suis allé en prison. Puis on m'a relâché en attendant mon procès. Ah mais je ne voulais pas de ça ! Je me suis fait reprendre en flagrant délit dans le même magasin ! Alors le juge m'a confié à un psychiatre. J'aurais pu écoper de six mois de prison avec sursis. Délinquant primaire, alors sursis automatique. Et qu'on ne vous y prenne plus ! Tu parles ! Grâce à mon psychiatre, j'ai été reconnu irresponsable. Acquitté pour irresponsabilité. Acquitté, libéré... et enfermé. Dans un asile. Depuis vingt ans ! Ah l'asile, c'est pas toujours rose ! Les douches glacées, les lits à sangles, la camisole de force, le coma insulinique, les électrochocs. Pas toujours rose, non. Mais on a ses petites compensations. Quand on a été sage, quelquefois comme ça on va faire un tour. Avec mes deux infirmiers préférés. On se promène. On regarde les vitrines. Même, ils vont prendre un pot, et ils me laissent faire des courses, quand ils sont de bon poil. Aujourd'hui, j'ai mis dans le mille. Les soldes d'un grand magasin. Des étalages débordants de nippes gentilles.

(En parlant, il sort de sa poche un fil qu'il tend d'un bout de la scène à l'autre. Puis il extrait de ses autres poches une invraisemblable quantité de dessous féminins qu'il accroche au fil avec des pinces à linge.)

Il n'y avait qu'à se baisser pour les ramasser. Le collant et le flottant. *(Il brandit un collant et une chemise de nuit.)* Je me suis toujours demandé ce qui a le plus de charme. Il y a deux écoles. Le collant bien sûr, ça épouse les formes, et en même temps, ça les tient, ça les affermit. Mais ça manque d'imagination. Ça ne parle pas. C'est sec, laconique, c'est pète-sec. Tandis que le flottant, le flou, c'est ça qui fait rêver ! C'est bavard, c'est une improvisation continuelle, ça invite à glisser la main.

(*La corde est entièrement garnie maintenant. Il prend du recul et observe son œuvre. Cependant les deux infirmiers — blouses blanches sous le pardessus, calots blancs — sont entrés dans la salle et s'avancent dans l'allée centrale.*)

Et quand ça flotte au vent, que c'est beau !

(*Un ventilateur en coulisses anime et gonfle le linge suspendu.*)

Là alors, je me mets au garde-à-vous. Raide comme un pieu. Le respect. Le désir.

(*Il se met au garde-à-vous.*)

Chacun son drapeau. Il y en a, c'est le tricolore. Moi, c'est le falbala.

(*Il aperçoit ses infirmiers.*)

Tiens, j'ai de la visite. Ça devait arriver.

(*Il se précipite sur les sous-vêtements et commence à les décrocher et à les fourrer dans ses poches. Cependant, les infirmiers montent sur la scène. Ils s'avancent vers lui, lentement, inexorablement.*)

Attendez, attendez ! Vous ne voudriez pas que je perde mes petits trésors !

(*Ils l'encadrent et l'entraînent. Il ne se débat que faiblement.*)

Attendez, pas si vite. Tenez, regardez, cette combinaison rose !

(*Il leur échappe et va cueillir la combinaison. Il en profite pour empocher encore précipitamment une chemise. Les infirmiers reviennent et l'entraînent à nouveau.*)

Mais pas si vite ! Tenez, tenez, juste encore ce petit corset. Un petit corset de rien du tout !

(Il leur échappe et va cueillir le corset. Plus deux ou trois objets encore. Quand les infirmiers l'encadrent à nouveau, il ne reste plus sur le fil qu'une culotte noire.)

Ah, eh bien, allons, allons puisqu'il le faut ! Mais l'électrochoc, hein pas ce soir ! C'est promis, hein ? Pas d'électrochoc !

(Il se retourne et lance un regard éploré vers la culotte. D'un bond il échappe encore aux infirmiers, remonte sur la scène, et revient en brandissant la culotte.)

Voilà, voilà, je reviens. Avec mon drapeau. Le drapeau noir des pirates. Vive la mort !

(Les infirmiers l'entraînent. On l'entend une dernière fois :)

Mais l'électrochoc, pas ce soir, hein ? C'est promis. Demain, si vous voulez, oui, mais pas ce soir, l'électrochoc...

NOTES

1. *Amandine ou les deux jardins* a paru en album pour enfants, illustré par Joëlle Boucher, aux éditions G.P. Rouge et Or. A cette occasion *Le Monde* a publié dans son numéro daté du 9 décembre 1977 l'entretien suivant avec l'auteur.

LE SANG DES FILLETTES

— Vous publiez un conte dont l'héroïne — et même l'auteur supposé puisqu'il s'agit d'un récit à la première personne — est une petite fille de dix ans. Bien entendu, on s'attend de votre part à un sens caché. Y a-t-il une lecture au second degré d'*Amandine ?*

— Oui et non. A vrai dire le second degré est tellement transparent qu'il se confond avec le récit naïf. Le thème, c'est l'initiation. C'est un conte initiatique. Amandine vit avec ses parents dans une maison et un jardin qui sont des modèles d'ordre et de propreté. Un jour, grâce à sa chatte, elle soupçonne qu'il doit y avoir autre chose dans la vie. Elle escalade le mur du jardin, et elle découvre...

— Laissez la surprise au lecteur.

— Disons qu'elle se découvre elle-même dans un trouble qui est celui de la préadolescence. Le monde limpide et calme de l'enfance se fêle et se ternit pour la première fois. C'est l'histoire du premier souffle de la puberté sur une innocence.

— Amandine est donc initiée à l'amour par sa chatte.

— Il y aurait beaucoup à dire sur le rôle initiateur des

animaux familiers. Je ne pense pas qu'il soit aussi immédiat qu'on le dit parfois. La formule classique qu'on a lue un peu partout s'agissant d'enfants élevés à la campagne et « ins- truits des mystères de la vie par l'observation des animaux » est fort discutable. J'ai constaté que nombre d'enfants ruraux témoins de tous les stades de la reproduction des chats, chiens, poules, lapins, vaches, etc., restent totalement igno- rants de la sexualité et de la reproduction humaines. Simplement, ils ne voient pas le rapport. Pour un enfant de sept ou huit ans, imaginer papa et maman dans la position qu'il voit prendre par le taureau et la vache, ou le coq et la poule, ce n'est pas si facile. La perception de l'homme comme un animal parmi les autres est d'autant plus difficile dans le domaine de la sexualité que celle-ci se présente d'abord à l'enfant sous sa forme la plus socialement élaborée, conventionnelle, mythologique — telle que la véhiculent le conte, le magazine, la chanson, le cinéma, la télévision — et bien plus tardivement dans sa nudité physique. Aussi ai-je assigné au chat d'Amandine un rôle d'introducteur plus à l'amour sentimental qu'à l'amour physique. A la fin, la petite fille est beaucoup plus troublée et mûrie sentimentalement qu'informée sur la sexualité. C'est l'importante distinction entre initiation et information (*).

— Et pourtant elle saigne...

— Oui, cette traînée de sang qu'elle découvre sur sa jambe après son escapade, et qu'elle ne s'explique pas, va faire murmurer les censeurs. Pourtant elle est justifiée. Toute initiation est plus ou moins sanglante.

— Mais cette idée d'une initiation d'une fille n'est-elle pas contredite par toute l'ethnographie ?

— C'est justement le point le plus discutable et le plus intéressant. Il est exact que, dans la plupart des sociétés, il existe une cérémonie d'initiation pour les garçons. Rien ne se passe pour les filles. Pourquoi ? Sans doute parce que les garçons ne font pas partie dès leur naissance de la commu- nauté des hommes. Elevés par leur mère, ils appartiennent à la société des femmes aussi longtemps que dure leur impu- berté. L'initiation marque le passage du garçon de la société

* Voir à ce propos *Le Vent Paraclet*, p. 54 *sq.*

des femmes à celle des hommes. Elle s'accompagne habituellement d'épreuves physiques qui attestent qu'il en est digne, et de mutilations qui en sont le prix. Cela peut aller très loin. Dans *La Mort Sara* (Plon, Terre Humaine), Robert Jaulin rapporte les epreuves d'initiation auxquelles il s'est soumis dans une tribu d'Afrique centrale. On lui a enjoint de mourir, puis de renaître, avec pour « mère » le sorcier présidant à la cérémonie. C'est évidemment la coupure la plus radicale qui se puisse imaginer du lien à la mère originelle, et son remplacement par un lien quasi maternel avec le groupe des hommes.

— Que reste-t-il de tout cela dans notre société ?

— Beaucoup plus qu'on ne pense. L'initiation des garçons n'est pas absente de nos mœurs. Seulement comme les croyances et les rites ne subsistent plus que sous forme de vestiges inconscients, elle n'est vécue qu'à l'état brut, sauvage. A l'école, les « grands » font subir des brimades aux « petits ». Les bleus sont « bizutés ». Les pères infligent à leurs fils des mutilations dont le prétexte médical ne résiste pas à l'examen, comme la circoncision chirurgicale ou l'ablation des amygdales. Et naturellement, il y a les examens scolaires, le bachot, rite d'initiation bourgeois.

— Ces épreuves imposées aux garçons comme prix de leur entrée dans la société des hommes sont-elles précédées d'une exclusion de leur communauté ?

— Assurément. L'adolescent d'aujourd'hui est doublement exclu de la société des hommes. D'abord sur le plan sexuel. Avec ses allures « permissives » notre société est sans doute l'une des plus puritaines que nous connaissions. L'adolescent avait beaucoup plus d'occasions de faire l'amour il y a cent ans. Mais c'est surtout sur le plan professionnel que l'exclusion est la plus farouche. Là l'ancienneté règne en maîtresse absolue. Le chômage actuel, c'est surtout le chômage des jeunes. Célibat et chômage, voilà les deux maux auxquels une bonne vieille initiation traditionnelle remédierait.

— Et les filles ?

— Pour elles l'initiation ne peut avoir le sens qu'elle a pour les garçons. Élevées comme leurs frères par les femmes, elles n'ont évidemment pas à rompre avec ce milieu pour

s'intégrer à un autre groupe, comme les garçons. Normalement elles sont vouées à rester au gynécée. De même dans
notre société la plupart des brimades que nous avons relevées
côté garçons sont épargnées aux filles. Ne parlons pas de la
circoncision à laquelle ne correspond dans notre société
aucune forme de clitoridectomie. Mais il est remarquable
que l'ablation des amygdales soit infligée beaucoup plus
souvent aux garçons qu'aux filles. En vérité les femmes sont
tellement intégrées à la société comme de naissance qu'elles
peuvent s'identifier à elle. Balzac a particulièrement bien
illustré cette fonction de la femme. Ses héros s'introduisent
dans la société par les femmes qui en détiennent les clés (les
fameux « salons »). Inversement Vautrin est à la fois
l'ennemi de la société et celui des femmes. C'est tout un.
— Donc pas d'initiation pour les filles.
— Si, mais alors il s'agit d'une sorte d'initiation inversée,
centrifuge au lieu d'être *centripète*. Je m'explique. Un adolescent quitte le groupe féminin pour s'intégrer au groupe
masculin. L'initiation a pour lui valeur de revendication
d'un statut. Que peut faire une fille ? Prisonnière du gynécée,
elle peut chercher à en sortir. Pour aller où ? C'est tout le
problème de la libération des femmes. Entre le gynécée et la
société des hommes, il n'existe pas encore la société unisexe
pour l'accueillir. Il lui reste donc l'initiation-révolte. Je songe
notamment à la lutte des jeunes filles arabes contre le port
obligatoire du voile. Pour l'adolescente, l'initiation ne peut
être qu'une fugue permanente. Amandine fait le mur. Et va
voir ce qui se passe dans l'*autre* jardin.

2. A propos du *Nain rouge*, voir *Le Vent Paraclet*, p. 180.

3. *Le Fétichiste* a été créé en 1974 dans les mises en scène
d'Étienne Le Meur, à Berlin par Raymond Fuzellier, et à
Paris par Olivier Hussenot.

DU MÊME AUTEUR

Aux Éditions Gallimard

VENDREDI, OU LES LIMBES DU PACIFIQUE *(roman).* Folio.

LE ROI DES AULNES *(roman).* Folio 656.

LES MÉTÉORES *(roman).* Folio 905.

LE VENT PARACLET *(essai).* Folio 1138.

VUES DE DOS. *Photographies d'Édouard Boubat.*

GASPARD, MELCHIOR & BALTHAZAR *(roman).* Folio 1415.

LE VOL DU VAMPIRE *(notes de lecture).* Idées 485.

Pour les jeunes :

VENDREDI OU LA VIE SAUVAGE (à partir de 9 ans). Folio Junior 30.

PIERROT OU LES SECRETS DE LA NUIT. Album illustré par Danièle Bour.

BARBEDOR. Enfantimages.

Au Mercure de France

LE VOL DU VAMPIRE, *Notes de lecture.*

Le Chêne-Hachette

DES CLEFS ET DES SERRURES. *Images et proses.*

Impression Bussière à Saint-Amand (Cher),
le 18 octobre 1983.
Dépôt légal : octobre 1983.
1er dépôt légal dans la collection : octobre 1980.
Numéro d'imprimeur : 2462.
ISBN 2-07-037229-4./Imprimé en France.

JAMES KELMAN

James Kelman was born in Glasgow, Scotland. His story collections include *Greyhound for Breakfast, The Good Times* and most recently *That Was a Shiver*. His novel *How Late It Was, How Late* won the 1994 Booker Prize; other novels include *Translated Accounts, You Have to be Careful in the Land of the Free* and *Kieron Smith, boy*. In 2009 and 2011 James Kelman was shortlisted for the Man Booker International Prize. In 2012 James won the Saltire Book of the Year award for *Mo Said She Was Quirky*. His most recent novel, *Dirt Road* was published in 2017.

ALSO BY JAMES KELMAN

An Old Pub Near the Angel

Three Glasgow Writers (with Tom Leonard and
Alex Hamilton)

Short Tales from the Nightshift

Not Not While the Giro

The Busconductor Hines

Lean Tales (with Agnes Owens and Alasdair Gray)

A Chancer

Greyhound for Breakfast

A Disaffection

Hardie and Baird & Other Plays

The Burn

Some Recent Attacks: Essays Cultural and Political

The Good Times

Translated Accounts

And the Judges Said . . .

You Have to Be Careful in the Land of the Free

Kieron Smith, boy

If It Is Your Life

Mo Said She Was Quirky

A Lean Third

Dirt Road

That Was a Shiver

JAMES KELMAN

How Late it Was, How Late

VINTAGE

1 3 5 7 9 10 8 6 4 2

Vintage
20 Vauxhall Bridge Road
London SW1V 2SA

Vintage is part of the Penguin Random House group of companies
whose addresses can be found at global.penguinrandomhouse.com

Penguin
Random House
UK

First published in Great Britain by Martin Secker & Warburg Ltd
in 1994
This edition reissued by Vintage in 2019

penguin.co.uk/vintage

A CIP catalogue record for this book is available from the
British Library

ISBN 9781529112702

Printed and bound in Great Britain by Clays Ltd, Elcograf S.p.A.

Penguin Random House is committed to a sustainable future for our
business, our readers and our planet. This book is made from Forest
Stewardship Council® certified paper.

MIX
Paper from
responsible sources
FSC
www.fsc.org   FSC® C018179

Alasdair Gray, Tom Leonard, Agnes Owens
and Jeff Torrington
are still around,
thank christ

Acknowledgements

Permission to quote the following copyright material is gratefully acknowledged:

'Sunday Mornin' Comin' Down', words and music by Kris Kristofferson, copyright © 1969 Combine Music Corp., USA, reproduced by permission of EMI Songs Ltd, London WC2H 0EA, and EMI Music Publishing New York. 'Do the Best You Can (With What You've Got)', words and music by Buddy Blackman and Jerry Salley, copyright © 1988 Cholampy Music/EMI Blackwood Music Inc., USA, reproduced by permission of EMI Songs Ltd, London WC2H 0EA, and EMI Music Publishing New York. 'A Good Year for the Roses', words and music by Jerry Chestnut, copyright © 1970 Tree Pub Co. Inc., USA, reproduced by permission of EMI Music Publishing Ltd, London WC2H 0EA, and Tree Publishing Co. Inc. 'Loving Her Was Easier (Than Anything I'll Ever do Again)', words and music by Kris Kristofferson, copyright © 1971 Combine Music Corp., USA, reproduced by permission of EMI Songs Ltd, London WC2H 0EA, and EMI Music Publishing New York. 'Always on my Mind', words and music by John Christopher, Mark James and Wayne Thompson, copyright © 1971 Rose Bridge Music/Screen Gems-EMI Music Inc., USA, reproduced by permission of Screen Gems-EMI

Ye wake in a corner and stay there hoping yer body will disappear, the thoughts smothering ye; these thoughts; but ye want to remember and face up to things, just something keeps ye from doing it, why can ye no do it; the words filling yer head: then the other words; there's something wrong; there's something far far wrong; ye're no a good man, ye're just no a good man. Edging back into awareness, of where ye are: here, slumped in this corner, with these thoughts filling ye. And oh christ his back was sore; stiff, and the head pounding. He shivered and hunched up his shoulders, shut his eyes, rubbed into the corners with his fingertips; seeing all kinds of spots and lights. Where in the name of fuck . . .

He was here, he was leaning against auld rusty palings, with pointed spikes, some missing or broke off. And he looked again and saw it was a wee bed of grassy weeds, that was what he was sitting on. His feet were back in view. He studied them; he was wearing an auld pair of trainer shoes for fuck sake where had they come from he had never seen them afore man auld fucking trainer shoes. The laces werenay even tied! Where was his leathers? A new pair of leathers man he got them a fortnight ago and now here they were fucking missing man know what I'm saying, somebody must have blagged them, miserable bastards, what chance ye got. And then left him with these. Some fucking deal. Unless they thought he was dead; fair enough, ye could see that, some poor cunt scratching himself and thinking, Naybody's there, naybody's there; so why no just take them, the guy's dead, take them, better that than them just sitting there going to waste, disintegrating christ sake why no just take them. Fucking bastard he should have checked properly. Maybe he did; and saw he wasnay dead after all so he just exchanged them, stuck on the trainer shoes.

Fuck it. He shook his head and glanced up the way: people – there was people there; eyes looking. These eyes looking. Terrible brightness and he had to shield his own cause of it, like they were godly figures and the light coming from them was godly or something but it must just have been the sun high behind them shining down ower their shoulders. Maybe they were tourists, they might have been tourists; strangers to the city for some big fucking business event. And here they were courtesy of the town council promotions office, being guided round by some beautiful female publicity officer with the smart tailored suit and scarlet lips with this wee quiet smile, seeing him here, but obliged no to hide things; to take them everywhere in the line of duty, these gentlemen foreigners, so they could see it all, the lot, it was probably part of the deal otherwise they werenay gony invest their hardwon fortunes, that bottom line man sometimes it's necessary, if ye're a businessman, know what I'm talking about. So fair enough, ye play yer part and give them a smile, so they can tell ye know a life different to this yin where what ye are is all

where what ye are, that it's part of another type of whole, that they know well cause they've been telt about it by the promotional events' organisers. So municipal solidarity man

2

know what I'm saying, the bold Sammy gets to his feet. Then he knelt to knot the laces on the trainers, kidding on he wasnay shaking for fuck sake he was wearing his good trousers! There was stains down them. How come he was wearing the good trousers man fucking bastard where the hell was his jeans! Ah fuck come on, get a grip. Up and walking, up and walking; showing here he wouldnay be stumbling, he wouldnay be toppling, he was fine, he was okay, he was doing it, the bold Sammy. he was doing it, he was on his way, he was fucking going places; and he moved on and around down the lane; and a guy here looking at him too! How come they were all fucking looking at him? This yin with his big beery face and these cunning wee eyes, then his auld belted raincoat, shabby as fuck; he was watching; no watching but fucking staring, staring right into Sammy christ maybe it was him stole the leathers. Fuck ye! Sammy gave him a look back then checked his pockets; he needed dough, a smoke, anything, anything at all man he needed some fucking thing instead of this, this staggering about, like some fucking down-and-out winey bastard. He caught sight of the tourists again. Only they werenay tourists, no this time anyway they were sodjers, fucking bastards, ye could smell it; even without the uniforms. A mile away. Sammy knew them, ye can aye tell, their eyes; if ye know these eyes then ye aye see them, these kind of eyes, they stay with ye. And he even fuck he thought he knew them personally from somewhere, who knows.

But he had decided. Right there and then. It was here he made the decision.

And he was smiling; the first time in days. Know what I'm saying, the first time in days, he was able to smile. Fuck them. Fuck them all. He settled the jacket back on his shoulders, tugging it down at the front, checked to see

3

if he was wearing a tie – course he wasnay wearing a tie. He gave his elbows and the arse of his trousers a smack to get rid of any dirt, and felt a big damp patch where he had been sitting. Who cares. He was smiling again, then he wiped it off, and he followed behind them, hands in his trouser pockets, until they stopped for a wee reccy; and he got into them immediately; and ye could see they didnay like it; them in their civvy clobber man they didnay like it:

Heh mate I need a pound. I dont like asking. Sammy shrugged. Being honest, it's cause I was on the bevy last night; fuck knows what happened except I've done the dough. I had my wages too and they're gone, some bastard's fucking robbed me I think. Ye dont know who's walking the streets these days. Know what I'm talking about, nowadays, ye're no safe walking the streets.

But these sodjers man if ye're no a fucking millionaire or else talk with the right voice, they dont give a fuck.

The guy nearest Sammy looked a bit puzzled by this irritating behaviour; he squinted at his mate for a second opinion. So Sammy got in fast and controlled: Naw, he said, being honest, I had the wages and went straight into the boozer with a couple of mates; and one thing led to another; I woke up in the outer limits somewhere – ye need twenty-two buses to get back home, know what I mean, wild! That was the early hours this morning; all I had was the fare back into the city. And I need to get home, the wife, she'll be going fucking mental, she'll be cracking up. What day is it by the way?

They were playing for time, kidding on they werenay interested. But Sammy knew better and kept his eyes on them; he shifted his stance, relaxing his knees, getting himself ready. Naw, he said, I managed to tap half a quid

4

already but I need another nicker, so that's how I'm asking for that, a pound, to get a train home, I mean fifty pee's nay good to nay cunt, know what I'm talking about, it's thirty bob or nothing.

Fuck off.

Naw but I'm telling ye

Ya fucking idiot. . . The one that spoke had his hand up covering his mouth like he was hiding the fact he was talking.

Ye alright mate? Ye got a sore tooth?

Move it.

Sammy just sniffed and stood there looking at him like he was totally fucking perplexed by this unexpected knockback. But he was ready, and he was letting them know he was ready and it was all he could do no to laugh I mean really it would get out of control in a minute he was gony get fucking hysterical or something. But there it was again: he felt good; he felt really fucking good. Comfortable. Tense as fuck, but comfortable at the same time. He smiled. Then sodjer number 1 gave a quick jerk of the head and that was that, fuck it man I'm gony hit you ya bastard if ye so much as

Move it ya fucking pest. This was sodjer number 2 talking; then his hand was on Sammy's right shoulder and Sammy let him have it, a beautiful left cross man he fucking onered him one, right on the side of the jaw, and his fucking hand, it felt like he'd broke it. And sodjer number 1 was grabbing at him but Sammy's foot was back and he let him have it hard on the leg and the guy squealed and dropped and Sammy was off and running cause one minute more and they would be back at him for christ sake these stupit fucking trainers man his poor auld toe it felt like it was fucking broke it was pinging yin yin poioioioiong and he's running up the road and right across the main drag without looking at all man no bothering about traffic or fuck all just straight on eyes down for a full house on ye go man get to fuck get to fuck; and now he heard the chasing parties charging behind and shouting like they were right at his back, but Sammy was going like the auld clappers

till then he skidded on the pavement nearly falling and they were screaming Get the bastard! fucking get him! So angry! Fucking hell man! Sammy was laughing, laughing – though it might have sounded like a snivel but he was laughing, definitely laughing – so pleased with himself, so fucking pleased! and then his legs went wobbly like a clown's or a rag doll like how they went away from him and he could have done the splits, and he skidded, and now a sound like a crack at the base of his spine, and he was on the ground, splayed out on the pavement.

And there were shoppers roundabout; women and weans, a couple of prams with the wee yins all big-eyed staring at him; then a sodjer was here and trying not to but it looked like it was too much of an effort and he couldnay stop himself, he stuck the boot right in, into Sammy's belly, then another.

Sammy couldnay get away; gulping for a breath, he couldnay get one; he tried to crawl, but he was tottering and he spotted the sodjer stepping back the way and wiping his mouth on his wrist; the other yin was here now as well; and they got him onto his feet, they huckled him into the first available close, an auld building next to a furniture showroom. He could feel them shaking, shaking, so fucking angry man they were just so fucking angry; there was only two of them, that was a thing, fucking hell man. Sammy was thinking, but he was fuckt, fuckt, he couldnay break

6

loose, he fucking couldnay, they had him, they fucking had him man the two of them, one hand gripping the back of his neck and another on his left wrist and another yin twisting his right arm all the way up his fucking back and it was fucking pure agony like it was getting wrenched off man ye could feel it in the fucking socket and the side of the ribs; and then their breathing, big breaths in and out. Then they turned a corner into the back close. But ye're as well drawing a curtain here, nay point prolonging the agony.

After they straightened him out he was in a patrol car, the cuffs were nipping. It was black, things seemed black. It was usual, it was usual; that was what he was thinking, the words in his head, it was the usual. Then they had him into the poky and it was more of the same.

He was fucking dying when he woke up the first time. He didnay know where the fuck he was. He looked about, he was on a floor and it smelled of pish, it was in his nostrils, and his chin was soaking wet and all round the sides of his mouth and like snotters from his nose, fucking blood maybe, fucking hell man, fucking sore.

There was a screw watching. Ye could tell.

But the fucking ribs man and the back! Jesus christ; each breath was a nightmare.

He was lying on his side on the bunk. How had he got up? He had got himself up man how had he managed it! But he had managed it. There was a blanket, he got his hand on it and pulled, it wouldnay budge, it was tight in, it was under his body, fuck, under his body, he closed his eyes. Next time he woke the breathing was worse but it was the lungs, that was where it was hurting, no so much the ribs. He lay there a while, breathing wee bits at a time, no changing his position till the side of his head got sore and he turned onto his front. The screw again. Sammy thought he could see the eye in the gloom. Then it was daylight. He was staring at the ceiling, seeing pictures in the cracks in the paint. He wasnay feeling so hot. Before he had been good. Now he wasnay. There was things out his control. There was things in his control but there were other things out, they were out his control, he had put them out his control.

The cracks looked like a map. A foreign land. There was rivers and forests. Rivers and forests. What kind of a land could that be? A happy land, there is a happy land, there's a happy land.

Later he was up and making the steps to the wall, and back again, wondering what the hell day it was cause he was in deep shit with Helen; that would be it man she would pap him out the door for good. His gear would be out in the corridor. Once he got home, he would find it lying there, in a fucking heap. Auld Helen man what can ye do.

Jesus christ the poor auld back, it was killing him, the base of the spine. So were his legs, the tops of his thighs and behind the knees, but it was the ribs the ribs were really fucking

There was the screw again, the same eye; he must have been doing a double-shift. Sammy started fantasising: the guy was feeling sorry for him; it's me and you brother, we're comrades, I'm gony bring ye in a couple of pills, painkillers, a mug of tea and a couple of fried eggs on toast, a plate of porridge; maybe a smoke fuck Sammy was gasping for a smoke and he dug into the trouser pockets but they were empty, fuck all, no even a betting slip. And he wore a chain round his neck and that was fucking gone as well and he couldnay mind if he had it when he woke

8

up or did they nab it, or had he fucking pawned it man know what I'm saying he couldnay remember.

His trousers; he hadnay even noticed but they were about falling down every time he moved a leg; his good auld lone-star belt buckle, it was gone too, dirty bastards, how could he go to Texas now, that was the ID fuckt. The trainers were under the bunk; the laces werenay there to make it look official, which is alright, his feet were killing him anyway, who gives a fuck. Sammy dragged the t-shirt out the trousers to examine the body, letting the screw see he knew the score, like he was making notes for future reference, once he stuck in the auld compensation claim I mean ye cannay go about knocking fuck out of cunts and expect them no to submit their claim through the proper channels, no if ye're an official servant of the state I mean that's out of order, banging a citizen.

They were bad but, the bruises. He left the t-shirt out the trousers and turned to the door; the screw was still there: Heh can I make a phone call? Eh!

Christ his voice was croaking. Never mind. He sucked saliva from the roof of his mouth and gulped it down, then he shouted: Heh, what about a phone call?

The eye blinked a couple of times.

I need to make a call! I need to let the wife know where I am!

The screw spoke. Did you say something about rules? Eh? Did you say something about rules there?

Me, naw.

Aw fine . . . See a lot of people dont know about the rules. So they ask me about them. You know them but eh! Fine.

Then the eye vanished. A clever bastard. Sammy sat back down on the bunk. He was bursting for a piss.

Dehydrated but bursting for a piss. Fucking life. He got off the bunk and knelt at the pail, opened the trousers; but he was trembling like fuck and the pee missed the pail and hit the floor and he jerked back, just managing to stop his prick getting caught in the fly else he would have pished down the inside leg christ man the shaking he was doing, and the piss streamed out, he imagined the sodjers watching the VTR, notebooks in hand: 'peed the floor'. He would have wiped it up anyhow I mean if he was gony be here he didnay want to stumble around in stocking soles, no on a puddle of piss for christ sake he hadnay reached that fucking stage. There was a roll of toilet paper. When he finished he grabbed a handful and wiped the floor dry. He crawled onto the bunk, just about conking out before dragging himself up as far as the pillow. Next time he woke it was black night again, and sore christ he was really really sore; aches all ower. The whole of the body. And then his fucking eyes as well, there was something wrong with them, like if it had still been daylight and he was reading a book he would have had double-vision or something, his mind going back to a time he was reading all kinds of things, weird things, black magic stuff and crazy religious experiences and the writing started to get thick, each letter just filled out till there was nay space between it and the next yin: no doubt just coincidental but at the time man he was fucking strung out with other sort of stuff so he took it extremely personal, extremely personal man ye know what I'm talking about. Then his head was so itchy. The bed was probably bogging, that auld fucking blanket, what a smell christ, unclean! unclean! If he could have got a hairwash; that was what he was wanting. But it was his eyes, that was the main fucking problem like he had gone blind but the black had stopped him appreciating the fact. But it felt like morning. He tried some manoeuvres. But naw, he couldnay see a thing. Nothing. Fuck all. He did some more manoeuvres. Still nothing. But at the back of his brain he had this funny sort of recollection, like what was happening was something he had known for a while, he just hadnay registered the fact, as if it was some kind of bad dream running side-by-side with his life. He tried more manoeuvres, his hand up to his face. Both hands. Moving them around. Then he scratched his cheek. Just at the bone beneath where his right eye should have been, then closing the eye and putting his finger on the lid, then opening it and closing it and for fuck sake man nothing, he couldnay see nothing. He studied roundabout, looking for chinks of light, to where the screw would be watching, the flash of the eye maybe; but nothing. He reached his hand ower the bunk and felt about the floor and found something, a shoe; he lifted it to in front of his face. He fucking smelled it man it was fucking ponging, but he couldnay see it; whose fucking shoes were they they werenay fucking his, that was a certainty. He was definitely blind but. Fucking weird. Wild. It didnay feel like a nightmare either, that's the funny thing. Even psychologically. In fact it felt okay, an initial wee flurry of excitement but no what ye would call panic-stations. Like it was just a new predicament. Christ it was even making him smile, shaking his head at the very idea, imagining himself telling people; making Helen laugh; she would be annoyed as fuck but she would still find it funny, eventually, once they had made it up, the stupit fucking row they had had, total misunderstanding man but it was fine now, it would be fine, once she saw him.

Now he was chuckling away to himself. How the hell

was it happening to him! It's no as if he was earmarked for glory!

Even in practical terms, once the nonsense passed, he started thinking about it; this was a new stage in life, a development. A new epoch! He needed to see Helen. He really needed to see her man if he could just see her, talk to her; just tell her the score. A fucking new beginning, that was what it was! He got out of bed and onto his feet and there was hardly a stumble. The auld life was definitely ower now man it was finished, fucking finished. He groped his way around, kicking forward with his feet, and he reached the wall. He got down on his knees to feel the floor, cold but firm, cold but firm. The palms of his hands flat on it; he had this sensation of being somewhere else in the world and a music started in his head, a real real music, it was hypnotic, these instruments beating out the tumatumatumti tumatumatumti tum, tum; tum, ti tum; tum, tum; tum, ti tum, tumatumatumti tumatumatumti byong; byong byong byong byong byong; byong, byong byong, byong, byong byong. He was down now and rolled onto his back, lying there smiling, then with his face screwed up; shooting pains. He turned slow; getting onto his front, trying to ease it; the small of his back; shifting his hips a wee bit: then the pain was easing out, down into the right buttock, travelling down a bit more till it stopped, trapped: he moved his hips another couple of inches, and the pain travelled on, right the way down into his ankles and out through his toes, the space between the nails and the flesh; out, the pain travelling right the way out, and he felt good, really, it was fucking good, this kind of control over yer body when it was sore, how ye survive, how ye survive. And a whole crash of thoughts. With one weird wee image to finish it all off: if this was permanent he wouldnay be able to see himself ever again. Christ that was wild. And he wouldnay see cunts looking at him. Wild right enough. What did it matter but what did it matter; cunts looking at ye. Who gives a fuck. Just sometimes they bore their way in, some of them do anyway; they seem able to give ye a look that's more than a look: it's like when ye're a wean at school and there's this auld woman teacher who takes it serious even when you and the wee muckers are having a laugh and cracking jokes behind her back and suddenly she looks straight at ye and ye can tell she knows the score, she knows it's happening. Exactly. And it's only you. The rest dont notice. You see her and she sees you. Naybody else. Probably it's their turn next week. The now it's you she's copped. You. The jokes dont sound funny any longer. The auld bastard, she's fucked ye man. With one look. That's how easy you are. And ye see the truth then about yerself. Ye see how ye're fixed forever. Stupid wee fucking arsehole. Laughing with the rest because ye're feart no to, feart to stand out from the crowd; ye're just a wee fucking coward, trying to take the piss out an auld woman man pathetic, fucking pathetic.

Ah!

Fuck it but we're all weans at some time or another. What's the point in blaming yerself for other people's problems. Ye've got to get by; and ye'll no get by if ye carry on like a halfwit.

It was just Sammy feeling sorry for himself, plus being fucking physically fucking battered for christ sake it's straightforward.

Sometimes ye wonder, ye wonder.

Then this ringing in his ear. Two sounds, both in the left; the ordinary blood sound high up but this other one lower down, a fucking siren, wailing. Then it stopped and he was left with the blood. Then that was getting more high pitched. It was like a fucking scream christ

The hand propelled him forwards. He went with it. And this voice saying, Dont worry yerself. Whoever it was he was a sarcastic bastard. Who gives a fuck. Sammy couldnay care less. Then he heard them laughing. Still he didnay care. Why the fuck should he. He wanted to tell them straight: Fuck you bastards I dont actually give a fuck, yez can laugh from here to fucking Mayday.

The hand shoved him this time, it gripped his shoulder and sent him flying and he banged into a chair and went sideiways trying to avoid it in some stupit way considering he had already hit the fucking thing and he landed on some cunt's feet and whoever it was let out a yelp; then a laugh.

He's assaulting us again! Fucking nerve of this guy!

Drunk and incapable, said another yin, he cannay admit it like a man but, says he's lost his fucking eyesight somewhere!

Anybody find an eyesight! There's a guy here looking for an eyesight!

This was followed by ha haz all round. Everything's tactics and these were auld yins. So so what. Sammy was in a warm place and he knew there was a change for the better. How did he know there was a change for the better? Ye can aye tell, that's how. Ye develop a second sight with these bastards. They maybe thought they had went too far with him.

Sit down.

Sammy stood where he was.

Ye're alright, sit down.

Fuck it, Sammy moved his hand about and touched a chair, he felt round it and sat down, gripping the sides in case some funny cunt felt like giving it a kick. Something was pressed into his hand. It was a chain. His chain; gold, Helen had gave him it as a birthday present last October. There was some kind of symbolic thing about it, he couldnay mind but, what it was, what it meant. He fingered for the catch and opened it, put it round his neck and heard more laughter like they had conned him or something so he took it back and fingered it again to make sure it was his. But how could ye tell, ye couldnay. More laughter. Fuck it man he stuck it in his pocket, then felt for the fly on his trousers to make sure he wasnay hanging out.

Things landed on his lap. The lone-star belt and shoelaces.

Nothing else happened. It was like they had lost interest. A while went by. There was a lot of toing and froing and funny kind of whooshing sounds. Now he heard voices, one was kind of posh, English. Then more whooshing sounds and something came near to his head. And doors opened and closed. It felt like a big office he was in with occasional whirring noises like from some sort of speaking device. And always too there was the sound of a computer keyboard tap tapping away; and muttering, people muttering. He strained to hear what they were saying but his ears were definitely out and he got a sudden feeling he was gony fall off the fucking chair man he seemed about to keel ower and he had to cling on, concentrating hard to stop it happening, he was dizzy, he was gony faint, he was gony fucking jesus christ almighty

a test, he remembered this test, a long time ago, it was in London, it was for a job, he had to sit it; him and another ten thousand and 96 guys, all stuck in a long corridor; people looking at them; stupit fucking questions; general knowledge shite; all bullshit man the whole fucking deal; and this arsehole in a sharp suit walking up and down, the mediator or something, there to see ye didnay cheat, giving ye piercing glances and all that ye felt like setting about the cunt. Fucking bampot he was. And all these stupit questions. But ye felt there was some key they had to crack yer answers, and then the whole of yer life would be there, all laid bare, all yer dirty wee secrets; and them studying them when ye were away home, logging the info into the central bank.

These bastards. Ye want to fucking

what does it matter. Who gives a fuck. Life's a dawdle if ye give it a chance. Ye do yer crime ye take yer time. Somebody was passing. Sammy turned his head in that direction: Heh ye got a fag mate?

A fag got put into his hand. The auld pyschology. The one place they acted like people was when they were in their own wee office going about their own wee bits of business, wage-earners, time-servers, waiting for the fucking teabreak. A lighter snapped. Sammy had the fag in his mouth; he had to hold it at the end at the same time. The lighter snapped again and he felt the flame suddenly and jerked away from it:

Sorry, he said. The lighter snapped and he moved his fingers till he felt the flame and he kept sucking till eventually he sucked tobacco smoke, and it was in his nostrils and up at his eyes at the same time. Cheers mate, he said but spluttered.

An ashtray at yer feet. . .

Sammy was still spluttering, and the tobacco went right to his brain. He inhaled again, feeling better. Fuck them all; he settled back.

And time went on. And he was sitting there in this blank sort of void, the mind going in different directions. No all nice either, no by any manner of means, cause he hadnay led the best of lives. No the worst but no the best. He had aye been a bit stupit. And there's nay cunt to blame for that except yerself. Ye aye come back to that same thing. Nay point blaming the sodjers if you've ladled into them in the first place; fuck sake man ye cannay blame them for giving ye a doing. Sammy could throw a punch, he was quite a solid guy, and his knuckles were still sore, so was his right foot, so who are ye gony blame? know what I'm talking about it was him woke up down the lane. It was him fucking landed down the lane in the first place man how the fuck he got there I dont know. But naybody dragged him into the boozer and naybody filled his neck with booze, he did it himself; it was under his own control. He wasnay a fucking eedjit aw the gether; just he acted that way, sometimes, when he felt like it.

Nay *stewards' enquiries* but fuck it.

Auld Helen as well.

She would be doubly annoyed. She would really fuck off this time. That would be that. Him back in the poky. That would be him man fuckt, know what I mean, ye want the mentality for how come he ladled into the sodjers then ye've got it, it's all there, fucking Custer's last stand.

Auld Helen man fuck sake.

Folk take a battering but, they do; they get born and they get brought up and they get fuckt. That's the story; the cot to the fucking funeral pyre.

Fascinating-facts and Tales-from-the-poky. That one about the Samurai warriors, back in the olden days; their master gets done in by a rival – both of them are aristocrats, Shishkos or Shenkos; whatever ye fucking call them – and the Samurai plot revenge on the baddies. So the leader and his son and the entire squad all split up for a year and go around leading vagabond lives, drinking and screwing and all that till the other guy and his team of baddies all get lulled into a false sense of security, they think the goody Samurai have fell by the wayside and there's fuck all to worry about. And then, when everything's fine and the timing's right, the Samurai warriors regroup. And back they come to wreak revenge, a whole year later. They do the cunts in. Fucking straightforward. But then, after they've done them in, they turn round and fucking do themselves in, they commit harakiri. Because once their master's dead, the auld fucking Shishko man, once he's dead, and the goody Samurai have had the revenge, then that's them, they're fuckt, they've done their duty and the game's a bogie, capisto, their life's finished, end of story, they've got to go to the debowelling games, they stick the blade in their guts and start cutting lumps out.

A true story that. According to the guy that telt it to Sammy. Mind you he once telt it to a woman and it annoyed her to fuck, she thought it was a load of bullshit, she thought he was trying to confuse her, some weird way of getting off with her, getting her mixed up between their story and his christ how fucking crazy can ye get; women. It wasnay Helen by the way, the woman, but it might have been, might as well have been know what I'm saying. Funny how ye tell people a story to make a point and ye fail, ye fail, a total disaster. Not only do ye no make yer point it winds up the exact fucking opposite man, the exact fucking opposite. That isnay a misunderstanding it's a total

whatever. Mind you the woman was maybe right cause Sammy had added in a wee bit of his own when he telt it to her, he knocked it from a book he had read about this army officer and his wife; and they did the same, the debowelling games; duty and love all gets mixed up the gether. So she was probably right, he probably was trying to get off with her. But so what? So fucking what? Males and females. Ye do yer wee dances christ almighty where's the harm. Plus some folk, they're never happy unless they're giving ye a sharp fucking talking to. Especially women, or else upper class bastards. Ye dont mind it so much if ye fucking know them man but no if they're fucking strangers, ye're just talking to them in a pub or something, know what I mean, fair enough with the wife or the girlfriend, yer fucking grannie or something, but some of these other cunts man they think they know, they think they know and they fucking dont.

So fuck it.

His back, it was sore. The spine especially; down there at the bottom, roundabout the lower ribs. He had to stand up. He stood up. He stepped half a pace to the left, then worked his hands in where it was hurting, massaging in with the tips of his fingers. His right foot kicked against something metal, solid.

Sit down. Samuels: sit down.

I need to stretch my legs.

Just sit on yer arse.

Can I no even get standing up?

Thirty seconds.

Thanks.

That's twenty of them.

Twenty's enough, said Sammy and he reached to feel for the chair and sat down. Fuck them. He rubbed at the base of his spine then sat forwards, hands clasped on his knees. He had a lot to consider. When ye come to think about it. And that's what he had no been doing: thinking. He had just been who knows, who knows; his brains were all ower the place.

All the auld ways of living, as if they'll go on forever. Then ye wake up and find yerself fuckt, all gone man, that's that. So okay, ye have to accept it; what else can ye do, there's fuck all, everything's fixed and settled as far as that's concerned, it's happened, past tense. So now it's down to you.

Sammy felt like another smoke. He should have nipped the one that guy gave him instead of doing it all in. He couldnay even remember finishing it. The ashtray was beside his chair. He reached down to see if there was anything left to smoke, but couldnay find it – the ashtray I'm talking about, some cunt must have swiped it.

A hubbub started somewhere near but it was like there was a partition separating it from him. He wasnay sure if it was cause of the racket going on in his ears. Then too there was this radio playing pop music, droning on and on, oomba oomba oomba, didi oomba oomba oomba, didi oomba oomba oomba, the kind Sammy's boy would have listened to – perfect for 15-year-auld kids except it was these adult sodjers. He wondered what station he was in. He hadnay been up to taking notes on the drive. But it was probably Hardie Street. Who cares. Naybody would have gave him a sensible answer if he had asked. Ye cannay make contact with them; all ye would have got was sarcasm and wee injokes. It wasnay just in the poky that happened I mean Sammy once went to work in a factory for ten minutes, down in England, and that's the way it was. It would have took a ten stretch to know what they were all giggling about.

Fuck it man these things were ower, long ago. And that was what Helen couldnay grasp.

He was hell of a weary but; drained, ye know. He was due to be mind you; the battering he had took. Plus sometimes ye just feel like drawing the curtains. Getting the blankets ower the head. That was the way Sammy felt. It wasnay the first doing he had had and sure as fuck it wouldnay be the last.

Noise. A chair drawn up next to him. Somebody said: Right Samuels ye're a lucky man, we're gony let ye go, and with your record that's something.

Who am I talking to?

Dont be cheeky else ye'll end up in real bother. With your form they'll throw away the key. We hadnay realised we had a personality on the premises.

Och dont give us it, I got liftit and now I'm fucking blind.

A hand gripped his left wrist from nowhere then a whisper: Just listen to the man: ye can go, that's what he's telling ye, so just thank yer lucky stars and get to fuck because see if it was up to me. . .

The pressure increased. Sammy had strong wrists and he flexed the left to take the pressure; his fore and upper arm trembled with the strain. His ribs started hurting. It was a strong cunt he was up against. Eventually the pressure relaxed and the hand vanished. Sammy breathed shallow, controlling it, just controlling it, except the ribs man the ribs, but controlling it, controlling it. Give them nothing man fucking nothing, nothing.

Then the voice whispered: Know what I'm talking about ya fucking bampot? Ye go outside that door nice and easy and ye dont come back, ye just fucking vamoose, ye get to fuck, ye do a fucking disappearing trick, alright?

Ye're an incorrigible, said the other yin, and this time ye

21

went too far. But still ye landed lucky, so thank yer lucky stars.

You better believe it, muttered the nasty bastard.

I need to speak to a third party. I'm no being cheeky.

. . .

Somebody chuckled.

Another yin said: Give the guy his due, he knows his rights and regulations.

Eh? Heh doughball, somebody's talking to you.

A hand clamped Sammy on the shoulder. I want to see a third party, he said, even yer quack, I want to report this dysfunction man I'm suffering a sightloss, and it's in both eyes, I need to see a quack.

Fucking quack ya cunt, fucking Donald Duck, it's a hospital you'll be needing.

Aye, that's all very well, said Sammy, and I'm no meaning to be cheeky. But I need to speak to somebody I mean ye cannay leave me like this. I've no got a fucking coin. Get us a quack so he can see how I am now to how I was afore you and yer fucking plainclothes rottweilers got a fucking grip of me. I'm still in fucking pain man know what I mean I want a fucking X-ray, my ribs are fuckt man come on! Get us an eye-specialist!

A sigh then a shuffling of feet; a door shutting.

. . .

Heh come on, ye cannay just knock fuck out a guy till he winds up blind, this is a free country. Eh! Hullo? Hullo? Heh what about a smoke? Any of ye got a fag! Eh? Hullo? Ah fuck off.

Somebody sniggering in the background.

Fuck off I says.

They did fuck off. An hour later maybe longer a couple of them came back and stripped off his belt and laces again.

They forgot to ask for his gold chain. Here, he said, taking it out his pocket. There was times it was best going by the book. Sammy was wanting to wake up in the morning. He sniffed and kept alert, listening for whatever. Half an hour later they were marching him back to the cell. It was all matter-of-fact. But no sooner inside than he banged his leg on the edge of the bunk frame. He lay down but the mattress was thin as fuck, it was just sagging and useless, even worse than the last yin. Once he was sure they had went he got up, took the pillow and stretched out on the floor. Real relief except for the smell, like a pish-house.

He didnay even know what day it was Jesus. The big mouth man he always had to blab. If that was him for another night

Jesus christ. She would be really worried now. He aye had to blab. How come he aye had to blab! Just stupit. Stupit. She would be worrying. Doesnay matter the situation, how it was, that was past tense, she would worry. Cause he had nay place to go and she knew it. Ye're talking from whenever it was the now back to last Friday morning man that's how long it was; four maybe five days, including the Saturday. Fucking Saturday! Saturday was a blank. A blank. Jesus christ, fucking terrible. So for all she knew something bad might have happened. Aye something bad has happened hen! yer man, yer boyfriend, he's being held for assault, drunk and disorderly. And at this moment in time he's lying in the fucking poky, blind as a fucking bat.

If they telt her that she would come immediately. She would take him by the hand

Would she fuck. Helen man, enough said.

Not so very long ago aho
you walked away, from me,

23

and after all we've ever meant,
     you decided to be free

   Ach she would rant and rave. Or else say nothing. She
was good at saying nothing. When she did get angry her
voice got high and it annoyed her to fuck. For some reason
she didnay like high voices, no even on women. She wasnay
that much weer than him but she would have preferred
being weer, she aye said she was too big, she had the habit
of walking with a stoop. Sammy aye telt her to straighten
up. That annoyed her, but sometimes in a lovey-dovey way.
If he was skint and he telt her stuff like that she was liable
to take him out for a drink. No quite. But sometimes she
did. Once or twice. Then she got double-depressed. She
would go silent, just sitting there, glowering. He wouldnay
even notice she was glowering, no at first. He would be
talking to her natural; then it would dawn on him she
had took the huff about something. Look dont blame me
ye're a woman, he used to say, it's no my fucking fault.
Sometimes he sang her that Kristofferson number:

        She aint afraid to be a woman
        nor ashamed to be a friend

That really wound her up! But at least it got her to talk.
Better getting a mouthful than nothing at all man silences,
know what I'm saying; Sammy couldnay handle silences,
no with her. Any other cunt aye but no her. He was too
insecure. More than a year since he first started going out
with her but he had only lived with her about six or eight
months. It had taken her the rest of the time to make up
her mind. She wasnay a woman that jumped into things.
Too fucking experienced; three weans she had into the

bargain. Christ she would crack up! Auld Helen . . . Nay luck at all neither she had, she aye chose bingers; she said it herself. How do I aye end up with somebody like you? I knew it would happen! That's what she'd say. I telt ye! As if any cunt could tell ye that, that ye were gony wind up blind. Mind you she had telt him, more or less, she telt him on Friday morning, things would go bad, that was what she telt him. Fuck it man.

Terrible depressions she got too, her downers could last for days. Ye felt ye had to keep an eye on her. Sammy liked lying with the side of his face on her tits, snuggling in, her nipple poking him in the eye, soft, wrist between her legs, his hand cupping her hole, shielding it from danger, especially when she had come, needing to protect her and all that stuff.

Sammy smiled, lying there on the floor. But it wasnay a cheery smile. He didnay feel cheery. He felt fucking grim, that was what he felt. Nay wonder she would crack up. Lifted by the sodjers. On the bevy and lifted by the sodjers. Well it was her own fault. She shouldnay have threatened him. That's one thing ye shouldnay do, threaten a cunt, no unless ye're gony back it up. Course maybe she had backed it up. He didnay fucking know. He wouldnay know either, no till he got home. Ah fuck it, if she wanted to call it a day then fair enough man all she had to do was tell him, tell him straight. He wasnay gony stay somewhere he wasnay wanted. Ye kidding! Sammy was well used to packing the bags. Bastards. Now here he was blind, fucking blind. Imagine going blind. Christ. What a turn-up for the books that was.

He shifted his head and felt the pillow damp on his face. He hadnay been greeting, just water must have been running out. Or else pus. Maybe it was fucking pus. Maybe it was fucking yellow fucking mucus pus or something, rancid fucking liquid shit running out his body, out his eyes. Maybe it was the thing that gave ye sight, now he didnay have sight the thing had turned into pus, and here it was getting discharged, excess body baggage. Or else blood. Maybe his nose was bleeding. Or his ears. His fucking ears were roaring, maybe it was melted fucking wax! Jesus christ there was that many things.

He got up and poked about with his feet. Still blind; he had forgot what it meant.

He put his hands out and groped his way to the end wall and leant against it. He needed to think. He had to get clear on what happened. The sodjers hadnay been too interested, no till they read the form-book. Even then; interested but nothing special. They probably took him for a boozebag alky bastard nowadays and that was that, end of story. Fine, it suited him. The longer it went on but the longer it went on

Ye couldnay count on things. That was the problem. Other things aye turned up. they had a habit of doing that, turning round and fucking ye, when ye least expected it.

He had to get clear. Back to front and inside out.

Okay.

So what happened was he was out earning. Right, fine. And the Leg was with him. He didnay need the Leg with him but there he was and that was that; so okay, three leather jackets. They got shot of the stuff within an hour and split the dough. Sammy went home to show the face. She needed to know he was alright. As if he wouldnay have been but there ye are. That was how the fight started in the first place. Well no quite. Ye can be too honest man, know what I'm talking about, it doesnay always pay, no with women. He should have telt her fuck all.

Fair enough but he just wanted her to know he was okay. So he went home to show the face. Except when he got there she was gone. And the kitchen was a fucking pigsty like she had fuckt off as soon as she was up and dressed. Which is fair enough cause she didnay finish work till late and sometimes wasnay home till after two in the morning. So if she just got off her mark then she was fucking entitled. Fuck the housework. With him no working anyway I mean, what does it matter, Sammy was happy doing that sort of stuff. Plus the fact it was her house, it's no as if he had any claim for being there, except her, so he needed to be pulling his weight and all that. At least that was the way he looked at it. So when he got home on Friday dinnertime he just stuck on the music. Loud, the way he liked it. Then he set about the tidying. But once he had finished the money burnt a hole in his pocket, he couldnay settle; he tried to read a book, he shoved on the telly; he just couldnay concentrate. Plus he was starving. But cause he had done all that tidying he didnay want to fucking mess it back up again so he wasnay gony cook fuck all. So he just went back out, thinking in terms of a pie and a pint. Across the river and along the road, up the main drag and round to the Cross, and along and up by Argyle Street where he found the Leg and they went on a spree,

they taught me to smo-oke and dri-ink whiskee.

So on and so forth.

That was for him but no for the sodjers. It was him needed it, the story. Once it was there and solid in that fucking nut of his then fine, it was alright; a stick of dynamite man that was what they would fucking need.

Other stuff he could let slip, it didnay matter. Know what I'm saying, once the solid stuff was in there, he could let slip other stuff.

So okay.

And then he's woke up down the lane and he's wearing these stupit trainer shoes. The day afore yesterday. Or the day afore that. Sunday.

How did he know it was Sunday? He just fucking knew man that's how. Know what a sixth sense is? That's what I'm talking about.

The difficult thing was the Saturday. The Saturday was blank. It was Friday dinnertime he went for the bevy. And it was Sunday morning he woke up. So that was the problem. There was a missing gap. A whole day. Plus he met Charlie. That was the fucking

Charlie! Where the hell had he met Charlie? Jesus christ man flies in the ointment everywhere! Never mind but it was alright. There was nothing there, nothing he couldnay handle. The story was fucking rock-solid man watertight. They were yapping away about all sorts. In a boozer roundabout the Candleriggs. Somewhere. Doesnay fucking matter. Charlie on the ginger beer and lime cause he had chucked the sauce. True. Auld Charlie, he had chucked the sauce.

So what the fuck were they yapping about? Ach all sorts, all sorts. Charlie was still doing the business. He hadnay changed that much. Just he was keeping the head down. So he said anyway though ye couldnay always tell with the cunt; the kind of guy that sat with ye for an hour and at the wind-up he's said fuck all.

There was definitely a change in him but. Once upon a time ye were feart to have a drink with him. This habit he had of eariwigging other people's conversations; strangers!

know what I'm talking about; if they were saying something he didnay like he jumped right in and telt them it was a load of shite. It wouldnay matter the strength of the opposition. Ye could be sitting in a pub stuffed full of blue-noses, or else tims, it didnay matter, it just didnay matter, he never saw the danger; whereas you did, that was all ye saw. But there was the bold Charlie, into the needling games, winding them all up. Where's yer fucking evidence? That was his patter. Ye've said something, so where's yer fucking evidence? Ya fucking bampot if ye want to fucking say something then back it up man know what I mean!

Heh Charlie, you'd be going: Heh Charlie! screw the nut for fuck sake . . . lighten up man come on . . .

He wouldnay fucking hear ye. And you'd be watching them all; these faces, their eyes, staring at him, staring at you, dead eyes, no into debate at all, just watching, watching and fucking waiting. And you'd be thinking, Ah well fuck it man here we go, here we go . . . And Charlie talking loud

cause that was the way he done it: loud! he always fucking done it loud. That was probably his weapon. He done it that way so other cunts would hear, other cunts in the pub, so it would all be isolated, right out there and in the open, so if anybody wanted to move they would have to do it right there, in the full glare:

Ye want to talk politics? Eh? Ye want to talk politics? Then let's fucking talk politics and nayn of this fucking primary-school crap man fucking bullshit come on, let's fucking talk politics, real politics I mean ye're a fucking adult int ye a fucking mature fucking adult human being.

Jesus christ man. Then what happened is things got too much for him. He choked on it; he was so raging angry and fucking upset and fucking frustrated. He would just fucking storm out, right out the door.

And you'd be left there like a fucking dumpling. You'd be standing there. A fucking dumpling man I'm telling ye.

The last thing to do was talk. Ye just had to take it easy. And get to fuck man get to fuck, dont swallow down yer drink, nay time, nay fucking time man where's that door cause you're fucking heading man know what I'm talking about you're heading, or else ye're no alive. And dont look at nay cunt. Keep yer eyes down. Straight out that fucking door.

Crazy. That was afore he chucked the sauce: I've changed Sammy, he says, I've quietened down.

What have ye went religious?

Charlie just laughed. The patter was good but. His mother and fayther was still alive and that was great to hear. These things from yer childhood, ye expect them to be gone and lost forever. The last time they had met was the Boxing Day three years ago at the Carnival. Sammy was there with his boy. Charlie had two and one lassie. Sammy had just came back from England and wasnay sure what the plans were, if he was gony stay home or what. They arranged to meet for a pint a couple of days later. But Charlie didnay turn up. So what. What does it fucking matter. He wasnay about to remind the guy. He was aye heavy involved in things. And he hadnay changed. So okay.

Fuck it.

Ye fall by the wayside.

Fuck it. Sammy had nay regrets. Ye try to work things out. When ye go wrong; ye get yourself the gether; ye give it another go; ye hope it works out. But if it doesnay it fucking doesnay. What can ye do. Same auld fucking process. It can be damaging for the nut but that's the fucking problem. Plus the physical side of things man the disintegrating process, ye have to face up to it, ye dont need the fucking sodjers to give yer body a battering, ye perform the job yerself.

Sammy crawled up onto the bunk, kicked off the shoes, drifted into the usual half world; no quite the self-abasement and all that shite but close. This had to be the worst yet man nay danger; he had never been this bad; surely to fuck.

Bullshit. How many times had he said it, these very words, how many times! Crap. Obvious crap too so shut yer fucking mouth, just shut yer fucking mouth.

He lay on his side staring into fuck knows what, lines or something, bright kind of lines shooting everywhere. They seemed dim but they would have been bright, otherwise he wouldnay have seen them. Fucking bunk man it was fucking hollow, he was lying on the fucking bare spring and it was killing him man his fucking shoulder, jesus christ; he turned onto his front. Dots he was seeing. They were like sparks. That's cause the so-called pillow was a sheet of fucking tissue paper. So the oxygen wasnay reaching his brain; no properly. He started getting one of these weird feelings like he was gony start levitating, drifting up to the ceiling. Maybe he was already! He gripped the sides of the bunk, seeing himself floating right up and out a window, feet first then his legs, keeping going, body next, trying to cling on at the shoulders, jamming his elbows in at the bars but nay good, getting sucked on and slipping right out, drifting up, passing the telegraph-wires, up past the roofs of the buildings, all the stars glittering, seeing the city below, up past the Red Road flats. That story about the guy doing time and he keeps going on these mind-trips, John Barleycorn or somebody. Who the fuck wrote it? Jack London? Sammy shut his eyelids tight. He felt bad now, so fucking bad, these things filling yer head man fucking filling yer head, terrible, fucking terrible, if Helen chucked him now he really was fuckt, right out the game, he would be as well parking the head in a gas oven. All he could do

all he could do

There wasnay much he could do, there wasnay really much he could do at all. No the now anyway. Nayn of it was down to him. It would be soon enough but no the fucking now. So fuck it, get on with yer life. Sammy had turned back onto his side, he wished he could fall asleep. But the trouble with sleep is ye cannay just fucking

ye cannay command it to happen, it just does. Sleep. Fucking amazing so it is. There ye are all wrapped up in yer own body, snug as fuck. Ye lie there like there's nothing else exists in the world. Ye dont fucking want anything else to exist. That's how ye need to get away from it; cause if ye dont get away from it then ye willnay cope; the only fucking way to cope is by disappearing for six or seven hours out every twenty-four. That's how ye survive, nay other fucking way. This guy he palled about with once, he crawled into a corner so he could die. Sammy met him skippering down Paddington. He hung about near a boozer Sammy used, putting the bite on cunts that walked past. One day Sammy was doing a bit of shifting for a female that lodged in the same house as himself. Struggling along the road with a big fucking bundle of her suitcases and fucking poly bags man a million of the fucken! So the guy I'm talking about, he came up and gave Sammy a hand. So one thing and another, Sammy wound up taking the guy for a drink – no just once but a few times; now and again, depending how he was fixed. The thing is but the guy didnay like drinking in pubs. He just wasnay a pub drinker. Ye meet guys like that. Even if they're holding a few quid, they still prefer hitting the *off sales*. That was this guy, a real outdoor fucking person. Then one night him and Sammy split for a couple of bottles of scud and they went round the corner, just off the Edgeware Road, round to the side of the social works' office and into the wee park. They found a seat. Then roundabout dusk the guy got up and fuckt off, he went away by himself to find a quiet place, and he must just have stretched out. Sammy thought he had went for a piss. Later on when he was going up the road he decided to take a walk round the square to see if he could see him; he found him lying close in between the bushes and the palings; it was like he had wedged himself there.

And his face was fucking horrible! Christ ye couldnay forget something like that. Mind you Sammy had seen a few guys snuffed it afore the quacks got to them, and their faces were usually like that. Ye're supposed to be at peace when ye die but are ye fuck man ye're fucking staring death in the face and it's fucking horrible man you better believe it, death, know what I'm saying. Fucking con. Same with the maw, when she snuffed it: Sammy was inside at the time and they didnay let him out for the funeral. So he missed the peaceful slumber and all that. His sister wrote to him and telt him all about it. What a fucking wind up! But every cunt seems to fall for it, that was what Sammy couldnay understand. His maw! Peaceful slumber! Fuck sake man she would have went kicking and fucking booting and screaming. No way would she have looked like that. Everytime ye saw that peaceful slumber look it just meant they'd been got at by the fucking medical authorities or else the quacks. Then that wee black guy there's another yin christ the cell two down from Sammy the last time he was in. Supposed to have died with a heart attack; twenty-seven years of age; the cunts suffocated him, they sat on top of him then bounced up and down, big fucking screws, bouncing up and down on him, a heart attack, these bastards man know what I'm saying, him with his wee fucking headset, that's all he done, listened to his fucking music, ye heard it sometimes, it fucking hypnotised ye, tumatumatumti tumatumatumti. Stretched out with that peaceful smile. Fucking lying bastards. Know what I mean. Fuck sake. It's all the lies man that's what gets ye.

They arenay things to think about. Alright when ye're outside but no when ye're in. Ye can think of them outside but no inside, no when ye're actually inside. Cause it drives ye nuts. It drives ye fucking nuts. Ye see them, ye see them walking about. What ye do, ye get on with yer stuff, yer exercises, the survival operations, the auld dynamic tension, ye get stuck into that, ye look after the body, look after the body, build up the fucking body, dont despair but ask for more, dont despair but ask for more, ye batter on, ye push ahead, that's what ye do; Sammy could have done with a wee headset himself, a bit of music

blowing every time you shut your mouth,
blowing from the back room heading south

Auld Dylan. Sammy hadnay heard that yin for years. Where do they come from eh! where do they come from. Yer fucking brains man they live a life of their own, ye've got nay fucking control, nayn at all. Thank christ for that.

The hand gripping his shoulder. A grunt: Come on you.

That way they get ye. They walked him out the cell, and along and back into the office. They chucked him his stuff and went about their business like he wasnay there, a mere formality, a dod of shite. He fumbled the belt round the trousers but then they were back. He had hardly got the thing through the fucking loops. I need a sit down for these shoelaces, he said.

They werenay talking to him so he groped for a chair. Okay, he said, just till I lace them.

He heard them in the background; it was Wednesday afternoon. Quite good news. Except was it this week or next week, the way Sammy's head was it might have been anything. Fucking tired as well man he had this urgent need to lie down and rest, that was all he wanted. Even just finding a floor. If he could just fucking lie down. There was a ringing in his ears and the body was still aching and fucking sore. They were gony let him go the now and he wasnay ready. A wee bit more time man that was what he needed, just to adjust. The fucking toes as well, they were nipping; these shoes, bloody terrible, the wee pinky toes felt like they had lumps on them, like snailbacks or something. He flexed his feet; so cramped, fucking hell it was like they were about three sizes too wee for him.

And it was always them, these bastards, always at their convenience, every single last bit of time, it was always them that chose it; ye never had any fucking choices. Everything ye fucking did in life it was always them, fucking them, them them them, like greedy weans thrashing about looking for the tit. Right now, said one of them, come on.

The hand on his shoulder my fuck it would have been nice, it would have been nice, know what I'm saying, dirty bastards, Sammy would have fucking loved it; get yer

35

fucking hand off my fucking shoulder ya bastard ye just dont fucking touch me

Come on you

Coming. . .

Somebody had him by the elbow and there was more of them roundabout. Okay, he said. They led him to the door. All the clacking and muttering. He closed his eyes. It was alright. Everything was alright. They were walking him into space and his legs were keeping up, his feet, it was all fine it was just like clomp clomp clomp went his feet that was fine, into space, clomp clomp for fuck sake. Dont fucking drag me, he said, ye're dragging me dont fucking drag me ye're fucking dragging me, I cannay see for christ sake know what I'm talking about.

Give us peace, muttered one of them.

Ye're forcing me forward but what're ye forcing me forward for!

This guy doesnay want to leave!

Here!

Sammy felt the draught from the door; it was opened for him and he moved forwards alone. The door shut behind him. There was the steps. He poked his foot forwards to the right and to the left jesus christ man that's fine, to the right and to the left, okay, fucking doing it ye're doing it; okay; down the steps sideways and turning right, his hands along the wall, step by step, reminding ye of that patacake game ye play when ye're a wean, slapping yer hands on top of each other then speeding it up. Sammy wasnay going very fast at all, he was going quite slow really, being honest, it was slow, slow work; slap, slap, slap, slap, slap; okay but cause he was moving, he wasnay standing still and that was fine cause that was all ye needed, even the auld toad or whatever it is, that slow thing, it gets there man it gets

36

there and beats the thingwy, the fast yin, the hare, it was okay, ye just took it easy and contented yerself

along to the corner and then the sudden blast of wind for christ sake like he had got jailed in the spring and let out in the middle of winter. It was warm when they took him in! That was what he remembered anyway, warm, the warm. Maybe it wasnay him they lifted! Maybe it was some other runt! Maybe it wasnay him, him here

Jesus christ that was a mental thing to think, he had to watch it, really, he had to watch it, the auld bloody thingwy, the brainbox, okay, ye just move

Okay.

Jesus christ.

Patacake patacake; patacake patacake. My fucking christ. That was what ye did but patacake patacake, ye kept going, ye kept going. It was gony turn fine in a minute. It was all gony disappear. In a puff of smoke. Ye want a happy ending. I'll give ye one. So okay, ye've had this bad time. Ye've been blind. Ye've lost yer sight for a few days and it's been bad. Ye've coped but ye've fucking coped

I mean that was something about Sammy, yer man, know what I'm saying, a lot of runts would have done their box. But he hadnay. He had survived it. He was sane. It had been bad. But now it was over. And here he was and he was out and away and he was free. The nightmare was over. So how come he still couldnay see fuck all?

I mean

Jesus christ.

Okay. Okay. For fuck sake.

Take it easy. It's okay man ye take it easy. Big breaths. Take it easy. Ye get on top of the problem, know what I'm talking about, that's what ye do, that is it, that's the whack.

Ye look around and ye see if it's this way or that way or what the fuck, so it gets worked out.

Sammy had stopped walking. In fact he seemed no to have been walking for a long time. He was leaning against a wall. He was. The wall was round the corner from the polis station. It might even have been the polis station, the other side of the fucking building.

It was fine but, it was alright, ye just took it easy. So ye take it easy. Fuck sake man come on. The present situation, the one he was in right now, that was what he was to examine; nay mind wanderings, this isnay the poky this is yer fucking napper man this is yer head that's where the nothing is, so okay, ye just examine it.

And ye dont get into other stuff. It's right now it's happening, no last week and no next week.

Fair enough, he knew this street well.

A fag would be good man he was gasping for a smoke; these bastards

So: he was round the corner from the polis station. They were probably hanging out a window watching him at this very minute. That was all he needed, they'd spit big gobs at him. But alright, nay bother. The bold Sammy. Nay bother.

So, if this is where he was standing

Jesus christ. Come on to fuck. Okay, he pushed away from the wall but no too far no too far. The patacake games. But just with the right hand; he forced his left into his trouser pocket, then took it out again cause he needed it, he needed it for balance, he wasnay feeling that hot and just in the off chance he got dizzy; he needed it, free, so . . . At least he couldnay see cunts looking at him. Cause they would be. They would think he was pissed. They would. That was what they would think. People were like that, that was what they thought, the worst, the world's

38

worst – about ye, if they wanted to think something about ye well that was what they thought man the worst. Okay, so that was alright. He stopped. He sighed. He folded his arms. Cause his shoulders were aching and he needed a wee rest. Just a wee yin. Jesus christ a fag, he was gasping. Inside he hadn't been gasping but now he was. He was.

But how many crossings to the main road? How many wee streets before the big one! It was laughable, no knowing. There were all these things ye think ye've committed to memory but have ye! have ye fuck. He needed to ask somebody but how the hell do ye know somebody's coming when ye cannay see them and there's a lot of noise about, traffic and fucking the wind man, fuck sake that fucking wind, hell of a breezy.

A big loud noise like a lorry passing. A few came this way, heading up to the motorway for the long haul south or across the east coast. One time he got a lift straight to Dundee. Some fucking luck. Till he got there right enough, then he found out there was fuck all jobs man, the cunt that telt him had been spinning a fanny, the usual shit. Christ sake but a smoke would be good. If he had had enough for ten fags he could have went into a shop and bought them, then explained the situation, and miracles do happen, the shop assistant might have lent him the taxi-fare home out the till. Or if there was a phone and he could get in touch with Helen. But she didnay have a fucking phone so that was that even if he had had a ten-pence coin man he would still have been fuckt. Unless she was at the pub working. He could phone her there.

Fuck sake man. He shivered. He was still here, where he had been standing since he had stopped. He couldnay even mind stopping but he had. Cause here he was, he was against the wall, the shoulder against it, just standing there at a standstill, he had come to a standstill. Well nay fucking wonder man nay fucking wonder.

Ach it was hopeless. That was what ye felt. These bastards. What can ye do but. Except start again so he started again. That was what he did he started again. It's a game but so it is man life, fucking life I'm talking about, that's all ye can do man start again, turn ower a new leaf, a fresh start, another yin, ye just plough on, ye plough on, ye just fucking plough on, that's what ye do, that was what Sammy did, what else was there I mean fuck all, know what I'm saying, fuck all. Mind you it was a bit of a disaster, ye had to own up. A stick would have been useful. A stick would have been ideal, fucking ideal.

Sammy had stopped, he turned to the tenement wall and leaned his forehead against it feeling the grit, the brick, he scraped his head along it an inch or two then back till he got that sore feeling. The thing is he was going naywhere, naywhere. So he needed to clear the brains, to think; think, he needed to fucking think. It was just a new problem. He had to cope with it, that's all, that was all it was. Every day was a fucking problem. And this was a new yin. So ye thought it out and then ye coped. That was what a problem was, a thing ye thought out and then coped with, and ye pushed ahead; green fields round every corner, sunshine and blue skies, streets lined with apple trees and kids playing in the grass, the good auld authorities and the headman up there in his wee central office, good auld god with the white beard and the white robe, sitting there watching ye from above, the gentle wee smile, leading the children on. That was fair enough. It was just the now. It was this minute here. That was all; once ye got through it ye were past it. A half hour ago he was in the polis office, an hour from now and he would be in the house, a cup of tea and the toes in front of the fire, maybe a basin of hot water; Helen fussing about worrying – she's got the day off; she's just glad to see ye cause here ye are

His chin too he had a hell of a stubble, he hadnay shaved since Friday morning.

Deep breaths. A car going by, it sounded like a taxi.

Wild. Fucking wild.

He brought his shoulder away from the wall but then he banged against it, lurched right into it and stumbled for christ sake, he righted himself and got his hands flat against it. This was really weird. Like sometimes how ye're smoking a bit of dope and ye keep coming in and out of thoughts, or else the same thought with fractured spaces and before ye get to a space there's a big noisy build-up like yer head's gony explode and ye hold yer eyes shut, tight shut, the face all tensed up, teeth clenched, cause ye know these bastards too they're fucking there man these bastards they fucking hate ye telling ye they fucking hate ye man they want to see ye done in, that's what they're looking for

So okay, what ye're doing ye're moving off, the same direction ye're facing. Ye stumbled that way and ye're still facing the same way, there's no bones about it that's just how it is man ye arenay going back the way so dont even think it it's just a nonsense

How do ye walk. Well ye put one foot in front of the other and fall very slowly, very slowly, just that one foot and then the next yin, just very slowly, ye catch up with yerself, that's the boy. Ye get going. Dry, a dry wall, that was good it could have been lashing down man that rain cause that was usually what it did it lashed, it lashed down on ye.

Patacakes.

Any songs? He could have done with a song. Sammy was the kind of guy, usually his head was full of them, songs

just fucking ill man and needing help. what kind of help; the fare for a taxi, a bus. A couple of fags. A stick. A stick would show people the situation. A white stick wasnay necessary. Just any stick. He could feel his way with it, hit in front of where he was walking. See a stick! a fucking bastarn stick. that would make all the difference.

Funny how the sodjers released him, when ye think about it. Nay point in thinking about it. Except see when ye did, know what I'm saying, it was funny.

A car whooshed by. Maybe if he found the subway station. There was one roundabout. He could tell the folk on the desk he had a blind pass and he had got rolled; some bastard had rolled him man the fucking lot. And maybe they'd escort him down and shove him on the train. Even then but the subway was nay fucking good, it didnay go near where he stayed.

Ah fuck it.

But how did he look did he look like a drunk? He hadnay shaved for days man ye kidding, he had nay fucking chance.

So it was awkward. Okay, but no a nightmare. It wasnay. It was just a thing happening to him. He would get by on it. He knew his strengths. One thing about Sammy he knew his strengths. That was cause he knew his weaknesses. Fucking bullshit. Naw but he felt he could get by on it. Like it was an interesting set of problems he was now having to face at this interesting stage in his life when to be honest sometimes he felt totally fuckt by it all, the fucking thingwy, how it was neverending, neverfuckingending, ye plough on. Sammy had a boy too, imagine that, he would never see him again, unless he got it back again man the auld sight. But maybe he didnay want it back. Once he had time to work it out, the minuses and the pluses, cause there was definitely pluses, there had to be; what sort of pluses; some, there had to be some – at least he wouldnay be doing next week what he was doing last week; at least he wouldnay be doing next week what he was doing last week

Here, where was he? Here. Okay. One little wee tiny toty smoke. That was fucking all man that was the lot, what he wanted, nothing else, just a fucking smoke

Okay.

He grunted aloud for some reason. It was close to a laugh but it wasnay. Fuck it, the best thing was stop some cunt and ask for help. If it was a woman he might even knock it off! she could be into sightless persons! Naw but seriously, it was just how ye looked, if ye looked alright, if ye looked alright ye were fine – if not then ye would frighten them away, if ye didnay look alright man, they would steer clear. They would be steering clear anyway. As soon as they spotted him, yer man, they would keep well out his road. Nay danger. That was a fucking racing certainty. No unless he met some cunt that knew the score. Somebody else that was blind. They would help. He heard a couple of cars passing.

Weird. Fucking weird. Weird wild and wonderful.

But there was something in what was happening. There was. Sammy felt it. It was that way when something isnay right, know what I'm talking about, ye get a hunch; ye know it, ye just know it. That was how Sammy felt. It was a hunch. What was it christ it was something? He once read a story about that, some poor cunt that worked as a minor official for some government department and he beavered away all hours but everybody thought he was a dumpling, everybody he knew, they all thought he was a dumpling, poor bastard, that was what he was, a fucking dumpling.

Hey, excuse me! Excuse me. Look eh sorry to bother ye; I'm blind and I've lost my wallet, I was robbed.

. . .

Sorry to bother ye. It's just I dont know where I am, I was round the road there and two young guys hit me, at the bank, the hole-in-the-wall machine, I was drawing money

. . .

Hullo? Hullo? Ye there? Hullo?

My god. There was somebody there. There was definitely somebody there. They were away now but they had been there, definitely, if they werenay now, they had been.

Unless they just werenay talking. Maybe suspicious. He started speaking in a calm voice. If ye're there, he said, sorry for bumping into ye, it's just I'm blind. Somebody took my wallet, with all my documents. I'm blind. Sorry. I just . . . Hullo? Ye there?

. . .

Hullo?

Fucking hell. There was people passing. He heard them. He was fucking blind man he wasnay deaf. He wanted to grab them and tell them, fucking tell them and he turned about, he had lost the wall, he moved for it with his hands out but he had lost it he had lost the bastard and his foot struck something hard and he went to the left and the same foot skited off something and down he went and all he could do was lie there, just lie, no knowing nothing, what to do, nothing. A motor whooshed past, hell of a loud and near. He moved to the right to touch the kerb but couldnay find it. He reached the other way, the left, his hand out but he couldnay find it, the kerb, he reached further. Then stopped. More traffic. Help, he said. He was on the road. Surely no. Surely he wasnay on the fucking road man he couldnay be; Help, he said. Fuck sake man he couldnay be. Mutter mutter. Voices. He got onto his knees then up, keeping as tight in the movements as possible, so he would be standing where he had been lying, his arms held out, he shouted: Help! Help!

Mutter mutter.

Help! Get me off the road! Help!

. . .

He kicked about with his right foot to get the kerb. Help! I'm blind I'm bloody blind, I cannay see. Help!

He says he's blind.

Get us on the pavement help!

Ye're on the pavement.

This hand from nowhere gripping him by the forearm and another hand up near his shoulder, and a voice: Ye alright?

Aye . . . Sammy heard his own voice, it was croaking.

Silence for a minute then somebody said, He's alright. Then more silence.

And Sammy said: Where am I?

. . .

Whereabouts is this? Anybody there? Eh? Ye there? Hullo! Ye there? Hullo! Hullo! Ye there?

The name of fuck! Then loud muttering. People talking. Hullo?

He couldnay hear them properly. Where am I? he said. Hullo? I'm blind. Gony help me?

. . .

Gony help mel Eh? Hullo? Jesus christ. Hullo? I'm blind. Hullo. Where am I? Hullo? I'm bloody blind please help me if ye just bloody tell me where the hell I am for fuck sake hullo? I'm lost.

What's up? what is it?

What?

Are ye alright?

I dont know where I am. I'm blind, I've lost my stick. Where is this?

Davis Street.

Davis Street?

Just at the corner of Napier Street.

Right.

Ye're outside the post office.

. . .

What's wrong?

Sammy couldnay talk. He felt bad – nervous – really nervous – like he was gony have a fit of shaking, something like that.

What's up?

Naw just I'm blind ye know I'm eh . . . eh . . . is there a pub somewhere roundabout?

Well aye, *The Blazer,* it's across the road. Ye want across?

Aye.

Give us yer arm then . . . The guy took it and waited a wee minute then started and he led Sammy right off the pavement and the way he went it didnay seem in a straight line and ye wondered if he was working his way in and out moving vehicles and hadnay even bothered to wait for the lights to change if there were lights there it was fucking murder no knowing where he was taking ye and ye might kick into the guy's heels and then yez would

46

both take a tumble; just nay control at all really and ye wanted to take wee toty steps but ye couldnay cause ye had to move ye had to keep going, ye had to do it proper, and Sammy was feart to open his mouth in case the guy lost his concentration or else took the needle and just left him there and fuckt off in the huff man it sounded like it was busy, the junction, it was quite busy, the Napier Street traffic, he could hear it

Up ye go now, said the guy, that's the pavement.

Sammy reached forwards with his foot. Then he was up.

Alright?

Whhw.

Eh?

Aye . . . I'm going to the wall.

What?

See the wall, could ye take me to the wall?

The wall?

Just to the side of the pub.

The guy got Sammy by the arm and took him there and Sammy leaned against it. His guts were bad and he was shaking, he felt fucking lousy aw the gether. There had to be other ways cause this was nerve-racking. He was gony stay where he was, he was just gony stay there. Till he had recovered. Till he had got his breath back. Fuck the fucking passers-by. His belly was fucking in knots man telling ye. He was aware of his breathing and tried to get it going shallow, there was a kind of flashing going on in his head and that buzzing in his ear man it was loud ye know it was loud. They must have clobbered him there surely, it wasnay just the usual, it was never as loud as this afore. Unless it went with the blindness. Probably it affected the hearing as well as the sight, whatever it was.

This was the world's worst. There was nay doubt about that, nothing as bad as this. If he had been in any doubt afore then he wasnay now.

Never. Fucking never. Never as bad as this. It was alright saying ye had to relax, ye had to take it easy, it was alright saying that but ye cannay always manage. No if it was the worst ye had, if it was the worst; cause it was fucking happening and it wasnay a nightmare it was right fucking now, right fucking now so okay, okay, ye still had to relax, ye still had to take it easy, okay, ye had to get it under control, it wasnay a time for cracking up, we've all cracked up, we know what fucking cracking up means, this wasnay a time for it, know what I'm saying, this wasnay a time for it, so there's nay fucking problem ye just let it go, let it go. Sammy had folded his arms, he closed his eyes, he felt like sleeping. Propped there against the wall he was alright, quite fucking safe really; and he felt tired; he felt like dozing off. And if he stayed like this that was what would happen man he would doze off. And then the fucking sodjers would come. Probably they had tailed him from the station anyway. Fucking bastards. He was gony stay there. So what if they tried to fucking lift him I mean what could they fucking charge him with? loitering with intent? A fucking good yin that, loitering with intent – intent to bump into a lamppost; bastards.

In fact he could have stayed there the rest of the day the way he was feeling.

The feet were fucking killing him too, these bastard stupit fucking trainers. Somebody brushed past him, he turned to try and tap him for the bus-fare, whoever it was, but stopped. Stupit. How do ye know who ye're talking to it might have been somebody worked in the pub, then they'd get him huckled in the name of christ it could even be a sodjer ye were putting the bite on. The way his luck was going he would lose his fucking legs man know what I'm talking about.

So okay. So that was that. Ye just took it from here, ye pushed ahead.

And a bit of practicality for christ sake man sober up, relax, it's like a mental arithmetic problem; 2 times 2 equals 4.

He felt like sitting down. Sharing a drink with somebody. Just telling them the score. Fucking hell man. No that he had ever liked *The Blazer* much. Some guys he knew drank there; at least they used to, a couple of the auld squad. But ye didnay really want to see them, no unless ye needed something. Even then ye had to be wary. Ye pay for everything in this life. Once upon a time

but no now. Sammy was past that. That was one thing man, the auld mental days, they were finished. Helen was wrong about that; totally.

Still, ye could imagine it, sitting down with a frothy big pint, a packet of tobacco.

Ah, fucking fairy tales. Mind you but getting blootered, it would be one way of making it home. Weans and drunks man know what I'm saying, the auld god fellow, the central authority, that's who he looks after. Sometimes that was what the bevy was like but a magic carpet. Othertimes it wasnay.

Okay, take yer time. Ye go left. Ye go left. Jesus christ! Come on. Okay: ye go left, ye just turn left. Sammy took a step forwards, his hand on the building, patting his way along till he reached a point he forgot what he was doing and he was just getting there christ he was used to that I mean he was used to walking long distances, skint and fucking starving, cold and fucking with naywhere to go man all that kind of deprivation shite. Fuck all new in this game.

So think of a song. Nay songs. Nay fucking songs. This was it and that was that.

Past tense.

Ach it was all his own fault anyway.

What was his own fault for christ sake there he went blaming himself for something that had fuck all to do with him it's fucking typical. It wasnay his fault he was fucking blind! Ye kidding! Fuck sake man. Sammy had stopped walking. So he moved off again. He was being practical, trying no to think about it, 1 plus 1, ye just push ahead, ye move, ye just move; right; okay: okay. A toe in his left foot was nipping but that's alright, that's alright; it's alright; keeping to the inside of the pavement – half a pace at a time, that was plenty; dragging the other foot along to parallel, resting quite a lot, building up the confidence; anybody watching would think he had bad angina maybe, recovering from a heart attack or something; he could mind once he had went walking with the auld grandfayther, many years ago, having to stop every 20 or 30 yards for a rest, so he could catch a breath poor bastard his lungs were dead but wouldnay lie down, these gurgling or fucking crackling noises all the time.

He collided with somebody; it felt like a wee man; like he had gave him a real heavy dunt, but he didnay seem to fall. Sammy said, Sorry, but the guy never spoke. So he started talking about how he had lost his glasses. But silence. The wee guy must have got off his mark.

He put his hand to the building, it was a shop window. Maybe by the time he got home he would be back seeing again. Fucking hell. These things are sent to try ye – life; life is sent to try ye.

Gasping for a fucking smoke man. Maybe he could just head for *Glancy's Bar* and tap some cunt for the taxi-fare. Ah fuck it, by the time he got to there he would be home, the time it took, he would be home.

It's a carryon but eh! ye go for a pint and ye wind up a blind bastard – the story of Sammy's life, aye lucky as fuck.

Excuse me!

Sorry.

Fucking hell man that felt like a woman's tit he had put his hand on. The name of christ he would get fucking arrested!

He kept going. A battler man that was what he was. One thing about the Sammy fellow, a fucking battler. If ye had asked him he would have telt ye: nay brains but he would aye battle like fuck.

It's true though he would have a go.

If he passed a door and it was open he would fucking fall in. Never mind, somebody would catch him.

Even the auld brainbox, it wasnay as empty as all that christ almighty he was actually no too bad at school. Before he got flung out! Ach he had never got flung out, that's just crap.

Jesus christ jesus christ.

It was football; as a boy he had loved the game, football; he was a fanatic, a fanatic

jesus christ

He was but; hail, rain or snow, he was aye out kicking a ball. There again, there was a wee chance he might have went all the way. If he had landed lucky. The scouts had been up. Just didnay work out man know what I mean, ye try, ye just

Fuck ye. Fuck ye!

Where the hell was he? He had stopped walking. Nay wonder he had stopped walking cause he didnay fucking know where he was! Okay.

But where the hell was he where the hell was he! he was down the road, that was where he was, and he couldnay get lost cause it wasnay possible, okay; it was a corner, the space, he was at a space and it was a corner, it was the next corner, it was the one down from *The Blazer*, so that was fine, it was okay, it wasnay a real corner − street, it wasnay a real street, a real junction − so that was fine if ye just slowed down, if there was a magic carpet which there wasnay so ye just stood there, okay, Sammy, he just stood there. He got his breath back. It was a straight road. He had come in a straight line and from here on it was that same line, cause that same line, it would take him to the block of flats, to the wee turnoff ower the bridge, eventually, that was where it would lead him. Even if he had the dough for a taxi the driver wouldnay want to take him, it was too close, he would just say, Get to fuck! That was what he would say, cause it was so close. Ye're too close for a taxi, it's just a five-minute walk; that was what the guy would say, so it was fine, he just had crossings to go, about three to the main junction, the big five-wayer; once across there it was plain sailing man plain sailing, so okay, batter on, just batter on. He stepped forwards from the corner, his two arms raised and moving from side to side, his right foot doing the feeling, tapping out the way, and he touched a thing, a pole, good, the edge of the pavement. It wasnay a real street this it was more like a lane and hardly any traffic went down it at all. He heard people passing. He could get help if he wanted, but he didnay need it; he would need it later, but no the now, it was best no trying for it the now; because

because what. Because it was best no to, it was just best no to; he moved his right foot off the kerb, his left hand was still on the pole, he settled the heel of his left shoe down off the kerb but nudging against it, fuck sake man launch, launch, yerself forwards, okay, he moved his left foot forwards then his right, his left. There was somebody behind him. I'm just feeling dizzy, he said, I'm feeling dizzy. He had stopped. I'm feeling dizzy, he said.

. . .

Ye there? He cleared his throat, no, they werenay, whoever it was, they werenay there, unless they were saying fuck all. But in the name of christ man! Jesus. Wwhhh. The right foot, then the left and on again just the same, okay, straight, he was going straight dear god man christ almighty that's okay that's okay, it was, cause he was fine, right then left and the same again, dragging it, just dragging it, it was fine, ye saved yer help, ye didnay need it so ye saved it; he would need it later, no the now, just on, on, nudging his way, his foot just nudging it out cause he would have to get there, sooner or later, twenty steps or thirty and he had done about ten, maybe twelve; the traffic was there but it was away on the main drag and it wasnay here cause ye didnay get traffic coming this way it was a dead-end it wasnay a real street, it didnay go naywhere

people again, boys, boys yapping away in loud voices, passing him by and he moved quicker to behind them till they were lost and a big heavy bus passing and their voices were away now and he kept going cause he was getting there man there wasnay long to go now, he was getting there, if only he could see, ye know, that was what he was thinking if he could just see, even just the bits where he was crossing streets and roads fine, he was onto the other pavement and up, he was up, that was him, easy, straightforward, no a problem, a big deal, it wasnay it was straightforward, okay, and steps to the building, the corner; and the traffic to his right. The traffic was to his right and that was how it should have been cause that was where the traffic was, it was the main drag it was on, the traffic and he was going in the right direction, it was good jesus christ it was good, his hand on the building and there ye go just on, taking it easy and no losing the head cause there was nay reason to lose the head it was just a straightforward patacake game ye go to the patacake games and that was that that was what ye did, ye're blind, the patacake games it was fair enough man ye're no gony run down the road, ye just have to take it easy and no fucking, no fucking

okay. A smoke right enough a smoke would be good. Sammy stopped and started again cause it was best to keep going, instead of stopping every few yards, that was silly, just fucking stupit man know what I'm saying ye're better just keeping going and see what happens cause ye get that wee rhythm going ye're into yer stride and there's fuck all gony do ye if ye just keep going, no too big a stride, but enough, just enough, to keep going and ye get yerself into something or other yer head just gets full of it it just gets full of it, full of that and nothing but the truth man that's how it goes, that is the truth and it is nothing but the truth, nothing but the truth, ye feel a wee space and it's only a doorway only a doorway and a wee bit in the dark and yer hands feeling fuck all for a couple of wee bits and then there, there it is there, the next wall, just after the doorway and now okay, thank fuck he had had a breakfast, the sodjers giving him a breakfast

right, on ye go, a hearty hi yo silver

Mind you they didnay always give ye a breakfast, just up to them, whether they give ye one or no, sometimes they dont, ye're just hungry ye go hungry, so okay, that was the crack, ye does yer crime, ye does yer crime

That was like a wee song:

ye does yer crime ye does yer crime
ye does yer crime ye does yer crime
ye does yer crime ye does yer crime

On christmas day in the morning, that was the tune. What was the fucking tune? christmas day in the morning. Sammy couldnay fucking mind man he couldnay mind, christmas day in the fucking morning. It had a tune but, definitely; what was it? Cause there definitely was one, it wasnay just a saying, a fucking poem man it wasnay just a poem, it was a song, ye sang it; so there had to be a tune. Fucking hell,

ye hitch up the trousers

ye puts the best foot forwards, the best foot forwards

Okay, cutting a long story short here cause Sammy's head was getting into a state and what was coming out wasnay always very good. The guy was fuckt I mean put it that way, he was fuckt, so there's nay sense prolonging it. If ye're wanting to play fair: alright? let it go, fucking let it go, just let it go, a wee bit of privacy, know what I'm talking about, ye give a guy a break, fuck sake, sometimes it's best just accepting that.

Fuck off.

Fucking bastards man know what I'm saying, yer fucking brains, they want the fucking lot, I gave her my heart but she wanted my fucking soul; on ye go, eh, on ye fucking go; fuck you too, we can all do it. Bastards. Nay point getting angry but nay point getting angry. If he had got angry it would have been a total disaster, know what I'm saying, ye see these guys out the game man they're maybe standing somewhere the public can see them and they've lost it, they're doing the nut, they're shouting and bawling at cunts. For nay reason. No that naybody can see; they've just bottled out man they're fuckt. The bold Sammy

Ach he was making it, he was doing it his own way. Nay point pulling the plug on him after all. There was a wee bit of hallucinating going on but no that much, no when ye come to consider it. It was like he knew it was happening, so he got on top of it, when it started, he stopped it. A guy he knew once

fuck sake ye kidding? he knew hunners of them, hunners of them: guys that had bottled it man fucking wild, the bammycain's full of them. But this guy wasnay in the bammycain he was in a hostel, supposed to be

Ah fuck it man stories, stories, life's full of stories, they're there to help ye out, when ye're in trouble, deep shit, they come to the rescue, and one thing ye learn in life is stories, Sammy's head was fucking full of them, he had met some bastards in his time; it's no as if he was auld either cause he wasnay he was only thirty-eight, he just seemed aulder, cause of the life he had led; when ye come to think about it, the life he had led

it was nay worse than any other cunt's. It wasnay. Ye just battered on, that was what ye did man ye battered on, what else can ye do? There's nothing else. No when ye come to think about it. It's just these wee things ye can be doing with. A smoke, take a smoke, Sammy was gasping for a smoke. These cunts that thought he was an alky boozebag bastard, they were wrong. They werenay fucking half; the idea of a drink man it never crossed his mind, it was just a smoke he could have done with a smoke; so alright, if he couldnay get one, he just carried on till he did, then it was alright, once he was smoking, he would have forgot all about it, that was what happened, all these total needs ye had, once ye got them ye forgot about them, about how they were bothering ye, ye forgot about it, as soon as ye had it it went out yer mind. Forever. Ye never ever thought about it; no till the next time.

Maybe he should go to *Glancy's*. It was an idea. Bound to be some cunt there that would lend him a couple of quid; even auld fucking Morris behind the bar, that crabbit auld bastard, even he would help Sammy out surely to fuck. Nay eyes man know what I'm saying nay fucking eyes! jesus christ almighty! Okay relax. The traffic was fierce but and he had to cross this road and there was nay chance of crossing this road, no on his fucking tod, it wasnay fucking possible; out the question.

Patience was a virtue right enough.

Patience. Come on ya bastards! He started kicking his heel against the kerb, keeping his head down for some reason. I'm blind, he said in the off chance somebody was there. Cause there was bound to be. Nay takers but. Patience, ye had to learn it. How to just bloody stand there. What was that song . . .? Fucking song man what was it again?

Voices at last. He kicked the kerb again. Could ye give me a hand across the street? he said.

What?

I cannay see.

. . .

I'm blind.

Ye're blind?

Aye.

57

Sammy heard the guy sniffing like he was making up his mind if it was true. I left my stick in the house, said Sammy.

Aye right pal okay, just hang on a minute till the lights change. . .Then the guy whispered something and somebody whispered something back. And Sammy's bottle went completely. A sudden dread. There was more whispering. What was it christ it was like he knew the voice, like he knew it; and it wasnay good man it wasnay fucking good: it could be any cunt. Any cunt at all man know what I'm saying!

And then the guy got a grip of Sammy's left wrist and tugged on it: That's us pal. . . And Sammy was getting led down off the pavement and he was trying to find his feet, find his feet, where he was walking but he couldnay do the pace, dictate it, he had to do what the guy done, with him, walk with him. Other people were there, he knew they were there he heard them, he heard them kind of talking or something it was like some weird wind, like a draught or something, loud, it was voices, like these voices being carried on the wind, right next to him man. Christ almighty, christ almighty ye think of all the bastards ye've had trouble with ower the years, it could be anyone of them, any fucking one of them

Ye alright pal?

Aye.

He had stopped walking and now he was on again. And he banged into the guy.

Fucking hell!

Sorry I wasnay eh. . . Jesus he felt like greeting he felt like greeting

Take it easy, said the guy.

I'm alright.

Muttering. He heard muttering.

There's the kerb now.

Right.

Feel it?

Aye. And Sammy was on the pavement and he didnay stop till he made it to the tenement wall; it was a shop window, his hand on the glass; he was breathing fast; fuckt, drained, knackt, totally, felt like he had ran a marathon. Fucking tension, tension. When ye done something. Every fucking time. Strain into the muscles; everything, every time; just so fucking tense, every part of yer fucking body. And he needed across the new street, he knew where he was, he thought he did, and there was another street now round the corner round this corner, where he was standing jesus christ alfuckingmighty. The traffic was roaring. Oh my my my my, fuck sake, my fucking

jesus, alright

Mutter mutter. Somebody next to him. People going by. Fuck the people going by.

Dear o dear he was stranded he was just bloody stranded. Bastards. Fucking bastards. Fucking joke. Fucking bastards. Sodjer fucking bastards. Sammy knew the fucking score. He knew the fucking score. He gulped; his mouth was dry, he coughed; catarrh; he bent his head and let it spill out his mouth to the pavement. He was still leaning against the window, now he pushed himself away. A groaning sound from the glass. He stepped sideways. He needed a fucking smoke, he needed a seat, a rest. This was crazy man it was fucking diabolical.

Was it his fault it was his fault it was his, naybody else, naybody else; him, it was fucking him.

He groped for the shop window; it was warm. He couldnay stay here but people would see him, people from inside the shop, they would come out and get him to fuck man call the heavy squad. He was gony have to walk. Where to! Left. Jesus christ. Okay. Okay, these things. Ye have to watch yerself. Nay point in fucking going helter-skelter. Ye calm down. That's what ye do. Then ye move, ye move.

He was near the centre of the town; that was where he was. He was alright. Just a couple of more roads. This first yin then the next yin and maybe another yin, afore the big yin, the bridge, and once ower the bridge,

that was him

And when he made it up to Helen's, christ, he would be fucking knackered, he would sleep for a fucking week. Unless he collapsed on the fucking road man he was fucking exhausted, right fucking now, it was a hands and knees game, that was what he felt like, getting down on the ground and crawling his way up the road. Fuck sake man. Fucking hell! What like was it at all? A fucking nightmare ye kidding! A fucking nightmare was like a fucking Walt Disney cartoon man compared to this jesus christ almighty fucking Bugs Bunny man know what I'm talking about!

Move. Okay.

Sleep! He would sleep right through till the morrow morning. Probably he wouldnay eat he would be so fucking tired. Once he got home. And the giro would be lying there,

would it fuck the morrow was Thursday. Friday it came.

He was walking. Hold yer breath, he had started without thinking about it, patting the window and now a wall, okay, that was good, it was alright, what he needed was a stick. At least the weather was okay. That was fucking one thing. A couple of months back it would have been a bastard. The pavements all frozen up man fucking murder.

One thing about seeing, at least ye can bump into cunts

ye know. But the way it was the now ye were just getting from a to b, having to rely on being seen by them. I mean this was the centre of town for fuck sake he would never have went so long without meeting some cunt, no if he could see; even a begging bastard, he would have met somebody, nay danger. Plus yer head was down all the time and ye were having to keep into the side of the building so there was less chance.

He straightened up. Ye had to look the part. Jesus christ who's kidding who! he had been on the razzle since Friday

fucking razzle man that was a good yin, fucking razzle.

It was his own fault but. That was the thing. Fucking crazy. Wild. Banging the sodjer, fucking bampot, yer man, the bold yin, what the fucking hell

jesus christ

So that was him. Blind. He was blind. Okay. Blind. That was that. Ye know. Okay. There ye are. So be it. So fucking be it. Who did he know that was blind? Bobby Deans, an argumentative bastard; every cunt kept out his way, he was fucking trouble. Sammy hadnay seen him for years right enough. Probably fucking dead. Apart from him? Nay cunt.

Nay wonder ye got angry but ye could understand it; fucking telling ye; mutter mutter mutter, that was all ye got.

Grub! Baking! He could smell it strong. He thought he knew the place; sometimes him and Helen sat in there on Saturday mornings reading the paper. She liked looking at the shops roundabout here. Sometimes she dumped him inside and he just sat for half an hour reading the paper. Maybe nick round the corner for a pint if she wasnay looking. A packet of strong mints. A nose like a fucking dalsetter spaniel so she had – whatever the fuck that was man a dalsetter spaniel.

Aw christ man Helen. Who knows. Who knows.

There was nay point in fucking worrying but, no about things ye cannay handle.

He stopped again; his shoulder against the wall. His eyelids were shut. He didnay fed good. He didnay. His belly was bad. He wanted out. He wanted out. Just fucking away. Terrible terrible feeling. Sick. Right in the fucking gut. A premonition, that was what it was like, a terrible kind of premonition. Cause he was fuckt man he was fuckt he was totally fucking fuckt. There was nothing he could do. Nothing. Except walk. He had to walk. He turned about, naw, he turned back again; it was this way he was to go, he had turned once, so now he had to turn back. It was just to the bridge, when he made it to the bridge

He was gony be fine. Across the big junction and onto the bridge and that was him, so okay, so that's that, ye just fucking

that's all ye do, step by step, ye walk

step by step, by step, ye keep going, ye just dont cave in man that feeling, hanging there, but ye dont let it cover ye ye keep going christ the times he had had, the times he had been through man he had been through the fucking worst, this wasnay the fucking worst man he had been through it man and this wasnay it, it fucking wasnay, it wasnay, it just fucking wasnay, he had seen it, the worst man he had fucking seen it, cunts fucking dying, getting fucking kicked to death, the fucking lot man he had seen it. Fucking Charlie! Ye didnay fucking need Charlie to tell ye man ye kidding! Get to fuck. Fucking bastards. Sammy had fucking seen it, he had seen it. All he wanted was his due, that was all man his fucking due. He had copped for it; copped for this and copped for that. Fucking alright, okay, okay; fuck yez!

Even talking about it ye didnay like talking about, that was how Sammy said fuck all. In the boozer, whatever, tell them nothing man say fuck all, say fuck all; his auld granpa telt him that and it was a true bill, ye say nothing, ye say nothing to nay cunt. Fucking sodjers man. Eh! Sammy smiled. Fucking bastards. Ye kidding! Just fucking walk man push ahead, that's the story; how far, how far.

Ye know the auld saying: life goes on. Sammy made it across the bridge and up to the flats; it wasnay a scoosh case; he battled it out; he went for it and he made it. So there ye go and that's that. Plus Helen hadnay come back. He knew it as soon as he stepped out the lift. The fucking wind blowing in from the corridor as usual. That was the trouble with this place ye were aye faced by the elements. Sometimes it made ye hear things. It did. If the wind was up then it made things creak and sometimes at night if ye were coming home ye thought ye heard things, it could even get a bit scary, there was a lot of shadows; and even just now, even though ye couldnay see shadows and stuff like that, it was still a bit funny, like there was somebody hanging about watching him, just dodging about out his footsteps, something like that man stupit, ye just ignored it, yer imaginings; that was what it was.

He had the front door open and now closed it behind him. He got into the living-room and collapsed on the settee. He was so tired, so fucking tired. He gulped, he gulped again, and again, a fit of gulping; fuck sake.

Helen wasnay home. She was away to her work. Unless she was in bed. What time was it? Afternoon. She was at her work. Unless it was her day off.

Aw dear, fuck sake.

The breathing was better now. He reached to untie the

shoes, got them loosened, lay back down again and tried to kick them off, but couldnay manage it and he had to reach back along with his hands

He conked out. Probably for about an hour and a half. When he woke he got up and took off his jacket, he switched on the fire then went for a wander. Everything seemed tidy in the kitchen. Plus the milk was sour and the bread was hard. He felt about the sink and the draining-board. No even a cup! He checked along the lobby and into the bedroom; he felt the bed and it was made. Now that was unusual in itself. It had been known but usually it was after she came home she done it, if he hadnay got there first. So on the evidence showing yer honour, on the evidence fucking showing

She hadnay come home. There would have been some-thing lying about. Cause there was nothing man fuck all. The thing he wanted to check was her clothes, to find out if she had come back and packed a suitcase. Plus she had a pal worked beside her; maybe she had went to her place, to think things ower.

He laid down on the bed. He didnay want to worry about it the now. He didnay want to even think about it, the situation, cause he couldnay control it, he couldnay do nothing that would help it. All he could do the now was look after himself. He was feeling fuckt. He was entitled to feel fuckt after what he had been through the last couple of days. How do ye cope with everything, ye cannay. He learnt that years ago. A guy like Charlie Barr now he tried to do it, he tried to cope with everything, he was aye fucking

But Sammy wasnay Charlie Barr and he didnay want to be Charlie Barr; he couldnay be fucking Charlie Barr. Nothing against the guy; there wasnay many people Sammy respected as much, but fuck it, we're all different, we've all got different lives, we go our own ways, different influences and different experiences. Ye're no gony feel a fucking disaster just cause ye've went one way instead of another. Charlie had his bad points as well man there's nay saints in this fucking world. Sammy happened to know that unless things had changed the guy was fucking his wife about so fuck sake I mean

jesus that was bad that was fucking bad man fuck sake, talking about the guy like that. Sammy turned onto his front, smothering his face on the pillow.

Later he was sitting on the settee in the living-room, the cup of coffee and all that, being grateful for small mercies, at least there was sugar.

The radio was on. He was never a great television fan at the best of times so that was something. Sport was alright and some of the documentaries but most stuff he only watched to pass the time, especially if she was in and he was being sociable. He quite liked having a book to read and he quite liked the radio, discussion programmes and things to do with the news. But it was the music he needed, it was music made him jump about, it was music made him excited. She called him a man of moods. That was her words. Fair enough although he didnay think he was. Anybody got moods it was her herself. But if he was a moody bastard then he was entitled to be, the life he had led.

He had always liked the music but. Especially doing time; ye get so ye can listen to anything; without music man ye would wind up in the bammycain. Nowadays his best thing was country but there was other stuff he liked too. Cause ye cannay always choose. Especially inside. Ye have yer favourite DJ's as well. Sammy could mind one guy on a local station, it was like he tuned into Sammy's nut to make up his play-list. Many many years ago. But it was fucking eerie man it was eerie, lying there in the middle of the fucking night, the headphones on and out comes something that slices right through ye. One song in particular, a quiet kind of moaning one about splitting from the woman and all that – if you see her say hello/ she might be in Tangier – at a time when the marriage had just went bust. He was feeling sorry for himself, plus the idea of wee Peter, the baby, no being able to see him again, so that was two things, the wife and the baby, so nay wonder he was feeling sorry for himself. It was more than that but. Cause he had been fucking angry; really, that was the way he was feeling, the way he had felt. So he wasnay really wanting her back it was just fucking

lonely, just fucking lonely, lonely lonely fucking lonely, lonely; that was his life, lonely. Christ almighty.

No now. Nay emotion left, fucking washed out, washed out, a washed out case. Nay

He was still having difficulty with the lungs, the ribs, if he took a sudden breath, then he felt the pain.

The coffee was cold. Another cup of coffee for the road. He never listened to Dylan at all these days. Maybe he would start again; a guy in the pub had been saying how his new albums were alright. Maybe he could go and capture a couple.

Fuck it man fuck it, what does it matter, what does it fucking matter.

There was a bowl of beans somewhere in the fridge, plus some cheddar cheese which might have been mouldy, he hadnay checked. Also a couple of tins of stuff. But he was gony save them. If this was Wednesday then the morrow was Thursday and the big day was Friday, that was how long he would have to go without dough.

Funny but, the way life turned. For some reason he felt okay. It was like a peace had come ower him. Sounds corny but there ye are. You go your way and I'll go mine.

Eventually he dozed off and when he woke up he went to bed, stretching out and enjoying it. He was hardly uncomfortable at all, just twinges now and again, depending on which way he was lying – the body was too weary to feel much. His head was full of stuff, a mishmash, all different things, tailing off and going into something else again. Then he woke up. He didnay even know he had been asleep I mean like ye sometimes wake out a five-minute doze when there's people in the company. It seemed a flash yet he knew it wasnay, it was through the night. And that's a funny thing. How do ye know it's through the night? It's nothing to do with being blind. Just for anybody. In fact it's easy, cause not only is it as quiet as the grave but ye've a sixth sense tells ye. These things get a bit creepy. Ye seem to wake up acclimatised to everything ye've done at the most recent point in yer life. As well as that ye've usually been wakened by some weird thing jangling the nerve-ends. One of these strange dreams ye get; no quite a nightmare but close. So it takes a sixth sense. And immediately when ye wake ye're alert as fuck and reaching for the nearest weapon to defend yerself against the bastard. Whoever it is. Fuck them.

Helen wasnay beside him. He moved his legs.

She could come back at any time. She could. It wasnay the first time they had had a blow up. He annoyed in her a lot of ways. That was how it had took her so long to let him kip in with her. I'm talking about bringing in the bags and all that.

In fact she could even come walking in the now, right now, cause sometimes she stayed on after-hours in the pub. Her boss had a habit of letting a few chosen people sit on for an extra couple of drinks. Trouble was he expected Helen to sit on with them; she was the chargehand so she had these wee extra responsibilities.

Fucking good Helen so she was, behind the bar I'm talking about. The guy in charge was a bit of an idiot, aye trying new things to bring in the punters, aye fucking moaning if things were quiet. How the hell she put up with him. . . Sammy would have bopped the runt months ago. Helen was a worrier but that was the problem. Sometimes it was like she needed things to worry about. It could get on yer nerves. Nothing worse than cunts worrying about ye all the time. Sammy's granny was terrible for it — his mother's mother — every time ye left the house she gave ye a big cuddle and a very hard fucking look like she was trying to get the strongest picture of ye she could get cause this was definitely the very last time she was ever gony see ye in this lifetime man cause as soon as ye stepped out that fucking door ye could say bye bye to whatever it was — life? fuck knows what, all the badness was out there waiting to grab ye by the throat, and she wasnay gony be there to save ye. Course she wasnay an atheist and she knew ye were going home to an atheist house, a godless house, where weans would scream forever in fucking limboland if they werenay blessed by the good lord jasus.

Ye're a wean, that's what it is. And it makes ye feel like a wean, all that worrying, like ye cannay handle things man know what I'm talking about like ye cannay fucking handle things, ye're a dumpling. Plus tempting the fates. That's what fucking gets ye. That's what fucking annoys

68

ye. Then too ye're forced to do whatever it is, whatever it is was worrying her in the first place, ye're forced into it man know what I'm saying, even if ye might have changed yer mind if she had kept her mouth shut, now ye cannay. So fuck it, ye just get on with it, ye do the business.

Which was the story of last week. Helen found out where he was off to and she done her nut. He had nay dough and he wasnay gony get any for a fucking week. But that didnay make nay difference, no as far as she was concerned; ye had nay dough! so what? what's yer fucking problem! As far as she was concerned,

fuck it.

His back was hell of a sore. Right round the base of the spine, the kidneys. He turned onto his front. Then his neck was stiff and the weight of his head was on his bad ear. It wasnay a case of blaming the sodjers, that was stupit, nay fucking point; it's the system; they just take their orders. Mind you there only is the one fucking order: batter fuck out the cunts so they know who's boss; that's the fucking order, the first command, I mean imagine no even offering him the bus-fare home for christ sake that was a bad show that, even yer worst enemy, if he goes blind, ye make sure he gets fucking home okay. Or do ye? No if ye've got the killer instinct. In which case if they're crawling down the road man ye whip the hands from under them. That's what it is man the killer instinct, they're sodjers, trained to kill; so much so they have to get reined back in – all their fucking manuals and all their guidelines and procedures, page after page of when-no-to's, all the exceptional circumstances for when ye dont do it, that first command, when ye've no to obey it.

This dull sound, it was coming through the ceiling, or else the wall, it was rhythmic, no music but like somebody pacing the floor to a set routine. Male or female? Female. A woman no able to sleep, she had got up to check the wean, maybe make a cup of tea for herself. Then she couldnay get back to sleep. Things on her mind. Maybe she was too randy to sleep! Ah shut up. Naw but who knows, maybe she was wanting a man. Nothing wrong in that, it's natural. These movies ye see where women walk about in the nude; a housecoat or a dressing-gown and the cover goes back just that wee bit and ye see a nipple poking out. It's all to get ye going as well. That's what it's about. His ex gave him a hard time, nay pun intended, she had these ideas. They get ideas. All people get ideas but women get them in particular. Ye dont know what to make of them, especially when ye're young. Ye wonder what they see in ye as well I mean being honest; men – christ almighty, a bunch of dirty bastards, literally, know what I'm talking about, sweaty socks and all that, smelly underpants. Course they've got nay choice, no unless maybe they're lesbian, then ye get tits bouncing against each other and it's all awkward and bumpy; same if it's guys, cocks and legs banging – that was what happened inside once, this guy that fancied Sammy trying to give him a kind of a cuddle christ it was weird, fucking rough chins and these parts of yer body knocking the gether, yer knees as well man ye were aware of it, how ye didnay seem to merge right, maybe for the other thing but no cuddling, the guy actually said that to him he says, Sammy ye're holding me like a woman, I'm no a woman. Fine; fair enough, but how were ye supposed to do it, cause he hadnay wanted to hurt the guy, he liked him, know what I'm saying, he was a nice guy and aw that. Fucking hell man, life, difficult. He reached to find the radio, switched it on to catch the time. Then he got up for a pish, shoving a blanket ower his shoulders. He had to sit on the toilet seat in case he misdirected.

Ben the kitchen he found a spoon, ate the beans cold out the fridge. He brought a cup of tea back to bed and sat up to drink it. Gasping for a smoke but so what, ye put it out yer mind. A guy once telt him how important it was to cut out as much as possible, milk and sugar and all that, but especially smokes and dope. If ye could do without the smokes and dope ye had knocked it off; once ye had done yer time ye would be walking out a millionaire. That was what the guy telt him. Fucking bampot. Ye meet a lot of screwalls inside; they've all got their own wee survival plans.

Mind you it's right enough, if ye can do without the auld fags, it's a definite fucking plus, especially if ye're skippering, ye see these guys I mean how do they do it, fuck sake, ye never know who flung the thing away, some poxy bastard with scabby lips man it could be anybody, HIV three thousand and thirty fucking six, and there ye are sucking out that last draw for christ sake if ye've the habit as bad as that – plus ye're blind into the bargain – what fucking chance ye got. Maybe he could stop all the gether. He had been threatening for years. That's what he would do. Chuck the smoking. That would show her; a new man.

The idea made him smile. It was true but: anything's possible when ye've entered a new epoch.

And things aye work out. It's just whether it's for the best or the worst. But they do work out, in the long run.

What the fucking hell time was it!

The DJ had one of these deep BBC 2 velvety voices, American-sounding, all his wee anecdotes during the music; this yin about mysterious neighbours down in Kent or someplace and how they had been digging up their garden and how him and his missis wondered what it was for were they burying a dead body or making a swimming pool or what and it turned out to be this court for lawntennis they were building, them having twins, boy and girl, mad keen tennis fans and wanted to turn them out top professionals for the honour of green grassy England it was high time tennis lovers brought some pride back to the auld country and the DJ quite agreed being an amateur player of sorts himself and wished them the best of British and all you latenight revellers could see for yerselves in six or seven years time when these fucking twins were guaranteed to make the big league. Then a song by 'the late great' Sammy Davis. Snap snap of the fingers. He used to sing with a fag dangling out his fingers, long fingers, always showing how stylish and cool he was. Once upon a dream. That sort of singing style. People try their best.

When he finished the tea he stuck the cup under the bed and settled back, listening to some bluesy jazz. A pity about the reading. From now on it would have to be these talking books. Or braille. Braille.

Thursday. His first free day as a blind man. A new beginning and all that shite. There were things to do and it was down to him to do them. Naybody else would. No even her if she was to walk in the door this very minute. He was the one. So okay. The DSS and the quack. Nay time like the present. Except he was skint. He was skint and he was shattered, his body felt like – fuck knows – it had taken a major pounding, that was what it felt like. But he had to go otherwise they would put the timebar on him. Then the Blind Asylum, if there was such a place, he would have to go and sign on there, stick the name down for a white stick and guide-dog. Obviously there was gony be a waiting list, ye get fuck all quick in this life. He had never really liked dogs either; never mind.

The Blind Asylum but what a hell-hole that sounded, straight out some victorian fucking nightmare in the name of christ ye could picture them all, the poor bastards, moping and groping their way about these whitewashed stone rooms; men, women and children; all sharing these pits, wearing these long droopy nightshirts summer and winter, feeling their way around, groaning and moaning; the gentry coming in to check out the shareholdings, the black silk top hats and white scarves, the ballgowns, on their way to the fucking ballet or something, a private box at Ibrox Park for champagne and fucking french kippers or whatever the fuck they get to entertain them during the football.

The interesting thing for Sammy, the beneficial thing for Sammy, or it might be, ye hate to fucking tempt the fates, especially where the DSS is concerned; but there was an outside chance, if he was a gambling man which he wasnay, no now, no really, although he used to be, a gambling man, quite heavy, but no now – except about this, yeh, he might have had a wee go, just a wee yin, a couple of quid each way, just about the DSS and the various odds and sods, the Community Work Programmes and aw that, how come his present predicament, that it might actually work in his favour, ye didnay like thinking about it too much in case it didnay come off but when ye did think about it christ almighty he was due a dysfunctional payment, know what I mean, yer man, if he couldnay see through no fault of his own, and it was through no fault of his own cause the fucking sodjers done it man and they were a Government Department. So there ye are. So he was due something; an extra couple of quid. Surely to fuck? Nay sight meant ye

73

had lost yer seeing function, yer seeing faculty. So ye were only gony be fit for special blind jobs. So for one thing he would have to get re-registered cause there was nay way he was fit for climbing scaffolding man know what I'm saying give us a break, the guy cannay see, so how the fuck's he gony climb a ladder with a bucket of fucking concrete? Ye kidding, a fucking cast-iron stonewall certainty, the auld building game, as far as he was concerned man it was finished, that was him, nay more Community Programmes, fuck ye, the bold Sammy, that was him, fucking finito, they could stick it up their arse, capiste.

Sammy slapped his hands the gether and rubbed them. It had to be! He chuckled. Jesus. The auld eyes man; they were fuckt. Hoh! Jesus christ!

Unless they found him a special job for sightless persons. Okay.

But that was how he had to move and move quick, cause if he didnay register they would fuck him with that timebar.

The coffee was finished.

First things first he needed a saw. And he was gony get one. Apart from a hammer and a couple of screwdrivers there wasnay a tool in the house. He was aye meaning to pick up a few down the Barras. But okay, right now: right now he had to cut the head off the mop. That was how he needed the saw. He turned the radio up loud then left the house.

It was one of these open corridors with a balcony wall about 4 foot high. There was aye a wind swirling about. In the winter it could be bad. Next door lived an elderly woman but he was going to the next yin along from there where he knew a guy lived. He had seen him once or twice but never spoke to him.

When the door opened he said, Hullo, I live two doors along, I was wondering whether I could get the len of a saw for a minute, if ye've got one.

It was a guy answered: A saw?

I lent my own to my brother last week. I only need it for a minute.

Eh aye, okay . . .

Sammy could hear him rummaging about in the lobby press. Then he was coming back to the door and saying: Ye'll give us it back the day?

Aw aye. Half an hour at the most.

I'm no being cheeky, just it was my fayther's, it's been in the family a good few years. Where is it ye stay again?

Two doors along. McGilvaray.

I dont think I've seen ye.

Sammy nodded.

Ye there long?

Aye quite a while, me and the missis . . . Sammy stuck the last bit in to relax the guy. Alright? he said, putting his hand out.

Aye; aye nay bother son.

Sammy touched the blade and gripped it, put his right hand onto the handle: wood; a nice feel to it.

Back in the house he hung the key-ring on the hook and gave the cutting edge a lick of soap afore starting. He should have tapped the guy for a fag while he was at it. Ye could tell from his voice he was a smoker. Okay; Sammy spat in the palms of his hands and gave them a rub. Fine, right; he prepared a dining chair and laid newspapers underneath it. Then he went eeny meeny miney mo and stuck on a cassette: And then he was off and running:

> After three four years of marriage,
> it's the first time you havent made the bed
> And the reason we're not talking

Fucking hell man what a fucking song to pick! Stupit bullshit pish – showing how traumatic a time a guy's having whose missis has just walked out and left him – obviously the cunt's never done a hand's turn in his life but it never dawns on him that might have something to do with it. Mind you it never seems to dawn on the cunt that wrote the song either. It was Helen drew his attention to that, how ye could tell from the way the auld George Jones boy sang the words that he wasnay being funny nor fuck all, nay irony intended.

Sometimes when Sammy was in a singing mood he sang his own words:

> After twenty years of marriage,
> that's the first time we've had it in the bed
> and the reason we're not talking's
> cause we're doing something else instead

No especially humorous but the kind of thing him and Helen could sometimes chuckle about. She was a bit of a feminist the same woman.

Mind you it wasnay that bad a song for the job in hand cause he was taking it cautious. Plus he kept getting these clicks from the shoulder bone when he pulled back the sawing arm and it was off-putting. By the time he was finished he was fuckt and gasping for a smoke, a drink and a fucking lie on the fucking bed, plus his hole if she was to walk in right at this very minute.

Who's kidding who.

At least he hadnay sawed off a finger. He gathered up the newspaper page with the wood shavings and folded it into the rubbish bin. When he returned the tool to the guy he kept his hand out: I'm Sammy, he said.

Boab, pleased to meet ye.

They shook hands.

Didnay take ye long, said Boab.

Naw it was just a wee footery job. Good saw by the way, good feel to it.

Aye like I says it was my fayther's. It's been in the family for donkeys'. I think it was my grandfayther's.

Is that right? Hh! Heh ye wouldnay have a bit of sandpaper?

Naw son sorry, ye're unlucky; I had some but it's away.

Just thought I'd ask.

Sorry.

If it was getting to ages he would have put Boab around the fifty/sixty mark but who knows, he might have been aulder; Sammy had thought he could mind his face but he couldnay be sure. He seemed okay. There again but ye meet guys that seem okay and they turn out evil bastards; ye cannay always tell.

It was good to have done the stick. He gave it a test round the house and it worked fine. Yesterday was a nightmare. It was never gony happen again. This stick was the difference between life and death; no quite but nearly.

He made another coffee and sat down for a think. So that was the stick. Good.

The cassette had stopped. He wondered what time it was. No that it mattered. Except he had things to do; things needing to get done, they needed to get done quick. It had to be quick. There was all these ways they had to fuck ye if ye took it slow. so ye had to go for it; as soon as it crossed yer mind that was that man ye moved, ye got off yer mark. But he just couldnay; no the now; he was skint; there was nay money in the house, he had looked a few times. The DSS was miles away, he couldnay walk it; any other time but no the now. This being blind man it meant ye needed dough; ye couldnay just go places, ye couldnay just walk. Sammy had walked all ower the place, one end of Glasgow to the other, one end of London to the other. So what? The stick was good but no that good. it wasnay a fucking witches broom man ye couldnay climb aboard. Plus he wasnay capable physically; the body was still fuckt – it was that knocked him out yesterday. He wouldnay have been as bad as that except cause of the doing he took. Usually he would have been okay. It was the body; it was still mending, still giving him pain. And he was gony have to get right, he was gony have to be prepared. There was things ahead. He needed to get ready. Fucking ready man he had to get fit. The auld exercises. The main problem was the ribs, the breathing, it was still sore. Even that wee bit of sawing had had its effect. So he needed to rest. Except it was so fucking

  it was just

he needed to be doing things he really fucking needed to be fucking doing things he couldnay hang about he just couldnay afford to. What the hell time was it man ye couldnay even tell the fucking time! He switched on the radio. Cause things would close in on him that was a certainty a fucking certainty. So he needed

  the DSS, the doctor; that kind of stuff. He had to get them attended to. But he couldnay cause he was skint for christ sake how could he if he was fucking skint man okay he could hit the Health and Welfare and get an appointment, he could do that, it was only a twenty-minute walk or something half an hour at the most

aye if he could fucking see! Jesus christ man fucking bampot it would take him a fucking week. No with the stick it wouldnay. No with the stick. That was something, the auld fucking stick. Okay. But the DSS man it came first. The priority. Delay a day and they would fuck ye forever. But he couldnay get there without the bus-fare. So there ye are, nay point worrying. No for one day, they wouldnay fuck him for one day.

But surely to fuck there was money in the house!

He had already looked. Aye well he would just fucking look again man all he needed was sixty pence. Even thirty and he could chance his arm with the driver. There had to be smash lying about somewhere. That was a thing Sammy done; he came home and emptied his pockets onto the mantelpiece – any smash he had. Sometimes he left it a while. It mounted up so it did.

That was funny man, how there was nayn lying about. Know what I mean? Like as if she had lifted it. How come she would have done that? Unless he had done it himself, maybe he had done it; last week man he was fucking scratching himself, that was how he went out on the blag fuck sake come on! He couldnay remember doing it but.

He was up from the settee. The coffee table; he had banged his knee on the bastard last night, ye had to be fucking wary; all these obstacles, hazards: he stepped round it to the mantelpiece and felt about. There was fuck all except a lot of bits of paper and wee things that felt like plastic buttons or something, plus a few loose matches.

Hell with it the giro came the morrow. He was just gony have to be patient, patient patient patient. Nay good rushing into things but; ye think it gets ye ahead but does it does it fuck; it just knocks ye back; one step forward and six back, that was how it went: patience was a virtue man nay question, nay question about that.

Ah fuck the patience he was going to *Glancy's*!

He laughed. He was sitting back down on the settee. He shook his head.

Naw but he could. He fucking could. He definitely needed to get out too, this sitting about man it would drive ye crackers. Plus he would be giving the stick a real tryout. It was all very well wandering about the house but the real test lay when he stepped out that lift-door at the bottom of the building and then crossed the floor and went out the fucking exit, that was the real test. Maybe he wouldnay go to *Glancy's*. But it was still a good idea to go out. What else was there? He couldnay sit here all day. Fucking radio man, load of shite. Gasping for a smoke too. Plus the belly, he was fucking hungry. He would just wind up going back to bed. Bad habit that, it was about all he had done since yesterday afternoon. Ye've got to get up off yer arse. Especially when ye're skint. Going to bed's the easy option, trying to sleep away the shit, trying to hit limboland; but it's no as if ye've got the flu; when ye're skint man dont mix it up with the fucking flu, know what I mean, trying to hit limboland; ye're no ill ye're skint. So ye've got to get out there. Plus yer head, ye cannay cope with yer head; no Sammy's head anyway man it would drive ye fucking bananas. Plus there's different levels. It just depends. The way he was skint the now was easy cause the fortnight was up the morrow morning, Friday.

So okay. So he was going to *Glancy's*.

The exercise would do him good, give the muscles a chance. All this sitting about was bad for the body. There were guys in *Glancy's* would do him a turn. Maybe the

Leg would be in. Or else Tam – he could maybe see Tam; Sammy had some gear in the house, he needed a punter.

But it didnay matter about that, no the now. He just christ almighty

he just had to be doing something he just had to be doing something it was straightforward, that was all it was, it was fuck all he just had to be actually fucking moving, cause there was things to do, he couldnay sit about, cause things have a habit of closing in on ye, when ye least expect them, they close in on ye, so ye have to be ready, even if ye arenay, if ye're fuckt, if yer body's fuckt,

So okay. Okay.

Sammy was up from the settee and he switched off the radio. It didnay help matters, that stupit bastard and his fucking stupit fucking quiz show, all these stupit easy questions that nay cunt seemed to have a clue about.

Oh jesus christ Helen.

Sammy's hand was on his forehead. He felt bad. He felt fucking awful man. It wasnay things closing in on him, cause it had already happened, it had happened; they had fucking closed in. He was beat. They had beat him. It wasnay his body. His fucking body man it wasnay his fucking body. It wasnay his body.

He gave a kind of shudder, then groped his way to the window and opened it. It wasnay raining; it didnay seem to be. There was a smell; a funny kind of smell. Jesus.

It was him. Probably it was him. He hadnay had a real wash since fuck knows when. He was clatty as fuck, that was what it was. Lying up that lane, then in the poky. His trousers had been soaking when he woke up, on that wet bloody grass. Unless he had pissed himself. Surely fucking naw, naw. Definitely naw cause the sodjers would have said something. They would have loved that. They would have fucking loved that. He needed a bath, but later, no the now, once he came home.

He had shut the window, he turned and made his way round the back of the settee and to the door and then down the lobby to the bedroom. A shirt and a pair of trousers. He felt for the ones with the turnups. His good pair needed a rest; maybe he would get them dry-cleaned. This pair with the turnups, he didnay like them. But better them than the jeans cause he needed to look the part.

He wouldnay bother shaving. Leave that for the night, afore he had the bath. Nearly a week's growth, it could pass for the beginnings of a beard. As long as he looked passable. That was all. Plus that shaving, that was another worry.

Jesus the shoes! he had forgot the fucking shoes! these bastard trainers!

Dear oh dear. What do ye do? The fucking eedjit that hoisted them off Sammy he probably hadnay even tumbled to how fucking good they were man know what I mean, fucking bampot, probably selt them for the price of a can of superlager. Cause that's what happens with some of them, their head's fucking wasted, they dont even know what it is they've lifted. Fucking irritating; irritating behaviour.

Sammy sighed. What a state. What a state.

If ye didnay have the appearance: ye needed the appearance. No just for the street. Going to *Glancy's*. Ye had to look the part. Naw but ye did. Yer man, he had a reputation; Sammy, he was a style-conscious guy, know what I'm talking about, sweaty auld fucking trainers; ye kidding!

Okay. He patted the hair down his head, then rubbed it back round the sides. If he couldnay cope with the shaving he would have to get a barber into it. Unless Helen had a go, maybe she would have a go.

Okay.

Even if he just walked round the block. The one thing he wasnay gony do was get stuck indoors. He wasnay an invalid. Alright he was blind but he could still walk about. He stepped out into the corridor, locked the door behind him, tapped his way to the lift. The stick *was* good. The only problem was the wrist and how ye held the thing. When he had done the trial runs about the house he kept having to change his grip, it was hard getting the hang of it; awkward; he tried it with his left hand too but the wrist was still stiff from when he had banged the sodjer cunt, plus cause it was his left hand he couldnay do it proper and wound up kind of jabbing the thing. Course if the stick had a handle, maybe that would make it easier; the way he was doing it the now was like the way they hold a knife in hollywood movies.

The lift came.

When he came out he waited a minute to get his bearings. Outside the exit, once he went outside, if he went right and to the end of the building, then he would just have to cross a space, a space of about

fuck knows

there was a space; after that there was another building. Once he got to the end of that there was a pedestrian walkway. Then on it was plain sailing down to the main drag. That was where he was heading.

Usually he just crossed the square when he came out the exit. A big open square, it lay directly outside the building. But there was no way he was trying that he was just gony keep into the side and go the long way. Fuck knows what he done yesterday it was a total blank. So okay.

Maybe he should turn back. He made a deal with himself, when he got to the pedestrian walkway, if it was windy, then he would retrace the steps, he would chuck it in and go back up the stairs; he wasnay a total masochist.

So okay, he pushed his way out through the exit. The punt of a football. Immediate; first thing he heard, boys playing football; jesus christ. He tapped to the right; there was an edging of grass. Ye couldnay see this square from Helen's house which was a pity cause he quite liked watching the boys play football. Course this was fuckt as well now, he couldnay watch the football again. Fucking hell. Compensation man ye're due compensation for that alone. Naw but it's no funny, it's no funny.

The stick was great. All he needed now was a pair of sunglasses. The stick tapping, it was quite a nice sound; but it quivered; maybe a real yin was stronger. Plus if it was painted white.

Naw, he was going home.

Between here and the bridge he would probably get lost. Nay point being fucking daft. Foolhardy. That was what it was. He was going home man fuck it. A nice day and all that and the breath of fresh air, that was nice. But he was going home, he had already done his about-turn, keeping the stick in his right hand. Nay point being stupit. Fuck it. No after yesterday. *Glancy's Bar!* Who was he kidding, take him a fucking year to get there. And once he did, what was he gony do? It's alright talking about cunts he knew getting him a drink but ye needed an introduction, that first yin, ye had to get it yerself. There was nay way ye could just walk in and start the begging games.

Patience. The giro came the morrow. When he woke up man it would be waiting, sitting there in the brown envelope. Then he would go out. He would do a bit of shopping. Maybe buy himself a cooked breakfast somewhere; bacon and fucking eggs man the works, the fucking lot, square sausage and black pudding, the fucking lot, toast. And he would sort things out, he would sort things out.

Then too the stick, it worked no bad, he had done alright with the sawing. He just needed to sand it down now, the sawed end, he didnay want it splintering. Then once he gave it a lick of paint folk would know the score.

Okay.

He was feeling along the mantelpiece again, no just for money but in case there was a note from Helen. It had dawned on him she might have went off somewhere for a reason. Maybe to see her weans. Something like that. Plus she did take notions. She had a habit of that – especially after some stupit thing he had done. No turning up when he said he would, or else if he was hitting the bevy too much. That kind of stuff pissed her off. Nay wonder. But still, sometimes she left a note. And she might have this time. That was the fucking point but how would he know if she had! Even if he found it how would he fucking know! Wild! Then he would need some cunt to read it for him. There was a lot of wee bits of paper, ye couldnay tell what was what.

Plus he still hadnay gave up hope of finding a couple of quid. Helen probably kept a plank somewhere; that was the kind of woman she was, experienced.

Ah fuck it.

The ten o'clock news was on the telly. On Thursday nights ye sometimes got a movie on after; he was gony give it a buzz.

Being honest he felt quite good. When ye think about the last few days. He hadnay flung in the towel anyway man that was one thing. These bastards, they think they can just fuck yet; ye'll go and lie down out the road.

They didnay know yer man, no like they thought they did.

His feet were toasting; he had the socks off. He had went to bed an hour ago but had to get back up again cause he couldnay sleep. A bath: aye, he thought about it, that was as far as it went. The morrow, he would be fit the morrow. He was shattered. He had been gony steep his feet but it was too much of an effort finding the basin and getting the hot water and all that kind of stuff. Even the bollocks; lying in bed, he thought about having a wank; but he couldnay. At one point he clutched them and they slipped out his fucking hand; they felt funny; soft and kind of tender, like they had been sore and were getting better, like he had been sick for a long time, like he was maybe lying in a hospital bed, as if he had been there for a while and was now on the road to recovery. But still no ready to go home yet, he still wasnay ready for that; although he felt good mentally, he wasnay right, his body, it wasnay right. And that was the bollocks telling him, the auld bolloks man that was them telling him; fuck you and yer wanks, that was what they were telling him.

The adverts were on the TV. Maybe he would just go to his fucking kip.

The postman got him up in the morning. Three letters. He knew the giro one. The other two didnay matter, they were Helen's; he never got mail. One had a window-frame so it was fuck all worth bothering about. But the other yin was a mystery. He could maybe get the auld guy Boab to read it for him. But that was a bad idea. Maybe he could be trusted, but it wasnay him ye were worried about, no necessarily. Word travels. This wasnay the best of places. People's doors were aye getting tanned. A lot of dope on

86

the go. The cunts came round selling ye stuff and if ye werenay in they done the business. So Helen said anyway; probably it was true. Best saying fuck all, no to nay cunt. If they found out he was blind he wouldnay survive a month. A fucking week man they would clean him out. So he would have to be on his guard.

He was starving, jesus christ. The post office wouldnay open for another half hour at least. Another coffee. Earlier on he considered exercises but it was all in the mind, it wasnay a serious thought, and then he forgot about it. His head wasnay like it used to be; too used to the good life, this last few months, out of condition. Well he would have to get back fucking into condition.

Fuck the coffee. Different if he had a smoke to go with it.

He stuck a cassette in the player. Then got the stick for a trial run. There was half a tin of white gloss somewhere in the lobby press. All he had to do was find it, cause there was at least three other yins stacked the gether.

And map out the journey man map out the journey. So okay, the post office was along the left-hand side of the big square as ye came out the exit, opposite where he had walked yesterday, when he set out for *Glancy's,* it was in the middle of a wee row of shops; the minimarket, the betting shop, the chemist. All the necessities. The local boozer stood by itself round the corner from there. Ye had to pass it to get to where the buses went. The road where the buses went was a different road to the one that led to the bridge. Whenever Sammy walked it into town – which was usually always – then he took the road to the bridge, passing along the pedestrian walkway, which was directly opposite where the chemist shop was, away on the other side of the square. Complicated to explain but simple if ye knew the set-up and Sammy knew it quite well. Or thought he did. Probably he knew fuck all. But he wasnay really worried about it, whether one way or the other, as long as he kept the concentration going, that was the fucking main thing, no letting the head wander. Which was a problem, ye kept going off at tangents; yer mind.

If ye planned it out and then stuck by it. That was what ye did. Ye just stuck by it, yer plan, yer map, if ye've mapped things out.

He was ready, he set off.

He came out the lift tapping the stick one way then the other, and across and out through the exit, but just taking it slow cause he was in nay rush, nay rush whatsoever. Okay. He carried on round to his left and on to the post office without any problem, joining the queue just inside the door. Course he hadnay expected any problem. It was once he stepped outside the scheme man that was the fucking problem. But he wasnay stepping outside the scheme he was catching a fucking bus. Once he had collected the dough he went into the minimarket and bought an ounce of tobacco, fag papers and a lighter; and a roll and sausage which he gobbled down immediately. Then along to the chemist. It was a bit tricky in here cause they had all these racks standing about the floor. He sometimes went in to buy Helen stuff; tampax and the rest of it, headache pills; so he knew the layout. He didnay know it − just he knew it was a danger-zone, that's what I'm talking about. When he tapped the stick he hit something metal with the first shot. He stopped and said, I'm looking for a pair of sunglasses.

A woman said, They're just behind ye.

Eh d'ye think ye could pick me out a pair? Whatever ones ye like I mean I'm no bothered. . .

As long as they fitted man what did it fucking matter what they looked like. She dug him out a pair and he tried them on. Fine. He kept them on and passed her a note. It was a twenty; when she returned him the change he stashed the notes in his hip pocket. He was gony ask her to walk him round to the bus-stop but fuck it, he would need help later on so he wasnay gony tempt the fates. Outside in the doorway he tore open the cellophane and rolled a smoke. But he couldnay get the fucking thing lighted. Maybe the draught was blowing out the flame. He tried a few times, holding the tip of the fag with his fingers and feeling for the lighter so it couldnay have missed, it couldnay have fucking missed, no if it was working. Maybe they had selt him a dud lighter man the fucking minimarket, who knows, but he gave it up and carried on round the corner, heading for the main drag, again keeping to the left, close in to the grass verge where there was a kerb to keep him on course.

It sounded like a few folk waiting at the stop which was a good sign. But then when the bus came for some reason his belly went, he couldnay seem to move; he heard the doors shoot open and he still stood there. Then he got himself the gether: I'm going to the DSS Central Medical! he shouted: Is this the bus?

Aye!

. . .

Ye want it?

Aye, said Sammy.

Well this'll take ye.

Sammy made a step forwards. A woman said: The man's blind; bring him on with ye!

A hand took his elbow. A guy said: Where ye going?

DSS Central Medical.

Aye this'll take ye to the gate.

Sammy was guided to the step and up. DSS Central Medical, said the guy.

That's right . . .

I'll give him a shout, said another guy: If he gives me sixty pee!

Sammy turned his head. You the driver?

That's what they tell me.

Sammy clutched the stick under his elbow and dug out some smash, held it on the palm of his hand; the driver picked out the coins then the ticket was rung up and torn off and put into Sammy's hand. Ye'll give us a shout? he said.

Nay bother.

Sammy moved inside gripping the handrail and keeping the stick into his side. The bus sounded hell of a busy. He didnay bump into naybody. Maybe they were staying out his road. His hand touched another pole and then into space; it was the stairs to the top deck. The stairs to the top deck. Fuck it, he went on up.

Naw but he was gasping for a smoke he really was he was fucking gasping: he smiled and tried to stop it but couldnay; stupit: hell with it but he kept going, his feet kicking into the steps; but that was alright man it was okay, just the stick banging away and the jolt when the bus started but he was fine and fucking great man and nay cunt could see him; nay cunt could fucking see him! know what I'm talking about, the glasses and that, the shades, the auld shades, the bold yin, yer man. And then he was up there: there he was – holding on for dear life, the auld pole and that.

Voices. Okay. He tapped the stick.

Ye wanting a seat? said a guy.

Aye.

Right.

He was guided to one and sat down, bumping into somebody who was sitting at the window side. Sorry, he said.

It's okay.

A woman!

Just feeling like a smoke, he said. He had the fag already out and now into his mouth. He snapped the lighter and felt for the flame, it was working. He held the tip of the fag and he got it lighted. He inhaled.

A wee minute later and he was chuckling away to himself; just a daft thought, how it could be a whole bus empty except for one person and ye wouldnay know it and then the seat ye chose might be the one they were sitting on – a female, and ye sat down on her fucking knee! Sorry and aw that! Ye could imagine it it was so stupit! And he was off again, chuckling, and people could hear him, unless they were fucking deaf! Wild.

Ah jesus christ jesus christ. Never mind never mind. He dragged deep on the fag. How come he was so fucking happy! Christ knows. Probably the fucking nicotine hitting the brainbox. But he wasnay so much happy, it wasnay that he was happy; it was just he was pleased with himself, he was pleased. Here he was on a bus.

Ye kidding?

So okay. He had decisions to make and he had made some already. He was doing fine. The money was in the pocket and here he was. It was no that he was special. He didnay even want to be special. He didnay. All he wanted was to do as good as. As good as.

If jobs needed doing then ye went ahead and done them, blind or no blind. That was one thing Sammy had learned, yer man, the bold yin. Mind you no everything that happened was gony be down to him. Some would, but no it all. Ye're never responsible for everything; no in this world: this world man know what I'm saying, ye're never responsible for everything. But ye dont blame nay cunt neither, it's down to you: so ye just fucking push ahead, ye get fucking on with it.

Sammy was sitting back. Then he rolled another two fags and stuck them in the pouch.

Uch. If Helen could see him. Just a wee thing; just cause he was doing the business.

Yeh, he had been getting soft, nay doubt about it. The auld exercises man, he would have to start them, he would have to fucking start them. Then once he got his money fixed, once he was re-registered. Who knows. Who knows.

Central Medical!

The bus had stopped.

Central Medical!

Already for fuck sake Sammy jumped up fast. He hadnay been expecting it so soon. He tapped his way to the top of the steps but the stick was getting wedged man it kept getting wedged: fucking things. A slight panic situation but he was alright if he just took his time he was rushing man he just had to stop rushing, okay, okay. The driver was giving him every chance too ye couldnay fault him. But Sammy was going down the stairs and it wasnay bloody easy, coming up was fine but this was a bastard, stepping out into mid-air, that's what ye were doing, and the stick got fucking stuck, it got wedged. His shoulder thumped into the partition and he stopped to catch his breath.

Ye're alright my man!

Sammy kept going.

Take it easy, ye're alright.

Sammy reached the bottom and forwards, getting his hand onto the rail and to the pole.

Ye okay now?

Sammy didnay answer, his hand got a hold on the left side door; he stepped down, down onto the road; onto the road, he had to find the kerb fast, fast man come on, come on. One time there was this guy stepped off the pavement, Argyle Street on a Saturday afternoon for christ sake crowds everywhere and there was a bus coming fast on the inside lane and the fucking wing mirror fucking blootered him man right on the fucking skull, blood belching out; what a crack! the driver jumping out the cabin and wanting to help the guy but the poor bastard got off his mark immediately, probably thinking he had done something wrong man damaged company fucking property or something and the driver was trying to get his name, so he got off his mark, staggering into this sprint – Sammy could see him yet, poor bastard, fucking blood everywhere.

Anything's definitely possible. Ye just dont know. And ye cannay just swing yer stick in case ye clobber runts. What Sammy needed was a dog. Once he got a dog

There was folk in front of him. They would all be going the same way. If he just kept in touch. The security gate was round the corner. A couple of times in the past he had been here. No for a while. He concentrated on the tapping.

Christ he couldnay hear them now, the folk, they were getting ahead, but so what, it didnay matter.

The empty space at the corner and he tapped his way round and then was walking in the space hitting from left to right; he kept going. Then a loud voice:

Heh!

He kept going.

Heh!

He wasnay gony stop cause how did ye know it was you they were shouting on ye didnay cause ye couldnay tell, ye couldnay fucking tell man so he kept going.

Heh you with the sunglasses!

Fuck ye . . .

Heh! You!

Sammy stopped. Ye talking to me?

Aye. Ye're in a bit of a rush eh!

. . .

Ye're supposed to come through the gate ye know.

Sammy got the tobacco pouch and took out a fag.

Nay smoking.

I'm no in the building yet.

Aye but ye're in the ground.

I'm no in the building.

Doesnay matter, put it away.

Sammy put it away.

Ye're supposed to come in the gate.

. . .

Ye dont just walk through the road.

Sammy turned his head, wishing he could see the bastard.

Where is it ye're going?

What are ye security?

Where are ye going?

Dysfunctional.

Aye but what section?

For blindness.

That's Sightloss, ye got an appointment?

What d'ye say?

Ye got an appointment?

I was telt to come.

I'm asking if ye've got an appointment? said the guy, and now he seemed to be standing close up.

I dont know, said Sammy.

Have ye got a card?

A card?

If ye've got an appointment ye've got a card.

I've no got a card.

Aye well ye've no got an appointment. That's Emergencies. What's yer name?

Samuels.

Initial?

S.

After a moment the card was put into Sammy's hand and the guy said, Come onto the pavement.

Sammy moved in his direction till the stick knocked the kerb, he stepped up.

Take the card to Emergencies.

Whereabouts?

There: carry on in a straight line; thirty yards; there's a swing door to yer left. Go through it and the Reception's on yer right. Give the Reception Officer the card. Try and keep to the inside when ye're walking. And next time come through the gate.

Sammy sniffed and said, It's cause I'm blind; I didnay see it.

Aye well next time.

Sorry, it's just I didnay see it.

Alright, on ye go.

It's cause I'm blind, know what I mean, I couldnay see it.

. . .

I didnay know.

Aye on ye go, okay.

Know what I'm saying, I'm blind, I didnay see it, the gate, that's how I came through the road . . . Sammy was gripping the stick. He heard a movement, the guy going away maybe or somebody else. I'm very sorry, he said, very very sorry.

Just keep moving.

Sammy smiled. Fucking bastard. Okay. He started walking. The giro was cashed and the dough was in his pocket. Here he was. Fine. He should have been counting the steps but. Never mind, never mind.

A creaking squeaking noise. Watch yerself! called somebody.

He stood still. The noise went by him. He carried on till he reached a wall, he heard a whishhing noise. An automatic door. He walked forwards and felt the change of air and the difference on where he was walking, the floor, he tapped on, hit something hard: Sorry, he said, I'm blind, I'm looking for Emergencies, could ye tell me where I go?

Nay reply; didnay seem to be anybody there. He kept walking. Although muttering, he could fucking hear muttering. He stopped again. Sorry, he said, eh . . . I'm blind eh I wonder.

The muttering was from behind. He done an about-turn and said: I'm looking for Emergencies.

Ye're in it, said a woman.

Aw, right.

The queue's here beside ye.

Is there no a separate reception area for blind people? it's Sightloss I'm looking for.

I dont know.

She hadnay said it in a friendly way. Sammy shrugged.

He tapped along to the left. More muttering. Is this the queue? he said.

. . .

Heh gony put me to the end of the queue?

Right in front of ye.

He poked the stick and felt for it, the bench; he sat down.

Fucking life man. He sighed. He had noticed the pong; auld sweat; the usual.

Ach well, fuck knows how long it would take. Nay point worrying about it.

What happened was the queue moved space by space when somebody went out to the desk, everybody moving along to fill the gap.

He started singing songs to himself but it didnay last long and he suddenly caught himself thinking of his fayther, just out the blue and for nay reason. Then his maw. The two of them, he saw them the gether; they were just there. It all seemed so long ago. His whole life, the early days; fucking hell man. One of these days he would be dead. Then his boy would be thinking about it, he would be thinking about Sammy. Fuck sake. Weird, fucking weird. He hadnay seen her for years; his ex, the boy's mother. She still looked the same; in his mind; a 20 year old lassie. She was nearly as auld as him. His fayther never met her, never knew about Peter, the wee boy, he never fucking knew about it, died afore he was born. Fucking shame. It made ye sad thinking about it. Christ almighty and his maw as well, sitting the baby on her knee; Sammy could mind the funny look on her face. Fuck sake, fucking years ago, fucking years

There was a conversation going on nearby. A young guy talking loud, telling somebody about some battle that took place, swearing away in front of everybody – so they all knew how hard he was, how hard his life was, where he came from.

Then ye think of the other folk sitting roundabout, how ye knew fuck all about them, what like their lives were. It made ye laugh; the young guy, if he had the fucking brains to think it, about them – he wouldnay fucking talk so loud. One thing ye learned; there was aye somebody worse than yerself.

The poky was full of guys like that, big loud voices. It was irritating but after a while ye couldnay get angry at it; in fact ye would up feeling sorry for them, it just showed how much they had to learn. And some of them never would, poor bastards.

Eventually it came to his turn and he gave in the card and his address and the rest of the information. The Sightloss Section was on the fourth floor and a lift would take him. He said: Will somebody show me?

There was a movement behind and a hand caught a hold of his wrist: I'll take ye, said a woman. She led him along. He was aware he might kick her heels and took small steps so he wouldnay. Her grip changed. She was tugging on his sleeve now. He started feeling embarrassed. He wished she would just let him go and he would do it himself. A bit warmer the day, he said.

It is. . . Then she stopped and let go his sleeve and he heard her press the lift button. It's coming, she said.

When the doors bounced open she pushed him on the shoulder; he stepped inside and he heard her press the inside button then get back out quick. The doors closed. Up he went. This is fucking lovely! he said. And he made a coughing sound like he was clearing his throat. It was a cover-up for the fact he had spoke out loud. He knew there was naybody in the lift with him but it was probably fucking bugged man know what I'm talking about, or else a VCR, probably there was a VCR. And that security cunt was sitting watching him right at this very minute, having a wee laugh to himself cause Sammy was talking and there was naybody there. Aye fuck you, he said and moved his head around, Fuck you.

The lift stopped and the doors opened and he nipped out smartly. The doors shut. He waited. He heard somebody shuffling about. Hullo, he said.

Hullo, said a guy.

Sightloss?

Aye.

Where do I go?

I dont know.

Is this the fourth floor?

Aye.

It's supposed to be Sightloss.

It is Sightloss, I've just been.

Aw. . . What are you blind as well?

Aye.

Christ. Pleased to meet ye. Sammy shifted the stick into his left hand, he reached to shake hands with the guy, but didnay find him.

Is that lift away?

Yeh, said Sammy; sorry, I could have caught it.

The guy grumbled something.

I'll get it for ye. Sammy did an about-turn and groped for the button then pressed it. It'll no take a minute.

Aw jesus christ . . . The guy groaned. There's stairs about somewhere, ye've got to be bloody careful.

Aw, right.

Ye're feart ye take a dive.

Fuck sake, aye – ye no got a stick?

Naw.

Ye want to get one. . .

The guy sniffed.

Makes a hell of a difference.

My name's down, he muttered.

What here?

Nah!

A charity like?

Aye.

What one?

. . .

Eh?

It's up St Vincent Street. The guy sniffed. He sounded a right grumpy bastard. Other people go out the Gallowgate, he said, nay offence – if ye're a tim I mean.

I'm no a tim.

Aye well nay offence if ye are. The guy sniffed again. I just mean they've got their own ones.

And the sound of the lift doors opening. That's it now, said Sammy.

Can ye hold it for me!

Aye! Sammy shoved in the stick; the doors shut then bounced back open then shut again but he caught one on the bounce and held it. Tell us when ye're in, he said.

It's these bloody stairs. . . Where are ye?

Here; just come to my voice, it's no far.

Ye're feart ye make a wrong move, know what I mean. . . Then his arm hit Sammy quite hard.

Take it easy mate.

Sorry.

Alright?

Just find this damn bloody button. . . The doors shut

on him. They opened again. Fucking bastard, muttered the guy. The doors shut.

Sammy waited a wee minute then wandered. A door opened. He called: Hullo?

Yes? said a man with a polite voice.

I'm looking for Sightloss.

Is it both eyes?

Yeh.

It's just along to the end of this corridor and turn to your left; ye cant miss it.

Great, ta. . .When he got there he found the door handle and went on in.

Sit there please.

Whereabouts?

I'm just about to show ye.

Sorry.

It sounded like a boy about 18 or 19. He took Sammy by the wrist then guided his hand onto the edge of a soft chair and telt him to sit down. Sammy sat down and sank away back and his feet came off the ground, he grabbed for the chair's arms, dropped the stick and pushed himself forwards, connected his heels to the floor.

Ye got yer appointment card?

Sammy gave him it and heard him keying in on a computer.

So ye're registering for Dysfunctional Benefit on account of sightloss: and it's both eyes?

Yeh.

The boy hit the computer keyboard and went on doing it after every question and answer. Is it congenital? he said.

Naw.

Was it a spontaneous occurrence or did ye get any advance warning?

Naw.

Have ye got a history of eye-trouble?

Naw.

Ye've never had trouble with yer eyes?

Nope.

None whatsoever?

No that I can remember. Mind you, I was aye a wee bit skelly – I was never any good at darts – couldnay hit the board never mind a bed! But I mean I never needed glasses, and it didnay affect other things, playing football or whatever.

Aw so ye playa sport . . . football?

Well, I used to.

But no now?

Sammy smiled: Naw.

Did ye stop because of yer Sightloss?

What? naw – I just stopped.

Who did ye play for last?

. . .

Who did ye play for last?

A couple of teams?

Who at the end?

Ye wouldnay know them it was a club in England.

An English team?

Aye.

What was their name.

Ye wouldnay know them. I think they've disbanded.

Ye've still got to tell us, unless if ye dont remember.

. . .

D'ye no remember?

It was in the Essex Provincial League.

Who?

Northfleet Amateurs.

How long were you with them?

Eh about eh four or five months.

How long ago was that?

Eh, ten years. Eleven in fact.

And did ye ever undergo a full medical with them?

Eh aye, suppose I did.

Were ye unemployed when ye were with them?

. . .

Were you unemployed when ye were with them?

Sammy sniffed: On and off.

Were ye registering at the Job Centre?

On and off, yeh.

Were ye in receipt of any gratuities or benefits from the football club while ye were registering?

Nope.

None at all?

Naw it was strictly amateur.

And was it full-function employment ye registered for?

Yeh.

Ye're a construction worker to trade?

Well no to trade, I'm a labourer – semi skilled.

When ye were in prison did ye register for general work?

Yeh.

Ye were never restricted to light duties caused through physical dysfunction or physical disability?

Naw.

Nor any medical incapacity?

Nope.

What was yer last job?

Community Work Provision.

And before that?

Oh christ now ye're talking. . . Eh . . . it was down in London; 11 year ago.

And did ye leave because the job finished?

Well the job finished, I was laid off.

It was not because of physical dysfunctioning or physical disability?

Naw.

When did ye last claim sickness benefit?

No for ages.

When?

Oh christ it must have been eh 11 or 12 years ago.

And ye arent working at present?

Nope.

But ye are registered?

Yeh.

Full function?

Yeh well I mean aye but no now, I'll be re-registered.

When do ye say ye lost yer sight?

Last week, Monday or Tuesday – Tuesday I think.

Are ye saying something caused the dysfunction. Or else did it just happen?

Well something must have caused it.

What do ye think?

Eh . . .

Will I put 'dont know'?

Eh, aye.

Ye were in police custody at the time?

That's right.

And have ye seen a doctor yet?

Nope.

Has the dysfunction been diagnosed by any medical authority?

No yet.

Have ye raised a civil claim for compensation in respect of the dysfunction?

Naw.

Never at any time?

. . .

Never at any time?

Naw.

Now the boy battered away on the keyboard without talking; then eventually he said: Heh the Essex Provincial's quite a good league int it? fair standard?

No bad. It was when I was there anyway, couple of ex-seniors and that. I didnay think ye would have heard of it.

Aye. Ye never play up here?

When I was boy.

Who for?

Och a couple of teams. Sammy sniffed. D'ye play yerself like?

Yeh. The department's got a side. But I play with another team as well.

Good.

The Churches League.

Aw christ aye, the auld Churches League! It used to be as hard as nails.

Still is!

Sammy chuckled.

Ye know ye've been in a game.

Ah well that's the right way son. As long as ye enjoy it, know what I mean, as long as ye enjoy it. Christ I used to live for the game myself. If I had took my chances. . . The scouts were up and aw that. I blew it.

What happened?

I just blew it. I was silly. What about yerself?

Well I've had a couple of trials.

Have ye?

It's no came to anything yet. There's a Junior club after me the now but I think I'm gony hang on a couple of months.

Ah well good, aye, ye must be showing promise. Dont give up whatever ye do.

Aw naw, it's cool, I'll go to the end of the season.

Just make sure ye enjoy it, that's the main thing. I miss playing the game myself.

There's guys your age still playing.

Aw I know.

Just a pity about yer eyes.

Ach my own stupidity son a wee altercation with the sodjers; they gave me a doing. Sammy shrugged. One of these things; I was silly and so were they.

They gave ye a doing?

Aye.

And ye're saying ye were silly?

. . .

The boy had started hitting the keyboard again.

What're ye writing that down? said Sammy.

Yeh.

Well I'd prefer ye no to.

I've got to but Mister Samuels.

How?

Cause it's material.

. . .

We're required to do it.

Sammy sniffed. Ye no got a delete button?

Yeh but no for this operation. If the customer doesnt want something in they're supposed to not say it. Once it's in it cannay come out. I dont have the authority; I'm just a Preliminary Officer. I'm no allowed to adjudicate on something where it's material.

Ye didnay write down the football stuff.

Well that isnay material.

. . .

Now is there anything else ye want to say?

. . .

Eh?

Sammy scratched his chin; he found the stick and used it to get himself up off the chair. He heard the boy getting up and coming round towards him:

I'll guide ye through to the IMO's office, he said. Want to take my arm?

What?

He lifted Sammy's hand and placed it on his wrist. Sammy was tense as fuck but managed to stop himself applying pressure. The boy's wrist was thin; Sammy could have snapped it with one quick chop. Now the boy moved forwards and Sammy went with him. It felt weird. He hadnay walked like this with anybody afore. The funny thing was how he seemed in control of himself but at the same time he wasnay cause he was getting led, and yet it was his own hand that held the grip and no the other way about. It took him a wee minute to remember he was angry. His stick knocked against a door. The boy opened it and guided him through it, and then to a chair. Just sit down here, he said, it'll no be long.

. . .

Ye okay now?

Sammy had took away his hand; now he lowered himself onto the chair, preparing for the slope.

Ye okay now Mister Samuels?

Sammy sniffed. There was fuck all to say. He wasnay even angry any longer. It was just best the boy went away now, that he got to fuck out the road.

He laid the stick on the ftoor then sat back, folding his arms. He heard the boy leave.

It was his own fucking stupit fault anyway man know what I mean ye blab, ye just blab.

Hell with it. He could have done with a smoke mind you. Ye would think they would lay on a smokers' room. Probably they had one for the staff. Ach well fuck it man ye do without. He started humming a song, then stopped. There was fuck all sounds, nothing. The last room had been quiet but here he couldnay hear a thing. Maybe there was naybody here, maybe he was alone. And there had to be stuff lying about. It was an office, know what I'm saying, there had to be. All kinds of bits and pieces. He felt for his stick then reached with it to check the space round where he was sitting: it knocked against things; furniture.

Stupit even thinking about it. Sure as fuck, as soon as he got up and started groping about the fucking door would bust open. With his luck man know what I'm talking about a fucking certainty. Best relaxing, just let it go. What would there be anyway! pencils and fucking pens or something.

Plus the video would be running fuck sake ye kidding.

Sammy yawned. Aw jees man he was tired; everything was an effort. He yawned again; the trouble was this chair, it was so fucking comfy; it started off it wasnay but then ye got used to it; ye began by sitting up but gradually ye were just about flat out and lying cause of the slope. Ye felt like kicking off the shoes. Another yawn. Jesus christ. It was just so warm, it felt like they had the central heating turned up full blast.

He actually had good reason to be tired, so a couple of minutes' shut-eye, a wee doze, it wouldnay go amiss.

There was fuck all could happen to him; it's no as if he was on the edge of a cliff and might roll ower, it was just an office, it was just people.

Which was the fucking problem so ye had to be alert, alert.

Alert as fuck man ye had to be. He sat up, sat forwards, his elbows on his thighs and he breathed out then in, and again, and again. Fresh fucking oxygen. Cause it was all just to make ye fall asleep. That was what it was about; it was a fucking move man the DSS, all so's yer fucking brains stopped working, so ye couldnay think, in case ye were sorting out some sort of plan. So ye had to stay alert at all costs. All yer senses ye needed them all; ready for anything man know what I'm saying. Sammy once read this book about bats; they have this incredible sense of hearing, it's sonic or somefuckingthing like they've developed their own radar, compensating the blindness. Then too christ almighty that army programme he saw on the telly about this blind guy could stand on one side of a wall and know what was happening on the other. He could actually pick up what was going on in a different room, whereabouts people were standing and all that – like one of these cunts that can bend forks. Except that was amateur night at the Palladium compared to what this blind guy was doing, it was like he had developed some sort of different sense-organ all the gether. Right enough it was congenital. So it maybe wasnay possible for the likes of Sammy. Probably ye had to be a baby; that first few hours ye were led kicking and screaming yer way into the world. Cause all weans are blind at birth. Sammy could mind seeing wee Peter in the hospital cot and worrying if everything was gony work out okay cause ye wouldnay know till later on. Ye saw their eyes but how did ye know they were gony fucking work I mean ye see a shop full of shoes and nayn of them are fucking walking. These things, all these different things.

Are you Mister Samuels?

Yeh. Sammy jerked his head; he hadnay heard her approach.

Then could ye kindly step forward please.

She must have been close. A whiff of perfume or something, fresh soap maybe; this sensation of total and absolute fucking cleanliness man ye could imagine her, blouse parted at the neck, the top two buttons open, hints of sweet mystery, then the smart skirt and jacket, the jewellery, and then that what's-the-word fucking eh – class or something who knows, style, he was up from the chair: follow that swish; every whim baby, on ye go. Whereabouts? he said.

Ye'll find a seat to your left, just in between the desks.

Sammy tapped the stick as he went. He bumped into something. More like a table than a desk, he worked his way roundabout it. Another table, or else a desk. The way his stick tapped ye couldnay tell. He stopped a wee minute.

Just forward now to your left, she said, between the desks.

Christ almighty how far to the left was she talking about? He poked the stick about till he found the space, and moved forwards, it was a tight squeeze and his left knee banged into something.

The chair's in front of ye now, just sit down.

It was an ordinary chair thank fuck cause he forgot to check it out. He sat up straight to give his spine a rest, kept his hand on the stick.

You're asserting sightloss in both eyes eh Mister Samuels?

That's right. Sammy turned his head; her voice seemed to be coming from somewhere along to the side.

What does it comprise?

Eh, just I cannay see. He tried to shift the chair but it was stuck to the floor.

What precisely d'ye mean, everything?

Yeh.

Ye cant see anything at all?

No. Sammy shifted again; her voice was definitely coming from somewhere else now and ye got the feeling she was moving about.

And ye say this happened without prior warning?

Yeh.

No signs of progressive deterioration?

Naw I mean it was just like I says to the boy there, I woke up and that was that.

There was a silence for a wee bit and now when she spoke her voice was coming from nearer the direction he was facing: And this was during a time ye were custody of the police?

That's right.

You're asserting ye were subject to a physical beating by members of the police department?

What?

. . .

What d'ye say?

They gave ye a doing?

They gave me a doing?

That's what's entered here.

Well I dont like the way it sounds.

I'm only reading out what ye told the Preliminary Officer; he entered the phrase in quotation marks to indicate these were yer own very words. Was he mistaken in this do you feel?

Look I cannay remember what I said exactly; as far as know I just telt him I lost my sight last Monday or Tuesday, I woke up and it was away.

Are ye denying these were the words used?

I dont know, I cannay remember: I didnay use physical beating but I know that.

Sammy gripped the stick.

She carried on talking: What's entered here is the phrase 'they gave me a doing', and it's entered expressly as a quotation. But it's a colloquialism and not everyone who deals with yer claim will understand what it means. I felt that it was fair to use physical beating by way of an exposition but if you would prefer something else . . . is there anything else ye can think of?

It was a fight.

Pardon?

Look, what does it say?

They gave ye a doing.

Can I change it?

No, I'm sorry, but ye can add to it for purposes of clarification; if ye wish to clarify what you mean then ye can do.

Sammy rubbed at his chin, moving the flesh at the jawbone. He should have shaved, it was a mistake no to. He sniffed then said: They were using physical restraints.

She tapped this into the computer and spoke at the same time:

Yer own words always remain entered anyway Mister Samuels. Do ye wish to add anything further.

Naw just leave it.

Fine. Now there are two bands of dysfunction; those with a cause that is available to verification, and those that remain under the heading pseudo-spontaneous. The former band may entitle the customer to Dysfunctional Benefit but those in the latter may not. But both bands entitle the customer to a reassessment of his or her physical criteria in respect of full-function job registration, given the dysfunction is established.

He reached into his pocket for the tobacco, but stopped.

Now Mister Samuels I see ye are not seeking compensation.

That's right.

Mmm.

...

When she spoke now she carried on tapping the keyboard: The fact that ye're not seeking compensation in respect of the alleged physical restraints may be registered by some as an inconsistency, I just wonder if ye're aware of that.

Look I'm saying I got the dysfunction cause of the physical restraints, it wasnay spontaneous I mean I didnay just lose it cause of nothing, it was something, whatever it was I dont know but it was something. So I've got to register that. I mean that's all I'm doing, registering it here like I'm supposed to; I'm no being cheeky, if I'm entitled to benefit then I'm entitled to benefit. If I'm no I'm no. Know what I mean, that's all I'm saying.

Yes well the police department is empowered to restrain the customer Mister Samuels and certainly if the customer is then in receipt of a dysfunction, and this dysfunction is shown to be an effect of the restraints applied then the customer is entitled to submit an application to this department in respect of Dysfunctional Benefit and if it is approved then the benefit is awarded.

Aye well that's all I'm saying miss it was restraints, they were doing restraints and I wound up blind I mean I agree with that. Sammy reached for his tobacco but stopped.

I would point out the inconsistency however Mister

Samuels: on the one hand you say that is the case; on the other hand I can imagine some saying, well if it's true why is he not taking any action?

...

Why is he not taking any action?

Aye but I am taking action, I'm coming here to get a benefit.

They would tend to assume that one who receives a physical dysfunction at the hands of another, on the balance of probability, would take action against this other for due recompence.

Sammy smiled and shook his head. Look miss what I'm saying is the polis didnay intend to make me lose my sight I mean if they went at me with a blade and then dug out my eyes then I'd be straight in for compensation, know what I mean, but they didnay, they gave me physical restraints, and I wound up with a dysfunction. If it was intentional, if they had done it intentional, well fair enough – compensation, I would be in for it immediately; no danger. Okay? I'm no being cheeky, I appreciate what ye're telling me.

She went at it on the computer for a while.

I just want to leave it the way it is, muttered Sammy and he glanced at his wrist but had fuck all watch on and he couldnay have seen it even if he had. Fucking smoke man they dont even let ye have a fucking smoke.

Ye must understand also Mister Samuels that if as you suggest the alleged dysfunction is an effect of physical restraints and is established as such then the secondary factor arises in respect of those restraints, and this secondary factor may become primary, why were those restraints being exercised. . .

Ye want to know like?

...

Ye want to know about the restraints?

No I dont want to know Mister Samuels but ye must understand that it would tend to cast doubt on the question of causation; you could find yerself in the invidious situation where it is argued, on the balance of probability, that it was you yerself that caused the alleged dysfunction, that you were the primary cause.

Sammy knew that was coming. He fucking knew it. Obvious as fuck. He bit on the skin at the corner of his left thumb.

Would ye like to add something?

It was aye the same. He folded his arms.

Mister Samuels?

Aye?

Do ye have anything to add?

Sammy sat forwards on the chair and gripped his knees: I'm saying there was physical restraints, right? and the upshot was I went blind, I got sightloss: that's what I'm saying.

. . .

What is there something wrong in that?

It's not a question of wrongness we're only filling out an application.

You're saying I should go after compensation?

I beg yer pardon Mister Samuels I'm not saying anything of the sort.

Well what then? I mean the way you're talking I'd be as well no even bothering. I mean basically that's what ye're saying, dont bother, that's what ye're telling me christ almighty, I'm no eh I mean – come on; here I am I mean I'm blind, I know it wasnay the polis's fault they're only doing their bloody job, how did they know what would happen they didnay, they didnay know, I'm no blaming them, no in that way, it wasnay bloody intentional I mean

I admit that christ. . . Sammy shook his head, then he was aware of the keyboard. Are ye putting that down?

I beg yer pardon?

Christ almighty. Sorry. . . Look miss I didnay know ye were gony write all that down, I mean. . .

Is there something you'd like withdrawn? Are you asking that I withdraw something?

I dont even know what I said.

Well if ye wish to add something. . .

Sammy sniffed. He rubbed his eyes. They were itchy. He wasnay gony lose his temper. He shouldnay lose his temper anyway cause it was his own fault, as per fucking usual. If he was gony get angry then he should kick fuck out himself cause he was the fucking idiot, fucking him, naybody else. He reached into his pocket and brought out the tobacco. He turned the packet over, twiddled it between his fingers. He took a short breath, then a longer yin. It was a case of screwing the nut. It was his belly just, the ribcage. A case of relaxing, relaxing. Ye let it go, ye just let it go. He listened to the keyboard. It was fucking pointless. So ye leave it.

Sammy smiled, he shook his head.

> Maybe I didnt love you
> just as much as I should have
> maybe I didnt see you
> just as often as I could have

Fuck them. Fuck them. He sighed and leant back on the chair; he should have fucking went to sleep, he shouldnay have woke up either neither he should. Fuck them.

She was talking, fuck her. Fuck ye hen. Sammy lifted the stick then got himself onto his feet. Bla bla bla.

The Medical Benefits Office of the Police Department has its own procedures Mister Samuels.

Is that a fact?

...

Sammy stood for a moment then he said: Can I take a form away with me and fill it in myself?

Ye can yes; but ye do realise there is a stipulated period of time in claims like these: you assert the dysfunction took place on Tuesday last?

Tuesday aye.

Then ye've eight more days excluding Sundays. I must also advise ye that even should you fill in a new form the present one remains on file as part of the scheduled evidence.

Can ye no just scrub it.

No. I can however withdraw yer application.

Well ye might as well I mean I'm as well just bloody chucking it.

...

Eh?

Mister Samuels if ye feel that you have sightloss then it is in yer own interest to register it in respect of the physical criteria required for full-function job registration.

Aye.

What happens if you are sent on Community Work Provision under the current terms of contract? If ye cant see then ye'll prove incapable of fulfilling these terms. I strongly advise ye to register just now.

Aye but . . .

It's only a matter of registering the dysfunction, in your case sightloss; if it is established then the physical criteria in respect of job registration will alter accordingly.

I know what ye're saying.

This means you become available for certain types of work and only those types of work. Some jobs demand the capacity of sightloss dysfunction; others dont.

Right.

So do ye consider this is a thing ye might want to do?

Yeh.

The argument now becomes purely medical. Their authorities will request reports.

Fine.

You'll still be asked to attend the PDMBO in person, I should advise ye of that, but it's a formality in respect of the onset question. The Police department's medical authorities must determine a date on which ye received yer dysfunction. Obviously if ye assert ye became in receipt of this while in custody of their own officers then they become obliged to seek a fuller clarification. It's always a formality in claims of this nature.

Aye. Sammy sniffed. Ye see miss I'm no actually sure when I got the sightloss, it might have been earlier, it might have been last Saturday, in fact I think it was last Saturday.

I thought you said it was Tuesday?

Yeh but it might have been Saturday.

Are ye sure?

Well I'm no positive.

But it might have been?

The more I think about it, aye, cause that day's went totally out my memory I mean it's a blank, so I think maybe that'll be it, that'll be how it happened.

And that was before ye got taken into police custody?

Aye, yeh.

And do ye have a certificate from an authorised medical

practitioner? She was tapping into the computer while she spoke.

No yet, I'm making an appointment the morrow morning. I hope to see the doctor on Monday.

Well ye should provide the department with a copy of the medical report as soon as possible.

That's what I was gony do.

Fine.

Sammy sniffed. So is that my claim for Dysfunctional Benefit scrubbed now?

Well I'm afraid not, it is withdrawn though.

How d'ye mean like it stays on the computer?

Yes, but it's filed as a withdrawn claim.

See if I change my mind. . .

What about Mister Samuels?

Well I dont know yet, but if I do I mean if I do change my mind. . . What happens then?

That depends, on what ye were changing yer mind about. These situations are particular.

Right.

Do ye have anything in mind?

Naw no really.

Again I advise you on the stipulated periods Mister Samuels, if ye assert the dysfunction occurred on the Saturday rather than the Tuesday then yer application period is reduced to five days.

Right, thanks.

Could ye sign here please? She put a pen into his hand and guided it to what felt like a wee machine; she held his index finger to a spot inside it. Just here, she said.

The smell of her perfume. Sammy said: This could be anything I'm signing! And he smiled. I'm just kidding.

No ye're quite right Mister Samuels, I should have

mentioned, this is a statutory disclaimer to state that ye've come here and explained the situation to the best of yer ability in the full awareness that any knowingly false statements can result in the withdrawal of any or all allowances from any or all sections of this department of state; and that any action taken by this department of state will neither preclude nor negate a further action that may be contemplated by any other department of state.

Sammy signed; then there was a ripping noise and she put a piece of paper into his hand. Yer receipt, she said, it acknowledges yer claim for re-registration.

He put it in his pocket then got his stick. For some fucking reason he gave her a cheerio before leaving. When he reached the door he thought he heard her heels clipping away. Maybe going for her lunch. He could imagine her walking across the floor. Sammy knew this kind of woman. Totally beautiful in a weird way; didnay matter what like she was, her build, nothing. Dead sexual as well. Sometimes they wear these smart-cut suits, their blouses are low-cut and they're beautiful and ye're at a total disadvantage; even her voice caws the feet from under ye. Ye meet them everywhere too in these official capacities, that's the best of it – worst I should say. Who's that woman actress with the husky voice? she gives ye a look and ye cannay come back from it; everywhere she goes she reduces men to silence. Sometimes they have her playing the main part in detective movies. Even without the gun but, a square go man, ye'd still be in trouble. Course sometimes it's a different type of woman all the gether.

Okay; so that was him fuckt.

A guy doing time once when Sammy was there. He had been in the reserves or something, the territorials, wound up he got sent to some middle east place. He kept getting stuck out in the desert and he caught some kind of terrible disease. Sammy says to him once: How the fuck did ye no just shoot the craw? desert man know what I mean?

Where would I have went? he says.

Anywhere. Fucking Australia. China.

Och you're dreaming, he says, d'ye know where the middle east is?

The middle east? The middle east's in the fucking middle east. It's in between the near fucking east and the far east.

Aye but whereabouts I mean that's a big area Sammy.

Exactly; a big fucking area, all the better to disappear.

Ah naw, he says, I know what you're meaning but it's just the opposite. The bigger the space the easier you're cattled

> Love is like a dying ember,
> we'll stroll hand in hand again
> In the twilight I'll remember

The thing is ye see about Sammy's situation, the way he thought about things, who knows, it wasnay something ye could get yer head round. Hard to explain. Then these things as well that draw ye in then push ye away I mean fuck sake great, alright ye think alright, it's good man, it's okay, I mean who's gony fucking moan about it, there's nay moan on, it's just being practical, realistic, ye've just to be realistic, ye approach things in a down-to-earth manner. I mean Sammy was never a moaner.

Fucking hell but it was still a surprise, ye're surprised by stuff; ordinary stuff – this is what gets ye. Plus yer life itself, if ye want to talk about that I mean that's a fucking mystery as well. Except each time ye hit the bottom bit it takes longer to get round, to pass back out. Sometimes it's by the skin of the teeth ye're holding on, yer fucking eyes clenched shut, yer ears

thinking ye're fuckt but ye're no. Sex is a help. Cause it means ye're fucking alive. Know what I'm talking about, like it or no man ye're alive, ye're still in there kicking. A fucking hardon man it can get ye out of trouble: ye go, Fuck sake, well well well, here I am. Jesus christ!

Cause without the sex ye wouldnay know it. It's true but. That was something Sammy noticed a lot. Without the sex ye're nothing, ye're just fucking – who knows man just ye're fuckt, ye hit the bevy; ye do some dope; whatever. Sometimes ye just sit there or ye lie down; ye're stuck in the depths, ye're so far gone there's nothing there at all, just a fucking blank. One long blank. It gets interrupted by wee clear patches. And in these wee clear patches there's a bit of ye trying to find a way out like ye're angling for the means to escape, to get yerself on the mend. There's another way ye know ye're on the mend, that's when ye find yerself humming a tune. Sammy had a conversation with somebody once, no a conversation, the other person was talking and Sammy was listening. It was a visitor. A guy; some Prison Education Officer. A nice person but, considering; he was alright. Anyhow, he's telling Sammy about a mind experience ye undergo. Ye've got to undergo it. If ye dont then that's you knackt. That was what he said anyway. It was to do with religion. It's like a boom inside yer head, he says.

Boom boom eh. There was this other yin used to give him lectures, a right fucking windbag so he was I mean this cunt

Ach who cares, who gives a fuck, who fucking gives a fuck. Sammy was weary. Come on, ye're allowed to get weary, lying in fucking blackness with that fucking stupit radio, all these fucking stupit voices that make ye think of double-helpings of fucking raspberry fucking trifle man with lumps of fresh dairy cream, their voices man telling you, that's what like they sound, fresh fucking dairy cream from the minute they open their eyes to the day they drop down dead, fucking bastards; and ye keep thinking of these guys ye know that arenay around any longer: one that got done in, he was due a parole; he was all set for it, he went about the place with a big smile on his face, when ye caught him unawares, smiling at nothing till he saw ye looking and he would go dead-pan; if ye spoke to him he kept it serious, he had to keep it serious – trying like fuck no to show how optimistic he was feeling cause it might tempt fate man fuck sake that was what it was, poor bastard, that was what he was fucking worried about, fate. But fucking hell, he was so christ ye know it's hard to say it because how d'ye know if ye've never felt it; no like that guy had felt it; he had stuff going for him different from Sammy – Sammy had blew his life early – but this guy hadnay, he had his missis waiting, a young family, babies and all that shit, he was a cockney. Jesus christ. Then the big day comes – well, it was actually a couple of days afore it – and they found him, in round the back of the laundry, where the pipes were, the boiler-room, in there, that was where they found him; the team had let him have it. And that can fuck ye; every way.

Ah rubbish. Ye aye get by. Who cares man, fucking eedjit, it was his own fault anyway, the guy knew the fucking rules and he fucking abused them man so that was that, end of story.

Sammy was sitting there.

The posture: on the couch with the radio on, the hand

under the chin and hunched forwards, thinking about fuck all really except all these stupit memories out of nowhere.

we'll stroll hand in hand again

What was gony happen to him but that was the real question. That was the one he wasnay asking. No seriously. But it was like the basic thing of it was there in his head, it just couldnay materialise; maybe it was him stopping it. His thumb was propping up his chin. His lower jaw dropped and he stuck it back up, his teeth meeting with a clunking noise; the skin under the chin felt loose, fleshy. The heat from the fire on his face. He shifted position. His back was getting sore again; he wondered what like his body looked. One thought edging its way into his brain, whether he liked it or no, it was about Helen, if she didnay come back he was fuckt. That was that. He was fucking finished. He was. It was gone, whatever it was, it was gone. For a kick-off he would have to leave the house. It was in her name. He would have to go skippering for fuck sake unless maybe something to do with the sightloss maybe ye got special homeless points if ye had went blind. They maybe gave ye a room somewhere. In a special building. Maybe the Blind Asylum. If there was a Blind Asylum. Naybody had said there wasnay. It's no as if he was fucking special but man I mean he wasnay earmarked for nay fucking glory. So there had to be a place, some sort of central agency where all these sightloss fuckers got a piece of fucking sanctuary man know what I'm talking about, ye think of it, all ower the country ye've got these cunts tapping their way about. So there had to be a place.

cause as things were

as things were he was fuckt. If it had been a joint occupancy he would have been fine. But it wasnay. It was in her name only. Anything else would have fuckt the giro. Bad enough with all these spook bastards sniffing around trying to suss ye out. Hitting that DSS with a fresh claim man it was risky, it was aye fucking risky; risky business. Ye were better steering clear – if ye could afford it; the trouble is Sammy couldnay; the options werenay there.

Fuck it, he had to get going, he had to get going; he would get going, it just took a while to get started; it's no he was lazy, he wasnay lazy, he just needed time to sort things out; once he had that right he could move as fast as any cunt; in fact sometimes he moved too fast for his own fucking good; that was how come he was in this situation. Typical, fucking typical. Nay wonder he didnay like moving fast man see when he did, he fucking

he fuckt things man, he just fuckt things, he fuckt things up.

Plus that radio was driving him nuts.

He turned it off. He found a cassette. But he didnay stick it in. He stood up and wiggled his shoulders about. Exercise is what he needed. He opened the the window two notches. Good feeling the wind and the air. Sometimes it was like the smell of the sea was in yer nostrils, probably it wasnay. but ye never know, Glasgow was quite close to the sea.

Unless it was his fucking feet man they must have been pure fucking mawkit. One thing about this being blind; there was that much going on ye didnay have time to think about nothing else. He felt like a pint and he had the money for a taxi to *Glancy's*, but he wasnay going. He couldnay face people; no yet. Plus he would have to explain the situation. He couldnay be bothered, he just couldnay be bothered. He had thought he might find out about Saturday but fuck it, what did it matter, it didnay fucking matter, either it was there or it wasnay.

Then knowing all these cunts were staring at ye and shaking their heads. All that fucking bullshit. Fuck it man.

It was Helen.

And there was that terrible sick feeling in the gut again and he clenched the eyelids tight shut man man man oh jesus his hands covering his eyes. There was something wrong man there was something bloody wrong it was all through him, he felt it, he couldnay get rid of it at all it was fucking there, right fucking there like it was smothering him from the inside out the way filling his fucking head. It was worse than he thought, definitely worse than he thought. Things man, they were fucking bad, they were bad

He got his legs and feet onto the settee, lay with his head on the side arm, trying to get comfortable.

It's like how ye get weary of it all. Everything. When that door fucking slams shut behind ye. I'm talking about when he went inside because when he came out he couldnay have telt ye if it slammed shut at all because he never fucking noticed, all he saw was the way ahead. But that second time he came out he was so fucking weary he didnay even make it to the end of the road. So fucking tired out man drained, he was so drained he just didnay want to know, telling you he was so fucking christ all he did was hit the first pub and fucking stayed there till he must have been well pissed but it was just cause he was knackt, totally knackt, he couldnay have cared less if the screws had come and got a grip of him and telt him there was some mistake, back ye go.

Christ that surprises ye because it doesnay surprise ye. Know what I'm saying? and that makes ye smile.

> after twenty years of marriage
> It's the first time you havent made the bed
> And the reason we're not talking
> there's so little to say we havent said

Fuck ye.

The feet needed a soak but. It was these stupit trainers being too wee. The toes were cramped and it felt like there was a jaggy nail digging into the side of one and it was probably bleeding for all he knew. It was these stupit wee things that were gony fuck him, cutting the toe nails and aw that. He was gony have to have a go but. What else?

He did need a fucking wash. A bath, a real yin, a lie down and a steep. Ye couldnay do much damage there; surely to fuck.

Mind you there was nothing wrong with going for a pint for christ sake it was a Friday night man know what I'm saying, he was fucking entitled. That was one thing ye did qualify for, a fucking pint on a Friday night.

Ach it was too late. If he was going he should have went.

He got up and shoved on a tin of soup, stuck two slices of bread under the grill. The music was playing. Okay:

the things ye could do and the things ye couldnay do; that was what he was thinking about. Ye couldnay write things down. Well ye could but ye couldnay fucking read them back again; ye had to commit them to memory.

Some fucking chance of that man he had a memory like a fucking sieve. Well he just had to learn. That was what it was down to, trial and error. There was a lot of bits and pieces, all needing attention. The stick as well, he had to get it painted, that was a fucking prifuckingority. He definitely had an auld 2½ litre tin of white gloss somewhere in the lobby press. But he would need some bastard to come in and fucking look it out for him because it was stuck in with a pile of other fucking tins and ye wouldnay be able to tell the difference.

He shoved another cassette in and waited. Snap. He couldnay listen to this yin either. Helen had a liking for romantic love songs. She denied they were romantic love songs but they were. There again

jesus christ he needed to concentrate to bloody concentrate. He needed to get things right, get them sortit. He lifted the grill pan out and felt the bread, just about ready. Another couple of minutes for the soup. She was probably away seeing her weans. Or else maybe away with that pal of hers from the pub. Sammy had forgot about her, the woman Helen palled about with. Probably she had went to stay with her for a couple of nights, cause she was fucking sick of him man who could fucking blame her, ye couldnay, she was dead right man dead right. People's lives. What do they know? they know fuck all. They can do even less. Mind you it was funny bumping into Charlie. No that funny, it was in a boozer down near Glasgow Cross and he was just back from a meeting. Good guy Charlie, still throwing bombs. Nice to see he had lightened up a bit. At one time ye couldnay talk to the cunt. A change of tactics but that was all it was. Some folk just keep going man they push ahead. And that's what the cunts dont like, they want ye to fucking do yerself in. See if ye dont but, see if ye go and fucking attack, then that's them man they're fuckt. Ye have to start looking on the bright side. Whatever: ye dont take it lying down – that's an invitation to stick in the boot man that's all that is.

Sammy buttered the toast. He was hungry. He was gony have to do a real shop, get in some real grub, a stack of stuff. Afore he went skint.

When Samuels went blind he was thirty-eight
he was thirty eight years of age
and the sun didnt shine
no that old sun it didnt shine
yeh he's going back down the road one more time
poor boy
going back down that road one more time

He sometimes did that, made up a song; the words came first then the music. Naw, that's fucking wrong, they came the gether; they came the gether.

The thing about Sammy, it isnay that he didnay like talking politics he just didnay want to feel guilty. Charlie aye made him feel guilty. In fact he didnay make him feel guilty at all, he tried to: he failed. So it was good seeing him more relaxed. Ye could actually fucking talk for a change. And they had some good stuff to talk about.

When Samuels went blind he was thirty-eight
he was thirty eight years of age
and the sun didnt shine
no that sun it didnt shine

Fuck it man he switched on the radio, lifted out the cassette. Sometimes the voices drowned ye out. The incredible lives being led elsewhere in this poxy country, like a fucking fairy story. Ye couldnay believe yer ears at some of the stuff ye heard. Ye go about yer business, eating yer dinner and all that, washing the dishes; and ye listen to these voices. Ye think fucking christ almighty what the fuck's going on. Sammy couldnay even see. He couldnay even fucking see man know what I'm talking about, and he still had to listen to them, these fucking bampot bastards. And ye get angrier and angrier, angrier and angrier, till ye feel like ramming yer fist through the fucking kitchen window and with a bit a luck ye'll slice right through the main artery, that big yin man that yin right there in yer fucking wrist, the big yin.

What does it matter. What does it matter.

He woke up, the radio was still going. His hand touched the fireplace; he was lying on the floor between the fire and the settee. His neck was stiff and he was sweaty. His own fault, he had stretched out on the rug. There was a scratching, maybe somebody working in the house through the wall, or else mice fuck sake and he was up onto his elbows, wee bastards, he didnay fancy them running ower the top of his face. Maybe it was rats. The building was fucking riddled with them. One time him and Helen were coming home and they were waiting on the lift, and when the fucking door opened one of them strolled out. How d'ye like it. Telling ye man bold as fuck, if it had been raining the cunt would have carried a brolly.

He got onto the settee and felt around for the tobacco. Some guy was on the radio, a caller answering questions on the phone-in line. What the hell time was it? Mice or rats; come near him and he'd fucking eat them, fur and all, bite their fucking heads off. They wouldnay come near him. Animals arenay daft, they twig it for themselves. Like these angry dogs ye see that try to intimidate ye with a look. Then when they look too long they see ye dont give a fuck, they sense it, so they leave ye alone. Cats as well, but they check the going's clear and give ye a snarl first. They know ye dont give a fuck. So they leave ye alone. One thing about animals, they always play percentages. Maybe no. Maybe it's a load of fucking shite. All these different ways ye have of kidding yerself on.

Sammy got up off his arse and went to make a last cup of tea before hitting the sack.

The Health & Welfare opened from 9.30 to 11 o'clock on Saturday mornings and there wasnay any quacks on the premises; receptionists and medics was all ye saw. Sammy went early to give himself a better chance of getting an appointment for Monday. Any bus from the main drag took him. At the corner of the street he tapped his way along. It was the second close. When he got near he kept his hand patacaking the tenement wall till he arrived inside. People queuing outside the door. He had the shades on, tapping forward slowly so if he did hit somebody it wouldnay be hard. His foot kicked an empty can. A woman spoke to him. She sounded auld. Ye blind son? she says.

Aye.

Ye wanting the doctor?

Aye well making an appointment.

Here, she said, taking his arm and positioning him. They'll be open in a wee minute.

Sammy leaned against the wall, propped the stick, trapping it with his hip; he took the tobacco out and rolled a smoke. Other people came in behind him. A man had started talking. His voice came from the front of the queue but ye knew he was wanting everybody to hear. Some kind of rubbish about fuck knows what it just made ye irritated to listen to the cunt. Then a woman joined in to back him up. Fucking wild. Sammy coughed twice and a lump of catarrh landed between his teeth. He was gony move outside to get rid of it but changed his mind and swallowed it down. He had felt a slight pressure against his right arm, up near the shoulder. It was somebody in the queue leaning into him, from behind; his shoulder was actually pressing against Sammy's and ye had to wonder if the guy had noticed he was doing it or was it just straight absentminded? it couldnay be a woman, that was fucking obvious.

Then it stopped. Ye got a light mate?

Sammy waited. It sounded like the guy was talking to him but ye couldnay be sure. He heard a low muttering and somebody chuckled. His fag had gone out, he dropped it to the ground and scraped his shoe ower where he thought it had landed, acting like everything was okay. There was more muttering. It would be great if they all introduced themselves instead of this fucking

It was amazing how exposed ye felt: Sammy had flexed his shoulders automatically and he knew he had done it because of the idea he was set for a thump in the back. He tried to relax. It was fucking terrible but; nay wonder ye were tired all the time. I'm no saying it would have been an intentional thump, just that it was there, the idea of it man it was there, it was fucking – it wasnay good, it wasnay good, the feeling.

When the door did open the auld woman took him by the wrist. He was gony ask if he could take her wrist instead but didnay want to create a fuss so he said fuck all except, Thanks missis.

She guided him through two doorways and onto a seat. He took off the glasses, rubbed at his eyes. He touched the back of his ears where they had been hurting. He had bumps here, he had always had them, even as a boy; they were probably natural. But the spoke bits of the specs aye seemed to rest on top of them and it got on yer fucking nerves. Unless the woman had selt him a pair that were too wee; her in the chemist shop, if she hadnay got him the right fucking fit. Folk dont always bother. The chair wasnay very comfortable either. A few months since he had been here last and unless things had changed all the chairs in the reception room were different; all shapes and sizes. Sometimes ye landed a good yin but more often than not ye didnay and ye were surprised the bastard didnay collapse under ye. There was even a couple of these crazy big ancient efforts with hand rests; other yins were just kitchen chairs and they were drawn in tight the gether so there was hardly any space between yours and the next yin, and yer knees were aye touching yer neighbour's; it was like being on the subway when it was chokablok, all the usual formalities were out the window; even nice looking lassies man they had to give up the ghost and let their thighs touch yours.

Ach it was good having a seat but who's kidding who. All these business type chores, ye just had to knuckle down, they could all be solved if ye were patient. It's no that Sammy was a patient guy by nature but he could be practical, and he was well used to getting the boring stuff attended to. If no he would be fucking dead. So getting a bus and all that, it was a fucking dawdle. Walking down the road? easy the peasie; on ye go, no fucking danger, the bold Sammy, how far, how fucking far, ye just take it

to the limit
one more tie-yime.

Sammy shook his head slightly, smiling. Later the auld

woman touched him on the arm: That's you now son, she, said. She led him to the counter.

Thanks missis.

Yes? It was the receptionist. She had one of these mental ding dong middle-class accents ye get in Glasgow that go up and down all the time and have these big long sounds. Eh just an appointment, said Sammy, for Monday morning.

An appoiointment? For Monday mawwrning!

That was the way she went; fucking wild.

Yeh, said Sammy, I need to see the doctor eh I went blind last week. I've to get a form off him for the DSS. They telt me to come this morning to make sure, cause it was important.

Wait a minute now would you, what's your name?

Eh Samuels.

Initials?

S.

And are you registered here?

Yeh.

For how long have ye been registered?

Eh

More then a year or less then a year?

Less.

Oh. And could a medical officer not give you this form?

No.

You're very sure.

I'll need to get examined first.

Examined! by the doctor?

Eh yeh, aye.

Mmmm. And it's the DSS who told you to come?

Aye.

Well could you tell me what you're complaining of?

Eh sightloss.

And it's from last week?

Right, yeh.

You havent been examined by a doctor?

Naw no yet that's how

And you want to see the doctor on Monday morning?

Yeh.

For an examination?

Yeh.

Do you know it's very short notice?

Yeh, sorry.

Because you see I'm not sure whether we can fit you in, I'm very sorry, but it's emergencies only when you're inside the three-day period.

That's how I've come in in person instead of phoning. I could only get to see the DSS yesterday afternoon, they've said it's crucial I get it right away.

Did they?

They telt me I was to get it without fail.

Without fail? I wonder what they meant by that?

It's because the police department are involved.

The police department?

It's a matter between the two of them. If there's any difficulty ye've to phone them.

I've to phone them? Phone who?

The police I suppose.

She sighed. I'll have to look up the book. You're telling me it's for a clinical examination?

Aye I mean that's how it needs an actual doctor. . . Sammy shrugged.

Mmm.

Aye fuck you too. Sammy heard her flipping over the pages. He hated these people. Naw he didnay, he just found them fucking stupit. He took off the shades and rubbed behind his ears, especially the right one which was sore, although it was the left yin giving him the noise problems; but there ye go.

Ten forty-five, she said.

Monday morning?

Is that not what you asked for?

Yeh, yeh that's fine, aye. Sammy stood for a minute then turned to leave.

Take your appointment card, she said.

Where is it?

The card was put into his hand.

Out in the close he rolled a smoke. He had decided: he was going for a fucking pint. These wee victories; ye've got to celebrate them. Otherwise ye forget ye've won them. Saturday dinnertime man come on, ye didnay have to be a fucking alky to fancy a couple of beers. Alright he had been itching. So what? It wasnay a big deal christ if ye couldnay have a pint at Saturday dinnertime ye would be as well throwing in the towel aw the gether. Fucking life I'm talking about.

But he wasnay going to *Glancy's* he was going to the fucking local man the bokel, that was where he was going. Wee boys and would-be hardmen. But so what; he wasnay in the mood for a wander.

He did have a hell of a drouth but being honest. Aye the same when ye've had official business and ye've went ahead and got it ower and done with. Usually ye're fuckt. Same yesterday when he came out the DSS, he had wanted to hit the first boozer. He didnay. He walked on past, gritting his teeth and breathing in. Mind you it wasnay hard to avoid; the pub was across the road from the entrance to the place and ye were never sure who ye were talking to, all these fucking spooks doing their assimilate-with-the-natives routine. Imagine getting drunk and blabbing in there man ye would wind up sindied, no more giros for you ya cunt.

A week off the bevy but ye couldnay grumble with that. Plus the fact Saturdays were definitely different I mean it was a tradition; even down in England. they done the same down there. Yer couple of pints with the telly sport; the racing, the football previews, the snooker; the crack was aye good.

Then on his way back home he would pick up some messages from the local minimarket.

Okay.

The sun. Sammy could feel it when he walked up the road. Nice time of year this, spring, especially late spring; when it came. The building trade wasnay a bad job then. If cunts left ye alone. But mainly they did. Unless yer ganger was an idiot they let ye get on with it. That was how Sammy quite liked it. The auld building game. He stopped to roll a fag but it was a bad idea with the breeze roundabout here.

This being blind, one thing he was gony miss; how the fuck can ye wander? Cause ye dont go out unless ye're going someplace, someplace in particular. Plus there's nay point wandering if ye cannay see fuck all and Sammy liked looking about, watching the office lassies and the shop lassies, these yins that worked in the style-shops; fucking beautiful man no kidding ye christ almighty see once summer starts! every year it's the same, surrounded by all these bodies; everywhere ye look there's long legs and tits. What ye call beautiful agony! Beautiful agony. Was there no a movie called that? There fucking should have been if there wasnay.

He had arrived at the top of the walkway and now tapped his way around between the building next to his and the wee line of shops inside the square. He needed a slash. Which was one more reason for hitting the pub. Except the hassle. It was gony be mobbed and as far as he could remember the toilet was down the left hand side. Maybe it wasnay. He would find it but, nay danger. Who was that blind guy in history again? Fuck me man there's a million blind guys in history. Aye but some special one. Was he no an officer in some army or other? Sammy could mind reading about him once in a novel. A French novel maybe. Or Russian. He sat on this big white horse and led the troops. Well he didnay fucking lead the troops, he just sat there like Chief Crazy Horse sending the team down to capture Colonel Custer – nay wonder they scalped the cunt with all that yellow hair he had

Somebody was talking and then stopped. It sounded like two or three folk, they were coming up behind him. He slowed down till they passed. The talking started again once they were ahead of him, and one of them laughed. Nay wonder ye wound up paranoiac!

Naw but ye hear cunts laughing and ye dont know what the fuck they're laughing about. All ye know is what ye know; that ye're wearing a pair of stupit sunglasses and carrying a fucking stupit stick, with these fucking smelly auld fucking stupit fucking trainers on yer feet ten sizes too wee for ye!

He bumped into a wall on his left, tapped on for a wee bit then stopped. What fucking wall was it? Where the hell was he? He had come up the steps from across the square. Five minutes ago for christ sake he didnay seem to be getting anywhere; maybe he was fucking going in circles. Ye cannay even walk for fuck sake know what I'm talking about ye cannay even fucking walk.

Right right right relax, relax. His fucking wrist was sore

but. It was cause there was nay handle on the stick. It was awkward.

So. What was he gony do now? Well he was gony walk, that's what he was gony do. Where to? Jesus christ. Amazing. Life.

Okay. The boozer couldnay have been too far from where he was cause he had come up the steps and hadnay banged into nothing out the ordinary – ye didnay count the wall, there was fuck all unusual about that. So he should have been on tack.

Fuck it man he wasnay gony go to the pub at all, he was just going home. And that was that. Hell with it. The minimarket for some tobacco, plus a loaf and a pint of milk, a couple of tins of stuff. Nothing ambitious. Then the lift and home.

It's funny the way ye get. Ye're better no thinking about it. Ye're better just to fucking

He turned back. It was the best thing. He transferred the stick to his left hand to give his right a rest, but he still wasnay very good with the left and a few steps on he returned it to the right. Plus the fact with his right he could keep in better contact with the wall. A dog barked quite close. Imagine if ye were blind from birth, ye wouldnay know what the fuck a dog was, all ye would hear was this woofing noise man it would be fucking horrendous, ye would probably think it was some crazy cunt instead! At least he knew what things were, what things were. A nightmare! Nah it wasnay a nightmare fuck off.

It wasnay too bad it was just christ almighty

Ye had to be careful; that's all. More careful than other cunts. Nothing special in that. Anybody with any kind of dysfunction, they would all be the same. Even just if ye had lost yer legs, ye would still have to be extra careful.

Nothing wrong with that. Ye just screwed the nut. And ye took it easy, ye didnay panic, it was too easy to panic, ye could feel it come on ye and ye just had to safeguard it, that it didnay happen, ye just watched yerself – ye were careful. He hit a space, tapped into it; he got to the wall and patacaked; it was a corner, he went round it and the wall was still there where it should have been a window, the chemist shop window. Ah well he was expecting something so fair enough I mean he knew he had took a wrong turning so okay man fair enough. It wasnay stone, the wall; it was some kind of metal and there was an empty sound when he slapped it. A car engine was revving. Unless it was the lock-ups. If he had took a wrong direction from the top of the walkway then that's probably what it was, he had went at an angle and blundered through a gap.

So he was at the back of the building across from his own. Which side but? Christ he wasnay even sure it was that building! Seriously but how ye did know? ye didnay; ye were just guessing. Well it was one or the other, there only were two; there was a third yin but it was a good quarter a mile away man he couldnay have blundered that fucking much. The car engine still revving. He tapped his away along in that direction. When he got close he called: Hullo there! Hullo there!

Whoever it was had a radio blasting; it was a sports' programme. Sammy shouted: Hullo there!

A guy called: Aye what is it?

The car stopped revving but Sammy still spoke loud: Naw just eh. . . I cannay see eh . . . I'm blind; I've lost my bearings. I've lost my bearings.

. . .

Any chance of pointing me round to the shops?

Nay bother my man nay bother.

Sammy heard him shifting tools then calling: You stay here. . . Then he was beside Sammy: Okay? he said.

Aye.

Right. . . He took Sammy by the wrist and they set off, walking slow. No a bad day eh?

Aye no bad, said Sammy, as long as the rain keeps off. I was heading for a pint but I took a wrong direction.

What ye wanting to go to the pub?

Naw naw, no now, naw, changed my mind: I'll be fine once I get to the shops.

Cause I'll take ye there if ye want I mean it's no a problem,

Naw naw ta, I'm giving it a miss.

Maybe just as well, said the guy, fucking drink eh!

Aye ye're no kidding. Heh d'ye mind if I take your wrist instead of you taking mine?

Naw not at all, on ye go.

Ta, I'm finding it easier this way.

Nay bother my man nay bother. Aye, he said, I'm trying to get the jalopy on the road.

Aw right, aye.

Heap of fucking scrap, being honest with ye! The lassie's getting merrit in a fortnight. Liverpool. Me and the missis are heading down for it. Fucking headache but and I'm no kidding ye. Even if ye do get it on the road, know what I mean, taking it all that distance! fucking murder – they motorway garages too it's a fucking arm and a leg. Be better getting a bus; cheaper in the long run as well. It's the fucking wedding presents – the house is stowed out with them; all the faimly and the neighbours and that – so I've got to stuff them in. Wells Fargo. Ye merrit yerself?

Aye, said Sammy: he couldnay be bothered saying naw.

The guy chatted on, walking him to the minimarket

door. If he hadnay opened the door Sammy might just have headed for the building. Instead he got the messages. Ye were supposed to do it self-service but it was the same guy as yesterday and he was good and okay about it and shouted on somebody to get the milk and bread.

So then he was on the last lap and into the building, pushing through the glass door. It swung shut then seemed to check and open again like somebody had caught it and nipped in behind him. He got across to the lift and found the button. He was thinking stupit things. He listened hard and heard nothing and nay wonder he heard nothing cause there was nothing to hear. Getting into the house would be good. He was gony go straight to bed. He would take the radio with him and listen to the football. Just lying down out the road, that was what he felt like. Out of danger. Ye just seemed to get panicky ower the least wee thing like the coordination got affected; cause ye couldnay see ye started hearing things. Then yer fucking imagination got to work.

He was cold too and that was funny; how the fuck was he cold? He needed to get warm, he needed to get fucking christ almighty safe or something, maybe he was coming down with the flu, maybe that was what it was. It would explain how come he was like this cause he wasnay usually like this man nervous as fuck. That lift as well for christ sake where was it! sometimes it took years. Fucking weans playing hide and seek. These bastard junkies man shooting up and keeping the doors jammed. It was coming. He took off the shades and shoved them in his pocket, stepped to the side and hid the stick as best he could. Two people came out. Okay, he found the thing and pressed it. The lift was moving. Great. That was what lifts done, they moved, the fuckers went up. Or down – depending on what button ye pressed, as the bishop said to the actress. The bishop said to the actress man ye wonder if there ever was a fucking bishop!

Christ, that sounded like his fayther, the kind of thing he used to say!

Nervous fucking nervous why was he so fucking nervous! ye wanted to fucking scream it man! ye were nervous, jesus christ. Ye had to cope but ye had to cope, ye just had to fucking cope, cope. The lift was stopping. The doors opened. And along the corridor, felt for the nameplate on the door. Thank fuck, he said when he stuck the chubb in the lock and it fitted. But lo and behold it wasnay needed. Okay. He shoved in the yale immediately, turned it, and the door opened. He pushed it and stepped inside, closed it. He called on Helen: Is that you? Helen!

Nay answer.

Helen. . .! This time he said it in a loud whisper: Helen! Ye there?

. . .

Alright man alright; he took off his jacket and hung it on the peg; it was just how folk could be in the house and how would ye know, ye wouldnay, ye would have to wander about listening for sounds; breathing and all that. Never mind. He put the bread and milk on the kitchen counter and went to the toilet. It wasnay the first time he had forgot to double-lock the door with the chubb. It wouldnay be the last. I mean for christ sake one day he had forgot to shut the bloody thing I mean actually shut it! He had left it open all the gether man, the fucking door I'm talking about. Just as well Helen hadnay left for her work. Wild.

Anyway. Every wee detail, ye wind up making a mountain out a molehill. A raving fucking loonie man that's what ye end up. Ye have to watch yerself. That was a thing inside. So many cunts were paranoid.

Stuff heavy on top of ye. Ye felt like pushing up the way, getting it to fuck off yer shoulders. Like that feeling ye get when ye stand at the edge of a cliff and ye look out to sea and the wind's blowing and a tanker's way out on the horizon and ye feel as if ye're really fucking out in the open and so christ almighty the opposite of hemmed in, the opposite

So what Sammy was feeling was the opposite of the opposite, in other words he fucking was hemmed in man know what I'm saying, hemmed in; and it was gony get worse, afore it got better; that was a certainty, it was gony get worse. He needed to do better, he really needed to do better. His entire approach had to be changed. The whole set-up. Everything. He had to alter everything. There was all these different things needed doing and he was the man. Naybody else. If he didnay do them they wouldnay get done. They wouldnay get done if he didnay do them. Simple as that. His life had changed. Ye had to accept it. It's like he wasnay accepting it. It's like he was going about as if he wasnay blind, as if he didnay think of himself as blind but was just meeting up with all these obstacles and fucking things he kept fucking bumping fucking into. His life had changed, it had changed. The sooner he accepted that the better. But he wanted his life to change anyway I mean it was fucking rubbish.

Ach he was going to bed. He was hungry but so what, the grub he didnay eat now was the grub he would eat later. Fuck Helen. Fuck her.

Sammy was in the living-room, about to get the radio and bring it back to the bedroom, but he left it where it was. He switched it on and sat down. Maybe he would paint the fucking stick. A whole week now she had been away. Nay wonder he was upset. Naw he wasnay. She could do what she wanted. It was fucking up to her. Ye're that long without people what does it fucking matter it doesnay matter, ye do without. He had been gony change his life too; even afore this shit, that was the whole point. He telt her too. Tried to I should say, it hadnay fucking worked. She took the needle about something whatever it was he didnay know cause she wouldnay tell him she just gave him the silent treatment. Sometimes ye wonder about women man I'm telling ye. It was a couple of days afore the row on Friday morning. Cause that was what it was: a row, a fucking row; so okay, the bold Sammy, he made the fatal error, he came clean with her. No totally clean but clean enough to mess things up. He was so used to no talking at all. That was the problem, usually he telt nay runt fuck all man nothing, fucking nothing. And that was the right way. That was what he was used to. And you get good at it, ye get fucking good at it.

It isnay even as if Helen was nosy. About his past and aw that, she never seemed to bother. She knew he had done time but that was it, past tense. So there was nay need to talk about it. It was just stupidity. He could have telt her nothing for the rest of his life and it would have been fine it would have been took for granted, nay danger, nay problem, on ye go. But he had to go and blab. But he was only doing it to show her it *was* past tense. Lying there in bed, her head on his inside shoulder, legs spread ower each other and her hand man that way fingering the hairs on yer chest so sometimes ye get the stupit wee fear she'll make knots or something.

Relax ya bastard.

He was fucking trying to relax. That was how it started.

He *had* fucking relaxed. A second go was on the cards and he was getting himself the gether. She was sleepy but he felt the need, wanting her to come as well. Okay, inexperience talking. Ye have to mind but a guy of Sammy's age, eleven years out his life, stunted fucking adolescent.

He felt so good but! so fucking good! Jesus christ.

He did, he felt really fucking

Ach. He was wanting to show her how stupit it was. How stupit he was.

Used to be! Cause it was ower it was ower and it was fucking done with. And lying there man he *knew*, he really did *know*. It was finished. All the crap. It was finished. His arm across her shoulder and reaching down, his hand on her side, just stroking her. Fucking peace. A time for the future. That was what it was. That was that fucking moment, the future! No the past: no the past. He brought that up. Well he didnay really; it was just to get to the future, he had to bring a bit of the past in, so he could get there, so it was out there and part of it and then he could really start – the two of them could, the gether. Cause he knew it was possible. But she didnay. She didnay think there was a future. That was her problem man she didnay think there was a future. She was just taking it as it comes, one day at a time. Cause deep down she thought they were doomed. No his fault, hers. She aye made a point of saying that, it wasnay his fault it was hers. There was something wrong with her, that was what she said; it was her kept failing; no him. Cause she had lost her weans. Her weans were taken off her. All that kind of shite. Cause that was what it was, shite. It wouldnay have fucking happened if he had been there man know what I'm saying that bampot bastard she was married to. Ye couldnay convince her but ye couldnay convince her, ye couldnay fucking convince her.

It made ye

yer heart ye know ye just felt fucking – plus yer belly; and if ye didnay watch it

Fuck sake.

Sammy wasnay experienced with women. Being honest. Ye hear these cunts in the poky. The big question never gets answered; it doesnay even get asked: How come ye're so experienced if ye've done all this time ya fucking halfwit!

Ach.

Just with Helen ye know ye were wanting to fucking ye were aye wanting to fucking protect her. Even thinking about it man.

Jesus christ. Where the fucking hell was the tobacco? ye can never find it man no when ye need it. It's always fucking

He rolled a smoke. A week away but that was a long time. Ye worried. Ye hear these stupit bastards inside. Ye listen to them. It goes in one ear and out the other. Fucking boasts; everything's fucking boasts. And ye get sick of it. Tales-from-the-poky, Lessons-I-have-learnt. It was stupidity it was all stupidity. Charlie was dead right I mean of course he was fucking right, ye think Sammy didnay know! It was Charlie that didnay, Charlie was the cunt that didnay. He just thought he did

Ye got angry about things and ye shouldnay, it was a major error.

People telling ye stuff. They always want to tell ye stuff. Ye're a dumpling. Ye're a fucking dumpling. That's how they tell ye. Even a guy like Charlie, when he tells ye stuff, his heart's in the right place but he wouldnay be doing it except cause he thinks ye dont know, ye're an ignorant bastard, a fucking dumpling; ye spend all these years inside but ye know fuck all about the system, know what I'm talking about, that's what they think about ye, ye're just a fucking

Ah fuck it man who gives a fuck.

Fuck the football, he reached for a tape. Some of these voices man they would drive ye nuts; grown men, know what I mean, raving away about football. The tape was in, he found the play-button.

Fucking Willie Nelson man that was the last thing he wanted. The first thing he needed and the last thing he wanted,

Auld fucking Willie.

Okay. Sammy had been gony turn it off but instead he turned the volume down low, almost so he couldnay hear it. But he still could, just.

It's cause times change. They change, ye know; some people dont believe ye. Well it's their fucking prerogative.

In Sammy's case it was the driving. In the case of his fucking stupidity. That's what these true-life tales of woe are about. The guys that tell ye them kid on it's all about fate and fucking bad luck but they're really talking about stupidity; theirs; nothing more and nothing less. Stupidity; that was how they landed inside. Fucking bampots: what they're boasting about is their own fucking idioticness. The way they tell it they want ye to see how it was all down to bad luck. Sometimes they try for a laugh but when they get a laugh it's cause the joke's on them. The number of times Sammy had had to listen to these stories. No just inside outside as well. Everywhere ye go ye hear them; there's aye cunts wanting to tell ye. They start off like they're gony come clean and let ye know they brought it on themself. It's a con but cause it's gony turn into a boast. They've got this need to tell ye how what happened to them was different to every other cunt. Every other

148

cunt's fucking stupit but no them. So they tell ye how their own wee operation was worked out; they had done the lot boy dont worry about that, everything ye could think about they had thought about, the lot, they had done it, all the major bits: then bang, wallop, fuckt. By something so fucking minor and petty there was nay cunt alive could have thought about it. Nay cunt in the entire world.

So the bampot that's telling ye the story works out an unlucky genius. That's what he's really telling ye man he's an unlucky genius who keeps getting fuckt by fate. If it wasnay for fate he would be up there in the bright lights wining and dining with Hollywood movie stars. The usual bullshit man the crap, all the crap, all the crap that goes on, ye get fucking sick of it it drives ye fucking nuts, having to listen to it; all the punchlines ye know all the punchlines; it gets ye edgy, ye get edgy, fucking listening to it, ye want to spew, it nauseates ye, yer belly; ye cannay look at them man, the guys that are telling ye, ye cannay look at them, ye dont want to see their fucking eyes.

Sammy was trying to get that across to Helen, the message, what like it was, how it worked. the stupidity. Women have to know; men have to tell them, they've got to come clean, about what it is. All the crap. In his case it was the driving, he had never got his licence. Fuck off, he couldnay drive man that was how he didnay have a fucking licence: he couldnay fucking drive. He had never fucking learnt. He telt Helen that. He telt her. So what? It was comical anyway. Ye think about it. If there's something to laugh about then laugh. It's no just he didnay have his licence, he couldnay get his fucking licence, cause he couldnay fucking drive. What happened was the bevy

it wasnay the bevy it was him, it was just him. He was ower Seven Sisters' way seeing an Irish guy he knew about a job. Some big hotel was getting a revamp, gutted out then rebuilt onto the auld outer facing cause of the heritage value subsidies or something. The job was there for the taking; the guy's word was good and he was talking for Sammy; so it was no sweat. So what happened was he got in the boozer ahead of time and wound up sticking his name down for a game of pool. So he won the first game and hit a lucky streak. It was just one of these fucking nights I mean he was never brilliant at pool. The crack was good as well but and he was enjoying it. When he finally got fuckt a guy called him ower for a quiet word; one thing leading to another, wee bits of the lifestory had crept in.

By the time the Irish guy put in an appearance Sammy didnay need a job, he already had one. Cut a long story short, he was an extra body making up for a guy that was no longer available. It doesnay matter what they were doing except it went well for five goes. Five good goes. They got captured on the sixth. So that was that. It was to do with driving but there's nay point in talking about it it was to do with the dutch thing and the gears. Okay. It was fucking crazy but cause it didnay have to happen, the sodjers didnay even know Sammy was there; he was out of sight, inside the motor. The rest of the team were already copped and the sodjers were set to call it a day. Then he switched on the ignition. Steve McQueen man it looks easy. He couldnay even get the fucking wheels turning; it fucking jammed or something, whatever it was. Seven years. Fuck sake man. Fucking crazy. He had telt it to a few guys. Sometimes it got a laugh and sometimes it didnay, but cunts knew what ye were talking about. Stupidity man that's what ye're talking about.

But telling it to Helen it sounded worse than stupit. As soon as he finished he knew something was wrong.

Cause she just lay there, no moving a muscle. He prattled on trying to make it better. Still she never spoke man she never said a word. Fucking hell. I mean the only reason he telt her was cause he wanted to show her how things had changed, how all that kind of crap was in the past. How he had fucking changed. That was the past and this was the future. But going to the future ye needed that as well, the past man know what I'm saying ye had to get it out and let her know I mean just fucking show her, ye had to let her see. How else do ye fucking do it? Then she turned onto her back. Christ almighty. It was as clear as day how he remembered it. Ye wanted to grab her and give her a shake. Like she wasnay fucking listening man she wasnay listening. she had made up her mind; she was away in her own head; what she was thinking had fuck all to do with him; cause she hadnay understood, he hadnay got it across, whatever the fuck, he hadnay said it right.

Then the silence. Helen was good at silence; the silent treatment man she was good at it. He thought she was away to sleep. But he knew she wasnay cause of her breathing. Then too even the way she was breathing. Just the actual way ye heard her breath. Ye wondered if she was letting ye know she was awake, trying to tell ye maybe, like she was giving ye every chance to make amends, there was still time to clear it up, the misunderstanding, if that was what it fucking was, then there was still time, it was now, now was the time; and if he didnay go for it then it was all gony slip away, the fucking lot, it was all going it was disappearing, slipping out his grasp: so fuck it, he launched right in, acting like everything was alright between them, like he was quite happy with the way the last thing had turned out and this one was just

fuck knows man but he telt her the auld yin about him

and Jackie Milligan. Thinking about it now, it was daft; ye had to admit it, he shouldnay have telt her at all cause it just wasnay a woman's story. Whichever way ye looked at it man it wasnay. There again but telling her the tale meant he was telling her about himself as a boy. Surely that was a part of it as well. A big part of it. That hadnay occurred to him at the time but fuck sake I mean either she was interested in him or she wasnay.

Fucking hell. Auld Jackie but, sad as fuck. He was still doing time, unless he was dead, probably he was dead. He was from Liverpool. What happened was he went to the Smoke to do a bit of business for people; then once it was done he had to keep the head down. So as a favour to the ones he done the business for this name-guy in Glasgow gave him a roof. So Jackie got to Glasgow and that was him for a few weeks out of sight out of mind. The trouble was he hadnay the patience, plus he had dough in the pocket. A good guy Jackie but he was a gambler, a bit of a mad gambler, being honest, that was his problem. Plus women, an auld story. So Ayr Races was on, ower thejumps. It was just after the New Year. So okay.

So the guy's been invisible for at least two months; the only thing he's allowed to do is put a line on in the betting shop now and again. But even that's a fucking rigmarole cause ye've got to be wary there as well. So anyway, he's fucking sick of it. What he does he bolts the course for a day at the races; the full wad in the tail; two or three grand he was holding. So he's only in the gaff ten minutes and he's latched onto this bird. He was a sharp dresser Jackie; quite a good-looking guy. Probably too the patter, him being a Scouse and all that. But what happens but he backs the first four winners. No kidding ye man in the space of an hour and a half he's went ten or twelve grand in front. Ye're talking twenty year ago, know what I mean. So the lassie, she's totally straight. She's only at the track on some kind of works' outing. She's never met a cunt like him afore, never. What happens then, after the racing, yer man, he's looking about, itchy fingers and all that. A game of cards man that's what he's looking for. So he jumps a taxi and tells the guy to take them to Aberdeen. Now the lassie's married. She isnay wanting to go to Aberdeen, she cannay; she's got to get home and all that. But Jackie's persuaded her, he's telt her he's got a message to go but it isnay a problem cause there's a last plane home and they'll catch that; nay danger. I mean there's nay fucking plane, no that he knew about. The way it was, the way Jackie saw it, about Aberdeen and all that it was his only chance. It's now or never, know what I'm saying; he's out this once, there's no gony be a second time. And he doesnay want the bold fellow, the name-guy in Glasgow, he doesnay want him finding out. So he's got to be back first thing in the morning, the crack of dawn. Ye see Edinburgh was nay good; too close, too risky; and he couldnay hit Newcastle either cause that's even riskier, the way he saw it anyway man it being England and all that. He telt Sammy he thought about going to Deauville in France but it was too tricky, too many hassles. Whatever, it had to be the now, right fucking now; he's got the dough and he's got the bird. So Aberdeen, on the taxi, whatever the fuck that costs. They book into a hotel; five-star room service and all that man the salmon sandwiches and the bottle of champagne; a quick shag and a shower then out. He finds this casino; he's got to drop the doorman cause of the 48 hour membership thing. But he gets it settled. Then he can relax. Whatever man it's done, know what I'm saying, that's that; from here on man fuck sake anything, okay, so he takes the lassie back

out to this high-class restaurant, no for nay reason, they're
no really that hungry I dont think it's just fucking part of
it, giving the lassie a bit of a go; so they have a drink and
a meal and all that, etcetera. Then the casino. Jackie wasnay
interested in roulette nor fuck all, blackjack; nayn of that
crap; poker was his game and he's heard stories about wild
money off the rigs. He's hoping to score an introduction.
That's the main reason how he's there, at the casino. So
he's sniffing about. Now ye've got to mind as well, never
mind it's Aberdeen man he's got to be wary, there's some
heavy people looking for him, and we're no talking about
the sodjers. Anyway, one thing and another, he scores a
contact; some big Canadian cowboy; there is a game but
it's outside the city, up the coast a few miles. Nay bother,
the cowboy gives them a lift. Cut a long story short they
get to the house and Jackie gets wiped out. The way he
telt Sammy he's unlucky but who knows; they were playing
stud and all that and there was the big last hand and he
gets fuckt on the last card out the pack. Whatever. It's all
fucking legit but so he's got nay grumbles. He comes out
the house about seven in the morning and starts hoofing
it. He's got about three quid in the tail and he's keeping
it for emergencies. So he's well down the road and he
remembers the bird; she's back in the house man she's
still waiting, sound asleep on a chair in one of the rooms.
But fuck it what can he do he's skint, he's fucking stony,
right out the game; she's better off making it herself, the
way his luck was running. The worst of it was the couple
of grand he started the day with, it wasnay his – well it
was, but mostly it was earmarked; one thing and another;
going invisible isnay cheap man know what I'm saying.
So he's desperate; half of fucking Britain's after him, he
doesnay need the other half. So at the wind-up he's made

contact with Sammy and ye've got to say Sammy's a wee bit chuffed, him being only 19 at the time, just turned. It so happens him and his mates used to hang about in one of the betting shops Jackie went to. Ach well, fuck it, so a couple of days later they're captured, the Lake District, roundabout there, nay point prolonging the agony. Sammy got four and done four. Auld Jackie, copped for the lot, the London stuff and the rest.

Fucking hopeless. Nay point talking about it. Ye shouldnay fucking talk about it. Nothing to talk about anyway it's fucking just

it's fuck all, it doesnay matter, ye know, doesnay fucking matter, just get it out the fucking road.

Helen; she went right in on Jackie. How the fuck did he get you! How the fuck did he get you. A nineteen-year-auld boy.

So fucking what, the guy was desperate, nay point in fucking going into all that.

But here he telt a lie. He telt Helen that Jackie was originally looking for Sammy's mate; he was looking for Sammy's mate cause he knew he was a good punter. Whereas it was Sammy he was looking for cause it was Sammy was the punter. It wasnay major money he betted but it was everything he had in his pocket. And Jackie had sussed that. So there ye go. We're all fucking desperate man know what I mean.

So that was that. That was fucking Helen man. Ye might have thought she would have got upset about the lassie left with the fucking cowboys but she didnay. She didnay seem to anyway. Fuck it.

The big freeze.

It all happened when he was a kid, that was what she didnay seem to understand. Plus ye're talking something that happened twenty year ago. And he was only fucking telling her to let her know he had changed! Jesus christ! Cause he was seeing a way ahead. For the two of them. There was things he was gony be doing and it was down to him and nay other cunt, that was what he was telling her. The whole fucking point of the story. He failed with the first yin and now the second yin as well man he had failed with that too; not only failed but he had made matters worse. If he had just fucking let her go to sleep.

It didnay fucking matter about the story. Even if it was all fucking junk. All he was doing was telling her he had changed. That was fucking all.

Okay.

So what ye do is dont blab. He knew that afore he started I mean he fucking knew that jesus christ. Okay, fuck it. Ye just cannay have it all ways. Some people seem to want that. Of course what he should have done man, what he should have done, he should have took her in his arms and gave her a kiss, he should have kissed her, telt her all the shit was finished. Cause it was finished, it fucking was. So he should have telt her. Ye kid yerself on man that's the problem. Ye get yer chance and ye blow it.

So then ye leave it. Ye have to leave it. I'm talking about once it's happened, once ye have blown it; then ye leave it. That's what ye learn. Stay sane at all costs.

So fuck it, the stick needed painting and now was the time. And Sammy was getting up off the settee. Nay bother. Okay.

Cause part of the trouble in getting from a to b was cunts no knowing the score. They didnay realise ye needed a help. The white stick and the shades, they would work like a passport.

He double-locked the door after him. He was taking

fuck all chances from now on. From now on man, from now on.

Along the corridor he chapped the door, and when it opened he said, Hullo.

Aye hullo son. . . . It was the same guy that lent him the saw.

Me again. Sammy said, The thing is eh – I'm actually blind. It sounds daft . . .

. . .

Naw that was how I borrowed yer saw yesterday, to cut the head off the mop – I'm using it as a walking stick.

Aw . . . right.

What it is, I'm wanting to paint it now so's it looks the part. So I was just wondering, see I've got some white gloss in the lobby press; trouble is I've got a few tins lying and eh I cannay tell which is which, know what I mean, sounds stupit.

. . .

Think ye could give us a hand digging it out? Once I get the tin it's nay bother it's just . . . it's making sure it's the right one.

Aw aye son aye I see what ye're saying, aye.

Great.

Aye christ . . . nay bother. Hang on till I get my shoes. Heh what's yer name by the way?

Sammy.

Sammy, that's right, aye, ye telt me; I'm Boab. I'll just get my shoes. Come on in a wee minute.

Eh

Just say hello to the wife and that, she's sitting watching the telly with the grandweans.

It's just I've left the door open.

Go and shut it.

157

Sammy hesitated again. See Boab what it is, I'm no wanting to be cheeky it's just eh I'm gony be going out and that and eh

It's only to say hello. Go and close ower yer door.

Sammy sighed. I'm wanting to get the stick painted.

I'll do it for ye son dont worry about it.

Aye but I want to do it myself I mean. . .

Right, right okay.

See I'm going out later, ye know, it's eh, being honest Boab it's the girlfriend, when she comes home. I was just wanting to get it ower and done and that.

Aye nay bother; that's what I'm saying but I'll do it for ye. A lick of paint I mean what's that, it's nothing; if ye give us a minute.

. . .

Just hang on and I'll get my shoes.

The guy went back inside. Sammy closed his eyes. It's only he didnay want to have to talk. If he went in and met Boab's wife then it would be that kind of situation where he would be forced to fucking explain the situation. Probably her and Helen already knew each other, probably they had met on the stair or something, in the lift maybe. It was just fucking complicated it was complicated; everything was fucking complicated. His belly as well man even just now, nerves; nerves. Christ almighty. He walked back along to his own door and stood leaning against the parapet. A dampness, it seemed like rain ahead.

Alright Sammy!

He opened the door and led Boab inside. What the fuck did it matter. Life was too short; time was too short. Nayn of it mattered. Boab had started yapping on. It was precise what Sammy had thought, his wife and Helen had already met. Fuck sake. Ye might have known. Sammy opened the cupboard door. It's in there somewhere, he said.

Pete sake Sammy ye've a lot of stuff in here! Boab chuckled. It's a right glory-hole. I'll switch the light on eh?

Aw aye on ye go. Sammy stepped back, listening to Boab shifting stuff about. He didnay want him shifting stuff about. It should be on that second shelf up above, he said, hard against the wall, can ye no see them? there should be a few tins.

Right!

Good.

Aye the white . . . I see it!

Thank fuck, muttered Sammy.

Where's yer brushes and that?

In the living room.

Boab got the tin down from the shelf, switched off the light and closed the door. Aye, he said, yer girlfriend was in having a wee blether with the wife.

Right.

A couple of weeks ago. She didnay say ye were blind but.

Naw.

Nice lassie. . .

Aye. Look Boab I dont mind painting it myself I mean christ. . .

Och away.

Sammy sniffed.

It'll no take me a minute. I know ye're wanting to do it yerself and all that but I'm thinking about streaks; ye're no wanting it all streaks. Plus ye're bound to miss bits. And maybe what ye're no thinking about's the floor, if ye spill a few drops and ye've got to give it a clean. Ye'll no even know ye've spilt them. Then yer girlfriend comes home from her work and ye're in trouble. Dont get me wrong son I'm no talking about henpecking, I just mean the paint'll go dry and it'll be a buggar getting it cleaned up; I'm talking about once it hardens.

Sammy held the living-room door open. He was gony let the guy batter on with it; plus what he said made sense – no that it fucking mattered, a few drops here and there, what difference did it make. Okay, he said, thanks Boab.

I'll just use these auld newspapers eh?

On ye go. . . Sammy got the tobacco and sat down on the armchair, he rolled a smoke. He had nay control, so he had to get used to the idea; so it was as well relaxing. Boab was a good guy, but that had fuck all to do with it. He just didnay want cunts nosing about the place. The last thing he wanted was the guy's missis at the door christ almighty he could imagine Boab telling her the state of the place and her wanting to come and tidy it all up, of course she wouldnay do that. She wouldnay do that; no unless she knew Helen was away. But she wouldnay know Helen was away. Except cause the place was clatty. And Boab would report that back. It was a fucking certainty. Just so stupit man so stupit; the usual, mountains and fucking molehills. Sammy sighed. Aye, he said, I didnay mention it but she's away a visit the now; the girlfriend, she's down seeing her weans.

Aw right.

Her first marriage and that, the weans live with her ex.

Ahh.

See they're at school and that so I mean she didnay want them to interrupt it, their studies, if she had brought them to Glasgow.

Aye I know what ye're saying.

He's alright but, her husband, her ex, I'm no saying nothing against the guy.

Fucking bullshit man Helen's husband was a total bampot of the first order. What was he saying all this crap for there was nay need for it it was just fucking nonsense, he should have stuck on the music. He cleared his throat and did that – the first tape his hand touched; it was Patsy Cline, he turned the volume down.

Where is it they stay? said Boab.

Sammy kidded on he hadnay beard.

Eh Sammy?

What?

Where do they stay? the weans.

Dumfries.

Aw Dumfries. . .! Aw.

How ye know it like?

Well no really son – ye're talking years ago, when the kids were wee. See me and Marie, we got the len of a caravan off an auld auntie of hers. A country place down south of Stranraer. Christ my memory's away, some bloody caravan site, on that wee neck of land. The Irish boat, I mind the Irish boat.

Sammy held the ashtray and nudged ash into it. Boab was a talker thank fuck. Off he went. When he finished the painting he was wanting to clean the fucking brush as well but Sammy said: Naw, honest, I'll do it myself.

Ye sure?

Aye.

Cause it's nay bother.

Naw Boab honest, I've got to get used to doing things myself.

Right . . . aye, I know what ye're saying.

I'm no an invalid aw the gether! Sammy smiled. I appreciate the painting but.

Och christ!

Naw serious, it's a help.

Ye'd have done the same yerself.

Naw but. . .

Och!

Sammy went with him to the front door. It wasnay that he didnay trust him, he did trust him. It was just

christ almighty. Fuck it. It doesnay matter, ye just dont take chances, ye dont take chances. That's all there is to it. Sammy went back into the living room. He switched cassettes then opened the window to let out the paint fumes, and the wind just about lifted the window out his hand, he fought to get the spoke into the hole. Christ. He leaned his elbows on the sill, feeling the draught on his face. Things were a palaver; he was gony have to get used to the idea

> leave me if you need to
> I will still remember
> angel flying too close,
> to the ground

Christ he liked that song. It was just fucking sad. Auld fucking Willie

He sat down on the chair and felt for the tobacco. Mind you, he could have done with a pint. That was a week now, a week without. Which wasnay bad considering he had dough in the pocket. He could have done with talking to some cunt too, talking honest; somebody he could trust. Just getting clear about things. The idea of the blanked out Saturday. Ye wondered about that. There was nay point but ye still did. That was how having a wee word with the Leg, just getting things clear. The trouble is if Sammy had blanked it then the Leg would probably have fucking blanked it as well. With a bit of luck. With a bit of luck.

He couldnay be bothered moving. What he should have done was hit the boozer and got himself a wee half bottle and a couple of cans, and he could have sat here, quite happy, just listening to the music – plus working things out, it was an idea to work things out. He just couldnay be bothered. It was an effort. Life. That was how ye had to keep going. What ye could control. If ye could control it, whatever ye could control. If ye couldnay control it then fuck it man what's the fucking point, there's nayn, ye're as well just

ye leave it, ye just leave. Know what I'm talking about, if ye cannay control it thenjust fucking leave it, forget about it.

I will still remember
angel flying too close

Fucking song man. Some of these songs. Funny how then yer belly goes. Sammy's fucking belly man it kept fucking going it kept fucking

it was into knots.

Later on he ran a bath. At last. Cause he must have been pure fucking minging man ye kidding – ten days without a real wash! fuck sake.

Plus the aches and pains. The hot water would do his body good. Then the bruising; probably there was a lot of auld skin to come off. It would be at the yellow purple stage. Nature takes its course, if ye let it.

He was using the radio to time himself. A good programme started from 10 till midnight and he was just gony lie there steeping and enjoy it. Then the auld fucking beard man the stubble, it was gony be at the hairy stage if he didnay watch it, and that would be tricky. He had a bit of a sensitive neck at the best of times. When he was a boy he couldnay shave without leaving scars and rashes all ower the place. Which wasnay helped by the auld man insisting Sammy used these ancient efforts where the blades came separate and sometimes if ye hadnay fastened them down right it was fucking murder polis man telling you blood flying everywhere. Sammy's brother didnay have to cope with it, cause Sammy had fought the battles and he just took the victories, by the time he started shaving the auld man had gave up the struggle and he was dished up a packet of fucking disposables.

All these fights with the auld man. It's a shame, when ye come to think about it.

What d'ye do but bringing up a family. Take Sammy's own boy. Ah fuck it, life, it can be awkward. And time passes. Then it's too late.

The trouble with Sammy's first wife was her mammy and daddy. Her mammy says this and her mammy says that and her daddy says this and her daddy says that. A nice looking lassie right enough, if ye didnay see the petted lip. That kind of lower lip on a woman man it's dead fucking sexy, then ye discover what it means: a petted bastard.

Ach she was just fucking young, ye're allowed to be young, fuck sake, I was young, we've all fucking been young.

He wasnay gony shave at all, he was gony grow a beard. He hadnay had one for years. Plus he didnay want to slice off his nose. While the bath filled he made a cup of coffee and rolled two fags, carried a dining chair into the bathroom and set the fresh clothes and stuff on top of it.

The water was too hot. He would just have to wait a bit longer.

Naw he fucking wouldnay man he would just run in some cold! Fucking auld man again for christ sake how come he was thinking about him all of a sudden? these moves to watch the dough, which included no putting cold water into hot because ye had paid for the heat. It used to drive Sammy's maw crackers. Ye spent half an hour waiting for the fucking water to cool down. It didnay even save money! It was just how the auld man hated giving cunts anything, especially the fucking capitalists. Ye pay for hot water, he said, so ye've got hot water, so ye dont fucking turn it into cold. Dont give them the satisfaction, fucking fat bastards.

Well he didnay say that cause he didnay swear. He did swear but no in front of the weans, no unless he lost his temper.

He turned on the cold again then got the clothes off. He climbed in using both hands on the rim of the bath, visions of misjudging it and his foot getting stuck and tripping. The 10 o'clock news roundup was on the radio. The usual shit. Plus the water was still too fucking hot and he had to run in even more cold afore able to kneel down. His bolloch drooped into the water. They aye caught it first. Nay wonder ye wound up with all these burst veins.

He lowered himself down a bit, reaching the point where if the door's gony go it aye fucking goes. Only he wasnay gony answer. Unless it was Helen. And she had a set of fucking keys anyway. Even her but if she had forgot the keys, she would have to wait as well. No unless she was wanting to undress and splash in beside him. If so he would consider it. On condition she promised to leave his body alone. Stop it Helen now that's enough, nay fucking tickling baby I'm trying to fucking steep know what I'm talking about cleanliness hen cleanliness! Sammy laughed. Soon he was sinking down under the water, sliding along till his feet hit the end of the tub. Safe at last. He lay there all warm and comfy, the world gone, all the trials and tribulations, out the fucking window, just him existing in the middle of a massive big ocean, a wee toty island, just lying there, a whale drifting by, the mind getting set off by the music, it was some kind of christian thing for christ sake that was the fucking problem with country man it was like the sally army ye had to put up with god for a fucking half hour, ye heard good fiddles and banjos and it turned out to be a jesus-loves-me effort

never mind, never mind; ye let it go and ye stop fucking ye stop

Aaahhh – the only problem being how ye're so vulnerable, just so relaxed, the ideal time for some cunt to reach ye – how easy it was, the ideal time, the ideal place, and he didnay have one weapon to hand; not one. He hadnay even shut the bathroom door. He hadnay snibbed the front door either more to the point. Hell with it man it wasnay a worry. But ye made wrong moves in life. It couldnay be denied. It was naybody's fault either, sometimes ye felt strong and ye battered on and done something. And it turned out wrong. Ye werenay as strong as ye thought. That happened a lot. So ye had to be on yer guard. Cause ye wound up getting soft; lackadaisical, know what I'm saying, ye took things for granted. Fucking stupit. One thing about this no-seeing carry on, it was a lesson, a hard fucking lesson. Once it came back things would change. And it was him gony do it. She had been wrong ower the argument. The one on Friday morning: it wasnay her place to tell him he couldnay go out earning. She had a

166

job so she made a few quid. He didnay. Fucking simple as that man know what I mean, basic economics. She had been out of order. She didnay have an argument. A pittance once a fortnight. How could ye live on it ye couldnay. She said it was alright cause she had her dough coming in but fuck it man ye're no gony kip up with a bird and then fucking let her pay for everything; he was never a ponce, yer man, that was one thing, he wasnay a poncing bastard.

So England. That was what he was thinking about now. When and if. If and when.

If and when. There was a difference. Nay matter what ye always came back to it, it was you, it was down to you, you yerself. Even this bath, that was good, a step in the right direction. Maybe he would shave. Cut the toenails. Even the fucking eyes man, the more ye thought about it, there was a good chance it was temporary. Probably a nerve in the spine had got tampered with; so all it would need was it to be retampered with. And once it was back. He had spoke about it afore to Helen; England. she wasnay against the idea; it was just the weans. she didnay want to be too far away. No till they were aulder. Imagine losing yer weans but! For a woman I'm talking about. Alright Sammy had lost his but that was different. Plus he saw Peter every now and again. She didnay. Auld Helen man it was a shame. Nay wonder she got depressed. Ye had to be grateful for small mercies. When ye think about it. Then again the boy was getting to that age; a bit of a worry; dope was the main thing; Sammy had seen too many cunts. The boy seemed okay but ye never know. Mind you if he knew Sammy was blind he would come and visit him. Nothing surer. But Sammy didnay want him coming visiting him. He didnay want him even fucking knowing. No the now. No till he had things sorted. Once he had them sorted things would be different.

He let his head sink beneath the water, listening to the loud roaring noises inside his skull. He had started thinking about some things he didnay want to think about. Life was awkward. More than awkward. Ye took these chances. Course he had aye taken chances. That was the way his life had went. Even as a boy, when he was into the gambling; the things he had done. Nay wonder the auld man cracked up. See when ye think about it. If ye had yer time ower again. Sometimes but ye had to smile; ye did. It wasnay something cheery right enough. In fact it was the fucking opposite, the opposite of cheery. Sammy just didnay seem to have the same nerves as other people. Like it was

bullshit man bullshit. He raised his head out the water. There was the music blasting. One of the few country shows ye got on the radio so ye aye looked forward to it, they played a lot of outlaw stuff and he used to tape it if he had a spare fucking tape, then when Helen got home he would replay it. She never went straight to bed when she finished the shift, she was aye a bit high and wanting to relax first, maybe talk about the cheeky bastards that had been in the pub that night, kick off the shoes in front of the fire, Sammy giving her shoulders a rub. Or else he stuck on the scrambled eggs and toast, the music in the background. No that she was particularly into country music, soul was her game. But some country was soul for fuck sake. She was beginning to see it now but it had took a while. Plus if he wasnay there, if he wasnay there she never listened to it. It was all these women soul singers. They all seemed to speak during the songs. That was what Sammy didnay like. Fine if they just fucking sang their song man

but they didnay, it was all this: Girls, you know the song
I'm gonna sing, if your heart's been broke in two, here's
what you gotta do,

> you gotta do the best you can
> with what you got,
> dont let your troubles get you down

Fucking shite man propaganda. Whereas country music
was for adults. Some of it anyway. That's how ye hardly got
it on the radio, they dont fucking like ye listening to it, the
powers-that-be, know what I'm saying, adult music, they
dont like ye listening to it. Mind you but this programme
Sammy was tuned into, the cunt that did his DJ had a bad
habit of talking ower the intros I mean they dont fucking
do that for the classical stuff, the cunts wouldnay dream
of talking ower the opening bits, the first movement, these
fucking MPs man they would ask questions in parliament
if they started that kind of carry on, the House of Lords
and aw that, there would be a fucking revolution man
these MPs and their constituents.

Sammy's bottle went.

For no reason.

Just that sudden feeling man right in the gut, right in
the fucking pit. He raised his head to listen. Then gripped
the sides of the bath and pulled himself up out the water.
It took a minute for the water noises to die down. Still
that buzzing in his ear too it interfered with things, if
ye were trying to concentrate; plus the radio was on too
loud – he had left the living-room and bathroom doors
open so he could hear it uninterrupted and that fucking
outside door man he hadnay fucking snibbed it for fuck
sake he hadnay even fucking snibbed it! imagine no even

snibbing the fucking thing! fucking idiot man, fuck sake, crazy fucking

Okay.

He breathed in through his nose, relaxed the shoulders. He should have snibbed it but that was daft, imagine forgetting to snib it. What would it have done but it wouldnay have done fuck all, if they wanted in man, if they wanted in they would fucking get in. End of story. Sodjers or fucking junky fucking shooting-up bastards, if they wanted in they would get in; simple as that. Hell with it, Sammy was up out the bath, gripping the sides, steadying himself, then ower and out. He dried himself. He got the clothes on, keeping it quiet, he sidled out and into the lobby, and across and into the living-room, straight in and flinging the door back; then he closed it. He stood still. The music blared and he heard nothing. His hand moved to the right, gripped the frame of the dining chair. He wanted to turn down the radio volume but didnay want to cross the floor to get it else he was gony be caught, caught in the middle, away from the door. Okay. He wet his lips to speak out loud but didnay; instead he reached behind, grabbed the handle and twisted it to open the door and was through and out, shutting it firm behind. Two things this done; catching anybody in the lobby by surprise, and any cunt left in the living-room would have to open the door or else abseil six fucking storeys. He closed the kitchen door. But he had nay weapon he needed a weapon. The lobby press. He went there immediately, rummled around for the hammer but couldnay find it, maybe Boab had shifted it, he kept looking a wee bit longer then came a loud chap chap at the front door and he turned too sudden, his forehead cracked against the jamb ya bastard he reeled back but caught himself from falling and went fast to the kitchen for the bread knife, it was in the drawer, he stuck the blade in his right trouser pocket, his hand gripping the handle, covering it. Okay. He was at the front door now. That was a fucking crack he had took man he felt the side of his forehead, half expecting a fucking dent in it; these things, know what I'm talking about

okay. He couldnay hear nothing. Fucking radio man. He listened hard. Nothing. There wasnay a spyhole even if he could have seen through it.

Water rolled down behind his ears. He was aware of his back, the damp; he felt up under his t-shirt, wet, he had forgot to dry it. He hadnay even fucking washed he had just

christ almighty, okay; he sighed, relaxed his right hand, his wrist. Maybe he was hearing things. Anybody there? he said, and said it again louder: Anybody there?

One thing was for fucking certain he wasnay opening nay fucking door man fuck that. Either they were there or they werenay. They would let him know. Okay. He snibbed the door. He got the chubb key from the peg and done the double-lock. He stayed there listening then turned away. Who gives a fuck. He shook his head, he kept his hand on the knife, he went ben the living room, found the radio and turned down the volume: there was a movement, from across the room.

If it sounds country it's a country song . . . is that right Sammy?

. . .

Ye wanting to lay down the knife? Or what? Eh?

I think ye should do like the man says, said somebody else.

Sammy licked his lips then sniffed and shrugged his

shoulden, laid the knife on the coffee table. Self defence, he said, it's nay crime.

They gave him a minute to get ready then fixed the bracelets on him from behind. Another couple were waiting outside on the corridor. When they got him into the van he was squashed between two of them who carried on this stupit conversation across his head. The droning noise in his left ear was terrible and his left eye seemed to be sticking, like the beginnings of a sty. What else, fuck sake, he wanted to scratch himself and couldnay. This is out of order, he said, these fucking bracelets. I'm no gony run away.

Somebody chuckled.

What about a smoke?

Sammy ye're such a macho bastard, a credit to us all.

I'm only asking for a smoke, yer worst enemy, know what I'm talking about? the blindfolds and aw that.

Shut up.

Sammy shifted his shoulders, easing the strain on his arms and wrists. Nay point bothering with the bastards. Nay point getting angry. Nay point fuck all. He wasnay going naywhere so just relax. He would be sitting here till they decided otherwise, it wasnay down to him. So the pulse-rate. And only this blackness man it gave ye every chance, the auld concentration, nay visual interferences. A guy once showed him the ropes. It was based on breathing exercises. Especially good if ye were a smoker cause it helped clear yer lungs at the same time: what ye did was ye breathed out as far as ye could go then ye held it for a wee while, then blew out again; then ye breathed in slow, through yer nose; ye just took in half of what ye normally took, then ye did the same a couple of breaths later; then a couple of breaths later again: and ye carried on till ye forgot all about it. Good for awkward situations. It wasnay even a guy in the poky telt him it was somebody he laboured with on a building site. Stoor everywhere. Fucking clouds of it; auld asbestos man everything. Up yer nose and down yer throat. When ye spat up first thing in the morning it came out like a lump of fucking dross. But it was to calm ye down, that was the real reason ye done it, so ye didnay lose yer temper. The trouble was ye didnay always mind, so ye were liable to lose it afore ye begun. But the last thing he was gony do was lose the temper, the situation he was in, fucking wild man. Nay specs and nay stick either. Nay fucking tobacco. But at least if he had had the shades he could have shut the eyes and dozed off, naybody would have been any the wiser. As things stood he wouldnay chance it; too fucking exposed. He breathed in through his nose; then out, out as far, as far

The bracelets had been switched to the front when the questioning started. There seemed to be a few of them in the room; they were wanting to know about the Friday, from how it started. the lost weekend. Their voices came from different places and it sounded like they were moving about the room when they were talking. The computer was going overtime. He took it stage by stage to start with. The tiff with Helen and aw that, it began ower something stupit, no worth talking about, in fact he could hardly even remember what it was about it was that fucking petty. He just thought she was away to work early; something like that. He was expecting her home late, the wee small hours. That was a problem for him, her being out working at nights, especially at the weekends, especially if he was holding a bit of dough. It was too tempting for a guy like Sammy. He wasnay a homebird. He wasnay used to it. So he liked going out, he liked the pub, no just for the bevy, he liked the crack as well, hearing the patter. Even considering ye were home three years, ye still enjoyed it.

I'm no kidding ye, he said, even just out walking first thing in the morning, ye forget where ye are, then that first Glasgow voice hits ye; it makes ye smile, know what I'm saying, cause it's a real surprise.

And ye feel good, ye know, ye feel good, cheery. Then in the pub christ ye dont mean to get drunk. Ye just go for a jar and ye wind up having one too many. An auld story but true. Ye meet guys and ye sit on blethering. That Glasgow scene man cunts buy ye drink and ye have to buy them one back.

Dont use the word 'cunts' again, it doesnay fit in the computer.

. . .

Okay so ye're telling us yer girlfriend didnay come back. And so ye went back out; ye hit a betting shop and backed a few winners, so then ye hit the boozer, and that's that, end of story.

Till I woke up Sunday morning, aye.

Ye got pissed.

I was off the bevy a couple of weeks, so maybe it hit me worse than usual.

Or else ye were drinking more than usual?

Aye cause we dont have that many bad rows me and her, that's what I'm saying.

Plus ye were depressed.

I was depressed, aye, no being able to get a job and aw that, the usual.

What makes ye think it was a bad row? Ye says it was a tiff now ye're saying it was a bad row. How come?

Cause it doesnay happen often, we get on good the

174

gether, so when it does happen ye call it bad, cause it upsets ye. I was upset, that's how I hit the bevy.

And from then till the Sunday morning all ye can mind is patches here and there?

That's right.

What kind of patches?

Eh?

Ye're saying patches, what d'ye mean exactly?

I mean. . . Sammy stopped. The guy doing the keyboard had also stopped. They were waiting. A silence went against ye. Sammy shifted about on the chair, easing the bracelets. They're bloody sore, he muttered.

The patches Sammy what're ye talking about?

Do ye mean what do I remember?

That's correct.

I'm no sure, I just eh

. . .

Last week ye says ye were with a drinking buddy.

Well I was, the Leg, I telt ye.

Okay and ye spent the night with him?

The Saturday as well.

So that was a clear patch was it?

Eh. . . Sammy had turned his head; usually there were two of them asking the questions but sometimes this other yin butted in, and it was him had spoke last; his accent sounded a bit English.

You mentioned clear patches.

I'm just meaning occasional wee clear bits.

Good, concentrate on them, the wee clear bits.

Somebody chuckled.

Can I smoke?

Ye said yez met a couple of blokes during the course of the day.

Ah well if ye drink in the area, know what I mean, ye're bound to meet people.

Who?

Who?

Who?

What're ye wanting the names!

. . .

Sammy shrugged. Billy somebody.

Billy somebody?

Aye.

Ye met Billy somebody?

I dont mind his second name. Then Roberts – Tam, Tam Roberts, we met him as well.

Yez met Tam Roberts?

He works down the market.

What doing?

He's a hawker.

What does he hawk?

I dont know. Bits and pieces. . .

Bits and pieces. And is that how yez met him? bits and pieces?

We were pub-crawling, we met him in the pub.

Was he hawking to you or were you hawking to him?

. . .

Silence was the answer.

I dont know what ye're meaning. Sammy sniffed. Nay chance of a fag?

So these two men, the famous Billy somebody and the market salesman: who else?

Being honest mate I couldnay tell ye; like I said I got drunk quite fast.

A seasoned hand like you?

Well ye know how it goes, the more the drinker the easier he gets pissed.

So that's how it goes.

A wealth of information.

And ye met them today?

What?

Today, ye met these two men today?

What ye talking about?

He's interested by the question.

I didnay meet anybody the day.

That's hard to believe. Eh?

Mister Samuels. . .

What?

Speak when spoken to.

I dont always know when it's me ye're talking to, that's the problem.

That's what problem?

My problem.

Your problem?

I just hear voices, yez're coming at me from all directions.

Do ye think we've got an unfair advantage?

Sammy smiled.

You'll notice about Mister Samuels, he's got his wits about him.

Smart.

A smart chap; so let's stick to the wee clear bits. About this Billy, the illustrious Billy, what about him?

He wasnay a big guy.

Oh.

He was weer than me I mean. I think he might have had brown hair.

Did he tell ye that?

I remember it.

And blue eyes?

Might've been, I didnay notice, but I'm fairly sure he had brown hair. He was definitely weer than me.

He telt ye that like?

I remember it.

I thought ye were suffering sightloss.

Sammy sighed.

I mean that's what ye've been going about telling people. Plus the innuendo, being honest, ye're a bit of a scandal-monger. We've been reading a statement ye prepared with our colleagues and it makes quite a nasty story.

I changed my mind.

Rottweilers, that was what ye called our colleagues.

I was angry at the time, know what I mean, the heat of the moment; I probably exaggerated.

Ye probably exaggerated?

Aye.

Ye more or less says it was our colleagues gave ye the sightloss.

. . .

Silence was the answer.

It's no that, said Sammy, it's just that I cannay remember all the details. You've got the statement, I've no; even if I did have I couldnay read it.

A guy as clever as you! I dont believe it.

. . .

Mind you he's not always very precise. And he retracks statements. Have you noticed that? as easy as he makes them, he retracks them. Dont you Mister Samuels?

What?

What?

. . .

I'll tell yez what I'm interested in, and I'm speaking

purely as a betting man, it's what winners the guy backed. Sammy here I mean he says he's backed all these winners. I'd like to hear what their names were.

Eh. . .

Eh?

I'm trying to think.

See if I back a winner I remember it, it's only losers I forget. It's a bit like meeting a comrade ye havenay seen for a while, ye might forget his name, but the one thing ye dont forget is the fact ye've met him. I'm talking about afterwards, in the cold light of morning, give or take a loss of memory here, a loss of memory there. So I mean my question to Sammy, to you Sammy, what winners did ye back?

It was favourites, I didnay name them.

Ah.

I just timed the races and marked them with a cross.

Is that cause ye're blind?

Naw.

Illiterate?

Naw.

What betting shop were ye in?

Eh I think it was that one in Queen Street.

There's two in Queen Street?

I think it was the big yin.

Ye think it was the big yin.

Aye.

Ye were in the big betting shop in Queen Street and ye backed a few winners, favourites, and ye dont remember any of their names.

I think one of them was a Prince something or other, Prince Regent; something like that.

Was the Leg with ye?

Naw I met him after, when I came out.

And did ye tell him ye had bet winners?

Probably, cannay remember. Depends.

On what?

Sammy shrugged.

So what about this Billy somebody and Tam somebody, did ye tell them?

Naw, doubt it.

It wasnay important?

No really.

And was this Billy somebody and Tam somebody, were they together or were they separate?

What?

When ye met them, were they together?

No that I remember.

So who did ye meet first?

I think it was the guy Billy but maybe it was Tam.

What pub?

Aw christ now ye're talking, we were hitting them.

What was the first one ye hit?

I think it was *Campbell's*.

Campbell's! That isnay Queen Street. It's a long fucking walk from there to *Campbell's* I mean if ye're wanting a pint and ye're in Queen Street, ye're no gony walk all that distance. But you did?

I quite like the pub.

How?

I just do.

Aye but I would have thought if ye were a bevy-merchant, I would have thought it'd be a quick swallow, the quicker the better, so the first pub or else the second. Especially with all that poppy in yer pocket.

. . .

Eh?

Customer declines to answer.

No really.

No really what?

It just depends.

And ye think that was where ye met these two guys?

Probably but I'm no sure.

Ye're no sure?

No totally.

So how much did ye win?

Enough.

How much?

A hunner and twenty.

A hunner and twenty. For a guy on Community Gratuities that's a fair wee turn Sammy boy but you dont even seem impressed. Course you've been around, I was forgetting.

Yeh he's done his time this man we shouldnt underestimate him, he's got a reputation. A mean man in a corner.

Big time, yeh. The interesting thing is – I'm talking about for an ordinary guy like me – it's how he walks into this betting shop and backs all these winners and then just calls it a day. Now I find that interesting. Cause it means he's no a mug.

Well I'm not a gambling man serjeant.

Yeh but I am ye see and what it means is he knows when to stop. So just for the record: here ye have a guy with the kind of form he has, and he's no a mug when it comes to punting; now he walks into a betting shop and wins a few quid on a bunch of horses he says he doesnay know the names of; and then he calls it a day roundabout three o'clock on a Friday afternoon, when there's still all sorts of racing left. Plus he's done it in one of two betting shops in Queen Street and they're gony have a record of the day's transactions unless they're working flankers for tax-purposes, and yer man here, well, a bright guy like him, he's bound to know that, he's bound to know these betting receipts are gony be lying there if anybody wants to go and check. . . Then he walked half a mile for a drink when there was pubs on every corner along the route. Eh Sammy? Is that about right? what I'm saying.

Yep.

Yep! What does that mean? Yep!

It means yes.

It means yes, mmhh. Ye're still sticking to the betting shop story?

I sometimes go into pass the time. Especially if the weather's bad.

Ah, advancing information; note that. And then, well, and then he meets with Mister Donaghue otherwise known as the Leg, and the strange thing here is how Mister Donaghue doesnt recollect any Billys and he doesnt recollect any hawkers.

. . .

Did you hear that Mister Samuels?

I didnay know he was talking to me.

Chuckle chuckle.

But what Mister Donaghue does remember is, that ye met a guy ye were previously acquainted with. Is that no funny?

I dont know.

Ye dont know?

I've already telt ye what happened, the way I remember it, it's on yer computer.

Yeh it is on the computer, what you've said and what your drinking buddy has said. He's got no recollection of any Billy somebodys. No Billys at all in fact. That's what he said to us. In fact it's what he didnt say to us, he said other things to us but Billy was not one of them. And neither was the hawker – what did you call him?

Tam Roberts.

Tam Roberts, the political, that's correct.

. . .

Eh?

It's you the serjeant's talking to Mister Samuels.

Sorry.

. . .

Well?

What?

Tam Roberts, he's a political?

What d'ye mean?

Ye're saying he's a political?

Sammy smiled.

What then?

I didnay say that.

Aw, must've been somebody else.

. . .

So what did ye say?

I didnay say he was a political.

We're no asking what ye didnay say, it's what ye did say, that's what we want to know.

. . .

Customer declines to comment.

I'm no declining to comment I'm just trying to remember what it was I said, I think I said he was a hawker. I know he works down the market.

What doing?

Sammy shrugged. Buying and selling.

Buying and selling what?

Bits and pieces.

And you just bumped into him with all that money in yer pocket?

That's right.

Ye're sure about that?

Aye ... well, I mean, apart from what I says, I was bevied, I could be wrong, but I dont think so, no about this.

So the Leg's wrong?

What about?

Dont be too clever Sammy.

Look I'm no trying to be clever I'm just trying to get it straight, even for my own head I mean christ I dont like having blank-outs. What I'm saying is I was half-cut and my mind wasnay concentrating, cause I was worried, upset, cause I'd had a row with my girlfriend, a tiff, more than a tiff. Probably there was a lot of people I met, I dont know, I cannay mind. I'm no saying the Leg's wrong. But maybe he is. Or else maybe we're both right but it was just differences in time or something. We were both steaming, know what I mean, we were hitting it, cause of that extra dough I had christ I was just filling up the glasses man that's what I was doing, so who knows, who know, being honest, I couldnay tell ye who I saw and who I never saw. That's what I'm saying, I blanked out. Then I was captured by yous guys.

On Sunday morning.

On Sunday morning, that's right, it's all down there. Sammy sighed; he moved his shoulders in a circle to work some of the stiffness out; he wriggled his wrists. He sighed again.

Ye've nothing more to add?

No really.

Nothing at all?

Well like eh I mind once banging my head off a lamppost and the Leg went into knots. I think that was the Saturday morning. Ye see cause it was like a joke to him, me banging my head on the lamppost cause I was staggering; cause it's him with the bad leg but there ye are it was me doing the staggering, so I mean I mind that. Plus this lassie singing a Patsy Cline number, some karaoke or something – maybe it wasnay a karaoke. maybe she was in a band, I cannay mind, except she was bloody good man a rare chanter. I think it was *Crazy* she sang, but maybe it wasnay. Some of these karaoke turns they're that good ye dont know if they're professionals just out for the practice.

Sammy ye're a cheeky bastard.

I'm no meaning to be, I'm just telling ye the way it comes. Sammy sniffed, raised the bracelets, rubbed at the side of his nose with the knuckle of his left hand.

Anything else?

I think on the Saturday night somewhere there was a guy Stewart, Stewart Mure, he drinks in *Glancy's*. I seem to mind seeing him and his wife. He's a good chanter as well, he does Beatles' numbers and Otis Redding, that kind of 60's stuff. He's good but.

Anything else?

Eh. . . Sammy frowned. He shook his head, relaxed his shoulders. It's just I'm getting stiff mate sorry, sitting too long on the one spot. I'm getting quite a lot of pain the now. It isnay just the eyes; my ears as well, plus the ribs. That's how I went to the doctor this morning

ya fucking blawhard bastards ye want to see cheeky I'll fucking show ye cheeky

Sammy sniffed. So he could give me a check-up. I just want to know I'm okay, a medical opinion and all that.

. . .

185

I'd love a fag but, that would be good.

Ah ye're such a hard man Sammy.

I'm no trying to be. It's just yez didnay give me enough time to lift my tobacco; I was just out the bath.

He was lying awake. Another guy was in the cell with him. He made nay attempt to talk. No that Sammy minded. He wasnay in the mood for wee stories-from-the-police-courts. Fuck me but he felt auld. Too auld for this carry on. The last thing he needed was another stretch. He wouldnay be able to handle it. That was the truth.

Naw it fucking wasnay; ye do yer crime ye take yer time. All in all he had done eleven years. They rolled off the tongue. What does it sound like.

It's a life. It gets transformed into part of yer own. It can do anyway, like it did with Helen. She was a hell of a woman for taking on yer problems, and then they became hers. Your time was her time. But it wasnay fucking her time at all; she had nay right to do that. She got depressed. Nay wonder she got depressed. But we all get fucking depressed. And he wasnay fucking keeping her man, if she wanted to go, know what I'm talking about, fuck off.

Okay ye get angry at things. And there's nay need to. Just sometimes ye wished

Ye wished!

Naw but ye think of what ye're reduced to. It's like a nightmare. Each time ye wake up it's at a new stage.

But it couldnay get worse than this. He was really fuckt now. This was the dregs; he was at it. He had fucking reached it now man the fucking dregs man the pits, the fucking black fucking limboland, purgatory; that's what it was like, purgatory, where all ye can do is think. Think. That's all ye can do. Ye just fucking think about what ye've done and what ye've no fucking done; ye cannay look at nothing ye cannay see nothing it's just a total fucking disaster area, yer mind, yer fucking memories, a disaster area. Ye wonder about these things. How come it happened to you and nay other cunt? He wasnay ordinary, that's the thing man, Sammy, he wasnay ordinary, cause if he was fucking ordinary it wouldnay be fucking happening. That's how ye've got to look at yer life, what ye did that made ye different. And it's all fucking bastard fucking flukes man fucking coincidences. Even going blind. Although it didnay just HAPPEN I mean it didnay just HAPPEN; fucking spontaneous, it wasnay spontaneous, it was these bastard sodjers, it was them, stupit fucking fuckpig bastards.

Ye think about it but! Everything had went wrong! His whole fucking life! Right from the kickoff! It all went fucking wrong! Even the most stupitest things: they went wrong too! Ye felt like asking some cunt. How does it all work? How did it happen to me and no to him! him ower there, how come it didnay happen to him; that cunt, him ower there.

Ye just

The one thing he had going for him was her. Her. That was the one thing. She was it man. See when ye come to think about it, she was it, she was fucking it. There was nothing else man. Sammy had fuck all! Jesus christ. That was the fucking strength of that. He was nothing. He was fuck all. He had hung on and hung on. That was it. He had hung on and he had hung on too long. And she had got fucking sick of it. If she hadnay went last week it was next week. And ye couldnay fucking blame her man know what I mean like christ almighty she had probably met some young cunt, somebody that went to the pub, a customer; some smarmy bastard, he had probably got off with her. And they fuckt off the gether. That was the fucking story. Just as well she had went afore this, afore this fucking shit man this fucking blind shit, fucking blind blind blind fucking blind man blind a fucking blind bastard, a walking fucking

a walking fucking

fuck knows what.

The other guy farted again. This is what he was doing. Farting in his sleep.

Sammy was gony have to think, he was gony have to think. What had that cunt Charlie been up to? Fucking hell. Ye wonder about him man at his age still fucking throwing bombs ye have to wonder. Forty years auld for christ sake. It's no even as if they were asking much, just for him to say he had met him, it wouldnay be much more than that, just saying he had met him. Wanting to confirm some fucking bullshit.

The Leg had been blabbing.

No necessarily. Cause he didnay know fuck all. He was a dumpling as far as that was concerned; politics. He thought he knew but he didnay. Charlie was a stranger to him. A stranger to Sammy as well but that was the problem.

Naw it wasnay. That wasnay the problem. There wasnay a problem. There wasnay a problem at all.

That was what the fucking problem was! Know what I'm talking about! That was what the fucking problem fucking was. Jesus christ.

Sammy smiled.

Fuck it but he was tired, he was just bloody tired; knackered and drained, knackered and drained; nay energy; nay fuck all; he just wanted to sleep, to sleep and then wake up; refreshed and fucking enerfuckinggetic, enerfucking-genetised. Mind you that was something about this being blind; how ye were so knackered all the time, it was cause ye were using so much fucking muscle power in every other direction, the compensation process, all this groping about ye were doing and fucking knocking fuck out yerself off cupboards and doors and fucking lampposts man ye were fuckt, nay wonder ye needed to sleep all the time.

Helen would get him out of trouble. Where the fuck was she but I mean ye had to put these questions, cause that's what they were gony do, nothing surer, like if something bad had happened man ye had to start asking yerself, ye had to start, make a start at it, ye had to man, these questions, ye had to, ye had to put them, if like she was dead or something if somebody had done her in man ye had to say it. Get it out. Ye had to: if some, if some guy, some guy man if some guy fucking, if some bastard had so much as touched a hair on her head man, one fucking hair on her head man that's all, that's all it would fucking take, so much as touched one hair on that lassie's head man

Ye see it from their point of view but the polis christ almighty ye've got to help them out; ye've got to, it's a fucking

when it's something like that man a disappearance, suspicious circumstances, what do ye do? a fucking

The bastard blankets, itchy as fuck on his neck and chin, stupit whiskers; he was gony shave, fucking beard fucking hippy bastard that was coming right off; first thing; as soon as.

Ye see it from their point of view but. Plus the form he had. Staying with her and all that, the bad row.

These bastards. And they could pick out anything they wanted. See when ye thought about it. Even staying in the house; he had nay right, nay right at all; they could charge him with that man illegal entry, if they wanted. Any fucking thing.

Aw christ he was tired. How the hell could he no just drop off! just fucking drop off. It was his back, it was sore, he couldnay lie on his front cause of the bracelets and he couldnay get comfy he just couldnay get fucking comfy, know what I'm talking about fucking comfy, comfy fucking comfy he was fucking fuckt man he was fuckt, that's what he was, fuckt, fucking bastarn good night, good fucking night, if he could sleep, if he could just sleep; but how the fuck can ye sleep if ye cannay get comfy? It's a straight question. Fucking pong as well, the phantom fucking farter man he was at it again.

The guy was pacing. It was irritating behaviour. The feet sounds kept getting nearer then away and then back again and Sammy's head got filled with it, his brains working in terms of it, so just about every memory he had connected with it, this fucking feetsteps, getting affected, and it done yer head man it done yer fucking head

What was it like at all! Maybe if he had been able to see. But he's fucking lying there in this fucking blindness, this fucking utter black fucking . . . fuck knows what, fucking limboland.

Heh gony sit on yer arse. . .

Eh?

I said gony sit on yer arse, I'm trying to kip.

The guy did what he was told. Probably he was a grass anyway the cunt. Sammy turned onto his side and tugged up the blanket. But what seemed like less than ten minutes later some bastard had him by the shoulder and he was having to drag himself up then getting marched out, trying to hold onto his fucking trousers, the trainers still lying under the stupit fucking bunk.

Ye've got a cupboard full of dress-shirts. Still in their cellophane wrappers.
  I bought them.
  Ye bought them!
  They're all different sizes.
  We know they're all different sizes Sammy.
  Somebody else in the room started laughing.
  I bought them cheap.
  That's a surprise.
  Cause I thought I could punt them.
  So where did ye buy them?
  A couple of weeks ago.
  . . .
  Off a guy in a pub; he got them at a fire-salvage auction; that's what he telt me anyway.
  Did ye believe him?
  Well I mean I had nay reason to doubt him.
  What were the grounds?
  Eh. . .?
  If you had no reason to doubt him Mister Samuels, what were your grounds?
  He had an accent.
  Oh he had an accent did he?
  He sounded like a posh foreign businessman.
  Well well.
  Naw honest, that's what stuck in my mind about him; at first I thought he was a kind of high-class English guy but I think he was something else, maybe he came from Europe for some kind of foreign businesses convention.
  This is crap.

. . .

Ye fucking blagged them Sammy.

I didnay.

Fine, ye're getting done for reset.

Okay I mean ye've got to do what ye've got to do, but I thought the guy was brand new; he just looked out the game, as if he had taken a beating for a few quid. I was quite happy to take them off his hands. The way I read it he was trying to work up his fare back home, where it was he was going, home I mean, his own country. It was just a deal, two guys in a pub.

You're a loose end Mister Samuels; and getting looser.

. . .

Understand me?

What?

There was the sound of somebody blowing his nose and then a door opening and closing, and then a hand clasped him on the shoulder; the guy was so close Sammy smelled his breath and it was drink, like vodka or something.

I want to get serious. . . It was the English guy again, speaking in this quiet voice. Sammy couldnay quite pick up the accent but it was regional from somewhere. . . So just listen to my colleague when he's talking and do your best to get to grips with it; if you have difficulty let us know, we're here to help.

Yeh Sammy, see we were under the impression ye were a bit higher class than this. Speaking personally, I thought ye were a guy down on his luck, but ye were fighting back; three years on the straight and narrow, trying yer best, sorting yerself out, doing yer Work Provision, getting in tow with a nice woman; I dont know if ye've got an alcohol problem, our colleagues say ye have, but I dont see it, speaking personally – but if ye have maybe ye're beating it, if so hats-off-to-ye. Now we find ye're dealing in reset – petty stuff by the way, for an ex-hotshot like yerself – but that's us, we're in the fact-finding business and if that's the fact we find then we've got to accept it. Even so, a bit of this and a bit of that, ye can understand it; I can understand it, making up the giro and all that I mean who's gony worry about a few leather jackets. The thing is but, what ye're involved in the now, it's serious; and I'll be honest with ye, I dont know how come ye're hiding the cunt ye're hiding. Naybody likes a grass, I appreciate that; but this guy's something else.

What guy?

Whatever guy ye like – Billy, Tam – it doesnay matter. Just so ye know this is a serious investigation; that's how me and my colleague are here. But ye knew that anyway didnt ye?

Sammy nodded.

What did he talk about?

Just general stuff.

Aye?

Football, that kind of thing.

Well maybe we arenay talking about the same guy after all ye see because I meet these cunts and they dont talk about football, they dont talk about racing, nothing like that, it's all politics; then they get angry, they get angry and they get bitter; that's what ye find Sammy they get angry and they get bitter and what happens they start talking about other things they talk about violence and they talk about acts of terrorism I mean come on now ye must have met guys like that when ye were doing time. Eh?

Aye, once or twice?

Good, fine. Heh by the way there's something else, maybe ye havenay noticed – have ye noticed?

What?

The clerical officer's away for his teabreak. Naybody's working the computer. We're putting this off the record.

Sammy nodded. I know ye're wanting me to tell ye something and I wish to christ I could; maybe I was drunker than I thought but honest, I just cannay remember; the guys I'm talking about, all I can mind is them talking about football and that, just I mean the usual.

The thing is Sammy we know that's no true.

. . .

See we know that if that's what ye're saying then ye're telling lies.

I'm no.

Well aye, I'm afraid ye are; I've got to say it now ye see ye're a fucking liar, ye know, that's what ye are Sammy a fucking liar.

Sorry mate but I cannay help who I meet.

What was that?

I'm saying I cannay help who I meet.

Ah well there ye have the problem, because for me and my colleague even that's beginning to sound doubtful. Ye understand what I'm saying?

. . .

Now that's something to think about int it?

Perhaps he hasnt got the gist of what you said.

Aw I think he has: eh Sammy?

. . .

Silence was the answer. Maybe if he had his socks off that would help. Take off yer socks Sammy.

Sammy waited a moment then did as he was told; he was about to shove them in his pocket but they were taken out his hand.

That's right son, just you throw them over there out the road.

Sammy heard footsteps then other footsteps and there was some muttering went on. Then somebody approached him, and the serjeant said: Okay son check his feet for evidence, concealed weapons; things like that.

Blisters on his heels, corns or bunions on the big toe and the wee toe, both feet. They're clean. Wee bits of fluffy wool.

Christ that boy's gony make a grade one detective. Give us a look. . . Yeh, just as I thought: add to the form-book that these feet are not just clean they're unusually clean; and the toes are red. Funny that int it, red toes. Consistent mind you.

They're what one might call angry-looking.

Angry-looking. Yeh.

On the other hand, what do we mean when we speak about toes as angry-looking?

They're red and purplish.

That sounds more like a penis.

Sammy stayed still, his wrists resting on his thighs; he listened to them laughing. One of them sounded quite close to the back of his head and he had to stop himself ducking, it would just have intimidated them. They carried on talking nonsense and his attention went from what they were saying to how they fucking said it, cause he was expecting a blow at any time. It was alright. He felt that; it was okay, he wasnay worried; it was just the way when it landed he wouldnay be prepared; but there was nothing ye could do; and if ye cannay do nothing then dont fucking worry about it.

More laughing.

Then the socks landed on his lap.

I hope we checked the customer's socks for holes gentlemen! I dont want complaints going in against the department in regard to irregular treatment of the customer's property. This chap has an appointment with a professionally qualified medical person on Monday morning.

. . .

Somebody's talking to ye Sammy, ye're hell of a bad mannered.

Is that a fact.

Ho ho, getting bolder by the minute, given we keep catching him out on lies and petty deceits. He said he saw a doctor yesterday morning but he didnt, he didnt see a doctor at all, he saw a receptionist.

Is that true Sammy?

I made an appointment with the doctor for Monday morning.

Somebody sighed. Now there was movement towards him. A finger touched him on the cheekbone and he jerked his head back.

No ssh. Ssh, relax. Serjeant, see this a minute. . .

The finger was back on his cheekbone and pressing.

What. . . ?

It's peculiar you know but I cant see a thing wrong with this chap's eyes. Can you?

No, I cant.

Of course he keeps closing them and it's difficult to see. But I wouldnt be at all surprised if his allegation were to prove unfounded. I suspect there's nothing fucking wrong with them at all, not when you take the time to examine them. Of course we're only laymen, we're not professionally qualified medical authorities. Mister Samuels, would you open your eyes a minute?

Sammy blinked.

Are you sure you're suffering sightloss?

. . .

Customer declines to answer.

Sammy I agree with my colleague ye know, I think ye're gony be unlucky, I think that doctor's gony take one look at you and tell ye to go and fuck yerself. Telling ye, ye're on a knockback. He's just gony give ye a bad report, he's gony raise the whole question about how come ye're wasting departmental time registering Dysfunctional Capacity, because as far as he's concerned ye're as fit as a fiddle, with a pair of eyes like fucking Robin Hood, hit an apple at a hundred paces, that's what he's gony say. Look at them, brown and sparkling. Ye're no even a druggie!

And bang go the Community Gratuities Mister Samuels, if that's you discovered in the act of telling whoppers in respect of functional job capacity. Then of course, our very own colleagues, they have a public duty to fight the battle against larceny when and where they find it. They take a particularly dim view of fraudulent assaults on the tax-payer.

Sammy flexed his shoulders then his wrists.

He's not sleeping!

The smell of tobacco smoke. Sammy cleared his throat: Any chance of a fag?

There's nay smoking in this room Sammy I thought ye knew that, an experienced hotshot like yerself, but we have got a treat for ye all the same, so dont say we're no good to you, it's a letter. Do ye know who it's for?

. . .

Eh?

Naw.

Well I'll tell ye, it's for a Mrs McGilvaray. But you're no Mr McGilvaray you're Mister Samuels. So there's a wee contradiction to start with. See if I was counsel for the prosecution by the way I'd fucking run rings round the defendant, no kidding ye, I would. But fair's fair, we thought ye'd want to see the contents.

It's no for me.

Aye but ye want to know what's in it dont ye?

No really, naw.

I'll read it anyway. Dear Helen, trust you to go AWOL when we're busy. Is it not time you got a phone installed. We don't have time to write letters. We're too busy doing your work. Let us know if you're coming back, if not we'll have to start somebody else. We don't want to but we'll have to. Kind regards, John G. PS did I say something out of turn!

That's the manager of *Quinn's Bar* Mister Samuels, wondering why the woman hasnt put in an appearance. You may be interested to know that she still hadnt, as of last night. We're wondering if you have anything to state by way of a response to what you've heard.

Eh. . .

What you've heard the serjeant read.

I knew there was a letter and that's probably it, it came through the letterbox a couple of days ago.

That's all you have to say?

There was a couple of other yins as well so. . . He sighed; his mouth had dried up. He. leaned forwards, putting his hands on his knees.

Eh?

Sammy sniffed. Naw, he said, I'm worried.

You're worried?

That's right.

I believe you're worried; you've got good reason to be worried.

198

Christ sake man come on!

Come on! What do you mean come on? You've held us up for fucking hours, hours, and you've got the audacity to shout at me to come on! Who the fucking hell do you think you are you piece of fucking garbage!

And he moved when he said the last bit, fast and unexpected and Sammy ducked.

Then silence.

Eventually the guy said: You met Charles Barr in *Campbell's* a week past Friday. True or false?

It might be true it might be false, I dont know, I was drunk.

Sammy ye realise yer girlfriend's disappeared in highly suspicious circumstances?

Yeh.

Yeh?

Yeh yeh yeh I know, I know, I fucking know! And I'm fucking worried! I'm WORRIED. Sammy said the last bit through his teeth, he half rose from the chair.

Are ye?

Sammy sat back down. Yeh.

Serjeant I think this man is less than bright.

What I'm saying is I'm worried.

. . .

Now footsteps. It sounded like they were going away. And a door closed.

After a time Sammy said, Her family's in Dumfries. I dont know whereabouts but somewhere down there.

Nay idea?

It was a different voice; the young yin by the sound of it. Sammy shifted in his chair as if surprised by where the voice was coming from. The address is in the house somewhere, he said, but I cannay look cause I cannay see.

Has she done this before?

. . .

Eh?

Aye.

Did ye tell them?

Who?

The guys that were asking ye the questions?

I think so.

Where d'ye meet her first?

Eh . . . *Glancy's* eh *Glancy's Bar*. . . Sammy listened for other people. It couldnay just be one of them. And there had to be the computer operator at least. This yin sounded like an apprentice but ye couldnay take chances. Sammy smiled: Is the other two away for their tea-break!

Aye, probably.

Sammy twisted on his chair as if to look round the room.

Are ye really blind?

Aye, cannay see a thing.

Fucking hell.

It's terrible. Be different if ye were used to it. It just happened with me but, so everything's kind of – it's weird, ye know, really weird. If my girlfriend just came back. . . She's good ye know, good. Sammy shrugged. Once they find her; if they tell her – she'll be back right away, as soon as she can. Just if she gets to hear, know what I mean? If somebody tells her. I mean d'ye think they'll tell her if they find her?

What d'ye say?

Naw I'm just hoping yez find her, and yez let her know the score, me being blind.

. . .

Are they out looking the now?

Who?

Yous.

Aw I dont know fellow we're just like eh guards.

Dont get me wrong, I'm no asking for information, I was just saying I hope yez find her. . . Sammy sniffed then sighed.

Then the polis whispered: Listen, I can tell ye one thing, see these two guys that are asking ye the questions; they're no from this office.

Is that right. . .

Aye. Look, dont take this the wrong way but see that guy in the pub that wrote the letter, is he shagging yer girlfriend?

Sammy folded his arms. Then he shrugged: Who knows.

He was wanting to smile but stopped himself. Things were going okay. They were. Ye kept yer nerve, ye just kept yer nerve.

When Samuels

One of these days he was gony write his own song, that would show the bastards.

Somebody was smoking a fag again. Also there was slurps from cunts drinking tea or coffee. They were making a big thing out of it, like they were really enjoying themselves. Maybe it was a real fucking drink they had; couple of cans of superlager, a half bottle. Ye wouldnay put it past the cunts. Mutter mutter – one of them was talking about golf. Some kind of championship was on in America and it was getting shown on the telly. That was a boring game man golf, fucking boring; all these fat bastards walking about the place, some poor cunt having to carry their stuff. Football was different. If things had been right Sammy would have made it. His head was too full of shit, as a boy I mean, otherwise

he still missed it the now; ye could imagine it, running onto the park, somebody passing the ball to ye, trap, on ye go.

Movement. He tensed, then rested his wrists on his thighs and tried to sit in a way that was comfortable, but keeping his feet square on the floor.

The serjeant said, Sammy, ye're a terrible man, ye really are. Between me, you and the doorpost I dont think you realise the shit ye're in. I'm serious. This isnay a bit of reset ye know. And no matter what ye might think, we've got nay interest in keeping ye here. It's only we need some clarification. See ye're a loose end. For some reason known only to yerself ye're hindering this investigation. Now I dont know why ye're doing it cause ye're a knowledgeable guy and ye're well aware that unsought information that provides us with concrete help or assistance is of great personal benefit to you the customer. The fact is ye havenay offered this information, ye havenay offered any information. So we've immediate grounds for believing – firm and solid – that you may be withholding evidence. Now ye understand that that puts ye up shit creek?

Aye if it was true, but I'm no. He sighed.

We find that ye are. And if we can show good cause for that finding then the burden of proof winds up back-to-maverick, I'm talking about yerself.

You see Sammy what we're saying is we're not stupid; you know your record and we know your record. and we also know more than your record, we know everything. Eh . . . give the man a cigarette.

It's okay, thanks, I dont want one.

You dont want one. Just as well I think really since it would have been an improper action on our part. Now you see we know that you met Mister Barr. We know it for two reasons: one, he was under surveillance by ourselves; two, Mister Donaghue advised us of it, he told us.

I didnay say I didnay meet Charlie Barr I said I didnay meet him as far as I could mind: cause I was drunk. I might've met him, I just dont know. Look yez must know as well I've got nay involvement with him, so I mean what would I no tell ye for? if there was something I knew, it wouldnay be worth fuck all, so there would be nay point in me no telling ye.

So ye're saying ye might have met him?

Aye, christ. . .

He's an auld mate Sammy ye would've remembered.

Sammy shook his head.

Here's another thing off the record; we've got no interest in your girlfriend. We know enough to know that if something violent has happened to her then it wont be through actions of yours. But even if it were. . . Understand what I'm saying to you now. There are colleagues of ours who dont take the same view, they have what you might call a cut and dried attitude to what they regard as serious crime and to those they regard as serious criminals. The disappearance of Helen McGilvaray is a very very serious matter and you I'm afraid are a man already convicted of very serious crime. But you are here on our say-so and not theirs; let me repeat; we've got no interest in you, none whatsoever.

. . .

Do you wish to say anything?

Eh no.

That's fair, you're entitled to give the matter some thought.

At the same time I'm afraid we're obliged to leave you with the cuffs. Dont take it personally.

It's just the getting comfortable; psychologically it's alright, ye feel as if ye're achieving something. When Sammy was a boy.

When Sammy was a boy.

Dreaming my dreams of you.

The music plays. Remember that guy whose heart stopped beating?

Well ye shouldnay.

Aye ye should, these are things to remember. Ye think they're the opposite but they're no, they're guiding lights; Sammy went on a plane once and there was these wee lights down the passage. Dream yer dreams, but remember the other stuff. Plus it keeps ye sane. Cause ye're no at the fucking dregs. Ye see death in the poky and it's nothing to write home about. It happens. Surprising people it happens to as well. Other times ye've predicted it; even without ever saying it to yerself when ye get telt some cunt's snuffed it ye go, Aye. . . cause ye were expecting it, without having thought about it.

> some day I'll get over you
> I'll live to see it through
> but I'll always be
> dreaming my dreams of you

That was the way with the guy with the personal stereo; ye knew he was coming a cropper; he had gave up the ghost; sitting there backed into the wall with his eyes shut, his knees up and his chin down, the earplugs, dreaming his fucking dreams. He wanted to be back in his own country but he didnay at the same time even though his wife and weans were there. They were waiting to fucking kill him man the troops. Hard to believe, wee guy like that, but that's the way it goes man I mean fuck sake what do ye do, there's fuck all except what Sammy done, lie on the fucking bunk. He listened if the guy spoke, but no always. When he offered him a blast of the waccy stuff he wouldnay take it, he was a Muslim and didnay smoke nor drink, hell mend him. I am a good man. That was what he used to say, I am a good man. I ask for nothing. That was his fucking problem, he asked for nothing, so he got fuck all, whereas Sammy

> had always been crazy,
> it's kept him from going insane.

No this time though. If he got put back this time he would go insane. Blind or no fucking blind.

He shifted on the bunk by moving his arse first then shoulders, then feet. The back was sore. He couldnay move onto his front but cause of the bracelets. For a time he could lie on the side of one arm and shoulder. It was this bastard mattress. Fucking terrible.

Moan moan moan eh! That's it but ye aye concentrate on yer own bloody predicament.

And there was nay point.

Also cause ye knew what it was about. It was an added bonus to them, the blindness, it meant he was more trapped. Funny thing about these bastards, how they think being stuck inside yer head's a fate worse than death. Too much television with the cunts, they all think they're walking down the mean streets of New York or some fucking place, Chicago, they're all fucking Al Pacinos, Humphrey Bogart man ye know what I'm talking about.

Ye go back through yer life but there's nay point; some things are just obvious. People give each other second chances. That's the amazing thing. Naybody else does it. Just yous two, the two of yez that're doing it.

A match! The guy had struck a match! That fucking settled it man he was a grass, they had landed him with a grass. Sammy smiled. He waited a wee minute then said, Any chance of a drag mate?

No answer was the reply. Ah well.

And now the pacing started. It got on yer fucking nerves; ye tried no to let it but it did. A cup of coffee would be nice. Ye could fling it ower the cunt! Sammy chuckled and smothered it; but chuckled again. Fucking wild.

A drink would have been nice but. The mouth was dry as fuck. A glass of water, ice cool water.

> and a lip print on a half filled cup of coffee
> that you poured and didnt dri-i-ink

Ah fuck.

Ye think of Helen the now man she might have been thinking of this very guy here, yer man, lying cold in his lonely room, a dark cavern of mental solitude. That was definitely the line from a song man no question.

Games-of-football-I-have-played. Mind you but there was one game he played, it was for a trophy

Tobacco smoke wafting, in his nostrils. Okay. Cause Sammy could enjoy it like it was his own, his own fucking fag man know what I mean who gives a fuck, blow it ower, blow it ower ya fucking bampot fucking fuckpig grassing bastard.

That's how ye're better no bothering. Ye arenay. It's a mistake, a major error. Ye just let them get on with it. Maybe he was deaf. That's the kind of stunt they would pull. A blindie in with a deafie. Or else a dumbie. Hilarious. Ye could imagine them up watching on the fucking VTR.

Jesus christ almighty man ye just have to.

Heh you ye fucking deaf? I telt ye to stop fucking pacing.

What's up with you?

Never mind what's up with me just fucking watch yerself.

How?

Cause ye're fucking annoying me man that's how, fucking irritating, know what I'm talking about, give us peace.

The breath choked in his throat and he coughed; a lump of shit came up; he rolled it round the tonsils then swallowed it. Maybe the guy had never been whacked with the bracelets. Maybe he was wanting to test it, the sensation, what like the fucking clunk felt. A mind-blowing experience man better than a fucking

They get to ye. Ye try no to let them. But they do. There's never any point working it out. It's a waste of energy. Especially when ye've nay control. If ye've got some sort of control then alright, it can be worthwhile mulling it ower, looking for ways in, ways out, that kind of stuff. The important thing is

there's nay fucking important thing.

He was expecting them ages ago. They hadnay came back for him and that was funny. Plus he had managed no a bad doze. Maybe they were away for a nice big Sunday dinner, cause that's what they get man big Sunday dinners, these fucking sodjer bastards, the best steak and chips, poached eggs, all the fucking trimmings.

He swung his legs ower and got himself up. There was movement from the other bunk. Poor bastard, ye felt sorry for him, whoever he was. That was a thing about Jackie Milligan, if Helen was gony lay blame on the guy, how far do ye fucking go? Things arenay as easy as ye think. She had a different point of view from him, which was fair enough, but that didnay mean it was the right one. Christ his legs were sore. He touched forwards with his right foot, heading for the end wall, holding his fists up the way, touching forwards with his toes.

You blind?

Aye.

I wasnay sure.

Sammy kept going. At the wall he turned his back to lean against it, then went down on his hunkers, then sat on the floor with the legs stretched out. Know what time it is?

Five o'clock.

Five o'clock! How d'ye know?

Just guessing.

Long ye been in?

Yesterday. You?

Same.

They keeping ye?

Dont know.

Naw me too. Fucking clatty int it!

Sammy nodded. Look eh I mean earlier on and that, when ye were walking about, my head was away. . .

Nay bother. They've put ye in cuffs eh?

Aye.

Sore?

Aye. Ye cannay fucking. . . Sammy moved his wrists about. They're no too comfy.

What they holding ye for?

Sammy didnay answer him immediately. A misunderstanding, he said, what about yerself?

They're trying to say I'm dealing.

Are ye?

Naw.

A case of mistaken identity?

More or less, aye. What was yer misunderstanding about?

Ach nothing.

Must've been something for the cuffs but surely?

Who knows, it's up to them.

What's yer name?

Joe.

I'm Davie. Heh have I no seen ye afore?

I dont know, have ye?

Where d'ye drink?

Och different places; what about yerself?

Ye know Castlemilk?

No really.

Well. . . When d'ye get fed in here by the way?

Fuck knows, when they feel like it.

Is it no set times?

. . .

I thought it was set times.

Did ye?

Well I was expecting that.

Right.

Is it no usually?

Ye any smokes left?

Nah.

Then the sound of him shifting his position on the bunk.

Sammy drew his knees up and rested his head on them. He needed a piss but he couldnay be bothered. Maybe he would just fucking pee himself. He hoped the guy would shut up now. Ye need silences. Ye can get them inside. Usually it's noisy as fuck but no always. When ye do get them they can be incredible like there's no even a breath, all ye hear is yer own body, the blood pumping. And if ye've taken a doing ye imagine ye can hear yer muscles and yer bones knitting the gether, yer body getting itself back into working order. Sometimes it's best to let silence reign; other times it isnay. The guy was still shifting about on the bunk.

You got a problem? said Sammy.

He said it in his ordinary speaking voice but it seemed to boom out and it was like the guy was waiting for the boom to die away before he gave his answer: A problem? he said.

Aye ye got one?

Naw.

That's good.

A guy once telt Sammy about complications; he had asked him about whether he had a girlfriend or no. Sammy had been married at the time. It was just after he had landed inside that last time. He hadnay wanted to speak to the guy so he telt him it was too complicated, he didnay want to talk about it. And the guy said, Listen pal ye come inside ye're a complicated person, when ye go out ye're still a complicated person but the complications are different. All yer other complications go away. People forget about ye; the goodies I'm talking about, the only ones remember ye are the fucking baddies; they still want to fuck ye.

Sammy could mind thinking this is a piece of wisdom that I'm gony treasure. But it was just bullshit.

The springs squeaked, the guy shifting his position again. Sammy had went off thinking about things but it was the same kind of things he usually thought about and he wanted to switch the subject. Games-I-Have-Played. Concerts-I-Have-Attended. Women-I-Have-Screwed. Jobs-I-Have-Fucking-Done. Strokes-I-have-fucking-pulled. Look, he said, ye just get by in here, that's the important thing, know what I'm saying, ye can go crazy or ye can survive. Sometimes it's stupit and sometimes it isnay. The bottom line is it's too easy to get done in. Ye let them man and they'll fucking do ye. Ye've got to get yer head right. And the time to start is now.

After a wee minute the guy said, What ye telling me for?

I feel like it.

I didnay ask ye for any advice.

Naw I'm just telling ye. Ye've got to watch yerself. I'm guessing you're gony have problems.

I dont know what ye're talking about.

Fair enough.

Look I'm in here for nothing.

Doesnay matter; either way ye've got to survive. Cause these cunts'll fucking do ye. They like fucking doing ye. That's what they're here for. Know what I mean? Ye get done right? Well that's how ye get done, they fucking do ye. And when they've fucking done ye they've done ye, that's what I'm talking about. Either ye let them or ye dont. Personally I fucking dont, right, I dont fucking let them. Know how? cause I fucking hate the bastards. I hate them; that's how I survive. Know what I'm saying?

Aye.

And the way I hate them: total fucking fuck all. Win

lose or draw. There's nay such thing as a good fucking uniform. Same goes for a grass. Ye hear me?

. . .

Eh?

I hear ye, I dont know what ye're telling me for but.

I'm telling ye cause I want to.

What for?

Cause I want to.

Fuck sake. . . The springs squeaked, the guy turning ower.

Sammy dragged himself up and along to the pail, he knelt and had a piss. Then into the bunk and under the blankets onto his side. He wanted to sleep now. He wanted to be unconscious. He was tired. He needed to rest. He had been resting. Till he woke up. Till he woke him up, that cunt, his fucking pacing, his farting man whatever.

He gritted his teeth and shut his eyelids tight. I'm tired, he said, I'm tired and I cannay sleep.

I'm starving.

Fuck you. Sammy moved onto his back, it was still sore at the spine and the fucking buzzing was back in his ear this bloody highpitched noise and the fucking bracelets how could ye do anything with these fucking bracelets, fucking murder.

Jesus christ.

> Now I lay me down to sleep
> pray the lord my soul to keep.

That was a poem his grannie taught him, a prayer.

That's what happens in here, he said, ye're tired and ye cannay fucking sleep. Ye've got all the time in the world and ye cannay get a rest, they dont fucking let ye. That's how they design these places, so ye get nay peace. Nay fuck all. Nay fags. Ye've got fucking nothing except yer fucking brains. That's how I'm telling ye, ye better wise up. If ye dont watch yerself ye go. I've seen guys doing themself in, so ye better fucking watch it. Cause that's what they want. They want ye to do yerself in. Fucking telling ye man it's good for the facts and figures, the statistics, it shows they're doing the job. Ye dont believe me, well I'm fucking telling ye. Ye need yer survival plans, and if ye've only got yer head then ye use it, ye dont let these bastards fucking screw it man know what I'm talking about – eh? Ye listening?

Aye.

Well I asked ye a question.

I never heard ye.

Never mind.

I didnay know ye were talking to me.

Who the fuck else is there?

Well ye're saying things and I dont know what ye're saying them for.

Is that right?

. . .

It's these bracelets, the cunts aye close them too tight, they cleave into yer wrists. Are they bleeding? Sammy held his wrists out the blankets.

Naw.

Ye cannay fucking sleep cause ye cannay tum, ye cannay get onto yer back either, so ye're fuckt.

Dont worry about it.

What, what d'ye say?

There's nothing ye can do. They'll take them off.

Hh. Sammy smiled. Then he made to rise but got this sudden feeling he was gony faint so he lay down again, then clawed his way up the bunk to be sitting, crossed his legs and kept his back straight, his neck stiff, upright. Dizzy. He had a dizzy head. He gasped for breath, constricted and tight and fucking choking, he gasped; the fucking ribcage again, his lungs. The guy was talking now but Sammy couldnay listen man he couldnay fucking hear him, what he was saying like a fucking a jumble man a jumble it was a jumble

happening to him it was happening to him, oh christ man it was happening to him and he started breathing deep and his shoulders rocking, he couldnay stop them, now scratching at his chin and neck, clawing, like there was wee creepy-crawlies under the surface, clawing at his face round the cheekbones pulling the flesh down below the eye sockets, okay, okay, the breathing, just the breathing just the breathing, unscrew yer eyes and get rid of it, rid of it

the guy's voice

Aye I'm alright I'm alright.

I saw a great concert a fortnight ago, through in Edinburgh, me and my girlfriend. Brilliant. . .

Sammy twisted to pull the pillow out from under him and squeezed it about then stuck it back next to the lower bit of his spine. He folded his arms and sat with his shoulders hunched, stiff; he sat like that for a while. He could have hit him but. The fucking guy on the bunk man that's who, that's fucking who. Any cunt that came near him man that's who. He twisted to wipe his nose with his left wrist, felt the wet down his chin; saliva, he had been drooling, drooling like a wean. Okay.

Well you said it yerself, twisted loyalties, but maybe he'll loosen up.

A sigh. The sound of a cigarette lighter.

Give him one.

Here. . . A fag was put into Sammy's mouth. That was him probably fuckt now but he took the light anyway. What did it matter, it didnay fucking matter. He dragged deep, exhaled slow. His head birled.

The silence went on. They were talking a distance from him but he picked up words here and there. But so what; if they didnay want him to hear he wouldnay have heard. He tapped ash into his left hand, took another drag, a long one, sucking the smoke down deep. A joint would have been nice; heh john ye got a bit of blaw there? I was inside all last night and I've got a head like a fucking. . . Sammy smiled for a wee minute.

There was a clinking sound. Somebody coming to him. Here; cup of tea. It's just by yer foot.

He reached down. It was awkward. He put the fag in his mouth then tried again, avoiding the smoke going in his eyes. The tea was lukewarm and sweet as fuck. He once read a story about a Jewish guy and a black guy and they met in this New York cafe and drank coffee, they were both skint, and the way they knew one another was skint and used to being skint was because they both took triple helpings of cream and sugar. Fucking bullshit. He swallowed half the tea and returned the cup to the floor, leant back on the chair letting his head loll till near enough it touched the top bit of his spine, his neck totally exposed.

Charlie would take care of himself. He knew Sammy was a useless bastard anyway so there wasnay a problem, it was just a case of

getting it out. How do ye get it out? Sammy had forgot how to get it out. He didnay seem ever to have known how to do it. How the fuck do ye tell the cunts! Maybe if they started in on the torture games, the real stuff, the point where ye wouldnay have any option. Who knows what ye'll do. The bottom line is if they want it bad enough they'll get it. Whatever they wanted off him, it just depended, depended how bad they wanted it in the first place – how quick.

I've no seen him for years, he muttered.

What was that?

Sammy sat forwards, inhaled and exhaled. If I saw him on Friday, it was the first time for years.

Is that so?

It was the serjeant had said it. Sammy shrugged, he turned his head to where the voice came from then he stuck the fag in his mouth and reached down for the tea. His hands were shaking; so what. He kept his head lowered. Then he frowned: I seem to mind a conversation about jazz orchestras. . .

Aye okay Sammy so ye're being an arsehole.

Naw sorry, I just

Aye, aye. One thing but, that time when ye met Charlie, what was it about?

. . .

Ten years ago, when ye met him? Ye had long hair at the time.

Eh. . .

Eh. . .! The guy chuckled. That's right Sammy, we're talking ten year ago, when yez met in London. What was it about?

It wasnay about nothing.

Did ye just bump into him on the street? Theobalds Road if I remember right – is that no Holborn?

The English guy said: Holborn yeh. Six-thirty in the morning. You were working down by Clapham Junction? So whereabouts were you living? Eh?

Cannay mind.

North London, south London, west, east – where? whereabouts?

North.

Yeh? That is nice. You're living in north London and you're working down by Clapham Junction, and by some chance you meet up with Mister Barr in Theobalds Road! Six-thirty in the morning.

. . .

Sammy, we've just had a photograph turn up, you with Charlie; you're looking especially well, like I say ye had long hair, pity ye cannay see it. Here it is here, I've got it in front of me.

Sammy smiled.

Ye mind the occasion?

It's a clear patch serjeant I'm sure he will.

I was on my way to work, said Sammy, we met for a breakfast.

A working breakfast, being busy men.

Ah well you know Charlie, aye on the go I mean if ye know about it ye know about it; nothing I can say.

So the two of yez bumped into each other, that's what ye're telling us? He was down from Glasgow on a visit and you were living there and then yez just bump into each other? Some coincidence.

Sammy smiled.

Sammy the more we look at you the more there is to see.

Ah well.

Ye're no so much a loose end as an added complication.

That's right, I spent seven years. . . Sammy stopped, he reached down and dropped the rest of the fag into the teacup; it sizzled.

Christ he's messing up the crockery!

You spent seven years. . . Yes?

Nothing.

Oh it's something, seven years out a man's life, it's something I would have thought.

Look if yez know yez know, there's fuck all I can say, there's nay point.

Dont get upset Sammy.

I'm no getting upset.

You've a bit of a chip on your shoulder and that's understandable; a man like Charlie Barr stays on the outside while there's you, seven years.

What ye talking about?

A chap like yourself, you end up the fall-guy.

Ye know what I got fucking put inside for. What are ye gony fucking reopen the case!

You're not listening.

. . .

Hear what I'm saying, you're not listening.

Sammy paused, then he said: Charlie was down for a conference. Ye know he was down for a conference. He was a convenor of shop stewards at the time. It was a year afore I got fucking done. It wasnay fucking ten year ago it was eleven. Okay?

Well that helps us out with dates Sammy.

Good.

See we know ye're no involved it's just how there's these coincidences. Here. . .

Movement closeby and something touched him on the mouth.

It's a fag Sammy.

They gave him a light for it.

Ye see obviously they're no coincidences. We're no

saying there's any conspiracies on the go; but they're no coincidences Sammy, okay? And what my colleague says holds good; it's something worth considering. Ye're in trouble and basically it's through no fault of yer own, ye're just in the wrong place at the wrong time. Ye're unlucky. But that's no our fault. Time's important to us; it's just as important to us as it is to you. I mean we're no gony end up in the poky – it's just a job – but you will; that's where you're heading. Well ye're here already int ye!

...

I mean we can hold ye here forever if we want. And if we hold ye here we know nothing'll happen, whereas if we let ye go . . . who knows? we dont. I mean basically it's best we do hold ye.

Sammy took the fag out his mouth.

Ye know what I'm saying. Now see our other colleagues; they want to hold ye anyway; cause of yer girlfriend; they want to keep ye till she turns up! They do. You better believe it. It's fucking complicated Sammy it's a complicated business. The same happened when ye were inside, there was that guy died in yer cell, mind?

He didnay die in the cell he was fucking put there.

That's a serious thing to say.

It's actually very serious, said the English guy.

Sammy turned his head from them, he took a big drag on the fag, in case it was the last. There was a bit of muttering from behind him. Fucking bampots, they think they're wide; they think they're fucking wide. Ye just let them get on with it. That's all ye do. And ye dont fucking aggravate them man ye dont fucking aggravate them. It was yous fucking killed him, he said.

...

No yous, he said, I'm no saying yous, but them down there. Ye know what I mean.

We dont know what you mean at all.

I'm sorry I said it.

...

It's just I was upset, I liked the guy, he was harmless.

Naybody's harmless Sammy.

Some guys are.

Well I never meet them.

Sammy exhaled smoke, scratched at his right ear. People do things, he said, they dont mean to do them but they do them.

That's manslaughter you're talking about.

It's me winding up blind, that's what I'm bloody talking about.

After a moment the serjeant said, It's just beginning to dawn on me Sammy. . . You're a kind of anxious guy arent ye? Eh? I mean dont take it personally; ye are but int ye? It's no something to hide by the way; maybe ye can get help.

...

It wouldnay surprise me if ye inclined towards panic attacks. Do ye? D'ye get them like? panic-attacks. Eh? See I mind a wee pal of mine at school, he had really bad asthma, he couldnay join in at games, ye felt sorry for him. He used to panic. No kidding ye, he panicked all the time. I used to say to him: Heh calm down, calm down.

This is true, said the English guy; you do find that with people suffering sensory dysfunctions. Quite often when they're examined by the medical authorities they're found to have a history of anxiety. Sometimes they exhibit other tendencies too. Take for instance, if you dont object to me raising the matter, take last week's nonsense. the so-called fracas, where it was noted that you sought a beating.

Sammy smiled, he shook his head.

Well you did, you cant deny that surely? Eh? You cant deny it, come on, not on the evidence!

. . .

You wanted to fight because you knew you would lose and lose severely.

Sammy shifted on the chair and twisted to scratch under his chin. He wished he could see the bastard; the two of them, they had the habit of moving about; ye didnay always know where they were talking from. He would like to have seen them, just fucking seen them. That would have been nice man he would have liked that, know what I'm saying, that would have been good, these fucking scabby bastards, fucking would-be fucking hardmen. He was tense, he needed to get untense; he had the urge to fold his arms. Just how ye cannay fold yer arms, ye know, ye cannay fucking fold them man ye cannay fucking relax; okay, these bastards, know what I'm talking about he would like to have fucking seen them, fucking hardmen, so-called, hunting in packs; ye wanted to laugh, ye needed to stop it. He had the urge to fucking jump out the seat! he needed to stop that as well; relax it, the urge; there was at least three of them, unless the computer cunt was back, so that made four, at least; christ almighty eh! Sammy smiled, he stopped it, he shifted his position on the chair. He was needing a shit, afraid to fart in case it was something else; okay, okay. . . Just the shoulders man just the shoulders, he closed his eyelids and relaxed them, forcing it. Then a hand grabbed him there and he jerked upright; his left shoulder, the hand gripped it. It was the serjeant. He spoke in a peaceful voice:

I want ye to pass on some information; I want ye to get word to that auld friend of yours. Ye listening Sammy? I want ye to tell him to watch out for the dark. Tell him that.

I dont think he's listening serjeant.

He is. Arent ye? Eh? Just tell him the dark's gony be difficult. If he isnay scared of it the now then he's got good cause to be scared of it in future. That's what the message is.

...

Will ye tell him that Sammy? Eh? See it's important. It's for his own good. People think we're playing games. It never ceases to amaze me. Tell him it's getting a bit late for games. And he's a bit too auld to be playing them anyway. Eh? Will ye tell him that? Just if ye see him.

...

Just if ye see him Sammy.

They went away and left him after that. He sat on the chair for another twenty minutes at least. Then other yins took him back to the cell, they took off the bracelets. Immediately the door was shut the trousers were off and he was on the bowl. Everything came away, guts and fucking

the lot, everything. It drained him, he was done in, he climbed onto the bunk; he was gony sleep, what a relief, he knew it, soon as he closed his eyes, that would be it, christ.

The other bunk had been stripped. Who knows where the guy was but he had to be somewhere, they wouldnay have let him out on a Sunday afternoon.

It would be the morrow morning for Sammy. Maybe. Who knows how they were thinking.

He was fuckt this time. He was. He knew he was. Nay point kidding himself on. There was fuck all he could do. Nothing.

He was just gony have to take it as it comes. There was nothing he could do. He was fuckt this time. Nothing to work out. It was them. They would do what they would do. End of story.

What a way to go. Ye dont

Ye dont know these things. Then they happen. Fuck all ye can do; ye're better lying down.

Sammy lifted the blankets ower his face, drew his knees up and huddled under. Ye die. They want ye to die so ye die; yer heart stops; what does it matter; these things, they dont matter. Life goes on, these other people, they live on; ye think of them living on, ye watch them, wee ants, beetles, all running about; who gives a fuck, fucking shit; ye dont want fuck all, ye dont want to watch them, ye just

ye want out the road; away, ye want away; who wants to see them; ye think if ye were blind from the start, if it was congenital, ye wouldnay even know what they looked like, ye wouldnay see them, ye wouldnay know, just yer own world; ye just want away, if ye can get away, out the road and away

Sammy was suffocating. He wasnay able to get his head out; the energy. Air wasnay coming in his nose, he couldnay get it in. He forced his head up out the blankets, breathed in deep.

Later on they came with a supper. He must have been dozing. Spam and mashed potatoes, peas, a slice of pan bread, a cup of tea. He wasnay that hungry but he ate it all then lay back down when the tea was finished. He turned onto his front. Maybe he shouldnay have ate it, it felt solid there in his belly. Probably best to get up and walk it off; he couldnay be bothered, he wasnay wanting to move. One problem was the trousers, they were still lying on the floor, it was his good yins. Stupit, sticking them on instead of his jeans. He just hadnay thought. Now they would be crumpled to fuck. He couldnay be bothered getting up to fold them.

At least he could lie on his front. His arms were up

and under the pillow, his head to the side; it wasnay bad, quite comfortable the way it eased his back. Okay, he was just gony have to be more careful in future, the foreseeable future; it was a case of watching yerself, doing the best ye could. Maybe later on he would get up and do a couple of exercises. Even just the walk up and down the cell, it was better than fuck all. But the exercises, that was the main thing. Get back into a rhythm then it's second nature. He could exercise till he was totally knackered, then collapse in and get a sleep. If he couldnay sleep then more exercises; a wank. When he woke up after that it would be cornflakes and cheerio. That was if they were letting him go. But they would let him go; they had more or less telt him. The disaster was how to get home. That was the disaster man how to get home. Cause he had nay stick and he had nay fucking dough man he was skint, fuckt, the usual. He didnay even know where he was. Christ almighty. He was assuming it was Hardie Street but maybe it was someplace else. Fuck sake.

If he did get home the morrow he was gony go out for a few jars the morrow night. *Glancy's*. He needed a conversation; some cunt to talk to; somebody he knew. And if he did wind up blootered so what, he would get a taxi home. That was one thing about getting huckled, ye saved yer dough. So okay

A voice in the distance. He listened hard but couldnay make sense of it. It seemed to be going in circles, up the scale and down the scale. It was funny how people had their own voices, everybody in the world, everybody that had ever been. If there was a god he was some man. Unless he was a woman. Sammy laughed for a moment. Ye there? he said, no speaking to god but in the offchance there was a screw heard him laughing and thought he had maybe cracked up or something; these bastards, they make their reports up as they go along. Christ there was this weird feeling he used to get afore he went to sleep like if it was gony be his last night sane, was he gony wake up mad in the morning. It was that first time he was inside. Twenty years of age for christ sake that's all he was. Ye didnay know what had hit ye. Fucking hell man what a nightmare. Ye dont like thinking about it. Ye've got to but. Ye've got to tell people. Sammy had decided that a while ago, about his boy, he was gony straighten him out; once he was auld enough; no yet but he was still too young. Nay secrets. He was gony tell him the score. Cause ye saw guys go mad. Ye thought ye were talking to them like everything was normal then ye realised it wasnay. But ye had to find out yerself, nay cunt ever telt ye. Things like their eyes, ye saw their eyes, going this way and that, flickering about; either they didnay look at ye or else they bored right in, they fucking bored right in, know what I'm talking about they didnay hear a word ye said they were fucking staring right into yer brain to see what ye were really saying like what was coming out was a cover up for something else. Like ye were a disguised evil spirit or something like yer body was an outer shell. A fucking bammycain situation but telling ye, every second cunt ye meet's fucking bit the dust; ye cannay even get talking to them, they start shouting and bawling at ye, they look at ye, they stare at ye, they try to screw ye. It's worse than a nightmare, cause it's happening, it's all round ye and ye cannay see fuck all else. It's everywhere ye look. Jesus christ, so ye need yer survival plans. Ye've got to have them.

Plus ye couldnay quite predict what they were up to, the sodjers. So he was gony have to go careful. So fuck the drink there was nay time, nay time, he had to be compos mentis. Whatever brains he had man he had to use them. Nay fuck-ups. The things in yer control and the things out yer control. Ye watch the detail. Nay bolts-from-the-blue. Nayn of these flukey things ye never think about. Total concentration. And nay point trying to see Charlie. He had thought about it but there was nay point. Charlie couldnay help him: he couldnay help Charlie. It was Sammy the serjeant had gave the message. It was Sammy it was meant for. That was okay. Nice to know where ye stood. If the sodjers are good enough to give ye advice man know what I'm talking about?

Plus he didnay want Charlie knowing. It had nothing to do with him. Nayn of his fucking business. Fuck him. Fuck the lot of them. Fucking Helen too man fuck her, if that was the way she wanted it. The lot of them, fuck them, fuck them all.

Ye just get the head clear. If ye're allowed to. That stupit voice was still droning away, it was like a race commentary, a distorted one, slowed right down. For some reason it put him in mind of his auld man; he had went a bit funny afore he died. He came home when he should have been somewhere else. He walked in and started talking like he was a young man again, wanting to know where one of his sisters was. She was in the States man that's where she was, and she had been there for thirty fucking year. Poor auld bastard, ye wished ye had been there to help but at the same time ye were glad ye werenay. The maw hadnay handled it that well and the young brother and sister were left to cope. And when Sammy came home for the funeral it was all under control. Obviously it was all under control. And he had nay reason to feel excluded. Except he did. Charlie's mother and fayther were there; him and Sammy's auld men were buddies. It wasnay a religious service but it was good. Good hearing them talk about him, the way he had been when he was outside the house, just when he was with people, ordinary people, his friends and that, comrades. It gave ye a funny feeling as well but knowing there was all these people sitting behind ye listening to this private stuff. Christ almighty it was great to get away. See when that bus pulled out from Buchanan Street station! What a relief. Ye dont like saying it but christ almighty. Plus he had got angry. Back in the bouse, when the people came back after the service. He started giving somebody a mouthful. Some bampot that thought he knew things he didnay. It goes in one ear out the other. It should do. Sometimes ye're too wound up, ye're too fucking. . . ye just jump in. It was stupit; stupit getting involved. That's what happens but ye get angry for nay reason; yer heart starts pounding away and ye're wanting to bang the bastard, fucking idiot man yapping on about fuck knows what, a load of fucking bullshit; politics, so-called. How come it happens? Even in the poky, ye lie there on yer tod; ye dont talk to nay cunt ye dont see nay cunt ye just fucking

and then ye're raging! Inside yer own fucking head! Ye feel it thumping. So ye need them man all yer wee survival plans ye fucking need them; yer breathing, whatever, so ye calm down. Ye need to be flat, that's how ye need to be, so it goes in one ear and out the other. Get yer head right, cause if ye dont they'll fuck ye. Nay danger.

He needed to sleep. He needed it just now. Nay circles. He tried to get it solid in his head; circles; so that when he woke up he would get some idea of how long it had been afore he dropped off, circles. Ye try these tricks, anything, anything at all. They dont work. Ye dont even know if they work cause ye've always forgot about them by the time ye wake up in the morning. And off he went again thinking, about all kinds of shit; thoughts of his ex-wife, his brother and sister, jobs he had worked at and guys he knew. When the sodjers came for him he felt like he hadnay closed his eyes but it was all night he had slept, right through. They didnay want to give him time to get ready, they were wanting to pull him out of fucking bed, fucking nude, fucking dress him. It's alright mate I can do it myself. They were in a hurry: fuck you and yer breakfast, they were doing their chauffeur. Ye're a hotshot, muttered one of them, so they tell us anyway. Then he says: Here give us yer hands.

Get to fuck, said Sammy it was the bastard bracelets: Ye're fucking kidding mate.

Shut up.

I thought I was getting out.

Shut up. Ye are getting out but ye're coming back in again.

Jesus christ.

Aye, ye've slept in pal we dont want ye missing yer appointment.

Slept in?

No know what time it is?

By this time he was out the cell and getting walked along the corridor and down wherever it was they were taking him; they had stopped talking now, a sodjer on either side holding him by the upper and forearms; he was still stumbling, trying to slow it down; but on round the corner and out through two doors then the steps up – he knew they were coming somewhere and here they were. One at a time, he said, christ slow it down. Then they reached the top and they were off again. It was fucking ridiculous. Then he was into the van. A sodjer pushed him down onto a seat. As soon as the rest were inside the engine started and the door slammed shut. Naybody spoke. He raised up his arms and his right elbow bumped into one of them but nay comment, the guy didnay crack a light. Sammy had twisted to scratch himself under the neck, he fingered the bristles. He wanted to say something, but he wasnay gony.

When the van stopped the one next to him got the bracelets and unlocked them, took them off. The sodjer on his left side said: Now listen to what I'm saying: ye're going in there and ye're going in alone. Alright? Ye hear me?

I hear ye.

Dont try fuck all cause we'll be waiting, right? Eh?

I hear ye.

Ye hear me. Good. Now beat it.

Sammy sniffed. Where's the close?

Ower there.

...

Step down, straight forward and to yer left.

Sammy nodded.

Mind what I'm saying.

Sammy was down and walking, his bands outstretched to find the wall; then he turned to his left and along till he found the close. There was footsteps ahead of him and then halfway down the close there was footsteps from behind; these bastards tailing him probably. Dirty fucking bastards. Bampots. Okay. He could have done with a fag. He should have tapped one of them. Naw he shouldnay.

The same woman at the reception desk; Missis La di da; he gave her the information. Just take a seat please, she said.

What time's it?

It's quarter past ten.

Jesus christ, he muttered.

He went to find a chair. Let them work it out, it was their fucking problem man bringing him a half hour early. Nay point him worrying about it. Maybe they would get sick of waiting and fuck off. Ye could only hope. He wasnay going naywhere. He folded his arms. Aw dear. He sighed.

Eventually the sound of somebody's chest from no too far away; some poor bastard trying to breathe: Ahit ahit, ahit; ahit, ahit ahit. . . Then that clogging noise in his throat, ahit, the big gob down there, all jellified and white-grey.

I got that dust pneumony, pneumony's in ma lungs
the dust pneumony, pneumony's in ma lungs
and if it dont get better
I aint got long, got long

Ye felt like giving him a drink of water except ye knew it wouldnay help, but still and all mate get it down ye: Ta pal dont mind if I do.

People are so polite; they get knocked down by a motor car and they get up and fucking apologise; Pardon me; that's what they say: Pardon me; then they give the bonnet of the motor a pat and a wee dight with their fucking jacket sleeve to take off the blood: Sorry mate I messed up yer paintwork. Ye could understand it but, trying to get by in the world; that was all ye were doing, trying no to upset cunts, no letting them upset you. Fuck the sodjers, nay point worrying about them, they had their own agenda. The one thing that was a stonewall cast-iron certainty was that they knew what they were doing. And Sammy didnay. So okay, it wasnay a problem. When the time comes ye move. Simple as that. Nay point hoping for the best. Ye could spend yer life doing that; hoping, if ye were gony sit about hoping then okay, go ahead, but that's all ye'll do, know what I mean, it's like waiting, ye're aye waiting. Waiting rooms. Ye go into this room where ye wait. Hoping's the same. One of these days the cunts'll build entire fucking buildings just for that. Official hoping rooms, where ye just go in and hope for whatever the fuck ye feel like hoping for. One on every corner. Course they had them already: boozers. Ye go in to hope and they sell ye a drink to help ye pass the time. Ye see these cunts sitting there. What're they there for? They're hoping. They're hoping for something. The telly's rotten. So they go out hoping for something better. I'm just away out for a pint hen, be back in an hour. Ye hoping the football'll come on soon? Aye. I hope ye'll no be too long. I'll no be; no unless I meet some cunt – I hope I dont!

Sammy chuckled and put his hand to his mouth to hide it. That was what the bokel was like, the local boozer round from where he stayed – the one he failed to arrive at on Saturday afternoon – he called it the bokel because it made ye boke. Some joke that. Naw but no kidding ye man ye could walk in there on a Thursday night and ye'd see one guy playing the puggy machine and maybe half the pub would be spectating man that's how fucking bad it was for entertainment. Or else it was the exact opposite: battles. Ye're standing have a quiet pint and some cunt wants to get past ye and he says, Excuse me a minute john, then he takes out the stanley and rips the face of the guy standing next to ye. Bullshit. Naw but what do they think about? Ye see them standing there: no even reading the paper; no watching the telly, no talking to nay cunt, just fucking standing there. Drinking! that's what they're fucking doing man drinking. Sammy felt like joining them. Maybe if he asked the sodjers nice they would take him for a pint and a

231

pub lunch; fish and chips or something he was feeling a bit peckish. One thing he was finding, ye dont like tempting the fates, but he was finding he could do without a drink no too bad; it was the tobacco giving him the problems. These days it was usually the other way round. So all in all he had entered a new epoch on life's weary trail. That must be how his fucking feet were nipping. He reached to loosen the laces on the trainers; he would have taken them off except he would have to put them back on again. A creak on the chair next to him, somebody sitting down. After a wee minute a guy whispered, Is your name Samuels? Eh?

...

I'm Ally, pleased to meet ye. Pleased to meet ye. I take it ye're looking for a rep?

Sammy listened hard for other sounds, for other voices; there was the ones from the reception area and the ones from the other patients. . .

Eh? Need a rep?

Naw.

Ye sure? The guy sounded surprised.

I'm sure mate aye.

Naw I thought ye were up the PMBO on Friday. Are ye no?

Sorry.

What doctor ye seeing the now? Is it Logan?

...

I hear he's awkward.

He's alright.

No in my experience.

Sammy sniffed.

From what I know he's an awkward buggar.

I saw him a few months ago.

232

Did ye? Mm. Naw I thought ye would be needing a rep. Ye're blind int ye?

Who telt ye that?

A wee bird.

A wee fucking dickie bird?

Naw but it's no gony be that straightforward, your medical case, from what I know about it.

What do ye know about it?

The guy chuckled.

Naw; I dont need a rep, thanks very much; fuck off.

I understand yer reaction, it's alright. Look, simple cases or hard cases, it's all one to me, I'll rep yours if ye like.

Ye deaf?

Naw I'm no deaf, naw, thanks for asking. Correct me if I'm wrong, ye were gony go for compen against the police department then ye changed yer mind? Eh?

Sammy got to his feet, he turned in the direction of the reception and groped his way to the counter.

The woman said: Yes?

Mister Samuels, I'm waiting for my appointment.

Yes with Doctor Logan, I am aware of that but he has a client in with him at the moment. Your name will be called.

Eh fine, okay, I'll just stand here and wait.

I'm afraid you cant just stand there and wait, people have to go backward and forward.

Sammy moved a couple of steps away then to his left, and he found the wall. He leaned against it. I'll stand here, he said, if that's alright with you.

I beg your pardon?

It's no that ye see I've got the police waiting outside the close.

I'm afraid it wont make the doctor end his consultancy any the quicker. Yes?

...

I'm waiting for Mister Samuels. . . It was the bampot talking; he had arrived beside Sammy.

Are you a police officer?

No.

You're blocking the passageway. Could you please stand to the side.

She's talking to you, whispered the guy.

You're blocking the passageway Mister Samuels.

Here, said the guy and his hand landed on Sammy's wrist: Three steps more'll do it.

Sammy lifted the hand off.

No want me to come into the doctor with ye?

Naw.

It'd be in yer favour.

Ye said ye werenay deaf mate know what I'm talking about?

I take what ye're saying.

He went on to say something more but Sammy interrupted: Look mate gony stand somewhere else.

If ye insist.

I do insist.

Have ye got another rep like?

I dont need a rep, I telt ye already.

Mm. Well

Look, give us a break eh; cheerio. Sammy shook his head and turned away. He thought he heard the guy walk off but he couldnay be sure; he folded his arms, leaned his shoulder against the wall. Eventually La Di Da called: Doctor Logan is free to see ye now Mister Samuels. Please come this way.

And the guy's hand was on Sammy's wrist again and when he shrugged it off the guy muttered: Logan's a tricky bastard, he'll try and grind ye down; you're blind but and dont let him tell ye different; this is an entirely new condition which was caused through no fault of yer own but on a balance of probabilities by a person or persons in the employ of the police department. Stick to yer guns.

Sammy kept walking. Then La Di Da's hand was on his wrist. Thanks missis, he said but she didnay answer. Some of these middle-class bastards dont. They talk to ye and ye're allowed to reply but ye cannay speak unless spoken to. He stopped when she did, she chapped a door. He listened to see if the guy was following. The door opened and he was pushed inside. The door shut. He stood where he was.

Just over there. . .

The voice came from nowhere. A mumble. Now came a rustle of papers. A cough. Just over there eh. . .

Sammy stayed. The cunt would probably have said it even if he had been wearing the shades and carrying the white stick. More rustling. Ye could picture him studying Sammy ower the top of his reading specs, an irritated frown on his coupon, thinking to himself: Who the fuck's this evil-looking bastard?

Sammy smiled. But for some reason he felt nervous. It was that bampot outside, the so-called rep. He had met reps afore. He didnay want one. He didnay need one; that was the last thing.

Would you sit down over there please.

Sorry doctor I'm blind. I'm no sure where ye're talking about.

Two steps forward five to your right. The doctor carried on talking before Sammy had found the seat. You're Mister Samuels, you were taken onto this register for a probationary period some six months ago; you're here this morning to complain of sightloss in both eyes: is that correct?

Yeh. . . Sammy found the seat and he sat down. He kicked his foot forwards and knocked against a desk or table.

And how do you say you chanced to lose your sight was it over a period of time, was it just suddenly gone; what?

Eh. . .

The doctor sighed. The report I have in front of me is ambiguous.

I woke up and that was that, it was gone. I telt the woman at the Central Medical.

Mmm. And when was this?

I'm no sure.

You're not sure?

Naw.

According to this the onset date is already determined, the Saturday before last.

Eh

Now you're saying something else?

I'm no sure.

You're not sure?

I'm a bit out with my time the now doctor.

. . .

It's just getting used to it, I'm no thinking too clear.

I see. Had you experienced deterioration prior to onset?

Naw.

Are you positive about that?

Aye; one minute I could see the next I couldnay.

So you're saying you've never been tested for glasses?

No.

Are you a reader?

Eh aye.

Mmm. And can you make out the fine print to any degree?

Nope.

In regard to television, do you experience difficulty there?

Nope.

Is there any record of blindness in your family? Parents or brothers and sisters. Grandparents.

My mother and father both wore glasses.

Constantly?

Eh. . .

All the time?

I'm no sure – eh naw I think they did. Aye, they did. My sister wears glasses for reading. I'm no sure about my brother, I've no seen him for a while.

Silence for a few minutes. More paper rustling and a drawer getting opened and closed. And Sammy heard movement from the doctor's direction. Then a sudden whooshing noise and he had to jerk his head. Then another. Again he jerked his head; he clutched onto the sides of the chair. The next whoosh was much closer. Another whoosh now, it was from beside his left ear. Then the cold hand on his forehead.

Sammy listened to the doctor breathing, totally measured, no even a hiccup.

Try to relax Mister eh. . . No, please keep your eyes open for the time being.

More movement now. Something touched the side of his face, a rough sort of material. Then came a tap on the side of his left temple and he gave a slight yelp. He sniffed. The hand was off his forehead now. The doctor was walking away.

You're a smoker. Did you advise us of this when you applied to join our register?

Yeh.

How many a day do you smoke? on average.

Eh it depends.

A rough estimate?

Half an ounce. Unless I'm skint I mean, if I've got nay money. . . Sammy shrugged.

You are aware that treatment for certain diseases and illnesses will not be forthcoming if you persist? I strongly advise you to give it up. Tobacco's a killer; not only of yourself but of other individuals. It can also contribute materially to other ailments and conditions. Have you ever tried to give it up?

Yeh, a few times.

But you didnt succeed?

Naw.

Mmhh. Well Mister eh Samuels . . . in respect of the visual stimuli presented it would appear you were unable to respond.

. . .

Do you sleep at nights?

Yeh.

How many pillows?

Eh one.

And do you feel the need to have a window open?

Eh, sometimes.

For the fresh air?

Aye.

Do you experience palpitations?

No.

Pains in the ankle or shoulder?

Nope.

The chest?

Eh . . . naw, no really.

You seem unsure?

Well eh I mean I sometimes get indigestion.

In your chest?

Aye.

What makes you think it's indigestion?

Eh . . . it feels like heartburn.

Mm. Headaches?

Eh naw.

Never?

Naw.

You never experience headaches?

Never, naw.

Remarkable. Other pains?

. . .

Other pains?

Sammy folded his arms. Aye, he said, my back and my ribs.

But you dont experience chest problems. Mmhh.

Sammy stood. He took off his jacket: I thought you would maybe want a look doctor. He tugged the vest out the trousers, peeled it and his jersey up. He turned roundabout.

The doctor came to him: Just stand still. He touched Sammy on the ribs and lower back. Then he said, Tuck your clothes in.

Sammy did it, he sat down, he heard the doctor writing. Eh I was just wondering. . .

Yes?

D'ye think this is temporary?

What?

My eyes.

Your eyes?

I'm talking about this being blind, if ye think it's gony be temporary or what?

I'm afraid I cant answer that. But I would advise you to exercise patience. Are you prone to psychological or nervous disorders?

Naw.

Anxiety?

Naw, not at all

Panic-attacks?

Eh naw.

You do understand what I mean by a panic-attack?

Sammy sniffed. I understand what ye mean but I dont understand how come ye're asking me about it.

Do you know a Doctor Crozier?

...

In fact he wrote a medical report on you some nine years ago. He describes you as prone to anxiety, that you seem inclined toward attacks of panic.

...

I have a copy of his report in front of me. Are you disagreeing with his clinical assessment?

Yeh.

You are?

Yeh. Well I mean it's no so much I disagree it was just cause of the circumstances, I telt him that at the time – a guy I knew got found dead.

Are you therefore disputing Doctor Crozier's assessment?

I'm no disputing it, I'm just saying it was an unusual thing.

Mister Samuels I should advise you that it's in your own best interest to adjust to the physical reality. You mustnt allow things to prey on your mind. Obsessive behaviour should be guarded against. If it is found that you suffer sensory dysfunction then your body will endeavour to follow its own compensatory process; this should be abetted rather than thwarted. No one is unique. In my experience persons who entertain sightloss come to feel bodily materials with such perfect exactness that one is tempted to suggest they see with their hands, or that their stick is an organ of the sixth sense; they can be observed distinguishing between trees and stones and water. You arent a religious man I see but there are those who are; they adhere to particular forms of belief; they would argue – I think convincingly – that it is to the soul that that very special sense of sight belongs. It is by no means uncommon to find that when the soul is distracted, whether by ecstasy or deep contemplation, the entire body remains devoid of sensation, in spite of being in contact with various objects in the material world. Now the point here is that sensation doesnt occur in view of the soul's presence in the parts that serve as external sense-organs but in view of its actual presence in the brain, where it employs a governing sensory faculty: a kind of central coordinator would be one way of describing it, except that in doing so we may leave the route clear for a denial of its ineluctable essence. I do recommend you regard your present condition as semi-permanent and move on from there, perhaps exercising more emotional restraint. I assume you're in receipt of Community Gratuity?

...

And which services do you provide?

Nayn the now.

When did you last provide any?

Eh October.

October?

It was for the City Building Project.

Mmhh. And when will you be starting back do you think?

Eh. . .

Is there another project in the offing?

Aye but I mean unless things change. . . Sammy shrugged.

Yes?

Well I'm gony have to re-register. Ye've got to be able to see to serve on a building site.

. . .

A lot of the things ye do are up high doctor eh . . . there isnay any floors; nay walls, nay ceilings. Ye're in the middle of building them so ... they're no there yet. Sammy shrugged. If ye cannay see ye're liable to fall off.

Mmm.

That's how I'm here.

Yes well until comprehensive reports are carried out Mister Samuels. . .

Sammy sniffed. The doctor was writing. He cleared his throat and said, Eh I was wondering about things like guide-dogs and white sticks. . . About getting them I mean?

. . .

Eh how do ye go about it?

Go about it?

Eh, if ye wanted a guide-dog, or a white stick; how d'ye go about getting them?

I'm afraid I dont follow.

Right eh just if've ye no got the money I mean to buy them. I mean, what do ye approach a charity?

Well I dare say that if a claim in respect of a found dysfunction is allowed then an application in respect of a customer's wants that may be consistent with the found dysfunction becomes open to discharge by the appropriate charitable agency.

So I should approach a charity?

. . .

Eh?

I beg your pardon?

Have I to approach a charity? I mean . . . should I approach a charity?

That's entirely up to yourself.

Yeh but

You may approach a charity at any time Mister Samuels.

Yeh but I'm just saying

The doctor sighed. Sammy clasped and unclasped his hands. There was a rustling of papers. The doctor said, I've prescribed a similar course of medication as that recommended by Doctor Crozier; it should help relieve your stress; also an ointment which you may apply to areas of your upper trunk. Here you are.

Sammy held his hand out and was given the prescription.

Good morning.

Sammy got to his feet. Eh doctor, see about the sight-loss . . . what happens now?

In what sense?

Naw just eh, what do I do now?

I would've thought that was up to yourself Mister Samuels.

Naw I'm no saying that, I'm just talking about eh. . .
. . .

Know what I mean?

I'm not sure that I do. The medical officers at the PMBO will require to examine you. That's a formality. As far as the DSS Central Medical is concerned I dare say their adjudicating authorities will require to determine a judgment. If the alleged dysfunction is verified then your claim for re-registration in respect of sightloss capacity will be allowed.

So that means my registration claim isnay gony be allowed just now?

Well how can it be?

Naw I was just wondering like what you were gony be saying. The report I mean that's eh. . . Sammy sniffed.

The papers getting rustled. The doctor was writing now.

See I was just wondering there eh about eh the future and that, my eyes. . .

I've stated that it would be wise to proceed on the assumption that should the alleged dysfunction be found

Aye sorry for interrupting doctor but see when you say 'alleged'?

Yes?

Are ye saying that you dont really think I'm blind?

Pardon?

Ye saying ye dont think I'm blind?

Of course not.

Well what are ye saying?

I told you a minute ago.

Could ye repeat it please?

In respect of the visual stimuli presented you appeared unable to respond.

So ye're no saying I'm blind?

It isnt for me to say.

Aye but you're a doctor.

Yes.

So ye can give an opinion?

Anyone can give an opinion.

Aye but to do with medical things.

Mister Samuels, I have people waiting to see me.

Christ sake!

I find your language offensive.

Do ye. Ah well fuck ye then. Fuck ye! Sammy crumpled the prescription and flung it at him: Stick that up yer fucking arse!

Yes good morning.

244

Ya fucking eedjit! Sammy stood there. He started smiling, then stopped it. Fucking bastard!

Yes, thank you.

Fucking thank you ya bastard. Sammy grasped at the desk; there were papers there and he skited them; he turned and headed to where he thought the door was but banged into something that fell and he stumbled, tried to right himself but couldnay fucking manage it and ower he went, clattering into something sharp and solid and he cried out. The door opened and somebody came in and grabbed his arm. Sammy punched at whoever it was and rolled to escape, onto his knees and up. It was the rep saying, Take it easy it's me. I'm representing this man's claims Doctor Logan.

Are you. . .

Sammy was moving away from the voices.

I was supposed to attend with him this morning but I got detained elsewhere; I apologise for the inconvenience.

The doctor started to reply but Sammy had already found the door handle; he got out the room and was walking. There was a wall; he patacaked along to the reception counter then it was a straight route to the exit. By the time he got there and groped for the door the rep had caught up with him: Okay he said, that's us.

Sammy ignored him and got out into the close. The guy followed: Hang on a minute, he said.

Naw.

Can I have a word?

There's folk waiting for me.

It'll no take a minute.

I said there's folk waiting for me. Sammy kept walking.

Eh if ye're talking about the polis, if that's who ye mean; they're away.

245

...

Honest. They went ages ago.

Naw they didnay.

Aye they did.

How do you know?

Cause I saw them.

Aye well they'll be back. What time's it?

Twenty past eleven. Did they say they were gony wait like?

Sammy carried on to the front close. The rep kept up with him: How did it go anyway? he said.

How did what go?

The quack?

Fuck the quack.

I telt ye he was tricky. That's how I offered to go in with ye. Ye're better with a rep for medical interviews.

Sammy stepped out the close to his left.

Ye going for a bus?

Sammy paused and tumed. Look mate thanks a lot and all that but I dont need yer advice; I dont need a rep either; ye've got the wrong information, I'm no in for compen.

Naw pardon me I'll just remind ye, with respect, ye're no in for compen the now but ye're trying to re-register so ye might change yer mind. Ye might be forced to. Anyway, apart from that, ye're as well trying to get a few quid when the chance arises. No agree? Eh? I mean ye've nothing to lose.

You're a fucking comic mate that's what you are.

The guy chuckled.

Look eh

Ally; the name's Ally.

Aye right, okay; see ye think ye know but ye dont; ye're talking something else here with me; that's all I'm saying.

Ye're letting yerself get intimidated.

Sammy shook his head.

Ye let Logan intimidate ye, that was how ye lost yer temper. He wanted ye to lose it and ye lost it

Cheerio.

I mean did ye get a diagnosis? I bet ye ye didnay even get a diagnosis.

Sammy was walking.

It's no a disaster anyway I mean ye'd have been a miracle worker if ye did! But how near did ye get? What did he say? his actual words; did ye note them down? Did he give ye an opinion? or was it just a description?

Sammy kept going, touching the wall with his left hand on alternate steps. Surely the polis hadnay fuckt off? Surely they would be somewhere else watching. Maybe across the street.

How ye gony get home? Eh? If ye cannay see and ye've no even got a stick!

Sammy stopped and shouted: Look mate how I get home's my fucking business. He resumed walking.

What about yer referral did ye get yer referral? Cause if ye didnay ye're gony have problems. I'm talking about for a charity.

Fuck the charity.

Naw it's important.

Give us peace.

The guy was walking beside him now. Listen, he said, ye're no claiming the polis and that's understandable, ye dont want to seem like ye're lodging a complaint and that's fair enough. And ye're worried about yer Dys Ben claim and that's understandable as well cause it casts the same aspersions. Well what I'm gony say is, it doesnay matter. They dont care, win lose or draw. They're no worrying about you. So you shouldnay worry about them. Even if ye do score a few quid it's nay skin off their nose. Plus the fact if ye dont put in for it then ye're gony lose dough, cause once ye win the diagnosis question and get yer sightloss registration ye'll drop a couple of quid on the full-function capacity.

Sammy paused.

Ye knew that already but eh?

Fuck ye!

Naw? I thought ye would have. No knowing that, I'm surprised. Hang on a minute and I'll explain how it operates. Heh fancy a cup of tea? there's a cafe round the corner. Eh? It's in yer favour.

Look eh

Ally.

Ally. . . Sammy had stopped walking. The polis are gony be back and I want to be here when they do.

They're coming to collect ye like?

I'm no discussing it with ye, right? I dont have the energy – know what I'm saying? another time, another time; no the now.

Well I'm no pressing ye. Here.

What?

He put two bits of paper into Sammy's hand. One's the prescription, he said, the other yin's the referral, I got him to sign it for ye after ye went.

Sammy held them and said nothing, then he stuffed them into his pocket.

See the way I read the situation

Look eh Ally, I appreciate it all what ye're saying and that, but no the now, I might have discussed it another time, no the now, that's all I'm saying, no the now. Thanks for getting us the stuff.

Nay bother. Listen just hear us out a minute

Sammy sighed.

Naw only till they come. See the way I read the situation . . . okay ye got a doing off the department which is or isnay fair enough; some might argue it was – in fact that's what the polis'll argue once we've got them to admit it happened. But will they admit it happened? My guess is aye, it might take a wee while but ultimately they will.

Is that a fact?

Ye knew that?

Aye.

Good. Cause a lot of folk get surprised. One question: see when ye got the doing and ye went blind, was it immediate?

Naw.

Do the authorities know that for sure I mean did they note it down? If they didnay then the only thing they do know is ye're blind. So that's in yer favour. See if ye didnay go blind till two days later it makes yer proof of causation that bit tougher in respect of onset. But if they dont know then it might no matter. What's the latency period for blindness by the way? see if we find it usually takes a couple of days then everything's fine but if we find it usually happens straight off as a direct consequence of the blow or blows then we could be in trouble. Dont worry about that but I'll check it out. I keep a couple of medical books in the house; plus I've got other sources.

Who?

That would be talking.

Sammy shook his head.

Ye dont trust me eh?

I dont trust nay cunt.

249

Ah well that can be a problem, let me tell ye.

Sammy had raised his hand; he smiled. Alright mate nay hard feelings. He kept his hand out as if to shake. When Ally took it Sammy gripped him and held him. The hand felt nearly as big as his own. He didnay apply too much pressure, he wasnay out to hurt the guy. Okay, he said, now listen to what I'm telling ye: ye dont know. Ye think ye do but ye dont. There's something else going on here. It's no your business and I'm no gony tell ye about it. All I'm saying is it's no what ye think. So just leave it. Okay?

...

Okay?

Naw it's no okay. No when ye've got me like this.

I just want ye to fucking listen to what I'm saying.

Right I'm listening.

Ye're a rep, okay, I accept that. I didnay earlier on but I do now. I thought ye were a spook. I'm sorry. I dont think that now. Okay. It's just there's stuff going on here ye dont know about; and it doesnay concern ye; know what I mean? it doesnay concern ye.

Try me.

Ye're still no listening. Sammy increased the pressure and Ally now tried to pull away his hand, he got his other hand onto Sammy's wrist and tugged. Sammy lifted the hand off, he had to strain to do it but he got it, and he held it tight.

I cannay believe this, said Ally, it's ridiculous.

No to me it isnay.

There's people watching but it's ridiculous to them.

What the fuck do I care, fucking people watching man ye kidding! Sammy grinned. Then he released him. He rubbed his hands the gether, stuck them in his trouser pockets and moved away slow, he reached the wall and he leaned against it. He listened. There wasnay much traffic about. After a wee while he said: Ye there?

Aye.

Look eh I'm sorry and all that, I apologise. It's just things are difficult the now.

Aye well.

Sammy shrugged. See I'm fuckt; being honest.

Ye dont have to explain to me.

I thought I did.

Ah well ye dont.

Sammy smiled. Heh ye've no got a smoke?

Naw, sorry.

Look ye come on strong, know what I mean?

…

Ye come on strong.

I like to get the cards on the table. Ye sure the polis are coming back?

Sammy bit at the edge of his right thumb nail.

Eh?

What?

Ye sure the polis are coming back?

Look mate ye couldnay put me on a bus? is that possible? I'll pay ye back. See I've come out without my stick.

Come on we'll have a cup of tea. Eh?

Nay time.

For a cup of tea? one cup of tea!

Ye couldnay make it a pint? I'm only kidding.

See it's just I dont drink myself, no as such, but I've got nothing against other people doing it; it isnay a moral position, well no really.

Sammy sighed. I was only kidding, I'm no even wanting a pint.

Ye sure?

Aye. If ye could put me on a bus but. . .

Of course. Sure ye dont want a cup of tea?

Nay time. Look eh. . . it's appreciated. I'll pay ye it back right away ye know I've got dough in the house.

Doesnay matter.

I was just in a rush coming out so. . . Sammy shrugged. Then he said: Just a couple of things, for yer own information; it's no because of physical repercussions, that isnay how I'm no going after the compen. It's just personal. See ye obviously know I'm in a bit of bother with the sodjers – the polis – they're pestering me, fucking pestering me.

They're gony do that but I mean. . .

Naw, it's different to what ye're thinking. . . Eh will we go to the bus-stop?

Aye.

The other side of the street. Give us yer arm. . . Sammy carried on speaking as they walked. See I'm no wanting stuck back in the process, know what I'm saying, ye dont know about my life but I'm just wanting out of it – what the uniforms do or dont do, I just want away, like an ordinary life man that's what I'm talking about, like there's this neighbour of mine, this guy next door, he has his grandweans and that, he does his wee odd jobs about the house. I mean take my auld man

If I can stop ye there.

What?

I'm no meaning to be cheeky. But it's best if I ask you questions and you give me answers. A lot of what ye're gony tell me isnay material and with respect it's best if I dont hear it; no the now anyway. For one thing, I'm like you, I've no got much time.

Look

Naw it's just cause it isnay relevant to the issue, no as such, and that's what counts when time's at a premium. The other stuff, okay, maybe it's of some value but if we're gony work the gether then it'll come out with the washing, I'll get to know it in the long run.

Heh hang on mate I never said nothing about working the gether.

So let's talk about that then, nay point beating about the bush, I'll just lay it out. I take thirty-three and a third percent of all lump sums. When I say thirty-three and a third I mean thirty-three and a third – ye'll no have to sell yer furniture to pay my phone bills and postage stamps – ye might think it's steep but it's net of everything. Some guys I know, once they settle the accounts, ye're lucky if ye wind up with fifteen cause they've netted eighty-five. Worse than lawyers so they are. While I'm on the subject, there'll be nay deals done behind yer back. That's guaranteed. Plus needless to say if you lose I lose.

Look give us a break, if I fucking win I lose.

I beg to differ. The polis have forgot about ye already, that's how they didnay wait. One thing I will say, with respect, ye've got to get yer act the gether.

Sammy kept walking.

Ye've made mistakes this morning, ye've got to own up. I'm no saying I would've landed ye a diagnosis – Logan's arrogant but he's no that arrogant – but at least he would've seen ye were in there fighting. At this stage that's absolutely basic and fundamental. They've got to know ye're no a mug. It makes all the difference. Whereas pardon me but you let him walk ower the top of ye. Ye know he's got ye high up the panic-attack table?

…

Pardon me, but he saw ye coming. Now take the prescription; ye dont have to buy the stuff.

I cannay afford to.

Naw that's what I'm saying but ye dont tell them that cause it isnay good cause; we'll put it down to the dysfunction itself and say ye're no able to leave the house and there's nay community minders to go yer messages. Something like that; it doesnay matter; no the now – just as long as it's consistent. Another thing is ye get to that charity and ye register yer wants. Again consistency. Ye'll find I use this word a lot. D'ye know what it means? I'm no being cheeky it's just ye have to be wary how they use it. Somebody that's got sightloss wants a stick to get about, right? I mean that's what ye want if ye're blind. Then a pair of dark glasses; maybe a guide-dog. These are the kind of things ye want if ye cannay see; it's consistent with being blind. What do ye think of when ye think of a blind man? Eh? I'll tell ye, ye think of white sticks and guide-dogs.

...

I'm no being cheeky.

Just dont fucking con me.

That's the last thing. But what I'm saying, sightloss, it isnay like ye've lost yer legs, naybody can jump inside yer head and take a look and go: Alright, the guy's blind, that's it over and out, beyond dispute, a hundred percent, a certainty – know what I mean, they cannay do that. So the case ye build needs other things, and consistency's one of them, it's central.

Fair enough, I know what ye're saying.

Right then, so if you dont register yer wants then they'll pounce on ye and they'll say ye've no got any. It gets used in evidence against ye. Telling ye, see if I was you I would hit that charity immediately; first thing this afternoon.

Naw ye wouldnay.

Aye I would.

Would ye fuck.

I would

Ye wouldnay.

...

Ye fucking wouldnay.

Okay we'll agree to differ. Here . . . we're at the stop.

Sammy heard the chinking of coins. It's seventy pence. . .

Ally gave him the money, and carried on talking: Now, I've got to ask ye a question. Dont take it personal, I've got to ask it. Are ye really blind? I've got to ask it, dont get upset.

I'm really blind, aye, next question?

I had to ask. It's one of these things.

Sammy nodded. I've done time by the way I better tell ye that too.

Well it figured, with respect, but it's immaterial. If they pin their hopes on that then they would be as well giving ye the money right now. That's no to say it willnay arise, course it'll arise, they'll stick the boot in where possible. It's just testing the water but it's no serious. The one thing I will ask is honesty. You'll get it in return. Nay point me in batting for ye if ye're no telling me the right story. I dont care what story we tell them, as long as it's the same one. That's how I had to ask ye the personal question there. And I'll be frank with you since you're being frank with me, I'm glad ye've supped a bit of porridge. I've supped a bit myself, just to get that out the road. What I'm saying is we know the ropes, both of us, we know what we're talking about, we know the way the system works.

Dont con me.

That's the last thing I'd do.

Just keep it that way.

Dont worry.

Sammy nodded. Okay, there's a lot of what ye've said I agree with

Ye cannay disagree!

Look

Naw pardon me but you look, just to get it right, see ye cannay disagree, it's poindess even talking that way, it just means ye dont understand the state of play. See what ye've got to realise is all I ever do is state facts; if I ever give ye an opinion I'll tell ye.

How d'ye know I'm getting called up the PMBO on Friday?

Cause I checked.

Checked where?

The City Chambers; it's nay big deal, that's where they post the notices. A case like yours, it's up one day and down the next, so ye've got to be fast in. The likes of me now I'm there every night: I've got to be, otherwise I'll no know what's pending. It isnay just medical stuff I do by the way, no by a long chalk.

What else?

Och all sorts.

What exactly?

Everything; anything; doesnay matter.

Ye're no answering the question.

Well there isnay really a question to answer, with respect, no if ye think about it.

Heh is that a bus coming!

Aye.

What number?

Eh, private it says private.

Private?

It's a school special; there's a lot of weans inside.

Sammy listened to it roar past.

What number is it ye want?

I'll tell ye when it comes.

Ye still dont trust me!

Ye fucking kidding. . .

Ah well there ye are eh! okay, we'll no beat about the bush, ye've got to go by yer intuition in this game; my intuition was saying we had arrived at a position of trust. Maybe we havenay. But I thought we had. I dont know about you but that was what I felt.

Did ye?

I did, aye, but if ye dont trust me I'm as well walking away; I'm talking about right now.

Sammy smiled, shaking his head.

Pardon me for saying this but ye're awful bitter.

Am I?

I would say so aye; awful bitter.

Is that a fact. . .

Who hit who first?

I hit them.

Were they trying to apprehend ye?

Naw were they fuck.

Ye just hit them?

Christ I didnay even know they were the polis! No at first; I thought they – naw, hang on: the way it happened; I knew it was the polis; but that's only because I know what like the polis are. Take some naive cunt, they wouldnay have.

Didnay identify theirself?

Naw did they fuck.

Right. . . Look eh pardon me; just one thing, ye're gony have to watch yer language; sorry; but every second word's fuck. If ye listen to me ye'll see I try to keep an eye on the auld words.

. . .

I'm no meaning nothing; it's just it's a good habit to get into for official purposes. Ye annoyed? Dont be.

I'm no.

Ye are, but ye shouldnay be.

Dont fucking tell us how I shouldnay be, or how I should be, dont fucking tell us that. Sammy turned his head to listen in the direction of where the bus would come.

With respect

With respect man fucking spook language. . . Sammy spat on the ground. What is it with you are ye a fucking grass or what?

Fair enough.

Fair enough!

Fair enough ye should think that, I'm a spook or I'm a grass, it's fair enough.

Sammy tapped himself on the chest. I'm just fucking sick of it, right. I get a lot of hassle, off different cunts, I dont need you as well. Another time, maybe, but no the fucking now man I'm no in the mood, my head's no fucking – I'm no up to it. Sammy spat on the ground again and he stayed facing away from him.

Fair enough. . .

Another time.

When?

Whenever ye fucking like.

See what ye have to understand about repping; I need to think the way they do. I've got to know all the minutae, the wee details, the words naybody else looks for, the fine print as they say. How d'ye think I got ye yer referral! Cause I knew the right words to say, it's like abracadabra – two

seconds' flat and he was signing his name. It's how they
think and how they act, the authorities I'm talking about,
how they breathe; how they hold their knife and fork, the
kind of car they drive; where they stay – which is hard
by the way cause they hate folk knowing where they stay.
And that's afore ye reach the rules and regulations and all
the different procedures; the protocols and the formalities,
when ye bow and when ye scrape; when ye talk and when
ye hold yer wheesht – ye follow me, when to shut the
auld gub: all-important – when to wear a tie and when
to loosen the top button. You know the score Sammy, ye
go up to court ye dont start acting the clown, ye have to
play the game. It's them that make the rules.

Sammy rubbed his chin.

The one thing they dont know is you and me. That's the
one thing they dont know. They think they do but they
dont. That's how they need their grasses and their spooks.
It's a problem they've got I mean it's very hard for them
to find out about us. That's cause we're repugnant. They
dont even like being in the same room as us!

I dont like being in the same fucking room as them.

Aye but still I mean we have to but they dont, they're
only there for the dough whereas we're there cause we
have to be. We've nay choice, they have. So I mean what
I'm saying is if I tell ye something ye dont like ye've got
to look at it from the big picture. Ye've got to look at
what we're doing as if we're standing there in front of the
judge and everything we say's been taken down and used
in evidence. I'm no saying anything ye dont know, jeesoh,
ye dont enter the court and start shouting and bawling
fuck this and fuck that and fuck you too yer honour.

Sammy smiled.

Eh? Naw I mean ye know what I'm talking about! See

it's like I'm aye practising for the days I take the stand; I just cannay break the damn habit. I dont want to but know what I mean, I dont want to. The closer I get to courts and tribunals the more like them I get. Ask the wife and she'll tell ye. If ye listen to us ye wouldnay know the difference!

I'd fucking know.

Ah well I'm talking about the average person Sammy no the Birdman of alcatraz, no as such, with respect.

Is that a bus coming!

Aye.

What number?

A hundred and twelve.

It's no mine.

Naw but that's what I'm saying, these are the things ye've got to attend to, or at least I do, yer rep, that's the things ye look out for, that's yer job. On that very point, is Helen yer lady wife? Common-law?

Sammy sniffed.

She is yer girlfriend but?

Far as I know.

It's just a row yez had?

. . .

Well it's your business Sammy; on the other hand I'll find out anyway; what I mean by that is we're gony get to know each other, whether ye like it or no.

There was a flurry of traffic going past and Sammy kidded on his attention was taken by it.

Ye follow me?

What?

Naw what I'm saying, with me repping ye, I cannay help getting to know yer business. It doesnay matter about them being kept in the dark but I cannay be, otherwise how can I do the job? it isnay possible.

What isnay possible?

Me repping ye, if I'm doing it properly.

I didnay say ye were repping me.

I thought we had agreed.

No to my knowledge.

I see, it's like that.

It's no like fuck all mate ye're just jumping to conclusions. I've got to give it a think.

Well it's your prerogative. What I will say is: if I'm to prepare yer case it's got to be thorough; and to be thorough I need time. There's nay point you telling me to go ahead the day afore yer case is due. Plus there's another thing: ye have to remember they'll know everything. What's the point of me in batting for ye if I know less than they do?

They'll no know everything. Sammy spat out into the street.

If I was you I'd assume it.

Aye well you're no me. There's a difference between repping somebody and fucking being somebody; know what I'm talking about, being somebody?

I know what ye're saying.

Good.

How long d'ye need to think it ower?

I'll sleep on it.

See the thing is, with respect, it doesnay matter whether ye sleep on it or no; ye're still gony have to say aye or naw; when the time comes, ye follow? That's the bottom line. Whether ye take a week to work it out, at the end of the day ye're still left with the decision. Either ye go for it or ye dont. I'm no gony put pressure on ye, I mean I dont need to drum up business, let's be clear about that. But time's short and there's work to do; research and other stuff. Then again I've got my other cases. And being honest with ye some of them are more complicated than this yin. The woman I'm going to see the now, she's been fighting for years; in comparison to her case yours is a dawdle.

Is that right?

. . .

I'm no being sarcastic; I just dont like being cornered; cunts aye seem to be cornering me, know what I mean, it wears ye down.

I'm no cornering ye, I'm doing the opposite.

I need a think.

Suit yerself.

It's no to do with you, no personally: if I need a rep it's you I'll go to.

Aye well there's the timebar to think about as well, ye wait too long and ye lose yer chance.

It's alright for you.

I only make a pay if you get the dough, so it's no alright for me. It's consistency we're talking about.

Aye well consistency I get fuckt man that's consistency, I get fuckt.

But how? all ye can do is fail. There's no gony be any retribution; they dont care one way or the other. It's no them pays out the money, it's us.

Aye but it's bad reports and statistics; bad for the politics, if they're seen making a bolls of things, there's repercussions.

We're talking vote-catcher, sure, and they'll fight like hell to beat us. They have to show they can do the work. If they've got adequate resources and they accept they've got adequate resources then they should use these resources in an adequate way, that's their job. Our case is gony hinge on incompetence and inefficiency, that the way they're operating is inadequate for the job in hand. In the short run that boils down to money – it's what ye might call an unwritten point of law – but it's different money to the money that goes on compen; this kind of money comes out the department's own budget. When that happens and gets seen to happen then somebody's for the chop; that's what they're feart of, getting the chop. Ye with me?

Sammy sighed. What do ye think? he said, does it look like rain?

Eh, aye.

Clouds?

Aye.

Thought so. Sammy cleared his throat and spat again. You sure this isnay a fucking lamppost we're standing at!

Ally chuckled. My car's in getting its MOT the now, otherwise I would've drove ye.

Sammy nodded. Right, he said, it's a deal.

. . .

Ye're repping me; that's that. Okay? If ye're still into it.

Aye, right. Good Sammy, okay, the batrle's on – ye've got nothing to lose anyway!

Well I wouldnay say that exactly.

Ye sure ye dont want to think it ower?

Nah.

They shook hands to clinch it.

Nay going back now eh? I'm a man of my word Sammy, I hope you are too. I'm only saying that cause of the amount of work ahead. I dont mind doing it; it's just if ye spend all that time and effort and it gets called off at the last minute. I mean I dont mind getting beat, no as such, but the other way naw; it's heck of a frustrating. The most frustrating thing of all is that they've won, it means they've done the business. That's the worst of it. So what about the charity?

I'll go immediately?

Immediately?

Well I mean the morrow morning.

Right. Definitely now cause it's really important.

Nay danger.

What time at?

Eh. . .

Maybe I could come with ye.

Nay need. Honest; I have to do things myself; I've got to learn.

Good, aye, right; well the address is on the referral, it's up St Vincent Street. I asked him for it. I know ye've nay religion so it'll fit ye for non-denominational, it's a protestant one. Okay?

Aye, ta, well done; if I get lost I'll just ask somebody.

Ye're a fighter.

Dont fucking con me. Sammy smiled.

I wouldnay try to.

Okay. Heh ye dont have to wait with me for the bloody bus ye know I just stick my hand out for everything.

It's alright.

Ye're in a hurry but Ally honest, it doesnay matter.

Ye sure. . . ?

Nay bother; ye've gave us the dough and that's great; seventy pence I owe ye; it'll be there the next time I see ye.

That'll be Wednesday late morning.

Right, okay.

It's just that's the first chance I'll get. I'll come up to yer door. Better that than meeting somewhere; it gives us the chance to go through things properly. Plus I'll have had the chance to do a bit of work. Tell ye something: we'll be further on than ye think!

Good.

Ah well that's my job; although I've got to say it, dont get too confident. Going up against these people, there's nay short-cuts. It's painstaking stuff; heartbreaking sometimes. Never mind, ye can only do yer best. Alright then?

Aye.

So mind that charity the morrow morning, it's crucial.

Nay bother.

They said cheerio now and shook hands again. When he had gone Sammy took out the prescription and the referral and crumpled them up. But he didnay fling them away; he was about to but he stopped and stuck them back in his pocket. Ally might have been watching from along the street. No that it mattered cause he had nay intention of going anywhere the morrow morning. He had nay intention of using a rep either. He had nay intention of doing fuck all except what he felt like. Ye just had to keep yer nerve. Nay cunt was gony get him out of trouble; nay cunt except himself. A heavy vehicle was coming; a truck, he stood back.

Who was conning who? Sammy smiled. Ye do yer crime ye take yer time. He spat into the street.

Muttering from somewhere. Either it was the sodjers or a fucking bus was due.

So there ye are. That was fucking that. He wasnay racing in blinkers man he knew the scenario. So what's he gony do? roll ower and fucking die? that will be right.

Okay.

A case of the thinking cap the fucking thinking cap, okay.

Right. So he had to work, he had to plan. He was getting used to the blindness now. The first nightmare was past. He was in the second stage. And to pass through it he needed to go careful. The knives were out man the knives were out. Okay. That was something he knew about. Relax.

Relax. Right alright right fucking right right man relax just relax, okay.

He had been dribbling for christ sake! he felt the wetness at the sides of his mouth. As soon as he got in that door out would come the razor.

It was fucking annoying but, irritating behaviour, know what I mean, the way every single last one of them took him for a mug. They did! The stupit bastard sodjers thought Sammy knew something and he knew fuck all cause Charlie didnay trust him enough to fucking tell him fuck all. That was the story there. Fucking bastards. Okay; relax. Naw but it fucking annoyed ye man! The idea of it, ye know? fuck sake.

And if he didnay make it. If he didnay make it it was the bammycain here we come. Cause one thing was for definite; if these bastards wantit to stick him away then they would stick him away, straightforward, no two ways about it. And he wouldnay last the pace. He wouldnay. He fucking couldnay.

It was all down to time. That was how he was getting so fucking jumpy. It was time, time! that was what it was down to. Every last thing. The one thing he didnay have. And see when ye thought about it that was what they were doing, they were robbing him, they were thieving it off him. Telling ye man that was what they were fucking doing. Bastards. The sodjers and the DSS, the Health and Welfare. They were all stringing him along.

A bus was coming; he put out his hand; too late. There ye are; fucking time; fucking late again. If ye didnay know better it was fate, a wee warning. That was it telling him; that was the bus away and if ye didnay watch out it was yer life, what was fucking left of it man that was that; end of story. So move, move. Okay, he listened hard. He got one eventually. A couple of other folk were waiting and he had them keep a look out. He took the first seat on the lower deck, the one for invalids; fair enough.

The rain was drizzling when he got off. He gritted his teeth. There was naybody roundabout. He had to make it to the flats on his own. That was okay. It was best. There was nay way ye could rely on cunts getting ye out of trouble. A guy might do something, he's no always responsible. Who knows the pressure they put other people under. They aye find ways to fuck ye. It doesnay matter who ye are if they want to do ye they do ye.

The stone wall was wet. Obviously it was wet it was raining. Just it felt funny, damp and gritty. It had a good smell, fresh; and something else; hard to say what it was.

There was a person standing. Sammy's hand brushed against their clothes. He apologised. Nay answer. He kept going, looking for the other entrance into the pedestrian walkway. His feet were bloody nipping again. Never mind. Wet weather keeps the dogs at bay. Ever see a drookit dog? fucking pathetic, head lowered and shoulders drooping, nose tripping off the ground. Trotting along but trotting along; no chucking the hand in, still looking for that scent. One time Sammy booked into a lodging house and got his cubicle, he took it for two nights. He didnay have much luggage, maybe a couple of bags, and come next morning, to be on the safe side, he took it with him when he set off on the wander. He was looking for work, just chancing his arm at sites here and there, stepping up and asking for a word with the ganger. Anyway he didnay get a job, but when he came back to the cubicle there was a hat and jacket hanging on the peg behind the door. It was a greasy fucking jacket but the hat wasnay greasy, it was quite a nice looking effort, navy blue or something, Frank Sinatra. Fucking wild. Kipping down for the night with these things hanging up behind yer head; creepy – where had they come from? where were they fucking going! it gave ye the willies, especially in the early hours when the lights shifts and ye start to make out the contours and it isnay just total black nothingness.

The point is

to do with the shoes. Nay cunt stole his shoes. Sammy was in some cunt's house. And he put on the trainers by mistake. Cause he was drunk. Or else some cunt put on his cause they were drunk; and he took theirs cause better that pair than nay pair. And the Leg was long odds-on, fucking eedjit man fucking typical – except it was him walking about in the brand new leathers whereas Mister fucking Smartguy Sammy

The rain was getting heavier.

Ye had to think.

Naw ye didnay. There was nay point. What ye did was things, ye did things, ye didnay fucking think about doing them ye fucking done them man there's a difference. And Sammy was going to England. So there ye are.

If by any stretch of the fucking imagination he could get his Dysfunctional Benefit then not only would he no have to work at jobs that ye wanted eyes for, ye would also get yer Gratuities money raised to compensate. But he wouldnay get his fucking Dysfuckingfunctional Benefit man he would be lucky to get fucking re-registered christ almighty, and the actual compen was a joke. Nay chance. He was the cause of the sightloss; him himself. That was obvious. If they needed the arguments he would supply them. Hope doesnay spring eternal. Ally tried to give him hope but there was nay hope. So why fucking bother? You wind up the loser; ye get double-fuckt. Ye just play the game for as long and as much as ye need to. It wins ye breathing space. Breathing space is what he was giving to Charlie. Maybe. Who knows. No that it mattered. Mind you even a couple of hours. A fucking couple of minutes man sometimes that was all ye wanted. And ye're out the window and round the corner and they dont know ye from Adam.

These things were a rigmarole, ye just kept the nerve. Ye got by on the situation; your situation. It took time and effort; concentration, attending to detail. That was one thing he liked about being blind: see at night man he slept like a fucking trooper. All down to the effort that went into the day-to-day stuff, the minute-to-minute points of order. The actual living. That was what fucking knackered ye, the actual living! Sammy chuckled. He felt the water on his ears; maybe it would go inside and wash away the wax.

There were guys he knew would do him favours, if he wanted to use them. It was down to him.

Where the hell was he heading! he didnay fucking know. He stopped. Seriously man where the fuck was he? He chuckled again; what did it fucking matter. The rain. It was nice. The wee pit-a-pats. It made ye think of toddlers. Wee Peter staggering about.

Jesus christ but he needed dough. D.o.g. That's fucking dog man d.o.g., fucking dog. Sammy laughed – more of a fucking snivel than a laugh. At one point he had been gony let Ally have it. It was good he hadnay. He was a poor cunt. Ye can only feel sorry for guys like that. Never mind.

Unfortunately, right now, right fucking now, Sammy was fuckt. He had forgot which way he was walking. It was the rain putting him off. He kept going for a few more steps but his stride got shorter and shorter. Cause there was nay point. just nay point. He stopped. He felt for the wall, which was there, and shouldnay have been, it should have ended a long way back. Never mind ye dont make a song and dance about things. Nay point in that. He moved along, touching for the wall, till he found a doorway. He stood in.

A bunnet. Was Sammy dreaming or was that a thing about blind men? they wore bunnets? Probably because they couldnay see the sky so they didnay know if it was fucking cloudy or what; so they were aye having to be prepared.

He wasnay a bad shoplifter, being honest about it. He didnay like to boast. It was the psychology. That was what he was good at. In fact that was a wee test he could set himself, he could go out and blag a bunnet.

So:

what was he gony do and how come he wasnay able to plan it out? Cause that stupit fucking quack had annoyed him. But nay point getting excited. Everything's tactics and these were auld yins, like the man said, he shouldnay have fell for it. Ach well fuck it, sometimes ye just liked going for them. The way Sammy saw it was this: every time ye got to them ye shortened their life, it brought them that bit nearer the heart attack, know what I'm saying, ye were doing them in. So okay. The rain was getting worse; he stepped out from the doorway and it was bouncing off the bridge of his nose.

Mona died last week
she fell on the train line

What was he gony do? Ach he knew what he was gony do.

Mona died last week
she fell on a train line.

Sammy had a bad ear for song lyrics, he never remembered the bastards properly. Being honest he wasnay a great brain, he wasnay what ye would call a thinker. No really. He stopped walking. He should have stayed in the doorway.

Footsteps. Hullo, he said. Nay answer. Probably a ghost and they cannay talk.

Sammy was gony go to Glasgow Airport and stowaway on a flight to Luckenbach Texas to team up with Willie and Waylon and the boys. Aye ye're no fucking kidding man fuck England he was going to Luckenbach.

Where am I the now by the way?

Where am I the now by the way. Fucking story of Sammy's life. Ye see a brick fell on his head. That was actually true for fuck sake except it was a boulder. It was intentional as well. Three guys held him down and this other yin stood up above him, just holding it steady, taking aim. Like playing bools. Ye stared up seeing this big fucking jaggy boulder. Then ye didnay see it and wallop. The bridge of the nose. Since that day he's never been the same. There's another song. Life's full of songs. Maybe god's a singer.

When Samuels went blind

A smell of beer. It was a dream. Even yer nose plays tricks on ye!

Ye couldnay trust nay cunt but.

One guy he could trust

nah he couldnay. Everybody blabbed. The world was made up of blabbers. Blabbers and spooks and fucking grasses. That was it about life man there was nay cunt ye could trust. Not a solitary single bastard that ye could tell yer tale of woe to. So ye just blundered about the place bumping into walls and fucking lampposts and innocent members of the community out for a fucking stroll. Auld Helen man

gone but not forgotten.
gone but not forgotten

Sammy didnay even know if that was a song. One thing he did know
naw he didnay, he didnay even know that.

Mind you it was times like these when a pal made all the difference. He gave up pals years ago but maybe it was time for a rethink. Drinking buddies werenay good enough. Loose tongues, ye just got fuckt. The likes of the Leg, he wasnay what ye'd call a mate; no really, he was alright but basically that was what he was, a drinking buddy. Sammy hadnay wanted him along that Friday morning, he was just doing the guy a favour, weighing him in with a pay. He wasnay a bad cunt. A trier. Plus he had the kind of appearance that attracted attention. One look at him and ye wanted another look. That extra ten seconds; every wee bit helps with these security fuckers. The poor auld Leg but he wouldnay have known what hit him, I'm talking about when the sodjen got a fucking grip of him man it would be the talk of *Glancy's*. Never mind. Ye come to think about it and Sammy couldnay mind the last pal he had; maybe Joe Sharkey the last time in London. One thing if he did head back down the road, he was gony screw the nut, go and stay somewhere quiet; he wouldnay go north and he wouldnay go east. And he wouldnay go fucking south either, he would go west. He didnay know nay cunt out there. Fucking wild west. He didnay even know the names of the places – fucking Dagenham or something. Hounslow man Southall; even the names were different, hams and lows and alls. Glasgow was too close, that was the problem, it was too wee. Everybody was in the fucking grubber as well man know what I'm saying, it's tough at the top.

If he could turn a couple of quid on these dress shirts. Cause there was another wee deal he could maybe push through. He just needed that bit of dough up front. The dress shirts would give him it. Except if the sodjers had blagged them, dirty bastards. There again but Tam would be wary now as well. The sodjers would have been to see him. Probably Tam was a grass anyway. And the Leg. In fact they were all fucking grasses. Even good auld Charlie; he was the fucking obvious one.

Hullo eh can ye tell me if I'm near the flats yet?

. . .

Nah, Charlie wasnay a grass, that was just being stupit. Maybe he could phone him. They would have him bugged but it didnay matter. He could send the boy up with a note, leave it with Charlie's missis. It would just mean he would know about Sammy – the boy, it meant he would know he was blind. So what? Fucking tell them, the weans, tell them everything, the truth.

He upturned the jacket collar about his ears. The trouble was

And now a good samaritan appeared. Naw he didnay. It was imagination.

Then of course one of these fine days the heavy squad from the housing depot would appear and turf him off the premises. Well if they did Sammy would set up the barricades.

He pushed ahead. The wind felt familiar. It was a Scottish wind. Scottish winds fuck ye. They do in yer ears. Then there was yer poor auld fucking flappers man yer feet, they were fucking swimming; even his wrists, for some reason they were sore. Fucking bracelets man these dirty bampot bastards, desperate; nay fucking need. He kicked off the pavement; the junction. But dead quiet. Kids went flying past him, their shoes splashing. He waited a minute; still quiet. He walked, his hands at his sides like he was marching. He was marching; just he wasnay doing it fast. The last few steps he went slow, nudging with his foot to find the kerb; then he was up and beautiful smells. Cooking. It smelled like a baker shop. Warm and tasty. A bridie and beans. Bread and butter and a pot of tea for one. So it wasnay the junction afore the walkway cause there was nay bakeries about there.

So he was somewhere else.

His foot went into soft stuff. Dog shit. Human shit. And a hill seemed to have started for christ sake he seemed to be walking up a hill. What the fuck hill was it? A fucking hill man! Now his hand brushed wet stuff, like leaves or something. A hedge.

His head was lowered, the shoulders hunched. The way he was walking wasnay good for the posture. Stooped. He was thirty-eight. By the time he got home he would be forty-one and a half. And what would happen if he reached the top of this fucking hill and had to come down the other side! So there ye are, fucking humpty dumpty.

That was something he would never be able to do again: run. Fucking hell, even with cunts chasing him. He would just have to use the stick. He could whirl it round his head.

They wouldnay get near him that way. See that stick! He was never gony leave the house without it. Never. Even if the fucking sodjers grabbed him; he would just tell them man no fucking way, no without the stick, he wasnay going to nay fucking poky unless they let him take the stick. It was an extension of himself. That was what the quack said. So there's yer evidence, put together by a genuine doctor, a genuine dyed-in-the-wool fucking upper-class bampot bastard.

Assuming he was no gony be dead, what would he be doing a year from now? Maybe it would all be worked out; he would have it under control; the other senses all tuned up to fever pitch; appearing on the telly to give demonstrations of how to hear through walls man think positive, that's what ye do. Somebody was walking beside him. He stopped suddenly. Nothing. He carried on. The somebody went with him. So he stopped again; again suddenly. The somebody stopped beside him. Sammy sniffed. He was gony say something but at the same time he didnay, cause there would be nay cunt there. Even if there was they wouldnay say fuck all. If he could just stop breathing and listen but he was peching too much from the climb. He had to cut out that smoking. This was two days without man it was a head start. The trouble is he had tobacco lying in the house. If it hadnay been there he would have definitely chucked it. Nay fucking problem. But now what he would do, he would chuck it the day he left Glasgow, at the exact same moment, when the bus pulled out Buchanan Street Station, he would chip the last fag out the window. Fuck ye.

Helen had never been to England. Hard to believe somebody that was an adult had never been to England, no even on a visit. But there ye are man that's fucking

Helen for ye. A fucking individualist all the way. Dumfries was far enough she said.

Nay point panicking.

Seriously but he was all washed up here so he had to leave; a speedy exit. Watch out for the dark. The sodjers gave the warning for Charlie but it wasnay Charlie it was Sammy, that was who they were warning. Well fuck me man it was an offer he couldnay refuse. There was nothing here for him anyway. Even afore last week's debacle he was all washed up. He just hadnay admitted it. No to himself. Nay wonder she got angry. Jesus christ man nay wonder, nay fucking wonder!

Fine if he could get a taxi, a taxi would have done the business. Get rid of all that can-ye-help-me crap fucking bullshit. Sammy wanted to vanish. Jesus christ he wanted to vanish, he really did. He once read a story about a guy that vanished. But it was unbelievable. So fuck it.

He could vamoose but if he wanted to. Who was gony stop him? He could go back to the flats and pack his stuff and just saddle up and move em out. A blind man hits London. He would get off at Victoria. It was aye a great feeling that when ye left the bus. All the Glasgow accents disappear. As soon as ye step down onto the ground; everybody merges into the scenery, no looking at one another. And then ye're anonymous. That was the fucking crack man know what I'm talking about getting anonymous, that was what it was all about, getting fucking anonymous; nay cunt giving ye hassle.

Except ye have the next move to make. Where d'ye go from Victoria? Ye start with the walk to the tube station. Ye maybe stop in for a breakfast and a read of the paper. If it was him he would head north. Get to Seven Sisters. He lived there afore and quite liked it. Maybe somebody would remember him. Did he want to be remembered. Naw. Paddington, that's another place. He could go to Paddington. Except that fucking Edgeware Road and Praed Street man a bad crossing for blind people. Fuck Paddington. Plus all these beggar cunts trying to tap ye. If ye were like Sammy ye wound up taking them for a fucking pint man. Wild. Ah fuck London. Maybe he would go somewhere else all the gether. Luckenbach Texas.

Shut yer fucking mouth.

The seaside! One of these quaint auld sleepy English places with a big long stretch of seashore where collie dogs go in paddling with their owners, auld women with smart brown shoes, the long promenade with benches every few metres. He would be safe there. Even safer on the sand. So safe ye could leave the stick at the side of the promenade steps. Then go for a long walk; down by the tide, the waves rippling in, take off the shoes and relax, stick the socks in the pocket, roll up the trousers and just hit through the surf, splish splash, wee tangles of seaweed round yer toes. He could get a wee room somewhere and it would be okay. Every cunt was rich there so he would be exceptional circumstances. They would give him his own fucking DSS office. What ye wanting the day Mister Samuels? Eh a plate of eggs and bacon would be nice, maybe a wee round of toast, long on the butter and long on the fucking marmalade know what I'm talking about ya fucking halfwit. And while we're on the subject what about a four-legged friend, a fucking guide-dog.

See when ye come to think about it he didnay really like Scotland. It was his country, okay, but that didnay mean ye had to like it. And when it rained here it fucking pissed on ye man there's a difference. Sammy had never been lucky here. Never. Whereas, whereas, down at the seaside, down at the seaside

Ye see these men and women with their collie dogs. The one thing ye know is that dog's a pal; when ye see them the gether, that's the one thing ye know immediately.

There was that feeling again, some cunt walking beside him. Naybody would walk beside him at the seaside.

Even Margate. That fisherman's pub just round the corner from the site. All done up in fisherman style. The locals treated ye fine. Plus the guvnor's wife man christ almighty some bit of stuff she was she used to give ye the come on and ye didnay hardly know if ye could believe yer eyes it was that fucking blatant. Some bit of stuff. Dangerous but. A dangerous woman. It was a great wee pub. Only snag was the wee boy. The woman's husband, the guvnor, he was fucking crazy about his wee boy. And if ye were in the bar ye had to watch the wee runt do his shadow-boxing or playing pool and all that, doing his fucking crossword puzzles or space-invaders, whatever he done ye had to watch and nod yer head like he was showing great promise and one of these days he was gony hit the big time it was a racing certainty. Mind you the guvnor gave ye tick. English pubs werenay bad for tick. No like fucking Glasgow man they take the hatchet out from under the counter: What's that ye said! A tenner till Friday!

That was auld Morris behind the bar in *Glancy's*. The crabbitest cunt ye could hope to meet. Imagine hiring him to work in a boozer.

It was raining it was cold

West Bethelem was no place for a twelve-year-old

Naw but it was something to do, go up Buchanan Street and find out the score. Sammy just wantit to get on a bus and then get off it. Get on in Glasgow and get off at the seaside. It would be Saturday morning. Saturday morning at half-past eight. The weather would be mild and summery, even in the middle of winter, it wouldnay rain for a fucking month; if it did it would be through the night and ye would be indoors with the little woman, all snug, like a couple of fucking bunny rabbits. He would get off the bus and go in for a face wash and then he would get some breakfast, a plate of cornflakes and bacon and eggs, coffee. Tea maybe, it didnay matter about that. He would have his suitcase, he could just dump it in the left luggage. Then a face wash, then breakfast, bacon and eggs, a round of toast; and coffee, or else tea, it didnay matter, he wasnay fussy. A new pair of shoes.

Muttering.

Sammy stopped dead and he-turned. If he had had the stick he would have swung it round his head. Whoever ye are get to fuck, he said, I'm fucking warning ye.

. . .

He tried to slow his breathing. Hear what I'm saying, get to fuck. He whispered, Is that you Ally?

Then he walked. He had to screw the nut. He was acting mad; he had to watch it, get to fuck man head for cover, know what I'm saying, life was too claustrophobic, ye couldnay cope with it. He had to get away. He had to leave here he had to get to the flat and pack, pack his stuff and get to fuck and my god he felt he might no even be able to make it to the next giro. A week next Friday for fuck sake. He would but he would have to. Get rid of the shirts. Fucking knock-me-down-price; just to get fucking shot of them.

And whatever, he would be doing his best. If his best wasnay good enough it wasnay his problem.

This bastard hill for fuck sake where was he he was still going fucking up the way. He wantit to scream really he wanted to bawl, to bawl; but he couldnay he couldnay for christ sake he had to watch himself. At least the rain was back to drizzling. He should have conned that bastard rep into taking him home. This was fucking ridiculous man it was just so fucking ridiculous. His own fault for letting the guy off the hook; the killer-instinct, he just didnay have it. Some things were gony stay the same. He was still the same, he would still be the same; that was the problem. Yet he wasnay! He was fucking different! He wasnay the same at all! He had changed! He really had changed. Surely Helen had seen it! Fucking hell man! Well she would fucking see it; all she needed was a wee bit of faith, a bit of fucking trust in him. Cause he was her man; and if she couldnay have trust in her own man then that was fucking that. That was what the auld guy next door called him; Helen McGilvaray's man. And he was a fucking stranger too know what I'm saying, a fucking stranger jesus christ and he saw it. And she didnay! Some crack that man know what I'm talking about.

Down south they would start from scratch. The two of them, they would get a job. She was a certainty; auld Helen for fuck sake she was brilliant behind the bar. Maybe they could land one of these husband and wife team-jobs. Licensees; get their own wee flat up above the pub. The only problem was the form-sheet; these breweries, they were strong on references and that kind of bullshit. Well references could be fucking got, know what I'm talking about, nay problem. Just Helen. Ye couldnay tell her that. Never mind fucking getting the references ye couldnay even fucking talk about getting them. She had her own wee ways the same woman. She thought she was oh so practical, but was she was she fuck; she wasnay, she just thought she was.

Dreams. When he went south he was going on his tod. These things; ye have to face up to them. She was gone. No even a note. Fucking weird one that, no even a note. Course how would he know if there was a note? Maybe she had left notes all ower the house. She could have painted messages on the fucking wall for all he knew. Ah fuck it man sooner or later, sooner or later. The worst way the sodjers would get a grip of her and let her know the story, and then she would be back, even just to see for herself, how he was doing, if he was coping. Course he was fucking coping. That was what he had been telling her for the past fucking month he had been coping; a changed man; all that past stuff it was finished, ower and done with. And down south he would be treated different too, treated with a bit of thought aforethought thought aforethought thought aforethought he was gonnay keep thinking this thought aforethought thought aforethought the bastard walking beside him man and he wanted to scream but he wasnay gony he just wasnay gony, give them the satisfaction, ye kidding, fucking dirty bastards, I know who ye are.

He had slowed down, now he stopped. It felt different. The rain was just about off. But it wasnay that. He felt his way forward to the kerb. He had reached the top man that was what it was. The top of the hill. Aye fuck you too, he muttered and he went left a few metres. Definitely; he was on the straight.

The road was quiet as well. There was a familiar feel about things. He found the kerb again and listened hard. Nothing. He was gony cross, he stepped off the kerb, he was gony cross ower, he was gony walk across the other side and he was doing that man he was walking to there and here ye are man he was walking nice and slow and calm and his arms were in at his side, no swinging them but just normal, walking normal, and still nay sounds, nay fuck all; the afternoon, the weans were at school; he kept going, and he reached a point where the road went a wee bit downhill and then there was the kerb and it was quite a big kerb, quite a big step up and it was familiar this, and then he was on the pavement; he groped forwards and struck metal, the railings. The bowling green it was the bowling green. He gripped a spike and let the weight of his arm rest. He put his left hand through the railings and touched the leaves of a bush, they were soaking, he skited them up and down, feeling the water on his wrist and up his jacket sleeve. Maybe whoever it was had been his guardian angel; once he reached the bowling green they had got off their mark cause they knew he would recognise it, where he was. Christ a fag would be good! He deserved it, know what I'm saying he fucking deserved it.

Cause he knew where he was; he wasnay lost. A case of getting from a to b. He steadied himself, nay point blundering about; he was dying to move but just hang on a minute, take it easy. Okay. He figured out the directions. He knew where he was going. Concentration. His brains were too active. Ye had to keep them under control. Okay. It was back in the direction he had come, and then left, and then

fine, he knew what he was to do.

He was feeling good and he was feeling strong. He had this idea, getting himself a couple of blank cassettes. He used to write songs in his head. What he could do is speak them into the mike, or maybe even sing them. How no?

fuck it, it would pass the time. And who knows. Ye send a couple off to a good singer; they pick them up and give it a whirl. From then on man from then on

A tin of macaroni heated on the oven. He had a tin of creamed rice as well. Ye could live okay.

He walked to the window and opened it and felt the force of the wind trying to fling it out his hand. The rain came in on his face. Sometimes ye were amazed at the force of these things like they were living lives of their own or something. If it didnay slacken off he wasnay gony go out at all he was gony stay home.

He stuck on a cassettè. He hoped it was one he liked. Well he liked them all or he wouldnay fucking have them. Just sometimes he put one on and he didnay particularly want to hear it, no at that particular moment, plus there was a couple belonged to Helen. Sometimes ye werenay in the mood. He was gony have to work out a system for playing the fucker; tapes he liked on one side of the mantelpiece, dross on the other.

Well I woke up Sunday morning

Jesus Christ. It was unbelievable. Fucking unbelievable man really, it was unbelievable, ye just

Sammy sat down on the armchair but now he was on his feet. He sat down again. It was serious fucking business; really, it wasnay wild it was serious man serious, serious fucking business. Know what I'm saying? He had to sit. He had to just

fuck it. Nay point

naw but

christ almighty he was up on his feet for the chorus, calling it home, big licks and all that, singing it loud, singing

283

it loud and singing it long, battering it out, giving it the
big guitar strokes

> On a Sunday morning sidewalk
> wishing lord that I was stoned
> for there's something in a Sunday
> makes a body feel alone
> and there's nothing short of dying
> half as lonesome as the sound
> of the sleeping city sidewalks
> Sunday morning coming down

There was tears coming out, he fucking felt them, it
was fucking written for him man it was written for him.
Fucking hell.

He went through to the bedroom. Just too much; too
much. He was on the bed now on his front and his face
was buried into the pillow. Jesus christ but ye just get so
fucking angry, ye just get so fucking angry, fucking hell
man fucking hell; he was greeting.

And the grub was burning. Let it. It was burning on top
of the fucking cooker. He got up and did a deep breath
out, he wiped his face. He went through to get it.

He let it cool then ate it all up. It was alright; it didnay
taste burnt.

He carried his tea ben the living-room and sat down on
the carpet with his back to the settee, rolled a smoke, feet
in front of the fire. Nay music, nay radio. Apart from the
sounds in his ears he could hear occasional footsteps from
above, then noises from through the wall, the television, the
auld deaf woman; when it was quiet ye heard everything
in this fucking dump he would be glad to get out of it;
he would, he would be fucking glad. The water was still

in the bath. So fucking what. It had been lying there since Saturday fucking night man so fucking what, he was gony fling in the auld clothes and let them steep, get them fucking clean; he was gony fling everything in man cause the water was fucking clean, he hadnay even dirtied it, fucking shit, total fucking

fuck it.

He was gony fling himself in. Life, know what I mean.

So what man so what, it didnay fucking matter, it was all fucking crap. Ye meet these bastards, they try to tell ye different. Did ye listen to the news the day? Naw did I fuck listen to the news the day so fucking what man away and fuck yerself. He leaned to switch on the radio. Scottish country dance music, a twiddle di dee and a twiddle di doo.

Okay. He left the fag in the ashtray and shifted to lie flat out on his front. He lay for a while. The sore back wasnay going away and this helped it. Eventually he done a few press-ups, then up and into a few of the dynamic tension moves. Survival-techniques-I-have-known. Who cares. Sammy did them. He had got out the habit these days but he used to do them regular. He was gony get back into it again; be prepared. A guy had taught him the first time he was in. A good guy. Never mind.

It was also to do with routines. The whole session could take just quarter of an hour, that was plenty if ye were doing it right and ye were doing it regular, and ye could do four or five sessions a day; more if ye liked. Once ye had got into the habit ye could find yerself going into the moves even when ye were talking to some cunt, ye did it without thinking; and ye saw other guys doing the same. One thing it did was make ye aware of yer body, the different parts. It was a genuine overall toning-up ye got. After ye done the session – and that includes the different exercises; say one of them was the ankle exercise: well what that meant is just raising yer foot up back the way, gripping yer ankle, then pulling and pushing, down with yer foot and up with yer hand, meeting the point where it doesnay budge, the same force up and down; it gets equal; ye stay in the same position, more or less – but after ye done the session; all these exercises, when ye had finished them, ye got this hell of a fucking great feeling, in every part of yer body like ye were really tuned-up, every part of ye, and when ye strolled about ye felt like a cat, a fucking tiger, yer arms just hanging there, this great buzz, sloping about the place; ye could forget where ye were. Even when ye minded ye still felt good, cause ye were beating the bastards ye were fucking beating them.

Fuck it, he was going to *Glancy's*.

Sammy smiled. He was.

He had made up his mind then changed it; now he was changing it back. Ye're allowed that, changing yer mind. Okay: what he was gony do is get auld Boab to phone him a taxi. Fine. He got the going out clothes. No the good trousers but he would have to wear the jeans. The good trousers were now the fucking nay-good trousers. He was gony file a claim for a new pair man it was fucking ridiculous, they want to give ye a pair of dungarees, these sodjer bastards, if they huckle ye, know what I mean, that should be part of the bargain, alright ye've huckled me where's my fucking dungarees, yer fucking scabby fucking bunks man it's all fucking fleas and fuck knows what else pish and auld crap, get to fuck; give us a break.

In the bathroom he let out the water and filled the washhand basin for a shave. But fuck it. Nay point going daft. He put on a shirt and tie to make up for it. When he was ready he went along the corridor and chapped Boab's door.

What happened at the flats was the minicabs came in at the corner of the block of shops and sat outside the chemist. This is where the driveway stopped. Round at the back of the block was where the delivery trucks went to drop off their goods at the individual shops. Across the other side of the driveway was where the lock-ups were, where Sammy had got the guy to guide him out of trouble on Saturday afternoon. Once the car arrived the minicab controller dialled the passenger's number to signal him.

When that happens I'll come and and chap yer door, said Boab, and you just get the lift.

Alright, but if I'm no there it means I'm on my way already. Know what I mean Boab, the time it takes me to get there, I'm probably as well setting off the now.

I'll take ye down.

Naw, it's alright, it's no that, it just takes me a wee bit more time, but I make it okay. If ye maybe ask them to tell the driver, if he sees a guy with a white stick and all that, to give him a shout.

Nay bother. Where is it ye're going by the way?

Quinn's Bar.

Fine.

Sammy sniffed. I'll probably hang on there and come back up the road with Helen.

Boab went off to make the phone call and Sammy went back and got his stuff, then double-locked the door. He left immediately.

Outside it was blowy but the rain had stopped. The minicab was already there by the time he tapped his way round and reached the chemist. The driver gave him a shout to let him know. When he got into the car and was sitting down he telt the driver to take him to *Glancy's*.

I thought it was *Quinn's* we were headed?

Naw, *Glancy's*.

Another fuck-up, muttered the driver.

The world was full of grumpy bastards. Sammy sat back and prepared to enjoy the ride. Mind you there had been nay real need to tell Boab he was going to *Quinn's*, he could as easy have telt him the truth, it wouldnay have fucking mattered. In fact it might have been better. Then he could have kidded on she was still down in Dumfries. Maybe she was still down in Dumfries! Maybe she had went there. That was what he had thought earlier. It's just when she did go there she never stayed more than a couple of days. He leaned forward on the seat, Eh driver can ye smoke in here?

Sorry.

Sammy sat back again. Fucking eedjit, he would be even more sorry when he didnay get a tip. Sammy leaned forward again: Eh driver could ye just take us to *Quinn's*?

Quinn's? I thought ye changed it to *Glancy's*?

Aye I did change it to *Glancy's*: now I'm changing it back again.

Mutter mutter mutter.

Grumpy bastard. Sammy felt like laughing but he wasnay gony, he was gony stiffen the cunt, if he said the wrong word, that was all, one fucking word, he would stiffen the cunt. Sammy sniffed. Aye I changed it to *Glancy's* at first but now it's back to *Quinn's*, if that's alright with yourself.

Mutter mutter.

Is that alright with you mate?

Aye.

Good. Sammy sat back in the seat; fucking eedjit. He wished he could look out the window.

Obviously Helen wouldnay be there but he would be able to see for himself. He would go to *Glancy's* later on.

So that was that. Yep. That was that. He smiled. That was fucking that man. Bold. But like the man said, ye make yer decision. Doesnay matter how much ye fucking think about it; comes the final point and ye have to go for it. Or no fucking go for it, as the case may be. Sammy had made his decision and that was that. Hell or high fucking water man fuck it. He smiled again and shook his head. Life was better than ye thought. Sometimes. He took the shades out his pocket and shoved them on. He wasnay as bad as cunts thought. He might no be the Brainbox of fucking Britain but so what man, he had other things going for him.

See if she was there but! Hoh!

He got flung into the side of the car, the tyres screeching, going round a corner. The driver was a screwball. Sammy might no have had his fucking driving licence but he knew enough to know about fucking skids on wet roads. The cunt was probably getting his own back. Ye could imagine the conversation when he got back to the office, telling them how he had this cheeky blind fucker as a punter, how he had sorted him out. Fucking bullshit man ye let them get on with it. Sammy started whistling, he stopped quite soon. It was funny being in a motor, trying to work out where ye were by the way the roads went. Apart from armoured cars it was the first time he had been in one for a while. He couldnay mind the last time.

Monday night. The pub would be dead. Christ, what if she was there. What if she had come back and just no telt him! Nah, she wouldnay be. But who knows? Imagine her seeing him walk in the door! Christ almighty. Sammy rubbed his hands the ether. Then he stopped. Who was he fucking kidding. Crazy! If she wanted to see him she would see him; fucking hell man this was the wrong way.

But she wouldnay fucking be there anyway. There was actually nay chance. Nay chance. He was fuckt as far as that went. Sammy turned to the window, wishing he could look out. If he could see it would be fine. If he could just look in the door when he got there, he wouldnay have to go right to the bar. He would just

Auld Helen but eh!

Jesus. Sammy took off the shades and stuck them in his pocket, he covered his face with his hands. There were things ye didnay want to think about cause it was impossible ye just fucking couldnay man ye couldnay think of them. He laid his head against the window, feeling the damp, the vibrations.

The motor had stopped.

Sammy sat a minute wondering if it was just traffic lights. He put on the shades.

Ye're right outside the door, said the driver, just a wee bit to yer left and that's you. I'm double-parked by the way ye're gony have to go between the cars there.

Okay mate thanks. Sammy settled the fare and added a fifty-pence tip. He found the space and went between them, got to the pavement; he heard the minicab leaving, tapped across to reach the wall then tapped left till he found the entrance. He stopped there and rolled a smoke. If he minded right there was a wee lobby just in from the doorway. He wondered whether to take off the sunglasses. But naw, best to keep them on. Fair enough. He took another drag on the fag then pushed his way inside, tapping forward to find the next door. Hullo, said a guy.

Hullo.

Where ye going?

Sammy said, Who me?

Aye.

Into the pub.

Are ye?

. . .

I dont know if it's your kind of night.

What?

Naw, just I dont know if it's your kind of night.

It's a promotions event, said another guy.

A promotions event. . . Sammy shrugged. I can still go in.

Better pubs but if ye're just looking for a pint. Ye're better heading.

I'm wanting to see somebody.

Who?

What d'ye mean who?

Maybe I know him.

It's no a him.

Maybe I know her.

I doubt it mate I doubt it.

Look fellow we're just putting a word in yer ear.

Sammy sniffed. What are yez bouncers like is that what it is?

Wham bam.

What?

You've got it.

As a matter of fact I'm wanting a word with Helen.

Helen who?

Helen behind the bar.

Now there was a noise and movement at the outside door and people came through, they didnay wait behind

Sammy but sidled by him, and carried on walking, the bouncers letting them past without a word. The music was loud from inside the pub.

There's nay Helen behind the bar.

Helen McGilvaray.

Nay Helen McGilvaray mate sorry, never heard of her.

What ye fucking talking about!

Heh calm down.

Sammy gripped the stick. Come on, I want a word with Helen.

There's nay Helen.

The manager then.

The manager?

I want to see the fucking manager.

What for?

Sammy sighed. He took off the shades and stuck them in his pocket.

Look fellow all I'm saying is it's a young team in there, it's no your scene at all.

Is this *Quinn's?*

Quinn's, aye.

Sammy relaxed his shoulders. He shifted his stance, keeping his right leg firm and a bit to the rear, his left leg bent at the knee; he changed his grip on the stick.

When did she work behind the bar? Eh?

What?

When did she work behind the bar?

A week ago.

A week ago; okay. The guy sniffed. I'll check it out, he said.

The inside door swung open and swung shut. Then it was the outside door. Other people came in and waited behind him. He moved closer to the wall then felt them brush past, going straight on through without a word. The music blaring back out after them. Sammy dropped the fag to the floor and left it to smoulder. Maybe the guy hadnay noticed. Is it cause I'm blind ye're no letting me through?

What?

Cause I'm blind?

Naw. It's cause there's a promotion on. It's for yer own good fellow it's gony get mobbed. It's all young people.

Sammy cleared his throat. What's yer name? Eh? What's yer name?

Dont fucking act it, right.

I just want to know yer name.

How?

I'm interested.

Are ye.

Ye a hardman?

The bouncer muttered something.

Eh?

Dont push it.

Who're ye working for?

The outside door opened again. A couple of people. One of them called hullo and continued through. When the door closed off the music Sammy said, Would I have got in if I'd said hullo like is that the way it works?

Dont push it I says.

Fucking push it! Sammy smiled. He shook his head. The inside door again, and the other bouncer said: Sorry mate she doesnay work here.

What is she chucked it?

Dont know.

What did the manager say I mean what was his words?

Ye heard, said the other bouncer. She doesnay work here. Cheerio.

Was it John Graham ye spoke to?

Ye heard the man, she doesnay work here.

I'm no talking to you sonny I'm talking to him.

John Graham's no on the night.

So cheerio.

Sammy nodded. Aye, I'll mind your voice.

You do that.

I will. He turned from them and pushed open the door. When it was closing behind him he heard the cheeky bastard muttering, Fucking arsehole. And he was back inside the lobby immediately, the stick in both hands and thrusting the heel of his right shoe back against the swing door, trapping it from pushing in behind him. Ye say something there pal? eh? ye want to discuss it ya fucking eedjit, eh? what ye saying! fucking bampot ya bastard I'll ram this stick down yer fucking throat.

Just cool it! Cool it! said the other bouncer.

You wanting it as well ya cunt?

Silence. Then the music blared again so the inside door had been opened; maybe there was more of them, more of the bastards; he shook the stick, getting his wrists relaxed. Quiet voices quiet voices, he was gony have to move man he was gony have to fucking move, now, he stepped back, pushing out the door and out onto the pavement he went left, tapping as quick as he could, keeping into the wall. He hit against somebody but battered on, just to keep going, he was fine man he was okay except this feeling like any minute the wallop from behind, the blow in the back, the quick rush of air then thud, he kept going, head down, the shoulders hunched. There was a lane, he turned down it and went a way along then stopped. He was breathing hard.

A fucking mug man that was what he was, that was all he was, a mug, a fucking mug. He walked on a few paces then stopped again. A fucking mug. He switched the stick to under his left elbow; obviously there was naybody chasing him. He walked on again. They were fucking laughing. Nay wonder, nay fucking wonder. Fucking crazy. People were coming towards him, from the other direction. A lassie's voice, excited: But listen, she was saying, but listen. . .

He waited for them to pass. Ye hear these conversations. He took out the shades and stuck them on. That temper was gony get him into bother. He couldnay mind it being as bad as this. Right enough he should never have went to *Quinn's* in the first place, fucking stupit. It was his own fault as well; he produced a bad reaction in cunts. Maybe it was something to do with his face. The beard, plus the auld fucking trainers. Wherever ye go man, fucking trouble, aggravation. He had to head, he couldnay stay here.

Glancy's.

He tapped his way down to Argyle Street and headed east. What the fuck time was it? Who knows. All that was out the window.

Mutters and shouts. A Monday but it was still busy cause of where he was walking; the centre of the city. One thing in his favour, the wee squeaking noise at the traffic lights; it hadnay really dawned on him till now how it was operating, like they had specially designed it for blind people, it only seemed to come on when it was okay to cross. That was one thing. There was other things; he wasnay in control of them; a lot of things. Okay but what he was in control of he would use, he would have to. Cause he needed to get out. That was it man that was that. Time to move so he had to move; cause if he didnay it was all gony come crashing down, in one way or another, right on top of him. So alright. So he needed to be ready, so when the time came

But even that was wrong cause he couldnay sit about waiting I mean if he was fucking waiting what was he waiting for, it was here right now man know what I'm saying, if ye wait, it's got to be for something. Naybody waits to get surrounded. He wasnay gony wait for that christ almighty if ye know ye're gony get captured then ye get to fuck, ye get fucking out man know what I mean ye get to fuck, ye dont fucking wait; that's the last thing. Ye get to fuck. Cause nothing went back to normal. There was nay fucking normal, whatever the fuck it meant, normal, stupit fucking word. Whatever the past was it was ower and done with. There wasnay gony be nay fucking big cuddles, nay kiss-and-make-up scenes; that was out the window, as far as that went, it was all washed up. So okay. So it was now. So he needed dough. He had to get squared up. And he didnay have the time to wait. That other wee bit of business, he could maybe push it through; he just needed a start, if he could punt the shirts; a knock-down price, it didnay matter, just something, he just needed something. Once he got that. But even without it.

He just had to get what he could and get it quick. Right now. Or else he was gony get surrounded he would get surrounded. There was nothing surer: nothing surer than that man he would be closed in very very quick and when it happened it would be unexpected, ye couldnay predict it, that was the one thing, ye couldnay predict it, cause there was no way, and that was the only certainty, that when they done him they would do it at their convenience, the time and the place, it was theirs and theirs alone. It was aye the same, they aye had that man the time and the fucking place; and he wouldnay know fuck all, no until they hit him, and then it was a hands-up situation. So he had to get to fuck man right now. And for that he needed dough. It wasnay just the shirts either; there was other stuff in the flat, stuff he had got and belonged to him – no to Helen – things like the VCR and the wee hi-fi, the cassettes; they were his. They werenay hers man they were his. Ah but fuck it, going to these games, petty, fucking petty. Except right enough if she wasnay coming back. If she wasnay coming back. If he didnay somebody else would.

But how could he say she wasnay coming back? That was impossible. He couldnay even imagine it, saying it, just actually fucking saying it, it was fucking

he couldnay even imagine it.

He was at *Glancy's*. Here he was. He walked on past and went into the first close; he took off the shades then rolled a smoke.

Fine. Then he moved.

It was quiet inside; maybe this is how come he felt a wee bit nervous. No about people looking at him. The word would have been out a while now. And people aye look anyway, it's no a problem, ye cope with it; or usually ye cope with it. It's just sometimes man ye see these cunts and the look they give ye can be different. It isnay just a look in passing, ye could be sitting there

ye can imagine it, if okay ye're blind, ye're blind and ye're sitting there, just minding yer own business, relaxed, ye're enjoying a quiet pint. But cause ye're blind ye dont know it but every cunt's staring at ye, staring right into ye, like one of these terrible wee nightmare movies, the *Twilight Zone* or something. The only good thing is ye cannay see. That's the only good thing about it. Ye dont know they're doing it.

It being *Glancy's* he didnay have too much bother finding

his way to the bar and then to a chair at a table near the back wall. He was halfway through his first pint when a guy came up: How's it going Sammy? I seen ye come in, the white stick and all that. I heard.

. . .

It's me. Herbie.

Aw Herbie, aye, how ye doing?

Okay, alright; I'm saying I heard. . .

Aye.

Desperate eh!

Aye. Sammy shrugged.

What ye drinking by the way? want a pint? a wee half?

Eh . . . a pint aye, ta.

Herbie went to the bar. A drinking buddy. When he brought the pint back he chatted on for a couple of minutes then went back to his company. If he had company. He said he had company. Ye couldnay be sure.

Fuck it but ye couldnay blame cunts, if that was the score.

About ten minutes later a whisky arrived, delivered by auld Morris from behind the bar; he muttered the name Alex then disappeared.

Alex Duncan it would be. Another drinking buddy. Interesting but, if it was Alex, no coming ower himself, just sending the half:

So ye see this guy walk in the door and ye've heard he's went blind. That's the rumour going about. But you know him. You know him as a guy that isnay blind, no usually, no for all the time you've known him, usually he's a guy that can see the same as the next man. Then as well ye've heard he's in a bit of bother with the sodjers. So much so ye're no especially wanting to be seen in his company, no from what ye hear. At the same time ye're no wanting to upset the guy, for whatever reason, it doesnay matter. Okay now, you know that he doesnay know that you're here, that ye're in the pub; no if he's really blind – cause he cannay fucking see ye. Still and all but ye cannay be sure, ye cannay take the chance; so ye send him ower a drink. Just to be on the safe side. And then ye rely on the guy thinking: Ah well, Alex's sent me a drink and no come ower himself so that must mean he's tied up, otherwise he would have come ower, so everything's the same as normal. But it isnay the same as normal. Know what I'm talking about? So ye wondered, ye wondered how he hadnay come ower and said hullo. Unless he was in other company or something.

Sammy sipped the whisky. He couldnay hear any dominoes getting played. The likes of a Friday night ye got as many as three games on the go. A couple of the guys were crazy gamblers. Ye're playing yer end and then ye hear a whisper and ye find out some cunt's backed ye for fifty quid. Sammy sat in quite a lot, he enjoyed it. Ye get to be no bad at these kind of games. Some guys were great at chess. The first stretch he done he learnt how to play it, but no more than that whereas with some of them! A different game all the gethcr. One of the things ye heard inside was how the real world champion wasnay one of these cunts ye see on the telly, it was a guy in the fucking poky. Nay danger about that. Which poky? Any fucking poky, take yer fucking pick.

Mind you, the auld doms, it was maybe a game he could still play. The spots made it like braille. He could maybe give it a go. No in here but! Ye would get fucking screwed man cheating bastards, they would be lining up to take potshots! Bullshit; it wasnay that bad.

But ye would be better just playing with other blind

guys. Even then, how would ye check what was happening? who had played what? Every cunt's fingers would be out feeling the spots. Ye would need special rules. Somebody would have to referee, then keep a record of what was played. But how the fuck could they keep a record unless they could see? Fuck sake man it would be a shambles. But maybe chess would be alright. Cause it was only the future moves ye worried about, the past yins were all there and above board and it didnay matter, just what was there and what was to come. So it wasnay just a thing for the memory. Maybe it was but. There was a conversation about boxing going on somewhere; it was irritating, no quite within earshot but near enough to hear snippets now and again. He tried to listen but it was just annoying and he gave it up. Then somebody was beside him. Sammy waited, he took his hand away from the pint and moved it to the edge of the table.

Hullo. Hullo Sammy.

Is that Tam?

Aye.

Right; christ I didnay know who ye were there. . .

Ye okay?

Aye Tam aye, no bad. Yerself?

Alright.

I was hoping ye'd be in; have a wee word with ye. . . No sitting down?

After a moment Tam sat down.

What ye drinking?

I'll get it. . . Tam was onto his feet again. Sammy heard him walk off. It was a few minutes afore he came back; he kept his voice low when he spoke: What is it gony be permanent? he said; the eyes and that?

Couldnay tell ye Tam.

Can ye no see nothing?

Not a thing.

Fuck sake.

The news is got round eh!

Aye. . .

Ye wonder how the fuck it happens but know what I mean! Sammy smiled. Fucking carrier pigeons!

Aye I know. What ye been to a doctor?

Saw the cunt this morning. . . Sammy shrugged, swallowed the last of the first whisky, groped for the new yin and emptied in the drips. Cheers, he said.

Aye.

I'd have been as well staying in the house; fucking bampot man, wound up it was a battle. Just I needed to go, the DSS and all that. Otherwise I wouldnay have fucking bothered; waste of time. It's all sewed up Tam ye know the way it operates.

Annoying but.

Ah ye're fucking right it is. Sammy reached for his tobacco.

Here. Tam gave him a tailormade.

Seen the Leg recendy?

Naw I have not, no since that time with yerself. How ye looking for him?

Naw, naw no particularly. Christ ye done the right thing getting out the door when ye did, me and him fucking battered it; crazy. I wound up blanking the Saturday. Fuck knows where we were. Wild. You didnay see us did ye?

Naw.

I thought we might have landit up in here.

Maybe yez did. Ask auld Morris.

Aye . . . mind you, ye're sometimes better no finding out; know what I'm saying, let sleeping dogs lie.

May be, may be.

Disasters everywhere. Helen's fuckt off too.

Helen?

Aye, she's offski. Out the fucking door man I've no seen her for a week; fuck knows where she is. See my luck! Sammy shook his head; he drank some of the lager. Fucking wild, he said, the lost weekend right enough.

So ye dont think it's gony be temporary, the eyes and that?

I dont fucking know.

Aye. . .

They dont tell ye fuck all.

When did they let ye out?

Wednesday.

Wednesday?

How?

Naw I was just wondering.

They lifted me again right enough; Saturday night. I got out this morning. Sammy sipped at the lager.

They paid me a visit too.

Did they?

Friday.

Right.

Half-five in the morning.

Hh.

Aye it was the wife answered. Nearly shat herself. Totally out the blue know, nay preparation.

Did they lift ye?

Naw.

. . .

Naw they didnay lift me, naw. Tam sniffed. They were angry but; know what I mean?

Sammy nodded.

The way they were talking, they were angry.

Aye.

. . .

So was it alright?

Naw, naw it wasnay alright, it wasnay alright.

What happened?

Aw they were just wanting to ask us a few questions Sammy know. I didnay tell them fuck all but; nothing. So that's fine eh.

Sammy lifted the whisky, he put it down and tugged at the side of his lower lip.

Know what I mean?

. . .

Forget it. Sorry about yer eyes and all that.

Sammy had stubbed out the cigarette; he started rolling one. He said. What's up?

Aw nothing.

Ye upset about something?

Doesnay matter.

What is it me? Have I said something?

Look just leave it.

Fuck sake Tam.

Leave it.

If I've said something tell us.

It doesnay matter.

It fucking does; ye're angry about something.

A wee bit, aye.

Tell us then.

Tam sighed: Ye know what I'm talking about.

Naw I dont. I dont. Tell us.

I mean I didnay see yer mate so I couldnay say fuck all, so that's fine, so just leave it.

Sammy was about to speak; he didnay, he got the roll-up lighted instead, then he lifted the lager and sipped at it.

Know what I mean I couldnay say fuck all, so I didnay.

There was fuck all to say.

Aye; aye that's right.

What ye upset about?

The busies Sammy they were angry.

Aye ye've said that I know: these bastards, they're aye angry, so what?

Dont say that to me.

Say what?

. . .

Sammy cleared his throat and whispered: Say what? I'm no saying fuck all!

They're wanting information Sammy right.

Aye right, so what am I supposed to do, go and fucking give them it! Eh?

Ye could have gave me the fucking wire, that's what ye could have done.

Gave ye the wire? What about?

Fucking hell. Look I'm sorry about yer eyes, right, let's just leave it, just fucking leave it.

Leave what?

Uch.

What?

Bad patter Sammy it's bad patter.

Tam I dont know what ye're on about.

Aye well that's the fucking problem.

It's fucking true but.

Uch give us peace.

Sammy sat back on the chair; he sat forwards again and whispered: You're no fucking involved man so I dont know what ye're getting so fucking upset about, it's fuck all to do with ye.

Sammy dont tell me I'm no involved; the wife getting dragged out her bed at half-five in the morning; ye kidding! give us a break: I'm no involved man that's crap.

Ye're no but.

So what're these bastards at my door for? Eh?

What're ye saying?

Uch get to fuck Sammy ye know what I'm saying.

Cause I bump into some guy in the boozer after you've went away; so it's down to me – cause I bump into some cunt after ye've left; so it's my fault.

Who else? Ye're no gony blame the Leg!

Tam

It's you that knows the guy, you're his fucking mate.

He's no my fucking mate.

Ye could have gave me the wire.

What about?

Jesus christ Sammy the uniforms are up at my door at half-five in the morning! the house fucking chokablok man gear everywhere. Know what I mean too they know the score; they fucking know it man they could have turned the place right ower. Lifted me? they could have lifted the fucking wife; know what I'm talking about they could have fucking . . . jesus christ, she's fuckt, I'm fuckt, we're all fuckt – the weans, they're sleeping ben the room. And these dirty bastards just sitting there, eating chocolate biscuits and drinking cups of tea; laughing like fuck. And you're telling me no to get upset? Ye're fucking right I'm upset, I've been upset the whole weekend. Ye could have telt me something. Just so I know. Something. Any fucking thing. So I know something's up. That's all.

. . .

I mean just fucking. . . Ach. Leave it.

Leave fuck all. Sammy leaned closer to Tam and whispered: Heh, ye want to know what I've been doing, eh! ye want to know? give ye the fucking wire Tam ye wanting to fucking know what I've been doing? see them, them fucking things? them things there, ye fucking see them! take a fucking look! eh! take a fucking look!

Sammy pulled the skin down beneath his eye-sockets. What d'ye think this is? Eh? Fuck sake.

He kept the skin pulled down for about six seconds, then got his right hand onto the whisky tumbler but left it where it was; he dragged on the cigarette. When he did lift it his hand was still shaking. He put it down. The two of them sat without speaking. He heard Tam's chair getting moved back and he said: Dont go yet, fuck sake. Have a half.

Naw.

Come on.

I'm no wanting one.

Tam this is bullshit. Ye're letting them do yer head. Take a half, come on, we'll have another one.

Naw Sammy.

Come on to fuck.

I'm with the brother-in-law; we're in the lounge.

Two minutes.

Naw.

So what're ye telling me? I'm bad news?

Tam sighed.

It's more fucking complicated than ye think.

What is?

. . .

Aye well it's your business.

What's that supposed to mean?

It means it's your business, that's what it mean.

Aw.

Dont fucking aw me Sammy dont fucking do that. I thought I knew what you did but now I dont. I dont, I thought I did but I dont. The fucking uniforms know more about ye than I do!

. . .

Know what I mean Sammy give us a break! Look I better go.

Sammy shrugged.

I'll see ye.

Aye okay, okay Tam.

Tam stood where he was for a wee minute, then the sound of his footsteps. Sammy waited, then raised the pint glass, testing how much lager was left. The roll-up had stopped burning, he got it relighted; he put his elbow on the side of the table and rested his chin on it. The one thing he wanted to know

Naw he didnay, it didnay fucking matter.

He put his hand on the edge of the table and gripped it. He reached his other hand out for the stick, but left it there a minute, till he finished the lager; one more mouthful.

Fuck them; fuck them all.

A case of take-it-easy. Just homewards, homewards. After he had had a piss. Cause if he didnay have one the now he would be fucking bursting in ten minutes' time. Nothing surer.

So bang went the shirts. Bang went the other bit of business. So there ye are. So that was that. Never mind. Never mind. He could aye hit the fucking pawn!

Naw he couldnay.

He swallowed the dregs of the lager and got the stick, it felt good in his hand, it felt good; the trusty auld stick man Helen would love that! Where's my bloody mop! There's yer bloody mop, the head fell off so I painted it! Sammy couldnay stop himself smiling. He felt like fucking laughing!

Okay. All these cunts watching him; there he goes, yer blind-as-a-bat Sammy, the bold yin, heading for a piss.

Aye nay danger; nay fucking danger; fuck them bastards

The toilet was downstairs and it was awkward but fair enough; halfway down he changed to going backwards, his hand on the wall. Nay cubicle for fuck sake it was aye out of bounds in here, they kept it locked for some fucking reason; so he had to use the urinal, tapping the stick to find it – he would have been better giving it a wash instead of his fucking hands.

Ye just pished and hoped for the best.

Okay.

It was raining when he came out the pub. Obviously. But he was still fucking hoofing it man he could afford a taxi but no way, no fucking way. Every coin. Every fucking coin.

A funny thought came to him out of nothing, it was a guy he knew. But just that and nothing else, the thought of this guy he knew, for nay reason, a kind of memory of him without being anything about him, just him and fuck all else. That was funny. Maybe the cunt had snuffed it and this was his last ta ta.

We've all got to fucking go.

So if ye cannay see, what do ye do? Ye do the same as any other cunt, ye go somewhere. That was what Sammy was doing right now he was going somewhere, fucking home man that was where he was fucking going.

It wasnay lashing. It was wet, but it wasnay lashing. A

pair of leather gloves would have been good, pigskin, so the rain wouldnay get in.

Cause even if ye're blind ye've got to wander.

Sammy had aye liked wandering. That was one thing. He didnay so much like it, he loved it, the auld wandering; up hill and down dale, ye wander up ye wander down, that was Sammy. Even in the fucking poky, even if he couldnay wander, it didnay mean he didnay love doing it, just they wouldnay fucking let him! Sammy chuckled. Naw but it was quite funny; amusing, that was what it was, amusing. Imagine a life where ye could wander; money no object. Wherever ye fucking want man know what I'm saying ye just go. Imagine it! Ye cannay. One thing but a decent fucking pair of bastard fucking shoes, that was fucking

Unless it was the outback or something. Texas. Always sunny as well too that was for starters, going about with shirts and jeans all the time, the auld pick-up truck and the six-pack, the big brimmed stetson hat and that, all the shit, driving out to a honky tonk, see yer woman and have a dance, hear a bit of music; plus if they're dancing they go backwards, if they're doing the waltz or whatever, in Texas, it's no so much the women leading the men, it's still the men leading, except they pull instead of push. Ye meet guys and they want to go to Memphis or Nashville, just to hang out where the music is but if it was up to Sammy man fuck that, fuck the Grand Ole Opry, he was bound for Luckenbach, follow the outlaws, follow the fucking outlaws, know what I'm saying, nay danger, nay fucking danger.

He would never be able to see again.

So fucking what; ye still had yer fucking ears, yer nose, yer bastarn fucking stick

Mind you,

He stopped and took off the shades. It was still raining

> it was still cold
> West Bethelem was no place
> for a fucking twelve year old

Fuck Tam too. Fuck the lot of them, he was heading up and moving out.

Christ it was cold. Unless it was just him, maybe it was just him. Maybe it wasnay cold at all, just him feeling it that way. Which didnay sound very good. Fucking depressing in fact. Auld Jackie; probably he was dead. Funny how folk took the wrong idea. Life man, full of misunderstandings; nay cunt knows what ye're meaning. How do ye tell them? Ye cannay. Fuck it. A shiver for christ sake how come he was shivering; fucking shivering man fucking spring know what I'm saying ye dont fucking shiver.

> It was raining it was cold
> It was raining it was cold

Ye heard these things roundabout ye but. Ye did. What like was it at all! These wee murmurs and groans and fucking sighing noises; and these drips, like a burst pipe. This story he read once, about a German guy, maybe it was Scandinavia

It was grub as well right enough he was starving, totally starving. Plus there was fuck all in the house bar a box of weetabix. That was the whack man a box of weetabix. Probably there was nay milk; he had forgot to check it out. Never mind. Too late now. Aye the fucking same. Fair enough but ye keep going, ye push ahead, two big long streets and he would be at the junction; two crossings from there and he was up and ower the bridge. He would just swing the stick, get himself across, with a bit of luck he would get fucking knocked down by a fucking truck, the ambulance would take him home.

Heh mister ye want a bit of business?

Sammy kept walking.

Heh mister ye want a bit of business?

He stopped. How much?

It's fifteen.

Naw hen sorry.

It depends on what ye're wanting.

Sorry hen. He kept walking; he shouldnay have stopped and he shouldnay have said what he did cause he had had nay intentions. So he shouldnay have done it. Cause it wasnay fair. She would maybe have gave him an all-nighter too. No for that kind of dough, fifteen quid, the night was still young. Mind you but ye can never tell. He wasnay exactly Dracula's fucking uncle. She maybe fancied him. Who knows. I mean he wasnay a fucking

whatever, a monster; he was just ordinary; sometimes a woman wants that, an ordinary guy, if they have the choice, if they're on the game, which isnay often – they have the choice I mean cause they have to take what they can get, methuselah man whatever.

How much did he have to drink? Fuck all. Nothing. Two pints and two halfs. Hardly anything. There was a boozer at the second crossing. One for the road; one more pint.

But he changed his mind and carried on past, ower the bridge and onto the last lap, up the walkway and along and into the flats. In the lift he bent down and undid the laces on the trainers. He needed a new pair. So he would have to get them, he would have to buy them. Boots. Along the corridor and into the house; he fucked about for an hour then went to bed. But he couldnay sleep; maybe it was too early; he just couldnay get comfortable, ye hear sounds and then the things crash inside yer skull and ye get jumpy, fucking anxious, that's what ye get; and ye cannay get out it ye cannay fucking escape, that's the problem man ye would have to batter yer head against the wall and knock yerself out. Hell with it: he was up and swinging his legs out from the blankets. He shoved on the clothes, made a cup of tea. On his way ben the living-room he remembered to switch on the lobby light. From now on he was leaving it and the living-room one on at all times.

The music. The music! Nay question but it could cheer ye up. He used to sing that one of Willie Nelson just to annoy her: *Goodhearted Woman;* it was even better than the George Jones fellow for winding her up.

People got wound up awful easy. Ye noticed that a lot. Tam was actually younger than Sammy; no much, but still and all. And there he was. He didnay even realise it was a wind-up. The sodjers; that was all they were doing, winding him up. Tam just hadnay twigged it. He knew better too that was the problem, he was experienced. It was just how they caught ye unawares. So it didnay matter, how long in the tooth ye were man it didnay matter, know what I mean, if ye got caught unawares.

That was how Sammy was getting to fuck, heading up and moving out, he was off, gone, fucking disappearing, vanishing, a speck on the horizon, no even a speck, a fucking

a bubble, a burst bubble.

There was yer threat but the family. That was how they got Tam. Fucking obvious. Same with Helen, how they were using her. Fucking use anything man, nay scruples there. All to make ye quiver; quiver and tremble, quiver and fucking tremble. Ye just had to think, ye had to fucking think, to get yerself out it. The trouble is most cunts arenay able to think. Including Sammy, let's be honest, a bit of honesty. Okay. He turned the music up loud; loud. The woman next door was deaf and the neighbour through the ceiling

fuck it. Twang twang. The auld bandana wrapped round the forehead. That was what they wore, the auld bandana. But it was a practical bit of clothing. No just for show. Sammy used to wear one at work, it kept the sweat out the eyes and ears; one time he was on this wee job – christ years ago, but he could mind it fine: up Highgate Hill among the money, quite near the big bit of park; doing a private house, a refurbishment; in the middle of summer and it was the fantasy about the rich young wife and the labourer though mind you she wasnay that fucking young, but she had some figure man, some figure. Never mind. It was comical but. The air-hammer had broke and they needed this particular job finished ten minutes ago so the bampot foreman telt Sammy and the other labourer to use a sledge, a sledge and a chisel. He sent round the ganger to show them how. Some big enormous rock in the middle of the garden; it wouldnay budge and they had to break it up. This was just after he had split with the wife so he would have been about twenty-five/twenty-six at the time. So anyway, the ganger had to show them how. Nay wonder the cunt was embarrassed. Sammy says to him, Ye fucking kidding? But naw, he wasnay kidding. What he was was embarrassed; he wasnay fucking kidding. It was down to Sammy and the other guy, one for the hammer and one for the chisel. The ganger was wanting them to choose but fuck that man Sammy and the other guy just stood there and held their ground so then it was up to him, he had to make the choice himself. Who will I choose who will I choose! As far as Sammy was concerned it didnay fucking matter who the cunt chose cause he had already decided he wasnay doing it, fuck all man; he was just biding his time when to tell him. But he waited too long and the ganger pulled a stroke. What he done was he went up to the other guy and felt his wrists, then he done the same to Sammy, his thumb digging into the veins and tendons and the wee bones, pressing and rubbing. Very scientific. Then he stood back with a serious face and telt Sammy it was him to swing the sledge, the other guy was to hold the chisel. Fucking ace in the hole man ye were fuckt. The other guy had to go for it now, he had nay option. Jesus christ. His face went totally red. Poor bastard. But it was up to Sammy; it was him to speak. For some reason he couldnay. He waited and waited. If it had been the chisel job then fuck it he would just have laughed and took a walk. But here he was holding the sledge. The ganger gave him a quick few lessons, then a couple for the other guy, then done a disappearing trick. But ye knew he was watching somewhere. Or else the foreman. Maybe no but, cowardly bastards, they were probably in the site-clerk's office waiting for the screams.

So, running the hands up and down, having a few practice swings, battering a few stones on the ground. And then they went for it, the guy down and lying full stretch, an auld glove and a couple of rags round his wrist. It wasnay his fucking hand was the worry it was his fucking napper – plus Sammy was a wee bit skelly in one eye – he felt like telling him to put on a hardhat but didnay want to worry him. Reminds ye of that one about the brave Welsh miner, hero of the village, the big pit disaster, that auld fellow with the flattened head and the cauliflower ear. Anyway, the first couple of swings Sammy missed or else skliffed off, the guy letting go the chisel, one thing and another, then it got alright, no too bad, he didnay crash the guy's head once! he didnay make a dent in the rock either mind you it was like fucking granite.

So that was that.

Ach it wasnay a disaster. Things werenay that good but they werenay a disaster. But ye had to own up, they definitely werenay good. They were fucking rotten in fact. Ye can only go so long, so long.

Ye can fight back but. Ye can. Sometimes ye cannay help it. Especially if ye've lost the temper. Better if ye can control it. The thing is ye cannay always control it. Even if ye want to, ye cannay.

> and there's nothing short of dying
> half as lonesome as the sound
> on the sleeping city sidewalks
> Sunday morning coming down

Fucking England man that was where he was going, definitely: down some place like Margate or Southsea, or Scarborough, fucking Bournemouth. Christ almighty.

Fucking tired too, and then ye cannay sleep. He went back to bed.

He woke up. Some cunt was flapping the letterbox. There were times he did wake early but this was fucking ridiculous, like he had only went to sleep ten minutes ago for christ sake what the fuck time was it anyway man these fucking bastards, he groped for the radio and switched it on. Some kind of brass band marching music. It meant it was dead early, that was when they played this music, all ower the country, cunts getting huckled, sodjer music. Okay. The letterbox again man fair enough. Just how ye dont get peace, ye dont get peace, if they gave ye peace, but they fucking dont man they dont, they never fucking give ye any, it's just trouble trouble trouble, all the fucking time man trouble. They knew he was here they would break the fucking door down. He got the jeans and the socks on, the trainers, and grabbed the tobacco, the papers and the lighter; fuck the money but. Except this was it, the third time ye go under the third time ye go under, too fucking late jesus christ too fucking late man fuck that for a game he was fucking fighting he was gony fucking fight, fight the bastards man fuck them, fucking stick where the fuck was it man the fucking

the lobby, okay. Whatever. The stick was in his hand. Sammy smiled, shaking his head, then when he breathed out he heard the grating cutting noise and he coughed; the lungs, the way they are in the morning, all the shit; he had the phlegm in his mouth, he fucking swallowed it; okay. He was at the front door. He sighed, took a deep breath and called out, Who's there?

It's me!

What?

It's me! Ally.

Jesus christ the fucking rep: he carried on speaking through the letterbox, some kind of rubbish; Sammy couldnay make head or tail of it and he stopped him. What the fuck do you want? he said.

Naw sorry to bother ye but I need to check a couple of points and I'm gony be tied up the rest of the day. I'll no be long but it's important, it'll only take a minute.

I thought ye were the fucking sodjers man jesus christ! fucking time! fuck sake!

Aye sorry, it's early.

What's it about?

See I was working till all hours last night. On another case. But yours kept interrupting my train of thought. There's a few things I need to get ironed out. Can I come in?

Fuck. . . Sammy waited a wee minute then opened up. How the hell d'ye get my address?

Aw, well, that was easy.

Sammy waited a moment then shut and locked the door after him. The guy launched right into a spiel: The mind's a funny thing, mine works at tangents, all different directions. Even when I'm in front of the authorities for one case my head's off working on other yins. That woman I telt ye about, I'm repping her claim this afternoon, but there's gony be bits of me preoccupied with other people, and that includes you. It's no as daft as it sounds cause her fight's more logical than anything else so believe it or not what that means is yer head can escape. Mine does anyway. See there's nay right of appeal in cases like hers so ye have to root about for faulty reasoning that allows ye in on a point of formal order, what ye might call conceptual abuse; then ye wallop them for an adjournment. Ye have to concentrate hard, but it's the kind of concentration that takes care of itself. There's something for ye to sign as well.

What d'ye say?

There's something for ye to sign, if ye've nay objections.

What is it?

Just a formality. I dont suppose ye've a cup of tea?

Sammy stood the stick against the wall just in from the door then led him into the kitchen and put on the kettle. There's nay milk.

Any lemon?

Is that a joke or what?

Naw, lemon tea's a good thirst quencher.

What time is it?

Twenty past five.

Fucking hell.

I figured ye for an early bird.

Fucking early bird. Sit down on the stool and I'd appreciate it if ye didnay touch nothing.

What like?

Ye know what I'm talking about. . . Sammy waited a moment, then went to the bathroom.

When he came back Ally said, I happened to mention ye to the missis and a couple of points came out of it

Ye were discussing me with yer missis?

Aye well what I find – I dont know about you – what I find for some things, ye're better having another person; ye tend to sort out yer ideas in a more methodical way. Plus if it's to do with say a relationship, then ye're better having two of ye, it stands to reason.

Ye could hear the water heating. Sammy found the kettle and held the handle.

Ally said, I rinsed a couple of mugs and stuck in the teabags. Was it coffee ye wanted?

I telt ye no to touch nothing.

I didnay think ye would have meant that. Anyway just to continue: what I feel now is it's important ye tell me about yer lady friend and also the Saturday, the way ye say it's blanked out. Theoretically it might sound immaterial but it isnay. Remember ye've changed yer mind back to the first onset time ye telt the DSS. Again it's consistency we're looking for. Now it's an obvious point that the more I know the better – cause they're gony know everything and like I say it's hopeless if they know more than me – but look, I can also work some of it into my presentation, the kind of stuff you probably think is irrelevant. They'll try to stop me cause it doesnay pertain to medical matters, that's what they'll argue; but one way or the other I'll get it in. It'll be a help. It's no quite a character reference I'm talking about, no as such, but it's a wee bit like it. What time ye going up with yer charity referral by the way?

No till the afternoon.

Ah well Sammy ye know sometimes it's better hitting them first thing in the morning. I could maybe give ye a walk up if ye like.

Nah thanks anyway Ally; it's just I've things to do – a good offer but, ta. . . It's personal stuff. . . Sammy sniffed then touched the kettle; just about boiling. After a wee minute Ally said, Did I tell ye we were going for an adjournment on Friday?

Eh. . . Now the water was boiling; he felt for the cups: Want to pour it out?

Aye.

Sammy stepped aside and rolled himself a fag. An adjournment, he said. What is there nay appeal?

An appeal? well aye, but we're no at that stage yet, that's later. This isnay the same as that woman's case, if that's what ye're thinking about.

Right, well, whatever; you're the man.

Naw it's just the way I see it Sammy, an adjournment's the best way forward.

Is it a formality?

No quite, ye have to show sufficient grounds. We should swing it but. Ye ever lodged compen or Dys Ben claims like this afore?

Eh no personally but I know a guy that did.

What happened?

I dont know.

Was it a sightloss?

Naw.

See I mean if it was a straightforward loss of what we might call an objective function, like a limb or something, then fair enough but the eyes are something else; so's the hearing by the way, it's the same; and the touch. There's a group of people been fighting to get sensory functions into their own category; they formed their own society – och years ago. But ye could get in touch with them if ye feel like it. They do a lot of lobbying in parliament and stuff like that, they get MPs to talk for them and councillors, that kind of thing. I think I signed one of their petitions once.

Hey what ye doing!

A sudden noise of cups and plates and crockery. Now the tap got turned on. Ally said: I thought I would fill yer basin and do a couple of dishes while we were talking.

Dont.

Just while we're talking? There's a lot of stuff here.

Naw.

Ye sure?

I just dont want ye doing my dishes Ally, alright? I can fucking do them myself.

Aye okay. Just ye see I find it helps me think better, if I'm doing something, a physical activity, and we havenay much time left: they'll only find for the adjournment if I can point them to the very strong liklihood of fresh evidence.

So?

So it's better if we can get on as quick as we can. And by the way while we're on the subject, the thing ye've got to sign. . . Like I says. it's a formality, but it's important. It's just to say yer claims go ahead at all costs. Okay? Ally sniffed.

. . .

Ye with me?

Naw.

Well I've seen a lot of folk left high and dry, I'm talking about relations; families, wives and kiddies. You've got a wee boy for instance.

He's fifteen.

Aye well he's still a boy for all that. I'm being square with ye cause I know that's the kind of guy ye are.

Dont con me Ally what ye on about?

Ye appreciate straight talking.

What ye fucking saying?

I'm saying it's a formality; ye should sign the form; just in the event of whatever, the claims going through, if they're posthumous, it's straightforward. There again but even although it's straightforward ye get a lot of folk dont sign and then that's them beat, not only them but their nearest and dearest. Cause you've got to say it yerself, you the customer I'm talking about, ye have to tell them ye want yer claim to proceed at all costs. I mean it's nay good the nearest and dearest coming up later on and saying they want it on your behalf; it doesnay work that way. It's all down to you yerself. Ye follow? Plus you're a fighter if ye dont mind me saying, so ye're no wanting to let them off the hook, the authorities, no as such, ye're wanting to take them the full distance. Am I reading ye right?

. . .

The DSS didnay let it slip?

Let what slip?

Naw. See under the regulations they're no empowered to use discretion on that yin. It's cause of the sensibilities, that's what they say. It's like doctors, how they dont tell ye things about yerself, they say it'll hurt the sensibilities.

Lawyers are the same. So's the DSS, they've got the power to keep the customer ignorant if they think it's in the customer's best interests, we're talking health-wise; ignorance is bliss, that's what they say, if they tell the customer the truth it just makes him anxious – or her as the case may be – it leads to panic-attacks and mental instability, and that's bad for society as a whole. We're talking vote-catchers here. If they get a bad press. I mean ye take these quality newspapers, if ye read them, that's what they're aye saying.

Ally what ye fucking talking about?

I'm talking about yer own best interests in respect of yer wee boy or yer ex-wife or else yer lady-friend; it's your own decision; whoever ye want to get what's due ye, in the event of one or both claims receiving posthumous settlement. That's what they dont tell ye, that's how ignorance isnay bliss, it just costs ye dough. I dont know about you Sammy but I wouldnay let them off with a penny. A lot of people just say, Get to fuck – pardon the language, it's a quote – they just want to die and get out the road. But what I say is, Naw! hold that result, dont just die, screw them to the bitter end, hang on in there, empty their pockets. Cause it isnay their pockets either Sammy it's ours, so we're only getting what's due us so's we can leave it to the nearest and dearest.

Fucking hell.

I'm being straight with ye.

Sammy shook his head. He lifted the cup of tea and sipped at it.

It's just business that has to be attended to. It's the same as making a will. Come on, I know it's hard.

Fuck sake.

Is yer stomach sore?

Aye.

Have ye got hernia trouble?

Naw.

I have – hiatus – I dont eat at regular intervals then there's all the running about I do; plus the personal stuff, ye're supposed to distance yerself from it; any rep'll tell ye. Sometimes ye cannay but that's the problem. Take that woman's case I was talking about; I've been involved with it now for seven years. It's posthumous. It wasnay when I started right enough she was alive and kicking. All her family's dropped off one by one and her last remaining next of kin's somewhere in Bangladesh, in a wee village, some auld timer or other. So even when I say it doesnay take up all my mind it doesnay mean I'm no involved. Emotionally I am involved. I just try and keep to the business, I root about the logical stuff. When we're up the PBO on Friday morning ye'll see me operating. It's no a boast Sammy, with respect, I'm no a boasting type of guy. Ye're gony watch me in action and ye'll think, What kind of unfeeling bastard is this I've got repping me! That's what ye'll think and ye'll be entitled. But I cannay be at a disadvantage. Cause if I'm at a disadvantage then so are you. And it's worse for you cause I'm no you I'm just yer rep. Ye telt me that yesterday and ye were quite right. I also need another signature off ye; it's to confirm I am yer rep, and that to whom it may concern I'm to receive thirty-three and a third percent of all lump-sum one-off gratuity awards that might be received in respect of one, the compen; and two, the backdated Dysfunctional Benefit. I'll read it all out if ye like.

Yeh, aye. . . Sammy nodded, fingering the edge of the stubble at the side of his neck; ten days now, it was beginning to feel hairy instead of bristly.

He had nay gripe at what Ally was telling him. It was

fair enough. Nay gripe at all. He couldnay think of one. Ye would like to think there was a way out but there wasnay. Ye put yer affairs in order. It was the right thing to do. Ye could even smile about it. Byoioioiong.

Ye've nay objections. . . ?

Eh naw.

Good. See sometimes ye get a guy snuffs it afore settlement and then the nearest and dearest turns round and says, I dont know this guy. And they're maybe talking about the very guy that's laboured to win them the claim! It isnay fair, and it isnay justified, with respect, no as such. Like I'm saying ye can fight cases for years and ye have to foot all the bills yerself; it's nay joke – I'm no saying there's a lot of bills but there's a principle involved, and where's there's principles there's money, one way or another, ye with me?

Aye mate it's okay, I take what ye're saying.

Aye good Sammy I thought ye would. I'm glad ye've supped the porridge, it gives ye a perspective, that's what I find. I dont regret the time I done; not at all; being honest I'm glad I done it.

Ye do yer crime ye take yer time.

Ally chuckled. Mind you, I was actually there under false pretences. I was innocent.

Ah well, that's the way it goes. Ye want another cup of tea?

Naw I've got to be going soon. See I spent that much time on my own individual case I got to know about cases in general.

It happens.

It does, aye. Naw but what happened, my family support group was campaigning hard on the outside and there was me on the inside. scuppering the good work. Jeesoh ye want to have seen one statement I sent out as a press-release to the letter pages of all the qualities. Dear sir, I says, or madam, I says, to the editor: I says, if you ask me the authorities are making a major error victimising all these innocent people. With respect, I says, it just serves to educate them in the protocols and procedures of the due processes of state and this cannot be good for society as a whole, I says, bla bla bla. I was a sarcastic buggar even then. But I was thinking 'votecatcher' at the same time so I wasnay that naive. Too verbose but too verbose, the usual; trying to be smart – showing off Sammy ye understand me?

Aye.

It happens when ye're young. Mind you, I knew enough to know they probably wouldnay publish me. Some of these guys inside, they used to do their nut because their letters wound up in the shredder, they thought because they were innocent that was enough. Here . . . Ally took Sammy's hand and gave him a pen, and guided him to where he was to sign. Just sign there and then the other yin. Okay now? Ye know what ye're signing?

Nay bother Ally nay bother.

Naw, but what they done, just to show me who was boss, one of the qualities DID publish my letter. But see I had made a bloomer, I spelt 'victimising' wrong, I spelt it with an 'o' for 'victom' instead of with an 'i' for 'victim'. So they just left it in. And then they done an insert, the buggars, they stuck a wee SIC beside it. That was all they done. So easy! Hh! Ally chuckled. Ye pay a lot of dough for a lesson like that on the outside. Ye know what that means by the way, a wee SIC? S.I.C., eh?

Aye.

So that was what they bloody done. It's no as if I didnay know how to spell the damn word either, 'victomising', that was the worst of it, it was just a daft mistake; a kind of printing error. But that was enough. Tell ye something but it took me a while to get ower it; saps yer confidence that kind of thing; plus the age I was. Then too it knocked my support group back a fair bit.

Terrible. Sammy said, Does this no have to get witnessed by the way?

Informally it does but it aye stands up in court if ye know the game. They're no like wills in that respect. . . Ally took the papers. Speaking personally but I do get them witnessed cause it saves hassle, especially in the event of some new legislation getting brought in. Which is what happens; just when ye think ye've got up to date, wallop, they hit ye with a new load of rules and points of order.

Sammy rolled a smoke; Ye sure ye dont want another cup?

Naw, thanks. Just a couple of questions then I'll be off. See I woke up this morning dead early, never mind it's spring the birdies werenay even chirping. I was worrying ower what the missis said. As soon as the eyes opened that was what I was thinking about and I thought, aye, she's right, even if it doesnay matter to the case in substance I've still got to know. Even just so's I can disregard it; it might no be something we'll use and it might no be something they'll use but still and all, I cannay take the chance. Now I dont know much about the bevy, no being a drinking man. And the wife's what ye call a country girl so she isnay too up on it either though where she came from it was a wee settlement – kind of what ye might call peasants – but they made their own homebrew and boy let me tell ye it was potent stuff; so she isnay entirely ignorant.

So?

So naw, I mean, but if me and her fight the whole stair knows. She's a noisy woman. She screams.

Helen doesnay, my girlfriend, she goes silent.

Ye mean she's no a talker?

That's right.

Mm.

Some females arenay.

Well I'm no that experienced with females, I've got to admit it.

Sammy dried the corners of his mouth; for some reason the bristles kept getting wet. He puffed to get the roll-up burning.

See I'm just going ower the hurdle of the bad row and what I know from the evidence scheduled which suggests ye're alleging blank-out the whole of Saturday.

That's right.

The whole of Saturday?

More or less, aye. There was a couple of clear patches right enough; ye just come to now and again, like ye've just woke up. Then ye're away again. I didnay wake up till the Sunday morning.

Yeh I read that. So ye ever suffered epilepsy, or any related forms?

Naw.

Never?

What d'ye no believe me?

Sammy it's no a question of belief come on!

Well fair enough but you're no a drinker.

Did the DSS and the police department accept yer explanation?

I didnay give them one, they were more interested in the Friday.

Are ye an alcoholic?

I take a drink.

Aye but are ye an alcoholic?

Naw; I dont think so.

See obviously they'll argue that that's a major contributory factor to the sightloss I mean if it affects yer brain like that then obviously it can affect yer eyes, cause yer brain controls yer eyes. Have ye ever had diabetic problems?

Naw.

See all that kind of medical stuff Sammy, if it occurs to the likes of me then it'll occur to them to the power a zillion. They've got the best legal and medical experts in the country, the most powerful brains in the business, everybody money can buy; whereas the likes of you and me, we're stuck with each other. You need me to give ye a hand with the procedures and the protocols and I need you to help me out with the personal evidence, medical and otherwise – for what it's worth, the problem being you can only see it from inside yer own body, and that isnay good enough cause it isnay open to what they call verification. So that's what we're up against. Mind you, without knowing nothing about booze I've got an impulse makes me believe ye arenay an alcoholic. But that doesnay go in yer favour necessarily; it helps ye with the sightloss causation but goes against ye on other things, including the continued absence of yer good lady-friend. Same with the epilepsy and the diabetes: yer doctor wouldnay mention them, nay medical authority would, it's the kind of thing they keep up their sleeve. Now yer negative diabetes might be good for yer sightloss but yer negative epilepsy is probably bad for the blanked-out Saturday. It's no that they're incompatible, no as such, but with respect to yerself they present a kind of overall pattern that suggests inconsistency and this makes the authorities confident they'll find a way to beat ye in the long run. And once they've got that confidence they'll beat ye anyway – even if they dont get a proof. Ye've got to remember it isnay up to them to find a proof. That's up to you, cause it's you that's pursuing the claims. They only need to say they've beat ye and that means they can dismiss the case. They're what ye call an autonomous body, they dont have to account to authorities higher than themselves – except in the case of the Chairperson who's always a lay-officer of the cloth. In fact it's useful for us if ye profess a belief in the good god almighty; it doesnay matter which good god almighty; no even if ye profess a belief in more than one – good gods almighties I'm talking about.

Heh Ally give us a break eh my head's nipping.

Ah ye've got to keep going but. That's the auldest ruse in the book. What I'm doing is giving ye practice. Ye've got to be prepared for mental marathons. They'll stuff yer nut full of conundrums and panegyrics and obscure bloody logical formulas. So ye've got to be up to it. That's how I was wanting to wash yer dishes, just habit, getting some physical activity to help out the brainbox, it paces ye, keeps the corpuscles circulating Sammy it gets the blood pumping, the auld oxygen; activity activity. Come on I'm being selfish, we'll have another cup of tea.

Ally got up from the stool: Plus here I am on the only stool and you're standing so the blood's actually draining out yer head. Nay wonder ye're struggling!

Sammy heard the kettle being filled and put to boil. Then the hot water tap started running again.

You sit down for a minute, it's my fault waking ye up so early. Ye're still tired eh?

Look mate

We'll go into the living-room after; a change of scenery's sometimes good for flagging concentration. There was this auld guy shared a cell with me once, he taught me a lot about the mind, how to improve it.

I thought ye were in a hurry?

I was, it's just I've made myself the time, we're ahead of schedule; see I wasnay expecting to be as far on as this; it's cause ye've been keeping up so good – that's the auld porridge experience coming into play. Heh Sammy wait till ye meet up with the big wigs at the PBO! No kidding ye, ye're in for a bit of fun. It's no like going to an ordinary court. There's this rigamrole where they put ye at yer ease and give ye tea and biscuits and usually they call ye by yer first name – which is a move but ye let them get on with it. They smile a lot as well. Especially the medical officers. The legal officers go a bit huffy on ye, ye'll pick it up in their voice, but dont worry about them. What I'm saying is it isnay totally hostile, the atmosphere, no as such. Ye'll no find a single uniform in the entire premises and that includes the security staff on the door.

Aye well as long as the uniform doesnay talk it doesnay bother me.

Right, aye. . . Ally chuckled. Okay so ye were telling me about yer good lady-friend and the lost day so to speak. Eh?

Sammy sighed.

Come on, there's no long to go now.

Naw just . . . look, one thing I can tell ye about the booze, to do with the blank-out; if ye have one it usually means ye've been battering it heavy, know what I'm saying, ye've drank a lot, ye're total steamboats. So then ye can do anything I mean fuck anything. It's all out the window. Nay predictions.

Anything's possible?

Well aye I mean, more or less.

Mm. That's a bad yin. Forget it.

Aw aye I mean it's just for yer own information.

Ye know what good cause and manifestly unfounded grounds are Sammy?

It's only for yer own information, that's how I'm saying it.

I see now how come they havenay bothered with Saturday, it's a trump card. With respect, in some ways ye wonder how they're even bothering with ye. That's the common sense thing to think; how come they're bothering with ye I mean they could have kept ye inside and flung away the key: ye follow? I'm no wanting to depress ye.

Ye arenay, it isnay something I dont know.

See it means yer lady-friend becomes doubly important. The missis said that to me. That was her first point. Naw I'm very glad ye've telt me about Saturday; thanks; some customers would have kept it back. It is a bad yin. I've got to say it and it cannay be denied. It's a very bloody bad yin. We can maybe get ower it but it needs work, it needs proper setting out. At least ye've telt me so they'll no spring it. So, what have ye found out about yer lady-friend?

What d'ye mean?

Have you found stuff out about her?

Naw fuck how can I, I cannay fucking see, I'm fuckt, I'm actually fuckt; and nay cunt seems to believe me! I feel like a fucking clown!

Here, ye've dropped yer fag. . .

Sammy held his hand out. He got his lighter. His shoulders had went stiff. The fag was wet.

Mind what I was saying about the language Sammy, how ye're best to watch it. . . ? Okay, now did I hear you right ye were saying it was normal for her to go off like this?

What. . . naw it isnay fucking normal at all man what ye talking about I mean that's what I'm saying, it isnay fucking normal at all. She goes away for a couple of days now and again; alright, sees her faimly and that, but that's that – so ye even I mean ye even like eh I mean, fuck sake . . . her being a woman and that . . . Sammy shook his head, he put the fag in his mouth but it was still wet and he took it back out.

Ye mean ye're worried about her?

Course I'm fucking worried about her.

Right . . . right . . . mm.

Sammy sniffed. He was rolling a fresh cigarette. He said, What were you inside for Ally? as a matter of interest.

Red tape.

What does that mean?

Just what I say, red tape.

It's no an answer.

Well if ye ever want clued into what really happened I'll give ye a look at my file.

Aye fine, I wouldnay mind.

Now about the missing Saturday. . .

What about it?

Naw just so we're clear; I dont care what details the PBO get supplied with so long as the ones coming from us are the same as each other, ye with me?

No really, naw.

Well if the lads from the department purport to check things out about the Saturday then purport to make a finding then we dont want to be left in a position where all I can say is, Sorry yer Honour but the customer cannay remember nothing about the Saturday, no as such, but he does want to submit that everything's out the window and anything's possible. Eh? See I've got faith in ye and I dont

332

for one minute think anything bad has happened to yer lady-friend, or else if it has you arenay responsible.

. . .

Honest now Sammy I mean that. I hope ye believe me.

Who telt ye we had a bad row? Who telt ye?

I made my own inquiries.

Who with?

My sources.

Are ye talking about the polis?

Ally chuckled.

Sammy shrugged: Answer the question.

Ye're being silly.

Am I fuck being silly.

Oh ye of little faith.

I mean if ye are working for them then fine it doesnay worry me, know what I'm talking about it doesnay fucking worry me, I'm used to it – only problem but, if ye are, if ye are working for them, I'll batter yer fucking head in.

The problem with all this is the time it wastes.

Sammy smiled. Ye're no feart.

What is there to be feart about?

. . .

By the way, ye didnay tell me there was politics involved, no as such.

There isnay.

Ally sighed.

No unless ye're talking about a guy I used to know.

Well that's what they're talking about.

Sammy sniffed. I wouldnay have thought it was relevant, no to me doing the claim.

It's me that's doing the claim for ye.

Look I met a couple of guys when I was pub-crawling and it turns out the sodjers were tailing one of them.

They're saying it was an auld mate of mine. I cannay mind meeting him; they said I did.

Anything's possible?

Ally. . . Take it easy.

Well if ye're talking about Charlie Barr then that's who ye're talking about?

It's them that are talking about him, no me.

Are yez comrades? close friends? what?

We were threw the gether as boys, cause of our faythers, they palled about.

Politically?

Politically, whatever, I dont know, they were both in the same union, I was a boy.

Were ye surprised to find they were keeping tabs on him?

Were you?

Can ye get in touch with him?

One way or another, aye I suppose so, if I wanted to, but I dont; nay reason.

No even to tell him he's getting watched?

Sammy smiled.

Would ye mind if I got in touch with him?

As long as it had fuck all to do with me.

Is this place bugged?

Probably.

I'm no being cheeky but are you paranoiac?

Maybe.

So when ye heading across to register at the charity?

That's my business. Later on.

Ye are going but?

Course.

Because if ye dont it'll go against ye quite bad. We just cannay afford more inconsistencies. Ye follow?

Yep.

It's good ye've got me acting for ye Sammy cause ye've got a very bad temper and people with bad tempers are exactly what the doctor ordered, as far as the authorities are concerned.

Is that a fact?

Aye. It's them doing the ordering. See I can walk in there and present a case based on general principles of action and behaviour and that sort of stuff, how we expect certain things to operate in what we're told is an efficient and competent manner. I can do it, it's no a problem. The trouble is it doesnay get ye very far and even if ye win – which is really unusual – then ye win under false pretences: ye win and ye shouldnay win. Some people take satisfaction in that cause it's a victory but what it means is the authorities have just been lazy, and that isnay a good sign. It can even cause divisions between them and that means a bad end-product for us. Ye might think it would be better for us but it isnay. It just makes them all the more cautious in future. Ye're better lulling them into a false sense of security. Another way of doing it is if I base the case on exceptional circumstances but I can only do that if I know what these circumstances are. The stuff you're holding back from me should be immaterial, but the fact ye're holding it back makes it impossible to demonstrate. There again but I dont like fighting cases on an exceptional basis anyway; every case is unique in its own wee way so ye're better off trying to show it's the general – I'm no talking about principles by the way. What I'm saying is if ye win with the unexceptional ye've a chance of establishing the general, that's yer goal.

Sammy smiled.

Ye're better being serious the now Sammy, we're a bit far

down the road for childish behaviour, I should say *you're* a bit far down the road.

Ye think I give a fuck? Eh?

I've got to say about politics, it's something else, what ye might call a variable, ye cannay predict how the beaks'll respond. Ye're aye better with matters of substance. Politics can make them fling away the rule book, especially if they've found a way to use the word 'violence', and it isnay up to them to prove there's a difference. Ye have to understand about the law, it isnay there to apply to them it's there to apply to us, it's them that makes it.

I'm no interested.

As long as we're clear on the basics. It's nay good you kidding on ye know nothing and relying on that to get ye by. Even if ye do know nothing, ye still cannay rely on it. With respect and pardon me but that's a mistake a lot of folk make. They stay ignorant in the off-chance it'll get them out of trouble. You've supped yer porridge so ye're supposed to be a man of the world. I'm no being cheeky. Ye see I think if ye do have a problem it might be that ye dont listen. I moved while ye were standing there and ye didnay even notice. I'll tell ye straight and dont take it personal, if ye werenay blind I'd be expecting more of ye. Ye're handicapped by yer loss of function but so's a lot of people. Let's get the cards on the table: how long now it is ye've been blind?

Ally ye dont know what ye're talking about.

I'm just putting myself in your shoes and trying to imagine how it might be. Okay ye've got a problem; but we've all got problems; some are worse than others, but it's where ye go from there.

Time ye left mate ye're playing games, irritating, know what I mean, irritating, yer behaviour, it's irritating.

About life Sammy, it's a sequence of jumps and hurdles and what ye might call deep pits hidden from view. Blindness, once ye've got it, it's a jump. Before ye've got it it's a deep pit. But this isnay before it's after, so it's just a jump.

Sammy was about to smile but he didnay. He said, What ye needling me for?

I'm no needling ye it's just sometimes ye annoy me, ye've got a chip on yer shoulder.

Sammy smiled.

See what I mean. Well . . . I suppose it puts me on my metal, and that cannay be bad because it makes me work. At least ye're no pathetic. A lot of my customers are: with respect to them, I'm no being cheeky, just stating the case, and that's the only word to describe it. See I cannay be bothered with suicides and unaccountable early deaths, they just annoy me beyond belief – they cause rifts in the home for one thing, mine as well as yours. Now have ye got a camera? Eh? Naw? Take off yer jersey a minute. Eh? Heh ye ever seen the suicide rates on huffy people? Sammy, it's no a time for this, I want to see the damage. Ye said ye got a doing so show me what's left of the evidence.

Sammy nodded and lifted up his jersey.

Ye get too used to the arguments, muttered Ally, ye forget to look at the person, I can be as bad as them. Did he use the phrase 'moderately severe bruising'? I'm talking about the quack.

Naw.

How's yer breathing? a bit sticky?

Aye.

Ye got any chest problems? trouble with yer lungs? I'm talking about the past.

Sometimes.

Did the doctor ask ye about that?

Cannay mind.

Did he ask ye about yer work history?

Naw.

What substances ye've worked with?

Naw.

Did he check ye for broken ribs?

Dont know.

Ye checked yerself?

A wee bit.

What about round the back?

Naw.

I'm gony poke into yer ribs now so dont jump if my hand's cauld.

Sammy breathed deep.

Just breathe normally. . . If any of this is sore just tell us.

It is a bit, a wee bit I mean aye.

Mmhh. Did he use the stethoscope?

Yeh, I think so.

Ever kept budgies?

What?

It's known as formal reasoning Sammy. Keep breathing normally. How many pillows d'ye sleep with at night?

Depends, if Helen's there, she likes two, but it's just one if it's myself.

D'ye sleep with the window open?

Sometimes.

See Logan's a tricky blighter, I telt ye that already. He had yer medical reports in front of him remember so he'll know yer X-ray evidence inside out, plus yer LFT's. Ever had pneumonia or tuberculosis?

Naw, dont think so.

See there's gony be a possible risk of scarring here and

that could affect a future claim – I'm no talking about yer eyes but yer lungs, if they turn fibrotic. Crafty auld buggar, he was taking nay chances at all. That was how he made ye lose yer temper and get ye extra points for the high anxiety table. People with bad tempers Sammy they're a hazard to their own breathing: did ye no know that? Mind you – naw . . . doesnay matter, though of course . . . mmm, okay, fine. It was the building trade ye worked Sammy eh?

Aye.

Having said that, he's got his faults – Logan – that's how he's still doing Health and Welfare work for the Community Provision, cause these things arenay vocational except maybe if ye're an earnest young person just out government training school! Ally chuckled, I'm talking about the uni. Naw see a distant relative of my wife's is a doctor; he's quite a good yin far as we know; these days we dont speak, he's a buggar for status and we've no got any. At one time he used to lend me books but no now we're on opposite sides of the fence. What about the auld kidneys? They okay?

Sammy shrugged.

Well ye would know if they werenay. Fine, that'll do for the time being; tuck yerself in.

Ye know yer stuff mate eh!

Ally sighed. Well, put it this way, if I didnay ye wouldnay want me repping ye; nothing worse than getting some bloke working for ye and they know less than you do. Now a camera is essential here I'm glad to say cause there's a lot of evidence still available. I meant to bring it this morning but I forgot so it'll have to be later on the night – so nay sneaking out for a drink!

. . .

Sammy dont lose yer sense of humour. I cannay make

it any earlier. This is a busy night up the City Chambers, nearly as busy as a Thursday; all the new legislation goes up; they spring all sorts; plus the place is hoaching with touts, grasses and spooks – you name it – so ye've got to box clever. But one way or another we'll get the photo took: if I cannay manage it myself I'll send somebody else.

Eh

Cause that's the trouble with surface evidence, it does a disappearing trick. How d'ye think the quack prescribed ye the vanishing cream?

Aye eh. . .

Naw but so that's how I'll need to send somebody else, if I cannay make it. But dont worry, ye'll be able to trust them.

Sammy shrugged.

Grin and bear it. We dont have access to full radiological equipment, sorry.

Sammy nodded.

I was being funny.

Right. . .

That's me, I'm off.

Eh

Last question afore I go and dont take it personal: d'ye think she'll come back? yer lady-friend?

Aye.

How?

Cause.

Cause what?

Cause nothing.

Fair enough Sammy that's acceptable in relationships, the one thing where anything's possible. Understand me now I'm no a miracle worker and I'm no a soothsayer; I

340

dont have a magic crystal ball and I dont pull rabbits out of top hats.

. . .

I've got to start doing my job properly. I'm at the door.

Sammy frowned, he clenched his fists, then he relaxed, then got up off the stool.

I'm at the door.

Sammy turned.

I'll just let myself out.

Sammy was groping forwards, feeling for the door. He heard Ally doing the chubb double-throw then the outside door was open.

See ye later then cheerio!

Hang on a minute. . .

Nay time.

The outside door closed. Sammy arrived and stood beside it. He started twiddling with the bristles under his chin, then moved back into the kitchen. He lifted the kettle to put more water on but there was still water in it and it was hot. The clean dishes were stacked on the draining board, and the pots, the knives and forks. It was a help.

There were other things right enough needed doing. Just he was a bit tired. Another coffee maybe. Double-lock the door. He did that immediately. Then he stood by the kitchen sink, waited for the water to boil. Ally would be walking out from the building about now, cutting down and across the concrete square, passing the shops, then somewhere, he would go somewhere. Ye wondered where. Where he would go.

The water boiled. He took the cup of coffee ben the living-room and sat on the settee. He sat there for a long while before remembering he could shove on the radio or the cassette recorder but as soon as he had remembered the thought went out his head; later he remembered it again but for some reason he had already turned on the telly. A few minutes later he turned it off, sat with his eyelids closed. He could have hit the sack for a couple of hours, it was gony be a long day and he needed his strength. He could maybe just doze on the settee right enough; it was alright here, comfy; this silence as well, no even a clock ticking; nay point winding the clock, no unless ye could work out some way of counting the ticks, the one ye began with and then ended with, it was useless, they all sounded the same, it just wasnay on, it was stupit, depressing as well cause all it done was remind ye of the state ye were in, the way ye were I mean if it wasnay for the buzzing in yer ears there would have been nay sounds at all, ye would be as well being a torso, an upper trunk just; ye could imagine it, the main worry would be grub, getting it down ye; plus the other body operations, the ablutions, yer *toilettes;* cause ye would still need a slash so that was a problem; what would ye do in a situation like that, ye would have to use a nappy; then if ye had nay hands, how would ye wrap it round yerself; it would be back to relying on other people again; plus getting ye the grub, it would be down to them, they would maybe set ye up as a beggar, give ye a pitch outside a chip shop; just this body, this torso, on a wee bogey like that auld beggar woman he once saw dragging herself about, pushing herself along, patacaking the ground with her hands to keep the wheels rolling; the only thing ye would worry about was staying alive, except for yer brains, that would be a worry cause they would still be there so ye would be forced to think, about the state ye were in for one thing, so ye would wind up looking for ways to be dead, but that would be a problem as well cause ye couldnay do nothing except maybe roll yerself out onto the main road and get run ower by a bus, or else starve yerself, or stop yerself breathing like that guy in some story Sammy read or was it a guy in the poky maybe it was a guy in the poky, he managed to stop himself breathing and just fucking that was that; so even for an upper trunk, ye could still do yerself in, if ye wanted, ye would find ways, ways only known to folk in that exceptional circumstance. The average person wouldnay know cause they wouldnay know – the circumstance; naybody would know it, except yerself and them other yins that had formed yer self-help society, then the ones ye got yer support off for yer lobbies, the MPs or whatever, the famous names. Naybody would know yer possibilities; except yerself and them like ye, the totally dysfuntional; except ye wouldnay be totally dysfunctional else ye would be dead so it would have to be the almost totally dysfunctional; yez would all meet to discuss it at yer meeting place, getting yer living conditions improved, yer quality of life, start yer petitions to parliament and the town council and sending yer man to Brussels although ye would have to post the cunt if it was a torso, except if ye couldnay talk and ye couldnay see then how could ye set out yer wants to the foreign delegates cause ye would be fuckt, even having yer wee discussion with the members, yez would all be fuckt, yez wouldnay even know yez were there, except listening for sounds; sounds of scuffling and breathing and sniffing and muttering, sneezes and coughs, which ye couldnay hear if ye were deaf, ye would need folk to listen for ye and translate, to represent ye, yer interests, except ye couldnay tell them what yer interests were so they would just have to guess, what it was ye wanted, if ye wanted something, they would have to guess it.

He thought he heard a sound. Maybe it was. He was

gony leave now anyway, he had to do it. The dough. It didnay matter, he was just having to get to fuck, otherwise he was beat, cause he was surrounded, surrounded already; he was, he was surrounded already; it had happened; so it was a question of when, when he did it, when he got out, cause he had to get out, so that was how he was getting to fuck, cause he had to. He would just pack what he could. Plus the shirts; some of them. He would fill the suitcase. Then the stick, a hand free for it. It was just he was tired; he was. How come he was so tired man how tired he was, just tired, it filled yer head, yer mind, it took ower. Then cause it was late; that didnay help, christ it didnay, ye thought it would but it didnay, no really, no when it happens, if ye're no up to it, if ye're tired out and drained, all yer resources

even then

what's so funny but never mind anything else, what's so funny, it's how ye still fuck things up, ye can aye manage that, that's the main thing, how ye aye find a way for that; Helen had seen it. She had. She had seen it. Not only how he had fuckt things up in the past but how he was gony fuck them up in the future, that was what she had seen. Fucking plain as the nose on yer face, she had seen right through him. It's funny how people do that; all kinds of people. Ye wind up with naywhere to go,

backed into the corner, held up there in full view, and ye're exhausted, ye dont want to be held up there in full view but fuck sake man what chance ye got ye're in trouble, ye're bang in trouble man deep shit, know what I'm saying, fuck sake, what do ye do, what do ye fucking do! ye move, ye fucking move, ye get off yer fucking mark, offski, ye just fucking

get to fuck man know what I mean just get to fuck,

out, off, gone – cause this time he really was fuckt, Sammy, yer man, finito; comprende? fuckt. Nay going back. Nay hanging about to see what happened was she gony come fucking home for christ sake what was the point of that man there was nayn, nay fucking point, in or out, the money's down and the last card's left the deck; go through it stage by stage, pointless, every last detail, pointless, cause this time ye've really fuckt it, all on the last fucking card and it's been turned and it's fucking lying there so that is fucking that it's that so fuck off and get to fuck man fold yer hand, everything ye've got's showing, capisto, it's out there in full view man so fold, ye're out the game, okay? okay.

Auld Jackie.

This time could be the last time.

The window. Sammy opened it. He breathed deep. Wind and pelting rain. No the best of times to hit the road. Ye blunder on but ye blunder on. That's what ye do. What else is there man know what I'm talking about what else is there? fuck the suicide rates and statistics, Sammy was never a huffy bastard, that's one thing. Know what he felt like? A can of fucking superlager. Aye no danger. He had a drouth, a drouth. Know what that means it means he's fucking thirsty. Fuck yer coffee and fuck yer tea and fuck yer fucking milk if ye're fucking lucky enough to fucking have fucking any of the fucking stuff man know what I'm saying. Plus nay tobacco.

True. He got the packet and felt about inside; hardly enough for one smoke. So he would have to go out and buy some more, another half ounce. He was definitely gony chuck smoking but the time to do it wasnay now it was when his head was clear, when he was on the fucking bus, he would fling the remainder out the window. Cause when he left the house the next time that was him, he was off and running. So there ye are. So okay, so that was that now out in the open. The bullshit was at an end. Ye make yer decision, whatever it is, whatever ye decide, what ye're gony do, what ye've decided to do

Sammy made this funny groaning noise and stuck his fingers in his ears, swung his legs onto the settee and stretched out.

One thing anyway; they would find her, they would find her now. Now they had got going they would find her. And that had to be good. At least he would know the score. Any mystery, if there was any mystery – I mean that's their fucking job man solving fucking mysteries.

A chinking noise. Sounded like the letterbox. Somebody keeking through; a fucking sodjer probably, else a deadhead junkie bastard.

Sammy smiled, he raised himself up and called: Hullo ya fucking bampot! How are you this bright and early morning! Is yer wee birdies fucking chirping! He laughed. Then turned onto his side, facing into the back of the settee, his head resting on the arm. More of a snigger than a laugh – in fact it wasnay even close to a laugh; it wasnay even a snigger it was a fucking snivel, it was a snivel; that was what he was reduced to man snivelling. Fuck it. At least he was alive, he was alive. He could do anything he liked. As long as it was quick. But in saying quick ye also had to plan, nay point charging in with the head down.

So okay, things werenay very good of course but I mean all ye do is push ahead, ye push ahead. There was the Community Provision; he was gony get word of a start soon; they would get him out with the hod on some fucking scaffolding, wheeling a barrow, they would have him walking the plank, dirty bastards, all's fair in love and war. Cause while the case was pending he would have to carry on as if he was fully operational, able-bodied. Until he was re-registered. Cause they wouldnay re-register him dysfunctional, that was as good as an admittance. So that was him man blundering about on a fucking building site ye're not on, ye kidding! Guys like Ally, they made ye smile, they really did; Sammy had met them for years, inside and outside. Play the game and do them in; that was the motto; get yer whack while the going's good. Philadelphia lawyers. Fucking eedjits man know what I'm saying, a joke's a joke. Okay. Sammy wouldnay say he knew better, he just knew from different experiences. These optimistic cunts.

Brick walls, brick walls.

Sammy should have been a brickie. He could have done it nay bother. Ye see some of the cunts he used to labour to!

Maybe if the eyes cleared up. If he got to England out the road. And just relaxed, let the body heal. If he could get some papers the gether. A few quid would do it. There was a wee bit of business; he could pull it through – just that few bob, if he had that upfront, he needed that upfront money, that was how he had to take the shirts; that was how that fucking silly bastard Tam – nay harm to the guy but ye wondered how he could be so fucking stupit. Okay. There were things

They just went out yer head. Where do they go to? A world of lost thoughts and dreams and

fuck knows what.

It's just how they suffocate ye; all their fucking protocols and procedures, all designed to stop ye breathing, to grind ye to a halt; ye've no to wander and ye've no to breathe, ye've no to open yer mouth; ye're to keep in line and dont move a muscle: just fucking stand there till ye're telt different. Heh you I'll tell ye when to move; okay! and dont let me see ye even breathe ya fucking doughball, thirty seconds and ye've had twenty

Helen didnay know. She thought she did but she didnay. She was like Ally. So there ye are: she didnay think the same as her man she thought like the guy that was fucking repping him, know what I'm saying, that was the crack, she thought the same way as Sammy's rep but no like Sammy, like him himself.

It's funny, what ye have to own up to, ye've got to admit it to yerself, that they all thought he was stupit. They did. It didnay matter it was him had all the experience; in their eyes he was a halfwit. A nice yin that. It cheered ye up. When ye were feeling down, it cheered ye up, they all thought ye were a fucking eedjit. Okay. But if Jackie Milligan was to walk in the door this very minute and go: D'ye want to earn a few quid? then Sammy would go, Yeh mate no problem, too easy, all points south, north, wherever, who gives a fuck, Sammy would be there, nay danger about that: fuck them, the fucking lot of them. Ye want me? Well come and get me!

He flexed his wrists, there was an ache at both joints. He wished he could see them. Maybe he had been lying on them. They would have red marks. Ye couldnay even see yer body. The last time he had seen it

Christ when was that? he couldnay remember. What did it matter. It was now he couldnay see, that was what was important. He got up and stuck on a cassette.

Auld George Jones; so what man go and fuck yerself.

It's true but the last time he had seen himself was afore Helen took a walk, afore he went out to blag the leather

348

jackets. In fact the last time he saw himself was in one of these full-length mirrors in the fucking clothes shop! There ye are man poetry in motion.

The Leg but, he would still be lying in the poky. They had nay need to let him go so they wouldnay, he would still be in there, wondering what had hit him. Sammy had hit him. Well that was the bullshit they would fill his head with. Okay. Ach it wasnay fair but know what I mean, the auld Leg man he was harmless.

The thing that was missing was trust. That was the bad thing about it. Irritating behaviour. Tam knew Sammy long enough to know better. It should have been took for granted. If he could have gave him the wire he would have gave him the wire; end of story – the Leg wouldnay have to be telt. But there ye are, Tam was a guy that handled goods. Sometimes ye had to wonder about that, the mentality. It was a wee thing but Sammy had thought about it afore; dealers and thieves, ye pays yer money.

Fuck off, that kind of thing's rubbish; Tam was a good guy.

Divide and conquer right enough. That was like Charlie, the way Sammy's head had been going, getting angry at him, as if he had something to do with it. And he didnay have. Nayn of it. It was fuck all to with him. It was all down to Sammy; every fucking last fucking thing man know what I mean know what I fucking mean it was down to him. Sammy, Sammy himself man that was who it was down to, him, nay other cunt, all this fucking crap man it was his and nay other cunt's, fucking his.

Sammy shook his head, he chuckled. Amazing how it got ye, sitting by yerself, how angry ye could get.

It was true enough but, how ye wound up blaming every cunt except the ones ye should blame. And it was a move too; the sodjers knew they were doing it, getting ye into that kind of state, it was all premeditated manoeuvrings, know what I'm saying, these dirty bastards, it had fuck all to do with Charlie. Ye had to get yer head round that. If he had thought there was something to tell Sammy then he would have telt him. Simple as that.

This was Sammy's business. Ye play yer own hand. The cards fall and ye figure them out. Ye watch, ye take notes. Most of the time ye get fuckt. Most of the time

most of the time

Then the wee times ye dont, and it's the wee times ye look for. This was one of them. It made ye feel good; ye cannay describe it, having that card in the hole, when ye fucking know it man when ye know it. Never underestimate the opposition. The sodjers thought they had him figured but they didnay.

Alright so it would have been nice to see Helen, just to let her know the score. So he would just send her a letter, once he got settled in. Then it was down to her; either she went with him or she didnay. That was fair enough. He was just gony have to be honest, tell her the whole truth and nothing but. Cause that was the problem, he hadnay got the message across, he telt her a tale and it went wrong. Who knows how women think; he didnay. Same with the ex-wife, a fucking disaster. But it wasnay all his fault. People try to stop yet stop ye doing things. They dont allow ye to live. But ye've got to live. If ye cannay live ye're as well dead. What else can ye do? It would be good if somebody telt ye. What way ye were supposed to live. They dont fucking tell ye that but they've got nay answers there man, no to that yin, that fucking question, know what I'm saying, it's just big silences, that's what ye fucking get, big silences. How no to live. That's all they tell ye. Fuck them all. The bottom line: ye're on yer tod. Aye well Sammy was used to that, he was fucking used to it. Some things stay the same. They dont change.

It's you. They dont change but you have to. That's the fucking crack. It's back to yerself. So okay. Fair enough.

> Loneliness surrounds me
> without your arms around me

When everybody's gone and you're alone. That was what ye thought about, when they were all away, and you were left, you and naybody else. What happens then is that ye move.

So okay. He was a blind bastard. Right then. That stage ye just go, Fuck it, cause what else is there? nothing, there's fuck all. Sammy had reached that stage. A while ago. It just hadnay dawned on him. No till now. He smiled. Fucking weird. There ye go but!

He was waiting for the rain to go off. He got up from the settee and went to the window to check. Cats and dogs. He just hadnay been hearing it, cause he hadnay been listening; too busy, too busy with the thoughts. Plus he was gony shave. That was part of the deal. Even if he cut his throat and died in the attempt, he was gony wipe that chin clean, clean. Cause when he walked out of here the head was gony be held high, he was gony be cleanshaven man, fresh and fucking brand new, clean socks and fucking christ almighty he was gony stick on one of these new bastard shirts. He was proud. He was fucking proud. Sammy spoke it: I'm fucking proud, he said, so fuck ye. It was more of a growl than a 'speak'. But this was part of it, part of the

351

proudness. Fucking hell but it was true. Fuck yous bastards. It was true; he was proud. What was he proud about? Fuck knows man but he was.

So there ye are.

He would have to go out soon. Hail, rain or shine; the option wasnay there. He needed stuff; a loaf, a lump of cheese. He was gony make a pile of sandwiches for the road; he had to watch the dough.

He went to find the trainers.

Yer life moved in funny ways right enough. It did but. Wild. Even yer money, ye didnay even know how much ye had. All the notes were mixed up. So he had to get that attended to. One thing anyway, he wouldnay bump into Charlie again, cause he wouldnay be able to fucking see him! Unless Charlie saw him right enough. Okay.

Cunts like him never asked ye for help. It was aye up to yerself to sort it out. Ye've got the cards man fucking turn them. That was the kind of patter Charlie came out with, no in so many words.

Shoes shoes shoes!

How the fucking hell can ye set out on the wander if ye've nay fucking shoes man know what I mean jesus christ a fucking bad joke so it is. They're crucial, crucial, if ye're gony do a bit of hoofing. A lot of cunts dont believe ye when ye tell them that man they think ye're at the fanny. But it's fucking true; know what trueness is, four sides that meet the gether ya fucking bampot.

Nay point getting annoyed at stuff. A quick pint would be good, he did have a drouth. He could maybe hit the bokel for one, make another couple of phone calls at the same time. He hadnay gave up the ghost about punting the shirts. Tam Roberts wasnay the only guy he knew. The trouble is it was bother, ye couldnay predict it; and at this stage in the proceedings yer Honour, know what I'm saying, predictability, it's good for the fucking skull. So nothing. Plus the boy, he would phone him. Maybe no but, maybe just send him a letter.

Naw, phone nay cunt and nay quick pints, just get to fuck, he would lift what he could and get to fuck; and the sooner the better. So nay pints and nay phone calls, just pick up the messages then back and pack the bag, make the sandwiches.

He got a pen and a sheet of notepaper from the kitchen drawer. Mind you ye couldnay really tell if the pen worked. So he took a pencil as well. Things were gony get awkward. Awkward – what a fucking wrong word to describe the situation: awkward.

He was leaving everything, everything he couldnay fit into one bag. The cassette recorder and all the rest of the gear; he was leaving it. But no the actual cassette tapes, he was gony stuff them down the sides of the bag. There was more than one bag available but he needed a hand free for the stick. Unless there was one with a shoulder strap. He couldnay mind if there was. He was lifting nothing that belonged to her. Fuck that. He was walking out man and he was doing it under his steam and naybody else's. He was in control. Nay other cunt; no the fucking sodjers man no fucking naybody, just him, him himself.

Okay. Jacket on and ready. He clutched the stick under his arm, double-locking the door behind him. The fucking wind man it was gale force, the rain driving in. If anybody was crazy enough to be prowling in weather like this they would deserve to capture him. Who gave a fuck anyway, if they wanted to capture him they would capture him. The wind blew him into the place where the lift was. And somebody was there! That was alright. It was probably the goodie ghost that got him out of trouble up by the bowling green. Ye dont mind these goodie ghosts man it's just these evil bastards dogging yer footsteps all the time, they're the ones ye have to avoid. So there ye go. Sammy felt like talking to whoever it was but he didnay. When the lift came he tapped his way forward and inside. The other person hit the button. Down they went and out, Sammy tapping to the left; the person walked on by – then the sound of the glass door opening and a blast of air. He waited a moment then on to the door and pushed it open, made his exit immediately, no stopping to think, yer man, Sammy, the bold fellow, headlong into the raging torrential downpour, the auld shoulders hunched, the jacket collar up. Definitely a bunnet but he needed a bunnet, if not immediately. Christ the rain really was lashing down, it was fucking wild, and then he had walked right into a puddle; it felt like a big yin; he carried on a step then stopped; he was still in it. How wide was the fucking thing? Nay way of knowing. And was it gony get fucking deeper! Ye even wondered where the fucking hell ye were!

Seriously but the wind and rain seemed to screw up his senses. Maybe he had blundered yet again and this was him off at some fucking tangent christ almighty he had hardly even left the fucking building. He shifted his feet sideiways; the water washed against them like it was gony come ower his ankles. He lifted his right foot; a plooping noise; he walked a couple of metres; ploop ploop. A voice from somewhere called: Bloody terrible this int it!

Aye, said Sammy in the offchance it was him they were talking to.

Now there were weans somewhere making a lot of noise, they seemed to be fucking running, screaming and shrieking, like they were gony rush right into his fucking

354

legs man the way they were going, ye could imagine it – weans! head down and battering right in like they expected all the barriers to get lifted just cause they were charging about. He kept a tight grip of the stick in case one of the wee cunts tripped and went falling on their face.

Ye were aye fighting something man, then as soon as they gave ye a breather ye were up against the elements. At least he was out the puddle. But for some reason his arms were sore; he could have done with a rest, get the breath back, being honest he was fuckt. No doing his exercises; when had he last done his exercises? Yesterday. Okay. Well maybe it was something else. A hotness on his cheeks. Soaking wet but hot. How d'ye like it man wet and hot at the same time. Naw but even the tops of his shoulders. Christ. He wanted to lay the stick on the ground cause he didnay have the strength to hold the fucker!

He needed to but. He needed to. He had to fucking

The stick knocked against the wall. Good. He wiped the water from above his forehead, took the shades out his pocket and shoved them on. They felt heavy but, they hurted the lumps behind his ears. He folded them away again. There was a bit of cover here at the side of the building. Pins and needles in his ankles for fuck sake what next! He needed a seat. Jesus christ. Now the weans were back. What were they doing out in weather like this? Why did their parents no take them to fuck out the road? They were squealing now. Wee high voices. Laughing at something. The weather probably. Wee weans man and they can laugh at the weather. Sammy shivered. He was in a bad way. He was standing against the wall. He couldnay do this he had to walk. Just nay energy. Where was his energy? Bloody rain. How was he in this state but?

Jesus christ that was all it was, rain, just rain. Now his

knuckles! How come his fucking knuckles? Athritis maybe, cause of the dampness. The auld war-wounds. That left cross, he had aye prided himself on that, on ye go ya fucking bampot, get that shoulder behind it, yer elbow fucking walloping out man bang the bastard fucking bang him, right in there man the fucking nose, they fucking hate the auld nose getting hit, crack the fucker.

Auld Sammy! What was he doing now? Shadow boxing. He shoved the stick against the wall and rubbed his hands, blew into them, he was cold, a bit cold.

Okay. Bad spells. Ower and done with. He felt the rain on his face. His belly rumbled. That was it. Grub. Fucking obvious man he hadnay been eating. So he was hallucinating. Straightforward. Well he was gony get some grub now. He groped for the stick and touched it, it fell. Fine. He reached for it. He got it. The weans again. Just as well he had the stick. Some of these wee bastards nowadays, desperadoes man know what I'm talking about, if they found out ye were vulnerable, plus with a few quid in the tail – forty of them pummeling into yer back? Nay chance. Fucking nay chance.

He was at the first shop, the opposite end of the block from the chemist, so the minimarket was next; ye just kept walking, a patacake with the left and a tap with the right. The lassie working at the till got him his stuff. From there he went to the takeaway counter and bought a roll and sausage. He scoffed it outside in the doorway. He took the last bite and set off. The wind was at his back now so it was better. But first thing in the door and he was going to bed. If he didnay his head would explode. He knew the signs. Even getting from here to the house, ye couldnay take it for granted. Ye couldnay. Ye thought ye could then ye found ye couldnay. But he was gony make it, nay danger about that, he was gony have to drag himself but fair enough man that was alright, he could have done with a rest but it didnay matter, even just a wee yin, the auld lungs, the ribcage, he was fuckt, yer man, auld Sammy there; the truth, want the truth? yer man

Shoes, he said.

Naybody answered. Thank fuck. He wasnay cracking up but so it was okay. He nearly was but he was avoiding it; managing to. Just he was soaked to the skin, and he had this walk back through Loch Lomond but apart from that I mean christ nay complaints, who's gony complain about the weather? no Sammy, fuck sake man, the auld god almighty, the central authority, he gets sick of all that complaining from us cunts, human beings, he's fucking sick of it and ye cannay blame him, who's gony blame him, give the guy a break, know what I mean

It was just the body, the aches and pains, like he seemed to have nay energy these days, all the time wanting to sleep or lie down on the bastard settee, it was all ye felt fit for.

The puddle. He would just drag himself through it. Fucking guardian angel, never there when ye needed the cunt. Maybe the quack slipped him a mickey. He felt like a rest. It was a holiday he wanted. He stopped tapping to reach the stick out for the wall. Nay bother. That was what he wanted man a holiday. One time he went to Spain. Some good home-cooking as well, he could have been doing with that, the auld sustenance; bowls of broth, that kind of stuff. He dropped the stick, there was nay sound when it hit the deck; he was down to get it immediately, the poly bag swinging on his wrist; but he got it and he lifted it straight back up; he held it steady and poked with it to see what like it was, but it was fine man it was his, the good auld trusty stick, know what I'm saying it was his, naybody else's. So he battered on. It was wild; alright but it wasnay that wild it was just the fucking elements and they were always there and nay cunt fucking controls them so it isnay as if they're out to fuck ye intentional-wise.

Two women were at the lift, talking about a current affairs programme they had seen on the telly. It was interesting listening. Sammy had been gony roll a smoke but everything was damp and it wouldnay have worked. Plus the women might have objected if he smoked in the lift. He couldnay have coped with that. Sometimes ye're up to it but no the now. He would have been in the wrong anyway; nay point arguing if ye're in the wrong.

The doors were opening. Sammy tapped in. One of the women did the buttons. Six, said Sammy. He touched his head, the hair plastered. It could have been worse. Life. Life could have been worse. Then he sneezed. Sorry, he said, and then sneezed again. Sorry, he said and he felt it coming again and tried to stop it but it was like it was gony blow the nose off his face so he let it rip. Sorry about this, he said. He wiped his mouth and upper lip with the back of his hand. I meant to buy a packet of tissues and I forgot.

Torture. He was actually sweating, he felt it ower his arms and the hairs of his chest.

A funny thing now happened when the lift stopped. One of the women telt him it was his floor and then one of them got out before him, but she didnay say cheerio to her mate, and from the way they had been chatting ye knew they were friendly the gether. So that was a bit funny. Out on the landing he stopped and started checking his pockets, kidding on he was looking for something. The woman's footsteps went off round the corner. Sammy propped the stick against the wall, dried his hands and rolled a fag. It's fair enough, he said.

Once he was puffing he walked, tugged open the door to the corridor, went fast through the wind and got the chubb into the lock. When he was in the lobby he stopped himself from shouting on Helen, switched on the fire in the living room and set the trainers to dry in front of it, towelled the hair, he wondered whether to give the feet a wash. Or else have another bath. One of these things about landing in the poky, ye aye felt clatty, ye needed a good scrub when they let ye out. He hung up the coat and trousers. The best thing when they were wet; they dried into a good crease. He put on the jeans.

Okay, what now?

Well well; it dawned on him what he was doing, he was preparing to vanish.

He gathered up the dirty socks, the pants and tee-shirts, shoved them into the washing machine. It had to be whites and coloureds the gether; Helen wasnay here to worry about it anyway. Soap powder. Soap powder and washing machines. He found the plug, switched it on. Okay. After that

fuck it, nothing after that, no the now; a cup of tea and a piece and cheese. Nay point making them all, he wouldnay be leaving till the clothes were dry. Mind you that could take hours; he was wanting to go the night. So he would just use the clothes-horse, right in front of the fire; and if the clothes were still damp, then fuck it man he would pap them into a poly bag. Okay. He heard the sounds from the washing machine. So good, the thing was in motion. So now, cup of tea. Naw: bed.

So there ye are.

The things go in stages.

Her upstairs, she played this kind of folk-type stuff; sometimes ye thought it was party music, it aye seemed

359

about to launch into a rebel song, or else the sash, but it didnay. Maybe it wasnay a her. It was; ye could tell; even just her footsteps through the ceiling.

The bed was cold. If Helen had been in beside him he would have turned ower and snuggled in, knees up under her bum, arms round her, his face into the back of her head, her hair, smelling her, all warm and skin to skin, getting hard, slow, no even bothering, just lazy, no even noticing but there it is wedged in between the tops of her legs and nudging under, and her shifting a wee bit; that lazy way like it's Sunday morning and ye're both hardly awake.

The shivers again. He drew his knees up to his chin, gripped the blankets. Maybe there was a virus on the go cause he was beginning to get that other feeling, that the one place he needed to be was right here in his bed; and that was usually a sign ye were coming down with something.

He stretched out again and turned onto his front; the back was still giving him bother, down at the base of the spine; a couple of hours' kip would sort him out; the last thing he wanted was his head working overtime.

The auld sleep exercises; okay:

think of yer toes and tense them, now relax them, think of the soles of yer feet and tense them, now relax them, think of yer ankles, tense them, now relax them, think of yer heels and tense them, now relax them; think of yer lower shins and relax them. He moved onto his side; yer lower shins, think of them, the auld lower shins, tensing them too, now letting go, relax them, and the upper shins, tense them, tense them as well – a fucking wank would be better but naw, think of yer knees, yer knees and tense them, he returned onto his front; tense them up, yer knees, relax them; he would have been better off going back to the beginning again. Fuck it, bullshit man bullshit, if it worked for some folk good, it didnay work for him, it just didnay; that's the way it goes, some ye win some ye lose; nay sweat, nay sweat.

He got to sleep eventually so that was fine, though how long he was out for I dont know, except when he did wake up he was still knacked, the eyelids were stuck the gether; he was really tired, so he needed another hour, maybe two, two at the most. He had nay idea what time it was but it couldnay be that late. A thought in his head: as if he was the same as yesterday, as last October. What did that mean? it had to mean something

There it went again jesus christ it was the door, it was the door woke him, jesus god that was what had woke him man the fucking door, dirty bastards. Sammy was out of bed and pulling on the socks, groping for the jeans.

Naw. No way. He sat back down on the bed. Just no way. I mean they hadnay chose the moment as good as all that; he had had a sleep; he had fucking had one; so they hadnay chose it as good as all that, they werenay fucking god almighty they were just fucking people, that's all they were, people, ordinary people; bampot bastards, but people. So okay, at least ye can ward off the blows man that's allowed; ye cannay take the initiative but at least ye can ward off the blows, and sometimes warding off the blows meant ye dished out the first wallop; fair enough, ye were forced to, nay fucking option man ye had to land it. No everybody knew that. He shrugged. Ye might want to smile but it's fuck all to smile about, it's just reality, so ye face up to it, know what I mean if ye've nay choice man, it's a head-down situation. Christ he was shaking, shaking. Stop it. He couldnay stop it. Aye he could. He got up off the bed and took four babysteps forwards, four babysteps backwards, just getting the breathing, just getting that, okay, then the jeans, pulling them on, balancing with one hand against the wall; then the tee-shirt. He clicked open the bedroom door and listened hard. He couldnay hear fuck all. Nice of them to chap the door but I must say, instead of tanning it, they could just have fucking tanned it and walked in man know what I'm saying. Four of them at least but that was what that meant, four of them, at least, no including the driver. Ah well. Ah well okay; fair enough. Serious business but serious business! Sammy smiled; only for a second, then he was back listening. Still he couldnay hear nothing. Maybe they had fuckt off. He smiled again. Civilised behaviour as well but, chapping the door, the auld sodjers, showing a bit of respect for a guy's property, ye've got to hand it to them there. He sniffed. Where was the fucking stick? At the front door; the usual place. Okay. Thank fuck he had got it painted; ye had to look the part. He checked the fly; fine; action man here we go. Shoes. Fuck the shoes nay time. He left the bedroom just as the letterbox flapped, he walked along the lobby. He should have shaved. Didnay matter; he collected the stick. He spoke aloud: Everything comes to those that wait ya fucking bampot bastards. And he changed his grip on the stick, raising it up and back the way, resting it across his right shoulder, he unlocked the door and stepped back immediately, taking his weight onto his right foot, swaying a bit, the shoulders fine, no too stiff at the knee. A wee minute later the door creaked open.

Ye alright Sammy?

He knew the voice.

Ye alright? Eh? Alright?

It was Boab from next door; his voice was quiet.

Sammy folded his left arm so that his right elbow

rested on the palm of his left hand, the stick still across his shoulder, he scratched at his jawbone with his right thumb. Is that you Boab? he said.

Aye. Ye okay?

Yeh; yeh nay bother. Sammy sniffed. How's it going?

Fine, aye. Eh yer boy's sitting ben the house; him and his pal. He's up to see ye.

. . .

I'll send him in will I?

Aye, said Sammy.

I'll just get him.

Right.

Ye alright?

Aye, aye I was having a kip.

Aw.

It's nay bother Boab; ta. . . Sammy waited, then closed ower the door but without shutting it. He propped the stick against the wall. He went into the kitchen. Milk. He poured himself half a cupful and swallowed it, then poured another lot and swallowed it as well.

A time for relaxing. Cold water. He ran the tap and splashed his face, dried himself, then filled the kettle and plugged it in. The cups and plates stacked on the counter; he should have cleared them into the cupboard. It didnay matter though. It was alright. The tobacco, it was on the coffee table in the living room. He heard the front door and the footsteps, and he turned.

Hullo da!

Sammy chuckled. He shook his head, scratched his cheek. Ye there?

Aye I'm here! In the kitchen! Shut the door after ye! He was grinning. He raised his left hand in a kind of wave.

Hullo da. . .

Aye how ye doing son how ye doing! Sammy now moved forwards, laughing, holding his hand out; him and Peter shook; he clapped him on the shoulder, patted his head, gripped both his arms: How ye doing! he said, How ye doing!

Okay da.

Ye alright?

Aye.

Great, it's great to see ye, great; how ye doing? how's yer maw?

Fine.

Aw that's smashing that's smashing.

Keith's here as well.

Sammy was still gripping his son's arms; he released him. Keith . . . aye; right. We've no met Keith eh? me and you?

Naw.

Well that's us now then int it! I'm Peter's auld man! Pleased to meet ye. Where are ye? give us yer hand! How's it going, okay?

Aye. . .

Da were ye sleeping?

Aye. Aye I was actually, just a wee lie-down.

I chapped the door loud.

Well ye couldnay have chapped it loud enough!

I did.

Ach well aye, fair enough, ye probably did; I was out for the count. So: Sammy rubbed his hands the gether: yez want a cup of coffee? Tea or something – I've nay ginger . . . not a thing; nay coke, nothing.

I've brung the camera.

Aw. Aye. Aye; good. So what is it? coffee? Tea?

Naw da it's alright.

Ye've got to have something.

It's alright.

Nah, ye've got to have something son. What about yer pal?

. . .

Eh?

Well tea, said Peter.

Good; same for you Keith?

Yeh.

Just as well ye didnay ask for a beer cause I've nayn of them either!

He heard Peter's pal chuckling. Probably just being polite, they were too auld for stupit patter. He had the teabags in the cups and he poured in the boiling water. Aw jesus christ. There's nay bloody sugar, he said, can yez take it without?

. . .

Aye, said Keith.

Peter?

Aye.

Good – better for ye anyway! Okay now, okay; on we go, on we go. Sammy took them into the living room. He got the tobacco and sat down on the armchair. How long were yez waiting then?

Half an hour.

Och that's no bad. Heh that was good thinking by the way, going to auld Boab's house.

He came out.

He came out?

He heard us.

Christ he must have some ears! Sammy had licked the gummed edge of the paper; when he was smoking he said: So how's yer mother son? she alright?

She's fine da aye.

Yer grannie and granpa?

Aye they're fine.

Good; that's good. Yer maw still working away?

Aye.

Right, good. Sammy sniffed. Good. . . Well . . . so, did that guy Ally get in touch with ye then?

Ally?

About the camera I mean.

He didnay say his name. He just says he was yer pal.

Aye well aye, he is, that's right.

Da are ye blind?

Naw! well aye I mean but it's temporary, just temporary, it'll clear up.

Aw. . .

How what did he say? The guy I mean, what did he say? Did he phone the house?

Aye.

So what did he say?

He didnay say nothing.

. . .

He said ye had an accident.

He didnay say I was blind?

Naw; it was the auld guy in the house telt us.

Aw right, aye. Well I mean fair enough, it's what he sees, it's what he sees. Sammy shrugged. So how's school? still going? they've no threw ye out yet!

Naw.

Great! And when d'ye leave?

No till after my birthday.

So ye got it worked out? what ye're doing?

Naw no yet.

Nothing ye fancy?

Naw. I might go on a training scheme. I was thinking about the navy.

Fuck the navy.

. . .

Fuck the navy.

Keith's joining.

Aw, right; sorry. What I'm saying, it's just . . . it's fine. But ye've got to sign on for a long time, that's what I mean; that's how I wouldnay advise it Keith, no if ye're a young boy. It's up to you but I mean, if ye fancy it – eh Keith, what does yer maw and da say?

Well my da says it's security.

Aye. Was he a sailor like?

Naw, my uncle.

Is he still in it?

Naw.

Ah well. . . It's what ye want to do right enough that's the thing I mean if ye want to go ahead then that's it son it's your decision; all I was saying was if it was me, but it isnay me, it's you. Sammy shrugged. Then if ye change yer mind but that's a problem, cause it's too late; if they've got that uniform on ye, know what I'm talking about son? it's too late; then, if ye've done it.

Naw but ye can buy yerself out Mister Samuels. My da says that's the first thing ye do, know, ye save up yer money and have it ready, then if ye change yer mind. . .

Aye; aye that's the way; I didnay know ye could still do that. Fair enough but if ye can.

Ye can.

Fine aye nay bother. So what about you Peter are you actually thinking about it?

Naw da see I went with Keith when they came to the career day.

Right.

They had all the stuff about it, a video and that, they had a stall, they were telling us what happened; then the career master as well.

Ye said ye were gony think about it, said Keith.

Aye; I'm gony.

So what about yer maw? said Sammy. What is she saying?

Aw eh, well. . .

Ye telt her yet?

Aye.

So what is she saying?

I telt her I would think about it.

Right.

. . .

Ye might decide later on, said Keith.

I might. I'm just gony think about it.

. . .

I might and I might no.

Sammy nodded. That's the right way. Mind you, if ye do screw the nut, ye can save a few quid. Ye can. I know a guy that did; I think he was in for nine year – maybe twelve – then he came out and got married and that and it was fine; in fact I think he bought a wee shop or something, a newsagents. Unfortunately but a lot of guys just blow it; they're in there to save dough but what happens, they wind up landing at some port and they blow the lot. I had a mate used to do that. Every time I saw him back on shoreleave he was skint. No kidding ye. He used to tap me. I'm working on a building site, working all sorts of hours: and he used to tap me! know what I'm saying? it was me had to take him for a few beers; no the other way about! Sammy chuckled. I didnay mind but cause he was a good guy. That was the days of the auld baggy trousers, if ye were a sailor, ye had to wear them. I dont know if they still do. . . Heh by the way I should have said, if yez're hungry, there's some toast and cheese there.

Naw da.

I could stick it on.

It's alright.

What about yerself Keith?

Naw I'm no hungry either.

Sure?

Honest.

Well it's nay bother. . .

I couldnay come earlier da I couldnay make it.

Doesnay matter. What time did he phone ye?

Half-eight.

Half-eight?

Just afore I went to school.

Did you answer yerself like?

Aye maw was away to work.

Right. She doesnay know?

Naw. Neither does grannie and granpa, I didnay tell them.

Ach well I mean it's no that important. Sammy shrugged: It's just eh I'm surprised he phoned ye, I thought he was gony ask somebody else I mean I wasnay sure if ye had a camera so eh – mind you I wish he had telt me first.

He said it was best I came in the morning or else after teatime the night. But I cannay make it the night, so I just came the now.

Aye well good Peter cause I'll no be here the night, I'm gony go out. So ye've chose the right time. Ye've brought a camera too eh?

It's Keith's maw's.

Right. Can ye work it okay Keith?

Aye.

Da how did it happen?

What?

Yer eyes?

Och it's just temporary. Hard to explain. . . Sammy reached to find the tobacco.

How come?

Well it was a kind of accident, a stupit thing. . . Heh can ye see that tobacco?

He held his hand out until it was put there; he got a paper out and began rolling another smoke: Heh, he said, I hope yous two arenay smoking!

. . .

Eh?

I am, said Keith, he's no.

Honest?

Naw.

I've got to say, ye know, if ye do, I'm the wrong guy to give ye a row. Know what I'm saying Peter, I'm the wrong guy.

I dont but.

He doesnay, said Keith.

No even the odd time?

Naw. I've tried it but; I cannay be bothered.

Great, that's great.

Da see the photos?

Aye?

Will we take them?

Sure son fire ahead. What did he say about it?

Just you would tell us.

Right. Well it's straightforward. What it is ye see it's insurance. Did he no tell ye that even?

Naw he didnay say nothing except I was to bring it.

370

Well that's what it's for anyway, insurance, I thought he might have telt ye.

Da who is he?

Uch he's a mate, a buddy, ye know.

He sounded funny.

Did he? In what way?

I thought he was a polis.

A polis! Sammy grinned. How what was he saying?

No much.

What like?

Eh . . . I dont know. He says did ye come and see me and that.

Did he? What else?

If ye saw my maw.

Right. What else?

Eh. . .

Try and mind.

Naw I mean if ye thought he sounded funny Peter, maybe he might have said something.

He didnay.

Ye sure?

Aye.

Naw I mean if ye thought he sounded like a polis! Sammy smiled.

Keith said, Ye telt me ye thought it was a polis.

Well I wasnay sure, said Peter, it was just his voice, that way they sound. Da what happened?

Och nothing.

He says ye would tell me.

Aye well aye, fair enough, it's just it isnay that important son I mean being honest with ye; he's a good guy Ally, it's just he's a worrier, he makes a bit of a fuss. See what happened Peter I took a tumble; I tripped and fell down some stairs. It was an accident. It was on that last job thing I done. So I'm gony maybe have a claim – that's how we need the photos, it's for the doctors for evidence, then the insurance people. See it was a step missing, well no missing, it was damaged. That's how I tripped. It was a high building. Then with the scaffolding, when I took the tumble. I went down amongst it and the tubes battered my shoulders and that, my back. My head as well. It was bloody sore! Mind you I was lucky; it could have been worse, if the scaffolding hadnay been there at that exact bit; like a guy I know, an auld mate of mine, he took a tumble and got killed; five storeys up, a hotel it was we were building. Know what I mean, it's just yer luck. Sammy shrugged.

How high up were ye Mister Samuels?

Uch no high son, no high at all; couple of storeys just. The fag had stopped burning a wee while ago; Sammy placed it on the ashtray: So it's just my body like round my ribs and my back mainly, where the bruising is, if ye take a photo of that, so it shows up.

It picks things out, said Keith.

Is it got different settings?

Aye.

Can ye work it?

Aye.

Smashing. Sammy got the fag burning again, he sat back on the armchair, reached to swallow the last of the coffee. He heard somebody moving about near the window. Okay? he said.

Aye, said Keith, I'm just checking the light.

Good. Sammy sniffed. Heh Peter so how's yer maw? is she still seeing that guy?

I'm no sure.

Ah well eh!

Da. . .

What?

What like was prison?

Prison? Bloody terrible.

I was saying to Keith how ye were in it.

Aye well it's terrible, bloody terrible. Ye're locked up in a wee cell twenty-three hours a day, sometimes twenty-four! Then they stick ye in with people ye dont like, crazy people, total bampots, ye cannay talk to them, ye get on each other's nerves. Telling ye it's bloody murder. Nay kidding ye, ye're lucky ye dont die, see if ye want to die, go to prison. A lot of guys I know, they're dead. Then there's them that hate ye. They hate ye. Nay reason. So ye're feart, ye've got to watch yer back all the time. It's bloody murder. A nightmare. A total nightmare.

Is it all darkies?

Darkies?

Keith's brother said it was.

Right; aye well . . . the thing is, ye shouldnay call people names; that's the thing, ye have to watch that. . . Sammy sniffed. Know what I'm saying son it's a thing to watch for.

. . .

It was my brother telt us, said Keith.

Sammy nodded: All I'm saying son if people dont want ye to call them a name, ye shouldnay call them it; just one of these things. Sammy shrugged.

Will we do the photos now?

Aye, fine, aye. Like I was telling yez, the guy that phoned, he's helping me sort it out, my accident, the claim and that. He's sharp, he knows the score. That's how we're getting the photos. Sammy was on his feet; he carried on talking: Trouble with the building game. ye're aye bloody falling – me anyway; accident-prone; that's my trouble, accident-prone! So. . . He took off the tee-shirt. Can ye take a couple Keith?

He telt me ye would want ten, said Peter.

Ten?

That's what he says.

Ah well. . .

All the different angles, said Keith. I was just thinking of using up the spool. There's about sixteen left.

Okay then just what ye think. Sammy held up his arms. Give us the wire if ye want me to move about.

Naw you just stand still Mister Samuels.

Aye I'm just saying. . .

It's cool da Keith knows.

Right. Sammy heard the shutter clicking. Aye it wasnay that bad a tumble, he said, it just maybe looks bad cause of the bruises, but that goes for nothing, bruises always makes it look worse. It's just important cause of these insurance guys, they get their own doctors to check ye; and their doctors are different from your doctors so that's how ye've got to get stuff like photos; it's the same thing as evidence know like if ye're giving evidence? It works the same way. The likes of this, all they can say is it's somebody else, if ye've took a photo of somebody else, they might say that, it's somebody else's body! Or else right enough I suppose they can say ye gave yerself a doing, ye fell down yer own stairs or something, that it wasnay them done it, or if they admit it was them done it then they can say it wasnay that that caused it it was something else all the gether, there's all the different ways they have. So that's how the likes of that guy Ally, he's up to their tricks. Ye need as much evidence as ye can get.

He stopped talking. Then he heard whispering. The shutter kept on clicking. What's up? he said.

Just two to go now Mister Samuels.

Good, I'm getting cold!

That's us now.

Sammy pulled on the tee-shirt.

Da is it okay if Keith smokes?

Aye nay bother.

Thanks Mister Samuels; ye want a fag?

Nah I'll stick with the rollies son ta.

Here!

Naw it's alright.

Are ye sure?

Sure, aye. Sammy sniffed. So what about the photos, do they come out right away?

Naw ye've got to get them developed.

There's a chemist shop down the stair; just leave them and I'll do it.

Peter said: The guy telt me I was to do it myself.

Aye did he? and did he tell ye how ye were gony pay for it yerself?

I've got money da.

Aye well so have I.

He says I was to do it and he would get them off me.

So what is he gony go up to yer grannie's house? Eh?

He didnay tell us.

Sammy sighed. It's my business son know what I'm saying, I dont want yer maw and yer grannie and granpa knowing.

They willnay. Honest. The guy says I was to get them and he would get them on Wednesday.

Wednesday?

Aye. But I mean . . . if you think you should get them.

See it might be better Peter. It's just how like if — see I dont want them knowing.

They'll no but da cause I'll pick up the phone.

. . .

He's doing it at half-eight the morrow morning. I put
them in the night and they'll be ready the morrow cause
it's twenty-four hours.

It is Mister Samuels.

I'll be there to pick it up when he rings.

What happens if he's late and ye're away to school?

. . .

See!

Da I dont care, if you want to get them. . .

Naw it's no that Peter it's just ye know yer mother.
She's a worrier son. Know what I'm talking about? A lot
of women are worriers; your mother's one of them. Yer
grannie was the same – christ no your grannie my grannie,
what am I saying jesus christ your great grannie, your great
grannie! Sammy laughed. I'm cracking up in my auld age.
Never mind. Ah ye'd have liked yer. She aye had something
to give ye ye know, when ye were a wee boy, an apple
or a fucking orange, a couple of bob – I mind one time
I went her messages; I shouldnay tell ye this; I was skint;
near your age I was; the same as Keith here I was a smoker,
so I wanted ten fags, so I knocked the messages out the
shop. . . Sammy chuckled. So I got the fags. Never mind.
Ah she was good but you'd have liked her.

. . .

Sammy swallowed the last of the coffee, then he said:
Probably the guy will phone on time. Ye reckon it'll be
okay?

I think so da aye.

Sammy nodded. Hang on a minute. . . He went through
to the bedroom and got some dough. In the kitchen he
held out a couple of notes: What's this?

Twenty quid.

Two tens?

Aye.

Right. He waved one: Here! to get them developed.

Da I've got money, I telt ye.

Sammy pulled a face.

It's too much anyway.

Share the change between ye.

Da. . .

Share the change. Pays yer bus-fare home.

We've got passes.

Well buy a fucking bar of chocolate then Peter christ
sake son know what I mean, come on, it's only a tenner!
Sammy grinned.

Peter sighed.

Come on it's only a bloody tenner, here. . . ! He waved
the note till it was taken from his hand. Okay, he said.
Now the thing is Ally will phone ye, I know he will. So
you just be careful what I'm saying, that ye've to arrange
it so naybody finds out. Naybody at all. Just yous two. Eh
Keith? you and Peter; naybody else. No your maw and da
either. Naybody. Okay?

Maybe he'll want us to post them? said Peter.

Whatever; leave it to him – mind you I dont think he
will want ye to post them; very doubtful. In fact there's
nay chance. Naw Peter ye're gony have to put them into
his hand. So do that. Okay?

Aye.

And naybody's to know; eh Keith?

Naw I'll no tell naybody Mister Samuels.

Great. One more thing now, just the auld eyes and that,
dont tell yer maw about that either son, eh?

I'll no.

In fact it's even better if ye dont tell her ye've seen me. It's no important but it's just it's better. Is that alright?

Aye.

As I say it's just I think it's better.

I wasnay gony tell her.

Aye, good. Okay then. . . Sammy sat back on the armchair.

Is it alright if I use the bathroom Mister Samuels?

On ye go son.

When Keith had gone Peter said: Da. . . ?

What? What?

Are you on the run?

The run! Naw! Christ sake what made ye think of that? Eh?

. . .

Did that guy say something?

Naw.

What then! Sammy chuckled.

I dont know.

Naw. I'm no on the run.

Peter sniffed. Cause if ye were I could help ye.

. . .

Know what I mean da, I could. There's a place I know. It's up the back of the scheme. It's an auld house; well it's flats; but they're boarded up; the whole close. There's people use it; you could as well.

Junkies?

Naw. Well some maybe but a guy I know's dossing there the now.

A guy you know?

Aye, he's seventeen, he was in my BB.

He's no a junkie?

378

Naw. He smokes pot right enough.

But he's on the run?

Aye. He's gony be heading soon; he's just waiting.

Where's he heading?

England.

Right. . . Peter did you tell Keith to go to the bathroom?

Naw.

Mm . . . just cause he seems to be away a while.

I didnay tell him.

Nah I wasnay meaning nothing just like if ye were wanting to say what ye were saying private.

Keith knows the guy as well.

Right. He's yer mate Keith eh?

Aye. Da I mean I've got a sleeping bag.

Sammy nodded. Aye a sleeping bag's handy . . . aye.

I dont need it, you can have it.

Sammy smiled. Ah well, I know where to come if eh . . .
He nodded and smiled again. He heard movement. What's that? he said.

I was just going to the window.

Aw . . . right.

Is that woman at her work?

Aye.

Is it a pub she works?

Helen's her name, aye, she works in a pub. Sammy sniffed. Heh son see what I was saying there about yer maw and that I mean, no to give ye the wrong idea; she's good. Ye'll notice but about her, she's aye wanting to know where ye are, what ye're up to, that kind of thing. Ye must have noticed that eh? Women do that ye see. Yer grannie was the same, I'm talking about yer other grannie, my mother, like if my auld man was away somewhere, she aye worried until he was back; once he stepped foot inside the door

that was her and she was fine; see afore that! she couldnay
sit still. No kidding ye!

. . .

Naw see me and yer mother, we were young, ye know
the story, it was a funny situation, it wasnay the usual thing.
What I mean cause I was inside. See we used to see each
other afore I got put in. Then when I got out I came back
to Glasgow again and we just sort of picked up where we
left off. But what I think, if I hadnay got stuck in prison,
if I had just been here, being honest, I dont think we
would have got married, know what I'm saying, I think
we would just have drifted, went wur separate ways; the
way these things go, that's all I'm talking about.

The door opened. Keith came in.

I'm just saying to Peter about me and his mother, how
me being inside, it gave us a different picture.

. . .

Peter said: Da I know what ye're saying.

Sammy nodded. I'm no gony go into it, it's just so
ye know, like in your position, if it was me, ye're better
knowing. Cause it's no a big deal, no really, me and yer
maw splitting up – sorry, ye know, I'm just saying – see
prison! Telling ye, does yer head it does yer head. Ruined
everything. Except the usual! Know what the usual is! Eh?
Know what the usual is? you're the usual! Sammy grinned:
If I hadnay got captured, when I got captured, well you
wouldnay be here! Who knows but maybe ye would! Same
with yerself Keith, if it was you, yer maw and da, naybody
knows these things. No kidding ye; wild, totally wild. See
weans change things. Sammy chuckled. Honest! Yez do!
Ye think I'm raving but I'm no! Ye could even say it was
good I went to prison.

Da.

Ye could but. You could.

Da that's daft.

Aye I know, but still. Sammy sniffed. He had been rolling a cigarette and now he got it lit. Tell ye one thing, he said, I've never been on the run. I got captured twice, but I wasnay on the run. I was in ,the middle of doing it, the business. Fair enough I mean the sodjers got a grip of me. But I wasnay on the run. They just fucking – know what I mean they nabbed me; that was that. It was in the act, I was doing it. It's no anything big I'm telling ye it's just there's a difference. Sammy shrugged. It was my own fault anyway, I'm no saying it wasnay; I should have kept the head down. Cause if they dont know ye're there they dont know ye're there. Once ye move ye're giving them the wire. Come and get me boys know what I'm saying? so ye've got to go very very cautious, very very cautious. . . Sammy wet his lips then rubbed at his neck, the bristles there.

Da what's up?

Nothing. How?

. . .

Sammy inhaled on the fag, blew out smoke. The thing about me the now, he said. I might as well tell ye, I'm thinking of heading.

Aw da.

Back to England.

Da.

Trying to get a job and that ye know? get fixed up, the eyes and that.

Aw da.

Naw it's nothing it's just that's best the now cause the way things are here ye know what I mean there's fuck all, fuck all, that's how, know what I mean ye've got fucking, ye've got to head ye know, that's all I mean son ye've got to head, ye dont always... What can ye do ye know? Ye cannay always do what ye want. So that's how the now I've got to head.

Da it's no cause of that woman?

What woman?

Her; yer girlfriend.

Not at all what ye talking about?

Well how come ye're going?

Just what I've been saying.

Is she going with ye?

Aye; know what I mean Peter, her and me, we get on fine. Once I get fixed up and that, I'll be sending for her, and she'll come down. We do but, we get on fine the gether. Just the same as yer mother and the guy she sees; that's all it is it's just relationships, they're weird; wait till ye get aulder and ye'll find out – you too Keith, I'm telling ye, they're weird, ye cannay work them out, they just happen.

My auldest brother's divorced, said Keith.

What age is he?

Thirty.

Thirty? hh – you the youngest?

Aye.

Many brothers and sisters ye got?

Five.

Five, aye, that's good. Plenty of company eh! Sammy smiled. Naw, he said, the thing is Peter this time, now ye're aulder, I'll keep in touch, I'll write ye letters.

. . .

Okay?

Da. . . ?

What? What is it?

Did somebody give ye a doing?

Naw, not at all. That's bullshit Peter.

I just was wondering.

Sammy smiled.

When is it ye're going?

Aw soon, soon.

How long ye gony be away?

Depends.

If ye cannay see but how ye gony get a job? they'll no give ye one.

Once I can see but that's what I'm talking about. Helen'll get a job first and I'll just stay on the sick till it's all straightened out. Which might be the morrow, it might be next week, the week after; who knows.

Can the doctor no tell ye?

Naw no really; that's how the likes of my mate that phoned ye about the photos, he makes a point of thinking about all the wee details; that's how it's good he's there.

Keith said: Does he do something?

What like son?

I dont know. . .

Ah well aye he does actually, what he does is helps me with my claims to get insurance.

Aw aye.

Cause it's hard to do it yerself Keith, two heads are better than one. Ye've got to be up to them, they're cagey bastards. That's the main reason I'm gony shoot, cause they'll no be expecting it. That's how when Peter says if I was on the run there ye see I'm no, but I have got to get away, if I dont it's just gony set me back.

. . .

Alright?

Aye.

Alright Peter?

383

It's terrible.

It is terrible; it's just got to be done but.

. . .

Sammy heard him sigh and he shrugged: It's one of these things son, know what I'm saying, there's nothing ye can do.

Da see that thing in the kitchen ye were wanting to show me? Want to show me?

What?

Ye were wanting to show me that thing in the kitchen?

Aye, just if ye could fix it, come ben and see. . . Sammy moved to the door; Peter was out already and into the kitchen and he closed the door behind Sammy when he came in. Da, he said, I'd like to go with ye.

Aw christ.

Da I do.

Aye; but ye cannay.

I want to but da.

Ye cannay, honest.

How no?

Just cause it's no on. It isnay; I wish it was.

How no?

Just cause it isnay. If I'm still down there in two years' time, less maybe: who knows. I'll have to see how it works.

Da.

Look I'm gony keep in touch; that's a promise, I mean that is a promise; okay?

. . .

It's different now cause ye're aulder, ye were only wee the last time.

. . .

Ye were Peter.

384

Aye da but just I think I could help, while ye got sorted out; I'm no meaning it's to stay all the time.

Aye but Peter see the now, it's best to finish yer school, then do one of them training things, then once ye've done that. Cause they'll no be able to touch ye. Plus see I need to get settled, that's what I'm thinking about, it's no just you, I've got to get a place and all that, it's easier with one person. That's how Helen isnay coming down the now either, cause I've got to get settled in first. Then after that I'll send for her. Maybe she'll come and maybe she willnay. I think she will but ye dont know everything, no in this world. Know what I'm saying? Once ye're out school and finished the training scheme: if ye still want to come down then. But I might no even be there cause I might be home. But if I am still there then I mean story ended: ye want to come and that's that, great, even just for a couple of months or whatever, great, nay danger, it'll be smashing, know what I mean. Like I say but ye've got to give it that year so things get squared up. And then I'll talk it ower with yer mother; that's a promise. A promise. I dont go back on my word Peter, especially with you. Here, shake!

While they shook hands Sammy said: For all ye know I'll be back here in a couple of months. I'm no kidding. It just depends. One thing: that mate of mine's gony get back onto ye after ye've gave him the photos. But dont tell him nothing, about what I'm saying the now, dont tell him nothing. As far as you know I'm still here. Alright? Eh?

Aye.

Plus if anybody else asks ye questions, then it's the same thing. Nothing to naybody. Naybody at all. Okay? I'm talking about naybody son ye understand?

Aye.

But look christ if ye do let it slip dont worry, it's no the end of the world; I'm just saying if ye can manage it then it's better, cause it gives me that wee extra bit of breathing space, and that's what it's all about. But it's no a big deal; it's no a problem. Okay?

Aye da.

Good.

Da have ye got money?

Money? Of course I've got money.

Cause I've got some too. It's in my bedroom, I could get it easy.

Peter son thanks but I've got enough, thanks.

Da I dont need it.

Sammy sighed.

Honest. Gony take it?

Naw.

How no?

Cause I dont need it.

Neither do I. I dont da. I mean I dont.

Much ye talking about?

Eighty quid.

Eighty quid? what d'ye win the pools!

Naw.

It's a lot.

Da it's no, it's just money that's come. I can get it and give ye it. Honest. It's easy, it's planked in my bedroom.

. . .

Okay?

Aye; aye okay Peter, it would be useful. Ye're sure now?

Honest da. I've just got to hand in the photos with Keith then after that I'm going home for my supper.

Ye're going out later on but int ye?

No till after seven.

Time's it the now?

It's just about five o'clock.

Right. . . Okay. Sammy moved to the door: We'll go back into the living-room.

Peter followed.

Ye still here Keith! What time d'ye say it was?

Five o'clock da.

It's after that, said Keith.

Fine, said Sammy, that's fine. It'll take me ten minutes to get my stuff the gether. We'll phone a taxi from auld Boab's next door. First but afore we do that: see the kitchen counter: there's a loaf and a packet of cheese lying. Make it into sandwiches; there's a tub of marge in the fridge. Okay?

. . .

This is what's known as action stations so chop chop.

Sammy left them immediately; out and along to the bedroom. The jacket and trousers were still damp but so what, he would fold the trousers neat into the bag; he had decided to wear the jeans anyway. The trouble is he had been collecting stuff and he couldnay take everything. It didnay matter but just what he could. It was just fast, fast and controlled. One thing was a certainty if you were moving so were they. Nay danger. Nay danger. On the road again

Music. He shouted down the lobby: Stick on a cassette somebody!

They wouldnay know who the fuck Willie Nelson was. Christ he was hungry too he could do with a sandwich. Time for one in a minute.

Okay. Socks and stuff. And relax, fast but controlled

fast but controlled. Right. Okay. Okay, the socks and stuff, underwear and tee-shirts, underwear and tee-shirts.

He was packing them in when there was a chap at the door. Aye? he said.

Da it's me. Did ye know there was stuff in the washing machine?

Aye.

Right okay I wasnay sure.

Aye it's nay bother Peter I've got enough here, I'll get it all another time.

Will I take it out?

Eh if ye want I mean but it'll all be damp so eh it doesnay matter.

Okay. The door closed.

Sammy had forgotten all about that fucking shit man he thought he had cleared it already christ almighty but it wasnay a problem it wasnay a problem cause he couldnay fucking mind what the fuck it was so what the fucking hell difference did it make it didnay matter, that's how ye travel light, ye forget yer fucking clothes man yer washing, never mind, never mind; auld stuff anyway most of it; couple of good shirts maybe who knows: okay: he was doing fine. Documentation; all the ID stuff, the business stuff.

He sat down on the bed. The clothes and everything had been in drawers. He had done it in order; so it was alright. Christ he didnay have enough clothes he just wasnay taking enough. But it couldnay be helped, he had nay choice. He didnay. Plus he needed a hand free for the stick. It wasnay a time for clutter man it wasnay a time for clutter. So okay. So what else. Nothing else. So he got up. He walked down the lobby and called for Peter.

Aye?

You go and make the phone call. Now I want ye to

tell auld Boab I'm going to *Glancy's Bar. Glancy's Bar,* ye got that? He's a good guy by the way I dont like telling him tales; it's just there's nay choice; it's got to be done. So *Glancy's Bar* tell him. Now try and give him a twenty pence coin – ye got one?

Aye.

He'll no take it but try anyway. And we want the taxi right away. Okay?

Aye.

Where are we going again?

Glancy's Bar.

That's right. Naw; make it quarter of an hour we want the taxi in quarter of an hour. Now there's another thing, this is important, it's just me going on the taxi cause you and yer mate's getting the bus home cause it's time for yer supper. I'm going for a pint myself. That's what ye tell Boab, yer da wants a taxi to take him to *Glancy's Bar* right, so it's a taxi to take me to *Glancy's Bar* and yous are going home by bus. Ye got that?

Aye.

It's so important ye tell him exact now Peter.

Aye da okay.

See ye in a minute.

Sammy stopped the music. Then he ate one cheese sandwich and packed the rest into two poly bags, one into his jacket pocket and the other down the side of the bag. He stuffed in as many cassettes as possible. His trainers were in front of the fire; he put them on. Washing kit. He got it from the bathroom. Two fucking towels as well man he needed them. They were bulky but that was unlucky. He had to take out a dress-shirt. Even then. . . He had to take out another yin. It was fair enough; what can ye do; he zipped up the bag.

The notepad: it was in the living room; he was gony have to leave Helen a letter. Totally crucial just fucking totally crucial. He made it big writing and wrote it slow to avoid a lot of mistakes. It took him two goes. The first yin he did: Dear Helen, I'm heading out from this place. A few things to get sorted. I'm sorry about that that happened last week. Messed things as usual. I think we were at crossed purposes, it was a misunderstanding. You didnt have to go away. I'll be in touch.

He crumpled it up and wrote the second yin: Dear Helen, I'm heading to England for a wee while. A few things I need to get sorted. I'll write to you very soon. I'm really sorry about that that happened last week. You didnt have to go away. It was my fault and I was stupid. I'll write to you very soon. Love from Sammy.

He stopped himself from crumpling it up. There was nay point in crumpling it up. He couldnay remember what he had put down anyway. The gist of it would be alright, it would be fine; it would have to do.

He felt about the table for the crumpled up first yin and when he found it he stuck it into the back pocket of his jeans. He folded the good yin. Then he scribbled down on the back: (remember that Kris K number, take the ribbon from your hair)

Fuck he was gony scrap that! what the fuck had he done it for. Naw. Leave it. Leave it.

Jesus christ. This wasnay a time, it just wasnay a time. Fuck man fucking

The tobacco, where was it, where the hell was it: Keith! Keith. . .!

Yeh Mister Samuels?

Ye seen my tobacco lying about?

Eh. . . Want one of my fags the now?

Aye; aye okay, aye; thanks son.

Want a light?

Aye. The boy handed him a lighter and he got the thing going and said: What ye doing the now anyway son?

Nothing; ye wanting something?

A fucking drink, that's what I'm wanting. Sammy smiled. I swear too much dont I! Naw see if ye can look but Keith could ye maybe get my tobacco; it's somewhere; maybe here or else the bedroom; the kitchen, I'm no sure. Eh?

Okay.

It's a buggar this, the auld eyes.

The boy went off. Sammy sat for a minute then got an envelope and shoved in the letter, sealed it and wrote Helen's name on the front, he propped it against the wall above the mantelpiece. Keith was back with the tobacco. Sammy said: See that letter on the mantelpiece son what does the name say?

Eh . . . Helen McGilvaray.

That's right. Okay what time is it now?

Nearly six.

Jesus christ! where the fucking hell's Peter?

He's no back yet.

Auld Boab man he's probably making him a bowl of fucking soup.

Will I go and get him?

Aye. Naw: bring my bag through from the bedroom, it's on top of the bed. Put it at the door.

Nay point writing a letter to Ally, he was gony but there was nay point; it wasnay to do with trust, he did trust the guy, as far as it went, as far as that went, he did trust him; it wasnay fucking to do with that.

Just to tell him something. Fuck it man he couldnay think, couldnay get his head round it. Ally would carry on

391

in his absence anyway man that was what it was about, the fucking will-thing, that was what it about: in the event of, in the event of. Fair enough. It was.

He heard the door; Peter coming back. Fuck it man he got up and turned off the electric fire. That was it, it was time. Sammy shrugged.

Da he had to phone a few places cause they were busy.

Nay bother.

That was how it took so long.

Nay bother son. Is that us?

I dont know.

See that guy by the way another thing to tell him, I'm talking about when he gets the photos off ye, I cannay mind if I said, will ye tell him that I'll be in touch; say that to him, that I said I would definitely be in touch.

Okay. Keith's got yer bag at the door.

Right, good.

I says the taxi was for you for the pub.

Oh for christ sake Peter well done, aye, good.

It'll be here in five ten minutes.

Great, smashing. . . Sammy checked his pockets; all the money. Aye that's us, he said, let's fucking move. Check the lights. All the lights in the house. Plus the plugs, take them out the sockets. Except the fridge. I should have said right enough ye stick the photos in to get developed the morrow, okay? It'll no matter, another day.

Aye.

Brilliant Peter ye're some kid did I ever tell ye that! Sammy clapped him on the shoulder. Right now action stations chop chop; lights and plugs and go into the bathroom and see the taps are turned off. Plus all the windows, see they're closed. And draw the curtains. Take a room each.

Anything else ye can think of. Whatever. Heh ye didnay see naybody? outside in the corridor?

Who like?

Doesnay matter, it's no actually important. Okay rooms, rooms.

Sammy stuck on the shades and collected the stick and the bag and waited by the front door. Then they were out and he was double-locking the door behind them. Okay. He posted the keys back through the letterbox. It had to be done. So that was that. He shrugged. Still windy. Bloody bag was heavy as well; no too bad right enough.

The boys walked in front, holding the door open for him at the end of the corridor. Sammy went through. It's like bloody cops and robbers this int it! he said, stupit carry on. Mind you but if ye do see somebody, somebody ye think's kind of i dont know, suspicious, anybody, give me a shout.

While they waited for the lift Keith offered him another cigarette.

Naw no thanks son thanks all the same. . . Sammy was standing to the left side of the lift entrance in near the wall. I meant to say there, see when the doors open

The lift came then and he shut up and stood where he was; the doors opened but naybody came out. Sammy shook his head and tapped his way inside. Naw, he said, I was just gony say there, like I says afore and that I mean if ye see somebody – it doesnay matter but it's just me, paranoiac and all that.

Nay point saying any more so he just shut up. Plus if they were there man they were fucking there, know what I'm saying, terrible for the boys but so what, couldnay be fucking helped, fuck all ye could do about it.

One thing but if he was going they were coming. Nay danger about that, they were fucking coming, fucking racing certainty. Maybe hit the rear exit. Nay fucking point. We'll go out the front, he said, we'll just go out the front door. Know what I mean boys we'll leave like gentlemen. He chuckled. Alright Peter? Eh? Keith? Alright? Fucking cops and robbers eh, I'm no kidding ye!

The lift stopped and they were walking out. Sammy had the bag gripped ower his shoulder; head down, tapping to the left and tapping to the right, tapping to the left and tapping to the right. Fine. Fine all the gether. The lie-down he had had was working wonders. Fit as a fucking fiddle man it had even cleared his head. Naw but also it was the fact he did do routines regular, different wee exercises, so it kept ye okay, it stood ye in stead. Plus the rain had stopped and there was hardly any wind; that was good as well; it wasnay bad man it wasnay bad. That minicab, he said, it'll wait round beside the chemist shop. Okay. . . ?

He spoke in a low voice and the boys stopped talking. They had probably been talking since they left the house. Sammy hadnay noticed; he heard them speak, he just hadnay heard what they were speaking about. Heh by the way son, he said, what's the nearest pub to yer grannie's house?

The *Swan Inn*.

Aw aye fuck . . . the auld *Swan* . . . well well.

Did ye ever drink in it Mister Samuels?

I did a few times, aye; me and Peter's maw, when we were winching; used to be music there at the weekends; some good bands. Aye it was alright. Know what I mean if yer face was known son if yer face was known. Aye, the auld *Swan*. . .

It's a bit rough these days da.

Ah well it was a bit rough then as well Peter, just like I'm saying but if yer face was known. Okay now we'll stop walking for a wee minute cause I want a word with ye, the two of yez.

Heh da there's some guys ower there at the building.

Doesnay matter. . . Okay now just listen to what I'm gony say; nay talking. Sammy had kept his voice low again; he took the shades off and folded them into his pocket.

There's six or seven, whispered Peter.

Fine, nay talking, doesnay matter, they're no interested in us. Right Keith, you first, okay, just as I'm telling ye son now listen; where are ye. . .? Okay, it's fine, you just hold my stick for a wee minute . . . cause I'm gony take Peter's arm the now . . . nay bother; okay. So right Keith you just carry the thing now, like it's a pool cue or something, a spear, know what I'm talking about, just natural, and ye just push on ahead, dont wait for me and him; and if ye see the minicab's there ye just ignore it, ye kid on ye dont see it, ye just walk on by, cause I'm no getting it, so ye just pass it, I dont even want to know if it's there so dont turn round and tell me, just you keep going, nay turning back, out to the main road; and we'll see ye at the first bus-stop ye come to cause we'll be right behind ye and ye just ignore the taxi even if it's there ye just keep going, right out to the road; okay now, on ye go, that's it now so on ye go . . . ye away yet. . .! Right Peter, okay, so it's me and you, so what we do we just walk as well, I hold yer elbow and we just walk, no too slow but no too fast either, we just take it easy, we take it easy. . . Okay, now, that's right . . . and just like I'm saying, if the minicab's there we dont look at it we keep going, we dont even want to know if it's there so ye dont stop to tell me and ye dont even give me a nudge, cause it doesnay matter if it's there or no, so we just keep walking till we're out at the bus-stop. How's yer maw keeping these days is she keeping alright. . .

They were round the chemist shop corner by this time and if the minicab had come it would be here. And there was the sound of a couple of motor cars somewhere but nothing ye could identify. And they kept walking, Sammy gripping Peter by the elbow, and when it seemed to be right he whispered: Heh son is that us out now? the main road?

Aye.

Just tell us when us when we get to the bus-stop.

Eventually Peter whispered, That's us da.

Is there people?

Naw just Keith.

Good, so we dont stop we just keep going.

Sammy was still talking low: Keith. . . Ye there? we just keep walking son, okay? You just go the side of Peter; and hang onto the stick the now till I tell ye, cause I dont need it, I'll tell ye when. . . That was a mop ye know, I cut the head off it; auld Boab painted it for us . . . good auld guy, ye dont like telling him tales, but there ye go, some ye win some ye lose. . . Sammy smiled. All this what I'm doing, it'll seem crazy; it is crazy; it doesnay matter, it doesnay matter at all, it just gets done, it gets done. Okay now we're no interested in nothing except a taxi, a hackney, if ye see a hackney, cause that's what we're looking for, so if one of ye see one then ye give it a shout cause that's what we're looking for, nothing else, we're no interested in nothing else and I dont want to hear about it, man, woman or beast, nothing, bar if it's a taxi, cause that's what we're getting, if it's for hire; if it's no for hire then we're no getting it; that's obvious now int it – what's the nearest pub to the *Swan Inn* by the way?

Eh

Doesnay matter.

Keith whispered, It's the *Lion and Drum* Mister Samuels.

Fine; see that stick now son? naw, nothing, forget it, just you keep carrying it the way like I telt ye, okay, smashing. . . Except maybe when we get into the taxi, when we see it when it comes, when we get into it, that's the time to hide it Keith know what I'm saying if ye can maybe just. . . course it's alright if ye cannay cause it's big; but just if ye can, so the driver doesnay see it then that's great I mean coming out as well, once we get out the taxi, just if it's possible but if it isnay who cares, it's alright, nothing to worry about. Heh Peter by the way, you take my bag off the taxi, alright?

Aye.

Good. . . Christ we're lucky that rain's off eh! Mind you I got bloody soaked with it this morning.

A taxi came quite soon. Sammy was in first and he telt the driver to take them to the Central Station, to the side entrance at Hope Street if that was okay. Peter was in last. The door slammed shut. Sammy sat back on the seat and sighed. Nice to have a bit of peace and quiet, he said, nay talking at all, it's good.

When the taxi arrived at the station Sammy nudged the bag to Peter and gave the driver a big note at the same time; once he had the change back he tipped the guy a fifty-pence coin. He groped for the door.

Okay da, whispered Peter and he took Sammy by the hand till he got through and down onto the pavement; then the door slammed shut. A moment later the taxi was screeching off.

Aye ye're some kid! grinned Sammy; the two of yez!

He slapped his hands the gether and chuckled. That's us. Fine. Now give us the bag son.

I can carry it da.

Ah well alright, alright, it's good for the muscles; just till we get round the corner. Where's that trusty auld stick Keith ye got it? ye didnay leave it in the bloody taxi!

Ye kidding?

Naw by the way I'm no kidding so give us it ower and nayn of yer patter! Sammy was smiling. What about yer camera son ye got that?

Yeh it's in my pocket.

Fair enough, fine. So we're taking a walk boys we're taking a walk, we're going to the taxi rank round Gordon Street. Give us yer elbow Keith, that mate of yours'll be keeled ower with the bag.

Da it's no that heavy.

Is it no? that's good.

They carried on until when they rounded the corner he slowed to a halt and muttered: Cops and robbers again give us the bag. . . He slung it ower his left shoulder. Okay we'll just go eh. . . And he tapped to find the wall of the station building; he kept his voice low: Yous two are getting the first taxi and I'm getting the second. That tenner'll do ye Peter there's still gony be enough change for the spool. Is there many taxis waiting?

Aye da there's a few.

Good; so yez dont take it right to yer houses; know what I mean, ye get it halfway between the two. Okay? Tell ye something for nothing by the way, this is good training for that fucking navy racket: see when yez join, yez're gony spend most of yer time dodging these bampot officer bastards, know what I'm talking about, they treat ye like servants and it's gony annoy ye to fuck, so this is good training for doing yer vanishing act. Right . . . here: Keith – you hang onto the stick again, just take it home with ye. Then bring it back out when ye meet up with Peter. And I'll get it back off ye at the *Swan,* cause that's where I'm headed, I'm gony be swanning it up, so I'll see yez there as soon as possible. Dont make it too soon cause I want at least two fucking pints boys know what I'm talking about this is thirsty work. I'm only kidding; just whenever. Obviously too I mean on the taxi, this isnay a time for names; dont talk about nothing except football or the telly or maybe lassies, ye know? something, just something; I dont have to tell ye, alright?

He heard Peter chuckling and smiled: What you fucking giggling about!

Naw da sorry.

Cause I'm the world's worst for giggling; no kidding ye son dont ever get me started – no at the fucking giggling games! Sammy was still smiling; then he frowned: Heh what time's it?

Twenty to seven Mister Samuels.

Aye, right. So yez're late for yer suppers. So yez'll just have to make an excuse. Sorry about that but it cannay be helped. On second thoughts; Keith – give me the stick back son. . . Ta. See it's better I have it, just in case; it might be busy in the pub, I dont want to be tripping ower cunts' feet. Sammy sniffed. So is that us then? We know the score? Eh?

Aye da.

Okay, so away yez go then and I'll see yez later; mind now I'm gony be swanning it up.

He unslung the bag down between his feet and trapped the stick under his left arm, then he rolled a cigarette. But he didnt smoke it; he waited a moment then got the shades on, he lifted the bag, tapped his way to the taxi rank.

He gave the housing scheme where Peter lived as the destination. The truth is if he didnay need the money he wouldnay have been fucking going here at all. He had nay choice but. He definitely didnay. Plus the fact who likes taking dough off their weans. Nay cunt. If it has to be done but it has to be done; end of story; that's that; so fair enough; he leaned forward and said to the driver: Heh mate know the *Swan Inn?* will ye take me there?

He couldnay mind the name of that other boozer. No that it mattered, no at this stage. He leaned forward again: Alright if I smoke?

Eh naw, no really – sorry.

Aw it's nay sweat, nay sweat, it's no a problem. . . Sammy sniffed and sat back, stuck the fag in his pocket. Fucking feet man they were nipping. he felt like taking off the shoes. Clatty efforts as well, ye could smell them. That was one thing he was gony have to do, nay danger, soon as he had a few bob the gether, a pair of decent shoes. There was a lot of things. Nay point thinking about it; no the now; just nay fucking point man know what I'm saying, nay point.

He kept on the shades when he got off the taxi, made it into the pub. It seemed like it was busy and people were stepping out the road to let him through. At the bar he got the fag lighted, then waited. He kept the bag on his shoulder. People were standing next to him. No that that was how he kept it on his shoulder. He wasnay worried about that, just it was less of a problem.

A long time since he had been in this place man a long time. Fuck sake. Even when he dropped Peter off after visits, he just got back to the city as soon as possible.

Bad memories. Good memories but bad memories.

Maybe it was cause he was blind, maybe that was how it was taking so long, cause he couldnay catch nay cunt's eye so he was having to wait to get spotted christ almighty he had the fucking shades on and the white stick man what more did they need. He sighed and shifted position, took a last drag on the fag then let it fall to the floor. Mind you it was aye a busy pub. It had that reputation. He cleared his throat and said: Pint of lager please!

He sniffed and ran his hand under the strap of the shoulder bag.

Pint of lager? said a young guy.

Aye eh a pint of lager.

. . .

So that was that and fuck all else so ye didnay even know if he was away to get it or was he just gony give ye a fucking body-swerve in favour of some regular bastard that was in every night of the week, one of his mates or something, irritating behaviour; irritating behaviour; ye just didnay let it worry ye; cause there was nay point; nay point. There was more important things.

Once he had been served it and got his change back he said: Is there a phone?

Aye at the end of the bar.

Do I go right or left?

Left.

Thank you, very very much: Sammy sniffed; he lifted the pint, swigged a good mouthful then went left.

When he got to the wall he felt for the bar and put down the pint, and he stood there.

A minute later a guy said: Ye want a seat?

Aye mate I wouldnay mind. . . Sammy heard a stool getting shifted and he reached for it and patted it. Ta, he said. Heh could ye do me a favour, could ye get me *direct enquiries* on the phone?

Aye nay bother what number?

Central Station. Passenger information.

Right mate.

The guy had moved in to dial, then he said: Want me to phone the station for ye?

Aye christ that'd be good.

I'll hand ye it ower once I get through.

Aye great, ta.

What ye wanting anyway is it a train time?

Aye, aye Birmingham. Just the last yin, whenever.

Right ye are.

Hope to christ I've no missed it otherwise it's the morrow morning!

Ah we'll see, we'll see.

Sammy heard him redialling and he went into his jeans' pocket, took out some smash: Heh mate take a couple of ten pences or a twenty or something.

It's okay.

Naw, thanks, come on. . .

Sammy felt him digging out a couple of coins. Then it was the number from *direct enquiries* and he was dialling it.

Engaged; I'll try again. . . The guy tried a couple of times then chucked it: I'll give it another go in a wee minute, he said: Here. . . And he gave Sammy back the money.

Ta anyway. Sammy was up on the stool with the bag balanced on his knees. He lifted the pint and drank. Then he rolled a smoke. Good omens everywhere. It didnay matter about the bus station, he would have phoned it if it was him but it didnay matter, better this way; he would just go down and get the first one out; wherever; the more south the better christ he was looking forward to breakfast man he was fucking starving and it was gony be a long day the morrow, that was a certainty. Never mind.

It was a good pint of lager in here too, he had forgot about that. He would have a second but no a third. Which had the bad habit of giving ye the taste. And he wasnay wanting the taste, cause it wasnay a night for nonsense.

Da.

Right. . .

See ye outside. . .

Right. . . Sammy sniffed, he sat where he was and swirled the glass to test how much lager was left; a fair wee bit. He placed it on the counter and stood down from the stool. I'm coming back in a minute, he said to whoever was standing next to him. He slung the bag ower his shoulder and tapped on with the stick. Peter hadnay waited. Probably they wouldnay have let him cause he was under-age, obviously. He was waiting outside in the doorway.

Okay da?

That was quick, said Sammy.

Aye well cause ye're in a hurry.

Come on we'll just move on a wee bit. . . Keith here? Sammy was already walking.

Aye.

Alright Mister Samuels?

Aye son nay bother nay bother. Just tell us when it's safe Peter, no too far cause I'm gony go back and finish that pint, I'll phone for a minicab while I'm at it. What about here?

Aye da it's fine, there's naybody.

Sammy had stopped. Peter handed him an envelope and he gave him it back immediately. Just open it son.

Peter did it and gave him the wad; Sammy folded it into his jeans' pocket.

Da, is it Buchanan Street ye're heading?

Aye.

Where is it ye're going?

England. In fact I might try for a train instead of a bus, just whatever's available. Sammy adjusted the shoulder strap. Whatever's available I'll be on it: okay? Eh?

Aye.

So it's no a problem. Eh? it's no a problem.

Da could I see ye off?

Nah son it's no on; come here; give us yer hand. . . Sammy reached for it and shook it. The worst about all this is saying cheerio to the likes of yerself, but what can ye do, ye've got to batter on, know what I'm saying, ye've got to batter on. Where's yer mate. . . ?

Here.

Sammy shook hands with him. Okay son, he said, well done; nice meeting ye. All the best.

He turned to Peter again and clapped his shoulder. Alright now? so chop chop, comprende? away ye go. That's how there's nay cuddles and all that, cause it's no gony be long. And I'm gony be writing at the end of the week, just as soon as I get sorted out; and then I'll give ye an address where you can write back cause I'll be expecting ye to, ye listening? I'll be expecting ye to write back. Okay? Ye're some kid now take it easy. So give us yer hand for another shake.

Okay then that's us, I'll see ye soon so away ye go. Sammy grinned.

He waited on the pavement once they had said cheerio. Then he tapped his way back to the pub doorway and stood inside. A hackney cab; unmistakeable. When the sound died away he fixed the shades on his nose and stepped out onto the pavement. It wasnay long till the next yin. He tapped forwards, waving his stick in the air. It was for hire, he heard it pulling in then the squeaky brakes. The driver had opened the door. Sammy slung in the bag and stepped inside, then the door slammed shut and that was him, out of sight.